# 诗词名句接龙800条

张祥斌 张嘉 编著

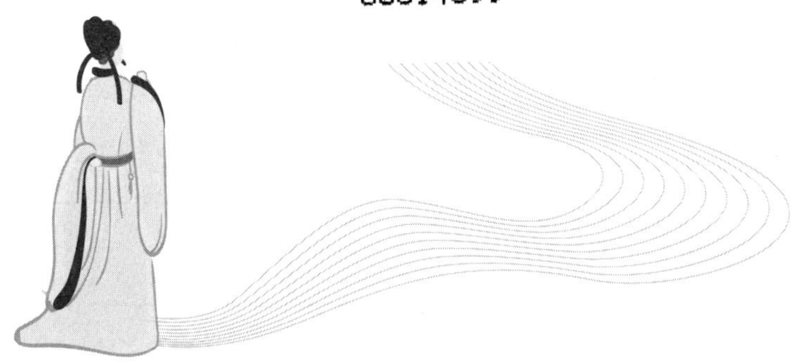

化学工业出版社
·北京·

图书在版编目（CIP）数据

诗词名句接龙800条/张祥斌，张嘉编著．—北京：化学工业出版社，2021.6
（诗词总动员）
ISBN 978-7-122-38762-2

Ⅰ.①诗… Ⅱ.①张…②张… Ⅲ.①古典诗歌-名句-中国-儿童读物 Ⅳ.①I222-49

中国版本图书馆CIP数据核字（2021）第050243号

责任编辑：陈　曦　　装帧设计：史利平
责任校对：边　涛

出版发行：化学工业出版社（北京市东城区青年湖南街13号　邮政编码100011）
印　　装：大厂聚鑫印刷有限责任公司
710mm×1000mm　1/16　印张25　字数493千字　2023年10月北京第1版第1次印刷

购书咨询：010-64518888　售后服务：010-64518899
网　　址：http://www.cip.com.cn
凡购买本书，如有缺损质量问题，本社销售中心负责调换。

定　　价：59.00元　

# 前言

常言道，腹有诗书气自华。要想成为一个谈吐不凡、语惊四座、高雅而有修养的人，就应该掌握一些诗词。而名句是诗词的精华，千古绝唱的诗词名句，读之、记之，能让你受益终身。无论在写作还是在日常谈吐中，诗词名句的引用频率要远远高于整首诗词。传诵不衰的诗词名句已经融入我们的文化性格里，启迪着我们的心智，滋养着我们的心灵，丰富着我们的精神，陶冶着我们的情操，成为我们日常生活的一部分。习近平总书记在讲话中就经常引用诗词名句，他所引用的诗词名句，时间跨度很大，范围很广，有诗人写的，有政治家写的，有民间流传的，但绝大部分都是人们耳熟能详的，优美而富有哲理，值得我们学习、借鉴。

本书独辟蹊径，用诗词名句接龙游戏的方式让读者学习、背诵诗词名句。诗词名句接龙游戏就是用字头与字尾相连、不断延伸的方法进行诗词名句接龙，类似于我们在日常生活中经常玩的成语接龙游戏，只是素材由成语变成了诗词名句，难度增加了。它不仅考查游戏参与者对诗词的背诵、记忆能力，还对反应能力有极高的要求。根据载体的不同，诗词名句接龙游戏可以分为口头类、书面类两种；根据接龙方式的不同，分为单句接龙和联句接龙两种。单句接龙就是接一句诗词，单句字数要求至少三个字；联句接龙就是接一联诗词，至少要由两个连贯单句组成。

为了增加游戏的趣味性、灵活性，口头类诗词名句接龙游戏中，诗词名句的尾字可以“同音不同字”，而书面类则可以“同字不同音”。这样一来，我们会背诵的绝大部分诗词名句都可以被纳入这种接龙游戏中，既富有乐趣，又方便记忆，寓教于乐，品位高雅。本书内容属于书面类诗词名句接龙游戏，精选了从先秦时代到近现代诗人所作诗词名篇中的名句 400 句作为接龙的首句，每条名句下均采用了“单句接龙”和“联句接龙”两种形式，一共 800 条游戏。每条接龙游戏均由 10 条单句或联句组成，读者可以尝试着把不同的接龙游戏连接起来，组成更多、更长的接龙，因此在编写时，我们努力拓宽诗词名句的来源，尽量避免重复。

本书共涉及诗词 3000 多首，不仅涵盖了教学大纲、新课标要求必背的所有诗词篇目，而且还涉及了《诗经》《唐诗三百首》《宋词三百首》《元曲三百首》《千家诗》《毛泽东诗词选》等诗集的大部分优秀篇目，以及在生活、工作中能用到的很多诗词名句。每条名句都进行了详细解析，并阐明用法。读者能够以诗词名句为线索，把知识视角延伸到整篇诗词，进而拓展到博大精深的诗词文化领域。

中国是一个“诗歌的国度”，诗词是中国传统文化的一朵奇葩，而诗词名句是奇葩中的精华，是我们民族文化遗产中极为珍贵的一部分。请跟随本书走入古典诗词营造的美丽清新的世界，感受至美意境，体验诗意人生吧！

# 目录

## 第 6 章　生活调色板　104



## 第 7 章　人体来组图　128

## 第 17 章　三才天地人



## 第 18 章　足迹遍神州

# 第1章

# 四季有冷暖

春夏秋冬，四季轮回，每个季节都有着独特的美丽，每个季节都有一首千古绝唱，多才多情的古人将最美好的情怀都写入了诗词中。“光阴与时节，先感是诗人。”（唐·白居易《新秋喜凉》）在诗人的生花妙笔之下，这四个季节更是呈现出多姿多彩的迷人魅力，令人心醉不已。“春水满四泽，夏云多奇峰。秋月扬明晖，冬岭秀寒松。”（晋·陶渊明《四时》）万事万物在四季中的各种情状，如人生的千姿百态。本章中每联都至少带有一个季节名称的诗词名句，会让你深刻感悟到：历经春夏秋冬，阅尽风花雪月，生命才有色彩，人生才有意义。

## 1 春秋多佳日，登高赋新诗。

——晋·陶渊明《移居》

### 【名句解析】

春秋之季，风和日丽，佳日自多，登临高山之巅，赋写新诗。

春去秋来，岁月静好。“登高”“赋新诗”，诗句虽然没有对诗人的肖像进行正面描写，但一个登高远眺、迎风长啸、引吭高歌、欢乐自若的诗人形象却惟妙惟肖地呈现在人们眼前。

可引用这两句诗来抒写登临时的喜悦之情，表现登高怀远的情怀。

### 【单句接龙】

春秋多佳日→日出江花红胜____（《忆江南》唐·白居易）→____树银花不夜____（《浣溪沙》近代·柳亚子）→____街小雨润如____（《早春呈水部张十八员外》唐·韩愈）→____手剪____（《醉公子·咏梅寄南湖先生》宋·史达祖）→____倚阑____（《丑奴儿》宋·秦观）→____戈寥落四周____（《过零丁洋》宋·文天祥）→____垂平野____（《旅夜书怀》唐·杜甫）→____狭容一____（《初入峡有感》唐·白居易）→____花深处睡秋声（《秋事》唐·吴融）

### 【联句接龙】

春秋多佳日，登高赋新诗。→诗思浮沉樯影里，梦魂摇曳橹声____。（《月夜舟中》宋·戴复古）→____有一人字太真，雪肤花貌参差____。（《长恨歌》唐·白居易）→____邪非邪？立而望____。（《李夫人歌》汉·刘彻）→____官便是还乡路，白日堂堂著锦____。（《送婺（wù）州许录事》唐·方干）→____裳已施行看尽，针线犹存未忍____。（《遣悲怀》唐·元稹）→____轩面场圃，把酒话桑____。（《过故人庄》唐·孟浩然）→____姑垂两鬓，一半已成____。（《短歌行》唐·李白）→____寒古寺钟声早，月落南园树影____。（《晓望吴城有感》宋·陈深）→____山瘦嶙峋，秋水渺无津。（《题庠阁黎二画》宋·陆游）

◆ 答案：火→天→酥→愁→干→星→阔→苇。中→是→之→衣→开→麻→霜→秋。

## 2 夏日长抱饥，寒夜无被眠。

——晋·陶渊明《怨诗楚调示庞主簿邓治中》

### 【名句解析】

家境贫寒，以至于夏天终日饥饿，冬夜没有被褥御寒。

以赋的手法直言饥寒交迫生活的凄楚难耐，如泣如诉，真切感人。

常被用来表现旧社会劳动人民衣不蔽体、食不果腹的困苦生活。

## 【单句接龙】

夏日长抱饥→饥劬（qú）不自____（《观田家》唐·韦应物）→____调凄金____（《省试湘灵鼓瑟》唐·钱起）→____径云梯路____（《西江月·入西山路》元·尹志平）→____路多疑____（《咏怀》三国·魏·阮籍）→____多妄想障于____（《缘识》宋·赵炅）→____慧与谁____（《忆幼子》唐·杜甫）→____功还欲请长____（《望蓟门》唐·祖咏）→____上拂尘____（《罢府归旧居》唐·白居易）→____尘谁复寻（《寄郴州李相公》唐·许浑）

## 【联句接龙】

夏日长抱饥，寒夜无被眠。→眠琴绿阴，上有飞____。（《诗品二十四则·典雅》唐·司空图）→____布小更奇，潺湲二三____。（《咏小瀑布》唐·皎然）→____书未达年应老，先被新春入故____。（《岁晚言事寄乡中亲友》唐·方干）→____林芳事歇，风雨暗荒____。（《晚春即事》宋末元初·黄庚）→____中争拥鼻，欲学不能____。（《七交七首·梅主簿》宋·欧阳修）→____中云幕椒房亲，赐名大国虢与____。（《丽人行》唐·杜甫）→____时明月汉时关，万里长征人未____。（《出塞》唐·王昌龄）→____似旧时游上苑，车如流水马如____。（《忆江南》五代·南唐·李煜）→____吟虎啸一时发，万籁百泉相与秋。（《听安万善吹觱篥歌》唐·李颀）

◆ 答案：苦→石→险→惑→聪→论→缨→埃。瀑→尺→园→城→就→秦→还→龙。

# 3 池塘生春草，园柳变鸣禽。

——南朝·宋·谢灵运《登池上楼》

## 【名句解析】

池塘边的春草开始发芽生长了，柳枝上婉转鸣唱的鸟儿，也换了一批新的种类。

诗人病后初次登楼，感受到新春的生机和气息，流露出无比喜悦的心情。诗人敏锐地从春草和鸣禽的变化中捕捉到了春天的信息。语言明白晓畅，意趣生动，仿佛不经意间脱口而出，却极富新意。

常用来描写冬去春来时景物一新的景象，是谢灵运最负盛名的诗句。

## 【单句接龙】

池塘生春草→草枯鹰眼____（《观猎》唐·王维）→____风江上____（《江上遇疾风》

唐·张九龄）→____看长剑雪花____（《会友》元·王冕）→____眸皓____（《新荷叶》宋·辛弃疾）→____如瓠____（《诗经·硕人》）→____箸厌饫（yù）久未____（《丽人行》唐·杜甫）→____者飘转沉塘____（《茅屋为秋风所破歌》唐·杜甫）→____堂可钓____（《庶几堂》宋·刘攽）→____龙潜跃水成文（《春江花月夜》唐·张若虚）

## 【联句接龙】

池塘生春草，园柳变鸣禽。→禽鸣丹壁上，猿啸青崖____。（《游黄蘗山》南朝·梁·江淹）→____关莺语花底滑，幽咽泉流冰下____。（《琵琶行》唐·白居易）→____把黄金买，从教青镜____。（《白发》宋·顾逢）→____月不谙离恨苦，斜光到晓穿朱____。（《蝶恋花》宋·晏殊）→____外一峰秀，阶前众壑____。（《题大禹寺义公禅房》唐·孟浩然）→____院不须驱野鹿，只愁蜂蝶暗偷____。（《牡丹》宋·卢梅坡）→____炉瀑布遥相望，回崖沓嶂凌苍____。（《庐山谣寄卢侍御虚舟》唐·李白）→____苍竹林寺，杳杳钟声____。（《送灵澈上人》唐·刘长卿）→____叶尚开红踯躅，秋芳初结白芙蓉。（《题元八溪居》唐·白居易）

◆ 答案：疾→起→明→齿→犀→下→坳→鱼。间→难→明→户→深→香→苍→晚。

# 4 草杂今古色，岩留冬夏霜。

——南朝·齐·孔稚珪《旦发青林》

## 【名句解析】

野草丛生，夹杂着新旧颜色，山中岩石里留着从冬到夏的寒霜。

这两句诗看似咏景，却包含着浓重的哲理意味：草杂有“今古”之色，则岁岁的枯荣，也改变不了它蔓蔓无绝的生机；岩石留有冬夏之霜，则四时的更替，也移易不了它长峙天地的形貌。相比之下，人的青春年华，却是不能枯而复荣、与时长驻的。通过这一咏叹，读者可以感受到那涌集于诗人心头的是何其深沉的物是人非的怅惘和迷茫。人在孤寂之中，最期望得到的，大抵是亲戚朋友的关怀。

可用于形容地势高、人烟少的深山老林。

## 【单句接龙】

草杂今古色→色静深松____（《青溪》唐·王维）→____中留与赛蛮____（《别夔州官吏》唐·刘禹锡）→____山云海____（《范参政挽词》宋·陆游）→____有一双白羽____（《北风行》唐·李白）→____飞如疾____（《同卢记室从军》北周·庾信）→____暗初疑____（《南歌子·寓意》宋·苏轼）→____深篱落一灯____（《夜书所见》宋·叶绍翁）→____明如____（《短歌行》汉·曹操）→____明星稀（《短歌行》汉·曹操）

### 【联句接龙】

草杂今古色，岩留冬夏霜。→霜侵雨打寻常事，仿佛终南石里____。(《鹧鸪天·酬孝峙》清·钱继章)→____床纸帐朝眠起，说不尽、无佳____。(《孤雁儿》宋·李清照)→____还本乡食牦牛，欲语不得指咽____。(《箜篌引》唐·王昌龄)→____欲破，肠欲腐，风光满天已不____。(《和杨仲轲春难度》宋·文同)→____归冲雨寒无睡，自把新诗百遍____。(《九日和韩魏公》宋·苏洵)→____轩面场圃，把酒话桑____。(《过故人庄》唐·孟浩然)→____姑垂两鬓，一半已成____。(《短歌行》唐·李白)→____风初高鹰隼击，天河下洗烟尘清。(《秋雨叹》宋·陆游)

◆ 答案：里→神→中→箭→雨→夜→明→月。藤→思→喉→暮→开→麻→霜。

## 5 荷香销晚夏，菊气入新秋。

——唐·骆宾王《晚泊江镇》

### 【名句解析】

荷花的幽香，送走了酷热的晚夏；菊花的清气，进入了金色的新秋。

诗句清新可人。在炎热的夏天，当人们走到池边，便会感到一阵阵沁人心脾的清香，夹杂着湿润的水汽迎面扑来，顿时暑气全消，精神为之一振。在清秋到来之际，百花均已凋零，唯有五颜六色的菊花各放异彩，大展风姿，仿佛秋天是它们迎来的。

用这两句诗来描写夏末秋初的景致，再贴切不过。

### 【单句接龙】

荷香销晚夏→夏水欲满君山____(《石鱼湖上醉歌》唐·元结)→____溪几度到云____(《桃源行》唐·王维)→____昏瘴不____(《题大庾岭北驿》唐·宋之问)→____轩览物____(《清明日宴梅道士房》唐·孟浩然)→____灯纵____(《鹊桥仙》宋·陆游)→____弈合双____(《夏日诗》三国·魏·曹丕)→____子江头杨柳____(《淮上与友人别》唐·郑谷)→____寒未了怯园____(《春寒》宋·陈与义)→____归上前勉书策(《送范舍人还朝》宋·陆游)

### 【联句接龙】

荷香销晚夏，菊气入新秋。→秋色到空闺，夜扫梧桐____。(《卜算子》明·夏完淳)→____落灞陵如翦，泪沾歌____。(《解连环》宋·张先)→____裁月魄羞难掩，车走雷声语未____。(《无题》唐·李商隐)→____灵夜醮达清晨，承露盘晞甲帐____。(《汉宫》唐·李商隐)→____潮带雨晚来急，野渡无人舟自____。(《滁州西涧》唐·韦应物)→____绝四海，当可奈____？(《鸿鹄歌》汉·刘邦)→____用通音信？莲花玳瑁____。(《古绝句》汉)→____缨怪我情何薄，泉石谙君味甚____。(《池上逐凉》唐·白居易)→____风破浪会有时，直挂云帆济沧海。(《行路难》唐·李白)

◆ 答案：青→林→开→华→博→扬→春→公。叶→扇→通→春→横→何→簪→长。

## 6 野火烧不尽，春风吹又生。

——唐·白居易《赋得古原草送别》

### 【名句解析】

不管烈火怎样无情地焚烧，只要第二年春风一吹，又是遍地青草。

诗句歌颂野草，又超出野草所具有的普通意义，给人以积极向上的力量；蔑视“野火”而赞美“春风”，又含有深刻的寓意。

常用来比喻任何力量也扼杀不了富有生命力的事物。

### 【单句接龙】

野火烧不尽→尽日珠帘____(《蝶恋花》宋·张先)→____上珠帘总不____(《赠别》唐·杜牧)→____今有谁堪____(《声声慢》宋·李清照)→____尽枇杷一树____(《初夏游张园》宋·戴复古)→____炉香烬漏声____(《春夜》宋·王安石)→____星几点雁横____(《长安晚秋》唐·赵嘏)→____上风云接地____(《秋兴》唐·杜甫)→____阳割昏____(《望岳》唐·杜甫)→____看红湿处(《春夜喜雨》唐·杜甫)

### 【联句接龙】

野火烧不尽，春风吹又生。→生当作人杰，死亦为鬼____。(《夏日绝句》宋·李清照)→____兔脚扑朔，雌兔眼迷____。(《木兰诗》北朝民歌)→____离原上草，一岁一枯____。(《赋得古原草送别》唐·白居易)→____华诚足贵，亦复可怜____。(《拟古》晋·陶渊明)→____心秦汉，生民涂炭，读书人一声长____。(《卖花声·怀古》元·张可久)→____隙中驹、石中火、梦中____。(《行香子·述怀》宋·苏轼)→____似浮云，心如飞絮，气若游____。(《折桂令·春情》元·徐再思)→____纶阁下文书静，钟鼓楼中刻漏____。(《紫薇花》唐·白居易)→____恨此身非我有，何时忘却营营？(《临江仙》宋·苏轼)

◆ 答案：卷→如→摘→金→残→塞→阴→晓。雄→离→荣→伤→叹→身→丝→长。

# 7 力尽不知热，但惜夏日长。

——唐・白居易《观刈麦》

## 【名句解析】

割麦的农民冒着炎阳尽力收割，好像不觉得天热力疲，只知道珍惜长长夏日的宝贵时光。

炎阳当空，酷热难当，但在田野中劳动的人却“不知热”，和作者笔下的卖炭翁“愿天寒”一样，也是一种反常的心态。如果没有对下层社会生活的深入了解和对劳动人民的深切同情，是写不出这样看似平易却非常感人的诗句的。

常用于刻画为衣食所迫的劳动人民的心理。

## 【单句接龙】

力尽不知热→热饮一两____（《雪朝乘兴欲诣李司徒留守先以五韵戏之》唐・白居易）→____遍华____（《减字木兰花》宋・王观）→____上芳樽今日____（《别宜春赴举》唐・卢肇）→____星不在____（《月下独酌》唐・李白）→____地一沙____（《旅夜书怀》唐・杜甫）→____眠起水____（《遣行》唐・元稹）→____起一滩鸥____（《如梦令》宋・李清照）→____飞林外____（《夏日临江诗》隋・杨广）→____日依山尽（《登鹳雀楼》唐・王之涣）

## 【联句接龙】

力尽不知热，但惜夏日长。→长安一片月，万户捣衣____。（《子夜吴歌・秋歌》唐・李白）→____转辘轳闻露井，晓引银瓶牵素____。（《归朝欢》宋・张先）→____断银瓶空井底，瑟分玉柱愁高____。（《广落花诗》明末清初・王夫之）→____帆欲去仍搔首，更醉君家____。（《虞美人》宋・陈与义）→____肉如山鼓吹喧，车马结束有行____。（《梦范参政》宋・陆游）→____容艳姿美，光华耀倾____。（《咏怀》三国・魏・阮籍）→____阙辅三秦，风烟望五____。（《送杜少府之任蜀州》唐・王勃）→____亭秋月夜，谁见泣离____。（《江亭夜月送别》唐・王勃）→____芳烂不收，东风落如糁。（《春日西湖寄谢法曹歌》宋・欧阳修）

◆ 答案：盏→筵→酒→天→鸥→惊→鹭→白。声→绠（gěng）→张→酒→色→城→津→群。

## 8 残暑蝉催尽，新秋雁带来。

——唐·白居易《宴散》

### 【名句解析】

残存的暑热被夏蝉的鸣声全部催走，清凉的新秋被南归的鸿雁带回来了。

夏去秋来是自然界的规律，这里却说残暑是蝉鸣声送走的，新秋是被归雁带来的，十分形象而富有感情色彩。

常用于表现夏秋之交季节的变换。

### 【单句接龙】

残暑蝉催尽→尽日凭高____（《西平乐》宋·柳永）→____送归____（《六州歌头》宋·贺铸）→____雁长飞光不____（《春江花月夜》唐·张若虚）→____却醒时一夜____（《宿醉》唐·元稹）→____云惨淡万里____（《白雪歌送武判官归京》唐·岑参）→____篇翼高____（《入朝曲》南朝·齐·谢朓）→____紫藏红漫惜____（《惜春》宋·王安石）→____去自应无觅____（《惜春》宋·王安石）→____处闻啼鸟（《春晓》唐·孟浩然）

### 【联句接龙】

残暑蝉催尽，新秋雁带来。→来日绮窗前，寒梅著花____？（《杂诗》唐·王维）→____随流落水边花，且作飘零泥上____。（《玉楼春》宋·辛弃疾）→____扑白头条拂面，使君无计奈春____。（《苏州柳》唐·白居易）→____当金络脑，快走踏清____。（《马诗》唐·李贺）→____风万里动，日暮黄云____。（《巩北秋兴寄崔明允》唐·岑参）→____楼送客不能醉，寂寂寒江明月____。（《芙蓉楼送辛渐》唐·王昌龄）→____心视春草，畏向玉阶____。（《杂诗》唐·王维）→____存相别尚如此，何况一旦泉壤____？（《梦范参政》宋·陆游）→____断红尘三十里，白云红叶两悠悠。（《秋月》宋·朱熹）

◆ 答案：目→鸿→度→愁→凝→盖→春→处。未→絮→何→秋→高→心→生→隔。

## 9 长恨春归无觅处，不知转入此中来。

——唐·白居易《大林寺桃花》

### 【名句解析】

我常常为春天的逝去和无处寻觅而伤感，而此时重新遇到春景后，喜出望外，猛然醒悟：没想到春天反倒在这深山寺庙之中了。

诗人想到自己曾因为惜春、恋春，以至怨恨春去的无情，但谁知却是错怪了春，原来春并未归去，只不过像小孩子跟人捉迷藏一样，偷偷地躲到这块地方来罢了。立意新颖，构思灵巧，戏语雅趣又启人深思。

常用于表达对春的无限留恋、热爱。

## 【单句接龙】

长恨春归无觅处→处处闻啼____(《春晓》唐·孟浩然）→____宿池边____(《题李凝幽居》唐·贾岛）→____木丛____(《观沧海》汉·曹操）→____当作人____(《夏日绝句》宋·李清照）→____出圣代____(《献从叔当涂宰阳冰》唐·李白）→____雄不把穷通____(《庆东原·次马致远先辈韵》元·张可久）→____来何重亦何____(《用李梦发韵》宋·王之道）→____烟老树寒____(《天净沙·秋》元·白朴）→____惊雀噪难久依（《和裴校书鹭鸶飞》唐·元稹）

## 【联句接龙】

长恨春归无觅处，不知转入此中来。→来往不逢人，长歌楚天____。(《溪居》唐·柳宗元）→____玉妆成一树高，万条垂下绿丝____。(《咏柳》唐·贺知章）→____绣多废乱，篇帛久尘____。(《绍古辞》南朝·宋·鲍照）→____尘空满眼，终日到征____。(《再和前韵》元·贡奎）→____沾不足惜，但使愿无____。(《归园田居》晋·陶渊明）→____礼不为动，非法不肯____。(《咏怀》三国·魏·阮籍）→____入黄花川，每逐青溪____。(《青溪》唐·王维）→____落鱼梁浅，天寒梦泽____。(《与诸子登岘山》唐·孟浩然）→____林人不知，明月来相照。(《竹里馆》唐·王维）

◆ 答案：鸟→树→生→杰→英→较→轻→鸦。碧→绦→缁（zī）→衣→违→言→水→深。

# 10　春来遍是桃花水，不辨仙源何处寻。

——唐·王维《桃源行》

## 【名句解析】

到了春天的时候，到处都是开了花的桃树，花瓣飘落在溪水中，不知往何处去找寻找那仙境般的桃花源。

诗笔飘忽，意境迷茫，表达了诗人对“仙源”的向往，给人留下了无穷的回味。

诗句可用来写春天的山间溪水，还可以用来表现人们欲找回已经失去的美好事物，可是时过境迁，愿望难以实现。

## 【单句接龙】

春来遍是桃花水→水村山郭酒旗____（《江南春》唐·杜牧）→____雨晚来方____（《青门引·春思》宋·张先）→____知不作白头____（《送范舍人还朝》宋·陆游）→____丰独饮人所____（《秋雨叹》宋·陆游）→____定还拭____（《羌村》唐·杜甫）→____湿罗巾梦不____（《后宫词》唐·白居易）→____厦昔容____（《送牛相出镇襄州》唐·杜牧）→____在三珠____（《感遇》唐·张九龄）→____木犹为人爱惜（《古柏行》唐·杜甫）

## 【联句接龙】

春来遍是桃花水，不辨仙源何处寻。→寻寻觅觅，冷冷清清，凄凄惨惨戚____。（《声声慢》宋·李清照）→____戚兄弟，莫远具____。（《诗经·大雅·行苇》）→____来四万八千岁，不与秦塞通人____。（《蜀道难》唐·李白）→____潭共爱鱼方乐，樵爨（cuàn）谁欺雁不____。（《和沈书记同访林处士》宋·范仲淹）→____鸣寒角动城头，吹起千年故国____。（《晓望吴城有感》宋·陈深）→____奈何兮悲思多，情郁结兮不可____。（《思亲诗》三国·魏·嵇康）→____蛤悲群鸟，收田畏早____。（《咏廿四气诗·寒露九月节》唐·元稹）→____禽欲下先偷眼，粉蝶如知合断____。（《山园小梅》宋·林逋）→____来枫林青，魂返关塞黑。（《梦李白》唐·杜甫）

◆ 答案：风→定→新→惊→泪→成→巢→树。戚→尔→烟→鸣→愁→化→霜→魂。

# 11 荒城临古渡，落日满秋山。

——唐·王维《归嵩山作》

## 【名句解析】

荒凉的城池临靠着古老的渡口，落日的余晖洒满了秋天的山林。

诗人运用寓情于景的手法，写了四种景物：荒城、古渡、落日、秋山，构成了一幅具有季节、时间、地点特征而又色彩鲜明的图画。

常用于描写傍晚野外的秋景图，用充满黯淡凄凉色彩的景物反映感情上的波折变化，衬托出凄清的心境。

## 【单句接龙】

荒城临古渡→渡头余落____（《辋川闲居赠裴秀才迪》唐·王维）→____暮诗成天又____（《雪梅》宋·卢梅坡）→____却输梅一段____（《雪梅》宋·卢梅坡）→____雾空蒙月转____（《海棠》宋·苏轼）→____庙非庸____（《杂体诗·卢郎中谌感交》

南朝 · 梁 · 江淹）→____漏苦不____（《临终诗》汉 · 孔融）→____愿难____（《浪淘沙》清 · 纳兰性德）→____君十首三更____（《酬孝甫见赠》唐 · 元稹）→____石弄溪水（《溪水》明 · 王阳明）

## 【联句接龙】

荒城临古渡，落日满秋山。→山貌日高古，石容天倾____。（《宣城青溪》唐 · 李白）→____见双翠鸟，巢在三珠____。（《感遇》唐 · 张九龄）→____色随山迥，河声入海____。（《秋日赴阙题潼关驿楼》唐 · 许浑）→____知不是雪，为有暗香____。（《梅花》宋 · 王安石）→____是空言去绝踪，月斜楼上五更____。（《无题》唐 · 李商隐）→____陵醉别十余春，重见云英掌上____。（《偶题》唐 · 罗隐）→____瘦带频减，发稀冠自____。（《酬乐天咏老见示》唐 · 刘禹锡）→____想临潭菊，芳蕊对谁____。（《同前拟》唐 · 许敬宗）→____荒南野际，守拙归园田。（《归园田居》晋 · 陶渊明）

◆ 答案：日→雪→香→廊→器→密→酬→坐。侧→树→遥→来→钟→身→偏→开。

# 12　残云收夏暑，新雨带秋岚。

——唐 · 岑参《六月三十日水亭送华阴王少府还县》

## 【名句解析】

残云把夏末炎热的暑意带走了，新雨带来了早秋凉爽的雾气。

“残云”代表夏末，“新雨”代表初秋，季节更替、气候变化给人以积极的心理暗示。

这两句诗常用于描写夏末秋初时的景色，或表现经过炎夏的折磨，人们终于迎来凉爽的新秋时的愉悦心情。

## 【单句接龙】

残云收夏暑→暑云泼墨送惊____（《题画卷》宋 · 范成大）→____鼓动山____（《和张仆射塞下曲》唐 · 卢纶）→____迥洞庭____（《与夏十二登岳阳楼》唐 · 李白）→____门落叶____（《秋寄从兄贾岛》唐 · 无可）→____涧游鱼乐不____（《山中五绝句 · 涧中鱼》唐 · 白居易）→____君何事泪纵____（《浣溪沙》清 · 纳兰性德）→____空千里雄西____（《过阴山和人韵》元 · 耶律楚材）→____中诗价____（《吊杜工部坟》唐 · 齐己）→____雪压青松（《青松》现代 · 陈毅）

## 【联句接龙】

残云收夏暑，新雨带秋岚。→岚横秋塞雄，地束惊流____。(《西塞山》唐·韦应物)→____地黄花堆积，憔悴损，如今有谁堪____？(《声声慢》宋·李清照)→____花不插发，采柏动盈____。(《佳人》唐·杜甫)→____水月在手，弄花香满____。(《春山夜月》唐·于良史)→____带渐宽终不悔，为伊消得人憔____。(《蝶恋花》宋·柳永)→____容唯舌在，别恨几魂____。(《酬杨八庶子喜韩吴兴与余同迁见赠》唐·刘禹锡)→____磨岁月成高位，比类时流是幸____。(《喜入新年自咏》唐·白居易)→____面不知何处去，桃花依旧笑春____。(《题都城南庄》唐·崔护)→____雨送春归，飞雪迎春到。(《卜算子·咏梅》现代·毛泽东)

◆ 答案：雷→川→开→深→知→横→域→大。满→摘→掬→衣→悴→销→人→风。

# 13 秋风万里动，日暮黄云高。

——唐·岑参《巩北秋兴寄崔明允》

## 【名句解析】

秋风兴起，吹动万里草木；黄昏时分，天空中的阴云显得特别高。

秋风势大，所以当它吹过时，远近的草木都在摇动。日暮以后，野外寂静，显得十分空旷，所以黄云看着也仿佛特别高。

常用于描绘边塞旷野日暮风急的秋景。

## 【单句接龙】

秋风万里动→动息如有____(《咏风》唐·王勃)→____怀小样杜陵____(《干戈》宋·王中)→____界千年靡靡____(《读陆放翁集》清·梁启超)→____雨送春____(《卜算子·咏梅》现代·毛泽东)→____来饱饭黄昏____(《牧童》唐·吕岩)→____死无仇可____(《贺新郎·寄辛幼安和见怀韵》宋·陈亮)→____洗虏尘____(《水调歌头·和庞佑父》宋·张孝祥)→____言幽谷____(《猛虎行》晋·陆机)→____事来惊梦里闲(《题屏》宋·刘季孙)

## 【联句接龙】

秋风万里动，日暮黄云高。→高列千峰宝炬森，端门方喜翠华____。(《上元应制》宋·蔡襄)→____行密密缝，意恐迟迟____。(《游子吟》唐·孟郊)→____来见天子，天子坐明____。(《木兰诗》北朝民歌)→____上陈美酒，堂下列清____。(《劝酒》唐·孟郊)→____罢仰天叹，四座泪纵____。(《羌村》唐·杜甫)→____空千里雄西域，江左名山不足____。（《过阴山和人韵》元·耶律楚材）→____谈快愤懑，情慵发烦____。（《咏怀》三国·魏·阮籍）→____非木石岂无感？吞声踯躅不敢____。（《拟行路难》南朝·宋·鲍照）→____多令事败，器漏苦不密。（《临终诗》汉·孔融）

◆ 答案：情→诗→风→归→后→雪→静→底。临→归→堂→歌→横→夸→心→言。

## 14 白兔捣药秋复春，嫦娥孤栖与谁邻？

——唐·李白《把酒问月》

### 【名句解析】

白兔在月宫中年复一年地捣药，嫦娥在月宫里孤独地生活着，她与谁作邻居呢？

诗人围绕着有关月亮的神话传说浮想联翩，对玉兔年复一年地辛勤捣药，嫦娥的孤寂独处充满同情，同时流露出诗人自己的孤苦高洁的情怀。

常用于表达孤寂的情怀。

### 【单句接龙】

白兔捣药秋复春→春眠不觉____（《春晓》唐·孟浩然）→____看红湿____（《春夜喜雨》唐·杜甫）→____处闻啼____（《春晓》唐·孟浩然）→____宿池边____（《题李凝幽居》唐·贾岛）→____杪玉堂____（《蓬莱三殿侍宴奉敕咏终南山应制》唐·杜审言）→____灯千嶂____（《宿云门寺阁》唐·孙逖）→____阳西下几时____（《浣溪沙》宋·晏殊）→____首白云____（《咏华山》宋·寇准）→____回似恨横塘雨（《惜春词》唐·温庭筠）

### 【联句接龙】

白兔捣药秋复春，嫦娥孤栖与谁邻？→邻钟唤我觉，咽咽闻城____。（《寓陈杂诗》宋·张耒）→____鼓动，渔阳弄，思悲____。（《六州歌头》宋·贺铸）→____翁岂有甘心事，何故高楼鼓角____。（《至扬州》宋·文天祥）→____欢离合总无情，一任阶前，点滴到天____。（《虞美人·听雨》宋·蒋捷）→____月楼高休独倚，酒入愁肠，化作相思____。（《苏幕遮》宋·范仲淹）→____眼问花花不语，乱红飞过秋千____。（《蝶恋花》宋·欧阳修）→____年今日此门中，人面桃花相映____。（《题都城南庄》唐·崔护）→____树青山日欲斜，长郊草色绿无____。（《蝶恋花》宋·欧阳修）→____口度新云，山阴留故雪。（《巩城东庄道中作》唐·储光羲）

◆ 答案：晓→处→鸟→树→悬→夕→回→低。笳→翁→悲→明→泪→去→红→涯。

## 15 春潮带雨晚来急，野渡无人舟自横。

——唐·韦应物《滁州西涧》

### 【名句解析】

因傍晚下了一场春雨，河面像潮水一样流得更急了；在那暮色苍茫的荒野渡口，已没有人渡河，只有小船独自横漂在河面上。

诗句写了带雨春潮之急和水急舟横的景象，蕴含一种不在其位、不得其用的无可奈何之忧伤。“舟自横”写出了当时船只的随意停泊，也写出了当时作者的心情：想要辞官隐退，却又被逼无奈无法辞官，写出了诗人进退两难的处境。

常用于对野生之物自然存在状态的倾心与赏玩，折射出闲适的人生态度。

### 【单句接龙】

春潮带雨晚来急→急弦无懦____（《猛虎行》晋·陆机）→____遏行云横碧____（《闻笛》唐·赵嘏）→____日放船____（《陪诸贵公子丈八沟携妓纳凉晚际遇雨》唐·杜甫）→____雨知时____（《春夜喜雨》唐·杜甫）→____使三河募年____（《老将行》唐·王维）→____壮不努____（《长歌行》汉乐府）→____拔山兮气盖____（《垓下歌》秦·项羽）→____情恶衰____（《佳人》唐·杜甫）→____马傍春草（《奔亡道中》唐·李白）

### 【联句接龙】

春潮带雨晚来急，野渡无人舟自横。→横绝四海，当可奈____？（《鸿鹄歌》汉·刘邦）→____时断得闲烦恼，一任芭蕉滴到____。（《听雨》宋·胡仲参）→____月松间照，清泉石上____。（《山居秋暝》唐·王维）→____波将月去，潮水带星____。（《春江花月夜》隋·杨广）→____如雷霆收震怒，罢如江海凝清____。（《观公孙大娘弟子舞剑器行》唐·杜甫）→____彩流映，气如虹____。（《瑾瑜玉赞》晋·郭璞）→____明深浅浪，风卷去来____。（《晚渡滹沱敬赠魏大》唐·卢照邻）→____霞出海曙，梅柳渡江____。（《和晋陵陆丞早春游望》唐·杜审言）→____眠不觉晓，处处闻啼鸟。（《春晓》唐·孟浩然）

◆ 答案：响→落→好→节→少→力→世→歇。何→明→流→来→光→霞→云→春。

# 16 绿树阴浓夏日长，楼台倒影入池塘。

——唐·高骈《山亭夏日》

## 【名句解析】

绿树的阴影非常浓密，夏日的白天特别漫长，楼台的倒影清晰地映入了平静的池塘。

漫长的夏日，晴空无云，骄阳似火，浓密的绿荫显得特别可贵，楼台的倒影看来也分外清幽。

这两句诗写出了夏天的特征性景物，可用来描写晴日夏景。

## 【单句接龙】

绿树阴浓夏日长→长安有贫____（《雪》唐·罗隐）→____也之乎真太____（《临江仙》宋·王千秋）→____认几人____（《啰唝曲》唐·刘采春）→____头江水茫____（《宫中调笑》唐·王建）→____茫江汉____（《送李中丞归汉阳别业》唐·刘长卿）→____有青冥之长____（《长相思》唐·李白）→____长路远魂飞____（《长相思》唐·李白）→____调凄金____（《省试湘灵鼓瑟》唐·钱起）→____破天惊逗秋雨（《李凭箜篌引》唐·李贺）

## 【联句接龙】

绿树阴浓夏日长，楼台倒影入池塘。→塘边草杂红，树际花犹____。（《送江水曹还远馆》南朝·齐·谢朓）→____日依山尽，黄河入海____。（《登鹳雀楼》唐·王之涣）→____光容易把人抛，红了樱桃，绿了芭____。（《一剪梅·舟过吴江》宋·蒋捷）→____花铺净地，桂子落空____。（《送关小师还金陵》唐·皎然）→____上古松疑度世，观中幽鸟恐成____。（《江南道中怀茅山广文南阳博士》唐·皮日休）→____人如爱我，举手来相____。（《焦山望松寥山》唐·李白）→____集百夫良，岁暮得荆____。（《咏荆轲》晋·陶渊明）→____自早醒侬自梦，更更，泣尽风檐夜雨____。（《南乡子·为亡妇题照》清·纳兰性德）→____与铎，风息自然鸣。（《兵要望江南》唐·易静）

◆ 答案：者→错→船→茫→上→天→苦→石。白→流→蕉→坛→仙→招→卿→铃。

# 17 严冬不肃杀，何以见阳春？

——唐·吕温《孟冬蒲津关河亭作》

## 【名句解析】

没有严冬的冷落萧条，怎么能表现出阳春的温暖和煦？

事物往往在对比中显示出各自的特点，正因为冬天气候严寒，万物萧索，大地没有一点生机，更显出阳春风和日丽，万物复苏，到处生机勃勃。如果再加以简单的回味、对比，人们会加倍地珍视这大好春光。通过这两句诗，可以领悟到对比、衬托手法在写景状物、表情达意中的作用。

可用来说明肃杀的严冬必然会转化成阳春，鼓励人们通过艰苦的奋斗去迎接美好事物的来临。

## 【单句接龙】

严冬不肃杀→杀人莫敢____（《古意》唐·李颀）→____不见古____（《登幽州台歌》唐·陈子昂）→____生自古谁无____（《过零丁洋》宋·文天祥）→____亦为鬼____（《夏日绝句》宋·李清照）→____关漫道真如____（《忆秦娥·娄山关》现代·毛泽东）→____马冰河入梦____（《十一月四日风雨大作》宋·陆游）→____从楚国____（《渡荆门送别》唐·李白）→____子不顾____（《古诗十九首·行行重行行》汉）→____是生女好（《兵车行》唐·杜甫）

## 【联句接龙】

严冬不肃杀，何以见阳春？→春江潮水连海平，海上明月共潮____。（《春江花月夜》唐·张若虚）→____存多所虑，长寝万事____。（《临终诗》汉·孔融）→____竟西湖六月中，风光不与四时____。（《晓出净慈寺送林子方》宋·杨万里）→____贫同病退闲日，一死一生临老____。（《哭刘尚书梦得》唐·白居易）→____上红冠不用裁，满身雪白走将____。（《画鸡》明·唐寅）→____时花未发，去后纷如____。（《菩萨蛮》宋·方千里）→____净胡天牧马还，月明羌笛戍楼____。（《塞上听吹笛》唐·高适）→____关莺语花底滑，幽咽泉流冰下____。（《琵琶行》唐·白居易）→____于上青天，使人听此凋朱颜！（《蜀道难》唐·李白）

◆ 答案：前→人→死→雄→铁→来→游→反。生→毕→同→头→来→雪→间→难。

# 18 萧萧远树疏林外，一半秋山带夕阳。

——宋·寇准《书河上亭壁》

## 【名句解析】

秋风萧萧，草木摇落，远处有一片稀疏的树林；红日西沉时，夕阳所照，只及山的一半，那秋山披带着夕阳余晖。

秋风萧萧，远处有一片稀疏的树林。目光越过这片树林，诗人发现了奇妙的景致："一半秋山带夕阳。""一半"，红日西沉时，夕阳所照，只及山的一半，故称。秋色正浓，山也染上"秋色"了。这一半秋山，此刻在夕照之中，一片灿烂。远远望去，不像是残阳照着秋山，倒像是那秋山披带着夕阳余晖。"带"字用得极妙，不仅变秋山的被动为主动，且将常景写成了异景，饶有韵味。

常用于描写秋季夕阳落山之景。

## 【单句接龙】

萧萧远树疏林外→外物不能____（《哭崔常侍晦叔》唐·白居易）→____晓窥檐____（《苏幕遮》宋·周邦彦）→____罢暮天____（《喜见外弟又言别》唐·李益）→____山只隔数重____（《泊船瓜洲》宋·王安石）→____随平野____（《渡荆门送别》唐·李白）→____日珠帘____（《蝶恋花》宋·张先）→____帷望月空长____（《长相思》唐·李白）→____息未应____（《关山月》唐·李白）→____来垂钓碧溪上（《行路难》唐·李白）

## 【联句接龙】

萧萧远树疏林外，一半秋山带夕阳。→阳月南飞雁，传闻至此____。（《题大庾岭北驿》唐·宋之问）→____日楼台非甲帐，去时冠剑是丁____。（《苏武庙》唐·温庭筠）→____去年来白发新，匆匆马上又逢____。（《立春日感怀》明·于谦）→____风且莫定，吹向玉阶____。（《左掖梨花》唐·丘为）→____流直下三千尺，疑是银河落九____。（《望庐山瀑布》唐·李白）→____街小雨润如酥，草色遥看近却____。（《早春呈水部张十八员外》唐·韩愈）→____计留春住，从教去复____。（《惜春》明·于谦）→____如雷霆收震怒，罢如江海凝清____。（《观公孙大娘弟子舞剑器行》唐·杜甫）→____彩流映，气如虹霞。（《瑾瑜玉赞》晋·郭璞）

◆ 答案：侵→语→钟→山→尽→卷→叹→闲。回→年→春→飞→天→无→来→光。

## 19 芳菲歇去何须恨，夏木阴阴正可人。

——宋·秦观《三月晦日偶题》

### 【名句解析】

美丽芬芳的春花凋谢了有什么值得怨恨呢？夏日凉森森的树荫使人感到更舒适合意。

春天归去又有什么值得留恋的呢？那“阴阴”的“夏木”同样“可人”。诗人的乐观、豪放、豁达，跃然纸上。

这两句诗常用于描写初夏景色或抒写夏日初临的感受。

### 【单句接龙】

芳菲歇去何须恨→恨别鸟惊___（《春望》唐·杜甫）→___念旧___（《短歌行》汉·曹操）→___情中道___（《怨歌行》汉·班婕妤）→___域苍茫更何___（《燕歌行》唐·高适）→___耳莫洗颍川___（《行路难》唐·李白）→___精之盘行素___（《丽人行》唐·杜甫）→___鳞居大___（《陶者》宋·梅尧臣）→___倾欲以一绳___（《读史》宋·刘克庄）→___风及雨（《诗经·小雅·谷风》）

### 【联句接龙】

芳菲歇去何须恨，夏木阴阴正可人。→人生自古谁无死，留取丹心照汗___。（《过零丁洋》宋·文天祥）→___山遮不住，毕竟东流___。（《菩萨蛮·书江西造口壁》宋·辛弃疾）→___年元夜时，花市灯如___。（《生查子·元夕》宋·欧阳修）→___长欢岂定，争如翻作春宵___。（《归朝欢》宋·张先）→___言咏黄鹄，志士心未___。（《志士诗》宋·刘一止）→___过春分春欲去，千炬花间，作意留春___。（《蝶恋花》宋·葛胜仲）→___近湓江地低湿，黄芦苦竹绕宅___。（《琵琶行》唐·白居易）→___事且弥漫，愿为持竿___。（《春泛若耶溪》唐·綦毋潜）→___也胸中天地宽，云烟衮衮出毫端。（《书苏道士江行图后》宋·史弥宁）

◆ 答案：心→恩→绝→有→水→鳞→厦→维。青→去→昼→永→已→住→生→叟。

## 20 觉来春已去，一片池塘好。

——宋·吕本中《梦》

### 【名句解析】

梦中醒来春已归去，眼前只见池塘边一片春草长得好。

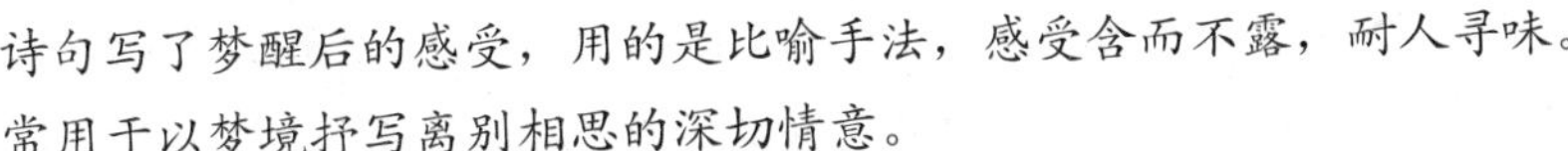

诗句写了梦醒后的感受，用的是比喻手法，感受含而不露，耐人寻味。

常用于以梦境抒写离别相思的深切情意。

### 【单句接龙】

觉来春已去→去日苦____（《短歌行》汉·曹操）→____情自古伤离____（《雨霖铃》宋·柳永）→____有人间行路____（《鹧鸪天·送人》宋·辛弃疾）→____于上青____（《蜀道难》唐·李白）→____上人____（《浪淘沙》五代·南唐·李煜）→____关莺语花底____（《琵琶行》唐·白居易）→____腻偏宜蟹眼____（《圆子》宋·朱淑真）→____盘孔鼎有述____（《韩碑》唐·李商隐）→____计何不量（《孔雀东南飞》汉乐府）

### 【联句接龙】

觉来春已去，一片池塘好。→好为庐山谣，兴因庐山____。（《庐山谣寄卢侍御虚舟》唐·李白）→____短鬓长眉有棱，病容突兀怪于____。（《鹧鸪天·酬孝峙》清·钱继章）→____言古壁佛画好，以火来照所见____。（《山石》唐·韩愈）→____疏野竹人移折，零落蕉花雨打____。（《逍遥翁溪亭》唐·王建）→____门惜夜景，矫首看霜____。（《山寺夜起》清·江湜）→____公见玉女，大笑亿千____。（《短歌行》唐·李白）→____屋推声价，朝绅仰典____。（《安之朝议哀辞》宋·司马光）→____冶还陶士，冠裳足起____。（《送方思源尹丹阳》明·林俊）→____花落处，满地和烟雨。（《点绛唇》宋·林逋）

◆ 答案：多→别→难→天→间→滑→汤→作。发→僧→稀→开→天→场→型→余。

## 21　若到江南赶上春，千万和春住。

——宋·王观《卜算子·送鲍浩然之浙东》

### 【名句解析】

如果你到江南赶上了春天，就要把春天的景色留住。

诗人叮嘱友人，如能赶上江南春光，务必与春光同住。惜春之情既溢于言表，对友人的祝福之意亦寓于句中。春天不是想找就能找来的，也不是想留便可以留住的，必须具备了诗人这样的敏感与通达，春的气息才会一寸寸渗进你的皮肤，从此便萦回不去，芬芳永驻了。

词句融惜春之情、美好祝愿于一体——愿你和春光同在。

### 【单句接龙】

若到江南赶上春→春花秋月何时____（《虞美人》五代·南唐·李煜）→____不知

南____（《好事近·梦中作》宋·秦观）→____风卷地白草____（《白雪歌送武判官归京》唐·岑参）→____花逢驿____（《赠范晔诗》北魏·陆凯）→____君父子成豺____（《天可度·恶诈人也》唐·白居易）→____藉残____（《采桑子》宋·欧阳修）→____树远连____（《临江仙》宋·欧阳修）→____明深浅____（《晚渡滹沱敬赠魏大》唐·卢照邻）→____打天门石壁开（《横江词》唐·李白）

## 【联句接龙】

若到江南赶上春，千万和春住。→住近湓江地低湿，黄芦苦竹绕宅____。（《琵琶行》唐·白居易）→____涯岂料承优诏？世事空知学醉____。（《江州重别薛六柳八二员外》唐·刘长卿）→____再起，人再舞，酒才____。（《乌夜啼》宋·辛弃疾）→____息半浮沉，今夜相思几____？（《如梦令》清·纳兰性德）→____送自身归华岳，待来朝暮拂瓶____。（《怀体休上人》唐·齐己）→____兰清晓过平都，天下名山总不____。（《登平都访仙》唐·吕岩）→____练如霜在何处？吴山越水万重____。（《八月望夕雨》唐·徐凝）→____想衣裳花想容，春风拂槛露华____。（《清平调》唐·李白）→____岚如细雨，初夏是残春。（《初夏倚春望六祖寺》宋·赵汝回）

◆ 答案：了→北→折→使→狼→红→霞→浪。生→歌→消→许→盂→如→云→浓。

# 22 落尽梨花春又了，满地残阳，翠色和烟老。

——宋·梅尧臣《苏幕遮·草》

## 【名句解析】

眼见得梨花落尽，春天又快过去了；夕阳残照，暮霭沉沉，那翠绿的春草，也好像变得苍老了。

以自然界春色的匆匆归去，暗示自己仕途上的春天正消逝，同时渲染了残春的迟暮景象。

常用于抒发惜草、惜春的情怀，同时有寄寓个人身世之感。

## 【单句接龙】

落尽梨花春又了→了却君王天下____（《破阵子·为陈同甫赋壮词以寄之》宋·辛弃疾）→____夫誓拟同生____（《节妇吟》唐·张籍）→____亦相寻越女____（《赵广德送松江蟹》宋·高似孙）→____罄一朝____（《安之朝议哀辞》宋·司马光）→____向来之烟____（《梦游天姥吟留别》唐·李白）→____明深浅____（《晚渡滹沱敬赠魏大》唐·卢照邻）→____白风初____（《相送》南朝·梁·何逊）→____来慵整纤纤____

(《点绛唇》宋·李清照)→____卷真珠上玉钩(《摊破浣溪沙》五代·南唐·李璟)

【联句接龙】

落尽梨花春又了，满地残阳，翠色和烟老。→老妻画纸为棋局，稚子敲针作钓____。(《江村》唐·杜甫)→____帘得清景，风月满淮____。(《发山阳》宋·孔平仲)→____波将月去，潮水带星____。(《春江花月夜》隋·杨广)→____是空言去绝踪，月斜楼上五更____。(《无题》唐·李商隐)→____鼓馔玉不足贵，但愿长醉不愿____。(《将进酒》唐·李白)→____时相交欢，醉后各分____。(《月下独酌》唐·李白)→____发乘夕凉，开轩卧闲____。(《夏日南亭怀辛大》唐·孟浩然)→____朗东方彻，阑干北斗____。(《早行》唐·杨炯)→____阳草树，寻常巷陌，人道寄奴曾住。(《永遇乐·京口北固亭怀古》宋·辛弃疾)

◆ 答案：事→死→舟→失→霞→浪→起→手。钓→流→来→钟→醒→散→敞→斜。

# 23 不信芳春厌老人，老人几度送余春，惜春行乐莫辞频。

——宋·贺铸《浣溪沙·醉中真》

【名句解析】

我不信春色厌弃老人，老人曾经几次依依难舍地送别残春；珍惜春光，及时行乐，切不要推辞太过殷勤。

词人表面上歌唱及时行乐，似乎甘心陶情于歌笑，沉溺于醉乡，但从他佯狂的腔调中，不难听出他愤愤不平的声音。

常用于表达惜春之意，寓有垂老之叹。

【单句接龙】

不信芳春厌老人→人闲桂花____(《鸟鸣涧》唐·王维)→____日解鞍芳草____(《青玉案》宋末元初·黄公绍)→____暗鸟栖____(《秋池》唐·白居易)→____有韦讽前支____(《韦讽录事宅观曹将军画马图》唐·杜甫)→____威知畏____(《宿盐田驿用黄大声韵》宋·李洪)→____天长____(《满江红》宋·岳飞)→____起白云飞七____(《自汉阳病酒归寄王明府》唐·李白)→____中生乔____(《咏怀》三国·魏·阮籍)→____下问童子(《寻隐者不遇》唐·贾岛)

【联句接龙】

不信芳春厌老人，老人几度送余春，惜春行乐莫辞频。→频频子落长江水，夜夜巢边旧处____。(《哭子》唐·元稹)→____迟衡门，唯志所____。(《咏怀》三国·魏·阮籍)→____今若许闲乘月，拄杖无时夜叩____。(《游山西村》宋·陆游)→____外无人问落花，绿阴冉冉遍天____。(《春暮》宋·曹豳)→____南老屋颇宜夏，草窗瓦枕松风____。(《次韵旷翁四时村居乐》宋·艾性夫)→____风吹夜雨，萧瑟动寒____。(《幽州夜饮》唐·张说)→____花扫更落，径草踏还____。(《春中喜王九相寻》唐·孟浩然)→____逢和亲最可伤，岁辇金絮输胡____。(《陇头水》宋·陆游)→____笛何须怨杨柳，春风不度玉门关。(《凉州词》唐·王之涣)

◆ 答案：落→岸→后→遁（盾）→仰→啸→泽→松。栖→从→门→涯→凉→林→生→羌。

# 24 留春不住，费尽莺儿语。

——宋·王安国《清平乐·春晚》

## 【名句解析】

尽管黄莺叫个不停，也留不住美丽的春天。

写莺语的“费尽”，实是衬托出词人的失落感。因为花开花谢，春去秋来，是自然规律，与莺儿无关。妙在词人赋予禽鸟以人的感情，不直说自己无计留春之苦，而是借莺儿之口吐露此情，手法新巧而又饶有韵味。

常用于惜春感怀的语境中。

## 【单句接龙】

留春不住→住近湓江地低____(《琵琶行》唐·白居易)→____雨穿花____(《点绛唇》宋·寇准)→____头向户____(《孔雀东南飞》汉乐府)→____中有三____(《梁甫吟》汉乐府)→____垄日月____(《门有车马客行》晋·陆机)→____情却似总无____(《赠别》唐·杜牧)→____人怨遥____(《望月怀远》唐·张九龄)→____来风雨____(《春晓》唐·孟浩然)→____闻于野(《诗经·小雅·鹤鸣》)

## 【联句接龙】

留春不住，费尽莺儿语。→语昔有故悲，论今无新____。(《代门有车马客行》南朝·宋·鲍照)→____中愁漏促，别后怨天____。(《奉和七夕宴悬圃应制》唐·许敬宗)→____相思，摧心____！(《长相思》唐·李白)→____胆洞，毛发____。(《六州歌头》宋·贺铸)→____两吟肩似我愁，菰蒲叶下一身____。(《鹭》宋·方岳)→____娘渡与泰娘桥，风又飘飘，雨又萧____。(《一剪梅·舟过吴江》宋·蒋捷)→____萧梧叶送寒声，江上秋风动客____。(《夜书所见》宋·叶绍翁)→____人怨

遥夜，竟夕起相____。(《望月怀远》唐·张九龄）→____报德兮邈已绝，感鞠育兮情剥裂。(《思亲诗》三国·魏·嵇康）

◆ 答案：湿→转→里→坟→多→情→夜→声。喜→长→肝→耸→秋→萧→情→思。

## 25 鹅鸭不知春去尽，争随流水趁桃花。

——宋·晁冲之《春日》

### 【名句解析】

鹅与鸭完全不知道春天已经过去了，还在那里随着流水争先恐后地追逐着水中的桃花。

诗人以鹅鸭"趁桃花"的景象寄托自身的感慨。春已去尽，鹅鸭不知，故欢叫追逐，无忧无虑。而人却不同，既知春来，又知春去。落花虽可追，光阴不可回，诗人的惜春之情溢于言表。

用"不知春去尽"暗扣"流水趁桃花"，流露出幽幽淡淡的惜春情感。

### 【单句接龙】

鹅鸭不知春去尽→尽是刘郎去后____(《玄都观桃花》唐·刘禹锡）→____异木而同____(《构象台》南朝·梁·江淹）→____干终成____(《书端州郡斋壁》宋·包拯）→____梁君莫____(《题遗爱寺前溪松》唐·白居易）→____菊东篱____(《饮酒》晋·陶渊明）→____有渌水之波____(《长相思》唐·李白）→____光媚碧____(《登山曲》南朝·齐·谢朓）→____溃自蚁____(《百一诗》三国·魏·应璩）→____中蝼蚁岂能逃(《送毛伯温》明·朱厚熜）

### 【联句接龙】

鹅鸭不知春去尽，争随流水趁桃花。→花间一壶酒，独酌无相____。(《月下独酌》唐·李白）→____朋无一字，老病有孤____。(《登岳阳楼》唐·杜甫）→____子行催棹，无所喝流____。(《棹歌行》南朝·梁·刘孝绰）→____来枕上千年鹤，影落杯中五老____。(《题元八溪居》唐·白居易）→____峦列峙神仙境，子母相依孝义____。(《九华山》宋·王十朋）→____回路转不见君，雪上空留马行____。(《白雪歌送武判官归京》唐·岑参）→____世闲难得，关身事半____。(《新年呈友》唐·许棠）→____流杜宇声中血，半脱骊龙颔下____。(《金陵驿》宋·文天祥）→____愁春漏短，莫诉金杯满。(《菩萨蛮》唐·韦庄）

◆ 答案：栽→秀→栋→采→下→澜→堤→穴。亲→舟→声→峰→山→处→空→须。

# 26 春花秋月冬冰雪，不听陈玄只听天。

——宋·杨万里《读张文潜诗》

## 【名句解析】

（张文潜笔下的）春天红花、秋日朗月和严冬冰雪，都一如自然天成，他不仅用墨色来雕琢描绘，而依仗着现实生活触发的创作激情，自然地予以展现。

张文潜即张耒，“苏门四学士”之一。他崇尚自然，反对雕琢，主张为情造文，不能为文造情，他的艺术追求是一个“真”字。杨万里的诗歌主张和张耒相似，所以他对张耒的诗十分喜爱，通过这两句诗就可以看出来。

常用于说明要从生活出发，以真实的感情从事创作。

## 【单句接龙】

春花秋月冬冰雪→雪尽马蹄___（《观猎》唐·王维）→___烟散入五侯___（《寒食》唐·韩翃）→___书动隔___（《乍归》宋·刘克庄）→___年不带看花___（《伤春》宋·杨万里）→___穿当落___（《祥兴第三十七》宋·文天祥）→___照香炉生紫___（《望庐山瀑布》唐·李白）→___波处处___（《秋日湖上》唐·薛莹）→___红带露空迢___（《惜春词》唐·温庭筠）→___递嵩高下（《归嵩山作》唐·王维）

## 【联句接龙】

春花秋月冬冰雪，不听陈玄只听天。→天长地久有时尽，此恨绵绵无绝___。（《长恨歌》唐·白居易）→___君君不至，人月两悠___。（《城上对月期友人不至》唐·白居易）→___哉悠哉，辗转反___。（《诗经·关雎》）→___见双翠鸟，巢在三珠___。（《感遇》唐·张九龄）→___色遥藏店，采声暗傍___。（《早发》唐·韦庄）→___蔬绕茅屋，自足媚盘___。（《园》唐·杜甫）→___六气而饮沆瀣兮，漱正阳而含朝___。（《远游》战国·屈原）→___明深浅浪，风卷去来___。（《晚渡滹沱敬赠魏大》唐·卢照邻）→___有第三郎，窈窕世无双。（《孔雀东南飞》汉乐府）

◆ 答案：轻→家→年→眼→日→烟→愁→迢。期→悠→侧→树→畦→餐→霞→云。

# 第2章

# 自然有风情

锦绣中华美如画，万里山河处处诗。作为自然美的代名词，春夏秋冬是诗，蓝天白云是诗，山水田园是诗，莺歌燕舞是诗，桃红柳绿是诗，海上明月是诗，大漠孤烟是诗，枯藤老树昏鸦是诗，小桥流水人家是诗……诗人特别钟情大自然、敬畏大自然，大自然也赋予他们灵感，慰藉他们的心灵。轮回的辗转，岁月的蹉跎，花开花谢的默默无语，雨打芭蕉的摧残，风花雪月的淡然，都是一幅幅纯净的画面，深深地雕刻在诗人心间，放在诗人心中最纯洁最柔弱的地方。

## 1 日居月诸，胡迭而微?

——《诗经·柏舟》

### 【名句解析】

白昼有日夜有月，为何明暗相交迭？

女子怨日月的微晦不明，其实是因为女子的忧痛太深，以至于日月失其光辉。诗句可以表示遭受压迫的情形，还可以形容生不逢时、怀才不遇。

### 【单句接龙】

日居月诸→诸花旧满洛阳___(《代人伤往诗》北周·庾信)→___春草木___(《春望》唐·杜甫)→___山夕照深秋___(《蝶恋花·出塞》清·纳兰性德)→___脚垂垂日脚___(《湖山十咏》宋·王希吕)→___珠点绛___(《咏美人春游》南朝·梁·江淹)→___焦口燥呼不___(《茅屋为秋风所破歌》唐·杜甫)→___欢当作___(《杂诗》晋·陶渊明)→___极词难___(《春江花月夜》明·唐寅)→___常于时夏(《诗经·思文》)

### 【联句接龙】

日居月诸，胡迭而微？→微意何曾有一毫？空携笔砚奉龙___。(《谢书》唐·李商隐)→___玉无人识，佩兰空自___。(《悼颐中朝散兄》宋·张扩)→___树笼秦栈，春流绕蜀___。(《送友人入蜀》唐·李白)→___上月，白如雪，蝉鬓美人愁___。(《更漏子》唐·温庭筠)→___顶一茅茨，直上三十___。(《寻西山隐者不遇》唐·邱为)→___中有啼儿，似类亲父___。(《上留田行》汉乐府)→___规夜半犹啼血，不信东风唤不___。(《送春》宋·王令)→___首绿波三楚暮，接天___。(《摊破浣溪沙》五代·南唐·李璟)→___水传潇浦，悲风过洞庭。(《省试湘灵鼓瑟》唐·钱起)

◆ 答案：城→深→雨→明→唇→得→乐→陈。韬→芳→城→绝→里→子→回→流。

## 2 会当凌绝顶，一览众山小。

——唐·杜甫《望岳》

### 【名句解析】

我一定要登上泰山的顶峰，俯瞰那众山，而众山就会显得极为渺小。

从诗句中可以看到诗人不怕困难、敢于攀登绝顶、俯视一切的雄心和气概。这正是杜甫能够成为伟大诗人的关键所在，也是一切有所作为的人所不可缺少的。诗句抒发了诗人向往登上绝顶的壮志，表现了一种敢于进取、积极向上的人生态度，极富哲理性。

常用于形容不怕困难、勇于攀登、俯视一切、有所作为的雄心和气概。

## 【单句接龙】

会当凌绝顶→顶峭松多____（《登山》唐·许棠）→____尽难____（《丑奴儿》宋·秦观）→____得一命酬知____（《与冒辟疆》清·董小宛）→____过当自____（《座右铭》唐·宗密）→____我戈____（《诗经·无衣》）→____头渐米谁能____（《秋来瘦甚而益健戏作》宋·陆游）→____野之____（《诗经·小雅·鹿鸣》）→____愁暮____（《惜红衣》宋·吴文英）→____拥蓝关马不前（《左迁至蓝关示侄孙湘》唐·韩愈）

## 【联句接龙】

会当凌绝顶，一览众山小。→小山重叠金明灭，鬓云欲度香腮____。（《菩萨蛮》唐·温庭筠）→____消门外千山绿，花发江边二月____。（《春日西湖寄谢法曹歌》宋·欧阳修）→____川历历汉阳树，芳草萋萋鹦鹉____。（《黄鹤楼》唐·崔颢）→____长春色遍，汉广夕阳____。（《赠别卢司直之闽中》唐·刘长卿）→____日江山丽，春风花草____。（《绝句》唐·杜甫）→____雾云鬟湿，清辉玉臂____。（《月夜》唐·杜甫）→____雨似从心上滴，孤灯偏向枕边____。（《不寐》宋·陆游）→____月几时有，把酒问青____。（《水调歌头》宋·苏轼）→____明登前途，独与老翁别。（《石壕吏》唐·杜甫）

◆ 答案：瘦→拼→已→修→矛→食→苹→雪。雪→晴→洲→迟→香→寒→明→天。

# 3 野径云俱黑，江船火独明。

——唐·杜甫《春夜喜雨》

## 【名句解析】

田野里的小路也跟云一样黑沉沉的，只有江里的船上的灯火是明的。

作者从视觉角度描写了一幅江村夜雨图，以“江船火独明”反衬“野径云俱黑”，更显得黑云密布，雨意正浓，今夜里准能下一场透雨。语言含蓄而优美。

常用于描写雨中夜色。有时也用来比喻“一枝独秀”之意。

## 【单句接龙】

野径云俱黑→黑发不知勤学____（《劝学诗》唐·颜真卿）→____岁那知世事____（《书愤》宋·陆游）→____难苦恨繁霜____（《登高》唐·杜甫）→____发日已____

(《端午即事》宋·文天祥)→____衲依然湖海____(《听雨诗》宋·苏泂)→____狭容一____(《初入峡有感》唐·白居易)→____花深处睡秋____(《秋事》唐·吴融)→____声总是别离____(《听雨》宋·胡仲参)→____疏迹远只香留(《鹧鸪天·桂花》宋·李清照)

## 【联句接龙】

野径云俱黑，江船火独明。→明朝且作山中行，青鞋已觉白云____。(《雨中排闷》宋·陆游)→____平意气每相期，岁晚行藏各自____。(《挽陆义斋》元·陆文圭)→____否？知否？应是绿肥红____。(《如梦令》宋·李清照)→____马恋秋草，征人思故____。(《代边将有怀》唐·刘长卿)→____村四月闲人少，才了蚕桑又插____。(《乡村四月》宋·翁卷)→____家几日闲，耕种从此____。(《观田家》唐·韦应物)→____舞弄清影，何似在人____。(《水调歌头》宋·苏轼)→____关莺语花底滑，幽咽泉流冰下____。(《琵琶行》唐·白居易)→____把黄金买，从教青镜明。(《白发》宋·顾逢)

◆ 答案：早→艰→鬓→败→阔→苐→声→情。生→知→瘦→乡→田→起→间→难。

# 4 在山泉水清，出山泉水浊。

——唐·杜甫《佳人》

## 【名句解析】

泉水在山中时是清纯的，出了山就变浑浊了。

诗句虽直白，但蕴含着深刻的人生哲理。人如泉水，可是，要保持清白之洁有多么不容易。一个人欲立志守节，宛若山泉何其难？

原诗是比喻佳人固守贞洁，宁愿待在深山幽谷中，也不愿轻易出山沾染尘俗的污秽。现比喻山中隐居的人品质高洁，而出山之后世风日下，会污染人的灵魂。

## 【单句接龙】

在山泉水清→清光凝目眩生____(《过阴山和人韵》元·耶律楚材)→____动一山春____(《好事近·梦中作》宋·秦观)→____黯花草____(《感情》唐·白居易)→____别已吞____(《梦李白》唐·杜甫)→____哀断雁____(《悼颐中朝散兄》宋·张扩)→____乐须及____(《月下独酌》唐·李白)→____衫著破谁针____(《青玉案》宋末元初·黄公绍)→____缕难穿泪脸____(《绣妇叹》唐·白居易)→____帘四卷月当楼(《浪淘沙》清·纳兰性德)

【联句接龙】

在山泉水清，出山泉水浊。→浊酒一杯家万里，燕然未勒归无计，羌管悠悠霜满____。(《渔家傲·秋思》宋·范仲淹)→____崩山摧壮士死，然后天梯石栈方钩____。(《蜀道难》唐·李白)→____峰去天不盈尺，枯松倒挂倚绝____。(《蜀道难》唐·李白)→____开金石篆，河浮云雾____。(《预麟趾殿校书和刘仪同》北周·庾信)→____尽擢匕首，长驱西入____。(《咏史诗》三国·魏·阮瑀)→____时明月汉时关，万里长征人未____。(《出塞》唐·王昌龄)→____睡，还睡，解道醒来无____。(《如梦令》清·纳兰性德)→____作咸而若一，虽甘淡兮谁谓尔为____？(《有酒十章》唐·元稹)→____相头上进贤冠，猛将腰间大羽箭。(《丹青引赠曹将军霸》唐·杜甫)

◆ 答案：花→色→死→声→行→春→线→珠。地→连→壁→图→秦→还→味→良。

## 5 天高云去尽，江迴月来迟。

——唐·杜甫《观作桥成月夜舟中有述还呈李司马》

【名句解析】

高天上片云踪迹皆无，阔江上月儿姗姗来迟。

这两句诗是写秋天夜景，但不是平铺直叙地描摹，而是使诗句具有一种因果关系：由于浮云去尽，才使人感到天空特别高远；由于江月来迟，才使人在冥漠中感到江水格外空阔。“天高”“江迴”还表现出秋高气爽的景象。这些使诗句不流于平淡，而显得曲折耐嚼。两句是写景，但又不拘泥于写景，在“月来迟”中还蕴含着殷切的待月之情。

写秋夜待月时可引用这两句诗。

【单句接龙】

天高云去尽→尽日惹飞____(《摸鱼儿》宋·辛弃疾)→____扑白头条拂____(《苏州柳》唐·白居易)→____目粲如____(《娇女诗》晋·左思)→____船听雨____(《菩萨蛮》唐·韦庄)→____罢梳云____(《新春》唐·刘方平)→____影杂云____(《七夕宴重咏牛女各为五韵诗》南朝·陈·陈叔宝)→____往亭前踏落____(《丰乐亭游春》宋·欧阳修)→____催欲别____(《退居漫题》唐·司空图)→____心自是错看山(《竞秀阁》宋·王十朋)

【联句接龙】

天高云去尽，江迴月来迟。→迟迟钟鼓初长夜，耿耿星河欲曙____。(《长恨歌》

唐·白居易）→____长地久有时尽，此恨绵绵无绝____。（《长恨歌》唐·白居易）→____君当此时，与我恣追____。（《洛中早春赠乐天》唐·刘禹锡）→____常风月，等闲谈笑，称意即相____。（《少年游》清·纳兰性德）→____言饮酒，与子偕____。（《诗经·女曰鸡鸣》）→____眼花前暗，春衣雨后____。（《无梦》唐·白居易）→____雨连江夜入吴，平明送客楚山____。（《芙蓉楼送辛渐》唐·王昌龄）→____帆远影碧空尽，唯见长江天际____。（《黄鹤楼送孟浩然之广陵》唐·李白）→____连戏蝶时时舞，自在娇莺恰恰啼。（《江畔独步寻花》唐·杜甫）

◆ 答案：絮→面→画→眠→髻→来→花→人。天→期→寻→宜→老→寒→孤→流（留）。

## 6 山路元无雨，空翠湿人衣。

——唐·王维《山中》

### 【名句解析】

蜿蜒的小路本来没有落下雨滴，树荫浓翠欲滴，沾湿了人的衣裳。

这是视觉、触觉、感觉的复杂作用所产生的一种似幻似真的感受，一种心灵上的快感。“空”字和“湿”字的矛盾，也就在这种心灵上的快感中统一起来了。

这两句描写山间草木葱茏苍翠，尽管未曾下雨，可是那空明翠绿的山色，却仿佛是晶莹的液体似流欲滴，能沾湿行人的衣服。想象新奇，语言清丽，可用来描写春夏间草木葱茏的山林。

### 【单句接龙】

山路元无雨→雨敲松子落琴____（《湖山小隐》宋·林逋）→____前明月____（《静夜思》唐·李白）→____曜犹旦____（《北风行》唐·李白）→____元安有气扬____（《观有唐吟》宋·邵雍）→____扬燕新____（《长安遇冯著》唐·韦应物）→____鸭池塘水浅____（《初夏游张园》宋·戴复古）→____深庭院清明____（《虞美人》宋·苏轼）→____尽千帆皆不____（《望江南》唐·温庭筠）→____雪是梅浑不辨（《烛下和雪折梅》宋·杨万里）

### 【联句接龙】

山路元无雨，空翠湿人衣。→衣汗稍停床上扇，茶香时拨涧中____。（《松寺》唐·卢延让）→____源在庭户，洞壑当门____。（《贼退示官吏》唐·元结）→____年伐月支，城下没全____。（《没蕃故人》唐·张籍）→____克薄赏行，军没微躯____。（《饮马长城窟行》晋·陆机）→____身弃中野，乌鸢作患____。（《咏怀》三国·魏·

阮籍）→____浣害否，归宁父____。（《诗经·葛覃》）→____氏圣善，我无令____。（《诗经·凯风》）→____生若只如初见，何事秋风悲画____。（《木兰花令·拟古决绝词》清·纳兰性德）→____裁月魄羞难掩，车走雷声语未通。（《无题》唐·李商隐）

◆ 答案：床→光→开→扬→乳→深→过→是。泉→前→师→捐→害→母→人→扇。

# 7 潮平两岸阔，风正一帆悬。

——唐·王湾《次北固山下》

## 【名句解析】

江水潮涨，漫平两岸，江面变得浩浩荡荡，辽阔无边；顺风的白帆，远远望去，好像是悬挂在碧蓝的空中。

旅途中的诗人立身船头，见春水初生，江面尤显宽阔，加之风头正劲，船帆鼓满。感于此景，便瞬间生出些许慨叹：时间流逝、新旧更替，忙碌奔波的不经意间，春天已泛上了这辽阔的江面。诗句勾勒出一幅鲜明壮美的大江行船图画。“平”“阔”“正”“悬”堪称诗眼。

诗句不仅是绘景名句，还是不可多得的砥廉砺志的名联，可以这样理解：做官必须胸怀宽广，海纳百川，必须恪守公平正义，为官清正，才会潮平路阔、前途平坦、一帆风顺。也可用于比喻要抓住历史机遇。

## 【单句接龙】

潮平两岸阔→阔狭无数____（《登香炉峰顶》唐·白居易）→____夫未可轻年____（《上李邕》唐·李白）→____小离家老大____（《回乡偶书》唐·贺知章）→____车叱牛牵向____（《卖炭翁》唐·白居易）→____地无人空月____（《统汉烽下》唐·李益）→____月出天____（《关山月》唐·李白）→____中无历____（《答人》唐·太上隐者）→____暮秋风____（《三闾庙》唐·戴叔伦）→____行山随身（《山中吟赠徐十二》清·祝湘珩）

## 【联句接龙】

潮平两岸阔，风正一帆悬。→悬胡青天上，埋胡紫塞____。（《胡无人》唐·李白）→____人笑此言，似高还似____。（《于潜僧绿筠轩》宋·苏轼）→____儿了却公家事，快阁东西倚晚____。（《登快阁》宋·黄庭坚）→____窗早觉爱朝曦，竹外秋声渐作____。（《初冬》宋·刘克庄）→____仪棣棣，不可选____。（《诗经·柏舟》）→____应惊问：近来多少华____？（《念奴娇·书东流村壁》宋·辛弃疾）→____为思乡白，形因泣泪____。（《途中忆儿女之作》唐·马云奇）→____藤老树昏鸦，小桥流水人家，古道西风瘦____。(《天净沙·秋思》元·马致远)→____毛带雪汗气蒸，五花连钱旋作冰，幕中草檄砚水凝。(《走马川行奉送出师西征》唐·岑参)

◆ 答案：丈→少→回→北→明→山→日→起。旁→痴→晴→威→也→发→枯→马。

# 8 孤舟蓑笠翁，独钓寒江雪。

——唐·柳宗元《江雪》

## 【名句解析】

只有在那宽广平静的江上，一个披着蓑衣戴着斗笠的老渔翁，一个人坐在孤零零的船上独自在雪中垂钓。

这个渔翁的形象就是诗人自身的写照，曲折地表达出诗人在政治改革失败后虽寂寞无助，但又独善其身的心态。

常用于形容顽强不屈、凛然无畏、傲岸清高、不同流合污的精神面貌。

## 【单句接龙】

孤舟蓑笠翁→翁翁岂有甘心____(《至扬州》宋·文天祥)→____事四五____(《孔雀东南飞》汉乐府)→____宵听论莲华____(《松寺》唐·卢延让)→____公习禅____(《题义公禅房》唐·孟浩然)→____寂寒江明月____(《芙蓉楼送辛渐》唐·王昌龄)→____心视春____(《杂诗》唐·王维)→____长莺飞二月____(《村居》清·高鼎)→____寒红叶____(《山中》唐·王维)→____疏野竹人移折(《逍遥翁溪亭》唐·王建)

## 【联句接龙】

孤舟蓑笠翁，独钓寒江雪。→雪暗凋旗画，风多杂鼓____。(《从军行》唐·杨炯)→____来枕上千年鹤，影落杯中五老____。(《题元八溪居》唐·白居易)→____峦如聚，波涛如怒，山河表里潼关____。(《山坡羊·潼关怀古》元·张养浩)→____曼曼其修远兮，吾将上下而求____。(《离骚》战国·屈原)→____居易永久，离群难处____。(《登池上楼》南朝·宋·谢灵运)→____犹豫而狐疑兮，欲自适而不____。(《离骚》战国·屈原)→____怜九月初三夜，露似真珠月似____。(《暮江吟》唐·白居易)→____断阵前争日月，血流垓下定龙____。(《垓下怀古》唐·栖一)→____蛇硕言，出自口矣。(《诗经·巧言》)

◆ 答案：事→通→义→寂→心→草→天→稀。声→峰→路→索→心→可→弓→蛇。

# 9 忽如一夜春风来，千树万树梨花开。

——唐·岑参《白雪歌送武判官归京》

## 【名句解析】

一夜之间，所有树枝上挂满了雪，就像春天里千万朵绽放的梨花。

诗句形象、准确地表现了早晨起来突然看到雪景时的惊异神情。经过一夜，大地银装素裹，焕然一新，此时的雪景分外迷人。读者仿佛看到了明丽而润泽的梨花，仿佛嗅到了梨花清新的香味，仿佛置身于大好春光之中。

富于想象的诗人用催开百花的“春风”比喻带来雪花的“北风”，用“雪白”的梨花比喻晶莹的雪花，用“千树万树梨花开”形容银装素裹的边塞雪景，成为咏雪的名句，千百年来被广泛传诵、引用。

## 【单句接龙】

忽如一夜春风来→来去逐轻____（《江南曲》唐·储光羲）→____楫恐失____（《梦李白》唐·杜甫）→____似骚人去赴____（《落梅》宋·刘克庄）→____江岸头____（《重至衡阳伤柳仪曹》唐·刘禹锡）→____占阮家____（《和令狐仆射小饮听阮咸》唐·白居易）→____不显时心不____（《夜读》明·唐寅）→____骨穴蝼____（《遣兴》唐·杜甫）→____王化饭为臣____（《禽虫》唐·白居易）→____家高楼连苑起（《节妇吟》唐·张籍）

## 【联句接龙】

忽如一夜春风来，千树万树梨花开。→开我东阁门，坐我西阁____。（《木兰诗》北朝民歌）→____头一壶酒，能更几回____？（《醉后赠张九旭》唐·高适）→____罢梳云髻，妆成上锦____。（《新春》唐·刘方平）→____马到春常借问，子孙因选暂归____。（《逍遥翁溪亭》唐·王建）→____如雷霆收震怒，罢如江海凝清____。（《观公孙大娘弟子舞剑器行》唐·杜甫）→____阴与时节，先感是诗____。（《新秋喜凉》唐·白居易）→____生只似风前絮，欢也飘零，悲也飘零，都作连江点点____。（《采桑子》清·王国维）→____青兮水澈，叶落兮林____。（《秋风摇落》南朝·梁·萧绎）→____稀疏疏绕篱竹，窄窄狭狭向阳屋。（《和自劝》唐·白居易）

◆ 答案：舟→坠→湘→别→名→朽→蚁→妾。床→眠→车→来→光→人→萍→稀。

## 10 细雨湿衣看不见，闲花落地听无声。

——唐·刘长卿《送严士元》

### 【名句解析】

毛毛细雨润湿了衣服，自己却看不见；树上的残花飘落在地上，也听不到声音。

这两句一向被认为是刻画细腻的写景诗，清人方东树称为“卓然名句，千载不朽”（《昭昧詹言》）。它通过“细雨湿衣”“闲花落地”两个细节，展现出一片蒙蒙春雨的江南景色。“细雨湿衣”而“看不见”，“闲花落地”而“听无声”，则更是诗人体察入微之处，因为唯有“看不见”才显出雨之“细”，唯有“听无声”才见出花之“闲”。句中没有出现更多的景物，但仍给读者留下了深刻的印象。

诗句可用来歌咏春天的美好，也可指一种恬淡的做人境界；可叹息“细雨”“闲花”不为人知的寂寞处境，也可独辟蹊径地认为“看不见”“听无声”并不等于无所作为。2007 年北京市高考作文题目，就是根据这句诗写一篇话题作文，足可见此唐诗名句有多么深刻的内涵。

### 【单句接龙】

细雨湿衣看不见→见说桃源无____（《如梦令》唐·张炎）→____人举首东南____（《登云龙山》宋·苏轼）→____帝春心托杜____（《锦瑟》唐·李商隐）→____老催红____（《送别薛丞》宋·方岳）→____院滋苔____（《宿王昌龄隐居》唐·常建）→____枰坐____（《观棋》宋·苏轼）→____酒当____（《短歌行》汉·曹操）→____管楼台声细____（《春夜》宋·苏轼）→____雨渡头市（《广信道中》宋·喻良能）

### 【联句接龙】

细雨湿衣看不见，闲花落地听无声。→声喧乱石中，色静深松____。（《青溪》唐·王维）→____中有三坟，累累正相____。（《梁甫吟》汉乐府）→____而今、元龙臭味，孟公瓜____。（《贺新郎·同父见和，再用韵答之》宋·辛弃疾）→____制冰餐消几钱？云栖水宿本臞____。（《幽居感兴》宋·杨万里）→____去逍遥境，诗留窈窕____。（《昭德王皇后挽歌词》唐·白居易）→____画志墨兮，前图未____。（《九章·怀沙》战国·屈原）→____过必生智慧，护短心内非____。（《无相颂》唐·慧能）→____愚千载知谁是，满眼蓬蒿共一____。（《清明》宋·黄庭坚）→____园共谁卜，山水共谁寻？（《哭崔常侍晦叔》唐·白居易）

◆ 答案：路→望→鹃→药→纹→对→歌→细。里→似→葛→仙→章→改→贤→丘。

## 11 巨灵咆哮擘两山，洪波喷箭射东海。

——唐·李白《西岳云台歌送丹丘子》

### 【名句解析】

“巨灵”咆哮着掰开两山，黄河的洪波才喷涌而出，直射东海。

诗人用浪漫主义手法进行大胆的艺术创造，把神话传说中的“巨灵”形象与大自然中的黄河形象交融为一，充满了奇幻神秘的色彩。

常用于描写黄河的声、状、态势、性格和气魄。

### 【单句接龙】

巨灵咆哮擘两山→山随平野____（《渡荆门送别》唐·李白）→____日行桑____（《南歌子·和前韵》宋·苏轼）→____渡无人舟自____（《滁州西涧》唐·韦应物）→____眉冷对千夫____（《自嘲》近现代·鲁迅）→____点六朝形胜____（《念奴娇·登石头城用东坡赤壁韵》元·萨都剌）→____似人心总不____（《晚眺》唐·罗隐）→____林漠漠烟如____（《菩萨蛮》唐·李白）→____妇布衣仍布____（《织妇叹》宋·戴复古）→____衣佩云气（《咏怀》三国·魏·阮籍）

### 【联句接龙】

巨灵咆哮擘两山，洪波喷箭射东海。→海水桑田欲变时，风涛翻覆沸天____。（《山中五绝句·涧中鱼》唐·白居易）→____开照胆镜，林吐破颜____。（《宴陶家亭子》唐·李白）→____房腻似红莲朵，艳色鲜如紫牡____。（《画木莲花图寄元郎中》唐·白居易）→____青不知老将至，富贵于我如浮____。（《丹青引赠曹将军霸》唐·杜甫）→____来气接巫峡长，月出寒通雪山____。（《古柏行》唐·杜甫）→____发三千丈，缘愁似个____。（《秋浦歌》唐·李白）→____恨人心不如水，等闲平地起波____。（《竹枝词》唐·刘禹锡）→____翻笔墨浩难收，妙处端能浣客____。（《和朱成伯》宋·胡寅）→____蛾浅，飞红零乱，侧卧珠帘卷。（《点绛唇》宋·寇准）

◆ 答案：尽→野→横→指→地→平→织→裳。池→花→丹→云→白→长→澜→愁。

## 12 疏影横斜水清浅，暗香浮动月黄昏。

——宋·林逋《山园小梅》

### 【名句解析】

稀疏的影子，横斜在清浅的水中，清幽的芬芳浮动在黄昏的月光之下。

诗句轻笔勾勒出梅之骨。“疏影”状其轻盈，“翩若惊鸿”；“横斜”写其妩媚，迎风而歌；“水清浅”显其澄澈，灵动温润。下句浓墨描摹出梅之韵，“暗香”写其无形而香，随风而至，如同捉迷藏一样富有情趣；“浮动”言其款款而来，飘然而逝，颇有仙风道骨；“月黄昏”采其美妙背景，从时间上把人们带到一个“月上柳梢头，人约黄昏后”的动人时刻，从空间上把人们引进一个“落霞与孤鹜齐飞，秋水共长天一色”似的迷人意境。

“疏影”“暗香”既写出了梅花稀疏的特点，又写出了它清幽的芬芳，因此成了人们公认的梅花代名词，这两句诗也成为形容梅花时十分常用的诗句之一。

## 【单句接龙】

疏影横斜水清浅→浅草才能没马____（《钱塘湖春行》唐·白居易）→____金点鬓____（《答朱公绰牡丹》宋·宋祁）→____意未曾____（《浪淘沙》清·纳兰性德）→____说鲈鱼堪____（《水龙吟·登建康赏心亭》宋·辛弃疾）→____吞炙嚼人口____（《读李白集》唐·齐己）→____与风光共流____（《曲江对酒》唐·杜甫）→____益多师是汝____（《戏为六绝句》唐·杜甫）→____克薄赏____（《饮马长城窟行》晋·陆机）→____直何用修禅（《无相颂》唐·慧能）

## 【联句接龙】

疏影横斜水清浅，暗香浮动月黄昏。→昏以为期，明星煌____。（《诗经·东门之杨》）→____煌文明代，俱幸生此____。（《送薛蔓应举》唐·王建）→____阳隔江渚，空些楚词____。（《赣州明府杨同年挽歌词》宋·范成大）→____哉王孙慎勿疏，五陵佳气无时____。（《哀王孙》唐·杜甫）→____为在歧路，儿女共沾____。（《送杜少府之任蜀州》唐·王勃）→____帏不可见，枕席空余____。（《相和歌辞·班婕妤》唐·徐彦伯）→____杀柑花麝不如，晚窗重理读残____。（《斋中独坐》宋·郑会）→____囊山翠湿，琴匣雪花____。（《送邬傪之洪州觐兄弟》唐·皎然）→____鸿数点千峰碧，水接云边四望遥。（《题金山寺》宋·苏轼）

◆ 答案：蹄→密→休→脍→传→转→师→行。煌→辰→哀→无→中→香→书→轻。

# 13 春雨断桥人不度，小舟撑出柳阴来。

——宋·徐俯《春游湖》

## 【名句解析】

春雨绵绵，湖水上涨，将桥淹没了，游人不能过河；正在人们为难的时候，柳荫深处，悠悠撑出一只小船来，这就可以摆渡过去继续游赏了。

断桥这个地方集中了矛盾，是春游途中的关键。在前进中遇到了阻碍，又在阻碍中得以前进，这个“游”字就在这样的行动中被表现出来了。

这两句诗原是真切地记录江南水国风光的，后人也用这两句诗来比喻“在绝路上又逢新路”。

### 【单句接龙】

春雨断桥人不度→度日不成____（《王家少妇》唐·崔颢）→____成每被秋娘____（《琵琶行》唐·白居易）→____花风雨便相____（《落花》宋·朱淑贞）→____尽白头____（《题樟亭》唐·张祜）→____媪语人年岁____（《田父吟》宋·叶茵）→____收吾骨瘴江____（《左迁至蓝关示侄孙湘》唐·韩愈）→____地莺花____（《同洛阳李少府观永乐公主入蕃》唐·孙逖）→____年易老学难____（《劝学诗》宋·朱熹）→____厦昔容巢（《送牛相出镇襄州》唐·杜牧）

### 【联句接龙】

春雨断桥人不度，小舟撑出柳阴来。→来是空言去绝踪，月斜楼上五更____。（《无题》唐·李商隐）→____陵醉别十余春，重见云英掌上____。（《偶题》唐·罗隐）→____安勤戒定，事简疏交____。（《座右铭》唐·宗密）→____山弄水携诗卷，看月寻花把酒____。（《忆晦叔》唐·白居易）→____酒劝长庚，高咏谁____？（《浪淘沙·过七里泷》现代·夏承焘）→____其相顾言，闻者为悲____。（《观刈麦》唐·白居易）→____心秦汉经行处，宫阙万间都做了____。（《山坡羊·潼关怀古》元·张养浩）→____洞安眠稳坐，松岩耳静心____。（《西江月·入西山路》元·尹志平）→____心为治本，直道是身谋。（《书端州郡斋壁》宋·包拯）

◆ 答案：妆→妒→催→翁→好→边→少→成。钟→身→游→杯→听→伤→土→清。

## 14　柳径无人，堕絮飞无影。

——宋·张先《剪牡丹·舟中闻双琵琶》

### 【名句解析】

岸边柳林没有人影，唯有轻絮飘舞，在地上不留一点儿痕迹。

“无影”二字使整个画面立即灵动起来。那柳絮飞舞的轻盈飘忽，形神俱备，而且微风吹拂，轻絮飘舞，微暗的树荫中，依稀看见它们游荡回转，而一点影子也不留在地面上。真有一种飘忽无影的妙趣。

常用于感叹人的生命短暂，命运飘忽不定。

### 【单句接龙】

柳径无人→人无再少____（《续任溥赏酴醾劝酒》宋·陈著）→____年波浪不能____（《竹枝词》唐·刘禹锡）→____藏马悲____（《孔雀东南飞》汉乐府）→____民生之多____（《离骚》战国·屈原）→____难愧深____（《羌村》唐·杜甫）→____竭为知____（《恩赐丽正殿书院赐宴应制得林字》唐·张说）→____问日以____（《墨萱图》元·王冕）→____风中酒过年____（《宿蓬船》唐·韦庄）→____来未觉新（《同洛阳李少府观永乐公主入蕃》唐·孙逖）

### 【联句接龙】

柳径无人，堕絮飞无影。→影落明湖青黛光，金阙前开二峰长，银河倒挂三石____。（《庐山谣寄卢侍御虚舟》唐·李白）→____园应有兴，何不召邹____。（《雪朝乘兴欲诣李司徒留守先以五韵戏之》唐·白居易）→____平意气每相期，岁晚行藏各自____。（《挽陆义斋》元·陆文圭）→____君洪量，不用推辞须一____。（《减字木兰花》宋·王观）→____有流思人，怀旧望归____。（《送江水曹还远馆》南朝·齐·谢朓）→____从远方来，遗我双鲤____。（《饮马长城窟行》汉乐府）→____潜在渊，或在于____。（《诗经·小雅·鹤鸣》）→____云低暗度，关月冷相____。（《孤雁》唐·崔涂）→____富随贫且欢乐，不开口笑是痴人。（《对酒》唐·白居易）

◆ 答案：年→摧→哀→艰→情→音→阻→年。梁→生→知→上→客→鱼→渚→随。

## 15 那堪更被明月，隔墙送过秋千影。

——宋·张先《青门引》

### 【名句解析】

正心烦意乱，心绪不宁，哪料到那溶溶月光将对面摇动秋千的身影投射过来。

月光下的秋千影子是幽微的，描写这一感触，也深刻地表现词人抑郁的心灵。“那堪”二字，揭示了为秋千影所触动的情怀。词人写人却言物，写物却只写物之影，影是人，人又如影之虚之无，写出了隽永的词味。

常用于抒写自己有感于生活孤独寂寞时，因外景而引发的怀旧情怀和忧苦心境。

### 【单句接龙】

那堪更被明月→月是故乡____（《月夜忆舍弟》唐·杜甫）→____妃西嫁无来____（《王昭君》唐·李白）→____上花____（《定风波》宋·柳永）→____影细从茶碗____（《竹轩诗兴》宋·张镃）→____门上家____（《孔雀东南飞》汉乐府）→____上启

阿____（《孔雀东南飞》汉乐府）→____氏劬____（《诗经·凯风》）→____将白叟比黄____（《答崔十八》唐·白居易）→____心不以贵隔我（《和裴令公一日日一年年杂言见赠》唐·白居易）

## 【联句接龙】

那堪更被明月，隔墙送过秋千影。→影照龙门水，声入洞庭____。（《赋得威凤栖梧诗》南朝·陈·张正见）→____一更，雪一更，聒碎乡心梦不____。（《长相思》清·纳兰性德）→____不以富，亦祇以____。（《诗经·我行其野》）→____乡物态与人殊，惟有东风旧相____。（《春日西湖寄谢法曹歌》宋·欧阳修）→____者阅见一生事，到处豁然千里____。（《送蔡山人》唐·高适）→____非木石岂无感？吞声踯躅不敢____。（《拟行路难》南朝·宋·鲍照）→____多令事败，器漏苦不____。（《临终诗》汉·孔融）→____意未曾休，密愿难酬，珠帘四卷月当____。（《浪淘沙》清·纳兰性德）→____头残梦五更钟，花底离情三月雨。（《玉楼春·春恨》宋·晏殊）

◆ 答案：明→日→梢→入→堂→母→劳→公。风→成→异→识→心→言→密→楼。

# 16 好水好山看不足，马蹄催趁月明归。

——宋·岳飞《池州翠微亭》

## 【名句解析】

美好的山水令人陶醉看也看不够，直到入夜才催马踏月归来。

诗人一生戎马倥偬，征尘满衣，当他忙里偷闲，登上翠微亭，纵目观赏为之战斗的祖国美丽山河时，不禁陶醉其中，流连忘返，直到入夜时分才满怀喜悦地趁月催马而归。

可用来表现旅游中为美丽的风景所吸引，流连忘返，迟迟不忍归去的心情。

## 【单句接龙】

好水好山看不足→足蒸暑土____（《观刈麦》唐·白居易）→____蒸云梦____（《望洞庭湖赠张丞相》唐·孟浩然）→____中生乔____（《咏怀》三国·魏·阮籍）→____竹健来唯欠____（《秋事》唐·吴融）→____罢暮天____（《喜见外弟又言别》唐·李益）→____殁师废____（《哭崔常侍晦叔》唐·白居易）→____瑟在____（《诗经·女曰鸡鸣》）→____宇多年求不____（《长恨歌》唐·白居易）→____相能开国（《蜀先主庙》唐·刘禹锡）

## 【联句接龙】

好水好山看不足，马蹄催趁月明归。→归山深浅去，须尽丘壑____。(《送崔九》唐·裴迪)→____人卷珠帘，深坐蹙蛾____。(《怨情》唐·李白)→____眼细，鬓云垂，惟有多情宋玉____。(《天仙子》唐·韦庄)→____汝远来应有意，好收吾骨瘴江____。(《左迁至蓝关示侄孙湘》唐·韩愈)→____地莺花少，年来未觉____。(《同洛阳李少府观永乐公主入蕃》唐·孙逖)→____年都未有芳华，二月初惊见草____。(《春雪》唐·韩愈)→____新才绽日，茸短未含____。(《生春》唐·元稹)→____急天高猿啸哀，渚清沙白鸟飞____。(《登高》唐·杜甫)→____看射雕处，千里暮云平。(《观猎》唐·王维)

◆ 答案：气→泽→松→语→钟→琴→御→得。美→眉→知→边→新→芽→风→回。

# 17 泉眼无声惜细流，树阴照水爱晴柔。

——宋·杨万里《小池》

## 【名句解析】

泉眼很爱惜地让泉水悄然流出，映在水上的树荫喜欢这晴天风光的柔和。

一个“惜”字，化无情为有情，仿佛泉眼是因为爱惜涓滴，才让它无声地缓缓流淌；一个“爱”字，给绿树以生命，似乎它是喜欢这晴柔的风光，才以水为镜，展现自己的绰约风姿。诗句表现了大自然中万物之间亲密和谐的关系。

常用于形容小巧精致、柔和宜人的境界。

## 【单句接龙】

泉眼无声惜细流→流波将月____(《春江花月夜》隋·杨广)→____日苦____(《短歌行》汉·曹操)→____少人无____(《白发》宋·顾逢)→____中有真____(《饮酒》晋·陶渊明)→____气相期共生____(《金错刀行》宋·陆游)→____同一个____(《我侬词》元·管道升)→____发北山____(《霸陵篇》明·屠应埈)→____壁千重树万____(《竹枝词》唐·李涉)→____上君子堂(《赠卫八处士》唐·杜甫)

## 【联句接龙】

泉眼无声惜细流，树阴照水爱晴柔。→柔情似水，佳期如梦，忍顾鹊桥归____。(《鹊桥仙》宋·秦观)→____断车轮生四角，此地行人销骨，问谁使君来愁____？(《贺新郎·把酒长亭说》宋·辛弃疾)→____顶峰攒雪剑，悬崖挂冰____。[《(中吕)红绣鞋·天台瀑布寺》元·张可久]→____外雨潺潺，春意阑珊，罗衾不耐五更____。

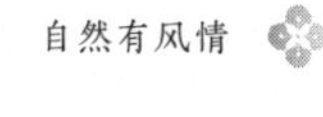

（《浪淘沙令》五代·南唐·李煜）→____食后，酒醒却咨____。（《望江南·超然台作》宋·苏轼）→____母兄兮永潜藏，想形容兮内摧____。（《思亲诗》三国·魏·嵇康）→____心不忍问耆旧，复恐初从乱离____。（《忆昔》唐·杜甫）→____与旁人浑不解，杖藜携酒看芝____。（《题屏》宋·刘季孙）→____重水复疑无路，柳暗花明又一村。（《游山西村》宋·陆游）

◆ 答案：去→多→此→意→死→椁→石→重。路→绝→帘→寒→嗟→伤→说→山。

## 18 问渠那得清如许？为有源头活水来。

——宋·朱熹《观书有感》

### 【名句解析】

要问那个池塘的水为何这样清澈，是因为它的发源处不断有活水流下来。

人们在读书后，时常有一种豁然开朗的感觉，诗句就是以象征的手法，将这种内心感觉化作可以感触的具体形象加以描绘，让读者自己去领略其中的奥妙。所谓“源头活水”，是指从书中不断汲取新的知识。

诗句告诉人们：只有不断地从书本、实践中汲取新的营养，才能保持知识的更新，达到更高的境界。

### 【单句接龙】

问渠那得清如许→许送自身归华____（《怀体休上人》唐·齐己）→____高嶂重____（《敬酬杨仆射山斋独坐》隋·薛道衡）→____翠萦残____（《山雪》唐·皎然）→____上空留马行____（《白雪歌送武判官归京》唐·岑参）→____世闲难____（《新年呈友》唐·许棠）→____酒时浇磊块____（《会友》元·王冕）→____疏迹远只香____（《鹧鸪天·桂花》宋·李清照）→____欢方继____（《留别宋处士》唐·戴叔伦）→____下看花遍有思（《雨夜独酌》宋·杨万里）

### 【联句接龙】

问渠那得清如许？为有源头活水来。→来风堪避暑，静夜致清____。（《竹扇诗》汉·班固）→____州七里十万家，胡人半解弹琵____。（《凉州馆中与诸判官夜集》唐·岑参）→____洲铃铎江声战，越井楼台海气____。（《登赤石冈塔》明·陈子壮）→____金食气先从有，悟理归真便入____。（《七言》唐·吕岩）→____波真古井，有节是秋____。（《临江仙·送钱穆父》宋·苏轼）→____竹千年老不死，长伴秦娥盖湘____。（《湘妃》唐·李贺）→____何澹澹，山岛竦____。（《观沧海》汉·曹操）→____山融川取世界，咳云唾雨呼雷____。（《题祝生画》宋·朱熹）→____乍起，吹皱一池春水。（《谒金门》五代·南唐·冯延巳）

◆ 答案：岳→叠→雪→处→得→情→留→烛。凉→琶→吞→无→筠→水→峙→风。

## 19 只恐双溪舴艋舟，载不动许多愁！

——宋·李清照《武陵春·春晚》

### 【名句解析】

只是恐怕漂浮在双溪上的小船，载不动许多忧愁啊！

作者怕的是双溪上那蚱蜢般的小船载不动自己内心沉重的哀愁。人们总是把愁怨比作连绵不断的流水，比作斩尽还生的野草，而李清照却另寻了一个新思路：自己的愁重得连船都承载不动。像这样的艺术构思和表现手法实在很新鲜、奇特，所以被词论家称赞为“创意出奇”“往往出人意表”。

后人常用这两句词来形容内心无限的愁苦。

### 【单句接龙】

只恐双溪舴艋舟→舟人夜语觉潮____（《晚次鄂州》唐·卢纶）→____长明妃尚有____（《咏怀古迹》唐·杜甫）→____桥原树似吾____[《村行》宋·王禹偁（chēng）]→____思逐雁____（《同前拟》唐·许敬宗）→____吾道夫先____（《离骚》战国·屈原）→____幽昧以险____（《离骚》战国·屈原）→____门山险少行____（《广灵道中》明·江源）→____中多得早朝____（《离建》宋·巩丰）→____抹雨妆总西子（《山中载酒用萧敬夫韵赋江涨》宋·文天祥）

### 【联句接龙】

只恐双溪舴艋舟，载不动许多愁！→愁奈何兮悲思多，情郁结兮不可____。（《思亲诗》三国·魏·嵇康）→____蛤悲群鸟，收田畏早____。（《咏廿四气诗·寒露九月节》唐·元稹）→____晨月，马蹄声碎，喇叭声____。（《忆秦娥·娄山关》现代·毛泽东）→____咽阴虫叫，萧萧寒雁____。（《田氏南楼对月》唐·马戴）→____日绮窗前，寒梅著花____？（《杂诗》唐·王维）→____离海底千山墨，才到中天万国____。（《咏月诗》宋·赵匡胤）→____朝相对泪滂沱，米粮丝税将奈____？（《陌上桑》元·王冕）→____处是归程？长亭更短____。（《菩萨蛮》唐·李白）→____遥先得月，树密显高枝。（《咏四面云山》清·玄烨）

◆ 答案：生→村→乡→来→路→隘→旅→晴。化→霜→咽→来→未→明→何→亭。

# 20 休去倚危栏，斜阳正在、烟柳断肠处。

——宋·辛弃疾《摸鱼儿》

## 【名句解析】

不要去倚靠高楼，否则会看见斜阳坠落烟柳中，令人伤心断肠。

靠着高楼，会看见一点点下坠的残阳、苍茫迷蒙的江水、轻烟笼罩的垂柳，这些都会令人伤悲。所以辛弃疾说“休去倚危楼”，他害怕看到那落日残阳的光景，害怕由此想到江河日下的国家。他的哀愁，本就已经太多太多了。

常用于形容对国家日益衰败的忧虑。

## 【单句接龙】

休去倚危栏→栏杆拍____（《水龙吟·登建康赏心亭》宋·辛弃疾）→____池亭水____（《骤雨打新荷》金·元好问）→____道回看上苑____（《奉和圣制从蓬莱向兴庆阁道中留春雨中春望之作应制》唐·王维）→____径不曾缘客____（《客至》唐·杜甫）→____清犬羊____（《军中行》宋·陈宗传）→____芳烂不____（《春日西湖寄谢法曹歌》宋·欧阳修）→____篙停棹坐船____（《舟过安仁》宋·杨万里）→____秋谁与共孤____（《西江月》宋·苏轼）→____阴与时节（《新秋喜凉》唐·白居易）

## 【联句接龙】

休去倚危栏，斜阳正在、烟柳断肠处。→处分适兄意，那得自任____！（《孔雀东南飞》汉乐府）→____思君兮不可化，君不知兮可奈____！（《九辩》战国·宋玉）→____不作衣裳？莫令事不____！（《孔雀东南飞》汉乐府）→____头望明月，低头思故____。（《静夜思》唐·李白）→____村四月闲人少，才了蚕桑又插____。（《乡村四月》宋·翁卷）→____家几日闲，耕种从此____。（《观田家》唐·韦应物）→____来香腮褪红玉，花时爱与愁相____。（《东坡引》宋·辛弃疾）→____续说相思，不尽无穷____。（《卜算子》宋·吕渭老）→____欲捕鸣蝉，忽然闭口立。（《所见》清·袁枚）

◆ 答案：遍→阁→花→扫→群→收→中→光。专→何→举→乡→田→起→续→意。

# 第3章 纸上动物园

咏物诗在中国传统诗词中有大量的杰作出现，古人很喜欢咏物，大到日月山川、江河湖海，小至花草鸟鱼、牛马狗兔，都可以成为诗人所描写的对象。一首好的咏物诗，总是以最贴切、最逼真的描写，最生动的形象和最强的美感吸引读者，通过所咏之物，表达诗人的精神品质或理想志向，做到“物中有情，情中有物”。每当我们徜徉在曼妙的诗词长河里，为那一声声“关关雎鸠，在河之洲”而心动神摇的时候，可曾注意到那诗词中的种种动物，缠绵的鸳鸯、勇猛的雄鹰、矫健的骏马、清闲的飞鸟、执着的春蚕……正是它们闪耀的光芒启迪了我们的思考，给了我们美的感受。因此，了解和探讨古诗词中的动物，也是我们深入挖掘诗人丰富的内心世界，感受诗词唯美、动人的艺术境界的绝佳途径。

## 1 鹤鸣于九皋，声闻于天。

——《诗经·小雅·鹤鸣》

### 【名句解析】

鹤即使身处于低处，鸣叫声也能响彻云外。

这不仅是古代仁人志士希望自己闻达于世的愿望的表示，也是期盼一国之君能广开言路的心声。我国诗歌从《诗经》开始，就不乏朴素而深刻的哲理。

现常用于比喻高尚的人即便身在穷僻之处，也可以为人所知。

### 【单句接龙】

鹤鸣于九皋→皋桥夜沽____（《夜归》唐·白居易）→____酣胸胆尚开____（《江城子·密州出猎》宋·苏轼）→____帆欲去仍搔____（《虞美人》宋·陈与义）→____如飞____（《诗经·伯兮》）→____莱文章建安____（《宣州谢朓楼饯别校书叔云》唐·李白）→____肉流离道路____（《望月有感》唐·白居易）→____间小谢又清____（《宣州谢朓楼饯别校书叔云》唐·李白）→____遣双成更取____（《送萧炼师步虚词十首卷后以二绝继之》唐·白居易）→____也恓惶（《一剪梅》宋·辛弃疾）

### 【联句接龙】

鹤鸣于九皋，声闻于天。→天明登前途，独与老翁____。（《石壕吏》唐·杜甫）→____君去兮何时还？且放白鹿青崖间，须行即骑访名____。（《梦游天姥吟留别》唐·李白）→____出尽如鸣凤岭，池成不让饮龙____。（《侍宴安乐公主新宅应制》唐·沈佺期）→____为静其波，鸟亦罢其____。（《听董大弹胡笳声兼寄语弄房给事》唐·李颀）→____筝金粟柱，素手玉房____。（《听筝》唐·李端）→____时雪压无寻处，昨夜月明依旧____。（《次韵雪后书事》宋·朱熹）→____荒南野际，守拙归园____。（《归园田居》晋·陶渊明）→____家几日闲，耕种从此____。（《观田家》唐·韦应物）→____行山随身，寂坐山到牖。（《山中吟赠徐十二》清·祝湘珩）

◆ 答案：酒→张→首→蓬→骨→中→发→来。别→山→川→鸣→前→开→田→起。

## 2 蝉噪林逾静，鸟鸣山更幽。

——南朝·梁·王籍《入若耶溪》

### 【名句解析】

蝉噪阵阵，林间愈见寂静；鸟鸣声声，山中更觉幽深。

“蝉噪”“鸟鸣”使笼罩着若耶山林的寂静显得更为深沉。这是千古传诵的名句，被誉为“文外独绝”。像唐代王维的“倚杖柴门外，临风听暮蝉”，杜甫的“春山无伴独相求，伐木丁丁山更幽”，都是用声响来衬托一种静的境界，而这种表现手法正是王籍的创新。

诗句用以动显静的手法来渲染山林的幽静，在形容山景时被广泛引用。

## 【单句接龙】

蝉噪林逾静→静境多独____（《秋池》唐·白居易）→____食阶除鸟雀____（《与朱山人》唐·杜甫）→____犀冻死蛮儿____（《驯犀》唐·白居易）→____涕零如____（《古诗十九首·迢迢牵牛星》汉）→____横风狂三月____（《蝶恋花》宋·欧阳修）→____登天子____（《神童诗》宋·汪洙）→____前扑枣任西____（《又呈吴郎》唐·杜甫）→____人满墙____（《羌村》唐·杜甫）→____上何所有（《丽人行》唐·杜甫）

## 【联句接龙】

蝉噪林逾静，鸟鸣山更幽。→幽映每白日，清辉照衣____。（《阙题》唐·刘昚虚）→____衣佩云气，言语究灵____。（《咏怀》三国·魏·阮籍）→____龟虽寿，犹有竟____。（《龟虽寿》汉·曹操）→____移音律改，岂是昔时____？（《和令狐仆射小饮听阮咸》唐·白居易）→____喧乱石中，色静深松____。（《青溪》唐·王维）→____中有三坟，累累正相____。（《梁甫吟》汉乐府）→____妒诗人山入眼，千峰故隔一帘____。（《小雨》宋·杨万里）→____容百斛龙休睡，桐拂千寻凤要____。（《玉山》唐·李商隐）→____迟衡门，唯志所从。（《咏怀》三国·魏·阮籍）

◆ 答案：得→驯→泣→雨→暮→堂→邻→头。裳→神→时→声→里→似→珠→栖。

# 3 两岸猿声啼不住，轻舟已过万重山。

——唐·李白《早发白帝城》

## 【名句解析】

两岸猿猴的啼叫声不断，回荡不绝。猿猴的啼声还回荡在耳边时，轻快的小船已驶过连绵不绝的万重山峦。

为了形容船快，诗人除了用猿声山影来烘托，还给船本身添上了一个“轻”字。而“危乎高哉”的“万重山”一过，轻舟进入坦途。这两句既是写景，又是比兴，既是个人心情的表达，又是人生经验的总结，因物兴感，精妙绝伦。

常用于形容历尽艰险、进入康庄旅途的快感。

### 【单句接龙】

两岸猿声啼不住→住处钟鼓____（《原上新居》唐·王建）→____大国是____（《诗经·长发》）→____场征战何时____（《胡笳十八拍》汉·蔡琰）→____马傍春____（《奔亡道中》唐·李白）→____木当吏____（《孟冬蒲津关河亭作》唐·吕温）→____妇谓府____（《孔雀东南飞》汉乐府）→____禄三百____（《观刈麦》唐·白居易）→____鲸鳞甲动秋____（《秋兴》唐·杜甫）→____急打船头（《陪诸贵公子丈八沟携妓纳凉晚际遇雨》唐·杜甫）

### 【联句接龙】

两岸猿声啼不住，轻舟已过万重山。→山光忽西落，池月渐东____。（《夏日南亭怀辛大》唐·孟浩然）→____有乘鸾女，苍苍虫网____。（《团扇歌》唐·刘禹锡）→____问交亲为老计，多言宜静不宜____。（《池上逐凉》唐·白居易）→____时向闲处，不觉有闲____。（《登天台寺》唐·杜荀鹤）→____沉抑而不达兮，又蔽而莫之____。（《九章·惜诵》战国·屈原）→____帝城头春草生，白盐山下蜀江____。（《竹枝词》唐·刘禹锡）→____风两袖朝天去，免得闾阎话短____。（《入京》明·于谦）→____相思，在长____。（《长相思》唐·李白）→____得广厦千万间，大庇天下寒士俱欢颜，风雨不动安如山！（《茅屋为秋风所破歌》唐·杜甫）

◆ 答案：外→疆→歇→草→新→吏→石→风。上→遍→忙→情→白→清→长→安。

## 4 落日照大旗，马鸣风萧萧。

——唐·杜甫《后出塞》

### 【名句解析】

军旗迎风招展，夕阳的余晖为之增添了壮丽的色彩；战马嘶鸣，秋风猎猎，构成雄壮的声势。

诗句表现出落日秋风中威壮的行军场面，有一种强劲壮烈的气氛。

可用于描写夕阳秋风、马嘶旗舞的景象，赞美军容的盛壮。

### 【单句接龙】

落日照大旗→旗帜何翩____（《咏怀》三国·魏·阮籍）→____翩之____（《怨旷思惟歌》汉·王昭君）→____子双飞____（《蝶恋花》宋·晏殊）→____马嘶春____（《答王卿送别》唐·韦应物）→____拆花心____（《长相思》唐·白居易）→____我东阁____（《木兰诗》北朝民歌）→____前冷落鞍马____（《琵琶行》唐·白居易）→

____稠与颜____（《元家花》唐·白居易）→____黯花草死（《感情》唐·白居易）

## 【联句接龙】

落日照大旗，马鸣风萧萧。→萧萧北风劲，抚事煎百____。（《羌村》唐·杜甫）→____少梦自少，言稀过亦____。（《省事吟》宋·邵雍）→____稠与颜色，一似去年____。（《元家花》唐·白居易）→____人不识凌云木，直待凌云始道____。（《小松》唐·杜荀鹤）→____山峨峨，河水泱____。（《怨旷思惟歌》汉·王昭君）→____泱日照溪，团团云去____。（《新治北窗和何从事诗》南朝·齐·谢朓）→____上白云朝未散，田中青麦早将____。（《山中五绝句·岭上云》唐·白居易）→____槁彰清镜，孱愚友道____。（《酬姚少府》唐·贾岛）→____囊山翠湿，琴匣雪花轻。（《送邬傪之洪州觐兄弟》唐·皎然）

◆ 答案：翩→燕→去→草→开→门→稀→色。虑→稀→时→高→泱→岭→枯→书。

# 5 山从人面起，云傍马头生。

——唐·李白《送友人入蜀》

## 【名句解析】

迎面出现一座座拔地而起的高山，山间的云雾，就从行人所骑的马头旁冉冉升腾。

《送友人入蜀》是一首送别之作，规劝友人最好不要到蜀地去游宦。为此，诗人极力渲染了蜀道的“崎岖不易行”。这两句诗是形容蜀道皆为山路，奇嶂叠起，高峻难行。

可用来形容山高路险的情景。

## 【单句接龙】

山从人面起→起来香腮褪红____（《东坡引》宋·辛弃疾）→____签初报____（《更漏子》唐·温庭筠）→____朝再去寻佳____（《踏莎行》明·唐寅）→____处鸟衔____（《宿龙兴寺》唐·綦毋潜）→____沉理自____（《感遇》唐·张九龄）→____镜山望南____（《春泛若耶溪》唐·綦毋潜）→____酒十千恣欢____（《将进酒》唐·李白）→____浪笑____（《诗经·终风》）→____朕辞而不听（《九章·抽思》战国·屈原）

## 【联句接龙】

山从人面起，云傍马头生。→生女犹得嫁比邻，生男埋没随百____。（《兵车行》唐·杜甫）→____色烟光残照里，无言谁会凭阑____？（《蝶恋花》宋·柳永）→____

气相倾两相顾，斗酒双鱼表情____。（《酬中都小吏携斗酒双鱼于逆旅见赠》唐·李白）→____衣莫起风尘叹，犹及清明可到____。（《临安春雨初霁》宋·陆游）→____田输税尽，拾此充饥____。（《观刈麦》唐·白居易）→____断未忍扫，眼穿仍欲____。（《落花》唐·李商隐）→____山深浅去，须尽丘壑____。（《送崔九》唐·裴迪）→____人卷珠帘，深坐蹙蛾____。（《怨情》唐·李白）→____翠薄，鬓云残，夜长衾枕寒。（《更漏子》唐·温庭筠）

◆ 答案：玉→明→处→飞→隔→斗→谑→敖。草→意→素→家→肠→归→美→眉。

# 6 细雨鱼儿出，微风燕子斜。

——唐·杜甫《水槛遣心》

## 【名句解析】

鱼儿在毛毛细雨中摇曳着身躯，喷吐着水泡，欢快地游到水面上；燕子轻柔的躯体，在微风的吹拂下，倾斜着掠过水蒙蒙的天空。

诗人遣词用意精微细致，描写十分生动。“出”字写出了鱼游动的欢欣，极其自然；“斜”字写出了燕子飞翔的轻盈，逼真生动。诗人细致地描绘了微风细雨中鱼和燕子的动态，其意在托物寄兴。

常用于春景描写，流露热爱春天的喜悦心情。

## 【单句接龙】

细雨鱼儿出→出师一表真名____（《书愤》宋·陆游）→____人见我恒殊____（《上李邕》唐·李白）→____奇律雅格尤____（《藏头诗》清·李调元）→____山峨____（《怨旷思惟歌》汉·王昭君）→____眉山月半轮____（《峨眉山月歌》唐·李白）→____芳初结白芙____（《题元八溪居》唐·白居易）→____菊满园皆可____（《冬景》宋·刘克庄）→____鱼当结____（《游仙诗》晋·郭璞）→____得西施别赠人（《寄成都高苗二从事》唐·李商隐）

## 【联句接龙】

细雨鱼儿出，微风燕子斜。→斜阳草树，寻常巷陌，人道寄奴曾____。（《永遇乐·京口北固亭怀古》宋·辛弃疾）→____处钟鼓外，免争当路____。（《原上新居》唐·王建）→____对寺门松径小，槛当泉眼石波____。（《题金山寺》唐·徐夤）→____风明月无人管，并作南楼一味____。（《鄂州南楼书事》宋·黄庭坚）→____风吹夜雨，萧瑟动寒____。（《幽州夜饮》唐·张说）→____花扫更落，径草踏还____。(《春中喜王九相寻》唐·孟浩然)→____涯岂料承优诏?世事空知学醉____。(《江州重别薛六柳八二员外》唐·刘长卿)→____再起,人再舞,酒才____。(《乌夜啼》宋·辛弃疾)→____息半浮沉,今夜相思几许?(《如梦令》清·纳兰性德)

◆ 答案:世→调→高→峨→秋→蓉→美→网。住→桥→清→凉→林→生→歌→消。

## 7 自去自来梁上燕,相亲相近水中鸥。

——唐·杜甫《江村》

### 【名句解析】

梁上的燕子自由自在地飞来飞去,水中的鸥鸟互相追逐嬉戏,亲亲热热。

从诗人眼里看来,燕子也罢,鸥鸟也罢,都有一种忘机不疑、乐群适性的意趣。物情如此幽静,人事的幽趣尤其使诗人惬心快意。

常用于比喻自由自在、快乐忘我的情景。

### 【单句接龙】

自去自来梁上燕→燕燕于飞应有____(《蝶恋花·雨中客至》元·王结)→____沙鸥也解相留____(《庆东原》元·张养浩)→____所生兮泪流____(《思亲诗》三国·魏·嵇康)→____袂满行____(《偶题》唐·杜牧)→____暗旧貂____(《诉衷情》宋·陆游)→____叹苏秦____(《忆昔》宋·陆游)→____庐何必____(《移居》晋·陶渊明)→____泽生明____(《楚江怀古》唐·马戴)→____露谁教桂叶香(《无题》唐·李商隐)

### 【联句接龙】

自去自来梁上燕,相亲相近水中鸥。→鸥和湖雁下,雪隔岭梅____。(《杂题》唐·司空图)→____零疏酒盏,离别宽衣____。(《千秋岁》宋·秦观)→____长剑兮挟秦弓,首身离兮心不____。(《国殇》战国·屈原)→____恶欲劝善,扶弱先锄____。(《锄强扶弱》明·祁顺)→____欲登高去,无人送酒____。(《行军九日思长安故园》唐·岑参)→____时见我江南岸,今日送君江上____。(《别李十一五绝》唐·元稹)→____上何所有?翠微盍叶垂鬓____。(《丽人行》唐·杜甫)→____焦口燥呼不得,归来倚杖自叹____。(《茅屋为秋风所破歌》唐·杜甫)→____驾非穷途,未济岂迷津?(《孟冬蒲津关河亭作》唐·吕温)

◆ 答案:喜→恋→襟→尘→裘→弊→广→月。飘→带→惩→强→来→头→唇→息。

## 8 我有迷魂招不得，雄鸡一声天下白。

——唐·李贺《致酒行》

### 【名句解析】

我有迷失的魂魄无法招回，雄鸡一叫，天下大亮，我也茅塞顿开。

作者运用擅长的象征手法，以“雄鸡一声天下白”写主人的开导生出奇效，使自己心胸豁然开朗。这“雄鸡一声”是一鸣惊人，“天下白”的景象是多么光明璀璨！

常用于形容眼前豁然开朗，茅塞顿开。

### 【单句接龙】

我有迷魂招不得→得志便猖____（《正册判词》清·曹雪芹）→____客归舟逸兴____（《送贺宾客归越》唐·李白）→____病多愁都____（《谒金门》宋·吕胜己）→____惜兮春____（《山中忆鹤林》宋·白玉蟾）→____价岂止百倍____（《石鼓歌》唐·韩愈）→____雨看松____（《寻南溪常山道人隐居》唐·刘长卿）→____容艳姿____（《咏怀》三国·魏·阮籍）→____枣生荆____（《古诗二首·甘瓜抱苦蒂》汉）→____心夭夭（《诗经·凯风》）

### 【联句接龙】

我有迷魂招不得，雄鸡一声天下白。→白也诗无敌，飘然思不____。（《春日忆李白》唐·杜甫）→____鸡正乱叫，客至鸡斗____。（《羌村》唐·杜甫）→____知我，倚栏杆处，正恁凝____！（《八声甘州》宋·柳永）→____闻剑戟扶危主，闷听笙歌聒醉____。（《归隐》五代宋初·陈抟）→____传有笙鹤，时过北山____。（《玉台观》唐·杜甫）→____上花枝照酒卮，酒卮中有好花____。（《插花吟》宋·邵雍）→____上三分落，园中二寸____。（《惜落花》唐·白居易）→____虑鬓毛随世白，不知腰带几时____。（《夜读》明·唐寅）→____金甲锁雷霆印，红锦韬缠日月符。（《送天师》明·朱权）

◆ 答案：狂→多→可→光→过→色→美→棘。群→争→愁→人→头→枝→深→黄。

## 9 山回路转不见君，雪上空留马行处。

——唐·岑参《白雪歌送武判官归京》

### 【名句解析】

山回路转，再也见不到你，雪上只留下你骑马走时留下的痕迹。

这一句与李白的“孤帆远影碧空尽，唯见长江天际流”有异曲同工之妙。友人已经上路，而诗人依然站在雪地里，久久地望着友人远去的马蹄印而不愿离去。悠悠情思如同那茫茫白雪一样，绵绵不断，言有尽而意无穷，将诗人因朋友离别而产生的无限怅惘之情表现得淋漓尽致。

常用于表现因朋友离别而产生的无限怅惘之情。

### 【单句接龙】

山回路转不见君→君不见走马川行雪海____（《走马川行奉送出师西征》唐·岑参）→____庭流血成海____（《兵车行》唐·杜甫）→____随天去秋无____（《水龙吟·登建康赏心亭》宋·辛弃疾）→____夜转西____（《春泛若耶溪》唐·綦毋潜）→____危通细____（《泊雁》宋·王安石）→____转溪桥忽____（《西江月·夜行黄沙道中》宋·辛弃疾）→____此争无一句____（《题峡中石上》唐·白居易）→____思闲仍____（《偶宴有怀》唐·白居易）→____天愿作比翼鸟（《长恨歌》唐·白居易）

### 【联句接龙】

山回路转不见君，雪上空留马行处。→处分适兄意，那得自任____！（《孔雀东南飞》汉乐府）→____掌图书无过地，遍寻山水自由____。（《闲行》唐·白居易）→____经两世太平日，眼见四朝全盛____。（《插花吟》宋·邵雍）→____时数点雨犹落，隐隐一声雷不____。（《离建》宋·巩丰）→____梦觉，弄晴时，声声只道不如____。（《鹧鸪天》宋·晏几道）→____到玉堂清不寐，月钩初上紫薇____。（《入直》宋·周必大）→____迎剑佩星初落，柳拂旌旗露未____。（《和贾舍人早朝》唐·岑参）→____戈未定欲何之，一事无成两鬓____。（《干戈》宋·王中）→____纶阁下文书静，钟鼓楼中刻漏长。（《紫薇花》唐·白居易）

◆ 答案：边→水→际→壑→路→见→诗→在。专→身→时→惊→归→花→干→丝。

## 10 九月天山风似刀，城南猎马缩寒毛。

——唐·岑参《赵将军歌》

### 【名句解析】

深秋九月，天山脚下已是酷寒难当，北风呼啸，吹在脸上像刀割一样疼痛。将军出外行猎，连坐骑都冻得马皮紧缩，马毛耸立。

诗句以“风似刀”的比喻和“缩寒毛”的细节描写，表现了西域奇寒的气候。

可用于描绘天山一带或者边关的天气。

## 【单句接龙】

九月天山风似刀→刀枪面上____(《不如来饮酒》唐·白居易)→____沾珠箔____(《秋露》唐·雍陶)→____岩为屋橡为____(《相和歌辞·董逃行》唐·张籍)→____野之____(《诗经·小雅·鹿鸣》)→____愁暮____(《惜红衣》宋·吴文英)→____面波____(《惜红衣》宋·吴文英)→____涵濯锦____(《赋得岸花临水发诗》南朝·陈·张正见)→____光容易把人____(《一剪梅·舟过吴江》宋·蒋捷)→____却青云归白云(《题崔常侍济上别墅》唐·白居易)

## 【联句接龙】

九月天山风似刀，城南猎马缩寒毛。→毛延寿画欲通神，忍为黄金不为____。(《相和歌辞·王昭君》唐·李商隐)→____生贵极是王侯，浮利浮名不自____。(《渔父词》元·管道升)→____来懒拙甚，岂免交游____？(《江上怀介甫》宋·曾巩)→____鹤连天叫，寒雏彻夜____。(《独夜伤怀赠呈张侍御》唐·元稹)→____起却回头，有恨无人____。(《卜算子·黄州定慧院寓居作》宋·苏轼)→____壁明张榜，朝衣稳称____。(《何处难忘酒》唐·白居易)→____闲无所为，心闲无所____。(《秋池》唐·白居易)→____君令人老，岁月忽已____。(《古诗十九首·行行重行行》汉)→____花露叶风条，燕飞高。(《乌夜啼》宋·辛弃疾)

◆ 答案：痕→重→食→苹→雪→光→流→抛。人→由→寡→惊→省→身→思→晚。

# 11 春蚕到死丝方尽，蜡炬成灰泪始干。

——唐·李商隐《无题》

## 【名句解析】

春蚕至死，它才把所有的丝吐尽；红烛燃烧殆尽，满腔热泪方才干涸。

诗人以“春蚕”“蜡炬”为喻，并运用谐音的方法，创作了这脍炙人口的名句。常用来形容人生命不息、奋斗不止的奉献精神。

## 【单句接龙】

春蚕到死丝方尽→尽道隋亡为此____(《汴河怀古》唐·皮日休)→____溃蚁孔____(《临终诗》汉·孔融)→____门方喜翠华____(《上元应制》宋·蔡襄)→____感忽难____(《送杨氏女》唐·韦应物)→____汝泪纵____(《新安吏》唐·杜甫)→____中流兮扬素____(《秋风辞》汉·刘彻)→____涛万贯珠沉____(《千秋岁》宋·黄庭坚)→____畔风吹冻泥____(《从军行》唐·陈羽)→____石响惊弦(《八声甘州》

宋·辛弃疾）

## 【联句接龙】

春蚕到死丝方尽，蜡炬成灰泪始干。→干戈未定欲何之，一事无成两鬓____。（《干戈》宋·王中）→____中传意绪，花里寄春____。（《咏琵琶诗》南朝·齐·王融）→____随湘水远，梦绕吴峰____。（《千秋岁·咏夏景》宋·谢逸）→____屏千仞合，丹嶂五丁____。（《幸蜀回至剑门》唐·李隆基）→____元之中常引见，承恩数上南熏____。（《丹青引赠曹将军霸》唐·杜甫）→____上衮衣明日月，砚中旗影动龙____。（《廷试》宋·夏竦）→____喷云而出穴，虎啸风兮屡____。（《有酒十章》唐·元稹）→____鸣寒角动城头，吹起千年故国____。（《晚望吴城有感》宋·陈深）→____无寐，鬓丝几缕茶烟里。（《渔家傲》宋·陆游）

◆ 答案：河→端→临→收→横→波→海→裂。丝→情→翠→开→殿→蛇→鸣→愁。

# 12 此日六军同驻马，当时七夕笑牵牛。

——唐·李商隐《马嵬》

## 【名句解析】

这一天六军在马嵬坡驻马不前，唐玄宗不得不赐死杨贵妃；当年他还自以为能与贵妃时时相守，在七夕讥笑牛郎、织女一年只能相会一次呢！

玄宗和贵妃的爱情，是唐诗中常见的题材，一般多归罪贵妃，而本诗把矛头指向玄宗，对比鲜明，用笔灵活，新意别出，耐人寻味。

可用以讽刺封建统治者的虚伪、自私、昏庸。

## 【单句接龙】

此日六军同驻马→马作的卢飞____（《破阵子·为陈同甫赋壮词以寄之》宋·辛弃疾）→____阁东西倚晚____（《登快阁》宋·黄庭坚）→____窗早觉爱朝____（《冬景》宋·刘克庄）→____和韵紫____（《火记歌并序》唐·韩蕴中）→____明深浅____（《晚渡滹沱敬赠魏大》唐·卢照邻）→____打天门石壁____（《横江词》唐·李白）→____元安有气扬____（《观有唐吟》宋·邵雍）→____州风动鬓成____（《过广陵值早春》宋·黄庭坚）→____未落车图赎典（《织妇叹》宋·戴复古）

## 【联句接龙】

此日六军同驻马，当时七夕笑牵牛。→牛困人饥日已高，市南门外泥中____。（《卖炭翁》唐·白居易）→____马傍春草，欲行远道____。（《奔亡道中》唐·李白）

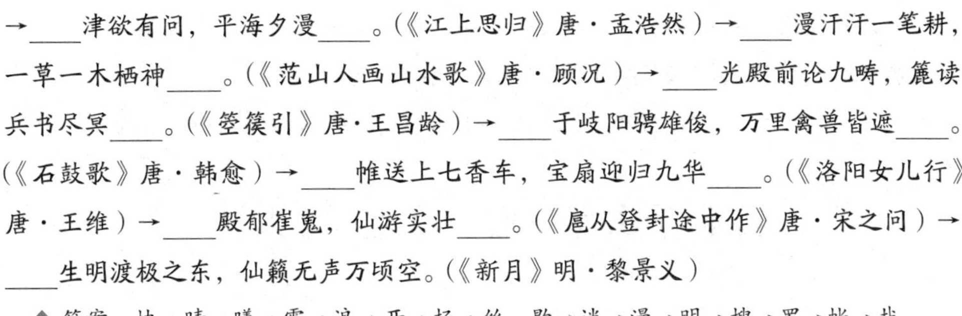
→____津欲有问，平海夕漫____。(《江上思归》唐·孟浩然)→____漫汗汗一笔耕，一草一木栖神____。(《范山人画山水歌》唐·顾况)→____光殿前论九畴，麄读兵书尽冥____。(《箜篌引》唐·王昌龄)→____于岐阳骋雄俊，万里禽兽皆遮____。(《石鼓歌》唐·韩愈)→____帷送上七香车，宝扇迎归九华____。(《洛阳女儿行》唐·王维)→____殿郁崔嵬，仙游实壮____。(《扈从登封途中作》唐·宋之问)→____生明渡极之东，仙籁无声万顷空。(《新月》明·黎景义)

◆ 答案：快→晴→曦→霞→浪→开→扬→丝。歇→迷→漫→明→搜→罗→帐→哉。

# 13 草枯鹰眼疾，雪尽马蹄轻。

——唐·王维《观猎》

## 【名句解析】

野草枯萎之后，猎鹰的目光显得特别锐利，很容易发现猎物；残雪消尽之时，马蹄踏在坚硬的路上，仿佛特别轻快。

原诗是写打猎时的情景。这两句诗中的“草枯”“雪尽”如素描一样简洁、形象。“鹰眼疾”“马蹄轻”又富于很强的感情色彩，表现了诗人观猎时的愉快、欣喜心情。

可引用描写寒冬将尽时的景色。

## 【单句接龙】

草枯鹰眼疾→疾风千里兮扬尘____(《胡笳十八拍》汉·蔡文姬)→____场秋点____(《破阵子·为陈同甫赋壮词以寄之》宋·辛弃疾)→____革既未____(《羌村》唐·杜甫)→____驾非穷____(《孟冬蒲津关河亭作》唐·吕温)→____穷仗友____(《客夜》唐·杜甫)→____在松之____(《长相思》唐·白居易)→____见双翠____(《感遇》唐·张九龄)→____亦罢其____(《听董大弹胡笳声兼寄语弄房给事》唐·李颀)→____筝金粟柱(《听筝》唐·李端)

## 【联句接龙】

草枯鹰眼疾，雪尽马蹄轻。→轻舟短棹西湖好，绿水逶迤，芳草长____。(《采桑子》宋·欧阳修)→____倾由漏壤，垣隙自危____。(《君子行》南朝·梁·沈约)→____构白石层，风物青山____。(《宿云亭》宋·冯山)→____腰无一尺，垂泪有千____。(《王昭君》北周·庾信)→____路难！行路难！多歧路，今安____？(《行路难》唐·李白)→____山泉水清，出山泉水____。(《佳人》唐·杜甫)→____酒一杯家万里，燕然未勒归无计，羌管悠悠霜满____。(《渔家傲·秋思》宋·范仲淹)

→____犹鄹氏邑，宅即鲁王____。(《经邹鲁祭孔子而叹之》唐·李隆基)→____中圣人奏云门，天下朋友皆胶漆。(《忆昔》唐·杜甫)

◆ 答案：沙→兵→息→途→生→侧→鸟→鸣。堤→基→围→行→在→浊→地→宫。

## 14 千山鸟飞绝，万径人踪灭。

——唐·柳宗元《江雪》

### 【名句解析】

四周的山上没有了飞鸟的踪影，小路上连一丝人的踪迹也没有，

“千山”“万径”都是夸张语。山中本应有鸟，路上本应有人，但却“鸟飞绝”“人踪灭”。虽未直接用“雪”字，但读者似乎已经见到了铺天盖地的大雪，已感觉到了凛冽逼人的寒气。这正是当时严酷的政治环境的折射。

可用飞鸟远遁、行人绝迹的景象渲染出一个荒寒寂寞的境界。

### 【单句接龙】

千山鸟飞绝→绝代有佳____(《佳人》唐·杜甫)→____比黄花____(《醉花阴》宋·李清照)→____尽难____(《丑奴儿》宋·秦观)→____了光阴____(《念奴娇·双陆和陈仁和韵》宋·辛弃疾)→____尽人间____(《贺新郎》宋·辛弃疾)→____骑绕龙____(《从军行》唐·杨炯)→____上高楼接大____(《登柳州城楼寄漳汀封连四州》唐·柳宗元)→____庭垂橘____(《禹庙》唐·杜甫)→____子环堤屋后松(《访南昌别业有怀古林先生》明·庞嵩)

### 【联句接龙】

千山鸟飞绝，万径人踪灭。→灭烛怜光满，披衣觉露____。(《望月怀远》唐·张九龄)→____味深长在物外，尘埃分付与人____。(《到梅山处》宋·陈著)→____来写就青山卖，不使人间造孽____。(《言志》明·唐寅)→____塘江畔是谁家，江上女儿全胜____。(《浣纱女》唐·王昌龄)→____自飘零水自流，一种相思，两处闲____。(《一剪梅》宋·李清照)→____无寐，鬓丝几缕茶烟____。(《渔家傲》宋·陆游)→____中有啼儿，似类亲父____。(《上留田行》汉乐府)→____去东堂上，我归南涧____。(《送薛蔓应举》唐·王建)→____江亭子锁春阴，一水盈盈雨正深。(《春雨亭》明·黄巩)

◆ 答案：人→瘦→拼→费→铁→城→荒→柚。滋→闲→钱→花→愁→里→子→滨。

## 15 白雾鱼龙气，黑云牛马形。

——唐·孟云卿《汴河阻风》

### 【名句解析】

白雾蒙蒙，似有鱼龙的气息；黑云重重，变幻出牛马的形状。

见河上白雾，觉得有鱼龙之气；见黑云变幻，似见牛马之形，富有想象力。

前句可用来写雾，后句可用来写云。

### 【单句接龙】

白雾鱼龙气→气蒸云梦____（《望洞庭湖赠张丞相》唐·孟浩然）→____兰侵小____（《郊兴》唐·王勃）→____转人疑____（《白云洞》明·陈汝修）→____絮飞无____（《剪牡丹·舟中闻双琵琶》宋·张先）→____入平羌江水____（《峨眉山月歌》唐·李白）→____来野寺____（《山寺夜起》清·江湜）→____日魏王潭上宴连____（《和裴令公一日日一年年杂言见赠》唐·白居易）→____深斜搭秋千____（《夜深》唐·韩偓）→____居易永久（《登池上楼》南朝·宋·谢灵运）

### 【联句接龙】

白雾鱼龙气，黑云牛马形。→形骸久已化，心在复何____？（《连雨独饮》晋·陶渊明）→____迟更速皆应手，将往复旋如有____。（《听董大弹胡笳声兼寄语弄房给事》唐·李颀）→____冤见之日明兮，如列宿之错____。（《九章·昔往日》战国·屈原）→____此札，君怀____。（《金缕曲》清·顾贞观）→____中有短书，愿寄双飞____。（《李都尉陵从军》南朝·梁·江淹）→____兵夜娖银胡䩮，汉箭朝飞金仆____。（《鹧鸪天·有客慨然谈功名因追念少年时事戏作》宋·辛弃疾）→____苏城外寒山寺，夜半钟声到客____。（《枫桥夜泊》唐·张继）→____头江水茫茫，商人少妇断____。（《宫中调笑》唐·王建）→____断，肠断，鹧鸪夜飞失伴。（《宫中调笑》唐·王建）

◆ 答案：泽→径→堕→影→流→前→夜→索。言→情→置→袖→燕→姑→船→肠。

## 16 马思边草拳毛动，雕眄青云睡眼开。

——唐·刘禹锡《始闻秋风》

### 【名句解析】

战马一想到边塞的青草便会不安地抖动浑身的卷毛，大雕瞥见蓝天上的青云就立即睁开惺忪的睡眼。

战马怀恋塞外边疆的征战生活，因而一想到边草就激动不已；大雕依恋万里长空，因而望见流云就精神振作。这两句不仅以“马思边草”“雕眄青云”比喻战士虽离开战场仍然留恋征战生活的情怀，而且通过马、雕的“思”和“眄”，显示出一种潜在的、剧烈的力量，暗寓着只要一有时机，这些战士还会像骏马疾驰沙场、雄鹰搏击长空一样，重上战场，为国效命。

可用以渲染战士们饱满的战斗热情，表现他们英武豪迈的精神面貌。

### 【单句接龙】

马思边草拳毛动→动如参与____（《赠卫八处士》唐·杜甫）→____人重利轻别____（《琵琶行》唐·白居易）→____别正堪____（《李端公》唐·卢纶）→____哉口语____（《哭崔常侍晦叔》唐·白居易）→____在坤维____（《泰州》宋·文天祥）→____物不能____（《哭崔常侍晦叔》唐·白居易）→____晓窥檐____（《苏幕遮》宋·周邦彦）→____罢暮天____（《喜见外弟又言别》唐·李益）→____殁师废琴（《哭崔常侍晦叔》唐·白居易）

### 【联句接龙】

马思边草拳毛动，雕眄青云睡眼开。→开视化为血，哀今征敛____。（《客从》唐·杜甫）→____限山河泪，谁言天地____？（《别云间》明·夏完淳）→____心应是酒，遣兴莫过____。（《可惜》唐·杜甫）→____家清景在新春，绿柳才黄半未____。（《城东早春》唐·杨巨源）→____飞密舞，都是散天____。（《蓦山溪·采石值雪》宋·李之仪）→____开不并百花丛，独立疏篱趣未____。（《寒菊》宋·郑思肖）→____达皆由命，何劳发叹____？（《天道》五代·冯道）→____有隐而相感兮，物有纯而不可____。（《九章·悲回风》战国·屈原）→____有牺牲多壮志，敢教日月换新天。（《七律·到韶山》现代·毛泽东）

◆ 答案：商→离→悲→心→外→侵→语→钟。无→宽→诗→匀→花→穷→声→为。

## 17 残星几点雁横塞，长笛一声人倚楼。

——唐·赵嘏《长安晚秋》

### 【名句解析】

晨曦初现，西天还留有几点残余的星光，边塞上一行到南方避寒的秋雁横空而过；忽然传来一声幽怨的长笛，循声望去，在那高高的楼头，有一个人正倚着栏杆吹奏。

归雁引起了征人的思乡之情，寥落的残星给人以清冷的感觉，令人心境凄凉；

而那朦胧曙色中传来的哀怨笛声，更使人黯然神伤。诗句以秋夜将晓时最具特征的景象，烘托出羁旅之人的满怀愁绪。在景物的安排上，“残星几点”是目见，“长笛一声”是耳闻；“雁横塞”取动势，“人倚楼”取静态。耳闻目见交错，动势静态结合，结构颇见匠心。加上造句的巧妙，韵味的清远，使这两句诗深得后人的欣赏。

可用来写边塞秋晓及征人的旅愁。

## 【单句接龙】

残星几点雁横塞→塞下秋来风景____（《渔家傲·秋思》宋·范仲淹）→____乡物态与人____（《春日西湖寄谢法曹歌》宋·欧阳修）→____锡曾为大司____（《诸将》唐·杜甫）→____毛带雪汗气____（《走马川行奉送出师西征》唐·岑参）→____茗气从茅舍____（《山行》唐·项斯）→____门鸡未____（《早发》唐·韦庄）→____彻阳关泪未____（《鹧鸪天·送人》宋·辛弃疾）→____戈未定欲何____（《干戈》宋·王中）→____子慎佳兵（《送别崔著作东征》唐·陈子昂）

## 【联句接龙】

残星几点雁横塞，长笛一声人倚楼。→楼阁玲珑五云起，其中绰约多仙____。（《长恨歌》唐·白居易）→____胥既弃吴江上，屈原终投湘水____。（《行路难》唐·李白）→____溪竹伴老梅丛，一种风姿与杏____。（《临清堂前观红梅作》宋·林希逸）→____心而离居，忧伤以终____。（《古诗十九首·涉江采芙蓉》汉）→____去秋风吹我恶，梦回寒月照人____。（《金陵驿》宋·文天祥）→____灯不明思欲绝，卷帷望月空长____。（《长相思》唐·李白）→____凤嗟身否，伤麟怨道____。（《经邹鲁祭孔子而叹之》唐·李隆基）→____通前定，何用苦张____？（《骤雨打新荷》金·元好问）→____帷送上七香车，宝扇迎归九华帐。（《洛阳女儿行》唐·王维）

◆ 答案：异→殊→马→蒸→出→唱→干→之。子→滨→同→老→孤→叹→穷→罗。

# 18　巢禽投树尽，疲马入城迟。

——宋·梅尧臣《暝》

## 【名句解析】

禽鸟归巢全已纷纷飞入林中，疲惫的马匹正在徐徐步入城门。

鸟投林，马入城，不明写日暮而暮色自见，笔法巧妙。

可用来描写日暮景色。

## 【单句接龙】

巢禽投树尽→尽入渔樵闲____(《离亭燕》宋·张昇)→____头多____(《贺新郎·寄辛幼安和见怀韵》宋·陈亮)→____是人间闲散____(《和裴令公一日日一年年杂言见赠》唐·白居易)→____物各自____(《孔雀东南飞》汉乐府)→____方乘此____(《观作桥成月夜舟中有述还呈李司马》唐·杜甫)→____来每独____(《终南别业》唐·王维)→____事越千____(《浪淘沙·北戴河》现代·毛泽东)→____年岁岁花相____(《代悲白头翁》唐·刘希夷)→____曾相识燕归来(《浣溪沙》宋·晏殊)

## 【联句接龙】

巢禽投树尽，疲马入城迟。→迟日江山丽，春风花草____。(《绝句》唐·杜甫)→____杀柑花麝不如，晚窗重理读残____。(《斋中独坐》宋·郑会)→____托雁，梦归家，觉来江月____。(《更漏子》唐·牛峤)→____月沉沉藏海雾，碣石潇湘无限____。(《春江花月夜》唐·张若虚)→____旁凡草荣遭遇，曾得七香车辗____。(《山中五绝句·石上苔》唐·白居易)→____相召、香车宝马，谢他酒朋诗____。(《永遇乐》宋·李清照)→____鱼虾复友麋鹿，须识此间是所____。(《题千尺雪》清·弘历)→____记曾携手处，千树压、西湖寒____。(《暗香》宋·姜夔)→____玉妆成一树高，万条垂下绿丝绦。(《咏柳》唐·贺知章)

◆ 答案：话→合→物→异→兴→往→年→似。香→书→斜→路→来→侣→长→碧。

# 19 明月别枝惊鹊，清风半夜鸣蝉。

——宋·辛弃疾《西江月·夜行黄沙道中》

## 【名句解析】

天边的明月升上了树梢，惊飞了栖息在枝头的喜鹊；清凉的晚风，仿佛吹来了远处的蝉叫声。

表面看来写的是风、月、蝉、鹊这些极其平常的景物，然而经过作者巧妙的组合，结果平常中就显得不平常了。鹊儿的惊飞不定，不是盘旋在一般树头，而是飞绕在横斜突兀的枝干之上。因为月光明亮，所以鹊儿被惊醒了；而鹊儿惊飞，自然也就会引起“别枝”摇曳。同时，知了的鸣叫声也是有其一定时间的。夜间的鸣叫声不同于烈日炎炎下的嘶鸣，而当凉风徐徐吹拂时，往往特别感到清幽。“惊鹊”“鸣蝉”，似写动而实写静，以动衬静，真可谓神来之笔。

常用于描绘半夜“清风”“明月”下的景色。

### 【单句接龙】

明月别枝惊鹊→鹊来燕去自成____（《精卫》明末清初·顾炎武）→____巢落桧____（《宿洞霄山中》宋·郑起）→____间沙路净无____（《浣溪沙·游蕲水清泉寺》宋·苏轼）→____泞非游____（《雨中招张司业宿》唐·白居易）→____归功未____（《猛虎行》晋·陆机）→____章宫阙成灰____（《行路难》唐·顾况）→____火孤星____（《独夜伤怀赠呈张侍御》唐·元稹）→____烛怜光____（《望月怀远》唐·张九龄）→____城风雨满城尘（《惜春》宋·王安石）

### 【联句接龙】

明月别枝惊鹊，清风半夜鸣蝉。→蝉噪林逾静，鸟鸣山更____。（《入若耶溪》南朝·梁·王籍）→____人其幽，良人其____。（《素履之往》清·戚惠琳）→____相头上进贤冠，猛将腰间大羽____。（《丹青引赠曹将军霸》唐·杜甫）→____飞如疾雨，城崩似坏____。（《同卢记室从军》北周·庾信）→____有第五郎，娇逸未有____。（《孔雀东南飞》汉乐府）→____娶不在早，在此两相____。（《示内》宋·陈著）→____言饮酒，与子偕____。（《诗经·女曰鸡鸣》）→____冉冉其将至兮，恐修名之不____。（《离骚》战国·屈原）→____尽碧云，寒江欲暮，怕过清明燕子时。（《沁园春·用梁权郡韵饯春》宋·方岳）

◆ 答案：窠→松→泥→日→建→烬→灭→满。幽→良→箭→云→婚→宜→老→立。

## 20　叠嶂西驰，万马回旋，众山欲东。

——宋·辛弃疾《沁园春》

### 【名句解析】

重峦叠嶂，好像是向西奔驰的万匹骏马在那里盘旋；再往远处看，峰回路转，山势又折向东方。

诗句描写江西上饶境内的灵山雄伟峭拔的气势。作者的想象很新奇，运用比拟的手法，把静止的群山写得宛如富有生命力的一群骏马。

可用来描写连绵群山，突出其险峻、壮观。

### 【单句接龙】

叠嶂西驰→驰椒丘且焉止____（《离骚》战国·屈原）→____驾非穷____（《孟冬蒲津关河亭作》唐·吕温）→____穷仗友____（《客夜》唐·杜甫）→____当作人____（《夏日绝句》宋·李清照）→____出东篱最奈____（《淮南菊》宋·史铸）→____光照

铁____（《木兰诗》北朝民歌）→____上灞陵____（《长安遇冯著》唐·韦应物）→____淋日炙野火____（《石鼓歌》唐·韩愈）→____岩野花远（《茶山下作》唐·杜牧）

## 【联句接龙】

叠嶂西驰，万马回旋，众山欲东。→东边日出西边雨，道是无晴却有____。（《竹枝词》唐·刘禹锡）→____窗早觉爱朝曦，竹外秋声渐作____。（《冬景》宋·刘克庄）→____容难画改频频，眉目分毫恐不____。（《寄上魏博田侍中》唐·王建）→____个别离难，不似相逢____。（《生查子》宋·晏几道）→____峰随处改，幽径独行____。（《鲁山山行》宋·梅尧臣）→____津欲有问，平海夕漫____。（《江上思归》唐·孟浩然）→____漫秋夜长，烈烈北风____。（《杂诗》三国·魏·曹丕）→____风起天末，君子意如____？（《天末怀李白》唐·杜甫）→____物最先知？虚庭草争出。（《春雨后》唐·孟郊）

◆ 答案：息→途→生→杰→寒→衣→雨→燎。晴→威→真→好→迷→漫→凉→何。

# 21 开门半山月，立马一庭霜。

——元·方夔《早行》

## 【名句解析】

早晨，开门便看到对面山上半山月色；出门立马将行，又看到庭院里满地白霜。

“半山”二字写出晨月斜照，山峰一面受月一面阴暗，或上半部受月下半部阴暗的景象。两句由对仗句构成，“半山月”与“一庭霜”相对，一写远望，一写近看，一抬眼，一俯视，极富空间感；一月一霜，霜月相映，绘成清冷的意境。而“开门”便见，“立马”又视，就有一种被这种清冷笼罩的感觉。字里行间，透露出早行的辛苦。

这两句可用来写霜月之晨。把“霜”理解成月色亦可。

## 【单句接龙】

开门半山月→月满西____（《一剪梅》宋·李清照）→____头画角风吹____（《青门引》宋·张先）→____时相交____（《月下独酌》唐·李白）→____来意不____（《春江花月夜》明·唐寅）→____以握中____（《送张秘书充刘相公通汴河判官便赴江外觐省》唐·岑参）→____舟无赖寄前____（《与人约访林处士阻雨因寄》宋·范仲淹）→____上白沙看不____（《春江花月夜》唐·张若虚）→____此争无一句____（《题峡中石上》唐·白居易）→____成泣鬼神（《寄李十二白二十韵》唐·杜甫）

## 【联句接龙】

开门半山月，立马一庭霜。→霜降水痕收，浅碧鳞鳞露远____。(《南乡子·重九涵辉楼呈徐君猷》宋·苏轼)→____长春色遍，汉广夕阳____。(《赠别卢司直之闽中》唐·刘长卿)→____日催花，淡云阁雨，轻寒轻____。(《水龙吟·春恨》宋·陈亮)→____酥消，腻云亸(duǒ)，终日厌厌倦梳____。(《定风波》宋·柳永)→____尸马革固其常，岂若妇女不下____？(《陇头水》宋·陆游)→____上陈美酒，堂下列清____。(《劝酒》唐·孟郊)→____舞未终曲，风尘暗天____。(《古意》北齐·颜之推)→____来独自绕阶行，人悄悄，帘外月胧____。(《小重山》宋·岳飞)→____月楼高休独倚，酒入愁肠，化作相思泪。(《苏幕遮》宋·范仲淹)

◆ 答案：楼→醒→欢→持→兰→汀→见→诗。洲→迟→暖→裹→堂→歌→起→明。

# 第4章 植物万花筒

在咏物诗词中，动物和植物密不可分，交织出现。古代诗人移情于自然万物，认为自然万物都具有灵性，山水自然与人物心性相通，花木虫鱼影射人生品格。从《诗经》里“在河之洲”的“关关雎鸠”到“白露为霜”的“蒹葭苍苍”，动植物都充满了动人的感情色彩；杜甫的“迟日江山丽，春风花草香。泥融飞燕子，沙暖睡鸳鸯”（《绝句》），则描绘出了水暖沙温、花草芬芳、燕子翩飞、鸳鸯结伴的大好春光图景；辛弃疾的“一松一竹真朋友，山鸟山花好弟兄”（《鹧鸪天·博山寺作》），王维的“入鸟不相乱，见兽皆相亲”（《戏赠张五弟諲》），诗人仿佛与鸟兽林泉同类，与天地万物相通，在物我同一的境界找到了一种回归自然的本真状态。清代文人张潮在《幽梦影》一文中也写道“天下有一人知己，可以不恨。不独人也，物亦有之”，并列举了陶渊明以菊为知己，周敦颐以莲为知己，屈原与香草、陆羽与茶、王羲之与鹅以及林和靖“梅妻鹤子”等互相成就的佳话典故，读来让人唏嘘感喟，心有戚戚。无论从古典诗词还是民歌中都可以看出，自然界的各种动物、植物很早就融入了中国人的精神生活。

# 1 江山如有待，花柳更无私。

——唐·杜甫《后游》

## 【名句解析】

山水如画，好像在等着我再次欣赏，娇花翠柳也无私地用自身装点着大自然。

江山、花柳皆被赋予了人的情感，客观的自然之物幻化为有情之物，且通过诗人之“怜”与“江山”有待的双向交流，既深化了“后游”的感受，更体现了诗人“民胞物与”的博大襟怀。

常用来说明大自然是无私心的道理。

## 【单句接龙】

江山如有待→待到秋来九月____(《不第后赋菊》唐·黄巢)→____月秋高风怒____(《茅屋为秋风所破歌》唐·杜甫)→____尔谪仙____(《寄李十二白二十韵》唐·杜甫)→____间正道是沧____(《七律·人民解放军占领南京》现代·毛泽东)→____柘废来犹纳____(《时世行》唐·杜荀鹤)→____重多贫____(《别州民》唐·白居易)→____外一峰____(《题大禹寺义公禅房》唐·孟浩然)→____干终成____(《书端州郡斋壁》宋·包拯)→____宇非吾室(《寄题惠林李侍郎旧馆》唐·李德裕)

## 【联句接龙】

江山如有待，花柳更无私。→私自怜兮何极？心怦怦兮谅____。(《九辩》战国·宋玉)→____以慵疏招物议，休将文字占时____。(《衡阳与梦得分路赠别》唐·柳宗元)→____余曰正则兮，字余曰灵____。(《离骚》战国·屈原)→____鸠得巢易，躁蟹寄身____。(《寄题韩勉夫枝巢》宋·王洋)→____作别时心，还看别时____。(《杂言重送皇甫侍御曾》唐·皎然)→____人借问遥招手，怕得鱼惊不应____。(《小儿垂钓》唐·胡令能)→____间物象不供取，饱饮游神向悬____。(《读李白集》唐·齐己)→____开连石树，船渡入江____。(《白露》唐·杜甫)→____桥柳细，草薰风暖摇征辔。(《踏莎行》宋·欧阳修)

◆ 答案：八→号→人→桑→税→户→秀→栋。直→名→均→难→路→人→圃→溪。

# 2 细草微风岸，危樯独夜舟。

——唐·杜甫《旅夜书怀》

## 【名句解析】

微风吹拂着江岸的细草，那立着高高桅杆的小船在夜里孤独地停泊着。

诗句勾画出一幅风吹岸边草，月夜泊孤船的凄凉画面。此时杜甫迫于无奈，离开成都。765 年的正月，他辞去节度使参谋职务，四月，在成都赖以存身的好友严武死去。处此凄孤无依之境，便决意离蜀东下。因此，这里不是空泛地写景，而是寓情于景。

可通过写景展示境况和情怀：像江岸风中细草一样渺小，像江中飘零孤舟一般寂寞。

## 【单句接龙】

细草微风岸→岸容待腊将舒____（《冬至》唐·杜甫）→____暗花明又一____（《游山西村》宋·陆游）→____居孤寂知何____（《枕上口占》宋·陆游）→____君不举百分____（《寄蔡彦规兼谢惠酥梨》宋·张耒）→____酒怜岁____（《无锡舅相送衔涕别》南朝·梁·江淹）→____宿霜桐____（《赠梅圣俞》宋·欧阳修）→____上三分____（《惜落花》唐·白居易）→____花风起红多____（《调笑·苕子》宋·毛滂）→____孤为客早（《李端公》唐·卢纶）

## 【联句接龙】

细草微风岸，危樯独夜舟。→舟子行催棹，无所喝流____。（《棹歌行》南朝·梁·刘孝绰）→____疏饮露后，唱绝断弦____。（《赋新题得寒树晚蝉疏诗》南朝·陈·张正见）→____天悬明月，令严夜寂____。（《后出塞》唐·杜甫）→____寥人境外，闲坐听春____。（《苏氏别业》唐·祖咏）→____飞暗识路，鸟转逐征____。（《陇头水》南朝·陈·陈叔宝）→____山此去无多路，青鸟殷勤为探____。（《无题》唐·李商隐）→____万山红遍，层林尽____。（《沁园春·长沙》现代·毛泽东）→____来不似旧，镊去又重____。（《白发》宋·顾逢）→____乏黄金枉图画，死留青冢使人嗟。（《王昭君》唐·李白）

◆ 答案：柳→村→憾→杯→暮→枝→落→少。声→中→寥→禽→蓬→看→染→生。

## 3 天寒翠袖薄，日暮倚修竹。

——唐 · 杜甫《佳人》

### 【名句解析】

在这天气寒冷的日子里，寒风吹拂着她分外单薄的衣衫，却动摇不了她坚贞的节操；黄昏时分，只见她独自把身子倚在修长挺拔的竹子上，等待着她的又是一个漫漫的长夜！

诗句妙在对美人容貌不着一字形容，仅凭“翠袖”“修竹”这一对色泽清新而寓有兴寄的意象，与天寒日暮的山中环境相融合，便传神地刻画出佳人不胜清寒、孤寂无依的幽姿高致，画出佳人的孤高和绝世而立，画外有意，象外有情。在体态美中，透露着意态美。这种美，不只是一种女性美，也是古代士大夫追求的一种理想美。

常用于形容女子就像那经寒不凋的翠柏、挺拔劲节的绿竹，有着高洁的情操。

### 【单句接龙】

天寒翠袖薄→薄汗青衣____（《点绛唇》宋 · 李清照）→____内阁香风阵____（《十二月过尧民歌 · 别情》元 · 王实甫）→____云横塞____（《学古诗》南朝 · 梁 · 何逊）→____来独自绕阶____（《小重山》宋 · 岳飞）→____人临发又开____（《秋思》唐 · 张籍）→____侯非我____（《韬钤深处》明 · 戚继光）→____欲凌风____（《郡斋雨中与诸文士燕集》唐 · 韦应物）→____鸟鸣北____（《咏怀》三国 · 魏 · 阮籍）→____昏瘴不开（《题大庾岭北驿》唐 · 宋之问）

### 【联句接龙】

天寒翠袖薄，日暮倚修竹。→竹外桃花三两枝，春江水暖鸭先____。（《惠崇春江晚景》宋 · 苏轼）→____汝远来应有意，好收吾骨瘴江____。（《左迁至蓝关示侄孙湘》唐 · 韩愈）→____锁风雷动，军书日夜____。（《送陆务观编修监镇江郡归会稽待阙》宋 · 范成大）→____骑轧，鸣珂____。（《千秋岁》宋 · 黄庭坚）→____珠萦断菊，残丝绕折____。（《和炅法师游昆明池》北周 · 庾信）→____香隔浦渡，荷叶满江____。（《采莲曲》南朝 · 梁 · 刘孝威）→____肥属时禁，蔬果幸见____。（《郡斋雨中与诸文士燕集》唐 · 韦应物）→____记宝簟寒轻，琐窗人睡起，玉纤轻____。（《念奴娇》宋 · 辛弃疾）→____花不插发，采柏动盈掬。（《佳人》唐 · 杜甫）

◆ 答案：透→阵→起→行→封→意→翔→林。知→边→飞→碎→莲→鲜→尝→摘。

## 4 颠狂柳絮随风去，轻薄桃花逐水流。

——唐·杜甫《漫兴》

### 【名句解析】

似癫似狂的柳絮，随着春风在空中到处飞舞；那轻薄随便的桃花，也一片一片地随着河水，在河面上到处乱流。

在诗人笔下，柳絮和桃花人格化了，像一群势利小人，它们对春天的流逝无动于衷，只知道乘风乱舞，随波逐流。这正是诗人痛苦的原因。

常用于寄托对黑暗现实的深刻不满和政治理想不能实现的苦闷。后来“桃花柳絮”也就成了势利小人的代名词。

### 【单句接龙】

颠狂柳絮随风去→去年杏花今又____（《因省风俗访道士侄不见题壁》唐·韦应物）→____桐花上雨初____（《春日湖上》宋·武衍）→____戈日寻兮道路____（《胡笳十八拍》汉·蔡文姬）→____楼高百____（《夜宿山寺》唐·李白）→____书未达年应____（《岁晚言事寄乡中亲友》唐·方干）→____来处处游行____（《苏州柳》唐·白居易）→____地英雄下夕____（《七律·到韶山》现代·毛泽东）→____外酒旗低____（《离亭燕》宋·张昇）→____相勤王甘苦辛（《轮台歌奉送封大夫出师西征》唐·岑参）

### 【联句接龙】

颠狂柳絮随风去，轻薄桃花逐水流。→流水传潇浦，悲风过洞____。（《省试湘灵鼓瑟》唐·钱起）→____前落尽梧桐，水边开彻芙____。（《天净沙·秋》元·朱庭玉）→____菊满园皆可羡，赏心从此莫相____。（《冬景》宋·刘克庄）→____此乡山别，长谣去国____。（《遂州南江别乡曲故人》唐·陈子昂）→____闻剑戟扶危主，闷听笙歌聒醉____。（《归隐》五代宋初·陈抟）→____传有笙鹤，时过北山____。（《玉台观》唐·杜甫）→____白古所同，胡为坐烦____？（《解秋》唐·元稹）→____心烈烈，载饥载____。（《诗经·采薇》）→____不饮盗泉水，热不息恶木阴。（《猛虎行》晋·陆机）

◆答案：折→千→危→尺→老→遍→烟→亚。庭→蓉→违→愁→人→头→忧→渴。

## 5 乱花渐欲迷人眼，浅草才能没马蹄。

——唐・白居易《钱塘湖春行》

### 【名句解析】

各种花卉开得五颜六色，渐渐让人眼花缭乱；浅浅的青草生出不久，才刚刚能埋住马蹄。

这两句虽未明言“春行”，却充分表现出早春骑马郊行时所感到的盎然春意。

可用于描写初春景色。

### 【单句接龙】

乱花渐欲迷人眼→眼穿当落____(《祥兴第三十七》宋・文天祥)→____出江花红胜____(《忆江南》唐・白居易)→____伴皆惊____(《木兰诗》北朝民歌)→____时向闲____(《登天台寺》唐・杜荀鹤)→____处闻啼____(《春晓》唐・孟浩然)→____宿池边____(《题李凝幽居》唐・贾岛)→____际花犹____(《送江水曹还远馆诗》南朝・齐・谢朓)→____日依山____(《登鹳雀楼》唐・王之涣)→____道丰年瑞(《雪》唐・罗隐)

### 【联句接龙】

乱花渐欲迷人眼，浅草才能没马蹄。→蹄豚盂酒祝瓯窭，一饱人间百事____。(《观刈》宋・方岳)→____把客衣轻浣濯，此中犹有帝京____。(《重赠吴国宾》明・边贡)→____缘较短，怪一梦轻回，酒阑歌____。(《齐天乐・吴兴郡宴遇旧人》宋・刘澜)→____发乘夕凉，开轩卧闲____。(《夏日南亭怀辛大》唐・孟浩然)→____朗东方彻，阑干北斗____。(《早行》唐・杨炯)→____月沉沉藏海雾，碣石潇湘无限____。(《春江花月夜》唐・张若虚)→____人举首东南望，拍手大笑使君____。(《登云龙山》宋・苏轼)→____来欲起舞，惭见白髭____。(《偶宴有怀》唐・白居易)→____臾静扫众峰出，仰见突兀撑青空。(《谒衡岳庙遂宿岳寺题门楼》唐・韩愈)

◆ 答案：日→火→忙→处→鸟→树→白→尽。休→尘→散→敞→斜→路→狂→须。

## 6 春心莫共花争发，一寸相思一寸灰。

——唐・李商隐《无题》

### 【名句解析】

相思之情切莫与春花争荣竞发，一寸寸相思都化成了灰烬。

诗句迸发出女子内心的郁积与悲愤，既有幻灭的悲哀，也有强烈的激愤不平。含蓄深婉，反复咏叹，震撼人心，动人心弦。

常用于抒写闺中女子对爱情热切的追求和失意的痛苦。

## 【单句接龙】

春心莫共花争发→发遣双成更取____（《送萧炼师步虚词十首卷后以二绝继之》唐·白居易）→____舞魏宫____（《蜀先主庙》唐·刘禹锡）→____度刘____（《惜红衣》宋·吴文英）→____如洛阳____（《寄阮郎》隋·张碧兰）→____缺伤难____（《退居漫题》唐·司空图）→____条深浅____（《咏桃》唐·李世民）→____同心复____（《夏歌》南朝·梁·萧衍）→____根一体都如____（《颂古》宋·释从瑾）→____里惺惺眼又花（《颂古》宋·释从瑾）

## 【联句接龙】

春心莫共花争发，一寸相思一寸灰。→灰心寄枯宅，曷顾人间____。（《咏怀》三国·魏·阮籍）→____姿媚媚端正好，怎教人别后，从头仔细，断得思____？（《好女儿》宋·欧阳修）→____入以为出，上足下亦____。（《赠友》唐·白居易）→____得广厦千万间，大庇天下寒士俱欢颜，风雨不动安如____！（《茅屋为秋风所破歌》唐·杜甫）→____月皎如烛，霜风时动____。（《秋斋独宿》唐·韦应物）→____枝苦怨怨何人？夜静山空歇又____。（《竹枝词》唐·白居易）→____道欲来相问讯，西楼望月几回____？（《寄李儋元锡》唐·韦应物）→____荷帖帖野池平，时有龟鱼傍岸____。（《普明寺西亭》宋·韩维）→____路难，归去来！（《行路难》唐·李白）

◆ 答案：来→前→郎→花→缀→色→同→梦。姿→量→安→山→竹→闻→圆→行。

# 7 不知近水花先发，疑是经冬雪未销。

——唐·张谓《早梅》

## 【名句解析】

人们不知寒梅靠近溪水提早开放，以为那是经冬而未消融的白雪。

一个“不知”加上一个“疑是”，写出诗人远望似雪非雪的迷离恍惚之境。最后定睛望去，才发现原来这是一树近水先发的寒梅。诗人的疑惑排除了，早梅之“早”也就点出了。

诗句作为描写梅花的名句经常被引用，也可引申为探索寻觅的惊喜。

## 【单句接龙】

不知近水花先发→发为思乡____（《途中忆儿女之作》唐·马云奇）→____鹤遗____（《观棋并引》宋·苏轼）→____为藤迷失旧____（《三仙祠》宋·杨佐）→____陌经三____（《早行》唐·杨炯）→____岁王孙____（《赠别卢司直之闽中》唐·刘长卿）→____绿湖南万里____（《别严士元》唐·刘长卿）→____随湘水____（《千秋岁·咏夏景》宋·谢逸）→____上寒山石径____（《山行》唐·杜牧）→____光照墟落（《渭川田家》唐·王维）

## 【联句接龙】

不知近水花先发，疑是经冬雪未销。→销磨岁月成高位，比类时流是幸____。（《喜入新年自咏》唐·白居易）→____攀明月不可得，月行却与人相____。（《把酒问月·故人贾淳令予问之》唐·李白）→____山将万转，趣途无百____。（《青溪》唐·王维）→____闾多庆贺，亲戚共欢____。（《阿崔》唐·白居易）→____亲终一世，好善被诸____。（《悼颐中朝散兄》宋·张扩）→____如洛阳花，妾似武昌____。（《寄阮郎诗》隋·张碧兰）→____径无人，堕絮飞无____。（《剪牡丹·舟中闻双琵琶》宋·张先）→____间莲花石，光涵濯锦____。（《赋得岸花临水发诗》南朝·陈·张正见）→____汗沾衣热不胜，馋蚊乘势更纵横。（《枕上闻风铃》宋·陆游）

◆ 答案：白→址→阡→岁→草→情→远→斜。人→随→里→娱→郎→柳→影→流。

# 8 中庭地白树栖鸦，冷露无声湿桂花。

——唐·王建《十五夜望月寄杜郎中》

## 【名句解析】

庭院中满地月光，树上栖息着乌鸦；寒冷的露水，无声无息地浸湿了桂花。

这两句诗含蕴丰富，意境优美："地白"二字，把空明澄净的如水月色表现得很充分；"栖鸦""无声"表现了月夜的静谧、闲适；"冷露"表现了秋夜的凉爽凄清；"湿"字很有生气，仿佛桂花被冷露滋润过，馥郁的香气清凉可闻。

常用于描写庭院中的清秋夜景，其用词的精确可资借鉴。

## 【单句接龙】

中庭地白树栖鸦→鸦惊雀噪难久____（《和裴校书鹭鸶飞》唐·元稹）→____依还似北归____（《惠崇春江晚景》宋·苏轼）→____生若只如初____（《木兰词·拟古决绝词柬友》纳兰性德）→____说桃源无____（《如梦令》宋·张炎）→____人举首东

南____(《登云龙山》宋·苏轼)→____天低吴____(《百字令》元·萨都剌)→____歌哀怨思无____(《垓下怀古》唐·栖一)→____南老屋颇宜____(《次韵旷翁四时村居乐》宋·艾性夫)→____云多奇峰(《四时》晋·陶渊明)

## 【联句接龙】

中庭地白树栖鸦，冷露无声湿桂花。→花红兮水暖，望美人兮天一____。(《山中忆鹤林》宋·白玉蟾)→____怜春满王孙草，可忍云遮处士____。(《与人约访林处士阻雨因寄》宋·范仲淹)→____辰冷落碧潭水，鸿雁悲鸣红蓼____。(《月夜舟中》宋·戴复古)→____连西极动，月过北庭____。(《秦州杂诗》唐·杜甫)→____禽与衰草，处处伴愁____。(《贼平后送人北归》唐·司空曙)→____色饥枯掩面羞，眼眶泪滴深两____。(《箜篌引》唐·王昌龄)→____子剪秋水，丹青画不____。(《上巳席上有赠》宋·郭祥正)→____无奈，倩声声邻笛，谱出回____。(《沁园春》清·纳兰性德)→____虽已断情未了，生不相从死相从。(《与冒辟疆》清·董小宛)

◆ 答案：依→人→见→路→望→楚→涯→夏。方→星→风→寒→颜→眸→真→肠。

# 9 月上柳梢头，人约黄昏后。

——宋·欧阳修《生查子·元夕》

## 【名句解析】

与佳人相约在月上柳梢头之时、黄昏之后。

这是诗人对男女主人公相会的环境描绘；明月皎皎，杨柳依依，富于诗情画意。

常用于描写恋人在月光柳影下两情依依、情话绵绵的景象，以制造出朦胧清幽、婉约柔美的意境。

## 【单句接龙】

月上柳梢头→头上玳瑁____(《孔雀东南飞》汉乐府)→____禄池台文锦____(《代悲白头翁》唐·刘希夷)→____罗衣裳照暮____(《丽人行》唐·杜甫)→____草闭闲____(《寻南溪常山道人隐居》唐·刘长卿)→____系钓鱼____(《旅宿》唐·杜牧)→____在青山顶上____(《由桂林朔漓江至兴安》清·袁枚)→____稀足薜____(《酬周从事望海亭见寄》唐·元稹)→____径若披____(《移席琴室应司徒教诗》南朝·齐·王融)→____香近紫微(《送别薛丞》宋·方岳)

## 【联句接龙】

月上柳梢头，人约黄昏后。→后死诸君多努力，捷报飞来当纸____。(《梅岭三

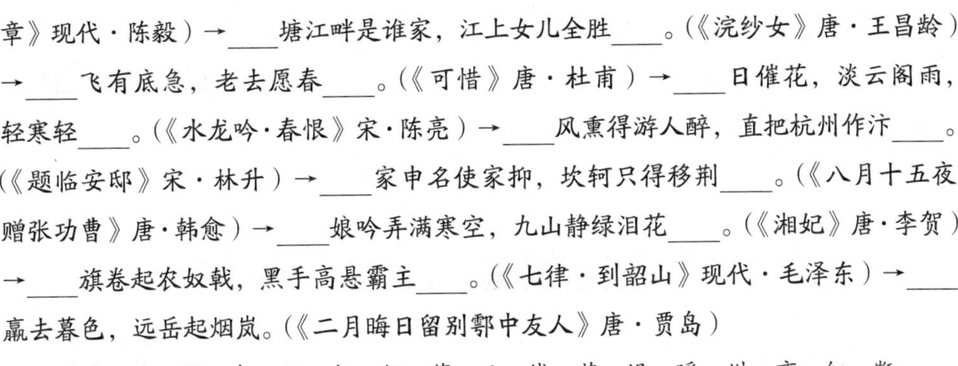

章》现代·陈毅）→____塘江畔是谁家，江上女儿全胜____。（《浣纱女》唐·王昌龄）→____飞有底急，老去愿春____。（《可惜》唐·杜甫）→____日催花，淡云阁雨，轻寒轻____。（《水龙吟·春恨》宋·陈亮）→____风熏得游人醉，直把杭州作汴____。（《题临安邸》宋·林升）→____家申名使家抑，坎轲只得移荆____。（《八月十五夜赠张功曹》唐·韩愈）→____娘吟弄满寒空，九山静绿泪花____。（《湘妃》唐·李贺）→____旗卷起农奴戟，黑手高悬霸主____。（《七律·到韶山》现代·毛泽东）→____赢去暮色，远岳起烟岚。（《二月晦日留别鄂中友人》唐·贾岛）

◆ 答案：光→绣→春→门→船→行→萝→云。钱→花→迟→暖→州→蛮→红→鞭。

# 10 无可奈何花落去，似曾相识燕归来。

——宋·晏殊《浣溪沙》

## 【名句解析】

无可奈何之中，春花正在凋落。而去年似曾见过的燕子，如今又飞回到旧巢来了。

这两句用景物描写把诗人的感怀表现得细腻生动，以对偶句的形式抒发了想要留住时光、留住美好事物却又无可奈何的惜春伤时的情感。

词句虽然描写的是司空见惯的现象，却有哲理的意味，启迪人们从更高层次思索宇宙、人生问题。

## 【单句接龙】

无可奈何花落去→去时雪满天山____（《白雪歌送武判官归京》唐·岑参）→____断车轮生四____（《贺新郎》宋·辛弃疾）→____声满天秋色____（《雁门太守行》唐·李贺）→____闾争庆____（《送喻凫春归江南》唐·顾非熊）→____兰山下阵如____（《老将行》唐·王维）→____霞出海____（《和晋陵陆丞早春游望》唐·杜审言）→____星海中____（《边城将》南朝·梁·吴均）→____门莫恨无人____（《劝学诗》宋·赵恒）→____风满地石乱走（《走马川行奉送出师西征》唐·岑参）

## 【联句接龙】

无可奈何花落去，似曾相识燕归来。→来风堪避暑，静夜致清____。（《竹扇诗》汉·班固）→____月如眉挂柳湾，越中山色镜中____。（《兰溪棹歌》唐·戴叔伦）→____试手，补天____。（《贺新郎·同父见和再用韵答之》宋·辛弃疾）→____素持作书，将寄万里____。（《感兴》唐·李白）→____君属秋夜，散步咏凉____。（《秋夜寄邱员外》唐·韦应物）→____汉回西流，三五正纵____。（《杂诗》三国·魏·曹丕）

→____眉冷对千夫指，俯首甘为孺子____。(《自嘲》近现代 · 鲁迅) →____困人饥日已高，市南门外泥中____。(《卖炭翁》唐 · 白居易) →____马傍春草，欲行远道迷。(《奔亡道中》唐 · 李白)

◆ 答案：路→角→里→贺→云→曙→出→随。凉→看→裂→怀→天→横→牛→歇。

## 11 倚楼无语欲销魂，长空黯淡连芳草。

——宋 · 寇准《踏莎行》

### 【名句解析】

落寞地倚在栏杆上，纵有万语千言，却又向谁人说起？唯有无语凝噎，暗自销魂罢了。天空灰蒙蒙的，黯然地衔着绵绵不尽的芳草，一如我的思念。

古代文人用语委婉曲折，常以美人自喻。寇准感慨美人迟暮，也是借此感慨自己英雄末路、风光难再。

常用于形容缠缠绵绵、无穷无尽的相思。

### 【单句接龙】

倚楼无语欲销魂→魂来枫林____(《梦李白》唐 · 杜甫) →____槐夹驰____(《与高适薛据登慈恩寺浮图》唐 · 岑参) →____人庭宇____(《晨诣超师院读禅经》唐 · 柳宗元) →____夜四无____(《喜外弟卢纶见宿》唐 · 司空曙) →____曲时时____(《移居》晋 · 陶渊明) →____吾道夫先____(《离骚》战国 · 屈原) →____修远以周____(《离骚》战国 · 屈原) →____涕向昭____(《相和歌辞 · 班婕妤》唐 · 徐彦伯) →____春布德泽(《长歌行》汉乐府)

### 【联句接龙】

倚楼无语欲销魂，长空黯淡连芳草。→草树知春不久归，百般红紫斗芳____。(《晚春》唐 · 韩愈) →____菲红紫送春去，独自黄葩夏日____。(《金丝桃》宋 · 吕本中) →____窥石镜清我心，谢公行处苍苔____。(《庐山谣寄卢侍御虚舟》唐 · 李白) →____雁云横楚，兼蝉柳夹____。(《泗上客思》唐 · 杜荀鹤) →____水虽浊有清日，乌头虽黑有白____。(《潜别离》唐 · 白居易) →____挑野菜和根煮，旋斫生柴带叶____。(《时世行》唐 · 杜荀鹤) →____痕一夜遍天涯，多情莫向空城____。(《踏莎行》宋 · 秦观) →____君烟水阔，挥手泪沾____。(《饯别王十一南游》唐 · 刘长卿) →____栉不可见，枕席空余香。(《相和歌辞 · 班婕妤》唐 · 徐彦伯)

◆ 答案：青→道→静→邻→来→路→流→阳。菲→闲→没→河→时→烧→望→巾。

## 12 梧桐半死清霜后，头白鸳鸯失伴飞。

——宋 · 贺铸《鹧鸪天》

### 【名句解析】

好像是遭到霜打的梧桐，半生半死；又似白头失伴的鸳鸯，孤独倦飞。

以梧桐的半生半死、鸳鸯的失伴孤飞为喻，既表现了失偶之痛楚，也抒发了人生感慨。

常用于描写暮年丧偶之后茕茕孑立、形影相吊的孤苦之状。

### 【单句接龙】

梧桐半死清霜后→后有韦讽前支____(《韦讽录事宅观曹将军画马图》唐 · 杜甫）→____威知畏____(《宿盐田驿用黄大声韵》宋 · 李洪）→____天长____(《满江红》宋 · 岳飞）→____傲遗世____(《游仙诗》晋 · 郭璞）→____家得雀____(《野田黄雀行》三国 · 魏 · 曹植）→____看稻菽千重____(《七律 · 到韶山》现代 · 毛泽东）→____白风初____(《相送》南朝 · 梁 · 何逊）→____来慵整纤纤____(《点绛唇》宋 · 李清照）→____挼红杏蕊（《谒金门》五代 · 南唐 · 冯延巳）

### 【联句接龙】

梧桐半死清霜后，头白鸳鸯失伴飞。→飞来山上千寻塔，闻说鸡鸣见日____。(《登飞来峰》宋 · 王安石）→____沉应已定，不必问君____。(《送友人入蜀》唐 · 李白）→____生万事，那堪回____！（《金缕曲》清 · 顾贞观）→____阳山下路，孤竹节长____。(《首阳竹》唐 · 张祜）→____亡永乖隔，不忍与之____。(《悲愤诗》汉 · 蔡文姬）→____端竟未究，忽唱分途____。(《代门有车马客行》南朝 · 宋 · 鲍照）→____为江山静，终防市井____。(《园》唐 · 杜甫）→____然名都会，吹箫间笙____。(《成都府》唐 · 杜甫）→____鼓不闻非耳聋，形器不涉非无踪。(《和李天与秀才》宋 · 郑侠）

◆ 答案：遁（盾）→仰→啸→罗→喜→浪→起→手。升→平→首→存→辞→始→喧→簧。

## 13 海棠不惜胭脂色，独立蒙蒙细雨中。

——宋 · 陈与义《春寒》

### 【名句解析】

那海棠不吝惜自己胭脂的红色，独自在蒙蒙细雨中亭亭玉立。

诗人用类似于刻画松、梅、菊、竹的手法来写海棠，说它傲然“独立”于风雨中，哪怕有损于自己美丽的“胭脂色”，海棠的风骨和雅致得到了充分表现。诗人化用杜甫的“林花着雨胭脂湿”，别创意境，不但更具风致，而且更具品格。

诗句把人的风骨、品格、雅致融入对海棠的描写中，常被后世引用。

### 【单句接龙】

海棠不惜胭脂色→色难腥腐餐枫____（《寄韩谏议》唐·杜甫）→____叶终经宿鸾____（《古柏行》唐·杜甫）→____尾香罗薄几____（《无题》唐·李商隐）→____帷深下莫愁____（《无题》唐·李商隐）→____堂虏使正精____（《嘉定间赠丁寺丞使虏》宋·陈宓）→____高驰之邈____（《离骚》战国·屈原）→____而不可____（《九章·怀沙》战国·屈原）→____陶真可____（《东郊》唐·韦应物）→____民采之（《诗经·小宛》）

### 【联句接龙】

海棠不惜胭脂色，独立蒙蒙细雨中。→中男绝短小，何以守王____？（《新安吏》唐·杜甫）→____阴一道直，烛焰两行____。（《夜归》唐·白居易）→____阳正在，烟柳断肠____。（《摸鱼儿》宋·辛弃疾）→____世闲难得，关身事半____。（《新年呈友》唐·许棠）→____将笺上两行书，直犯龙颜请恩____。（《致酒行》唐·李贺）→____中生乔松，万世未可____。（《咏怀》三国·魏·阮籍）→____君君不至，人月两悠____。（《城上对月期友人不至》唐·白居易）→____悠昊天，曰父母____。（《诗经·巧言》）→____放白鹿青崖间，须行即骑访名山。（《梦游天姥吟留别》唐·李白）

◆ 答案：香→凤→重→堂→神→邈→慕→庶。城→斜→处→空→泽→期→悠→且。

## 14 梧桐更兼细雨，到黄昏、点点滴滴。

——宋·李清照《声声慢》

### 【名句解析】

黄昏时，又下起了绵绵细雨，一点点、一滴滴洒落在梧桐叶上，发出令人心碎的声音。

丈夫去世、独身一人的李清照，遭受着国破家亡的痛苦。此时，女词人独立窗前，听见雨打梧桐，声声凄凉，孤独无助的她，在深切地怀念着自己的丈夫。这哀痛欲绝的词句，催人泪下，堪称写愁之绝唱。

诗人们写到梧桐总是“更兼细雨”，因为雨中的梧桐更能传递离愁别绪。

## 【单句接龙】

梧桐更兼细雨→雨来沾席____（《陪诸贵公子丈八沟携妓纳凉晚际遇雨》唐·杜甫）→____林繁花照眼____（《听安万善吹觱篥歌》唐·李颀）→____知遣薄____（《风雨》唐·李商隐）→____贱老弱兮少壮为____（《胡笳十八拍》汉·蔡文姬）→____人天上____（《同洛阳李少府观永乐公主入蕃》唐·孙逖）→____地为兄____（《杂诗》晋·陶渊明）→____兄羁旅各西____（《望月有感》唐·白居易）→____皋薄暮____（《野望》唐·王绩）→____天低吴楚（《百字令》元·萨都剌）

## 【联句接龙】

梧桐更兼细雨，到黄昏、点点滴滴。→滴泪胡风起，宽心汉月____。（《王昭君》五代·南唐·李中）→____荷帖帖野池平，时有龟鱼傍岸____。（《普明寺西亭》宋·韩维）→____人来往得清凉，借问蚕姑无个____。（《陌上桑》元·王冕）→____天愿作比翼鸟，在地愿为连理____。（《长恨歌》唐·白居易）→____枝相覆盖，叶叶相交____。（《孔雀东南飞》汉乐府）→____灵夜醮达清晨，承露盘晞甲帐____。（《汉宫》唐·李商隐）→____潮带雨晚来急，野渡无人舟自____。（《滁州西涧》唐·韦应物）→____空千里雄西域，江左名山不足____。（《过阴山和人韵》元·耶律楚材）→____父诞宏志，乃与日竞走。（《读山海经》晋·陶渊明）

◆ 答案：上→新→俗→美→落→弟→东→望。圆→行→在→枝→通→春→横→夸。

# 15　拂窗桐叶下，绕舍稻花香。

——宋·陆游《六七月之交山中凉甚》

## 【名句解析】

桐叶拂擦着窗户落下，稻花散发的香味缭绕着屋舍。

山中秋早，六七月间山外还是残暑天气，山中已经落叶时下，稻花飘香了。这两句诗可引用于表现夏末秋初景色。

## 【单句接龙】

拂窗桐叶下→下来闲处从容____（《秋千》宋·僧惠洪）→____马烦君折一____（《折杨柳》唐·杨巨源）→____枝相覆____（《孔雀东南飞》汉乐府）→____紫藏红漫惜____（《惜春》宋·王安石）→____来江水绿如____（《忆江南》唐·白居易）→____水远从千涧____（《九日蓝田崔氏庄》唐·杜甫）→____日放船____（《陪诸贵公子丈八沟携妓纳凉晚际遇雨》唐·杜甫）→____风凭借____（《临江仙·柳絮》清·曹

雪芹）→____拔山兮气盖世（《垓下歌》秦·项羽）

### 【联句接龙】

拂窗桐叶下，绕舍稻花香。→香阁东山下，烟花象外____。（《宿云门寺阁》唐·孙逖）→____人归独卧，滞虑洗孤____。（《感遇》唐·张九龄）→____辉淡水木，演漾在窗____。（《同从弟南斋玩月忆山阴崔少府》唐·王昌龄）→____服艾以盈要兮，谓幽兰其不可____。（《离骚》战国·屈原）→____缤纷其繁饰兮，芳菲菲其弥____。（《离骚》战国·屈原）→____台迎夏日，梦远感春____。（《楚王吟》南朝·梁·张率）→____破惊新绿，重帘下遍阑干____。（《东坡引》宋·辛弃疾）→____岸持觞，垂杨系马，此地曾轻____。（《念奴娇·书东流村壁》宋·辛弃疾）→____来春半，触目柔肠断。（《清平乐》五代·南唐·李煜）

◆ 答案：立→枝→盖→春→蓝→落→好→力。幽→清→户→佩→章→条→曲→别。

## 16 更无花态度，全有雪精神。

——宋·辛弃疾《临江仙·探梅》

### 【名句解析】

梅花没有一般的春花鲜艳娇嫩的样子，呈现在人们面前的全是傲雪耐寒的神韵。

“雪样精神”是说梅花具有霜雪一样的品质，即以霜、雪、冰、玉诸物质之洁白、晶莹、冷冽的品性来比喻乃至于直接替代、指称梅花素洁、明净、冷凛之品格形象。

现代人常用“雪样精神”来形容梅花，即源自这句词。

### 【单句接龙】

更无花态度→度日不成____（《王家少妇》唐·崔颢）→____成每被秋娘____（《琵琶行》唐·白居易）→____花风雨便相____（《落花》宋·朱淑贞）→____尽白头____（《题樟亭》唐·张祜）→____媪语人年岁____（《田父吟》宋·叶茵）→____梦留人____（《苏幕遮》宋·范仲淹）→____到日头____（《满庭芳·失鸡》明·王磐）→____名不朽到如____（《咏史诗·豫让桥》唐·胡曾）→____古由来事不同（《答崔十八》唐·白居易）

### 【联句接龙】

更无花态度，全有雪精神。→神仙体态，薄幸如何消____？（《念奴娇》明·施耐庵）→____成比目何辞死，愿作鸳鸯不羡____。（《长安古意》唐·卢照邻）→____台初见五城楼，风物凄凄宿雨____。（《同题仙游观》唐·韩翃）→____得山丹红

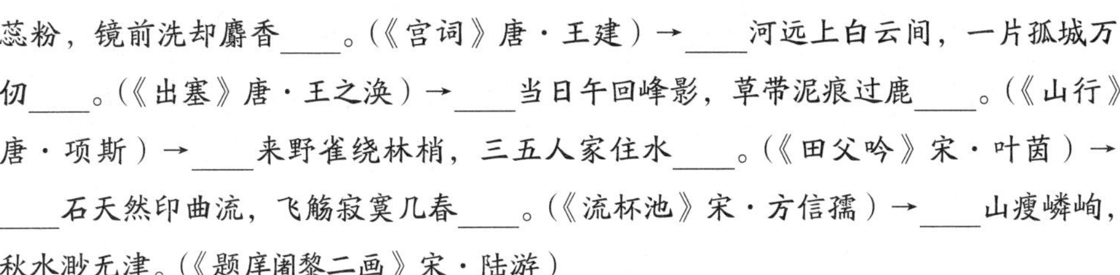
蕊粉，镜前洗却麝香____。（《宫词》唐·王建）→____河远上白云间，一片孤城万仞____。（《出塞》唐·王之涣）→____当日午回峰影，草带泥痕过鹿____。（《山行》唐·项斯）→____来野雀绕林梢，三五人家住水____。（《田父吟》宋·叶茵）→____石天然印曲流，飞觞寂寞几春____。（《流杯池》宋·方信孺）→____山瘦嶙峋，秋水渺无津。（《题庠阁黎二画》宋·陆游）

◆ 答案：妆→妒→催→翁→好→睡→高→今。得→仙→收→黄→山→群→坳→秋。

## 17 剩水残山无态度，被疏梅料理成风月。

——宋·辛弃疾《贺新郎》

### 【名句解析】

被残雪覆盖的山河，凋枯冷落，没有一点生气；几树稀疏的梅花，凛然开放，点缀着大地，透出一派春意。

词句表面写冬天的景色：水瘠山枯，四野凄凉，仅凭几枝稀疏的梅花装点风光。暗里写南宋朝廷苟且偷安，不肯锐意恢复中原，因此只能落水剩山残。“疏梅”，暗指力主抗金的志士。语意双关，景中藏情，以比兴见意，抒发出无穷感慨，蕴涵着深远的忧国情意。

现可用其字面意思，描写冬末春初的景色。在特定历史背景下，也可用其本意。

### 【单句接龙】

剩水残山无态度→度却醒时一夜____（《宿醉》唐·元稹）→____见河桥酒幔____（《夏夜宿表兄话旧》唐·窦叔向）→____天江海____（《题玄武禅师屋壁》唐·杜甫）→____传汉地曲转____（《听安万善吹筚篥歌》唐·李颀）→____功遂不____（《咏荆轲》晋·陶渊明）→____道非由施____（《无相颂》唐·慧能）→____塘水府抵城____（《途中言事寄居远上人》唐·方干）→____空带石____（《赋得垂柳映斜溪诗》南朝·陈·张正见）→____楼高百尺（《夜宿山寺》唐·李白）

### 【联句接龙】

剩水残山无态度，被疏梅料理成风月。→月光疏已密，风来起复____。（《咏竹诗》南朝·齐·谢朓）→____下帘栊，双燕归来细雨____。（《采桑子》宋·欧阳修）→____秋谁与共孤光？把盏凄然北____。（《西江月》宋·苏轼）→____长城内外，惟余莽____。（《沁园春·雪》现代·毛泽东）→____苍凌江水，黄昏见塞____。（《送迁客》唐·于鹄）→____钿委地无人收，翠翘金雀玉搔____。（《长恨歌》唐·白居易）

→____上何所有？翠微盍叶垂鬓____。（《丽人行》唐·杜甫）→____齿论交岁月长，岂其卒意忽颠____？（《献贺捷诗》唐·勾龙逢）→____风卷絮回，惊猿攀玉折。（《山雪》唐·皎然）

◆ 答案：愁→青→流→奇→成→钱→根→危。垂→中→望→莽→花→头→唇→狂。

## 18 小荷才露尖尖角，早有蜻蜓立上头。

——宋·杨万里《小池》

### 【名句解析】

鲜嫩的荷叶那尖尖的角刚露出水面，早早就已经有蜻蜓落在它的上头。

诗句从“小”处着眼，生动、细致地描摹初夏小池中生动的富于生命和动态感的新景象。

可用来形容初露头角的新人。“尖尖角”可以看作是新生事物，更可以看作是初生的年轻人，而“蜻蜓”就是赏识它们的角色。

### 【单句接龙】

小荷才露尖尖角→角声满天秋色____（《雁门太守行》唐·李贺）→____有灵蛇____（《赠僧》唐·贾岛）→____蓄阳和意最____（《咏煤炭》明·于谦）→____有乘槎____（《发山阳》宋·孔平仲）→____废百年归感____（《广灵道中》明·江源）→____当以____（《短歌行》汉·曹操）→____慨故人____（《毗陵遇辕文》明·夏完淳）→____中常苦____（《孔雀东南飞》汉乐府）→____歌数年泪如雨（《送蔡山人》唐·高适）

### 【联句接龙】

小荷才露尖尖角，早有蜻蜓立上头。→头白古所同，胡为坐烦____？（《解秋》唐·元稹）→____来思君不敢忘，不觉泪下沾衣____。（《燕歌行》三国·魏·曹丕）→____衣佩云气，言语究灵____。（《咏怀》三国·魏·阮籍）→____女应无恙，当惊世界____。（《水调歌头·游泳》现代·毛泽东）→____俗心异兮身难处，嗜欲不同兮谁可与____！（《胡笳十八拍》汉·蔡文姬）→____已多，情未____。（《生查子》五代·前蜀·牛希济）→____却君王天下事，赢得生前身后____。（《破阵子·为陈同甫赋壮词以寄之》宋·辛弃疾）→____花倾国两相欢，常得君王带笑____。（《清平调》唐·李白）→____渊明、风流酷似，卧龙诸葛。（《贺新郎》宋·辛弃疾）

◆ 答案：里→藏→深→兴→慨→慷→心→悲。忧→裳→神→殊→语→了→名→看。

## 19　铺床凉满梧桐月，月在梧桐缺处明。

——宋 · 朱淑真《秋夜》

### 【名句解析】

月光洒在床席上，洒在梧桐树上，举目相望，月亮恰恰挂在梧桐叶的缺口处，皎洁而明亮。

从床上之月光、树影写到高天之皓月，表达了诗人望月怀人、乍喜还忧的心理。常用于形容不得与意中人团圆的酸楚。

### 【单句接龙】

铺床凉满梧桐月→月既不解____（《月下独酌》唐 · 李白）→____罢即言____（《送永叔归乾德》宋 · 梅尧臣）→____思欲沾____（《和晋陵陆丞早春游望》唐 · 杜审言）→____袂满行____（《偶题》唐·杜牧）→____埃分付与人____（《到梅山处》宋·陈著）→____来写就青山____（《言志》明 · 唐寅）→____炭得钱何所____（《卖炭翁》唐 · 白居易）→____营何所____（《古风》唐 · 李白）→____荣争宠任纷纷（《题崔常侍济上别墅》唐 · 白居易）

### 【联句接龙】

铺床凉满梧桐月，月在梧桐缺处明。→明明如月，何时可____？（《短歌行》汉 · 曹操）→____英泛美酒，已负邻翁____。（《九日石庄阻雨》宋 · 王观）→____君当此时，与我恣追____。（《洛中早春赠乐天》唐·刘禹锡）→____思涉历兮多艰阻，四拍成兮益凄____。（《胡笳十八拍》汉 · 蔡文姬）→____箨（tuò）并刀社雨前，掇红接紫自年____。（《接花》宋·方岳）→____年桥上行人过，谁有当时国士____？（《咏史诗 · 豫让桥》唐 · 胡曾）→____之忧矣，如匪浣____。（《诗经 · 柏舟》）→____裳慈母线，亦恐汝归____。（《寄沈亨老》宋 · 许景衡）→____迟钟鼓初长夜，耿耿星河欲曙天。（《长恨歌》唐 · 白居易）

◆ 答案：饮→归→襟→尘→闲→卖→营→求。掇→期→寻→楚→年→心→衣→迟。

## 20　枯藤老树昏鸦，小桥流水人家，古道西风瘦马。

——元 · 马致远《天净沙 · 秋思》

### 【名句解析】

枯藤缠绕的老树上栖息着黄昏归巢的乌鸦，小桥下潺潺的流水映出飘荡着炊烟的几户人家。荒凉的古道上，迎着萧瑟的秋风，一位骑着瘦马的游子缓缓前行。

诗句造成一种冷落暗淡的气氛，又显示出一种清新幽静的境界。这里的“枯藤”“老树”给人以凄凉的感觉，“昏”点出时间已是傍晚，“小桥流水人家”使人感到幽雅闲致。12 个字画出一幅深秋僻静的村野图景。“古道西风瘦马”，诗人描绘了一幅秋风萧瑟苍凉凄苦的意境，为僻静的村野图又增加一层荒凉感。“夕阳西下”使这幅昏暗的画面有了几丝惨淡的光线，更加深了悲凉的气氛。诗人把十种平淡无奇的客观景物，巧妙地连缀起来，通过“枯、老、昏、古、西、瘦”六个字，将诗人的无限愁思寓于图景中。

通过自然景物的鲜明形象，浓重的深秋色彩，把漂泊游子的凄苦愁楚之情烘托得淋漓尽致。

## 【单句接龙】

枯藤老树昏鸦→鸦黄粉白车中____（《长安古意》唐·卢照邻）→____入君怀____（《怨歌行》汉·班婕妤）→____中有短____（《李都尉陵从军》南朝·梁·江淹）→____中自有颜如____（《劝学诗》宋·赵恒）→____墀兮尘____（《落叶哀蝉曲》汉·刘彻）→____女犹得嫁比____（《兵车行》唐·杜甫）→____钟唤我____（《寓陈杂诗》宋·张耒）→____道资无____（《与高适薛据登慈恩寺浮图》唐·岑参）→____边有客游（《书边事》唐·张乔）

## 【联句接龙】

枯藤老树昏鸦，小桥流水人家，古道西风瘦马。→马上相逢无纸笔，凭君传语报平____。（《逢入京使》唐·岑参）→____得廉耻将，三军同晏____。（《遣兴》唐·杜甫）→____琴绿阴，上有飞____。（《典雅》唐·司空图）→____布小更奇，潺湲二三____。（《咏小瀑布》唐·皎然）→____书未达年应老，先被新春入故____。（《岁晚言事寄乡中亲友》唐·方干）→____有桃，其实之____。（《诗经·园有桃》）→____香炙亦熟，只有空樽____。（《次韵陪诸公湖上春游》宋·苏籀）→____心悄悄，愠于群____。（《诗经·柏舟》）→____风疏雨萧萧地，又催下、千行泪。（《孤雁儿》宋·李清照）

◆ 答案：出→袖→书→玉→生→邻→觉→穷。安→眠→瀑→尺→园→肴→忧→小。

# 21 一畦春韭绿，十里稻花香。

——清·曹雪芹《红楼梦》第十八回

## 【名句解析】

田畦中一片绿油油的韭菜，方圆十里稻花飘香。

元妃省亲，于大观园各处题匾已毕，命弟妹们各题一诗。独宝玉破例，题潇湘、蘅芜等四处。黛玉题毕，见宝玉构思甚苦，便代题“杏帘在望”一首，以上二句即出此诗。此名句抓住韭菜、稻花等农村常景，着一“绿”字与“香”字点化，神采顿生，这是典型的田园风光，能于熟常中点化出高远的意境，尤其难得。难怪元妃读罢赞不绝口，并将“浣葛山庄”改名为“稻香村”。

此名句至今仍常出于文人之口，可借以表现农村的兴旺景象。

## 【单句接龙】

一畦春韭绿→绿叶阴____（《齐天乐·吴兴郡宴遇旧人》宋·刘澜）→____阳神变皆可____（《天可度·恶诈人也》唐·白居易）→____测石泉____（《再游西山》唐·韦应物）→____冷清____（《声声慢》宋·李清照）→____明时节雨纷____（《清明》唐·杜牧）→____纷轻薄何须____（《贫交行》唐·杜甫）→____风流人____（《沁园春·雪》现代·毛泽东）→____是人非事事____（《武陵春·春晚》宋·李清照）→____将白发唱黄鸡（《浣溪沙·游蕲水清泉寺》宋·苏轼）

## 【联句接龙】

一畦春韭绿，十里稻花香。→香囊未解，勋业故优____。（《水调歌头·和庞佑父》宋·张孝祥）→____女昔解佩，传闻于此____。（《万山潭》唐·孟浩然）→____舞银蛇，原驰蜡象，欲与天公试比____。（《沁园春·雪》现代·毛泽东）→____城置酒，汾流澹澹，无言目____。（《水龙吟》金·元好问）→____夫之妇又行哭，哭声送死非送____。（《夫远征》唐·元稹）→____路难，难重____。（《太行路·借夫妇以讽君臣之不终也》唐·白居易）→____胜城中鼓三下，秦家天地如崩____。（《祖龙行》唐·韦楚老）→____尊迎海客，铜鼓赛江____。（《送客南归有怀》唐·许浑）→____女云兮初度雨，班妾扇兮始藏光。（《秋辞》南朝·梁·萧绎）

◆ 答案：阴→测→冷→清→纷→数→物→休。游→山→高→送→行→陈→瓦→神。

# 第5章 数字集结号

数字通常是枯燥的，但如果把它用在诗词中，却往往含情带意，摇曳生姿，深化意境，由此也涌现了许多传诵千古的“数字诗”。最脍炙人口的莫过于宋代诗人邵雍的《山村咏怀》：“一去二三里，烟村四五家。亭台六七座，八九十枝花。”诗中通过数字把景物罗列，描绘了一幅恬淡宁静的田园风光。把它作为蒙童读物，真是一举两得。

数字是抽象的，诗歌是要用形象思维的，然而二者结合起来，同样有佳作产生。它可以是豪放的：“黄河落天走东海，万里写入胸怀间。”可以是细腻的：“两个黄鹂鸣翠柳，一行白鹭上青天。”可以是沉痛的：“三万里河东入海，五千仞岳上摩天。遗民泪尽胡尘里，南望王师又一年。”可以是感伤的：“六朝如梦鸟空啼。”可以是愤怒的：“一封朝奏九重天，夕贬潮州路八千。”可以是夸张的：“孤臣霜发三千丈。”可以是讽刺的：“三千宠爱在一身。”可以是欢快的：“两人对酌山花开，一杯一杯复一杯。”……凡此种种，可以像数字一样，连绵不绝。

# 1 一之日觱发，二之日栗烈。

——《诗经·七月》

## 【名句解析】

十一月北风叫得尖，十二月寒气刺骨凉。

以“觱发（bì bō）”之声拟风寒，以“栗烈”之意摹气寒，读此诗句，真有朔风刺肌肤，寒气透骨髓之感。这是我国古代诗歌中最早描写冬日严寒的名句。

常用于形容年末冬季的严寒气候。

## 【单句接龙】

**一之日觱发**→发稀冠自____（《酬乐天咏老见示》唐·刘禹锡）→____照婵娟色最____（《竹枝词》唐·李涉）→____岚如细____（《初夏倚春望六祖寺》宋·赵汝回）→____后江天____（《苏幕遮·草》宋·梅尧臣）→____镜但愁云鬓____（《无题》唐·李商隐）→____过必生智____（《无相颂》唐·慧能）→____灯回照觉____（《释老六言》宋·刘克庄）→____行暴如____（《孔雀东南飞》汉乐府）→____徙闻车度（《七夕宴重咏牛女各为五韵诗》南朝·陈·陈叔宝）

## 【联句接龙】

**一之日觱发，二之日栗烈。**→烈士暮年，壮心不____。（《龟虽寿》汉·曹操）→____见松柏摧为薪，更闻桑田变成____。（《代悲白头翁》唐·刘希夷）→____底飞尘终有日，山头化石岂无____？（《浪淘沙》唐·白居易）→____时数点雨犹落，隐隐一声雷不____。（《离建》宋·巩丰）→____风乱飐芙蓉水，密雨斜侵薜荔____。（《登柳州城楼寄漳汀封连四州》唐·柳宗元）→____角数枝梅，凌寒独自____。（《梅》宋·王安石）→____元之中常引见，承恩数上南熏____。（《丹青引赠曹将军霸》唐·杜甫）→____古苔痕涩，坛高松桧____。（《驻紫霞观》唐·方干）→____波不动簟纹平，水精双枕，傍有堕钗横。（《临江仙》宋·欧阳修）

◆ 答案：偏→浓→雨→晓→改→慧→性→雷。已→海→时→惊→墙→开→殿→凉。

# 2 生年不满百，常怀千岁忧。

——汉《古诗十九首·生年不满百》

## 【名句解析】

人生在世不过百年而已，却常为古往今来的事所困扰。

忧患意识是儒家人生的显著特色之一，它既是一种仁者心态，又是一种通达理想人格的修养方法。忧患自古已成为中华民族的一种普遍心态。“生年不满百，常怀千岁忧”，这是自古以来中国式的人文精神，这种忧患意识成为中国知识分子纯洁的世代传承的思维方式。

常用于形容忧患意识。

## 【单句接龙】

生年不满百→百川东到___（《长歌行》汉乐府）→___不厌___（《短歌行》汉·曹操）→___院虎溪___（《山竹枝》唐·元稹）→___中窥落___（《山中杂诗》南朝·梁·吴均）→___归功未___（《猛虎行》晋·陆机）→___德非吾___（《宿桐庐江寄广陵旧游》唐·孟浩然）→___花能白又能___（《黄花》宋·朱淑真）→___掌拨清___（《咏鹅》唐·骆宾王）→___撼岳阳城（《望洞庭湖赠张丞相》唐·孟浩然）

## 【联句接龙】

生年不满百，常怀千岁忧。→忧愁风雨，树犹如___。（《水龙吟·登建康赏心亭》宋·辛弃疾）→___日知何日，他乡忆故___。（《南歌子·道中直重九》宋·赵长卿）→___里游从旧，儿童内外___。（《留别宋处士》唐·戴叔伦）→___友多零落，旧齿皆凋___。（《门有车马客行》晋·陆机）→___乱既平，既安且___。（《诗经·常棣》）→___溘死以流亡兮，余不忍为此态___。（《离骚》战国·屈原）→___拟待、却回征辔，又争奈、已成行___。（《忆帝京》宋·柳永）→___拙无衣食，途穷仗友___。（《客夜》唐·杜甫）→___把黄金买别离，是侬薄幸是侬愁。（《寄聪娘》清·袁枚）

◆ 答案：海→深→竹→日→建→土→红→波。此→乡→亲→丧→宁→也→计→生。

# 3 盛年不重来，一日难再晨。

——晋·陶渊明《杂诗》

## 【名句解析】

一个人一生中精力充沛的时间也就年轻时候的那几年，不会再来一次。一天之中也只有一个早晨可以利用。

诗人感慨时间流逝得匆匆，勉励人们珍惜时间，在人生最宝贵的每时每刻都要抓紧时间，抓住机遇努力奋斗。

这两句诗常被人们引用来勉励年轻人要抓住时机，珍惜光阴，努力学习，奋发上进。

## 【单句接龙】

盛年不重来→来舞魏宫____（《蜀先主庙》唐·刘禹锡）→____路舍舟____（《汴河阻风》唐·孟云卿）→____去出山____（《早行》元·方夔）→____生晓梦迷蝴____（《锦瑟》唐·李商隐）→____衣晒粉花枝____（《夏日》宋·张耒）→____筵须拣腰轻____（《重题小舫赠周从事兼戏微之》唐·白居易）→____亦无所____（《木兰诗》北朝民歌）→____欲委符____（《贼退示官吏》唐·元结）→____使三河募年少（《老将行》唐·王维）

## 【联句接龙】

盛年不重来，一日难再晨。→晨兴理荒秽，带月荷锄____。（《归园田居》晋·陶渊明）→____梦隔狼河，又被河声搅____。（《如梦令》清·纳兰性德）→____珠萦断菊，残丝绕折____。（《和灵法师游昆明池》北周·庾信）→____香隔浦渡，荷叶满江____。（《采莲曲》南朝·梁·刘孝威）→____肥属时禁，蔬果幸见____。（《郡斋雨中与诸文士燕集》唐·韦应物）→____叹晋郊无乞籴（dí），岂忘吴俗共分____？（《却到浙西》唐·李绅）→____心烈烈，载饥载____。（《诗经·采薇》）→____饮坚冰浆，饥待零露____。（《苦寒行》晋·陆机）→____沆瀣兮带朝霞，眇翩翩兮薄天游。（《琴歌》三国·魏·嵇康）

◆ 答案：前→去→庄→蝶→舞→女→思→节。归→碎→莲→鲜→尝→忧→渴→餐。

# 4　何意百炼刚，化为绕指柔。

——晋·刘琨《重赠卢谌》

## 【名句解析】

怎么也不会想到经过千锤百炼的钢铁，如今变成可以在指头上缠绕的柔丝。

诗人痛苦地意识到壮志难酬，无可奈何地唱出最后的悲歌："何意百炼刚，化为绕指柔。"慷慨激昂的韵调中透出无限凄凉的意绪，将英雄末路的百般感慨表达得感人至深。

常用于感叹自己经历失败变得无能为力，好像经过千锤百炼的坚钢，如今却变为可以缠绕在手指上的柔软之物。

## 【单句接龙】

何意百炼刚→刚被太阳收拾____（《花影》宋·苏轼）→____俗因解____（《酬陶六辞秩归旧居见柬》唐·钱起）→____细草纹____（《初夏》唐·李世民）→____理枝头花正____（《落花》宋·朱淑真）→____到荼蘼花事____（《春暮游小园》宋·王

淇）→____不知南____（《好事近·梦中作》宋·秦观）→____国风____（《沁园春·雪》现代·毛泽东）→____价岂止百倍____（《石鼓歌》唐·韩愈）→____雨看松色（《寻南溪常山道人隐居》宋·刘长卿）

### 【联句接龙】

何意百炼刚，化为绕指柔。→柔条纷冉冉，落叶何翩____。（《美女篇》三国·魏·曹植）→____翩两骑来是谁？黄衣使者白衫____。（《卖炭翁》唐·白居易）→____童散学归来早，忙趁东风放纸____。（《村居》清·高鼎）→____飞戾天，鱼跃于____。（《诗经·旱麓》）→____明节本高，曾不为吏____。（《送永叔归乾德》宋·梅尧臣）→____指细寻思，争如共刘伶一____。（《剔银灯·与欧阳公席上分题》宋·范仲淹）→____倒古乾坤，人在孤篷来____。（《如梦令》宋·张炎）→____处春芳动，日日春禽____。（《春日诗》南朝·梁·萧绎）→____调如闻杨柳春，上林繁花照眼新。（《听安万善吹觱篥歌》唐·李颀）

◆ 答案：去→绶→连→开→了→北→光→过。翩→儿→鸢→渊→屈→醉→处→变。

## 5 欲穷千里目，更上一层楼。

——唐·王之涣《登鹳雀楼》

### 【名句解析】

若想把千里外的风光景物看够，那就要登上更高的一层城楼。

“欲穷千里目”，写诗人一种无止境探求的愿望，还想看得更远，看到目力所能达到的地方，唯一的办法就是要站得更高些，“更上一层楼”。“千里”“一层”，都是虚数，是诗人想象中纵横两方面的空间。“欲穷”“更上”词语中包含了多少希望，多少憧憬。这两句诗，是千古传诵的名句，既别出新意，出人意表，又与前两句诗承接得十分自然、十分紧密。

这两句千古名句含意深刻：站得高，目光远大，视野开阔，才能饱览千里风光；奋发向上，励精图治，才能不断发现新境界。

### 【单句接龙】

欲穷千里目→目断天南无雁____（《在北题壁》宋·赵佶）→____尘长翳____（《王昭君》五代·南唐·李中）→____边清梦____（《千秋岁》宋·秦观）→____桥头卖鱼人____（《寿阳曲·远浦帆归》元·马致远）→____发乘夕____（《夏日南亭怀辛大》唐·孟浩然）→____飙夺炎____（《怨歌行》汉·班婕妤）→____饮一两____（《雪朝乘兴欲诣李司徒留守先以五韵戏之》唐·白居易）→____遍华____（《减字木兰花》

宋·王观）→____上芳樽今日酒（《别宜春赴举》唐·卢肇）

## 【联句接龙】

欲穷千里目，更上一层楼。→楼船夜雪瓜洲渡，铁马秋风大散____。（《书愤》宋·陆游）→____河梦断何处？尘暗旧貂____。（《诉衷情》宋·陆游）→____披青毛锦，身著赤霜____。（《上元夫人》唐·李白）→____锦风流，御仙花带瑞虹____。（《齐天乐·庆湖北漕知鄂州李楼峰》宋·文天祥）→____树三匝，何枝可____？（《短歌行》汉·曹操）→____丛适自憩，缘涧还复____。（《东郊》唐·韦应物）→____时怀土兮心无绪，来时别儿兮思漫____。（《胡笳十八拍》汉·蔡文姬）→____劳神，徒能惊____。（《蓦山溪·采石值雪》宋·李之仪）→____人见我恒殊调，闻余大言皆冷笑。（《上李邕》唐·李白）

◆ 答案：飞→日→断→散→凉→热→盏→筵。关→裘→袍→绕→依→去→漫→世。

# 6 丑女来效颦，还家惊四邻。

——唐·李白《古风》

## 【名句解析】

丑女来模仿西施皱眉的媚态，益见其丑，回到家里，惊跑了四邻。

越国美女西施因心口疼而常常捧住心口微蹙着眉头，病态美的样子十分姣好。东邻丑女也跟着模仿西施捧心蹙眉，使本来丑陋的长相显得更加丑陋可怕。邻居们望而生厌，有的闭门不出，有的干脆带着妻儿逃之夭夭。这就是“东施效颦”典故。于是，东施和西施作为丑与美的典型一直活跃在人们的口头和笔下，包括大诗人李白。

可用来讽刺那些亦步亦趋，只知道简单模仿，毫无创造性的人。

## 【单句接龙】

丑女来效颦→颦损眉山____（《醉落魄》宋·石孝友）→____玉搔头斜____（《谒金门》五代·南唐·冯延巳）→____石似惊____（《巫山高》唐·李孝贞）→____师告余以未____（《离骚》战国·屈原）→____道人间惆怅____（《汉文帝母薄太后庙赋诗》唐·牛僧孺）→____无两样人心____（《贺新郎·同父见和再用韵答之》宋·辛弃疾）→____时提剑救边____（《北风行》唐·李白）→____俗因解____（《酬陶六辞秩归旧居见柬》唐·钱起）→____带盘宫锦（《虞美人》唐·毛文锡）

## 【联句接龙】

丑女来效颦，还家惊四邻。→邻曲时时来，抗言谈在____。（《移居》晋·陶渊明）→____作女儿时，生小出野____。（《孔雀东南飞》汉乐府）→____闾争庆贺，亲戚共光____。（《送喻凫春归江南》唐·顾非熊）→____辉白日回初暑，拂拂清风动晚____。（《新辟小室自适》宋·韩淲）→____灵何处感？沙麓月无____。（《昭德王皇后挽歌词》唐·白居易）→____彩流映，气如虹____。（《瑾瑜玉赞》晋·郭璞）→____明深浅浪，风卷去来____。（《晚渡滹沱敬赠魏大》唐·卢照邻）→____有第五郎，娇逸未有____。（《孔雀东南飞》汉乐府）→____娶不在早，在此两相宜。（《示内》宋·陈著）

◆ 答案：碧→坠→雷→具→事→别→去→绶。昔→里→辉→阴→光→霞→云→婚。

## 7 亲朋无一字，老病有孤舟。

——唐·杜甫《登岳阳楼》

### 【名句解析】

亲戚朋友连一个字的书信都没有，毫无消息；我现在年老多病，所能依靠的就只有这条孤零零的小船了。

诗句写出了诗人的孤苦，但主要是音信断绝，自己不了解朝里和地方上的情况，即整个国家的情况。这对一个念念不忘君王、不忘国家、不忘人民的诗人来说，是一种被社会忘记的孤独感。消息断绝，年老多病，孤舟漂泊，其精神上、生活上的惨苦可以想见。

现常用于形容晚景凄凉的老人。

### 【单句接龙】

亲朋无一字→字形知国____（《送李校书赴东川幕》唐·卢纶）→____尔谪仙____（《寄李十二白二十韵》唐·杜甫）→____间要好____（《读李杜诗集因题卷后》唐·白居易）→____成珠玉在挥____（《和贾舍人早朝》唐·杜甫）→____发常重泰山____（《水调歌头·壬子被召，端仁相饯席上作》宋·辛弃疾）→____纱碧暖____（《菩萨蛮》宋·苏轼）→____简复芝____（《州名诗寄道士》唐·权德舆）→____家少闲____（《观刈麦》唐·白居易）→____黑雁飞高（《和张仆射塞下曲》唐·卢纶）

### 【联句接龙】

亲朋无一字，老病有孤舟。→舟子行催棹，无所喝流____。（《棹歌行》南朝·梁·刘孝绰）→____来枕上千年鹤，影落杯中五老____。（《题元八溪居》唐·白居易）→____峦列峙神仙境，子母相依孝义____。（《九华山》宋·王十朋）→____入夏来差觉老，花从春去久无____。（《离建》宋·巩丰）→____随湘水远，梦绕吴峰

____。(《千秋岁·咏夏景》宋·谢逸)→____华摇摇行复止，西出都门百余____。(《长恨歌》唐·白居易)→____中有啼儿，似类亲父____。(《上留田行》汉乐府)→____在川上曰：逝者如斯____！(《水调歌头·游泳》现代·毛泽东)→____婿轻薄儿，新人美如玉。(《佳人》唐·杜甫)

◆ 答案：号→人→诗→毫→轻→琼→田→月。声→峰→山→情→翠→里→子→夫。

## 8 读书破万卷，下笔如有神。

——唐·杜甫《奉赠韦左丞丈二十二韵》

### 【名句解析】

将万卷书读破了，下笔写文章就如有神助。

诗人博学精深，下笔有神，凭着这样卓越挺秀的才华，诗人想当然认为能够很好地实现自己的政治理想。现实却事与愿违。此诗句与后文的诗人“误身受辱”形成强烈对比。

常用于形容读书很多，学识渊博。多刊刻在书签、竹帘上，当作劝勉勤学苦读的警句示人。

### 【单句接龙】

读书破万卷→卷帷望月空长____(《长相思》唐·李白)→____息未应____(《关山月》唐·李白)→____来无事不从____(《偶成》宋·程颢)→____华耀朝____(《美女篇》三国·魏·曹植)→____照香炉生紫____(《望庐山瀑布》唐·李白)→____柳断肠____(《摸鱼儿》宋·辛弃疾)→____处闻啼____(《春晓》唐·孟浩然)→____雀夜各____(《成都府》唐·杜甫)→____鹤故乡情(《晚春即事》宋末元初·黄庚)

### 【联句接龙】

读书破万卷，下笔如有神。→神力既殊妙，倾河焉足____？(《读山海经》晋·陶渊明)→____情风、万里卷潮来，无情送潮____。(《八声甘州·寄参寥子》宋·苏轼)→____来景常晏，饮犊西涧____。(《观田家》唐·韦应物)→____痕深，花信足，寂寞汉南____。(《祝英台近》宋·张炎)→____接南山近，烟含北渚____。(《长宁公主东庄侍宴》唐·李峤)→____怜小儿女，未解忆长____。(《月夜》唐·杜甫)→____西九千里，孙武十三____。(《忆昔》宋·陆游)→____篇无空文，句句必尽____。(《寄唐生》唐·白居易)→____模仍旧晋乾坤，遗恨于今失所尊。(《宋武帝庙》宋·王十朋)

◆ 答案：叹→闲→容→日→烟→处→鸟→归。有→归→水→树→遥→安→篇→规。

## 9 怅望千秋一洒泪，萧条异代不同时。

——唐·杜甫《咏怀古迹》

### 【名句解析】

面对千秋往事惆怅不已，洒下了泪水；虽然生在不同的朝代，但萧条感相同。

这是杜甫凭吊楚国诗人宋玉的诗句，抒发的是一种深切的历史情怀。诗人虽与宋玉相距久远，不同时代，但萧条、惆怅其实相同。因而望其遗迹，想其一生，不禁悲伤落泪。

常用于对比古今历史时的感慨之词。

### 【单句接龙】

怅望千秋一洒泪→泪湿罗巾梦不____（《后宫词》唐·白居易）→____不以____（《诗经·我行其野》）→____家不用买良____（《劝学诗》宋·赵恒）→____园寥落干戈____（《望月有感》唐·白居易）→____山植木成阴____（《再用前韵》宋·王十朋）→____出江花红胜____（《忆江南》唐·白居易）→____云犹未敛奇____（《新秋》唐·杜甫）→____作一芙____（《咏孤石》南朝·陈·释惠标）→____叶何田田（《江南》汉乐府）

### 【联句接龙】

怅望千秋一洒泪，萧条异代不同时。→时哉不我与，去乎若云____。（《重赠卢谌》晋·刘琨）→____云蔽白日，游子不顾____。（《古诗十九首·行行重行行》汉）→____照前山云树明，从君苦道似华____。（《和行简望郡南山》唐·白居易）→____明时节雨纷纷，路上行人欲断____。（《清明》唐·杜牧）→____来枫林青，魂返关塞____。（《梦李白》唐·杜甫）→____云压城城欲摧，甲光向日金鳞____。（《雁门太守行》唐·李贺）→____视化为血，哀今征敛____。（《客从》唐·杜甫）→____为守穷贱，坎坷长苦____。（《古诗十九首·今日良宴会》汉）→____苦遭逢起一经，干戈寥落四周星。（《过零丁洋》宋·文天祥）

◆ 答案：成→富→田→后→日→火→峰→莲。浮→反→清→魂→黑→开→无→辛。

## 10 新松恨不高千尺，恶竹应须斩万竿。

——唐·杜甫《将赴成都草堂途中有作先寄严郑公》

### 【名句解析】

新栽的松树恨不能快速地长成千尺高树，到处乱生侵蔓的恶竹应该斩掉它

一万棵。

诗人喜爱新松是因它挺拔，不随时间而变，诗人痛恨恶竹，是因恶竹随乱而生。这两句其意全在“恨不”“应须”四字上。乱世的岁月里，诗人的才干难以为社会所用，而各种丑恶势力竞相表演，诗人由此感慨万分。这两句诗深深交织着诗人对世事的爱憎。

因为诗句所表现的感情十分鲜明、强烈而又十分恰当，所以时过千年，至今人们仍用以表达对于客观事物的爱憎之情。

## 【单句接龙】

新松恨不高千尺→尺书未达年应____（《岁晚言事寄乡中亲友》唐·方干）→____来处处游行____（《苏州柳》唐·白居易）→____身罗绮____（《蚕妇》宋·张俞）→____也之乎真太____（《临江仙》宋·王千秋）→____认几人____（《啰唝曲》唐·刘采春）→____头一去没回____（《浪淘沙》唐·白居易）→____君君不____（《城上对月期友人不至》唐·白居易）→____令今上犹拨____（《忆昔》唐·杜甫）→____花渐欲迷人眼（《钱塘湖春行》唐·白居易）

## 【联句接龙】

新松恨不高千尺，恶竹应须斩万竿。→竿头五两转天风，白日杨花满流____。（《舟次汴堤》宋·王初）→____边明秀，不借春工____。（《念奴娇》宋·辛弃疾）→____拔山兮气盖世，时不利兮骓不____。（《垓下歌》秦·项羽）→____将去女，适彼乐____。（《诗经·硕鼠》）→____国城漕，我独南____。（《诗经·击鼓》）→____路难，行路难，何处是平____？（《行路难》唐·顾况）→____旁过者问行人，行人但云点行____。（《兵车行》唐·杜甫）→____频子落长江水，夜夜巢边旧处____。（《哭子》唐·元稹）→____迟衡门，唯志所从。（《咏怀》三国·魏·阮籍）

◆ 答案：老→遍→者→错→船→期→至→乱。水→力→逝→土→行→道→频→栖。

# 11 沉舟侧畔千帆过，病树前头万木春。

——唐·刘禹锡《酬乐天扬州初逢席上见赠》

## 【名句解析】

我如同一艘沉船，新贵们好比千帆竞渡，飞驰而过；我又如一棵病树，眼前都是万木争春，生机盎然。

诗人以沉舟、病树比喻自己，固然感到惆怅，却又相当之达观。沉舟侧畔，有千帆竞发；病树前头，正万木皆春。他从白诗中唱和这两句，反而劝慰白居易不必为他的寂寞、蹉跎而忧伤，对世事的变迁和仕宦的升沉，表现出豁达的襟怀。

借用自然风光的变化暗示社会的发展，从平凡的自然现象中感悟社会、人生新陈代谢的哲理：事物总是不断地向前发展，新的事物必将取代旧的事物。

## 【单句接龙】

沉舟侧畔千帆过→过尽千帆皆不____（《望江南》唐·温庭筠）→____说云门____（《送陆务观编修监镇江郡归会稽待阙》宋·范成大）→____作寒江钓雪____（《渔家》明·孙承宗）→____尽擢匕____（《咏史诗》三国·魏·阮瑀）→____夏别京____（《暮秋言怀》唐·魏徵）→____治皇朝已有____（《送枢密使楼先生还乡》宋·王用）→____年乞与人间____（《七夕》宋·杨朴）→____笑东邻女____（《破阵子·春景》宋·晏殊）→____客留连倾一杯（《登齐云亭》宋·宋祁）

## 【联句接龙】

沉舟侧畔千帆过，病树前头万木春。→春江花朝秋月夜，往往取酒还独____。（《琵琶行》唐·白居易）→____在荷叶中，有时看是____。（《水精》唐·王建）→____泣连珠下，萤飘碎火____。（《拟咏怀诗》北周·庾信）→____水传潇浦，悲风过洞____。（《省试湘灵鼓瑟》唐·钱起）→____花蒙蒙水泠泠，小儿啼索树上____。（《春晚书山家屋壁》唐·贯休）→____啼燕语报新年，马邑龙堆路几____？（《春思》唐·皇甫冉）→____寻铁锁沉江底，一片降幡出石____。（《西塞山怀古》唐·刘禹锡）→____痛汗盈巾，连宵复达____。（《苦热》唐·白居易）→____起动征铎，客行悲故乡。（《商山早行》唐·温庭筠）

◆ 答案：是→好→图→首→辅→年→巧→伴。倾→露→流→庭→莺→千→头→晨。

# 12 少年十五二十时，步行夺得胡马骑。

——唐·王维《老将行》

## 【名句解析】

当年十五、二十岁青春年少之时，像李广一样，徒步就能夺得胡人战马骑。

诗句借李广的典故，道出了青春少年时那种初生牛犊不怕虎的精神。

可用此句诗表示年轻人的志气飞扬，也可用此句诗表示年老之人对过去梦幻岁月的追怀与思慕。

## 【单句接龙】

少年十五二十时→时有落花____（《阙题》唐·刘昚虚）→____今窥牧____（《哥

舒歌》唐·西鄙人）→____首见盐____（《行次盐亭县聊题四韵奉简严遂州蓬州两使君咨议诸昆季》唐·杜甫）→____晚人将____（《六月三十日水亭送华阴王少府还县》唐·岑参）→____有小江____（《六月三十日水亭送华阴王少府还县》唐·岑参）→____面无风镜未____（《望洞庭》唐·刘禹锡）→____刀霍霍向猪____（《木兰诗》北朝民歌）→____公碑字____（《与诸子登岘山》唐·孟浩然）→____处淘金拣玉（《宝觉昕长老画赞》宋·李之仪）

## 【联句接龙】

少年十五二十时，步行夺得胡马骑。→骑驴十三载，旅食京华____。（《奉赠韦左丞丈二十二韵》唐·杜甫）→____江潮水连海平，海上明月共潮____。（《春江花月夜》唐·张若虚）→____理只凭黄阁老，衰颜欲付紫金____。（《将赴成都草堂途中有作先寄严郑公》唐·杜甫）→____阳城南秋海阴，丹阳城北楚云____。（《芙蓉楼送辛渐》唐·王昌龄）→____林人不知，明月来相____。（《竹里馆》唐·王维）→____水烟波白，照人肌发____。（《城上对月期友人不至》唐·白居易）→____月扬明晖，冬岭秀寒____。（《四时》晋·陶渊明）→____桧丛中疏畎亩，藤萝深处有人____。（《过阴山和人韵》元·耶律楚材）→____山随日远，身事逐年多。（《泗上客思》唐·杜荀鹤）

◆ 答案：至→马→亭→别→潭→磨→羊→在。春→生→丹→深→照→秋→松→家。

# 13 十年磨一剑，霜刃未曾试。

——唐·贾岛《剑客》

## 【名句解析】

十年磨成一剑，还未试过锋芒。

“十年磨一剑”，表明此剑凝聚剑客多年心力，非同一般。“霜刃未曾试”，表现剑刃寒光闪烁，锋利无比，但却未曾试过它的锋芒。虽说“未曾试”，而跃跃欲试之意已流于言外。此两句咏物而兼自喻，诗人未写十年寒窗苦读，也未正面写自己的才华和理想，然而通过托物言志，已可洞悉诗人的心理。诗人以剑客的口吻，着力刻画“剑”和“剑客”的形象，托物言志，抒写自己兴利除弊的政治抱负。

常用于说明一个人为了某个理想或者意愿以及做成某件事情，做了很久很充分的准备，就要开始实施自己的计划了。

## 【单句接龙】

十年磨一剑→剑外忽传收蓟____（《闻官军收河南河北》唐·杜甫）→____方有

佳____（《李延年歌》汉 · 李延年）→____民五亿不团____（《浣溪沙 · 和柳亚子先生》现代 · 毛泽东）→____荷帖帖野池____（《普明寺西亭》宋 · 韩维）→____楚白云____（《州名诗寄道士》唐 · 权德舆）→____葬华山____（《孔雀东南飞》汉乐府）→____有堕钗____（《临江仙》宋 · 欧阳修）→____眉冷对千夫____（《自嘲》近现代 · 鲁迅）→____点江山（《沁园春 · 长沙》现代 · 毛泽东）

## 【联句接龙】

十年磨一剑，霜刃未曾试。→试尽风波恶，生涯亦可____。（《次韵唐公三首》宋 · 王安石）→____我填寡，宜岸宜____。（《诗经 · 小宛》）→____中生白发，岭外罢红____。（《岭南送使》唐·张说）→____色饥枯掩面羞，眼眶泪滴深两____。（《箜篌引》唐 · 王昌龄）→____子终何似，形躯且愿____。（《自感》宋 · 梅尧臣）→____此箕山，忽彼虞____。（《咏怀》三国·魏·阮籍）→____衔宝盖承朝日，凤吐流苏带晚____。（《长安古意》唐 · 卢照邻）→____光捧日登天上，丹彩乘风入殿____。（《寿昌节赋得红云表夏日》唐 · 栖白）→____外莺啼罢，园里日光斜。（《赠王左丞》南朝 · 梁 · 何逊）

◆ 答案：北→人→圆→平→合→傍→横→指。哀→犾→颜→眸→嘉→龙→霞→檐。

# 14 五月山雨热，三峰火云蒸。

——唐 · 岑参《出关经华岳寺访法华云公》

## 【名句解析】

五月，连山中的雨都是热的，山间的云也像火焰般向上蒸腾。

过两句诗描写山间夏日的炎热景象，突出表现了作者异乎寻常的主观感受。它避免了只是对自然景物作纯客观地模拟的倾向，使诗句带有强烈的主观色彩和抒情气息，产生情景交融的艺术效果，有力地感染着读者。

可用来形容夏日山间炎热的湿气。

## 【单句接龙】

五月山雨热→热不息恶木____（《猛虎行》晋·陆机）→____洞吼飞____（《中吕·红绣鞋 · 天台瀑布寺》元 · 张可久）→____颇诚未____（《南中送北使》唐 · 张说）→____夫聊发少年____（《江城子 · 密州出猎》宋 · 苏轼）→____客归舟逸兴____（《送贺宾客归越》唐 · 李白）→____病多愁都____（《谒金门》宋 · 吕胜己）→____以攻____（《诗经 · 小雅 · 鹤鸣》）→____堂清夜____（《别苏翰林》宋 · 道潜）→____中不知何岁月（《梦范参政》宋 · 陆游）

### 【联句接龙】

五月山雨热，三峰火云蒸。→蒸茗气从茅舍出，缫丝声隔竹篱____。（《山行》唐·项斯）→____多素心人，乐与数晨____。（《移居》晋·陶渊明）→____阳西下，断肠人在天____。（《天净沙·秋思》元·马致远）→____南老屋颇宜夏，草窗瓦枕松风____。（《次韵旷翁四时村居乐》宋·艾性夫）→____风起天末，君子意如____？（《天末怀李白》唐·杜甫）→____处是归程？长亭更短____。（《菩萨蛮》唐·李白）→____吏呼人排去马，所惊身在古梁____。（《梁州梦》唐·元稹）→____桥南北是天街，父老年年等驾____。（《州桥》宋·范成大）→____首此时增感慨，出门何处问穷通。（《谢刘时升见访》宋·王庭圭）

◆ 答案：阴→廉→老→狂→多→可→玉→梦。闻→夕→涯→凉→何→亭→州→回。

## 15 二月卖新丝，五月粜新谷。

——唐·聂夷中《咏田家》

### 【名句解析】

二月里春蚕始生就预先出卖新丝，五月里秧苗还在田里又预先出售新谷。

这两句诗写农家为了救饥荒，不到收获季节就忍痛预卖当年的收获品。提前出售新丝新谷，可见农家生活之困苦；而新丝新谷未获已卖，明年又将靠什么生活呢？诗句流露了作者对贫苦农民的无限同情。

常用于描写农民的生活已穷困到山穷水尽的地步。

### 【单句接龙】

二月卖新丝→丝绳玉壶为君____（《西亭子送李司马》唐·岑参）→____携玉龙为君____（《雁门太守行》唐·李贺）→____去何所____（《拟挽歌辞》晋·陶渊明）→____通天地有形____（《偶成》宋·程颢）→____物不能____（《哭崔常侍晦叔》唐·白居易）→____晓窥檐____（《苏幕遮》宋·周邦彦）→____昔有故____（《代门有车马客行》南朝·宋·鲍照）→____歌数年泪如____（《送蔡山人》唐·高适）→____雪寒供饮宴时（《闲适》唐·白居易）

### 【联句接龙】

二月卖新丝，五月粜新谷。→谷暗千旗出，山鸣万乘____。（《扈从登封途中作》唐·宋之问）→____往不逢人，长歌楚天____。（《溪居》唐·柳宗元）→____阑干外绣帘垂，猩色屏风画折____。（《已凉》唐·韩偓）→____上柳绵吹又少，天涯何处无芳____。(《蝶恋花·春景》宋·苏轼)→____萋萋，没马____。(《西亭子送李司马》唐·岑参)→____豚盂酒祝瓯窭，一饱人间百事____。(《观刈》宋·方岳)→____把客衣轻浣濯，此中犹有帝京____。(《重赠吴国宾》明·边贡)→____世难逢开口笑，菊花须插满头____。(《九日齐山登高》唐·杜牧)→____来池苑皆依旧，太液芙蓉未央柳。(《长恨歌》唐·白居易)

◆ 答案：提→死→道→外→侵→语→悲→雨。来→碧→枝→草→蹄→休→尘→归。

# 16 六出飞花入户时，坐看青竹变琼枝。

——唐·高骈《对雪》

## 【名句解析】

当纷纷扬扬的雪花飘到屋子里的时候，坐在那里看着青青的竹枝渐渐变成美玉般洁白。

这两句诗表现了漫天飞雪时的美丽景色。

常用于描写瑞雪纷飞的景象。

## 【单句接龙】

六出飞花入户时→时闻折竹____(《夜雪》唐·白居易)→____名从此____(《寄李十二白二十韵》唐·杜甫)→____弦嘈嘈如急____(《琵琶行》唐·白居易)→____泪忽成____(《有所思》南朝·梁·萧统)→____宫见月伤心____(《长恨歌》唐·白居易)→____容艳姿____(《咏怀》三国·魏·阮籍)→____人帐下犹歌____(《燕歌行》唐·高适)→____烟眠雨过清____(《浣溪沙》宋·晏几道)→____当朱夏万方瞻(《寿昌节赋得红云表夏日》唐·栖白)

## 【联句接龙】

六出飞花入户时，坐看青竹变琼枝。→枝上三分落，园中二寸____。(《惜落花》唐·白居易)→____夜归来长酩酊，扶入流苏犹未醒，醺醺酒气麝兰____。(《天仙子》唐·韦庄)→____羞走，倚门回首，却把青梅____。(《点绛唇》宋·李清照)→____花风入鼻，掬水月浮____。(《山斋夜坐》宋·白玉蟾)→____外无能事，头宜白此____。(《镜中别业》唐·方干)→____顶应闲散，人间足别____。(《送王山人游庐山》唐·皎然)→____秦空得罪，入蜀但听____。(《读贾岛集》唐·齐己)→____鸣钟动不知曙，杲杲寒日生于____。(《谒衡岳庙遂宿岳寺题门楼》唐·韩愈)→____船西舫悄无言，唯见江心秋月白。(《琵琶行》唐·白居易)

◆ 答案：声→大→雨→行→色→美→舞→明。深→和→嗅→身→峰→离→猿→东。

## 17 十年生死两茫茫，不思量，自难忘。

——宋·苏轼《江城子》

### 【名句解析】

两人一生一死，隔绝十年，音讯渺茫。克制自己不去思念，却本来难忘。

“十年生死两茫茫”，生死相隔，死者对人世是茫然无知了，而活着的人对逝者，不也同样吗？恩爱夫妻，撒手永诀，时间倏忽，转瞬十年。“不思量，自难忘”，人虽云亡，而过去美好的情景“自难忘”啊！作者将“不思量”与“自难忘”并举，利用这两组看似矛盾的心态之间的张力，真实而深刻地揭示自己内心的情感。十年忌辰，触动人心的日子里，他又怎能“不思量”那聪慧明理的贤内助呢？往事蓦然来到心间，久蓄的情感潜流，忽如闸门大开，奔腾澎湃难以遏止。于是乎有梦，是真实而又自然的。

常用于怀念逝去的爱人。

### 【单句接龙】

十年生死两茫茫→茫茫百年____（《解秋》唐·元稹）→____空外空内外____（《水月》清·弘历）→____里流霜不觉____（《春江花月夜》唐·张若虚）→____来就我题____（《天净沙·秋》元·朱庭玉）→____消香断有谁____（《葬花吟》清·曹雪芹）→____春忽至恼忽____（《葬花吟》清·曹雪芹）→____来江口守空____（《琵琶行》唐·白居易）→____渡入江____（《白露》唐·杜甫）→____上青青草（《清平乐·村居》宋·辛弃疾）

### 【联句接龙】

十年生死两茫茫，不思量，自难忘。→忘我大德，思我小____。（《诗经·小雅·谷风》）→____春不语，算只有殷____。（《摸鱼儿》宋·辛弃疾）→____作棹，慧为舟，者个男儿始出____。（《拨棹歌》唐·德诚）→____白乘驴悬布囊，一回言别泪千____。（《赠别李纷》唐·卢纶）→____逐赤龙千岁出，明当朱夏万方____。（《寿昌节赋得红云表夏日》唐·栖白）→____彼旱麓，榛楛（hù）济____。（《诗经·旱麓》）→____涓涓而缕贯，将奈何兮万里之浑____。（《有酒十章》唐·元稹）→____埃散漫风萧索，云栈萦纡登剑____。（《长恨歌》唐·白居易）→____前竹萧萧，阁下水潺潺。（《小阁闲坐》唐·白居易）

◆ 答案：内→空→飞→红→怜→去→船→溪。怨→勤→头→行→瞻→济→黄→阁。

# 18 灯火钱塘三五夜，明月如霜，照见人如画。

——宋・苏轼《蝶恋花・密州上元》

## 【名句解析】

钱塘江上的上元夜，月光雪白如霜，照着人来人往的画面。

“灯火钱塘三五夜”点出灯会的盛况，“明月如霜”写月光之白。李白曾有诗云：“床前明月光，疑是地上霜，”但元宵夜月正圆，灯月交辉，引来满城男女游赏。元宵节是宋代一个很重要的节日。这一天街上游人如织，男子歌啸而行，女子盛装而出。难怪作者要写月光“照见人如画”了。作者此时是刚来密州任知州，正好赶上元宵佳节，在街上看灯、观月时，产生了许多感想。

常用于描写正月十五日元宵节的热闹场景。

## 【单句接龙】

灯火钱塘三五夜→夜深忽梦少年____（《琵琶行》唐・白居易）→____夫誓拟同生____（《节妇吟》唐・张籍）→____去何所____（《拟挽歌辞》晋・陶渊明）→____路阻且____（《古诗十九首・行行重行行》汉）→____短任生____（《食后》唐・白居易）→____深路坏人断____（《暑雨》宋・陆游）→____踏空林落叶____（《过乘如禅师萧居士嵩丘兰若》唐・王维）→____连暮角____（《长沙馆中与郭夏对雨》唐・刘长卿）→____云惨淡万里凝（《白雪歌送武判官归京》唐・岑参）

## 【联句接龙】

灯火钱塘三五夜，明月如霜，照见人如画。→画栋朝飞南浦云，珠帘暮卷西山____。（《滕王阁诗》唐・王勃）→____横风狂三月暮，门掩黄昏，无计留春____。（《蝶恋花》宋・欧阳修）→____此园林久，其如未是____。（《郊居即事》唐・贾岛）→____人万里传消息，好在毡城莫相____。（《明妃曲》宋・王安石）→____昔好追凉，故绕池边____。（《羌村》唐・杜甫）→____接南山近，烟含北渚____。（《长宁公主东庄侍宴》唐・李峤）→____看一处攒云树，近入千家散花____。（《桃源行》唐・王维）→____喧归浣女，莲动下渔____。（《山居秋暝》唐・王维）→____壑一朝失，泉台万古扃。（《安之朝议哀辞》宋・司马光）

◆ 答案：事→死→道→长→涯→行→声→愁。雨→住→家→忆→树→遥→竹→舟。

# 19 脉脉人千里，念两处风情，万重烟水。

——宋・柳永《卜算子慢・江枫渐老》

## 【名句解析】

相互思念的人在千里之外，两处思念之情相隔万水千山。

“脉脉”化用《古诗十九首》“盈盈一水间，脉脉不得语”之意，也就是彼此怀念之意。“两处风情”从“脉脉”来，“万重烟水”从“千里”来，意象连贯，情深意远。

常用来形容情真意切的两地相思之情。

## 【单句接龙】

脉脉人千里→里社萧条旅馆____(《却到浙西》唐・李绅)→____月春风等闲____(《琵琶行》唐・白居易)→____岁也应____(《省事吟》宋・邵雍)→____迟钟鼓初长____(《长恨歌》唐・白居易)→____深忽梦少年____(《琵琶行》唐・白居易)→____无两样人心____(《贺新郎・同父见和再用韵答之》宋・辛弃疾)→____时茫茫江浸____(《琵琶行》唐・白居易)→____照花林皆似____(《春江花月夜》唐・张若虚)→____雪纷其无垠兮(《九章・涉江》战国・屈原)

## 【联句接龙】

脉脉人千里，念两处风情，万重烟水。→水能性淡为吾友，竹解心虚即我____。(《池上竹下作》唐・白居易)→____克薄赏行，军没微躯____。(《饮马长城窟行》晋・陆机)→____身弃中野，乌鸢作患____。(《咏怀》三国・魏・阮籍)→____浣害否？归宁父____。(《诗经・葛覃》)→____氏圣善，我无令____。(《诗经・凯风》)→____之好我，示我周____。(《诗经・小雅・鹿鸣》)→____多有病住无粮，万里还乡未到____。(《逢病军人》唐・卢纶)→____村四月闲人少，才了蚕桑又插____。(《乡村四月》宋・翁卷)→____园寥落干戈后，骨肉流离道路中。(《望月有感》唐・白居易)

◆ 答案：秋→度→迟→夜→事→别→月→霰。师→捐→害→母→人→行→乡→田。

# 20 三十功名尘与土，八千里路云和月。

——宋・岳飞《满江红》

## 【名句解析】

三十年来风尘仆仆，所成就的功名，轻微如尘土；带兵沙场南征北战八千里，看到的只是天上的云和月。

上句表现了岳飞蔑视功名，唯以报国为念的高风亮节；下句则展现了他披星戴月、转战南北的漫长征程，又体现了任重道远、不可懈怠的自励之意。

这两句词现在多用来感叹自己多年劳苦奔波，人海浮沉，但却成就低微，一事无成。用“八千里路云和月”含有自我壮行跋涉千里的豪情。

### 【单句接龙】

三十功名尘与土→土洞安眠稳____（《西江月·入西山路》元·尹志平）→____我西阁____（《木兰诗》北朝民歌）→____前明月____（《静夜思》唐·李白）→____阴与时____（《新秋喜凉》唐·白居易）→____使三河募年____（《老将行》唐·王维）→____年君莫____（《偶作》唐·白居易）→____奴底事倍伤____（《葬花吟》清·曹雪芹）→____力既殊____（《读山海经》晋·陶渊明）→____舞此曲神扬扬（《观公孙大娘弟子舞剑器行》唐·杜甫）

### 【联句接龙】

三十功名尘与土，八千里路云和月。→月下飞天镜，云生结海____。（《渡荆门送别》唐·李白）→____阁玲珑五云起，其中绰约多仙____。（《长恨歌》唐·白居易）→____规夜半犹啼血，不信东风唤不____。（《送春》宋·王令）→____眸一笑百媚生，六宫粉黛无颜____。（《长恨歌》唐·白居易）→____浓春草在，峰起夏云____。（《夏日同崔使君论登城楼赋得远山》唐·皎然）→____来池苑皆依旧，太液芙蓉未央____。（《长恨歌》唐·白居易）→____丝榆荚自芳菲，不管桃飘与李____。（《葬花吟》清·曹雪芹）→____湍瀑流争喧豗，砯崖转石万壑____。（《蜀道难》唐·李白）→____叹一声响，雨泪忽成行。（《有所思》南朝·梁·萧统）

◆ 答案：坐→床→光→节→少→怪→神→妙。楼→子→回→色→归→柳→飞→雷。

## 21 全家都在风声里，九月衣裳未剪裁。

——清·黄景仁《都门秋思》

### 【名句解析】

天气转冷，而寒衣尚未备，全家都缺衣少食，生活在萧瑟的西风里。

《诗经》曰：“七月流火，九月授衣。”暑往寒来，早备冬衣，是人们的生活规律。“无衣无褐，何以卒岁？”作者穷愁潦倒的生活跃然纸上，流露了其对现实的不满之情。

这两句可用作旧社会穷苦人民生活的写照。

## 【单句接龙】

全家都在风声里→里巷相寻____（《酬陶六辞秩归旧居见柬》唐·钱起）→____稠与颜____（《元家花》唐·白居易）→____含轻重____（《赋得花庭雾》唐·李世民）→____窗寒对遥天____（《菩萨蛮》清·纳兰性德）→____去朝来颜色____（《琵琶行》唐·白居易）→____故语相____（《人定》唐·白居易）→____破霓裳羽衣____（《长恨歌》唐·白居易）→____终收拨当心____（《琵琶行》唐·白居易）→____栋朝飞南浦云（《滕王阁诗》唐·王勃）

## 【联句接龙】

全家都在风声里，九月衣裳未剪裁。→裁为合欢扇，团团似明____。（《怨歌行》汉·班婕妤）→____斜欹帽影，霜重湿裘____。（《沔阳夜行》宋·陆游）→____长绿藓映，斑细紫苔____。（《思平泉树石杂咏·似鹿石》唐·李德裕）→____刍一束，其人如____。（《诗经·白驹》）→____户帘中卷不去，捣衣砧上拂还____。（《春江花月夜》唐·张若虚）→____日绮窗前，寒梅著花____？（《杂诗》唐·王维）→____若锦囊收艳骨，一抔净土掩风____。（《葬花吟》清·曹雪芹）→____汗沾衣不自支，庭中散发立多____。（《庭中夜赋》宋·陆游）→____人不识凌云木，直待凌云始道高。（《小松》唐·杜荀鹤）

◆ 答案：稀→色→雾→暮→故→惊→曲→画。月→茸→生→玉→来→未→流→时。

# 第6章 生活调色板

提到色彩，人们首先想到的往往是画家。其实，用文字生动地表现事物的形色，诗人的本领丝毫不亚于画家直接用颜料描绘事物的能力，而且诗词更富有想象力，更易于感情的融入。自古以来，诗词就有用色彩描写塑造意象、表达感情的传统。运用于诗词中的色彩已不再是简单的自然界色彩，而是融入了诗人的感情。《诗经》中有“蒹葭苍苍，白露为霜”“何草不黄”等句子；唐诗用色彩营造意境，表情达意已炉火纯青，如李白的“青冥浩荡不见底，日月照耀金银台”，杜甫的“两个黄鹂鸣翠柳，一行白鹭上青天”，白居易的“日出江花红胜火，春来江水绿如蓝”，等等。从这些诗词名句中不难看出，“诗中画”主要借助于色彩的灵活运用和巧妙搭配。

诗词的颜色之美是绚烂多彩的，诗词的颜色之美是情景交融的，诗词的颜色之美是意境悠远的，诗词的颜色之美是永恒深邃的。自然之美令诗人们欣喜赞叹，他们通过文字热情讴歌，因此诗人的生活也是绚丽多彩的。从色彩美的角度来欣赏诗词，我们会对诗词之美有更直观的认识，优美的诗词也会成为我们的“生活调色板”。

# 1 秋风起兮白云飞，草木黄落兮雁南归。

——汉 · 刘彻《秋风辞》

## 【名句解析】

秋风起了啊，白云在天上飘飞；草木枯黄凋落了啊，鸿雁开始南归。

这两句诗语言朴实自然，形象却很鲜明，境界也很开阔，生动描绘出了秋天的自然景物。

常用于表现初秋景象，烘托萧条冷落的气氛。

## 【单句接龙】

秋风起兮白云飞→飞镜又重____（《太常引·建康中秋夜为吕叔潜赋》宋·辛弃疾）→____牙吮____（《蜀道难》唐 · 李白）→____色罗裙翻酒____（《琵琶行》唐 · 白居易）→____泥无计染莲____（《和邹宣教》宋·邓肃）→____钿委地无人____（《长恨歌》唐 · 白居易）→____篙停棹坐船____（《舟过安仁》宋 · 杨万里）→____有一人字太____（《长恨歌》唐 · 白居易）→____如会法____（《上兜率寺》唐 · 杜甫）→____堂不语望夫君（《新妇石》唐 · 白居易）

## 【联句接龙】

秋风起兮白云飞，草木黄落兮雁南归。→归来卧西窗，泾渭自此____。（《洗尘赠张立之判官》宋 · 张孝祥）→____散逐风转，此已非常____。（《杂诗》晋 · 陶渊明）→____瘦带频减，发稀冠自____。（《酬乐天咏老见示》唐 · 刘禹锡）→____解抽钉拔楔，更能因语识____。（《宝觉昕长老画赞》宋 · 李之仪）→____愁荒村路细，马怯寒溪水____。（《送万巨》唐 · 卢纶）→____有乘槎兴，银河或可____。（《发山阳》宋·孔平仲）→____荣争宠任纷纷，脱叶金貂只有____。（《题崔常侍济上别墅》唐·白居易）→____不见黄河之水天上来，奔流到海不复____。（《将进酒》唐·李白）→____日楼台非甲帐，去时冠剑是丁年。（《苏武庙》唐 · 温庭筠）

◆ 答案：磨→血→污→花→收→中→真→堂。分→身→偏→人→深→求→君→回。

# 2 白日依山尽，黄河入海流。

——唐 · 王之涣《登鹳雀楼》

## 【名句解析】

夕阳依傍着西山慢慢地沉没，滔滔黄河朝着大海汹涌奔流。

“白日依山尽”写远景、写山，写的是登楼望见的景色；“黄河入海流”写近景，写水写得景象壮观，气势磅礴。诗人运用极其朴素、极其浅显的语言，既高度形象又高度概括地把广大视野中的万里河山，收入短短十个字中。而今人在千载之后读到这十个字时，也如临其地，如见其景，感到胸襟为之一开。

常用于描写黄河落日的美景。

### 【单句接龙】

白日依山尽→尽日君王看不____（《长恨歌》唐·白居易）→____蒸暑土____（《观刈麦》唐·白居易）→____蒸云梦____（《望洞庭湖赠张丞相》唐·孟浩然）→____中生乔____（《咏怀》三国·魏·阮籍）→____径上登____（《题南陵隐静寺》唐·张祜）→____萝揽葛难____（《西江月·入西山路》元·尹志平）→____者见罗____（《陌上桑》汉乐府）→____溪道上醉春____（《花下小酌》宋·陆游）→____吹仙袂飘飘举（《长恨歌》唐·白居易）

### 【联句接龙】

白日依山尽，黄河入海流。→流水传潇浦，悲风过洞____。（《省试湘灵鼓瑟》唐·钱起）→____前落尽梧桐，水边开彻芙蓉，解与诗人意____。（《天净沙·秋》元·朱庭玉）→____是天涯沦落人，相逢何必曾相____？（《琵琶行》唐·白居易）→____者阅见一生事，到处豁然千里____。（《送蔡山人》唐·高适）→____之忧矣，我歌且____。（《诗经·园有桃》）→____俗伧荒越下州，西风孤旅倦悠____。（《寄乡信》元·何中）→____悠生死别经年，魂魄不曾来入____。（《长恨歌》唐·白居易）→____里灯残，心上雨声____。（《醉落魄》宋·石孝友）→____泪胡风起，宽心汉月圆。（《王昭君》五代·南唐·李中）

◆ 答案：足→气→泽→松→攀→行→敷→风。庭→同→识→心→谣→悠→梦→滴。

## 3 千里黄云白日曛，北风吹雁雪纷纷。

——唐·高适《别董大》

### 【名句解析】

天空布满乌云，遮天蔽日，昏昏暗暗，北风送走雁群，又吹来纷飞的大雪。

这两句诗所展现的境界阔远渺茫，是典型的北国雪天风光。诗句以其内心之真写别离心绪，故能深挚；以胸襟之阔叙眼前景色，故能悲壮。

常用于描写日暮天寒的离别氛围。

## 【单句接龙】

千里黄云白日曛→曛曛晴日醉醒____（《浣溪沙·寿程将》宋·管鉴）→____关莺语花底____（《琵琶行》唐·白居易）→____腻偏宜蟹眼____（《圆子》宋·朱淑真）→____盘孔鼎有述____（《韩碑》唐·李商隐）→____诗付汝____（《小饮》宋·陆游）→____蓄阳和意最____（《咏煤炭》明·于谦）→____夜悬双____（《偶题》唐·杜牧）→____雨霖铃终不____（《木兰词·拟古决绝词柬友》清·纳兰性德）→____入眉头（《碧牡丹·晏同叔出姬》宋·张先）

## 【联句接龙】

千里黄云白日曛，北风吹雁雪纷纷。→纷纷暮雪下辕门，风掣红旗冻不____。（《白雪歌送武判官归京》唐·岑参）→____手作云覆手雨，纷纷轻薄何须____？（《贫交行》唐·杜甫）→____风流人物，还看今____。（《沁园春·雪》现代·毛泽东）→____避猛虎，夕避长____。（《蜀道难》唐·李白）→____喷云而出穴，虎啸风兮屡____。（《有酒十章》唐·元稹）→____禽破梦，云偏目____。（《东坡引》宋·辛弃疾）→____踏松梢微雪，要破帽、多添华____。（《贺新郎》宋·辛弃疾）→____景傍云屋，凝晖覆华____。（《芳树》南朝·梁·丘迟）→____上碧苔三四点，叶底黄鹂一两声，日长飞絮轻。（《破阵子·春景》宋·晏殊）

◆ 答案：间→滑→汤→作→藏→深→泪→怨。翻→数→朝→蛇→鸣→蹙→发→池。

# 4 红豆生南国，春来发几枝。

——唐·王维《相思》

## 【名句解析】

美丽的红豆树，生长在南方，春天来了，不知它生了几根新枝？

诗人看到那一颗颗红得透亮、晶莹如珠的红豆结在枝上，油然而生情思。此刻把心中日夜思念的人儿倏然化作眼前的红豆，犹如她就立在眼前。

南国温暖多雨，春风又动，红豆之发岂止几枝？因此这两句诗常用于形容相思之情的浩浩无涯。

## 【单句接龙】

红豆生南国→国破山河____（《春望》唐·杜甫）→____天愿作比翼____（《长恨歌》唐·白居易）→____自无言花自____（《葬花吟》清·曹雪芹）→____脸粉生____（《临江仙》宋·晏几道）→____消香断有谁____（《葬花吟》清·曹雪芹）→____春忽至

恼忽____（《葬花吟》清·曹雪芹）→____时雪满天山____（《白雪歌送武判官归京》唐·岑参）→____人举首东南____（《登云龙山》宋·苏轼）→____长城内外（《沁园春·雪》现代·毛泽东）

## 【联句接龙】

红豆生南国，春来发几枝。→枝枝相覆盖，叶叶相交____。（《孔雀东南飞》汉乐府）→____宵带露妆难洗，尽日凌波步不____。（《咏白莲》唐·皮日休）→____船相近邀相见，添酒回灯重开____。（《琵琶行》唐·白居易）→____尔新昏，如兄如____。（《诗经·邶风·谷风》）→____走从军阿姨死，暮去朝来颜色____。（《琵琶行》唐·白居易）→____作不良计，勿复怨鬼____。（《孔雀东南飞》汉乐府）→____力既殊妙，倾河焉足____？（《读山海经》晋·陶渊明）→____客天街夜辔还，霰花无数拂雕____。（《和中丞晏尚书和答十二兄夜归遇雪之作》宋·宋庠）→____马和花总是尘，歌声处处有佳人。（《樊川寒食》唐·卢延让）

◆ 答案：在→鸟→羞→红→怜→去→路→望。通→移→宴→弟→故→神→有→鞍。

# 5 桃红复含宿雨，柳绿更带朝烟。

——唐·王维《田园乐》

## 【名句解析】

桃花的花瓣上还含着昨夜的雨珠，雨后的柳树碧绿一片，笼罩在早上的烟雾之中。

通过“宿雨”“朝烟”来写“夜来风雨”，在勾勒景物基础上，进而着色，“红”“绿”两个颜色词的运用，使景物鲜明怡目。读完此句，眼前会展现一派柳暗花明的图画。

常用于形容阳春三月生机盎然的景象。

## 【单句接龙】

桃红复含宿雨→雨足郊原草木____（《清明》宋·黄庭坚）→____桑深处一鸠____（《湖山十咏》宋·王希吕）→____禽破____（《东坡引》宋·辛弃疾）→____啼妆泪红阑____（《琵琶行》唐·白居易）→____戈久覆____（《寄刘尚书》唐·鱼玄机）→____缘未____（《沁园春》清·纳兰性德）→____烟生石____（《雪晴晚望》唐·贾岛）→____青古殿____（《宿龙兴寺》唐·綦毋潜）→____际不扃（jiōng）霞（《石窗》唐·皮日休）

## 【联句接龙】

桃红复含宿雨，柳绿更带朝烟。→烟销日出不见人，欸乃一声山水____。(《渔翁》唐·柳宗元)→____蚁新醅酒，红泥小火____。(《问刘十九》唐·白居易)→____香诸洞暖，殿影众山____。(《题金吾郭将军石伏茅堂》唐·卢纶)→____阴溪曲绿交加，小雨翻萍上浅____。(《春日》宋·晁冲之)→____路归来，金貂蝉翼____。(《齐天乐·庆湖北漕知鄂州李楼峰》宋·文天祥)→____径飞花红渐湿，柴门垂柳绿初____。(《春雨亭》明·黄巩)→____吟放拨插弦中，整顿衣裳起敛____。(《琵琶行》唐·白居易)→____华耀朝日，谁不希令____？(《美女篇》三国·魏·曹植)→____色饥枯掩面羞，眼眶泪滴深两眸。(《箜篌引》唐·王昌龄)

◆ 答案：柔→鸣→梦→干→尘→断→松→扉。绿→炉→阴→沙→小→沉→容→颜。

# 6 白水暮东流，青山犹哭声。

——唐·杜甫《新安吏》

## 【名句解析】

白水在暮色中无语东流，青山好像带着哭声。

杜甫对着这一群哀号的人流，究竟站了多久呢？只觉天已黄昏，白水在暮色中无语东流，青山好像带着哭声。这里用一个“犹”字便见恍惚。人走以后，哭声仍然在耳，仿佛连青山白水也呜咽不止。似幻觉又似真实，读来令人惊心动魄。

常用于天地有情、与人同悲的语境中。

## 【单句接龙】

白水暮东流→流水玉门____(《陇头水》南朝·陈·陈叔宝)→____风好作阳和____(《春郊》唐·钱起)→____我农桑____(《赠友》唐·白居易)→____生安得____(《门有车马客行》晋·陆机)→____安一杯____(《送客南归有怀》唐·许浑)→____酣进庶____(《后出塞》唐·杜甫)→____向孙刘图富____(《客思》金·边元鼎)→____阳仁义____(《锄强扶弱》明·祁顺)→____事愈蹙(《诗经·小明》)

## 【联句接龙】

白水暮东流，青山犹哭声。→声绕碧山飞去，晚云____。(《南歌子·游赏》宋·苏轼)→____连暮景，但偷觅孤欢，强宽秋____。(《齐天乐·白酒自酌有感》宋·吴文英)→____逐乱红穿柳巷，困临流水坐苔____。(《郊行即事》宋·程颢)→____石钓鱼观冻手，衣蓑绿映暮江____。(《四时诗·冬》宋·徐瓘)→____衣处处催刀尺，白帝城高急暮____。(《秋兴》唐·杜甫)→____杵敲残深巷月，井梧摇落故园____。(《秋思》宋·陆游)→____水才深四五尺，野航恰受两三____。(《与朱山人》唐·杜甫)→____传有笙鹤，时过北山____。(《玉台观》唐·杜甫)→____上何所有？翠微盍叶垂鬓唇。(《丽人行》唐·杜甫)

◆ 答案：东→使→人→长→酒→羞→贵→政。留→兴→矾→寒→砧→秋→人→头。

## 7 思家步月清宵立，忆弟看云白日眠。

——唐·杜甫《恨别》

### 【名句解析】

我思念家乡，想念胞弟，清冷的月夜，思不能寐，忽步忽立；冷落的白昼，卧看行云，倦极而眠。

诗人这种坐卧不宁的举动，正委婉曲折地表现了怀念亲人的无限情思，突出了题意的“恨别”。

常用于形容骨肉兄弟之间的思念之情。

### 【单句接龙】

思家步月清宵立→立马烦君折一____(《折杨柳》唐·杨巨源)→____残影共____(《赋新题得寒树晚蝉疏诗》南朝·陈·张正见)→____阶滴到____(《更漏子》唐·温庭筠)→____月在高____(《田氏南楼对月》唐·马戴)→____榭竞生____(《和僧长吉湖居五题·筠亭》宋·范仲淹)→____花巷____(《鹤冲天》宋·柳永)→____上相逢讵相____(《长安古意》唐·卢照邻)→____者阅见一生____(《送蔡山人》唐·高适)→____事四五通(《孔雀东南飞》汉乐府)

### 【联句接龙】

思家步月清宵立，忆弟看云白日眠。→眠鸥犹恋草，栖鹤未离____。(《玩残雪寄江南尹刘大夫》唐·许浑)→____桧丛中疏畎亩，藤萝深处有人____。(《过阴山和人韵》元·耶律楚材)→____山随日远，身事逐年____。(《泗上客思》唐·杜荀鹤)→____病所须惟药物，微躯此外复何____？(《江村》唐·杜甫)→____荣争宠任纷纷，脱叶金貂只有____。(《题崔常侍济上别墅》唐·白居易)→____不见高堂明镜悲白发，朝如青丝暮成____。(《将进酒》唐·李白)→____中退朝者，朱紫尽公____。(《秦中吟·歌舞》唐·白居易)→____王将相望久绝，神纵欲福难为____。(《谒衡岳庙遂宿岳寺题门楼》唐·韩愈)→____盖三分国，名成八阵图。(《八阵图》

唐·杜甫）

◆ 答案：枝→空→明→台→烟→陌→识→事。松→家→多→求→君→雪→侯→功。

## 8 停车坐爱枫林晚，霜叶红于二月花。

——唐·杜牧《山行》

### 【名句解析】

只因爱那枫林晚景我把马车停下，霜染的枫叶胜过二月鲜艳的花。

因为夕照枫林的晚景实在太迷人了，所以诗人特地停车观赏。这句中的“晚”字用得无比精妙，它蕴含多层意思：其一，点明前两句是白天所见，后两句则是傍晚之景。其二，因为傍晚才有夕照，绚丽的晚霞和红艳的枫叶互相辉映，枫林才格外美丽。其三，诗人流连忘返，到了傍晚，还舍不得登车离去，足见他对红叶喜爱之极。其四，因为停车甚久，观察入微，才能悟出“霜叶红于二月花”这样富有理趣的警句。

常用于说明不怕困难、不畏挫折、百折不挠、奋发进取的人生才有意义。

### 【单句接龙】

停车坐爱枫林晚→晚来天欲____（《问刘十九》唐·白居易）→____为轻粉凭风____（《新妇石》唐·白居易）→____晚停针____（《点绛唇》宋·寇准）→____缕难穿泪脸____（《绣妇叹》唐·白居易）→____中有隐____（《客从》唐·杜甫）→____体不类隶与____（《石鼓歌》唐·韩愈）→____蚪残书补未____（《怀詹伯远》明·谢应芳）→____家罗袜起秋____（《寄成都高苗二从事》唐·李商隐）→____埃不见咸阳桥（《兵车行》唐·杜甫）

### 【联句接龙】

停车坐爱枫林晚，霜叶红于二月花。→花谢花飞花满天，红消香断有谁____？（《葬花吟》清·曹雪芹）→____春忽至恼忽去，至又无言去未____。（《葬花吟》清·曹雪芹）→____道汉家天子使，九华帐里梦魂____。（《长恨歌》唐·白居易）→____起却回头，有恨无人____。（《卜算子·黄州定慧院寓居作》宋·苏轼）→____壁明张榜，朝衣稳称____。（《何处难忘酒》唐·白居易）→____既死兮神以灵，子魂魄兮为鬼____。（《国殇》战国·屈原）→____发指危冠，猛气冲长____。（《咏荆轲》晋·陶渊明）→____带流尘发半霜，独寻残月下沧____。（《沧浪峡》唐·许浑）→____黏天，葡萄涨绿，半空烟雨。（《贺新郎》宋·叶梦得）

◆ 答案：雪→拂→线→珠→字→蝌→全→尘。怜→闻→惊→省→身→雄→缨→浪。

## 9 风翻白浪花千片，雁点青天字一行。

——唐·白居易《江楼晚眺景物鲜奇吟玩成篇寄水部张员外》

### 【名句解析】

俯视江面，西风翻起层层白浪宛如千片落花；仰望青天，一行大雁点染成字，在碧空中列队飞过。

这是白居易寄给张籍的一首写景诗，把西湖秋日的景色写得宛然若见。张籍在答诗中盛赞这首诗是“乍惊物色从诗出”，使杭州景物跃然纸上。

描写雁飞高空或秋日景物时可借鉴这两句诗。

### 【单句接龙】

风翻白浪花千片→片云相伴看衰____（《敷溪高士》唐·郑谷）→____枯是眼____（《感春》唐·白居易）→____暗旧貂____（《诉衷情》宋·陆游）→____披青毛____（《上元夫人》唐·李白）→____襜突骑渡江____（《鹧鸪天·有客慨然谈功名因追念少年时事戏作》宋·辛弃疾）→____月出不____（《成都府》唐·杜甫）→____视青云____（《送张秘书充刘相公通汴河判官便赴江外觐省》唐·岑参）→____居厌孤____（《城北夜》宋·陆游）→____寂更无人（《杳杳寒山道》唐·寒山）

### 【联句接龙】

风翻白浪花千片，雁点青天字一行。→行路悠悠谁慰藉？母老家贫子____。（《金缕曲》清·顾贞观）→____为长所育，两别泣不____。（《送杨氏女》唐·韦应物）→____问梁园旧宾客，茂陵秋雨病相____。（《寄令狐郎中》唐·李商隐）→____今憔悴，风鬟霜鬓，怕见夜间出____。（《永遇乐》宋·李清照）→____时怀土兮心无绪，来时别儿兮思漫____。（《胡笳十八拍》汉·蔡文姬）→____江碧透，百舸争____。（《沁园春·长沙》现代·毛泽东）→____光容易把人抛，红了樱桃，绿了芭____。（《一剪梅·舟过吴江》宋·蒋捷）→____花铺净地，桂子落空____。（《送关小师还金陵》唐·皎然）→____上古松疑度世，观中幽鸟恐成仙。（《江南道中怀茅山广文南阳博士》唐·皮日休）

◆ 答案：荣→尘→裘→锦→初→高→端→寂。幼→休→如→去→漫→流→蕉→坛。

# 10 山明水净夜来霜，数树深红出浅黄。

——唐·刘禹锡《秋词》

## 【名句解析】

在山明水净的清秋时节，夜里忽降一场轻霜，几树枫叶大都变成深红，间或还有一两枝浅黄。

山水明净清白，树色深红浅黄，以这两句诗吟咏秋色，不仅色彩浓淡有致，而且富于娴雅的情韵。

常用于描写山区秋景。

## 【单句接龙】

山明水净夜来霜→霜凄万树风入____（《琴歌》唐·李颀）→____食才足甘长____（《谒衡岳庙遂宿岳寺题门楼》唐·韩愈）→____古垂杨有暮____（《隋宫》唐·李商隐）→____散陵树____（《铜雀伎》唐·顾非熊）→____来思绕天____（《清平乐·春晚》宋·王安国）→____南老屋颇宜____（《次韵旷翁四时村居乐》宋·艾性夫）→____水欲满君山____（《石鱼湖上醉歌》唐·元结）→____溪几曲到云____（《桃源行》唐·王维）→____卧愁春尽（《清明日宴梅道士房》唐·孟浩然）

## 【联句接龙】

山明水净夜来霜，数树深红出浅黄。→黄埃散漫风萧索，云栈萦纡登剑____。（《长恨歌》唐·白居易）→____中帝子今何在？槛外长江空自____。（《滕王阁诗》唐·王勃）→____出西湖载歌舞，回头不似在山____。（《冷泉亭》宋·林稹）→____时数点雨犹落，隐隐一声雷不____。（《离建》宋·巩丰）→____旧恨，遽如____。（《贺新郎》宋·叶梦得）→____送自身归华岳，待来朝暮拂瓶____。（《怀体休上人》唐·齐己）→____兰清晓过平都，天下名山总不____。（《登平都访仙》唐·吕岩）→____今洛阳第，谁到子孙____？（《寄题韩勉夫枝巢》宋·王洋）→____半砚蔷薇，满鞍杨柳。（《齐天乐·庆湖北漕知鄂州李楼峰》宋·文天祥）

◆ 答案：衣→终→鸦→晓→涯→夏→青→林。阁→流→时→惊→许→盂→如→看。

## 11 寒潭映白月，秋雨上青苔。

——唐·刘长卿《游休禅师双峰寺》

### 【名句解析】

清澈寒凉的潭水里倒映着皎洁的明月，秋天的细雨滴落在碧绿的青苔上。

这两句诗写禅寺清冷的秋景。如果是晴天，那么风清气爽，夜晚可见寒潭印映白月；如果是阴天，那么细雨飘零，沾湿因行人罕至而滋生的青苔。

常用于描写山间或古老建筑物附近的冷落秋景。

### 【单句接龙】

寒潭映白月→月明清漏____（《秋露》唐·雍陶）→____庭生旅____（《十五从军征》汉乐府）→____雨春光____（《咏廿四气诗·谷雨春光晓》唐·元稹）→____光透槿____（《暝》宋·梅尧臣）→____落疏疏一径____（《宿新市徐公店》宋·杨万里）→____涧游鱼乐不____（《山中五绝句·涧中鱼》唐·白居易）→____向谁____（《浪淘沙·北戴河》现代·毛泽东）→____地莺花____（《同洛阳李少府观永乐公主入蕃》唐·孙逖）→____年易老学难成（《劝学诗》宋·朱熹）

### 【联句接龙】

寒潭映白月，秋雨上青苔。→苔花如米小，也学牡丹____。（《苔》清·袁枚）→____我东阁门，坐我西阁____。（《木兰诗》北朝民歌）→____头屋漏无干处，雨脚如麻未断____。（《茅屋为秋风所破歌》唐·杜甫）→____代有佳人，幽居在空____。（《佳人》唐·杜甫）→____暗千旗出，山鸣万乘____。（《扈从登封途中作》唐·宋之问）→____归相怨怒，但坐观罗____。（《陌上桑》汉乐府）→____水西通渭，潼关北控____。（《异梦》宋·陆游）→____汉夜阑孤雁度，潇湘水阔二妃____。（《江楼月夜闻笛》唐·刘沧）→____蛾浅，飞红零乱，侧卧珠帘卷。（《点绛唇》宋·寇准）

◆ 答案：中→谷→晓→篱→深→知→边→少。开→床→绝→谷→来→敷→河→愁。

## 12 菡萏香销翠叶残，西风愁起绿波间。

——五代·南唐·李璟《摊破浣溪沙》

### 【名句解析】

荷花凋谢后清香已经消失，翠绿的荷叶也残破了，西风在绿波间吹动时因同情它的凋残而愁苦起来。

这两句词从人的感受写景物的变化，仿佛菡萏、西风俱有人情。

除了可以直接引用这两句词表现夏末秋初的景色外，这种托物寄兴、赋情于物的表现手法，也值得学习，它往往可以使感情的抒发更曲折、更委婉、更含蓄，因而更富有诗意。

## 【单句接龙】

菡萏香销翠叶残→残星几点雁横____（《长安晚秋》唐·赵嘏）→____雁高飞人未____（《长相思》五代·南唐·李煜）→____必相迎____（《孔雀东南飞》汉乐府）→____次花丛懒回____（《离思》唐·元稹）→____我则____（《诗经·终风》）→____旧家桃____（《水龙吟·载学士院有之》宋·辛弃疾）→____广无功缘数____（《老将行》唐·王维）→____功遂不____（《咏荆轲》晋·陶渊明）→____厦昔容巢（《送牛相出镇襄州》唐·杜牧）

## 【联句接龙】

菡萏香销翠叶残，西风愁起绿波间。→间关莺语花底滑，幽咽泉流冰下____。（《琵琶行》唐·白居易）→____把黄金买，从教青镜____。（《白发》宋·顾逢）→____年花发虽可啄，却不道人去梁空巢也____！（《葬花吟》清·曹雪芹）→____在荷叶中，有时看是____。（《水精》唐·王建）→____华光翠网，月影入兰____。（《起夜来》南朝·梁·柳恽）→____榭好，莺燕____。（《西平乐》宋·柳永）→____已多，情未____。（《生查子》五代·前蜀·牛希济）→____却君王天下事，赢得生前身后____。（《破阵子·为陈同甫赋壮词以寄之》宋·辛弃疾）→____花倾国两相欢，常得君王带笑看。（《清平调》唐·李白）

◆ 答案：塞→还→取→顾→笑→李→奇→成。难→明→倾→露→台→语→了→名。

# 13　一年好景君须记，最是橙黄橘绿时。

——宋·苏轼《赠刘景文》

## 【名句解析】

请您记住，一年中最好的景致，就是在这橙黄橘绿的初冬时节。

时届冬令，已无姹紫嫣红的丰草繁花，但橙黄橘绿，不仅色彩斑斓，而且生机盎然，独具风韵。橙树和橘树都是常绿乔木，经冬抗绿，岁寒不凋，能与松柏比美，因此诗人对它们特别喜爱，称之为“一年好景”。作者把常人认为萧条的初冬景色写得欣欣向荣，富有诗意，反映了他的旷达胸襟。

常用于形容初冬的独特美景，同时寄托着对坚贞节操的赞颂。

## 【单句接龙】

一年好景君须记→记著樽前____（《虞美人》宋·陈与义）→____消门外千山____（《春日西湖寄谢法曹歌》宋·欧阳修）→____满微风____（《蝶恋花》宋·范成大）→____暗鸟栖____（《秋池》唐·白居易）→____山植木成阴____（《再用前韵》宋·王十朋）→____高人渴漫思____（《浣溪沙》宋·苏轼）→____灶笔床新意____（《赵广德送松江蟹》宋·高似孙）→____君心郁____（《巩北秋兴寄崔明允》唐·岑参）→____尽门前土（《陶者》宋·梅尧臣）

## 【联句接龙】

一年好景君须记，最是橙黄橘绿时。→时时为安慰，久久莫相____。（《孔雀东南飞》汉乐府）→____归亲野水，适性许云____。（《夏日集裴录事北亭避暑》唐·皎然）→____雁长飞光不度，鱼龙潜跃水成____。（《春江花月夜》唐·张若虚）→____质疏内兮，众不知余之异____。（《怀沙》战国·屈原）→____葑采菲，无以下____？（《诗经·邶风·谷风》）→____明同夜月，色净含秋____。（《敦煌廿咏·水精堂咏》唐）→____剪凉阶蕙，风捎幽渚____。（《暮秋言怀》唐·魏徵）→____尽已无擎雨盖，菊残犹有傲霜____。（《赠刘景文》宋·苏轼）→____上柳绵吹又少，天涯何处无芳草。（《蝶恋花·春景》宋·苏轼）

◆ 答案：雪→绿→岸→后→日→茶→思→陶。忘→鸿→文→采→体→霜→荷→枝。

# 14 碧云天，黄叶地，秋色连波，波上寒烟翠。

——宋·范仲淹《苏幕遮》

## 【名句解析】

碧蓝的天空飘着缕缕白云，金黄的树叶铺满大地，秋天的景色映进江上的碧波，水波上笼罩着寒烟，一片苍翠。

“碧云天，黄叶地”二句，一高一低，一俯一仰，展现了天地间的苍莽秋景，为元代王实甫《西厢记》“长亭送别”一折所本。“秋色连波”二句，落笔于高天厚地之间的浓郁秋色和绵邈秋波：秋色与秋波相连于天边，而依偎着秋波的则是空翠而略带寒意的秋烟。这里，碧云、黄叶、绿波、翠烟构成一幅色彩斑斓的画面。

常用于描绘辽阔苍茫、衰飒零落的秋景，暗透乡思。

## 【单句接龙】

秋色连波→波澜各自____（《分流水》唐·元稹）→____来无个____（《夏枕自

咏》宋·朱淑真）→____虽成往道弥____（《观有唐吟》宋·邵雍）→____彩流____（《瑾瑜玉赞》晋·郭璞）→____水色不____（《水精》唐·王建）→____酒斟来须罄____（《送枢密使楼先生还乡》宋·王用）→____遍华____（《减字木兰花》宋·王观）→____开灞岸临清____（《送曾德迈归宁宜春》唐·曹邺）→____浅金黄（《好女儿令》宋·欧阳修）

## 【联句接龙】

碧云天，黄叶地，秋色连波，波上寒烟翠。→翠华摇摇行复止，西出都门百余____。（《长恨歌》唐·白居易）→____巷半空兵过后，水云初冷雁来____。（《途中秋晚送友人归江南》唐·崔涂）→____移音律改，岂是昔时____？（《和令狐仆射小饮听阮咸》唐·白居易）→____绕碧山飞去，晚云____。（《南歌子·游赏》宋·苏轼）→____醉楚山别，阴云暮凄____。（《留别》唐·王昌龄）→____凉蜀故伎，来舞魏宫____。（《蜀先主庙》唐·刘禹锡）→____悲尚未弭，后感方复____。（《代门有车马客行》南朝·宋·鲍照）→____来独自绕阶行，人悄悄，帘外月胧____。（《小重山》宋·岳飞）→____晓日初一，今年月又三。（《二月晦日留别鄠中友人》唐·贾岛）

◆ 答案：起→事→光→映→别→盏→筵→浅。里→时→声→留→凄→前→起→明。

# 15 自春来惨绿愁红，芳心是事可可。

——宋·柳永《定风波》

## 【名句解析】

春天以来，桃红柳绿在她的眼中是凄惨忧愁的景象，一颗芳心，整日甚无心绪，凡事均不关心。

桃红柳绿，尽变为伤心触目之色，即“惨绿愁红”；一颗芳心，整日竟无处可以安放。词句真实地反映了少妇的孤独苦闷和离别相思之情。

现在常用于形容低沉的情绪和苦闷的心境。

## 【单句接龙】

自春来惨绿愁红→红罗复斗____（《孔雀东南飞》汉乐府）→____底吹笙香吐____（《蝶恋花·密州上元》宋·苏轼）→____熏微度绣芙____（《无题》唐·李商隐）→____菊满园皆可____（《冬景》宋·刘克庄）→____鱼当结____（《游仙诗》晋·郭璞）→____罗高树____（《雀飞多》唐·张籍）→____风稗子僧成____（《接花》宋·方岳）→____法逢人____（《送空海上人朝谒后归日本》唐·朱少端）→____衣时节轻寒嫩（《渔家傲》宋·欧阳修）

## 【联句接龙】

自春来惨绿愁红，芳心是事可可。→可怜九月初三夜，露似真珠月似____。(《暮江吟》唐·白居易)→____断阵前争日月，血流垓下定龙____。(《垓下怀古》唐·栖一)→____毒毒有形，药毒毒有____。(《掩关铭》唐·卢仝)→____不显时心不朽，再挑灯火看文____。(《夜读》明·唐寅)→____台迎夏日，梦远感春____。(《楚王吟》南朝·梁·张率)→____桑初绿即为别，柿叶半红犹未____。(《寄内》唐·白居易)→____来池苑皆依旧，太液芙蓉未央____。(《长恨歌》唐·白居易)→____丝榆荚自芳菲，不管桃飘与李____。(《葬花吟》清·曹雪芹)→____来山上千寻塔，闻说鸡鸣见日升。(《登飞来峰》宋·王安石)

◆ 答案：帐→麝→蓉→美→网→颠→佛→授。弓→蛇→名→章→条→归→柳→飞。

# 16 人静乌鸢自乐，小桥外、新绿溅溅。

——宋·周邦彦《满庭芳·夏日溧水无想山作》

## 【名句解析】

山空人静，乌鸢无拘无束，怡然自乐；小桥外边，绿波荡漾，水色澄清，鸣声溅溅。

正因为空山人寂，所以才能领略乌鸢的逍遥情态。“自”字极为灵动传神，勾画出鸟儿无拘无束之态，令人生羡，但也反映出词人的苦闷心情。

常用于形容幽静秀美的山景，有“世外桃源”之意。

## 【单句接龙】

人静乌鸢自乐→乐极词难____(《春江花月夜》明·唐寅)→____家酒一____(《偶吟》唐·白居易)→____钵绕禅____(《送少微上人游蜀》唐·卢纶)→____冠磊____(《沁园春·灵山斋庵赋时筑偃湖未成》宋·辛弃疾)→____笔千章轻万____(《和朱成伯》宋·胡寅)→____庭无尘____(《归园田居》晋·陶渊明)→____树本唯金谷____(《代人伤往》北周·庾信)→____边花____(《千秋岁》宋·黄庭坚)→____署清郎出佐州(《送史温虞部佐郡四明》宋·宋祁)

## 【联句接龙】

人静乌鸢自乐，小桥外、新绿溅溅。→溅石迸泉听未足，亚窗红果卧堪____。(《郭中山居》唐·方干)→____萝踏危石，手足劳俯____。(《登香炉峰顶》唐·白居易)→____天长啸，壮怀激____。(《满江红》宋·岳飞)→____士暮年，壮心不____。

（《龟虽寿》汉·曹操）→____是悬崖百丈冰，犹有花枝____。（《卜算子·咏梅》现代·毛泽东）→____也不争春，只把春来____。（《卜算子·咏梅》现代·毛泽东）→____君黄金台上意，提携玉龙为君____。（《雁门太守行》唐·李贺）→____去元知万事空，但悲不见九州____。（《示儿》宋·陆游）→____是天涯沦落人，相逢何必曾相识？（《琵琶行》唐·白居易）

◆ 答案：陈→瓶→衣→落→户→杂→苑→外。攀→仰→烈→已→俏→报→死→同。

## 17 烟中列岫青无数，雁背夕阳红欲暮。

——宋·周邦彦《玉楼春》

### 【名句解析】

在烟霭缭绕中，远处排立着无数青翠的山峦；夕阳的余晖照映在空中飞雁的背上，反射出一抹就要黯淡下去的红色。

这两句写得开阔辽远，而其用意则在于借这种境界来展示人物内心的空虚寂寞之感。

上句写烟中列岫，冷碧无情，可用来暗示关山迢递；下句写雁背夕阳，微红将坠，可用来暗示音信渺茫。

### 【单句接龙】

烟中列岫青无数→数风流人____（《沁园春·雪》现代·毛泽东）→____是人非事事____（《武陵春》宋·李清照）→____将白发唱黄____（《浣溪沙·游蕲水清泉寺》宋·苏轼）→____鸣不____（《诗经·风雨》）→____能降虎____（《洗钵潭》唐·邢允中）→____皮尚欲留名____（《用强甫蒙仲韵》宋·刘克庄）→____去何所____（《拟挽歌辞》晋·陶渊明）→____是无晴却有____（《竹枝词》唐·刘禹锡）→____空一鹤排云上（《秋词》唐·刘禹锡）

### 【联句接龙】

烟中列岫青无数，雁背夕阳红欲暮。→暮景牵行色，春寒散醉____。（《浔阳宴别》唐·白居易）→____回乐陋巷，许由安贱____。（《隐士诗》三国·魏·阮瑀）→____薄诗家无好物，反投桃李报琼____。（《岁暮枉衢州张使君书并诗因以长句报之》唐·白居易）→____声缥缈复徐徊，拂栋香云袅未____。（《四月二日即事》明·王世贞）→____到荼蘼花事了，丝丝天棘出莓____。（《春暮游小园》宋·王淇）→____里秋千墙外道，墙外行人，墙里佳人____。（《蝶恋花·春景》宋·苏轼）→____渐不闻声渐悄，多情却被无情____。（《蝶恋花·春景》宋·苏轼）→____人风味阿谁知？

请君问取南楼____。(《踏莎行》宋·吕本中)→____上柳梢头，人约黄昏后。(《生查子·元夕》宋·欧阳修)

◆ 答案：物→休→鸡→已→豹→死→道→睛。颜→贫→琚→开→墙→笑→恼→月。

## 18 接天莲叶无穷碧，映日荷花别样红。

——宋·杨万里《晓出净慈寺送林子方》

### 【名句解析】

碧绿的莲叶无边无际，一直延伸到水天相接的远方，在阳光的照映下，荷花显得格外艳丽鲜红。

诗人用充满强烈色彩对比的句子，给读者描绘出一幅大红大绿、精彩绝艳的画面：翠绿的莲叶，涌到天边，使人感到置身于无穷的碧绿之中；而娇美的荷花，在骄阳的映照下，更显得格外艳丽。看似平淡的笔墨，给读者展现了令人回味的艺术境地。

常用于描绘莲叶田田、荷花飘香的美景，形容夏日的荷塘生机盎然。

### 【单句接龙】

接天莲叶无穷碧→碧水东流至此____(《望天门山》唐·李白)→____首白云____(《咏华山》宋·寇准)→____头思故____(《静夜思》唐·李白)→____音无改鬓毛____(《回乡偶书》唐·贺知章)→____年那复惜流____(《惜春》宋·李光)→____草萋萋鹦鹉____(《黄鹤楼》唐·崔颢)→____长春色____(《赠别卢司直之闽中》唐·刘长卿)→____地英雄下夕____(《七律·到韶山》现代·毛泽东)→____中列岫青无数(《玉楼春》宋·周邦彦)

### 【联句接龙】

接天莲叶无穷碧，映日荷花别样红。→红罗复斗帐，四角垂香____。(《孔雀东南飞》汉乐府)→____中有药难医国，竿上无钩可钓____。(《三衢道中》宋·华岳)→____圣既已饮，何必求神____？(《月下独酌》唐·李白)→____材梦不成，蓝桥何处觅云____？(《南歌子·寓意》宋·苏轼)→____雄无觅，孙仲谋____。(《永遇乐·京口北固亭怀古》宋·辛弃疾)→____世闲难得，关身事半____。(《新年呈友》唐·许棠)→____山新雨后，天气晚来____。(《山居秋暝》唐·王维)→____草独寻人去后，寒林空见日斜____。(《长沙过贾谊宅》唐·刘长卿)→____人不识余心乐，将谓偷闲学少年。(《春日偶成》宋·程颢)

◆ 答案：回→低→乡→衰→芳→洲→遍→烟。囊→贤→仙→英→处→空→秋→时。

## 19 惜春长怕花开早，何况落红无数。

——宋·辛弃疾《摸鱼儿》

### 【名句解析】

珍惜春光的我总怕花儿开得太早，何况眼前飘落红花无数。

作者是怎样留恋着这大好春光啊！然而现实是无情的，“落红”就是春天逝去的象征。同时，它又象征着南宋国事衰微，也寄寓了作者光阴虚掷、事业无成的感叹。

常用于表现理想与现实之间的矛盾。

### 【单句接龙】

惜春长怕花开早→早年诗思____（《闲咏》唐·白居易）→____难寻红锦____（《湘妃怨》元·阿鲁威）→____成每被秋娘____（《琵琶行》唐·白居易）→____花风雨便相____（《落花》宋·朱淑真）→____客闻山____（《过感化寺昙兴上人山院》唐·王维）→____遏行云横碧____（《闻笛》唐·赵嘏）→____日故人____（《送友人》唐·李白）→____人怨遥____（《望月怀远》唐·张九龄）→____半钟声到客船（《枫桥夜泊》唐·张继）

### 【联句接龙】

惜春长怕花开早，何况落红无数。→数点雨声风约住，朦胧淡月云来____。（《蝶恋花·改徐冠卿词》宋·贺铸）→____郭轩楹敞，无村眺望____。（《水槛遣心》唐·杜甫）→____酒风前酌，留僧竹里____。（《闲居遣怀》唐·姚合）→____未收，叹新丰逆旅淹____。（《水仙子·夜雨》元·徐再思）→____连戏蝶时时舞，自在娇莺恰恰____。（《江畔独步寻花》唐·杜甫）→____乌怨别偶，曙鸟忆离____。（《歌曲名诗》南朝·梁·萧绎）→____家乞巧望秋月，穿尽红丝几万____。（《乞巧》唐·林杰）→____繁林弥蔚，波清源愈____。（《于安城答灵运诗》南朝·宋·谢瞻）→____湖栽柳重城下，弄水攀条三岁中。（《州将和丁内翰寄题延州龙图新开柳湖五阕》宋·宋祁）

◆ 答案：苦→妆→妒→催→响→落→情→夜。去→赊→棋→留→啼→家→条→浚。

## 20 青山遮不住，毕竟东流去。

——宋·辛弃疾《菩萨蛮·书江西造口壁》

### 【名句解析】

青山怎能把江水挡住，浩浩江水最终向东流去。

这两句词说明，青山可以遮断人们的视线，但却阻拦不了人们对中原沦陷地区的关怀与想念之情。暗示南宋统治集团虽设置重重障碍，把祖国分裂成南北两半，但却无法阻挠人民统一祖国的强烈愿望。作者用“东流去”的江水比喻军民抗敌收复失地之心，它是不可阻挡的，也是词人的志向。

这两句诗含蓄地传达了词人抵抗外敌、光复山河的坚定意志。现在用来说明历史的发展是不以人的意志为转移的。

### 【单句接龙】

青山遮不住→住处去山____（《原上新居》唐·王建）→____听水无____（《画》宋·无名氏）→____入碧云枫叶____（《江楼月夜闻笛》唐·刘沧）→____容浅淡映重____（《咏白海棠》清·曹雪芹）→____前冷落鞍马____（《琵琶行》唐·白居易）→____稠看自____（《杜中丞书院新移小竹》唐·王建）→____是花魂与鸟____（《葬花吟》清·曹雪芹）→____魄不曾来入____（《长恨歌》唐·白居易）→____里不知身是客（《浪淘沙令》五代·南唐·李煜）

### 【联句接龙】

青山遮不住，毕竟东流去。→去来江口守空船，绕船月明江水____。（《琵琶行》唐·白居易）→____雨连江夜入吴，平明送客楚山____。（《芙蓉楼送辛渐》唐·王昌龄）→____村落日残霞，轻烟老树寒鸦，一点飞鸿影____。（《天净沙·秋》元·白朴）→____马入车中，低头共耳____。（《孔雀东南飞》汉乐府）→____昔有故悲，论今无新____。（《代门有车马客行》南朝·宋·鲍照）→____得生还兮逢圣君，嗟别稚子兮会无____。（《胡笳十八拍》汉·蔡文姬）→____循过日月，真是俗人____。（《自叹》唐·白居易）→____之忧矣，其谁知____？（《诗经·园有桃》）→____子于归，宜其室家。（《诗经·桃夭》）

◆ 答案：近→声→秋→门→稀→知→魂→梦。寒→孤→下→语→喜→因→心→之。

## 21 我见青山多妩媚，料青山见我应如是。

——宋·辛弃疾《贺新郎》

### 【名句解析】

我看青山的姿态那样秀美可爱，猜想青山看我也应该是这样吧。

词人因无物（实指无人）可喜，只好将深情倾注于自然，不仅觉得青山“妩媚”，而且觉得似乎青山也以词人为“妩媚”了。这与李白《独坐敬亭山》“相看两不厌”是同一艺术手法。这种手法，先把审美主体的感情楔入客体，然后借染有主体感情色彩的客体形象来揭示审美主体的内在感情。这样，便大大加强了作品里的主体意识，易于感染读者。

常用于表达自己宁愿落寞，决不与人同流合污的高洁之志。

### 【单句接龙】

我见青山多妩媚→媚眼惟看宿鹭____（《赠内人》唐·张祜）→____巢落桧____（《宿洞霄山中》宋·郑起）→____下问童____（《寻隐者不遇》唐·贾岛）→____无良____（《诗经·氓》）→____人去数____（《孔雀东南飞》汉乐府）→____照香炉生紫____（《望庐山瀑布》唐·李白）→____涛微茫信难____（《梦游天姥吟留别》唐·李白）→____田问舍转悠____（《寄平甫》宋·王安石）→____悠苍天（《诗经·黍离》）

### 【联句接龙】

我见青山多妩媚，料青山见我应如是。→是邪非邪？立而望____。（《李夫人歌》汉·刘彻）→____子于归，宜其家____。（《诗经·桃夭》）→____有贤人酒，门无长者____。（《春日》宋·王安石）→____马满长安，谁肯顾衰____？（《小饮》宋·陆游）→____骨穴蝼蚁，又为蔓草____。（《遣兴》唐·杜甫）→____臂绣纶巾，貂裘窄称____。（《观猎骑》唐·司空曙）→____既死兮神以灵，子魂魄兮为鬼____。（《国殇》战国·屈原）→____关漫道真如铁，而今迈步从头____。（《忆秦娥·娄山关》现代·毛泽东）→____人语天姥，云霞明灭或可睹。（《梦游天姥吟留别》唐·李白）

◆ 答案：窠→松→子→媒→日→烟→求→悠。之→室→车→朽→缠→身→雄→越。

## 22　红莲相倚浑如醉，白鸟无言定自愁。

——宋·辛弃疾《鹧鸪天·鹅湖归，病起作》

### 【名句解析】

红莲互相依偎着，像是全都醉了；白鹭在水边静静伫立，似乎在暗自发愁。

“醉”字由莲之红引出，“愁”字由鸟头之白生发，这两词用得真是恰到好处。红莲白鸟互相映衬，境界虽美，但“醉”“愁”二字表露出词人内心的苦闷。

常用于借景色描写反映愁苦心绪的语境中。

### 【单句接龙】

红莲相倚浑如醉→醉卧沙场君莫____（《凉州词》唐·王翰）→____问客从何处____（《回乡偶书》唐·贺知章）→____即我____（《诗经·氓》）→____欢身太____（《赠同座》唐·白居易）→____成单罗____（《孔雀东南飞》汉乐府）→____薄拟蝉____（《美

女篇》南朝·梁·萧纲）→____拢慢捻抹复____（《琵琶行》唐·白居易）→____灯日月____（《步虚词》唐·韦渠牟）→____曜犹旦开（《北风行》唐·李白）

## 【联句接龙】

红莲相倚浑如醉，白鸟无言定自愁。→愁肠已断无由醉，酒未到，先成____。（《御街行》宋·范仲淹）→____眼倚楼频独语，双燕飞来，陌上相逢____？（《鹊踏枝》五代·南唐·冯延巳）→____泰如天地，足以荣汝____。（《孔雀东南飞》汉乐府）→____无彩凤双飞翼，心有灵犀一点____。（《无题》唐·李商隐）→____塞两不见，波澜各自____。（《分流水》唐·元稹）→____来无个事，纤手弄清____。（《夏枕自咏》宋·朱淑真）→____源在庭户，洞壑当门____。（《贼退示官吏》唐·元结）→____不见古人，后不见来____。（《登幽州台歌》唐·陈子昂）→____人折了那人攀，恩爱一时间。（《望江南·莫攀我》唐）

◆ 答案：笑→来→谋→晚→衫→轻→挑→光。泪→否→身→通→起→泉→前→者。

# 23 凌冬不改青坚节，冒雪何伤色转苍。

——宋·朱淑真《竹》

## 【名句解析】

越过严冬不改变它青碧坚劲的竹节，经风冒雪岂能妨碍它颜色更加青苍！

这两句诗描绘了青竹傲雪凌霜的英姿，和它越严寒越苍翠的本色。这是借咏竹赞美一种不畏强暴、威武不屈的理想人格。

可借以比喻具有坚贞节操的人。

## 【单句接龙】

凌冬不改青坚节→节物相催各自____（《三月晦日偶题》宋·秦观）→____丰美酒斗十____（《少年行》唐·王维）→____山鸟飞____（《江雪》唐·柳宗元）→____胜烟柳满皇____（《早春呈水部张十八员外》唐·韩愈）→____是散天____（《蓦山溪·采石值雪》宋·李之仪）→____落知多____（《春晓》唐·孟浩然）→____年十五二十____（《老将行》唐·王维）→____鸣春涧____（《鸟鸣涧》唐·王维）→____有一人字太真（《长恨歌》唐·白居易）

## 【联句接龙】

凌冬不改青坚节，冒雪何伤色转苍。→苍龙日暮还行雨，老树春深更著____。（《又酬傅处士次韵》明末清初·顾炎武）→____近高楼伤客心，万方多难此登____。

（《登楼》唐・杜甫）→____行密密缝，意恐迟迟____。（《游子吟》唐・孟郊）→____来见天子，天子坐明____。（《木兰诗》北朝民歌）→____堂不语望夫君，四畔无家石作____。（《新妇石》唐・白居易）→____钟唤我觉，咽咽闻城____。（《寓陈杂诗》宋・张耒）→____一会兮琴一拍，心愤怨兮无人____。（《胡笳十八拍》汉・蔡文姬）→____汝远来应有意，好收吾骨瘴江____。（《左迁至蓝关示侄孙湘》唐・韩愈）→____地莺花少，年来未觉新。（《同洛阳李少府观永乐公主入蕃》唐・孙逖）

◆ 答案：新→千→绝→都→花→少→时→中。花→临→归→堂→邻→笳→知→边。

## 24 落红不是无情物，化作春泥更护花。

——清・龚自珍《己亥杂诗》

### 【名句解析】

花虽然凋落了，但是会融入泥土，变成养料，让来年的花开得更艳。

由于施行政治改革的宏愿受阻，诗人不得已辞官还乡，心情愁闷，愁思无限，在所难免，但诗人仍想干些有益于国家的工作，诗人以花自喻，愿像落花一样，化作泥土，更能起卫护新花的作用，以此表达自己辞官后志在培育一代新人的愿望。

诗句以落花为喻表明自己的心志，常用于表现生命不息、奋斗不止的奉献精神。

### 【单句接龙】

落红不是无情物→物情惟有醉中____（《浣溪沙・醉中真》宋・贺铸）→____个别离____（《生查子》宋・晏几道）→____逢最是身强____（《木兰花》宋・晏几道）→____水鸣分____（《茶山下作》唐・杜牧）→____上青青____（《清平乐・村居》宋・辛弃疾）→____色遥看近却____（《早春呈水部张十八员外》唐・韩愈）→____意苦争____（《卜算子・咏梅》宋・陆游）→____色满园关不____（《游园不值》宋・叶绍翁）→____处钟鼓外（《原上新居》唐・王建）

### 【联句接龙】

落红不是无情物，化作春泥更护花。→花钿委地无人收，翠翘金雀玉搔____。（《长恨歌》唐・白居易）→____上倭堕髻，耳中明月____。（《陌上桑》汉乐府）→____玉买歌笑，糟糠养贤____。（《古风》唐・李白）→____子词人，自是白衣卿____。（《鹤冲天》宋・柳永）→____看两不厌，只有敬亭____。（《独坐敬亭山》唐・李白）→____中无历日，寒尽不知____。（《答人》唐・太上隐者）→____年岁岁花相似，岁岁年年人不____。（《代悲白头翁》唐・刘希夷）→____是天涯沦落人，相逢何必曾相____？（《琵琶行》唐・白居易）→____遍中朝贵，多谙外学非。（《送少微上人

游蜀》唐·卢纶）

◆ 答案：真→难→健→溪→草→无→春→住。头→珠→才→相→山→年→同→识。

## 25 丹枫未辞林，黄菊犹残枝。

——宋·陆游《冬晴》

### 【名句解析】

红叶尚未飘落，黄菊犹抱残枝。

这两句诗写的初冬季节天气晴朗时所见到的景物，构成一幅和谐的初冬图。常用于形容初冬景色，说明冬天也可以有勃勃生机。

### 【单句接龙】

丹枫未辞林→林亭一出宿风____（《宿裴相公兴化池亭》唐·白居易）→____世难逢开口____（《九日齐山登高》唐·杜牧）→____我中年更愚____（《送婺州许录事》唐·方干）→____居人事____（《闲居寄薛华》唐·于良史）→____知雅琴____（《拟古联句》南朝·梁·何逊）→____项向天____（《咏鹅》唐·骆宾王）→____中醉倒谁能____（《鹧鸪天》宋·晏几道）→____古人不见吾狂____（《贺新郎·甚矣吾衰矣》宋·辛弃疾）→____中明月珠（《陌上桑》汉乐府）

### 【联句接龙】

丹枫未辞林，黄菊犹残枝。→枝疏董泽箭，叶碎楚臣____。（《折杨柳》南朝·陈·张正见）→____断阵前争日月，血流垓下定龙____。（《垓下怀古》唐·栖一）→____喷云而出穴，虎啸风兮屡____。（《有酒十章》唐·元稹）→____鸠徒拂羽，信矣不堪____。（《咏廿四气诗·谷雨春光晓》唐·元稹）→____风听雨过清明，愁草瘗（yì）花____。（《风入松》宋·吴文英）→____旌门客送，骑吹路人____。（《成王挽歌》唐·岑参）→____朱成碧思纷纷，憔悴支离为忆____。（《如意娘》唐·武则天）→____不见管鲍贫时交，此道今人弃如土。（《贫交行》唐·杜甫）

◆ 答案：尘→笑→僻→少→曲→歌→恨→耳。弓→蛇→鸣→听→铭→看→君。

## 26 青山绿水，白草红叶黄花。

——元·白朴《天净沙·秋》

### 【名句解析】

秋季到来，秋色明丽，山水被白草、红叶、黄花点染，呈现另一番景色。

白朴的散曲，如诗如画，长于着色，句法长于依次罗列，此条即由五个名词依次排列而成。这种表现手法，不落俗套，既扩大了句子的容量，又使所状之物一一呈现眼前，符合文学作品形象思维的特点。短短十字，却出现青、绿、白、红、黄五种颜色，可谓重彩浓抹，色调鲜明。

这两句诗图画感极强，常用于形容绚丽多彩的秋色。

## 【单句接龙】

青山绿水→水村山郭酒旗____（《江南春》唐·杜牧）→____吹仙袂飘飘____（《长恨歌》唐·白居易）→____头望明____（《静夜思》唐·李白）→____满西____（《一剪梅》宋·李清照）→____船夜雪瓜洲____（《书愤》宋·陆游）→____头月色沉____（《隔汉江寄子安》唐·鱼玄机）→____舟侧畔千帆____（《酬乐天扬州初逢席上见赠》唐·刘禹锡）→____雨荷花满院____（《忆王孙·夏词》宋·李重元）→____炉瀑布遥相望（《庐山谣寄卢侍御虚舟》唐·李白）

## 【联句接龙】

青山绿水，白草红叶黄花。→花谢花飞花满天，红消香断有谁____？（《葬花吟》清·曹雪芹）→____春忽至恼忽去，至又无言去未____。（《葬花吟》清·曹雪芹）→____道汉家求失职，可能梁甲信灰____。（《宗人缄见过》宋·宋庠）→____无防备处，留待雪霜____。（《浮尘子》唐·元稹）→____残枯树影，零落古藤____。（《同江仆射游摄山栖霞寺诗》南朝·陈·陈叔宝）→____逢剥处自阳复，否到极时须泰____。（《冬至》宋·张炜）→____归相怨怒，但坐观罗____。（《陌上桑》汉乐府）→____溪秋雪岸，树谷夕阳____。（《送司封从叔员外徼赴华州裴尚书均辟》唐·郑谷）→____响知云寺，波声认石梁。（《早行》元·方夔）

◆ 答案：风→举→月→楼→渡→沉→过→香。怜→闻→然→摧→阴→来→敷→钟。

# 第7章 人体来组图

文学作品中，人物形象的塑造往往通过描写人物的容貌、表情、心态、肢体动作等来实现，诗词也不例外。诗词中的人物形象，一般不如小说中的形象完整、丰满，但它可以是人物的一个神态、一个动作、一个微妙的心理变化，或是一个典型的细节，这就需要诗人对所要描写人物的五官形态、身体各部位的比喻及其肢体动作进行细致入微、由表及里的观察、刻画。

诗词中的人物描写，并不求其全，往往是“取其一点，不及其余”，求其神而不袭其貌，甚至是一个侧影、一个镜头，或者一颦、一笑、一举手、一投足就可以。诗词中的人物，贵在表现其精神，特别是内心深处的情愫，不用像小说那样精雕细琢，但手法高超的诗人只用几笔浅浅的勾勒，通过精当的描写，以简练的笔法刻画人物的形象，表现人物的性格，反映人物的思想感情，能给人以如见其人的感觉，可以让你用诗句拼出一个栩栩如生的人物形象。

## 1 愿言思伯，甘心首疾。

——《诗经·伯兮》

### 【名句解析】

一心只把哥来想，头痛难忍又何妨？

诗句描写了一位女子自从与丈夫分别后，思念之心日日萦绕，苦不堪言，读来令人唏嘘不已，感慨万千。

常用于形容女子的相思之苦。

### 【单句接龙】

愿言思伯→伯夷饿首____（《隐士诗》三国·魏·阮瑀）→____关临绝____（《敦煌廿咏·水精堂咏》唐）→____漠空中____（《送春曲》唐·刘禹锡）→____日苦____（《短歌行》汉·曹操）→____情应笑____（《念奴娇·赤壁怀古》宋·苏轼）→____舞影零____（《月下独酌》唐·李白）→____石穿____（《念奴娇·赤壁怀古》宋·苏轼）→____里流霜不觉____（《春江花月夜》唐·张若虚）→____鸟相与还（《饮酒》晋·陶渊明）

### 【联句接龙】

愿言思伯，甘心首疾。→疾风知劲草，板荡识诚____。（《赋萧瑀》唐·李世民）→____心未肯教迁鼎，天道还应欲止____。（《湘中作》唐·韦庄）→____矛上，忽有火光____。（《兵要望江南·占怪第二十三》唐·易静）→____月几时有，把酒问青____。（《水调歌头》宋·苏轼）→____生丽质难自弃，一朝选在君王____。（《长恨歌》唐·白居易）→____身人海叹栖迟，浪说文章擅色____。（《都门秋思》清·黄景仁）→____纶阁下文书静，钟鼓楼中刻漏____。（《紫薇花》唐·白居易）→____风破浪会有时，直挂云帆济沧____。（《行路难》唐·李白）→____上生明月，天涯共此时。（《望月怀远》唐·张九龄）

◆ 答案：阳→漠→去→多→我→乱→空→飞。臣→戈→明→天→侧→丝→长→海。

## 2 结交在相知，骨肉何必亲？

——汉乐府《箜篌谣》

### 【名句解析】

结交朋友在于互相了解，何必讲究骨肉亲情呢？

这两句诗是说知心朋友比骨肉之亲还要亲。骨肉之亲，如不知心，亦可变成路人或仇人；知心朋友之亲，却可做到真正的亲。

第一句说交朋友要交到心上，彼此心相知，这才是真正的朋友，可亲可信的朋友。第二句是说何必骨肉之亲才算亲。这是用骨肉之亲来与知心朋友之亲做对比。

### 【单句接龙】

结交在相知→知到千年____（《读贾岛集》唐·齐己）→____署清郎出佐____（《送史温虞部佐郡四明》宋·宋祁）→____桥南北是天____（《州桥》宋·范成大）→____平双阙____（《早朝》唐·司空图）→____空无世____（《登山》唐·许棠）→____破青山安用____（《又跋东坡太白瀑布诗示开先序禅师》宋·杨万里）→____手作羹____（《新嫁娘》唐·王建）→____盘孔鼎有述____（《韩碑》唐·李商隐）→____计何不量（《孔雀东南飞》汉乐府）

### 【联句接龙】

结交在相知，骨肉何必亲？→亲朋无一字，老病有孤____。（《登岳阳楼》唐·杜甫）→____行碧波上，人在画中____。（《周庄河》唐·王维）→____山弄水携诗卷，看月寻花把酒____。（《忆晦叔》唐·白居易）→____酒怜岁暮，志气非上____。（《无锡舅相送衔涕别》南朝·梁·江淹）→____花秋月何时了，往事知多____？（《虞美人》五代·南唐·李煜）→____年把酒逢春色，今日逢春头已____。（《春日西湖寄谢法曹歌》宋·欧阳修）→____毛浮绿水，红掌拨清____。（《咏鹅》唐·骆宾王）→____漂菰米沉云黑，露冷莲房坠粉____。（《秋兴》唐·杜甫）→____罗复斗帐，四角垂香囊。（《孔雀东南飞》汉乐府）

◆ 答案：外→州→街→近→界→洗→汤→作。舟→游→杯→春→少→白→波→红。

## 3 落地为兄弟，何必骨肉亲？

——晋·陶渊明《杂诗》

### 【名句解析】

来到这个世界上的都应该成为兄弟，何必在乎骨肉之亲、血缘之情呢？

这两句诗的基本意思出自《论语》。子夏曰："君子敬而无失，与人恭而有礼。四海之内，皆兄弟也。君子何患乎无兄弟也？"这也是陶渊明在战乱年代对和平、泛爱的一种理想渴求。

现在多用于形容超越亲情、血缘关系的友谊。

### 【单句接龙】

落地为兄弟→弟走从军阿姨____（《琵琶行》唐·白居易）→____亦为鬼____（《夏

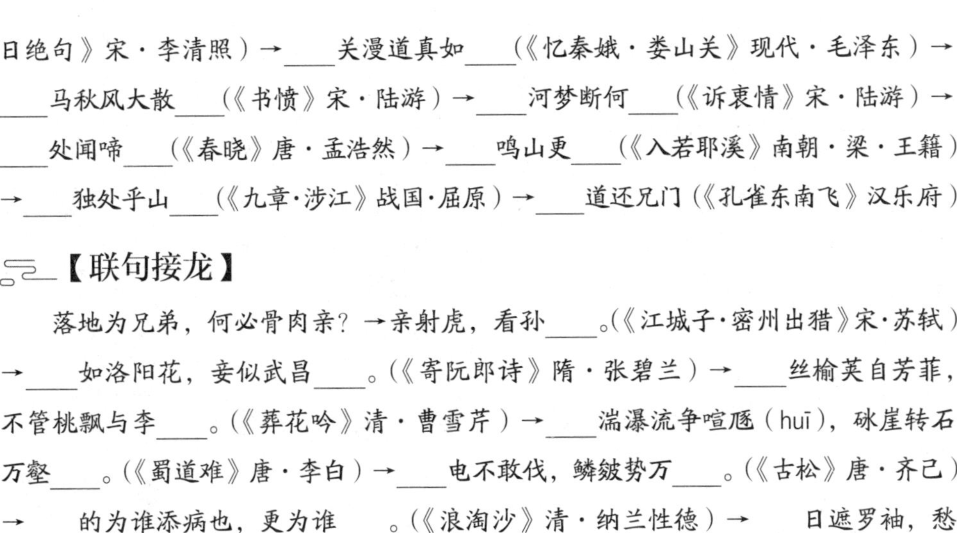

日绝句》宋·李清照）→____关漫道真如____（《忆秦娥·娄山关》现代·毛泽东）→____马秋风大散____（《书愤》宋·陆游）→____河梦断何____（《诉衷情》宋·陆游）→____处闻啼____（《春晓》唐·孟浩然）→____鸣山更____（《入若耶溪》南朝·梁·王籍）→____独处乎山____（《九章·涉江》战国·屈原）→____道还兄门（《孔雀东南飞》汉乐府）

### 【联句接龙】

落地为兄弟，何必骨肉亲？→亲射虎，看孙____。（《江城子·密州出猎》宋·苏轼）→____如洛阳花，妾似武昌____。（《寄阮郎诗》隋·张碧兰）→____丝榆荚自芳菲，不管桃飘与李____。（《葬花吟》清·曹雪芹）→____湍瀑流争喧豗（huī），砯崖转石万壑____。（《蜀道难》唐·李白）→____电不敢伐，鳞皴势万____。（《古松》唐·齐己）→____的为谁添病也，更为谁____。（《浪淘沙》清·纳兰性德）→____日遮罗袖，愁春懒起____。（《寄李亿员外》唐·鱼玄机）→____罢低声问夫婿，画眉深浅入时____？（《近试上张水部》唐·朱庆馀）→____草不死，无木不萎。（《诗经·小雅·谷风》）

◆ 答案：死→雄→铁→关→处→鸟→幽→中。郎→柳→飞→雷→端→羞→妆→无。

## 4　媚眼含羞合，丹唇逐笑分。

——南朝·梁·何思澄《拟古诗》

### 【名句解析】

妩媚的双眼含羞微微合拢，丹红的双唇带笑轻轻分开。

诗句对仗工整，形象生动，明眸皓齿，隐现其中，读后宛然如见。

可用于描写美女含羞带笑的神态。

### 【单句接龙】

媚眼含羞合→合葬华山____（《孔雀东南飞》汉乐府）→____有堕钗____（《临江仙·柳外轻雷池上雨》宋·欧阳修）→____看成岭侧成____（《题西林壁》宋·苏轼）→____峦如____（《山坡羊·潼关怀古》元·张养浩）→____散苦匆____（《浪淘沙》宋·欧阳修）→____匆又____（《水龙吟·载学士院有之》宋·辛弃疾）→____得东家种树____（《鹧鸪天·有客慨然谈功名因追念少年时事戏作》宋·辛弃疾）→____中自有黄金____（《劝学诗》宋·赵恒）→____上无片瓦（《陶者》宋·梅尧臣）

### 【联句接龙】

媚眼含羞合，丹唇逐笑分。→分流来几年，昼夜两如____。（《和分水岭》唐·

白居易）→____时相望不相闻，愿逐月华流照____。（《春江花月夜》唐·张若虚）→____不见青海头，古来白骨无人____！（《兵车行》唐·杜甫）→____泪语，背灯眠，玉钗横枕____。（《更漏子》唐·牛峤）→____庭流血成海水，武皇开边意未____。（《兵车行》唐·杜甫）→____闻清比圣，复道浊如____。（《月下独酌》唐·李白）→____圣既已饮，何必求神____？（《月下独酌》唐·李白）→____人垂两足，桂树何团____。（《古朗月行》唐·李白）→____扇复团扇，奉君清暑殿。（《团扇歌》唐·刘禹锡）

◆ 答案：傍→横→峰→聚→匆→换→书→屋。此→君→收→边→已→贤→仙→团。

## 5 回眸一笑百媚生，六宫粉黛无颜色。

——唐·白居易《长恨歌》

### 【名句解析】

她回眸顾盼之间，向君王微微一笑，顿时无限娇媚，宫中所有的美人在她面前都黯然失色了。

这是白居易描写杨玉环初选入宫时的动人景象。诗人善于选取最富于表现力的细节，突出人物极其美丽的神态特点，并用“六宫粉黛”加以衬托，这样就把一个绝代佳人的形象成功地展现在读者面前了。

可用来描写古代宫中美女，也可学习这种烘托渲染（也称“烘云托月”）的写作手法。

### 【单句接龙】

回眸一笑百媚生→生年不满____（《古诗十九首·生年不满百》汉）→____万雄师过大____（《七律·人民解放军占领南京》现代·毛泽东）→____流宛转绕芳____（《春江花月夜》唐·张若虚）→____外山川无越____（《思越中旧游寄友》唐·方干）→____破山河____（《春望》唐·杜甫）→____天愿作比翼____（《长恨歌》唐·白居易）→____自无言花自____（《葬花吟》清·曹雪芹）→____贫友不____（《古诗二首·采葵莫伤根》汉）→____败极知无定势（《次韵季长见示》宋·陆游）

### 【联句接龙】

回眸一笑百媚生，六宫粉黛无颜色。→色映临池竹，香浮满砌____。（《对酒》南朝·陈·岑之敬）→____陵美酒郁金香，玉碗盛来琥珀____。（《客中作》唐·李白）→____禄池台文锦绣，将军楼阁画神____。（《代悲白头翁》唐·刘希夷）→____人如爱我，举手来相____。（《焦山望松寥山》唐·李白）→____手别，寸肠结，还是去年时____。（《更漏子》唐·牛峤）→____物风光不相待，桑田碧海须臾____。（《长安古意》唐·卢照邻）→____过必生智慧，护短心内非____。(《无相颂》唐·慧能）→____愚千载知谁是？满眼蓬蒿共一____。(《清明》宋·黄庭坚）→____园共谁卜，山水共谁寻？（《哭崔常侍晦叔》唐·白居易）

◆ 答案：百→江→甸→国→在→鸟→羞→成。兰→光→仙→招→节→改→贤→丘。

## 6 玉容寂寞泪阑干，梨花一枝春带雨。

——唐·白居易《长恨歌》

### 【名句解析】

美丽的容貌，孤独的神情，涕泪涟涟，就像春天里一枝带雨开放的梨花。

这两句诗描写死后成仙的杨玉环在蓬莱宫中见到唐明皇使者时的神态，她面容惨淡，泪痕纵横，但仍然很美，像一枝带雨开放的梨花。诗人写杨玉环悲伤啼哭时的美丽形象，出人意料地以带雨的梨花来比喻，显得既悲且美。

可用来描写美女落泪时的动人形象。

### 【单句接龙】

玉容寂寞泪阑干→干戈寥落四周____(《过零丁洋》宋·文天祥）→____辰冷落碧潭____(《月夜舟中》宋·戴复古）→____澹澹兮生____(《梦游天姥吟留别》唐·李白）→____涛微茫信难____(《梦游天姥吟留别》唐·李白）→____之不____(《诗经·关雎》)→____成比目何辞____(《长安古意》唐·卢照邻）→____去元知万事____(《示儿》宋·陆游）→____中闻天____(《梦游天姥吟留别》唐·李白）→____声茅店月（《商山早行》唐·温庭筠）

### 【联句接龙】

玉容寂寞泪阑干，梨花一枝春带雨。→雨前初见花间蕊，雨后全无叶底____。(《春晴》唐·王驾）→____开红树乱莺啼，草长平湖白鹭____。(《湖上》宋·徐元杰）→____红零乱，侧卧珠帘____。(《点绛唇》宋·寇准）→____宗周，入暴秦，争雄七国相兼____。(《道情》清·郑板桥）→____赋三阳宫，集诗集贤____。(《右侍郎集贤院学士徐公挽词》唐·张说）→____含佳气当龙首，阁倚晴天见凤____。(《阙下待传点呈诸同舍》唐·刘禹锡）→____禽投树尽，疲马入城____。(《暝》宋·梅尧臣）→____迟钟鼓初长夜，耿耿星河欲曙____。(《长恨歌》唐·白居易）→____长地久有时尽，此恨绵绵无绝期。(《长恨歌》唐·白居易）

◆ 答案：星→水→烟→求→得→死→空→鸡。花→飞→卷→并→殿→巢→迟→天。

# 7 低眉信手续续弹，说尽心中无限事。

——唐·白居易《琵琶行》

## 【名句解析】

低眉随手慢慢地连续弹着，尽情地倾诉心底无限的伤心事。

这两句诗写琵琶女弹琴时的神态和她借乐曲传达的心声。这里虽然没有直接描写音乐，但从她弹琴时“低眉”“信手”“续续弹”的神态中，可以想见此时的乐声是低缓的，幽怨的，她心中的“无限事”也是忧伤的，正如前两句所写“弦弦掩抑声声思，似诉平生不得志”。

写弹琴者的神态及音乐的抒情功能时可以化用这两句诗。

## 【单句接龙】

低眉信手续续弹→弹指一挥____（《水调歌头·重上井冈山》现代·毛泽东）→____关莺语花底____（《琵琶行》唐·白居易）→____滑那堪鸟语____（《和孔纯老归自属邑》宋·王之道）→____年不解____（《杂诗》唐·沈佺期）→____革既未____（《羌村》唐·杜甫）→____驾非穷____（《孟冬蒲津关河亭作》唐·吕温）→____穷仗友____（《客夜》唐·杜甫）→____在松之____（《长相思》唐·白居易）→____见双翠鸟（《感遇》唐·张九龄）

## 【联句接龙】

低眉信手续续弹，说尽心中无限事。→事无两样人心别，问渠侬：神州毕竟，几番离____？（《贺新郎·同父见和再用韵答之》宋·辛弃疾）→____流厨下水，对牟殿前____。（《题南陵隐静寺》唐·张祜）→____河破碎风飘絮，身世浮沉雨打____。（《过零丁洋》宋·文天祥）→____青兮水激，叶落兮林____。（《秋风摇落》南朝·梁·萧绎）→____稀疏疏绕篱竹，窄窄狭狭向阳____。（《和自劝》唐·白居易）→____中有一曝背翁，委置形骸如土____。（《自劝》唐·白居易）→____叶纷纷归路，残月晓风何____？（《如梦令》清·纳兰性德）→____处松阴满，樵开一径____。（《宿翠微寺》唐·马戴）→____天拂景云，俯临四达衢。（《孟津诗》三国·魏·曹丕）

◆ 答案：间→滑→频→兵→息→途→生→侧。合→山→萍→稀→屋→木→处→通。

# 8 持谢邻家子，效颦安可希！

——唐 · 王维《西施咏》

## 【名句解析】

奉告那盲目效颦的邻人东施，光学皱眉而想取宠并非容易。

诗人借效颦的东施劝告世人不要为了博取别人赏识而故作姿态，弄巧成拙。

常用于批判盲目模仿、追随的社会现象。

## 【单句接龙】

持谢邻家子→子无良____（《诗经 · 氓》）→____人去数____（《孔雀东南飞》汉乐府）→____出尘埃____（《早送举人入试》唐 · 白居易）→____入菜花无处____（《宿新市徐公店》宋 · 杨万里）→____寻觅____（《声声慢》宋 · 李清照）→____花来渡____（《中书夜直梦忠州》唐 · 白居易）→____如含朱____（《孔雀东南飞》汉乐府）→____经疏阔病相____（《病题》宋 · 徐铉）→____上有老柏（《文柏床》唐 · 白居易）

## 【联句接龙】

持谢邻家子，效颦安可希！→希贤宜励德，羡鱼当结____。（《游仙诗》晋 · 郭璞）→____丝结宝琴，尘埃被空____。（《春遇南使贻赵知音》唐 · 岑参）→____酒送征人，踟蹰在亲____。（《李都尉陵从军》南朝 · 梁 · 江淹）→____尔新昏，如兄如____。（《诗经 · 邶风 · 谷风》）→____子韩干早入室，亦能画马穷殊____。（《丹青引赠曹将军霸》唐 · 杜甫）→____见时难别亦难，东风无力百花____。（《无题》唐 · 李商隐）→____春三百里，送我归东____。（《东归》唐 · 白居易）→____门帐饮无绪，留恋处，兰舟催____。（《雨霖铃》宋 · 柳永）→____景傍云屋，凝晖覆华池。（《芳树》南朝 · 梁 · 丘迟）

◆ 答案：媒→日→飞→寻→觅→口→丹→陵。网→樽→宴→弟→相→残→都→发。

# 9 眼枯即见骨，天地终无情。

——唐 · 杜甫《新安吏》

## 【名句解析】

眼泪哭干了会露出头骨，天地终归是无情的，不能改变这悲痛的安排。

诗句产生了“抽刀断水水更流”的艺术效果，这种悲愤也就显得更深、更难控制，“天地”也就显得更加“无情”，极其深刻地揭露了兵役制度的不合理。

现在常用于形容莫大的冤屈，鞭挞社会的无情。

### 【单句接龙】

眼枯即见骨→骨清香____（《念奴娇》宋·辛弃疾）→____绿卷新____（《杜中丞书院新移小竹》唐·王建）→____叶心____（《添字采桑子》宋·李清照）→____字香____（《一剪梅·舟过吴江》宋·蒋捷）→____出炉中一片____（《答友人赠炭》唐·孟郊）→____堤杨柳____（《江上寄山阴崔少府国辅》唐·孟浩然）→____景傍云____（《芳树》南朝·梁·丘迟）→____上无片____（《陶者》宋·梅尧臣）→____盖青天（《浪淘沙令》唐·吕岩）

### 【联句接龙】

眼枯即见骨，天地终无情。→情随湘水远，梦绕吴峰____。（《千秋岁·咏夏景》宋·谢逸）→____绡对泪，几多幽____。（《水龙吟·春恨》宋·陈亮）→____春不语，算只有殷____。（《摸鱼儿》宋·辛弃疾）→____心养公姥，好自相扶____。（《孔雀东南飞》汉乐府）→____军百战死，壮士十年____。（《木兰诗》北朝民歌）→____来见天子，天子坐明____。（《木兰诗》北朝民歌）→____上陈美酒，堂下列清____。（《劝酒》唐·孟郊）→____中醉倒谁能恨，唱罢归来酒未____。（《鹧鸪天》宋·晏几道）→____息半浮沉，今夜相思几许？（《如梦令》清·纳兰性德）

◆ 答案：嫩→叶→心→烧→春→发→屋→瓦。翠→怨→勤→将→归→堂→歌→消。

## 10 喜心翻倒极，呜咽泪沾巾。

——唐·杜甫《喜达行在所》

### 【名句解析】

狂喜的心情翻腾到了顶点，反而落下眼泪，洒满了衣襟。

至德二年（公元757年）四月，杜甫冒着生命危险，历尽千辛万苦，到达了朝廷临时所在地凤翔，见到了肃宗，并被任命为左拾遗。这两句诗形象地表达了他刚刚脱离叛军虎口，又得到朝廷任用时的掺杂着欣喜、兴奋、庆幸、感戴的极为复杂的感情，与“剑外忽传收蓟北，初闻涕泪满衣裳”有异曲同工之妙。可用于表现人们在生活中遇到由坏到好的巨大转折时，从心底激起的喜极而悲、悲喜交集的感情。

常用于形容喜极而泣的心情和情景。

### 【单句接龙】

喜心翻倒极→极目楚天____（《水调歌头·游泳》现代·毛泽东）→____愤启幽____（《志诗》三国·魏·嵇康）→____霜凄凄簟色____（《长相思》唐·李白）→____

衣针线____（《岁暮到家》清·蒋士铨）→____态随流____（《美女篇》南朝·梁·萧纲）→____上残霞酒半____（《鹧鸪天》宋·李吕）→____得人间说丈____（《金陵驿》宋·文天祥）→____读书____（《君莫非》唐·元稹）→____酒趁年华（《望江南·超然台作》宋·苏轼）

## 【联句接龙】

喜心翻倒极，呜咽泪沾巾。→巾褐萧然成野老，有何情绪更哦____。（《与三山相士林子和三绝》宋·王炎）→____听越客吟何苦，酒被吴娃劝不____。（《城上夜宴》唐·白居易）→____休，明日黄花蝶也____。（《南乡子·重九涵辉楼呈徐君猷》宋·苏轼）→____闻剑戟扶危主，闷听笙歌聒醉____。（《归隐》五代宋初·陈抟）→____生自古谁无死？留取丹心照汗____。（《过零丁洋》宋·文天祥）→____冥浩荡不见底，日月照耀金银____。（《梦游天姥吟留别》唐·李白）→____榭竞生烟，独有清凉____。（《和僧长吉湖居五题·筠亭》宋·范仲淹）→____态由来画不成，当时枉杀毛延____。（《明妃曲》宋·王安石）→____陵失本步，笑杀邯郸人。（《古风》唐·李白）

◆ 答案：舒→微→寒→密→脸→消→夫→诗。诗→休→愁→人→青→台→意→寿。

# 11　态浓意远淑且真，肌理细腻骨肉匀。

——唐·杜甫《丽人行》

## 【名句解析】

贵族妇女们一个个都是姿色艳丽，神情高逸，肌肤细腻，体态匀称。

诗人只从外部特点着墨，短短两句诗，却是极尽形容，使一群艳丽的贵族妇女的形象跃然纸上，恰似一幅工笔彩绘仕女图。

原诗含讥讽之意，现在也可以用来从正面描写体态标致、神情庄重、举止高雅的女子。

## 【单句接龙】

态浓意远淑且真→真如会法____（《上兜率寺》唐·杜甫）→____上陈美____（《劝酒》唐·孟郊）→____醒帘幕低____（《临江仙》宋·晏几道）→____柳不萦裙带____（《唐多令·惜别》宋·吴文英）→____在华阳第八____（《江南道中怀茅山广文南阳博士》唐·皮日休）→____旋地转回龙____（《长恨歌》唐·白居易）→____气乘____（《蝶恋花·观雪作》宋·吕胜己）→____钟对别____（《送王使君小子孝廉登科归省》唐·司空曙）→____离原上草（《赋得古原草送别》唐·白居易）

## 【联句接龙】

态浓意远淑且真，肌理细腻骨肉匀。→匀飞密舞，都是散天____。(《蓦山溪·采石值雪》宋·李之仪)→____褪残红青杏小，燕子飞时，绿水人家____。(《蝶恋花·春景》宋·苏轼)→____树三匝，何枝可____？(《短歌行》汉·曹操)→____依宜织江雨空，雨中六月兰台____。(《罗浮山父与葛篇》唐·李贺)→____樯动，龟蛇静，起宏____。(《水调歌头·游泳》现代·毛泽东)→____尽擢匕首，长驱西入____。(《咏史诗》三国·魏·阮瑀)→____时明月汉时关，万里长征人未____。(《出塞》唐·王昌龄)→____似旧时游上苑，车如流水马如____。(《忆江南》五代·南唐·李煜)→____驭九重瞻日月，马蹄万里踏冰霜。(《和靖江府钟纪善韵》明·程通)

◆ 答案：堂→酒→垂→住→天→驭→龙→离。花→绕→依→风→图→秦→还→龙。

# 12 身无彩凤双飞翼，心有灵犀一点通。

——唐·李商隐《无题》

## 【名句解析】

身上无彩凤的双翼，不能比翼齐飞；内心却像灵犀一样，感情息息相通。

“身无彩凤双飞翼”写怀想之切、相思之苦：恨自己身上没有五彩凤凰一样的双翅，可以飞到爱人身边。“心有灵犀一点通”写相知之深：彼此的心意却像灵异的犀牛角一样，息息相通。“身无”与“心有”，一外一内，一悲一喜，矛盾而奇妙地统一起来，痛苦中有甜蜜，寂寞中有期待，相思的苦恼与心心相印的欣慰融合在一起，将那种深深相爱而又不能长相厮守的恋人的复杂微妙的心态刻画得细致入微、惟妙惟肖。此联两句成为千古名句。

常用于说明只要彼此心心相印，情理相通，就能冲破阻隔，达到心灵的契合和感应。

## 【单句接龙】

身无彩凤双飞翼→翼遥遥其左____(《九章·悲回风》战国·屈原)→____手执绫____(《孔雀东南飞》汉乐府)→____列自成____(《鸡鸣》汉乐府)→____宫见月伤心____(《长恨歌》唐·白居易)→____含轻重____(《赋得花庭雾》唐·李世民)→____窗寒对遥天____(《菩萨蛮》清·纳兰性德)→____去朝来颜色____(《琵琶行》唐·白居易)→____人西辞黄鹤____(《黄鹤楼送孟浩然之广陵》唐·李白)→____观岳阳尽(《与夏十二登岳阳楼》唐·李白)

### 【联句接龙】

身无彩凤双飞翼，心有灵犀一点通。→通宵成乐部，过雨杂棋____。(《蛙》宋·赵希迈）→____疏饮露后，唱绝断弦____。(《赋新题得寒树晚蝉疏诗》南朝·陈·张正见）→____天悬明月，令严夜寂____。(《后出塞》唐·杜甫）→____寥人境外，闲坐听春____。(《苏氏别业》唐·祖咏）→____飞暗识路，鸟转逐征____。(《陇头水》南朝·陈·陈叔宝）→____山此去无多路，青鸟殷勤为探____。(《无题》唐·李商隐）→____朱成碧思纷纷，憔悴支离为忆____。(《如意娘》唐·武则天）→____不见担雪塞井空用力，炊沙作饭岂堪____？(《行路难》唐·顾况）→____随鸣磬巢乌下，行踏空林落叶声。(《过乘如禅师萧居士嵩丘兰若》唐·王维）

◆ 答案：右→罗→行→色→雾→暮→故→楼。声→中→寥→禽→蓬→看→君→食。

## 13 美人舞如莲花旋，世人有眼应未见。

——唐·岑参《田使君美人舞如莲花北鋋歌》

### 【名句解析】

美人跳舞时就像莲花在旋转，这天仙一样的舞姿，世人应该从未见过。

莲花高洁、淡雅、挺秀。那蹁跹起舞的美女，体态婀娜，舞步轻盈，衣裙飘飘，就像一朵绽开的莲花。此情此景，宛如仙女下凡。这两句诗与杜甫的“此曲只应天上有，人间能得几回闻”一写舞，一写歌，有异曲同工之妙。

形容舞姿时可以化用这两句诗。

### 【单句接龙】

美人舞如莲花旋→旋下金阶旋忆____(《宫词》唐·王建）→____前明月____(《静夜思》唐·李白）→____华耀倾____(《咏怀》三国·魏·阮籍）→____南猎马缩寒____(《赵将军歌》唐·岑参）→____延寿画欲通____(《相和歌辞·王昭君》唐·李商隐）→____钓亦寥____(《步虚词》宋·朱熹）→____朗浩浩照长____(《咏月诗》明·朱元璋）→____久语声____(《石壕吏》唐·杜甫）→____顶有悬泉（《入庐山仰望瀑布水》唐·张九龄）

### 【联句接龙】

美人舞如莲花旋，世人有眼应未见。→见说蚕丛路，崎岖不易____。(《送友人入蜀》唐·李白）→____路难，难于山，险于____。(《太行路》唐·白居易）→____能性淡为吾友，竹解心虚即我____。(《池上竹下作》唐·白居易）→____克薄赏行，军没微躯____。(《饮马长城窟行》晋·陆机)→____躯赴国难，视死忽如____。(《白马篇》三国·魏·曹植)→____山深浅去，须尽丘壑____。(《送崔九》唐·裴迪)→____人卷珠帘，深坐颦蛾____。(《怨情》唐·李白)→____语两自笑，忽然随风____。(《上元夫人》唐·李白)→____蓬求季主，身世问如何。(《腊日》宋·张耒)

◆ 答案：床→光→城→毛→神→朗→夜→绝。行→水→师→捐→归→美→眉→飘。

## 14 陈侯立身何坦荡，虬须虎眉仍大颡。

——唐·李颀《送陈章甫》

### 【名句解析】

陈君立身处世多么坦荡，胡须蜷曲，双眉浓黑，额头宽广。

这两句诗以高度的艺术概括和生动的细节描写，勾勒了陈章甫的品格容貌，赞美之情，溢于言表。

可用来描述相貌堂堂的正人君子。

### 【单句接龙】

陈侯立身何坦荡→荡胸生曾____(《望岳》唐·杜甫)→____鬓花颜金步____(《长恨歌》唐·白居易)→____笔飞霜如夺____(《箜篌引》唐·王昌龄)→____帘得清____(《发山阳》宋·孔平仲)→____候融融阴气____(《寿昌节赋得红云表夏日》唐·栖白)→____心默祷若有____(《谒衡岳庙遂宿岳寺题门楼》唐·韩愈)→____见陇头____(《题大庾岭北驿》唐·宋之问)→____须逊雪三分____(《雪梅》宋·卢梅坡)→____毛浮绿水(《咏鹅》唐·骆宾王)

### 【联句接龙】

陈侯立身何坦荡，虬须虎眉仍大颡。→颡马非才具，蜗牛惜弊____。(《周参政惠书喧及亡儿开》宋·李石)→____山秀出南斗傍，屏风九叠云锦____。(《庐山谣寄卢侍御虚舟》唐·李白)→____良未逐赤松去，桥边黄石知我____。(《扶风豪士歌》唐·李白)→____远路已迥，意满辞未____。(《无锡舅相送衔涕别》南朝·梁·江淹)→____王昔时宴平乐，斗酒十千恣欢____(《将进酒》唐·李白)→____浪笑敖，中心是____。(《诗经·终风》)→____亡何事觉神伤，端为音容不可____。(《杨夫人挽章》宋·李纲)→____我大德，思我小____。(《诗经·小雅·谷风》)→____

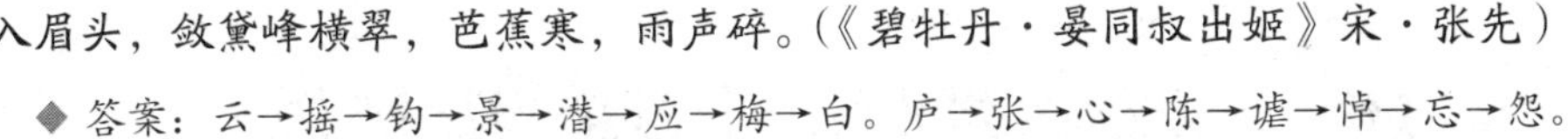

入眉头，敛黛峰横翠，芭蕉寒，雨声碎。(《碧牡丹·晏同叔出姬》宋·张先)

◆ 答案：云→摇→钓→景→潜→应→梅→白。庐→张→心→陈→谑→悼→忘→怨。

# 15 泪眼描将易，愁肠写出难。

——唐·薛媛《写真寄外》

## 【名句解析】

人的外部形象画起来容易，内心感情画出来难。

一“易”一“难”，互为映衬，诗人用欲抑先扬的手法，在矛盾对比中，抒发怀念丈夫的深情，心理描写十分生动。

这两句诗与“三分春色描来易，一段伤心画出难”(汤显祖《牡丹亭》)意思大致相同，可用来说明要想逼真地临摹出人的形体、容貌比较容易，而要准确地画出人的心理、意绪则十分困难。

## 【单句接龙】

泪眼描将易→易求无价____(《赠邻女》唐·鱼玄机)→____马雕车香满____(《青玉案·元夕》宋·辛弃疾)→____人举首东南____(《登云龙山》宋·苏轼)→____长城内____(《沁园春·雪》现代·毛泽东)→____物不能____(《哭崔常侍晦叔》唐·白居易)→____星过断____(《随计》唐·王贞白)→____对寺门松径____(《题金山寺》唐·徐夤)→____荷才露尖尖____(《小池》宋·杨万里)→____声满天秋色里(《雁门太守行》唐·李贺)

## 【联句接龙】

泪眼描将易，愁肠写出难。→难求似君者，我去更逢____？(《途中逢进士许巢》唐·方干)→____家今夜扁舟子，何处相思明月____？(《春江花月夜》唐·张若虚)→____阁玲珑五云起，其中绰约多仙____。(《长恨歌》唐·白居易)→____规啼彻四更时，起视蚕稠怕叶____。(《蚕妇吟》宋·谢枋得)→____疏野竹人移折，零落蕉花雨打____。(《逍遥翁溪亭》唐·王建)→____视化为血，哀今征敛____。(《客从》唐·杜甫)→____为守穷贱，坎坷长苦____。(《古诗十九首·今日良宴会》汉)→____苦遭逢起一经，干戈寥落四周____。(《过零丁洋》宋·文天祥)→____辰冷落碧潭水，鸿雁悲鸣红蓼风。(《月夜舟中》宋·戴复古)

◆ 答案：宝→路→望→外→侵→桥→小→角。谁→楼→子→稀→开→无→辛→星。

## 16 一双笑靥才回面，十万精兵尽倒戈。

——唐·鱼玄机《浣纱庙》

### 【名句解析】

西施的脸上才显现出一对酒窝儿，十万精兵都投降了敌人。

这两句诗极写西施笑颜之迷人。但以十万精兵之倒戈归咎于西施，这种历史观不足取。

诗人以夸张笔法从侧面渲染西施笑颜之魅力，在写作上可适当借鉴。

### 【单句接龙】

一双笑靥才回面→面壁十年图破____（《大江歌罢掉头东》现代·周恩来）→____冷挂吴____（《画角东城》唐·李贺）→____枪面上____（《不如来饮酒》唐·白居易）→____沾珠箔____（《秋露》唐·雍陶）→____觞忽忘____（《连雨独饮》晋·陶渊明）→____下英雄谁敌____（《南乡子·登京口北固亭有怀》宋·辛弃疾）→____把花锄出绣____（《葬花吟》清·曹雪芹）→____外雨潺____（《浪淘沙令》五代·南唐·李煜）→____潺青嶂底（《泉》五代·南唐·李中）

### 【联句接龙】

一双笑靥才回面，十万精兵尽倒戈。→戈槛营中夜未央，雨沾云惹侍襄____。（《羊栏浦夜陪宴会》唐·杜牧）→____师北定中原日，家祭无忘告乃____。（《示儿》宋·陆游）→____翁岂有甘心事，何故高楼鼓角____？（《至扬州》宋·文天祥）→____欢离合总无情，一任阶前，点滴到天____。（《虞美人·听雨》宋·蒋捷）→____月楼高休独倚，酒入愁肠，化作相思____。（《苏幕遮》宋·范仲淹）→____染轻匀，犹带彤霞晓露____。（《减字木兰花·卖花担上》宋·李清照）→____沾珠箔重，点落玉盘____。（《秋露》唐·雍陶）→____闻虎旅传宵柝，无复鸡人报晓____。（《马嵬》唐·李商隐）→____边堂上兵无数，笑当年、蜀山谅将，夜分旗鼓。（《贺新郎·寿制帅董侍郎》宋·李廷忠）

◆ 答案：壁→刀→痕→重→天→手→帘→潺。王→翁→悲→明→泪→痕→空→筹。

## 17 手持金箸垂红泪，乱拨寒灰不举头。

——唐·刘言史《长门怨》

### 【名句解析】

独自掉着泪，拿着火钳拨弄着已经灭了的炭灰，抬不起头来。

这两句诗通过人物神态、动作的描写，表现了宫中失宠人的痛苦和怨情。“手持金箸”说明她已经无人侍奉，事事需亲自劳作，暗点出失宠。“乱拨寒灰”说明炭火已灭了却无心再点。在孤独凄凉中百无聊赖地拨弄着寒灰。而红火化成的灰烬，又能引起她好景已过，万事成灰的联想。“垂红泪”“不举头”写她痛心疾首的神态，一种怨抑之情跃然纸上。

可以用来形容古代皇宫中失宠的女子，也可以学习这种通过人物神态、动作表现人物内心感情的写作方法。

## 【单句接龙】

手持金箸垂红泪→泪落连珠____（《孔雀东南飞》汉乐府）→____宁不____（《诗经·子衿》）→____违弃而改____（《离骚》战国·屈原）→____宓妃之所____（《离骚》战国·屈原）→____龙蛇影____（《沁园春·灵山斋庵赋时筑偃湖未成》宋·辛弃疾）→____无轻虏犯旌____（《送史兵曹判官赴楼烦》唐·卢纶）→____鼓夜迎____（《画角东城》唐·李贺）→____声海上____（《送陆判官归杭州》唐·皎然）→____下归心（《短歌行》汉·曹操）

## 【联句接龙】

手持金箸垂红泪，乱拨寒灰不举头。→头上何所有？翠微盍叶垂鬓____。（《丽人行》唐·杜甫）→____齿论交岁月长，岂其率意忽颠____。（《献贺捷诗》唐·勾龙逢）→____风卷絮回，惊猿攀玉____。（《山雪》唐·皎然）→____腰惭为米，绝口不言____。（《知瑞州罗大夫挽诗》宋·方岳）→____烬满庭人醮罢，西峰凉影月沉____。（《简寂观》唐·江为）→____沉中夜月，照影属何____。（《华亭百咏·八角井》宋·许尚）→____事有代谢，往来成古____。（《与诸子登岘山》唐·孟浩然）→____年欢笑复明年，秋月春风等闲____。（《琵琶行》唐·白居易）→____尽劫波兄弟在，相逢一笑泯恩仇。（《题三义塔》近现代·鲁迅）

◆ 答案：子→来→求→在→外→旗→潮→天。唇→狂→折→钱→沉→人→今→度。

# 18　朱唇得酒晕生脸，翠袖卷纱红映肉。

——宋·苏轼《寓居定惠院之东，杂花满山，有海棠一株，土人不知贵也》

## 【名句解析】

那株娇艳的海棠花，花朵就像美人醉酒后红红的脸蛋，那种花与叶映衬的模样，犹如美人卷起翠袖露出红润的肌肤。

前人多以花比美女，此篇则以丽人比花，描写生动，肖形传神。

可用来写海棠和其他类似海棠的花，也可化用来描写美女。

## 【单句接龙】

朱唇得酒晕生脸→脸波秋水____（《江城子》宋·张泌）→____月几时____（《水调歌头》宋·苏轼）→____情芍药含春____（《春日》宋·秦观）→____湿春衫____（《生查子·元夕》宋·朱淑真）→____罗垂影____（《菩萨蛮》清·纳兰性德）→____损江梅____（《大德歌·冬》元·关汉卿）→____秋堪____（《齐天乐·白酒自酌有感》宋·吴文英）→____其相顾____（《观刈麦》唐·白居易）→____师采药去（《寻隐者不遇》唐·贾岛）

## 【联句接龙】

朱唇得酒晕生脸，翠袖卷纱红映肉。→肉身安得钻天手，肝胆崔嵬自作____。（《上大望州钻天三里》宋·王十朋）→____岩穿壑身亲到，始信仙灵境界____。（《题延庆观六时泉》宋·王之望）→____锡曾为大司马，总戎皆插侍中____。（《诸将》唐·杜甫）→____裘穿后鹤氅敝，自此风流不足____。（《春雪》唐·吴仁璧）→____朱成碧思纷纷，憔悴支离为忆____。（《如意娘》唐·武则天）→____不见左纳言，右纳史，朝承恩，暮赐____。（《太行路》唐·白居易）→____去何所道，托体同山____。（《拟挽歌辞》晋·陶渊明）→____爷无大儿，木兰无长____。（《木兰诗》北朝民歌）→____第四五人，皆为侍中郎。（《鸡鸣》汉乐府）

◆ 答案：明→有→泪→袖→瘦→韵→听→言。梯→殊→貂→看→君→死→阿→兄。

# 19 心似双丝网，中有千千结。

——宋·张先《千秋岁》

## 【名句解析】

满怀深情的一颗心，就像是两个蜘蛛网交相重叠，其中有千千万万个难以解开的情结。

“丝”“思”谐音双关。这个情网里，它们是通过千万个结，把彼此牢固地系住，谁想破坏都是徒劳的。

以一个非常确切的比喻，来表明两颗相爱的心由千千万万个解不开的结紧紧地网在一起，任何力量也不能使它们分离。

## 【单句接龙】

心似双丝网→网罗高树____（《雀飞多》唐·张籍）→____狂柳絮随风____（《漫兴》唐·杜甫）→____年见君____（《送张秘书充刘相公通汴河判官便赴江外觐省》唐·岑参）→____处松阴____（《宿翠微寺》唐·马戴）→____城尽带黄金____（《不第后赋菊》唐·黄巢）→____光向日金鳞____（《雁门太守行》唐·李贺）→____元安有气扬____

（《观有唐吟》宋·邵雍）→____州风动鬓成____（《过广陵值早春》宋·黄庭坚）→____未落车图赎典（《织妇叹》宋·戴复古）

## 【联句接龙】

心似双丝网，中有千千结。→结庐在人境，而无车马____。（《饮酒》晋·陶渊明）→____喧里巷踏青归，笑闭柴门度寒____。（《寒食卧病》唐·白居易）→____观本草岂非痴？二果甘滋可养____。（《荔枝龙眼二绝》宋·刘克庄）→____伤对客偏愁酒，眼暗看书每愧____。（《病题》宋·徐铉）→____前话畴昔，时事又艰____。（《刘荆山过惟扬再谒贾秋壑》宋·薛嵎）→____作别时心，还看别时____。（《杂言重送皇甫侍御曾》唐·皎然）→____人举首东南望，拍手大笑使君____。（《登云龙山》宋·苏轼）→____来欲起舞，惭见白髭____！（《偶宴有怀》唐·白居易）→____晴日，看红装素裹，分外妖娆。（《沁园春·雪》现代·毛泽东）

◆ 答案：颠→去→处→满→甲→开→扬→丝。喧→食→脾→灯→难→路→狂→须。

# 20　孤臣霜发三千丈，每岁烟花一万重。

——宋·陈与义《伤春》

## 【名句解析】

孤独的臣子愁得头发又白又长，烂漫的春花依旧年年茂盛地开放。

诗人把“白发三千丈”与“烟花一万重”，即李白、杜甫的名句合为一联，对仗贴切、工整，表现了诗人伤时忧国的感情。

常用于形容英雄怀才不遇、壮志难酬的落寞情怀。

## 【单句接龙】

孤臣霜发三千丈→丈夫未可轻年____（《上李邕》唐·李白）→____小离家老大____（《回乡偶书》唐·贺知章）→____看血泪相和____（《长恨歌》唐·白居易）→____红逐____（《齐天乐·吴兴郡宴遇旧人》宋·刘澜）→____争高岸气尤____（《苦雨》宋·王安石）→____兔脚扑____（《木兰诗》北朝民歌）→____河屯兵须渐____（《箜篌引》唐·王昌龄）→____旗旋踏死人____（《赠索暹将军》唐·王建）→____砌落花千片（《谒金门》唐·魏承班）

## 【联句接龙】

孤臣霜发三千丈，每岁烟花一万重。→重重叠叠上瑶台，几度呼童扫不____。（《花影》宋·苏轼）→____门惜夜景，矫首看霜____。（《山寺夜起》清·江湜）→

____涯旧恨，试看几许消魂，长亭门外山重____。(《石州慢·寒水依痕》宋·张元干）→____嶂西驰，万马回旋，众山欲____。(《沁园春·灵山斋庵赋时筑偃湖未成》宋·辛弃疾）→____船西舫悄无言，唯见江心秋月____。(《琵琶行》唐·白居易）→____毛浮绿水，红掌拨清____。(《咏鹅》唐·骆宾王）→____澜誓不起，妾心井中____。(《烈女操》唐·孟郊）→____落鱼梁浅，天寒梦泽____。(《与诸子登岘山》唐·孟浩然）→____有乘槎兴，银河或可求。(《发山阳》宋·孔平仲）

◆ 答案：少→回→流→水→雄→朔→抽→堆。开→天→叠→东→白→波→水→深。

## 21 莫等闲，白了少年头，空悲切。

——宋·岳飞《满江红》

### 【名句解析】

好男儿，要抓紧时间建功立业，不要空空将青春消磨，等年老时徒自悲切。

诗句自伤神州未复，劝人及时奋起，可为千古箴铭。前有“八千里路”严峻激烈的复国征战，尚露热血之奋搏，遂以“莫等闲”自我激励，实现其驱除胡虏、复我河山之壮志。

常用于告诫年轻人：要珍惜生命和时间，要善于利用每一分钟不断完善自己，锻炼自己，取得成功，不要等到年老体弱时，才懊悔自己年轻时的少不更事，虚度光阴。

### 【单句接龙】

白了少年头→头上玳瑁____(《孔雀东南飞》汉乐府）→____阴如____(《行香子·秋与》宋·苏轼）→____飞如疾____(《同卢记室从军》北周·庾信）→____来细细复疏____(《小雨》宋·杨万里）→____影横斜水清____(《山园小梅》宋·林逋）→____草才能没马____(《钱塘湖春行》唐·白居易）→____金点鬓____(《答朱公绰牡丹》宋·宋祁）→____意未曾____(《浪淘沙》清·纳兰性德）→____说鲈鱼堪脍(《水龙吟·登建康赏心亭》宋·辛弃疾）

### 【联句接龙】

莫等闲，白了少年头，空悲切。→切切别弦急，萧萧征骑____。(《发华州留别张侍御》唐·刘禹锡）→____疴近消散，嘉宾复满____。(《郡斋雨中与诸文士燕集》唐·韦应物）→____扃洞里千秋燕，厨盖岩根数斗____。(《江南道中怀茅山广文南阳博士》唐·皮日休）→____眼无声惜细流，树荫照水爱晴____。(《小池》宋·杨万里）→____远能迩，以定我____。(《诗经·民劳》)→____欲玉女，是用大____。(《诗经·民劳》) →____郎不事俗，黄金买高____。(《看花》唐·孟郊）→____婉转，醉模糊，高烧银烛卧流____。（《金错刀》五代·南唐·冯延巳）→____武才为典属国，节旄空尽海西头。（《陇头吟》唐·王维）

◆ 答案：光→箭→雨→疏→浅→蹄→密→休。烦→堂→泉→柔→王→谏→歌→苏。

## 22 粉面含春威不露，丹唇未启笑先闻。

——清·曹雪芹《红楼梦》第三回

### 【名句解析】

满面和气，未语先笑，威严不露。

王熙凤面容俏丽，身材苗条，体态风骚，是贾府的美人儿，又是贾母的宠儿，贾府的实际管家婆。她对上奉迎谄媚，八面玲珑；对下欺压盘剥，心狠手辣。“面上一把火，心里一把刀”是她典型的性格特点，而这两句诗对她的神情描绘，正是她心面不一的性格的外化。“粉面含春”，未语先笑，画出了王熙凤泼辣、开朗、奉迎、伪装的一面；而“威不露”则表现出她内藏的威严和杀机。

今天我们可化用以描绘热情、爽朗的神态。

### 【单句接龙】

粉面含春威不露→露从今夜____（《月夜忆舍弟》唐·杜甫）→____首为功____（《小重山》宋·岳飞）→____属教坊第一____（《琵琶行》唐·白居易）→____伍各见____（《后出塞》唐·杜甫）→____僧待客夜开____（《咏怀寄皇甫朗之》唐·白居易）→____河冷____（《八声甘州》宋·柳永）→____月摇情满江____（《春江花月夜》唐·张若虚）→____谷夕阳____（《送司封从叔员外徼赴华州裴尚书均辟》唐·郑谷）→____响知云寺（《早行》元·方夔）

### 【联句接龙】

粉面含春威不露，丹唇未启笑先闻。→闻说双溪春尚好，也拟泛轻____。（《武陵春·春晚》李清照）→____子行催棹，无所喝流____。（《棹歌行》南朝·梁·刘孝绰）→____声劝醉应须醉，一岁唯残半日____。（《三月晦日晚闻鸟声》唐·白居易）→____花秋月何时了，往事知多____。（《虞美人》五代·南唐·李煜）→____年恃险若平地，独倚长剑凌清____。（《行路难》唐·顾况）→____逼暗虫通夕响，征衣未寄莫飞____。（《秋夜曲》唐·张仲素）→____降水痕收，浅碧鳞鳞露远____。（《南乡子·重九涵辉楼呈徐君猷》宋·苏轼）→____长春色遍，汉广夕阳____。（《赠别卢司直之闽中》唐·刘长卿）→____迟钟鼓初长夜，耿耿星河欲曙天。（《长恨歌》唐·白居易）

◆ 答案：白→名→部→招→关→落→树→钟。舟→声→春→少→秋→霜→洲→迟。

# 第8章 饮食品人生

中华文化博大精深，蓦然回首，你会发现中国诗词与美食有一种微妙的关系。几千年来，许多伟大诗人化身美食家，以饕餮之态且啖且饮，酒肉穿肠中，品百态人生，享诗酒年华。也许有人要问：当诗人变身吃货，那些原本普通的美食，在诗人的笔下是否也变得诗意万千？答案是肯定的。苏轼既是著名的文人学者，也是著名的美食家，相传与他有直接关系的名馔不少，用他名字命名的菜肴更多，如“东坡肘子”“东坡豆腐”“东坡腿”“东坡芽脍”“东坡墨鲤”“东坡饼”“东坡酥”“东坡豆花”“东坡肉”等等。他的诗作《惠崇春江晚景》脍炙人口：“竹外桃花三两枝，春江水暖鸭先知。蒌蒿满地芦芽短，正是河豚欲上时。”这首七言绝句，写了春天的竹笋、肥鸭、野菜、河豚，真可谓一句一美食。

苏轼关于美食的诗文可远不止这一篇，而是卷帙浩繁：谈荤食有《鳊鱼》《食雉》《猪肉颂》等；谈素食有《和黄鲁直食笋次韵》《元修菜》《服胡麻赋》；谈主食有《豆粥》《约吴远游与姜君弼吃蕈馒头》《二红饭》等；谈水果有《四月十一日初食荔枝》《廉州龙眼质味殊绝可敌荔支》《黄甘陆吉传》（柑橘）等；谈饮料有《叶嘉传》（茶）、《蜜酒歌》……在京城，他饱食珍馐，所谓“十年京国厌肥羜”[《闻子由瘦（儋耳至难得肉食）》]；流落海南，“水陆之味，贫不能致”，则“煮蔓菁、芦菔、苦荠而食之”并赞其甘美，自比“葛天氏之遗民”（《菜羹赋》），甚至“久恬飓雾，稍习蛙蛇”（《答丁连州朝奉启》），洋溢着穷且益坚、乐天知命的精神。

在苏轼之前，伟大诗人杜甫也经常把食物入诗，其诗还饱含对国家的忧虑及对老百姓困难生活的同情。杜甫的诗像一面镜子，广泛深刻地反映了真实的历史面貌，抒发了他对世态炎凉的感叹和愤懑。杜甫《丽人行》中有诗句“紫驼之峰出翠釜，水精之盘行素鳞。犀箸厌饫久未下，鸾刀缕切空纷纶。黄门飞鞚不动尘，御厨络绎送八珍”，即为“八珍”，写出了统治阶级的腐朽的生活。杜牧《过华清宫》中的“一骑红尘妃子笑，无人知是荔枝来”，既写出了荔枝的美味让杨贵妃都难挡诱惑，又从侧面揭露了皇帝因宠爱妃子而无所不为的荒唐。

诗词和饮食，一出一进，一吐一纳，可统称为“舌尖上的智慧”。

## 1 泌之洋洋，可以乐饥。

——《诗经·衡门》

### 【名句解析】

泉水不停地流，喝了就可以充饥。

诗句描写了情操高洁的人不求世上的权势，不求富贵，只求安贫乐道的快乐和胸怀的坦荡。

后人常把“泌水乐饥”作为典故写进诗词和文章中，借此抒发安贫乐道的思想。

### 【单句接龙】

泌之洋洋→洋洋漫好____（《思故人》唐·罗隐）→____书无____（《定风波》宋·柳永）→____个高人尽有____（《将之匡岳过寻阳》唐·齐己）→____向窗中____（《夏日同崔使君论登城楼赋得远山》唐·皎然）→____国周齐秦汉____（《山坡羊·骊山怀古》元·张养浩）→____庙寒____（《人月圆·山中书事》元·张可久）→____鸣池馆____（《闲居寄薛华》唐·于良史）→____川历历汉阳____（《黄鹤楼》唐·崔颢）→____密显高枝（《咏四面云山》清·玄烨）

### 【联句接龙】

泌之洋洋，可以乐饥。→饥乌只道无人在，偷觑盆池一个____。（《斋中独坐》宋·郑会）→____游沸鼎知无日，鸟覆危巢岂待____。（《行次昭应县道上送户部李郎中充昭义攻讨》唐·李商隐）→____雨送春归，飞雪迎春____。（《卜算子·咏梅》现代·毛泽东）→____得却相逢，恰经年离____。（《石州慢·寒水依痕》宋·张元干）→____鹤惊心，感时花泪____。（《齐天乐·吴兴郡宴遇旧人》宋·刘澜）→____石迸泉听未足，亚窗红果卧堪____。（《郭中山居》唐·方干）→____萝踏危石，手足劳俯____。（《登香炉峰顶》唐·白居易）→____天大笑出门去，我辈岂是蓬蒿____？（《南陵别儿童入京》唐·李白）→____生贵极是王侯，浮利浮名不自由。（《渔父词》元·管道升）

◆ 答案：音→个→才→列→楚→鸦→晴→树。鱼→风→到→别→溅→攀→仰→人。

## 2 朝饮木兰之坠露兮，夕餐秋菊之落英。

——战国·屈原《离骚》

### 【名句解析】

早晨饮用木兰花上滴落的露水，傍晚咀嚼秋菊初开的花瓣。

诗人借凤凰非露水不饮、非炼食不食之典，表达自己决不与世人同流合污的情感；再借菊花坚贞顽强、不向寒霜屈服之性，表达自己崇高的情怀。

常用于形容不与世俗同流合污的坚贞品质。

## 【单句接龙】

朝饮木兰之坠露兮→兮付山童漫折____（《看黄蔷薇》明·彭孙贻）→____开堪折直须____（《金缕衣》唐·杜秋娘）→____腰惭为____（《知瑞州罗大夫挽诗》宋·方岳）→____粮丝税将奈____（《陌上桑》元·王冕）→____事长向别时____（《水调歌头》宋·苏轼）→____月出山____（《秋夜同畅当宿潭上西亭》唐·卢纶）→____上金钗十二____（《河中之水歌》南朝·梁·萧衍）→____迈靡____（《诗经·黍离》）→____辞无忠诚（《临终诗》汉·孔融）

## 【联句接龙】

朝饮木兰之坠露兮，夕餐秋菊之落英。→英雄无觅，孙仲谋____。（《永遇乐·京口北固亭怀古》宋·辛弃疾）→____处惊波喷流飞雪花，篙工楫师力且____。（《蜻蜓歌》唐·卢仝）→____关设地险，游客好邅（zhān）____。（《入武关诗》南朝·陈·周弘正）→____首向来萧瑟处，归去！也无风雨也无____。（《定风波》宋·苏轼）→____久方池可跳行，萍枯惟有草纵____。（《旱莲》宋·刘克庄）→____眉冷对千夫指，俯首甘为孺子____。（《自嘲》近现代·鲁迅）→____困人饥日已高，市南门外泥中____。（《卖炭翁》唐·白居易）→____雾含空翠，新花湿露____。（《五言同管记陆瑜九日观马射诗》南朝·陈·陈叔宝）→____河远上白云间，一片孤城万仞山。（《出塞》唐·王之涣）

◆ 答案：花→折→米→何→圆→头→行→靡。处→武→回→晴→横→牛→歇→黄。

# 3 弃捐勿复道，努力加餐饭。

——汉《古诗十九首·行行重行行》

## 【名句解析】

我的思念和担心都不必说了，只盼你注意温饱，保重身体。

这话是对游子说的，希望他在外努力加餐，多加保重身体；同时，此话也是思妇的自我安慰：我还是努力加餐，保养好身体，也许将来还有相见的机会。

常用于希望朋友保重身体的劝慰语，也可用于自劝。

## 【单句接龙】

弃捐勿复道→道是无晴却有____（《竹枝词》唐·刘禹锡）→____空一鹤排云____

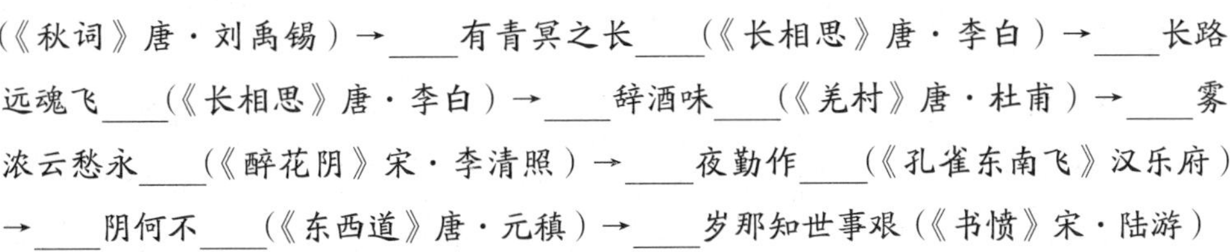
（《秋词》唐·刘禹锡）→____有青冥之长____（《长相思》唐·李白）→____长路远魂飞____（《长相思》唐·李白）→____辞酒味____（《羌村》唐·杜甫）→____雾浓云愁永____（《醉花阴》宋·李清照）→____夜勤作____（《孔雀东南飞》汉乐府）→____阴何不____（《东西道》唐·元稹）→____岁那知世事艰（《书愤》宋·陆游）

## 【联句接龙】

弃捐勿复道，努力加餐饭。→饭罢颓然付一床，旷怀真足傲羲____。（《睡起已亭午终日凉甚有赋》宋·陆游）→____心感韶节，敷藻念人____。（《奉和圣制太行山中言志应制》唐·张说）→____得广厦千万间，大庇天下寒士俱欢颜，风雨不动安如____！（《茅屋为秋风所破歌》唐·杜甫）→____河破碎风飘絮，身世浮沉雨打____。（《过零丁洋》宋·文天祥）→____青兮水潋，叶落兮林____。（《秋风摇落》南朝·梁·萧绎）→____稠与颜色，一似去年____。（《元家花》唐·白居易）→____哉不我与，去乎若云____。（《重赠卢谌》晋·刘琨）→____云游子意，落日故人____。（《送友人》唐·李白）→____与貌，略相似。（《贺新郎·甚矣吾衰矣》宋·辛弃疾）

◆ 答案：晴→上→天→苦→薄→昼→息→早。皇→安→山→萍→稀→时→浮→情。

# 4 对酒当歌，人生几何？

——汉·曹操《短歌行》

## 【名句解析】

对着酒应该放声高唱，因为人生时间有限。

这是曹操对人生短促的感叹，但他不是因流年易逝而生出及时行乐的想法，而是感叹大业未成，产生一种时间上的紧迫感，为了执着于有限之生命，珍惜有生之年，及时努力，干一番轰轰烈烈的事业。

“对酒当歌，人生几何”是曹操感叹时光逝去，事业未成的诗句。然而长期以来，都被误认为是宣扬人生要“及时享乐”，唐代吴兢就说它“言当及时为乐”（《乐府古题要解》）。不少诗人也是在这个意义上用的，如宋代柳永《凤栖梧》中“拟把疏狂图一醉，对酒当歌，强乐还无味”，元代王恽《浣溪沙》的“对酒当歌须适意，凌烟图象是虚名”。这样的理解其实没有从全篇的意旨来看。全诗由眼前的歌舞酒宴生发开来，发出“人生几何”的感慨，由此而引出对贤才的渴慕之情。这才是这首诗的主题。这里讲“人生几何”意是人生的时间有限，不是叫人“及时行乐”，而是要及时地建功立业。

## 【单句接龙】

对酒当歌→歌舞怨来____（《铜雀妓》唐·顾非熊）→____是天涯沦落____（《琵琶行》唐·白居易）→____生得意须尽____（《将进酒》唐·李白）→____乐难再____（《帝京篇》唐·李世民）→____草逢花报发____（《春郊》唐·钱起）→____为同室____（《赠内》唐·白居易）→____友多零____（《门有车马客行》晋·陆机）→____月摇情满江____（《春江花月夜》唐·张若虚）→____谷夕阳钟（《送司封从叔员外徽赴华州裴尚书均辟》唐·郑谷）

## 【联句接龙】

对酒当歌，人生几何？→何当金络脑，快走踏清____。（《马诗》唐·李贺）→____风萧瑟，洪波涌____。（《观沧海》汉·曹操）→____舞弄清影，何似在人____。（《水调歌头》宋·苏轼）→____夜微风起，明月照高____。（《杂诗》晋·傅玄）→____榭竞生烟，独有清凉____。（《和僧长吉湖居五题·筠亭》宋·范仲淹）→____气由来排灌夫，专权判不容萧____。（《长安古意》唐·卢照邻）→____看两不厌，只有敬亭____。（《独坐敬亭山》唐·李白）→____明水净夜来霜，数树深红出浅____。（《秋词》唐·刘禹锡）→____梅时节家家雨，青草池塘处处蛙。（《约客》宋·赵师秀）

◆ 答案：同→人→欢→逢→生→亲→落→树。秋→起→间→台→意→相→山→黄。

# 5 稻米流脂粟米白，公私仓廪俱丰实。

——唐·杜甫《忆昔》

## 【名句解析】

稻米、粟米雪白如流脂，无论国家还是私人的粮仓里，都盛得满满当当。

这两句描写唐玄宗开元时期农业生产繁荣，国富民丰的情景。

写盛唐的富庶时常引用这两句诗。

## 【单句接龙】

稻米流脂粟米白→白日依山____（《登鹳雀楼》唐·王之涣）→____日惹飞____（《摸鱼儿》宋·辛弃疾）→____扑白头条拂____（《苏州柳》唐·白居易）→____壁十年图破____（《大江歌罢掉头东》现代·周恩来）→____上蜘蛛____（《自君之出矣》唐·卢仝）→____女机丝虚夜____（《秋兴》唐·杜甫）→____照城头乌半____（《琴歌》唐·李颀）→____入寻常百姓____（《乌衣巷》唐·刘禹锡）→____家乞巧望秋月（《乞巧》唐·林杰）

## 【联句接龙】

稻米流脂粟米白，公私仓廪俱丰实。→实心去内矫，全节无外____。（《采实心竹杖寄赠李萼侍御》唐·皎然）→____巾待尽从来事，闭户烧香更不____。（《春晚》宋·陆游）→____怪昨宵春梦好，元是今朝斗草赢，笑从双脸____。（《破阵子·春景》宋·晏殊）→____女犹得嫁比邻，生男埋没随百____。（《兵车行》唐·杜甫）→____浅马翩翩，新晴薄暮____。（《晚兴》唐·白居易）→____生我材必有用，千金散尽还复____。（《将进酒》唐·李白）→____相召、香车宝马，谢他酒朋诗____。（《永遇乐》宋·李清照）→____鱼虾复友麋鹿，须识此间是所____。（《题千尺雪》清·弘历）→____恨人心不如水，等闲平地起波澜。（《竹枝词》唐·刘禹锡）

◆ 答案：尽→絮→面→壁→织→月→飞→家。饰→疑→生→草→天→来→侣→长。

# 6 去年米贵阙军食，今年米贱大伤农。

——唐·杜甫《岁晏行》

## 【名句解析】

去年因为灾荒，米价昂贵，军中士兵吃不上饱饭；今年粮食丰收了，米价暴跌，农民反受其害。

这两句诗反映了唐代安史之乱平定以后的社会现实，由于藩镇割据，赋税繁重，广大下层人民生活没有保障。

可用来说明由于农作物价格不稳定而给广大人民群众的物质生活水平造成很大的影响。

## 【单句接龙】

去年米贵阙军食→食野之____（《诗经·小雅·鹿鸣》）→____愁暮____（《惜红衣》宋·吴文英）→____面波____（《惜红衣》宋·吴文英）→____价岂止百倍____（《石鼓歌》唐·韩愈）→____客马频____（《早发》唐·韦庄）→____马隔河____（《同卢记室从军》北周·庾信）→____多素心____（《移居》晋·陶渊明）→____家不必论贫____（《书斋谩兴》唐·翁承赞）→____家不用买良田（《劝学诗》宋·赵恒）

## 【联句接龙】

去年米贵阙军食，今年米贱大伤农。→农月无闲人，倾家事南____。（《新晴野望》唐·王维）→____税丁庸自祖宗，巧名新意日重____。（《同年宋良佐巡按得代以书留别赋此寄赠》明·顾清）→____重汗简拥衰翁，百里家山梦不____。（《求月桂》

宋·陆游）→____宵听论莲华义，不藉松窗一觉____。（《松寺》唐·卢延让）→____鸥犹恋草，栖鹤未离____。（《玩残雪寄江南尹刘大夫》唐·许浑）→____生数寸时，遂为草所____。（《赠王桂阳》南朝·梁·吴均）→____雁云横楚，兼蝉柳夹____。（《泗上客思》唐·杜荀鹤）→____畔青芜堤上柳，为问新愁，何事年年____？（《鹊踏枝》五代·南唐·冯延巳）→____约不来过夜半，闲敲棋子落灯花。（《约客》宋·赵师秀）

◆ 答案：芊→雪→光→过→嘶→闻→人→富。亩→重→通→眠→松→没→河→有。

## 7 高马达官厌酒肉，此辈杼轴茅茨空。

——唐·杜甫《岁晏行》

### 【名句解析】

达官显宦们不稼不穑，却有吃喝不完的酒肉；下层劳动者男耕女织，一整年都辛勤劳作，到头来织布机上和茅草房里却是空空的。

这里拿达官贵人与普通劳动者的生活处境进行对比，不事农耕者终日享乐，终年劳作者一无所有，艺术效果强烈。用一个“厌”字表现无所不有，用一个“空”表现一无所有，都很富于表现力。

常用于反映旧社会阶级对立的情形。

### 【单句接龙】

高马达官厌酒肉→肉色退红____（《题所赁宅牡丹花》唐·王建）→____儿不离____（《羌村》唐·杜甫）→____上风清琴正____（《赠谈客》唐·白居易）→____笑酒家____（《羽林郎》汉·辛延年）→____姬年十____（《羽林郎》汉·辛延年）→____岭逶迤腾细____（《七律·长征》现代·毛泽东）→____白风初____（《相送》南朝·梁·何逊）→____舞弄清____（《水调歌头》宋·苏轼）→____徒随我身（《月下独酌》唐·李白）

### 【联句接龙】

高马达官厌酒肉，此辈杼轴茅茨空。→空中乱潨（cóng）射，左右洗青____。（《望庐山瀑布》唐·李白）→____画连山润，仙钟扣月____。（《桐江闲居作》唐·贯休）→____风明月无人管，并作南楼一味____。（《鄂州南楼书事》宋·黄庭坚）→____风吹夜雨，萧瑟动寒____。（《幽州夜饮》唐·张说）→____花扫更落，径草踏还____。（《春中喜王九相寻》唐·孟浩然）→____存多所虑，长寝万事____。（《临终诗》汉·孔融）→____竟不成眠，一夜长如____。（《忆帝京》宋·柳永）→____寒水冷天地闭，为我起蛰鞭鱼____。（《登州海市》宋·苏轼）→____舟未过彭城阁，义旗

已入长安宫。（《新乐府·隋堤柳·悯亡国也》唐·白居易）

◆ 答案：娇→膝→调→胡→五→浪→起→影。壁→清→凉→林→生→毕→岁→龙。

## 8 朱门酒肉臭，路有冻死骨。

——唐·杜甫《自京赴奉先县咏怀五百字》

### 【名句解析】

豪门贵族家里珍馐美味腐烂发臭，而大路上却有冻饿而死的尸骨。

形象地概括了当时社会贫富悬殊、阶级对立的状况，具有震慑人心的艺术力量。常被引用说明封建社会阶级压迫和阶级剥削的残酷现实。

### 【单句接龙】

朱门酒肉臭→臭味最相____（《挽陈体忠》宋·周密）→____诗赠汨____（《天末怀李白》唐·杜甫）→____绶分____（《水龙吟·春恨》宋·陈亮）→____杀柑花麝不____（《斋中独坐》宋·郑会）→____集于____（《诗经·小宛》）→____落雁南____（《早寒江上有怀》唐·孟浩然）→____头步石已平____（《暮春》宋·王镃）→____吟放拨插弦____（《琵琶行》唐·白居易）→____有一人字太真（《长恨歌》唐·白居易）

### 【联句接龙】

朱门酒肉臭，路有冻死骨。→骨清香嫩，迥然天与奇____。（《念奴娇》宋·辛弃疾）→____顶一茅茨，直上三十____。（《寻西山隐者不遇》唐·邱为）→____中有啼儿，似类亲父____。（《上留田行》汉乐府）→____兴视夜，明星有____。（《诗经·女曰鸡鸣》）→____醉也须诗一首，不能空放马头____。（《与诸门生春日会饮繁台赋》唐·王仁裕）→____首太清宫阙杳，是鸣珂簪笔遨游____。（《贺新郎·寿制帅董侍郎》宋·李廷忠）→____处春芳动，日日春禽____。（《春日诗》南朝·梁·萧绎）→____调如闻杨柳春，上林繁花照眼____。（《听安万善吹觱篥歌》唐·李颀）→____年都未有芳华，二月初惊见草芽。（《春雪》唐·韩愈）

◆ 答案：投→罗→香→如→木→渡→沉→中。绝→里→子→烂→回→处→变→新。

## 9 何时一尊酒，重与细论文？

——唐·杜甫《春日忆李白》

### 【名句解析】

我们什么时候才能同桌共饮，再次探讨一下我们的诗作呢？

把酒论诗，这是诗人最难忘怀、最为向往的事。言“重与”，是说过去曾经如此，这就使眼前不得重晤的怅恨更为悠远，加深了对友人的怀念。

常用于表达希望早日重聚的愿望。

## 【单句接龙】

何时一尊酒→酒困路长惟欲____（《浣溪沙》宋·苏轼）→____足起闲____（《食饱》唐·白居易）→____诗日日待春____（《虞美人》宋·陈与义）→____吹仙袂飘飘____（《长恨歌》唐·白居易）→____酒欲饮无管____（《琵琶行》唐·白居易）→____弦掩抑声声____（《琵琶行》唐·白居易）→____我小____（《诗经·小雅·谷风》）→____春不____（《摸鱼儿》宋·辛弃疾）→____昔有故悲（《代门有车马客行》南朝·宋·鲍照）

## 【联句接龙】

何时一尊酒，重与细论文？→文章千古事，得失寸心____。（《偶题》唐·杜甫）→____否？知否？应是绿肥红____。（《如梦令》宋·李清照）→____骨侵冰，怕惊纹簟夜深____。（《齐天乐·白酒自酌有感》宋·吴文英）→____笑书云上鲁台，乖祥俱向眼中____。（《冬至》宋·张炜）→____贰谁先致，三朝事始____。（《淮阳路》唐·李商隐）→____生万事，那堪回____？（《金缕曲》清·顾贞观）→____夏别京辅，杪秋滞三____。（《暮秋言怀》唐·魏徵）→____中之水向东流，洛阳女儿名莫____。（《河中之水歌》南朝·梁·萧衍）→____听关塞遍吹笳，不见中原有战车。（《又酬傅处士次韵》明末清初·顾炎武）

◆ 答案：睡→吟→风→举→弦→思→怨→语。知→瘦→冷→猜→平→首→河→愁。

# 10 雨中山果落，灯下草虫鸣。

——唐·王维《秋夜独坐》

## 【名句解析】

山中下着雨，树上的果子一颗颗地落在地上；屋里点着灯，草里的秋虫不停地吱吱鸣叫。

从雨声想到了山里成熟的野果，好像看见它们正在秋雨中掉落；从灯烛的一线光亮中得到启发，注意到秋夜草野里的鸣虫也躲进堂屋来叫了。诗人的沉思从人生转到草木昆虫的生存，虽属异类，却获同情，但更觉得悲哀，发现这无知的草木昆虫同有知觉的人一样，都在无情的时光、岁月的消逝中零落哀鸣，诗人也由此得到启发。

常用于展现大自然最细微的生命律动。

 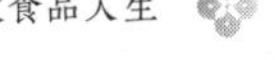

## 【单句接龙】

雨中山果落→落叶满阶红不____（《长恨歌》唐・白居易）→____除闲室置书____（《新辟小室自适》宋・韩淲）→____奏龙门之绿____（《前有一尊酒行二首》唐・李白）→____下空阶叠绿____（《和袭美初冬偶作》唐・陆龟蒙）→____塘自古繁____（《望海潮》宋・柳永）→____亭鹤唳讵可____（《行路难》唐・李白）→____道汉家天子____（《长恨歌》唐・白居易）→____我不得开心____（《梦游天姥吟留别》唐・李白）→____色不得鲜（《京兆府新栽莲》唐・白居易）

## 【联句接龙】

雨中山果落，灯下草虫鸣。→鸣声何啾啾，闻我殿东____。（《鸡鸣》汉乐府）→____人送春犊，一笑绿尊____。（《春日即事》明・鲁铎）→____我东阁门，坐我西阁____。（《木兰诗》北朝民歌）→____前明月光，疑是地上____。（《静夜思》唐・李白）→____叶无风自落，秋云不雨空____。（《送万巨》唐・卢纶）→____阴溪曲绿交加，小雨翻萍上浅____。（《春日》宋・晁冲之）→____头聚看人如市，钓得澄江一丈____。（《渔者》唐・张乔）→____倾荷叶露，蝉噪柳林____。（《泛五云溪》唐・许浑）→____乍起，吹皱一池春水。（《谒金门》五代・南唐・冯延巳）

◆ 答案：扫→琴→桐→钱→华→闻→使→颜。厢→开→床→霜→阴→沙→鱼→风。

# 11　朝餐是草根，暮食仍木皮。

——唐・元结《春陵行》

## 【名句解析】

每天只能以草根、树皮充饥。

安史之乱平定后，唐代社会仍是兵戈不息，战乱频仍。作者任道州（治所在今湖南省道县）刺史时作《春陵行》诗，其中这两句反映了道州境内民不聊生的情形。

可用来描写旧社会极端贫困的劳动人民的生活处境。

## 【单句接龙】

朝餐是草根→根危才吐____（《赋得题新云诗》南朝・陈・张正见）→____细临湍____（《赋得垂柳映斜溪诗》南朝・陈・张正见）→____昏尚知____（《佳人》唐・杜甫）→____人不识余心____（《春日偶成》宋・程颢）→____游原上清秋____（《忆秦娥》唐・李白）→____操棱棱还自____（《北风吹》明・于谦）→____节云____（《江城子・密州出猎》宋・苏轼）→____原一败势难____（《叠题乌江亭》宋・王安石）→____首

向来萧瑟处（《定风波》宋·苏轼）

## 【联句接龙】

朝餐是草根，暮食仍木皮。→皮枯缘受风霜久，条短为应攀折____。（《题州北路傍老柳树》唐·白居易）→____频子落长江水，夜夜巢边旧处____。（《哭子》唐·元稹）→____迟衡门，唯志所____。（《咏怀》三国·魏·阮籍）→____今若许闲乘月，拄杖无时夜叩____。（《游山西村》宋·陆游）→____前冷落鞍马稀，老大嫁作商人____。（《琵琶行》唐·白居易）→____姑荷箪食，童稚携壶____。（《观刈麦》唐·白居易）→____成乳酒醺人醉，肉截鹅肪上客____。（《以椰子小冠送子予》宋·黄庭坚）→____崖缘壁试攀跻，群山向下飞鸟____。（《西亭子送李司马》唐·岑参）→____眉信手续续弹，说尽心中无限事。（《琵琶行》唐·白居易）

◆ 答案：叶→合→时→乐→节→持→中→回。频→栖→从→门→妇→浆→盘→低。

# 12 风老莺雏，雨肥梅子，午阴嘉树清圆。

——宋·周邦彦《满庭芳·夏日溧水无想山作》

## 【名句解析】

和煦的春风中，幼莺的羽翼渐渐长成；在夏雨的滋润下，梅子熟了，果实硕大，果肉鲜圆；正午烈日炎炎，绿树葱茏，清晰圆正的树荫覆盖着地面。

杜牧有“风蒲燕雏老”之句，杜甫有“红绽雨肥梅”之句，皆含风雨滋长万物之意。两句对仗工整，“老”字、“肥”字皆以形容词作动词用，极其生动。时值中午，阳光直射，树荫亭亭如幄，正如刘禹锡所云：“日午树阴正，独吟池上亭。”“圆”字绘出绿树葱茏的形象。此词正是作者在无想山写所闻所见的景物之美。

这三句化用杜牧“风蒲燕雏老”、杜甫“红绽雨肥梅”、刘禹锡“日午树阴正”等诗句，表现富有特征性的初夏景物，可谓妙手新裁，圆熟无痕。不仅可供引用描写初夏景色，还启发我们如何选用前人字句巧加点化，表达新的意境。

## 【单句接龙】

风老莺雏→雏凤清于老凤____（《韩冬郎即席为诗相送》唐·李商隐）→____名动四____（《读李杜诗集因题卷后》唐·白居易）→____歌数处起渔____（《阁夜》唐·杜甫）→____彼桑____（《诗经·白华》）→____和野花____（《樵子》唐·陆龟蒙）→____简下延____（《发华州留别张侍御》唐·刘禹锡）→____道回看上苑____（《奉和圣制从蓬莱向兴庆阁道中留春雨中春望之作应制》唐·王维）→____径不曾缘客____（《客至》唐·杜甫）→____清犬羊群（《军中行》宋·陈宗传）

### 【联句接龙】

风老莺雏，雨肥梅子，午阴嘉树清圆。→圆花一蒂卷，交叶半心____。(《咏芙蓉诗》南朝·梁·萧纲）→____到荼蘼花事了，丝丝天棘出莓____。(《春暮游小园》宋·王淇）→____里秋千墙外道，墙外行人，墙里佳人____。(《蝶恋花·春景》宋·苏轼）→____渐不闻声渐悄，多情却被无情____。(《蝶恋花·春景》宋·苏轼）→____人风味阿谁知？请君问取南楼____。(《踏莎行》宋·吕本中）→____衔楼间峰，泉漱阶下____。(《日夕山中忽然有怀》唐·李白）→____城花暖鹧鸪飞，征客春帆秋不____。(《越中》唐·杜牧）→____梦碧纱窗，说与人人____。(《生查子》宋·晏几道）→____路通荒服，田园隔虏尘。(《江楼望归》唐·白居易）

◆ 答案：声→夷→樵→薪→束→阁→花→扫。开→墙→笑→恼→月→石→归→道。

## 13 为君持酒劝斜阳，且向花间留晚照。

——宋·宋祁《玉楼春》

### 【名句解析】

让我们一起端起酒杯挽留斜阳，请它把美丽的余晖在花丛间多停留一会儿，让欢乐在人间常驻吧。

词人为使这次春游得以尽兴，要和同时出游的朋友一起举杯挽留夕阳，请它在花丛间多陪伴些时候。这里，词人对于美好春光的留恋之情，溢于言表，跃然纸上。

常用于表现对春天的珍视，对光阴的爱惜。

### 【单句接龙】

为君持酒劝斜阳→阳春三月天气____(《西湖四景》宋·程安仁）→____鬼烦冤旧鬼____(《兵车行》唐·杜甫）→____声直上干云____(《兵车行》唐·杜甫）→____汉长怀捧日____(《赠阙下裴舍人》唐·钱起）→____随明月到胡____(《春思》唐·皇甫冉）→____生丽质难自____(《长恨歌》唐·白居易）→____予如____(《诗经·小雅·谷风》）→____民泪尽胡尘____(《秋夜将晓出篱门迎凉有感》宋·陆游）→____中留与赛蛮神(《别夔州官吏》唐·刘禹锡）

### 【联句接龙】

为君持酒劝斜阳，且向花间留晚照。→照花前后镜，花面交相____。(《菩萨蛮》唐·温庭筠）→____门淮水绿，留骑主人____。(《送郭司仓》唐·王昌龄）→____同野鹤与尘远，诗似冰壶见底____。(《赠王侍御》唐·韦应物）→____猿幽鸟遥相叫，数笔湖山又夕____。(《湖山小隐》宋·林逋)→____春三月天气新，湖中丽人花照____。(《西湖四景》宋·程安仁)→____寒赐浴华清池，温泉水滑洗凝____。(《长恨歌》唐·白居易)→____车向驰道，总辔息中____。(《守东平中华门开诗》南朝·梁·萧纲)→____亭双鹤白矫矫，太湖四石青岑____。(《池上作》唐·白居易)→____夫子，丹丘生，将进酒，君莫停。(《将进酒》唐·李白)

◆ 答案：新→哭→霄→心→天→弃→遗→里。映→心→清→阳→春→脂→华→岑。

## 14 过雨荷花满院香，沉李浮瓜冰雪凉。

——宋·李重元《忆王孙》

### 【名句解析】

雨后的荷花散发出满院幽香，浸在冷水中的瓜果吃起来像冰雪般清凉。

炎热的夏季，难得的雨后清爽。这时候，又享用着投放在井里用冷水镇的李子和瓜，真像冰雪一样凉啊！天气虽然炎热，也有美妙的体验。

这两句诗常用于描写盛夏风物，或表现夏季雨后纳凉时的快感。

### 【单句接龙】

过雨荷花满院香→香车系在谁家____(《鹊踏枝》五代·南唐·冯延巳)→____谷夕阳____(《送司封从叔员外徽赴华州裴尚书均辟》唐·郑谷)→____响知云____(《早行》元·方夔)→____忆曾游____(《后游》唐·杜甫)→____雌蜺之标____(《九章·悲回风》战国·屈原)→____倒苍苔落绛____(《题榴花》唐·韩愈)→____姿飒爽来酣____(《丹青引赠曹将军霸》唐·杜甫)→____士军前半死____(《燕歌行》唐·高适)→____当作人杰(《夏日绝句》宋·李清照)

### 【联句接龙】

过雨荷花满院香，沉李浮瓜冰雪凉。→凉风起天末，君子意如____？(《天末怀李白》唐·杜甫)→____时眼前突兀见此屋，吾庐独破受冻死亦____！(《茅屋为秋风所破歌》唐·杜甫)→____下蹑丝履，头上玳瑁____。(《孔雀东南飞》汉乐府)→____禄池台文锦绣，将军楼阁画神____。(《代悲白头翁》唐·刘希夷)→____人如爱我，举手来相____。(《焦山望松寥山》唐·李白)→____集百夫良，岁暮得荆____。(《咏荆轲》晋·陶渊明)→____当日胜贵，吾独向黄____。(《孔雀东南飞》汉乐府)→____眼无声惜细流，树荫照水爱晴____。(《小池》宋·杨万里)→____

远能迩，以定我王。(《诗经·民劳》)

◆ 答案：树→钟→寺→处→颠→英→战→生。何→足→光→仙→招→卿→泉→柔。

# 15 休说鲈鱼堪脍，尽西风、季鹰归未?

——宋·辛弃疾《水龙吟·登建康赏心亭》

## 【名句解析】

别说鲈鱼切碎了能烹成佳肴美味，西风吹遍了，不知张季鹰已经回来了没?

现在深秋时令又到了，连大雁都知道寻踪飞回旧地，何况词人这个漂泊江南的游子呢？然而自己的家乡如今还在金人统治之下，南宋朝廷却偏安一隅，想回故乡又谈何容易！抒发了对金人、对南宋朝廷的激愤之情。

常用于形容有家难归的乡思，有时也用于怀念家乡的某种地方小吃，借以表达乡愁。

## 【单句接龙】

休说鲈鱼堪脍→脍吞炙嚼人口____(《读李白集》唐·齐己)→____闻于此____(《万山潭》唐·孟浩然)→____貌日高____(《宣城青溪》唐·李白)→____墓秋风老白____(《楚汉两城》元·王冕)→____花落尽子规____(《闻王昌龄左迁龙标遥有此寄》唐·李白)→____红上脸____(《夏枕自咏》宋·朱淑真)→____肥属时____(《郡斋雨中与诸文士燕集》唐·韦应物)→____里疏钟官舍____(《酬郭给事》唐·王维)→____年惟好静(《酬张少府》唐·王维)

## 【联句接龙】

休说鲈鱼堪脍，尽西风、季鹰归未?→未若锦囊收艳骨，一抔净土掩风____。(《葬花吟》清·曹雪芹)→____水落花春去也，天上人____。(《浪淘沙令》五代·南唐·李煜)→____之以云雾，飞鸟不可____。(《寄微之》唐·白居易)→____人语天姥，云霞明灭或可____。(《梦游天姥吟留别》唐·李白)→____物识时移，顾己知节____。(《诗》西晋·张载)→____调如闻杨柳春，上林繁花照眼____。(《听安万善吹觱篥歌》唐·李颀)→____妇初来时，小姑始扶____。(《孔雀东南飞》汉乐府)→____头一壶酒，能更几回____? (《醉后赠张九旭》唐·高适)→____波听戍鼓，饭浦约鱼舟。(《江上送从兄群玉校书东游》唐·李频)

◆ 答案：传→山→古→杨→啼→鲜→禁→晚。流→间→越→睹→变→新→床→眠。

# 16 昨夜雨疏风骤，浓睡不消残酒。

——宋·李清照《如梦令》

## 【名句解析】

昨夜雨点稀疏，晚风急猛，我虽然睡了一夜，仍有余醉未消。

芳春时节，名花正好，偏那风雨就来逼迫了，心绪如潮，不得入睡，只有借酒消愁。酒吃得多了，觉也睡得浓了。作者以“浓睡”“残酒”搭桥，写出了白夜至清晨的时间变化和心理演变。

词人本意是表达无限的惜花之情，但现在常用这两句词表达宿醉难解忧愁之意。

## 【单句接龙】

昨夜雨疏风骤→骤雨初____（《雨霖铃》宋·柳永）→____定唯谋洛下____（《赠晦叔忆梦得》唐·白居易）→____丝软系飘春____（《葬花吟》清·曹雪芹）→____中矫首共遐____（《提舶携具过云榭知宗出示和章复用韵》宋·王十朋）→____者如山色沮____（《观公孙大娘弟子舞剑器行》唐·杜甫）→____乱既____（《诗经·常棣》）→____地一声____（《喜迁莺》唐·韦庄）→____徙闻车____（《七夕宴重咏牛女各为五韵诗》南朝·陈·陈叔宝）→____岁也应迟（《省事吟》宋·邵雍）

## 【联句接龙】

昨夜雨疏风骤，浓睡不消残酒。→酒意诗情谁与共？泪融残粉花钿____。（《蝶恋花》宋·李清照）→____耳任五贤，小白相射____。（《重赠卢谌》晋·刘琨）→____帘得清景，风月满淮____。（《发山阳》宋·孔平仲）→____红逐水，谁信人间重____？（《齐天乐·吴兴郡宴遇旧人》宋·刘澜）→____说近来书籍贵，监取唐汉莫论____。（《三衢道中》宋·华岳）→____烬满庭人醮罢，西峰凉影月沉____。（《简寂观》唐·江为）→____舟侧畔千帆过，病树前头万木____。（《酬乐天扬州初逢席上见赠》唐·刘禹锡）→____宵苦短日高起，从此君王不早____。（《长恨歌》唐·白居易）→____宗远不及，去海三千里。（《和分水岭》唐·白居易）

◆ 答案：歇→游→榭→观→丧→平→雷→度。重→钩→流→见→钱→沉→春→朝。

# 17 三杯两盏淡酒，怎敌他晚来风急！

——宋·李清照《声声慢》

## 【名句解析】

喝几杯清淡的薄酒，怎能抵挡晚上那大而急的寒风呢？

欲以酒暖身，借酒浇愁，可是酒的滋味却又那么淡。“淡酒”无力，怎么能抵挡住那一阵紧似一阵的急风，更何言消去心中的愁苦呢？这里酒味为何那么淡？是酒淡吗？不是。酒性依旧是烈的，只是因为作者的愁太重了，酒入愁肠愁更愁，满心都是愁，致使酒力压不住心愁，自然就觉得酒味淡了。

常用于抒发自己内心的痛苦：即使喝酒御寒，也难以抵挡内心的寒冷与寂寞。

## 【单句接龙】

三杯两盏淡酒→酒困路长惟欲____(《浣溪沙》宋·苏轼)→____少偏知夜漏____(《自叹》唐·白居易)→____江一带____(《题明庆塔院》宋·孔淘)→____了黄洋____(《水调歌头·重上井冈山》现代·毛泽东)→____天自岭胜金____(《石城山》隋·史万岁)→____盘孔鼎有述____(《韩碑》唐·李商隐)→____意游方____(《蝶恋花·观雪作》宋·吕胜己)→____署清郎出佐____(《送史温虞部佐郡四明》宋·宋祁)→____桥南北是天街(《州桥》宋·范成大)

## 【联句接龙】

三杯两盏淡酒，怎敌他晚来风急！→急应河阳役，犹得备晨____。(《石壕吏》唐·杜甫)→____烟少，宣和宫殿，冷烟衰____。(《忆秦娥》宋·刘克庄)→____长莺飞二月天，拂堤杨柳醉春____。(《村居》清·高鼎)→____潭共爱鱼方乐，樵爨谁欺雁不____。(《和沈书记同访林处士》宋·范仲淹)→____鸣寒角动城头，吹起千年故国____。(《晓望吴城有感》宋·陈深)→____听关塞遍吹笳，不见中原有战____。(《又酬傅处士次韵》明末清初·顾炎武)→____尘马足富者趣，酒盏花枝贫者____。(《桃花庵歌》明·唐寅)→____边空屯十万卒，饱食温衣闲过____。(《西凉伎》唐·白居易)→____照香炉生紫烟，遥看瀑布挂前川。(《望庐山瀑布》唐·李白)

◆ 答案：睡→长→过→界→汤→作→外→州。炊→草→烟→鸣→愁→车→缘→日。

# 18 流光容易把人抛，红了樱桃，绿了芭蕉。

——宋·蒋捷《一剪梅·舟过吴江》

## 【名句解析】

春光容易流逝，使人追赶不上，樱桃才红熟，芭蕉又绿了，春去夏又到。

“流光容易把人抛”的全过程，怎样抛的，本来极抽象，诗人以“红了樱桃，绿了芭蕉”明示出来。如果说暗示具体时序由春而夏，那是“实”的表现，将抽象的流光抛人揭示开来就是“虚”的具体化，色彩的自然绚丽、语言的准确性都不言而喻。

“流光容易把人抛”常用于形容时光流逝之快。樱桃和芭蕉这两种植物的颜色变化，具体地显示出季节的推移、时光的流逝，把看不见的时光流逝转化为可以捉摸的形象。借“红”“绿”颜色之转变，可抒发年华易逝、人生易老的感叹。

## 【单句接龙】

流光容易把人抛→抛来二十____（《埇桥旧业》唐·白居易）→____露惠我____（《蒲生行》南朝·齐·谢朓）→____兰侵小____（《郊兴》唐·王勃）→____须沽取对君____（《将进酒》唐·李白）→____酒以自____（《拟行路难》南朝·宋·鲍照）→____心应是____（《可惜》唐·杜甫）→____凸觥心泛滟____（《羊栏浦夜陪宴会》唐·杜牧）→____浮黑碛____（《敦煌廿咏·瑟瑟咏》唐）→____秋一雁声（《月夜忆舍弟》唐·杜甫）

## 【联句接龙】

流光容易把人抛，红了樱桃，绿了芭蕉。→蕉花铺净地，桂子落空____。（《送关小师还金陵》唐·皎然）→____铺秋月静，竹挂晓烟____。（《题九疑山》唐·刘松）→____岚如细雨，初夏是残____。（《初夏倚春望六祖寺》宋·赵汝回）→____心莫共花争发，一寸相思一寸____。（《无题》唐·李商隐）→____心寄枯宅，曷顾人间____？（《咏怀》三国·魏·阮籍）→____姿媚媚端正好，怎教人别后，从头仔细，断得思____？（《好女儿令》宋·欧阳修）→____入以为出，上足下亦____。（《赠友》唐·白居易）→____得廉耻将，三军同晏____。（《遣兴》唐·杜甫）→____窗日暖添幽梦，步野风清散酒酲（chéng）。（《敷溪高士》唐·郑谷）

◆ 答案：春→泽→径→酌→宽→酒→光→边。坛→浓→春→灰→姿→量→安→眠。

# 19 欲买桂花同载酒，终不似，少年游。

——宋・刘过《唐多令》

## 【名句解析】

即使想要买些桂花与好酒，再像往日般地饮酒游玩，但是终究不能像少年时代那样的尽情欢乐了。

词人欲买花载酒，本想苦中求乐，来驱散一下心头的愁绪，可是这家国恨、身世愁又岂是些许花酒所冲淡得了的！

常用于形容人生的情味大不相同了，怀念那曾经拥有却一去不回的珍贵记忆。

## 【单句接龙】

欲买桂花同载酒→酒酣耳热说文____（《一剪梅·余赴广东实之夜饯于风亭》宋·刘克庄）→____台云气____（《和衡阳王秋夜诗》南朝・陈・张正见）→____霞落晚____（《泊雁》宋・王安石）→____广不可____（《自京赴奉先县咏怀五百字》唐・杜甫）→____汉国兮入胡____（《胡笳十八拍》汉・蔡文姬）→____春草木____（《春望》唐・杜甫）→____谷犹积____（《出关经华岳寺访法华云公》唐・岑参）→____雪林中著此____（《白梅》元・王冕）→____无彩凤双飞翼（《无题》唐・李商隐）

## 【联句接龙】

欲买桂花同载酒，终不似，少年游。→游丝软系飘春榭，落絮轻沾扑绣____。（《葬花吟》清・曹雪芹）→____外雨潺潺，春意阑珊，罗衾不耐五更____。（《浪淘沙令》五代·南唐·李煜）→____蝉凄切，对长亭晚，骤雨初____。（《雨霖铃》宋·柳永）→____马傍春草，欲行远道____。（《奔亡道中》唐・李白）→____津欲有问，平海夕漫____。（《江上思归》唐·孟浩然）→____作潜夫论，虚传幼妇____。（《偶题》唐・杜甫）→____因藓蚀无完字，址为藤迷失旧____。（《三仙祠》宋・杨佐）→____陌经三岁，闾阎对五____。（《早行》唐・杨炯）→____家楼上簇神仙，争看鹤冲天。（《喜迁莺》唐・韦庄）

◆ 答案：章→收→川→越→城→深→冰→身。帘→寒→歇→迷→漫→碑→阡→家。

# 第9章 战场大比拼

在中华大地上，数千年来上演过的战争数不胜数。历代诗词中，描写战争场面、军旅生活、边关风物的佳作比比皆是。这些诗词大多风格激昂，气势雄浑，在文学史上书写了浓墨重彩的一笔。战争诗是以边塞、战争为题材的诗，最早出现在《诗经》中，以官方视角下的战争诗为主，辞采华美，气势宏大，主要反映了周王朝时期的杀伐攻略。民间战争诗从先秦发展到唐代，其中奇情壮丽的边塞诗开始蓬勃发展起来，代表人物有高适、岑参、王昌龄等，他们的诗作对后世诗人影响极大。

英雄形象是历代战争诗所讴歌的主要对象。在艰苦的战争环境和残酷的战争实践中，处处闪耀着具有磅礴气势、悲壮情怀和威慑力量的英雄豪杰的身影。“身既死兮神以灵，魂魄毅兮为鬼雄”（战国·屈原《国殇》），展现了将士们气贯长虹的豪情壮志；“醉卧沙场君莫笑，古来征战几人回”（唐·王翰《凉州词》），抒发了出征将士们视死如归的大无畏气概；“震响骇八荒，奋威曜四戎”“独步圣明世，四海称英雄”（晋·张华《壮士篇》），给人以豪放逸兴之感；“突营射杀呼延将，独领残兵千骑归”（唐·李白《从军行》），歌颂了一位神勇过人的英雄，有着顶天立地的威猛形象。

战争的胜利是要以无数士兵的牺牲作为代价的，而普通士兵大都来自平民百姓，广大民众对战争的体验无疑是悲苦深重的。正义的抗敌也好，不义之战也罢，战争带给人民的永远是家庭的破碎、亲人的离散和生命的消亡。今天，当我们品读这些令人久久不能平静的战争诗词时，应该更加珍爱和平。

## 1 带长剑兮挟秦弓，首身离兮心不惩。

——战国 · 屈原《国殇》

### 【名句解析】

腰间佩带长剑啊手持秦制的大弓，身首虽然分离啊壮心依然不变。

诗句描写了战死者死后仍保持着战斗的雄姿，加剧了悲壮气氛的蔓延。

常用于描述惨烈的战场，歌颂震人心魄的自我牺牲精神。

### 【单句接龙】

带长剑兮挟秦弓→弓如霹雳弦____（《破阵子 · 为陈同甫赋壮词以寄之》宋 · 辛弃疾）→____破霓裳羽衣____（《长恨歌》唐 · 白居易）→____终收拨当心____（《琵琶行》唐 · 白居易）→____栋朝飞南浦____（《滕王阁诗》唐 · 王勃）→____鬓花颜金步____（《长恨歌》唐 · 白居易）→____珮玉琤____（《和令狐仆射小饮听阮咸》唐 · 白居易）→____琤晓漏喧秦____（《长安夜访澈上人》唐 · 李郢）→____门深锁寂无____（《直玉堂作》宋 · 洪咨夔）→____笑惊飞禽（《次上巳约友登南楼韵》明 · 方孝孺）

### 【联句接龙】

带长剑兮挟秦弓，首身离兮心不惩。→惩恶欲劝善，扶弱先锄____。（《锄强扶弱》明 · 祁顺）→____欲登高去，无人送酒____。（《行军九日思长安故园》唐 · 岑参）→____也恓惶，去也恓____。（《一剪梅》宋 · 辛弃疾）→____恐滩头说惶恐，零丁洋里叹零____。（《过零丁洋》宋 · 文天祥）→____壮俱在野，场圃亦就____。（《观田家》唐 · 韦应物）→____弱而媒拙兮，恐导言之不____。（《离骚》战国 · 屈原）→____时俗之工巧兮，偭规矩而改____。（《离骚》战国 · 屈原）→____料一生事，蹉跎今白____。（《题虢州西楼》唐 · 岑参）→____上金钗十二行，足下丝履五文章。（《河中之水歌》南朝 · 梁 · 萧衍）

◆ 答案：惊→曲→画→云→摇→琤→禁→哗。强→来→惶→丁→理→固→错→头。

## 2 身既死兮神以灵，魂魄毅兮为鬼雄！

——战国 · 屈原《国殇》

### 【名句解析】

身体虽然死了，但英灵永不泯灭，魂魄威武不屈，永远是鬼中的英雄豪杰。

诗人以极其崇敬的心情，高度赞扬楚国阵亡将士们勇武刚强、凛然无欺的顽强斗志，由衷地称颂他们死为“鬼雄”。诗人将楚国人民与生俱来的那种强烈的爱国主义精神与坚贞的民族气节淋漓尽致地彰显了出来。“鬼雄”二字掷地有声，震撼千古，充分表达了诗人对楚国阵亡将士的最为虔诚的崇仰之情。诗人的追悼之作，歌颂之情，至此已臻极致。

常用于形容誓死报国、义无反顾的理想志向，赞美刚强勇武、视死如归、宁死不屈的爱国精神。

### 【单句接龙】

身既死兮神以灵→灵场奔走尚无____（《苦雨》宋·王安石）→____盖三分____（《八阵图》唐·杜甫）→____家不幸诗家____（《题遗山诗》清·赵翼）→____复得此____（《孔雀东南飞》汉乐府）→____啼一何____（《石壕吏》唐·杜甫）→____辞酒味____（《羌村》唐·杜甫）→____雪远草相掩____（《西湖四景》宋·程安仁）→____日荷花别样____（《晓出净慈寺送林子方》宋·杨万里）→____军不怕远征难（《七律·长征》现代·毛泽东）

### 【联句接龙】

身既死兮神以灵，魂魄毅兮为鬼雄。→雄兔脚扑朔，雌兔眼迷____。（《木兰诗》北朝民歌）→____离原上草，一岁一枯____。（《赋得古原草送别》唐·白居易）→____枯咫尺异，惆怅难再____。（《自京赴奉先县咏怀五百字》唐·杜甫）→____职无风政，复路阻山____。（《七月七日登舜山诗》北齐·魏收）→____汉清且浅，相去复几____？（《古诗十九首·迢迢牵牛星》汉）→____身一何愚，窃比稷与____。（《自京赴奉先县咏怀五百字》唐·杜甫）→____阔谈讌，心念旧____。（《短歌行》汉·曹操）→____则孝养父母，义则上下相____。（《无相颂》唐·慧能）→____春忽至恼忽去，至又无言去未闻。（《葬花吟》清·曹雪芹）

◆ 答案：功→国→幸→妇→苦→薄→映→红。离→荣→述→河→许→契→恩→怜。

## 3 射人先射马，擒贼先擒王。

——唐·杜甫《前出塞》

### 【名句解析】

要射倒一个人，就应先射他的马；要擒捉一群强盗，就应先擒住强盗的头子。

这两句是说作战要先除敌之首恶。马易射，马倒，人不降则毙；王擒，敌不败则溃。似谣似谚，颇富韵致，饶有意趣。两个“先”字，开人胸臆，提出了对敌要

有方略，智勇并用。

现比喻作战要先除主要敌人，也比喻做事要抓关键。

### 【单句接龙】

射人先射马→马嵬坡下泥土____（《长恨歌》唐·白居易）→____有一人字太____（《长恨歌》唐·白居易）→____是俗人____（《自叹》唐·白居易）→____字香____（《一剪梅·舟过吴江》宋·蒋捷）→____出炉中一片____（《答友人赠炭》唐·孟郊）→____堤杨柳____（《江上寄山阴崔少府国辅》唐·孟浩然）→____为思乡____（《途中忆儿女之作》唐·马云奇）→____云一片去悠____（《春江花月夜》唐·张若虚）→____悠生死别经年（《长恨歌》唐·白居易）

### 【联句接龙】

射人先射马，擒贼先擒王。→王侯无种英雄志，燕雀喧喧安得____？（《秦门·陈涉》唐·周昙）→____我者，谓我心____。（《诗经·黍离》）→____喜皆心火，荣枯是眼____。（《感春》唐·白居易）→____世难逢开口笑，菊花须插满头____。（《九日齐山登高》唐·杜牧）→____来卧西窗，泾渭自此____。（《洗尘赠张立之判官》宋·张孝祥）→____散逐风转，此已非常____。（《杂诗》晋·陶渊明）→____闲始觉隳名是，心了方知苦行____。（《山居示灵澈上人》唐·皎然）→____为织作迟，君家妇难____。（《孔雀东南飞》汉乐府）→____感君王辗转思，遂教方士殷勤觅。（《长恨歌》唐·白居易）

◆ 答案：中→真→心→烧→春→发→白→悠。知→忧→尘→归→分→身→非→为。

## 4　五更鼓角声悲壮，三峡星河影动摇。

——唐·杜甫《阁夜》

### 【名句解析】

五更的时候，天寒霜冷，军中号角的声音，听起来是那样的悲壮；天上的银河映照在三峡的河水上，只见星辰的倒影不停地在水面上摇动。

晴朗的夜空，鼓角声分外响亮，正是五更天快亮的时候，那声音更显得悲壮感人，这就从侧面烘托出这一带的不太平，黎明前军队已在加紧活动。虽然夜色美丽，星河灿烂，诗人却忧愁难眠。诗人把他对时局的深切关怀和三峡深夜美景的欣赏有声有色地表现出来，气势苍凉宏廓，音调铿锵悦耳，辞采清丽夺目，深蕴着诗人悲壮深沉的情怀。

现在常用于描写军队紧张备战前的悲壮气氛。

### 【单句接龙】

五更鼓角声悲壮→壮齿不恒____(《杂诗》晋·左思)→____河之____(《诗经·巧言》)→____何食兮庭____(《湘夫人》战国·屈原)→____路因循我所____(《有感》唐·李商隐)→____松荫____(《观棋并引》宋·苏轼)→____虚麦雨____(《和杜侍御太清台宿直旦有怀》唐·李峤)→____屋必能知早____(《和友人喜相遇》唐·李咸用)→____入珠帘湿罗____(《白雪歌送武判官归京》唐·岑参)→____中草檄砚水凝(《走马川行奉送出师西征》唐·岑参)

### 【联句接龙】

五更鼓角声悲壮，三峡星河影动摇。→摇落深知宋玉悲，风流儒雅亦吾____。(《咏怀古迹》唐·杜甫)→____归旧山去，此别已凄____。(《送僧东游》唐·温庭筠)→____无防备处，留待雪霜____。(《浮尘子》唐·元稹)→____残枯树影，零落古藤____。(《同江仆射游摄山栖霞寺》南朝·陈·陈叔宝)→____逢剥处自阳复，否到极时须泰____。(《冬至》宋·张炜)→____时朔雪山阴白，归路东风柳色____。(《和靖江府钟纪善韵》明·程通)→____河远上白云间，一片孤城万仞____。(《出塞》唐·王之涣)→____亭水榭秋方半，凤帷寂寞无人____。(《菩萨蛮》宋·朱淑真)→____客销愁长日饮，偶然乘兴便醺醺。(《六年春遣怀》唐·元稹)

◆ 答案：居→麋→中→长→庭→润→散→幕。师→然→摧→阴→来→黄→山→伴。

## 5 出师未捷身先死，长使英雄泪满襟。

——唐·杜甫《蜀相》

### 【名句解析】

可惜出师伐魏未捷而病亡军中，长使历代英雄们对此涕泪满裳！

诸葛亮为兴复汉室，六出祁山终病死五丈原，可谓壮志未酬而身先亡。而诗人饱经丧乱而屡屡失意，也未能实现自己的抱负，怎能不激起失意英雄的仰慕和叹惋之情呢？这两句诗沉挚悲壮，震撼人心。

这两句诗成为日后讲述诸葛亮一生的名句，也常用于形容英雄壮志难酬的遗憾。

### 【单句接龙】

出师未捷身先死→死是等闲生也____(《放言》唐·元稹)→____作自由____(《苦热》唐·白居易)→____向榆关那畔____(《长相思》清·纳兰性德)→____人临发又开____(《秋思》唐·张籍)→____我异姓____(《戏作》唐·皎然)→____师北定中

原____（《示儿》宋·陆游）→____边清梦____（《千秋岁》宋·秦观）→____云依水晚来____（《鹧鸪天·鹅湖归病起作》宋·辛弃疾）→____拾旧山河（《满江红》宋·岳飞）

## 【联句接龙】

出师未捷身先死，长使英雄泪满襟。→襟前万行泪，故是一相____。（《春咏诗》南朝·梁·沈约）→____君如满月，夜夜减清____。（《赋得自君之出矣》唐·张九龄）→____辉白日回初暑，拂拂清风动晚____。（《新辟小室自适》宋·韩淲）→____灵何处感？沙麓月无____。（《昭德王皇后挽歌词》唐·白居易）→____阴脱兔，登临不用深怀____。（《踏莎行·甲午重九牛山作》宋·刘克庄）→____来圣贤皆寂寞，惟有饮者留其____。（《将进酒》唐·李白）→____岂文章著，官应老病____。（《旅夜书怀》唐·杜甫）→____把客衣轻浣濯，此中犹有帝京____。（《重赠吴国宾》明·边贡）→____满面，鬓如霜。（《江城子·乙卯正月二十日夜记梦》宋·苏轼）

◆ 答案：得→身→行→封→王→日→断→收。思→辉→阴→光→古→名→休→尘。

# 6 边庭流血成海水，武皇开边意未已。

——唐·杜甫《兵车行》

## 【名句解析】

边疆无数士兵流的血形成了海水，而武皇开拓边疆的念头还没停止。

诗人以汉喻唐，大胆地把矛头直接指向最高统治者。

现常用于批判统治阶级穷兵黩武的政策。

## 【单句接龙】

边庭流血成海水→水调数声持酒____（《天仙子》宋·张先）→____妇前致____（《石壕吏》唐·杜甫）→____中有誓两心____（《长恨歌》唐·白居易）→____是花魂与鸟____（《葬花吟》清·曹雪芹）→____魄不曾来入____《长恨歌》唐·白居易）→____啼妆泪红阑____（《琵琶行》唐·白居易）→____雪不死____（《采实心竹杖寄赠李萼侍御》唐·皎然）→____重串珠____（《句》宋·宋祁）→____华镜里（《百字令·登石头城》元·萨都剌）

## 【联句接龙】

边庭流血成海水，武皇开边意未已。→已能降虎豹，不问揽鱼____。（《洗钵潭》唐·邢允中）→____驭九重瞻日月，马蹄万里踏冰____。（《和靖江府钟纪善韵》

明·程通）→____剪凉阶蕙，风捎幽渚____。(《暮秋言怀》唐·魏徵）→____尽已无擎雨盖，菊残犹有傲霜____。(《赠刘景文》宋·苏轼）→____上柳绵吹又少，天涯何处无芳____。(《蝶恋花·春景》宋·苏轼）→____色烟光残照里，无言谁会凭阑____？（《蝶恋花》宋·柳永）→____平生，依然飞____。(《水龙吟》金·元好问）→____容皆是舞，出语总成____。(《醉中作》唐·张说）→____家清景在新春，绿柳才黄半未匀。(《城东早春》唐·杨巨源）

◆ 答案：听→词→知→魂→梦→干→枝→繁。龙→霜→荷→枝→草→意→动→诗。

## 7 男儿何不带吴钩，收取关山五十州？

——唐·李贺《南园》

### 【名句解析】

身为男子为什么不跨上骏马，手执军刀，奔赴疆场，建功立业，收复关山呢？

“男儿何不带吴钩”既是泛问，也是自问，在鼓动别人的同时，也在鼓励自己，抒发了“国家兴亡，匹夫有责”的使命感和爱国之情。下一句气势磅礴，喊出挥刀杀敌、驰骋战场、收复失地的心声，字里行间表现了一种强烈希望国家统一的思想感情。

常用于描写好男儿尚武的气概。

### 【单句接龙】

男儿何不带吴钩→钩帘得清____(《发山阳》宋·孔平仲）→____色乍长春____(《锦缠道》宋·宋祁）→____夜两如____(《和分水岭》唐·白居易）→____时相望不相____(《春江花月夜》唐·张若虚）→____道汉家天子____(《长恨歌》唐·白居易）→____我不得开心____(《梦游天姥吟留别》唐·李白）→____如舜____(《诗经·有女同车》)→____裾织翠来天____(《谢刘时升见访》宋·王庭圭）→____物寂中谁似我（《山居示灵澈上人》唐·皎然）

### 【联句接龙】

男儿何不带吴钩，收取关山五十州？→州在钓台边，溪山实可____。(《睦州四韵》唐·杜牧）→____思心之不可惩兮，证此言之不可____。(《九章·悲回风》战国·屈原）→____将横吹笛，一写山水____。(《简寂观西涧瀑布下作》唐·韦应物）→____容宛在目，争免净飘____。(《安之朝议哀辞》宋·司马光）→____落栖迟一杯酒，主人奉觞客长____。(《致酒行》唐·李贺）→____陵失本步，笑杀邯郸____。

（《古风》唐 · 李白）→____毒毒在心，对面如弟____。（《掩关铭》唐 · 卢仝）→____弟阋于墙，外御其____。（《诗经 · 常棣》）→____学修身要及时，竞辰须念隙驹驰。（《示四弟》宋 · 朱熹）

◆ 答案：景→昼→此→闻→使→颜→华→外。怜→聊→音→零→寿→人→兄→务。

# 8 欲将轻骑逐，大雪满弓刀。

——唐 · 卢纶《和张仆射塞下曲》

## 【名句解析】

将军发现敌军潜逃，要率领轻装的骑兵去追击。正准备出发之际，一场纷纷扬扬的大雪，刹那间弓刀上就落满了雪花。

这两句描写了将士们准备追击的情形，表现了将士们威武的气概。一支骑兵列队欲出，刹那间弓刀上就落满了大雪，这是一个多么扣人心弦的场面！

常用于表达战斗的艰苦性和将士们奋勇的精神。

## 【单句接龙】

欲将轻骑逐→逐退群星与残____（《咏初日》宋 · 赵匡胤）→____是故乡____（《月夜忆舍弟》唐 · 杜甫）→____朝胡地____（《王昭君》唐 · 李白）→____不堪驱____（《孔雀东南飞》汉乐府）→____君遣吏____（《陌上桑》汉乐府）→____事越千____（《浪淘沙 · 北戴河》现代 · 毛泽东）→____年不带看花____（《伤春》宋 · 杨万里）→____穿当落____（《祥兴第三十七》宋 · 文天祥）→____出江花红胜火（《忆江南》唐 · 白居易）

## 【联句接龙】

欲将轻骑逐，大雪满弓刀。→刀不能剪心愁，锥不能解肠____。（《啄木曲》唐 · 白居易）→____发同枕席，黄泉共为____。（《孔雀东南飞》汉乐府）→____昔几相卖，山吾素所____。（《山墅》宋 · 方岳）→____来苦夕短，已复至天____。（《归园田居》晋 · 陶渊明）→____日衔青嶂，晴云洗渌____。（《诗三百》唐 · 寒山）→____水澄初地，长为洗钵____。（《洗钵潭》唐 · 邢允中）→____给岂不忧，征敛又可____。（《春陵行》唐 · 元结）→____风不动罢瑶轸，忘却洛阳归客____。（《送许丞还洛阳》唐 · 皎然）→____之忧矣，曷维其已。（《诗经 · 绿衣》）

◆ 答案：月→明→妾→使→往→年→眼→日。结→友→欢→旭→潭→供→悲→心。

## 9 醉卧沙场君莫笑，古来征战几人回?

——唐 · 王翰《凉州词》

### 【名句解析】

我在沙场上醉倒了请你不要见笑，因为从古至今，前往战场的人中有几个人能平安归来?

虽然军令如山，却是催者自催，饮者自饮，而且下决定决心要“醉卧”。“君莫笑”三字，于顿挫之中一笔挑起，引出了全诗最悲痛、最决绝的一句，这就是“古来征战几人回”，这个诘问句深化了诗歌的主题。显然，这里所控诉的，已不只是将士们所面临的这一次征战，而是“古来”即有的一切由统治阶级为了自身利益而发动的驱使千千万万将士去送死的战争!

常用于表现战争的残酷后果。

### 【单句接龙】

醉卧沙场君莫笑→笑谈渴饮匈奴____（《满江红》宋 · 岳飞）→____色罗裙翻酒____（《琵琶行》唐 · 白居易）→____沟贮浊____（《京兆府新栽莲》唐 · 白居易）→____上叶田____（《京兆府新栽莲》唐 · 白居易）→____家少闲____（《观刈麦》唐 · 白居易）→____也杯____（《一剪梅 · 中秋无月》宋 · 辛弃疾）→____有千千____（《千秋岁》宋 · 张先）→____发同枕____（《孔雀东南飞》汉乐府）→____上挥毫（《庆东原 · 次马致远先辈韵》元 · 张可久）

### 【联句接龙】

醉卧沙场君莫笑，古来征战几人回?→回眸一笑百媚生，六宫粉黛无颜____。（《长恨歌》唐 · 白居易）→____映临池竹，香浮满砌____。（《对酒》南朝 · 陈 · 岑之敬）→____芝初还时，府吏见丁宁，结誓不别____。（《孔雀东南飞》汉乐府）→____秦空得罪，入蜀但听____。（《读贾岛集》唐 · 齐己）→____鸣钟动不知曙，杲杲寒日生于____。（《谒衡岳庙遂宿岳寺题门楼》唐 · 韩愈）→____方欲晓，莫道君行____。（《清平乐 · 会昌》现代 · 毛泽东）→____年诗思苦，晚岁道情____。（《闲咏》唐 · 白居易）→____院不须驱野鹿，只愁蜂蝶暗偷____。（《牡丹》宋 · 卢梅坡）→____阁掩，杏花红，月明杨柳风。（《更漏子》唐 · 牛峤）

◆ 答案：血→污→水→田→月→中→结→席。色→兰→离→猿→东→早→深→香。

# 10 但使龙城飞将在，不教胡马度阴山。

——唐 · 王昌龄《出塞》

## 【名句解析】

如果攻袭龙城的卫青和飞将军李广还在，就不会让胡人的军队越过阴山。

诗句直接抒发了边防士卒巩固边防的愿望和保卫国家的壮志：只要有李广、卫青那样的名将，敌人就不会度过阴山。这两句写得意在言外。意思就是说：由于朝廷用人不当，将帅不得其人，才造成了烽火长燃、征人不还的局面。

这两句诗既是描写卫青、李广的英勇善战，也是感叹边塞守将的不得其人，更是期盼像卫青、李广那样的杰出人才能够再度出现。

## 【单句接龙】

但使龙城飞将在→在天愿作比翼____（《长恨歌》唐 · 白居易）→____啼云梦____（《南游有怀》唐 · 龚霖）→____雪遍平____（《山雪》宋 · 张耒）→____外谁相____（《送孙二》唐 · 王维）→____我归东____（《东归》唐 · 白居易）→____道是金玉良____（《终身误》清 · 曹雪芹）→____联亦近____（《王希武通判挽词》宋 · 范成大）→____朋无一____（《登岳阳楼》唐 · 杜甫）→____字看来皆是血（《回前诗》清 · 曹雪芹）

## 【联句接龙】

但使龙城飞将在，不教胡马度阴山。→山重水复疑无路，柳暗花明又一____。（《游山西村》宋·陆游）→____南村北响缲车，牛衣古柳卖黄____。（《浣溪沙》宋·苏轼）→____田不纳履，李下不正____。（《君子行》汉乐府）→____盖满京华，斯人独憔____。（《梦李白》唐 · 杜甫）→____貌从黎黑，丹心固硕____。（《次韵酬盛秘丞黑桃》宋 · 刘攽）→____清臂瘦，衫薄香____。（《春昼》唐 · 韩偓）→____磨岁月成高位，比类时流是幸____。（《喜入新年自咏》唐 · 白居易）→____生未死间，不能忘其____。（《赠内》唐·白居易）→____无彩凤双飞翼，心有灵犀一点通。（《无题》唐 · 李商隐）

◆ 答案：鸟→晓→郊→送→都→姻→亲→字。村→瓜→冠→悴→肤→销→人→身。

# 11 醉里挑灯看剑，梦回吹角连营。

——宋·辛弃疾《破阵子·为陈同甫赋壮词以寄之》

## 【名句解析】

醉梦里挑亮油灯观看宝剑，梦里各个营垒接连响起号角声。

“挑灯”的动作点出了夜景。那位壮士在夜深人静、万籁俱寂之时，思潮汹涌，无法入睡，只好独自喝酒。喝“醉”之后，心情仍然不能平静，便继之以“挑灯”，又继之以“看剑”。翻来覆去，总算睡着了。而刚一入睡，方才所想的一切，又幻为梦境。“梦”了些什么，也没有明说，却迅速地换为新的镜头：“梦回吹角连营”。壮士好梦初醒，天已破晓，一个军营连着一个军营，响起一片号角声。这号角声，多么富有催人勇往无前的力量啊！而那位壮士，也正好是统领这些军营的将军。于是，他一跃而起，全副披挂，要把他“醉里”“梦里”所想的一切统统变为现实。

常用于表现杀敌报国的壮志雄心。

## 【单句接龙】

醉里挑灯看剑→剑阁峥嵘而崔____（《蜀道难》唐·李白）→____峨相扶____（《社鼓》宋·陆游）→____以奉明____（《省试方士进恒春草》唐·梁锽）→____孙莫把比蓬____（《菊花》唐·郑谷）→____里谁家____（《蒿里》汉乐府）→____入千重____（《题灵岩寺》唐·张祜）→____处不须____（《水调歌头·重上井冈山》现代·毛泽东）→____万山红____（《沁园春·长沙》现代·毛泽东）→____地英雄下夕烟（《七律·到韶山》现代·毛泽东）

## 【联句接龙】

醉里挑灯看剑，梦回吹角连营。→营已良有极，过足非所____。（《和郭主簿》晋·陶渊明）→____承帝命巡畿辅，新沐皇恩出故____。（《壬戌仲春二月》清·于成龙）→____关雎鸠，在河之____。（《诗经·关雎》）→____长春色遍，汉广夕阳____。（《赠别卢司直之闽中》唐·刘长卿）→____迟钟鼓初长夜，耿耿星河欲曙____。（《长恨歌》唐·白居易）→____旋地转回龙驭，到此踌躇不能____。（《长恨歌》唐·白居易）→____来江口守空船，绕船月明江水____。（《琵琶行》唐·白居易）→____蝉凄切，对长亭晚，骤雨初____。（《雨霖铃》宋·柳永）→____处遇松根，危中值石齿。（《樵径》唐·皮日休）

◆ 答案：嵬→持→王→蒿→地→险→看→遍。钦→关→洲→迟→天→去→寒→歇。

# 12 落日胡尘未断，西风塞马空肥。

——宋·辛弃疾《木兰花慢·席上送张仲固帅兴元》

## 【名句解析】

在落日西风中敌军战尘滚滚，而南宋朝廷偏安江左的战马却白白养肥。

“落日胡尘未断”写金人仍然觊觎着南宋的半壁江山，哪怕是夕阳西下，也毫不懈怠地磨刀霍霍，训练士兵，随时准备向南宋扑来。一个“尘”字，将金人驰逐骑射甚嚣尘上的气焰刻画得淋漓尽致。“西风塞马空肥”则写南宋一方武备松弛，即使是在粮草充足最利于出兵的秋天，也宁肯贻误战机而按兵不动，让战马空锁马厩，白白长膘。一个“空”字，抒发了作者心中几多遗憾和激愤！历史与现实，敌方与我方，就这样形成了严峻的对比，有力地表达了作者对朝廷的失望和强烈不满。

常用于突出严重的民族危机，抒发报国无路的悲愤。

## 【单句接龙】

落日胡尘未断→断云微____（《贺新郎·送胡邦衡待制赴新州》宋·张元干）→____岁也应____（《省事吟》宋·邵雍）→____迟钟鼓初长____（《长恨歌》唐·白居易）→____来城外一尺____（《卖炭翁》唐·白居易）→____里山前水____（《天净沙·冬》元·白朴）→____江亭子锁春____（《春雨亭》明·黄巩）→____晴众壑____（《终南山》唐·王维）→____俗皆归____（《仁宗皇帝挽诗》宋·文同）→____事忆孙刘（《水调歌头·多景楼》宋·陆游）

## 【联句接龙】

落日胡尘未断，西风塞马空肥。→肥男有母送，瘦男独伶____。(《新安吏》唐·杜甫)→____停吴宫女，三月采蔷____。(《泻露亭》元·范梈)→____露烟销，莲膏花凝，不寐还孤____。(《酹江月·感旧再和前韵》宋·何梦桂)→____酒以自宽，举杯断绝歌路____。(《拟行路难》南朝·宋·鲍照)→____逢最是身强健，无定莫如人聚____。(《木兰花》宋·晏几道)→____发乘夕凉，开轩卧闲____。(《夏日南亭怀辛大》唐·孟浩然)→____朗东方彻，阑干北斗____。(《早行》唐·杨炯)→____月沉沉藏海雾，碣石潇湘无限____。(《春江花月夜》唐·张若虚)→____曼曼其修远兮，吾将上下而求索。(《离骚》战国·屈原)

◆ 答案：度→迟→夜→雪→滨→阴→殊→往。俜→薇→酌→难→散→敞→斜→路。

# 第10章

# 心系国与民

爱国与忧民是不可分割的情感，热爱国家必定同情劳苦的人民，而一个忧民、爱民的人，也必然是一个热爱国家的人。爱国忧民诗是中国诗词的一个重要组成部分。在这些诗词中，诗人们或表达对祖国大好河山的无限热爱，或表现对民族命运和祖国前途的热切关注，或抒发自己保家卫国、建功立业的壮志豪情，或表达自己报国无门、壮志未酬的苦闷，洋溢着强烈的爱国主义激情。

屈原是中国历史上第一位伟大的爱国诗人，浪漫主义文学的奠基人，被誉为“中华诗祖”“辞赋之祖”。他的长诗《离骚》抒发了炽热的爱国主义情怀，表达了对昏庸王室和腐败贵族的无比憎恨，以及对楚国人民苦难的深切同情，体现了他对美好理想的不懈追求和为此九死不悔的献身精神。屈原一生遭受两次流放，因而接触到底层社会，他目睹了人民生活的艰难。正如诗中所说“长太息以掩涕兮，哀民生之多艰”，他常常为百姓的遭遇而仰天长叹，为之流泪。《离骚》的主题，即是通过为崇高理想而奋斗终身的描写，强烈地抒发他遭谗被害的苦闷心情，表现了他为国献身的爱国主义和对劳苦人民的同情，表现了他勇于追求真理和光明，坚持正义和理想的不屈不挠的顽强精神和强大信念。

同样目睹百姓的流离之苦，写出大量反映当时的民生疾苦、揭露统治者丑恶行径的爱国忧民诗词的人，还有杜甫。杜诗现存有一千四百余首，这些诗作，有的表达对祖国河山的无限热爱赞美，有的表达对人民的深切同情，有的表达自己的政治抱负，有的表达对贪官污吏的深恶痛绝。这些诗无不体现了杜甫深切的爱国之情和赤诚的爱国之心。

不仅仅是屈原、杜甫，还有很多著名诗人都具有深厚的爱国主义情怀，这种情怀在外族入侵、国家遭受危难之时，表现得更加强烈。在新时代，重温这些心系国与民的诗词名句，仍然具有重大的现实意义。

# 1 长太息以掩涕兮，哀民生之多艰。

——战国·屈原《离骚》

## 【名句解析】

我长叹一声啊，止不住地流下来了眼泪，我是在哀叹人民的生活是多么艰难！

屈原虽然是楚国的贵族，是个士大夫，可是通过在流放期间与劳动人民的深入接触，他深深感受到人民的痛苦处境，所以在他的诗歌里常有忧国忧民的诗句。这两句诗就表现了他对人民的深切同情。

常用于表达对社会现实的不满和对劳苦人民的同情，体现忧国忧民的意识、热爱祖国的思想。

## 【单句接龙】

长太息以掩涕兮→兮水北南胥济____(《过汶河》清·弘历)→____去不逢青海____(《咏史》唐·李商隐)→____上相逢无纸____(《逢入京使》唐·岑参)→____砚行随____(《寄刘尚书》唐·鱼玄机)→____把文书口称____(《卖炭翁》唐·白居易)→____使传宣坐赐____(《入直》宋·周必大)→____香时拨涧中____(《松寺》唐·卢延让)→____清佛界____(《初夏倚春望六祖寺》宋·赵汝回)→____销清跸路(《松山岭应制》唐·宋之问)

## 【联句接龙】

长太息以掩涕兮，哀民生之多艰。→艰难苦恨繁霜鬓，潦倒新停浊酒____。(《登高》唐·杜甫)→____酒怜岁暮，志气非上____。(《无锡舅相送衔涕别》南朝·梁·江淹)→____去也，飞红万点愁如____。(《千秋岁》宋·秦观)→____风吹不断，江月照还____。(《望庐山瀑布》唐·李白)→____中乱潨(cóng)射，左右洗青____。(《望庐山瀑布》唐·李白)→____上尘黏蒲叶扇，床前苔烂笋皮____。(《题宗上人旧院》唐·杜荀鹤)→____留沙迹浅，扇答雨声____。(《雨后子文伯庄二弟相访同游东园》宋·杨万里)→____又何妨，狂又何____？(《一剪梅·余赴广东实之夜饯于风亭》宋·刘克庄)→____寐夜吟苦，爱闲身达迟。(《途中逢进士许巢》唐·方干)

◆ 答案：运→马→笔→手→敕→茶→泉→尘。杯→春→海→空→壁→鞋→疏→妨。

## 2 捐躯赴国难，视死忽如归。

——三国·魏·曹植《白马篇》

### 【名句解析】

为解国家危难奋勇献身，看待死亡就像回归故里一样。

为了国家的、民族的危难，宁愿献出自己的生命，将死亡看作像回家一样从容。纵观历史，许多志士仁人都有强烈的忧国忧民的思想，他们以国事为己任，前赴后继、临难不屈，保卫祖国。

常用于形容为国捐躯、视死如归的巨大勇气和英雄气概。

### 【单句接龙】

捐躯赴国难→难得闲人话白____（《晚秋病中》唐·王建）→____霞出海____（《和晋陵陆丞早春游望》唐·杜审言）→____星海中____（《边城将》南朝·梁·吴均）→____言气欲____（《春陵行》唐·元结）→____代有佳____（《佳人》唐·杜甫）→____比黄花____（《醉花阴》宋·李清照）→____觉锦衣____（《懒起》唐·韩偓）→____心汉月____（《王昭君》五代·南唐·李中）→____如棋子（《咏方圆动静示李泌》唐·张说）

### 【联句接龙】

捐躯赴国难，视死忽如归。→归来池苑皆依旧，太液芙蓉未央____。（《长恨歌》唐·白居易）→____展宫眉，翠拂行人____。（《锦缠道》宋·宋祁）→____夏别京辅，杪秋滞三____。（《暮秋言怀》唐·魏徵）→____西幕中多故人，故人别来三五____。（《凉州馆中与诸判官夜集》唐·岑参）→____水满四泽，夏云多奇____。（《四时》晋·陶渊明）→____色云端寺，潮声海上____。（《送陆判官归杭州》唐·皎然）→____苍苍，野茫茫，风吹草低见牛____。（《敕勒歌》北朝民歌）→____坂路岐险，燕巢生计____。（《次韵李提举秋日杂咏》宋·杨冠卿）→____叶临嵇竹，轻鳞入郑船。（《赋得白云临酒诗》南朝·陈·张正见）

◆ 答案：云→曙→出→绝→人→瘦→宽→圆。柳→首→河→春→峰→天→羊→疏。

## 3 穷年忧黎元，叹息肠内热。

——唐·杜甫《自京赴奉先县咏怀五百字》

### 【名句解析】

一年到头，都为老百姓发愁、叹息，想到他们的苦难，心里像火烧似的焦急。

杜甫自比稷契，所以说“穷年忧黎元”，尽他自己的一生，与万民同哀乐，衷肠热烈如此，所以为同学老先生们所笑。他却毫不在乎，只是格外慷慨悲歌。

常用于表示欲尽自己的一生，以热烈的衷肠与万民同哀乐。

## 【单句接龙】

穷年忧黎元→元是今朝斗草____（《破阵子·春景》宋·晏殊）→____得仓皇北____（《永遇乐·京口北固亭怀古》宋·辛弃疾）→____盼莫谁____（《癸卯岁十二月中作与从弟敬远》晋·陶渊明）→____君何事泪纵____（《浣溪沙》清·纳兰性德）→____空千里雄西____（《过阴山和人韵》元·耶律楚材）→____中诗价____（《吊杜工部坟》唐·齐己）→____风起兮云飞____（《大风歌》汉·刘邦）→____历中枢与外____（《和令狐相公初归京国赋诗言怀》唐·刘禹锡）→____榭竞生烟（《和僧长吉湖居五题·筠亭》宋·范仲淹）

## 【联句接龙】

穷年忧黎元，叹息肠内热。→热恼渐知随念尽，清凉常愿与人____。（《夏日与闲禅师林下避暑》唐·白居易）→____行十二年，不知木兰是女____。（《木兰诗》北朝民歌）→____如洛阳花，妾似武昌____。（《寄阮郎诗》隋·张碧兰）→____外轻雷池上雨，雨声滴碎荷____。（《临江仙》宋·欧阳修）→____来枕上千年鹤，影落杯中五老____。（《题元八溪居》唐·白居易）→____峦列峙神仙境，子母相依孝义____。（《九华山》宋·王十朋）→____入夏来差觉老，花从春去久无____。（《离建》宋·巩丰）→____多处，热如____。（《我侬词》元·管道升）→____冷灯稀霜露下，昏昏雪意云垂野。（《蝶恋花·密州上元》宋·苏轼）

◆ 答案：赢→顾→知→横→域→大→扬→台。同→郎→柳→声→峰→山→情→火。

# 4 况闻处处鬻男女，割慈忍爱还租庸。

——唐·杜甫《岁晏行》

## 【名句解析】

为了交纳租税，只得割舍骨肉恩爱之情，卖掉自己的亲生儿女，这种情形到处都可以听到。

安史叛乱平定后，唐代的社会矛盾依然相当尖锐。这里反映了当时赋税繁重，广大下层人民苦不堪言的情形。

常用于描写反动统治下广大劳动人民的生活处境。

## 【单句接龙】

况闻处处鬻男女→女行无偏____(《孔雀东南飞》汉乐府)→____月沉沉藏海____(《春江花月夜》唐·张若虚)→____树行相____(《喜达行在所》唐·杜甫)→____无数英雄竞折____(《沁园春·雪》现代·毛泽东)→____横秋水雁翎____(《送毛伯温》明·朱厚熜)→____枪面上____(《不如来饮酒》唐·白居易)→____沾珠箔____(《秋露》唐·雍陶)→____铠畚雕____(《异梦》宋·陆游)→____铤(chán)雪照营(《送李校书赴东川幕》唐·卢纶)

## 【联句接龙】

况闻处处鬻男女，割慈忍爱还租庸。→庸必算丁口，租必计桑____。(《赠友》唐·白居易)→____园何用问？强半属他____。(《埇桥旧业》唐·白居易)→____有悲欢离合，月有阴晴圆缺，此事古难____。(《水调歌头》宋·苏轼)→____家都在风声里，九月衣裳未剪____。(《都门秋思》清·黄景仁)→____为合欢扇，团团似明____。(《怨歌行》汉·班婕妤)→____华如练，长是人千____。(《御街行·秋日怀旧》宋·范仲淹)→____巷多通水，林园尽不____。(《偶吟》唐·白居易)→____闭朱门人不到，砧声何事透罗____？(《闺怨》唐·鱼玄机)→____幄既持先圣术，肯来山驿旋沉思？(《题筹笔驿》宋·文彦博)

◆ 答案：斜→雾→引→腰→刀→痕→重→戈。田→人→全→裁→月→里→扃→帏。

# 5 但得众生皆得饱，不辞羸病卧残阳。

——宋·李纲《病牛》

## 【名句解析】

只要芸芸众生都能吃饱饭，即使瘦弱得病倒在残阳里，也心甘情愿。

在这两句诗中，作者自喻为一头耕田受伤的病牛。但是只要对百姓有利，只要芸芸众生都能吃饱饭，他就绝不能推迟耕田的劳苦，即使筋疲力尽病倒在“残阳”里，也心甘情愿。字里行间充满了强烈的爱国爱民的情感。诗人处于与金交战之时，国家正值多事之秋，他官至宰相，身负社稷民生安危之重任，却惨遭投降派的排挤打击，内心抑郁不平。在诗中他以“病牛”自喻，抒发了“先天下之忧而忧，后天下之乐而乐”的辽阔胸襟，境界高远，格调昂扬。

常用于抒发甘愿为大众出力的心志，显示崇高的思想境界。也可化用诗句直接抒发“俯首甘为孺子牛”的胸怀。

## 【单句接龙】

但得众生皆得饱→饱食安眠消日____（《快活》唐·白居易）→____行却与人相____（《把酒问月·故人贾淳令予问之》唐·李白）→____富随贫且欢____（《对酒》唐·白居易）→____游原上清秋____（《忆秦娥》唐·李白）→____操棱棱还自____（《北风吹》明·于谦）→____以握中____（《送张秘书充刘相公通汴河判官便赴江外觐省》唐·岑参）→____饮畏朝____（《泻露亭》元·范梈）→____石似惊____（《巫山高》隋·李孝贞）→____吼何喷薄（《入庐山仰望瀑布水》唐·张九龄）

## 【联句接龙】

但得众生皆得饱，不辞羸病卧残阳。→阳春布德泽，万物生光____。（《长歌行》汉乐府）→____辉白日回初暑，拂拂清风动晚____。（《新辟小室自适》宋·韩淲）→____满中庭，叶叶心心，舒卷有余____。（《添字采桑子》宋·李清照）→____随湘水远，梦绕吴峰____。（《千秋岁·咏夏景》宋·谢逸）→____云开处共，雪面波____。（《齐天乐·白酒自酌有感》宋·吴文英）→____湖流水漾清波，狂客归舟逸兴____。（《送贺宾客归越》唐·李白）→____惭再入金门籍，不敢为文学解____。（《阙下待传点呈诸同舍》唐·刘禹锡）→____风神鬼泣，操月凤凰____。（《题琴书清隐图》宋·汪真）→____中景象千般有，书外囊装一物无。（《和友人喜相遇》唐·李咸用）

◆ 答案：月→随→乐→节→持→兰→坠→雷。辉→阴→情→翠→镜→多→嘲→吟。

# 6 莫把江山夸北客，冷云寒水更荒凉。

——宋·范成大《秋日》

## 【名句解析】

再莫向北方来客频频夸耀水乡曾是一派秀丽风光，如今冷云寒水，枯柳残芦，只剩下无限萧瑟、无限荒凉。

这两句诗把江南景色放到南宋朝廷偏安江南的历史背景中去，想到北方国土的沦丧，是不可能“直把杭州作汴州”的，心里装着北方故土，怎么可能在“北客”面前夸耀江南景色呢？“冷云寒水更荒凉”不仅是季节上的荒凉，更是心理上的悲凉。这两句也稍带讽劝统治者，不要再奉行媚敌的政策。

常用于表达对多灾多难的祖国的深沉系念。

## 【单句接龙】

莫把江山夸北客→客路青山____（《次北固山下》唐·王湾）→____物寂中谁似

____（《山居示灵澈上人》唐·皎然）→____未成名君未____（《偶题》唐·罗隐）→____与弄潮____（《江南曲》唐·李益）→____童散学归来____（《村居》清·高鼎）→____晚复相____（《忆江南》唐·白居易）→____风水不____（《慨然成咏诗》北周·庾信）→____明寻白____（《和张仆射塞下曲》唐·卢纶）→____扇纶巾（《念奴娇·赤壁怀古》宋·苏轼）

## 【联句接龙】

莫把江山夸北客，冷云寒水更荒凉。→凉州七里十万家，胡人半解弹琵____。（《凉州馆中与诸判官夜集》唐·岑参）→____洲铃铎江声战，越井楼台海气____。（《登赤石冈塔》明·陈子壮）→____金食气先从有，悟理归真便入____。（《七言》唐·吕岩）→____边落木萧萧下，不尽长江滚滚____。（《登高》唐·杜甫）→____归自镐，我行永____。（《诗经·六月》）→____有凌云志，重上井冈____。（《水调歌头·重上井冈山》现代·毛泽东）→____寺月中寻桂子，郡亭枕上看潮____。（《忆江南》唐·白居易）→____上倭堕髻，耳中明月____。（《陌上桑》汉乐府）→____玉买歌笑，糟糠养贤才。（《古风》唐·李白）

◆ 答案：外→我→嫁→儿→早→逢→平→羽。琵→吞→无→来→久→山→头→珠。

# 7 怒发冲冠，凭阑处，潇潇雨歇。

——宋·岳飞《满江红》

## 【名句解析】

我愤怒得头发竖了起来，独自登高凭栏远眺，骤急的风雨刚刚停歇。

“怒发冲冠”表现出诗人强烈的愤怒感情。这并不是偶然的，这是作者的理想与现实发生尖锐激烈的矛盾的结果。独上高楼，自倚阑干，纵目乾坤，俯仰六合，不禁热血满怀沸腾激昂。“潇潇”一词用来形容秋天的冷雨，“歇”显然是指雨的断断续续。此句既点明了作者是在秋雨中创作，也反映了作者心情的郁闷和沉重。

常用于表达对国事、时局的愤怒之情，其中“雨”可以借喻一切阻力。

## 【单句接龙】

怒发冲冠→冠盖满京____（《梦李白》唐·杜甫）→____亭鹤唳讵可____（《行路难》唐·李白）→____道龙标过五____（《闻王昌龄左迁龙标遥有此寄》唐·李白）→____头卧剥莲____（《清平乐·村居》宋·辛弃疾）→____鬓哀吟长城____（《逢病军人》唐·卢纶）→____有渌水之波____（《长相思》唐·李白）→____翻笔墨浩难

____（《和朱成伯》宋·胡寅）→____取关山五十____（《南园》唐·李贺）→____桥南北是天街（《州桥》宋·范成大）

【联句接龙】

怒发冲冠，凭阑处，潇潇雨歇。→歇处遇松根，危中值石____。（《樵径》唐·皮日休）→____伤朝水冷，貌苦夜霜____。（《不如来饮酒》唐·白居易）→____冬凛凛霜雪天，银山玉树相钩____。（《西湖四景》宋·程安仁）→____峰去天不盈尺，枯松倒挂倚绝____。（《蜀道难》唐·李白）→____泥根长麦，篱柱叶生____。（《闲居作》唐·张祜）→____柳散和风，青山澹吾____。（《东郊》唐·韦应物）→____少梦自少，言稀过亦____。（《省事吟》宋·邵雍）→____稀疏疏绕篱竹，窄窄狭狭向阳____。（《自劝》唐·白居易）→____中有一曝背翁，委置形骸如土木。（《自劝》唐·白居易）

◆ 答案：华→闻→溪→蓬→下→澜→收→州。齿→严→连→壁→杨→虑→稀→屋。

## 8 布被秋宵梦觉，眼前万里江山。

——宋·辛弃疾《清平乐·独宿博山王氏庵》

【名句解析】

秋夜里一梦醒来，眼前依然是祖国辽阔的江山。

平生经历使词人心怀祖国河山，形诸梦寐；眼前现实使词逆境益思奋勉，不坠壮志。在万里江山的阔大背景下，我们似乎看到了词人高大的爱国者形象，触摸到了他跃动着的拳拳之心。

常用于形容经历坎坷、怀才不遇、胸怀天下的爱国者。

【单句接龙】

布被秋宵梦觉→觉来江月____（《更漏子》唐·牛峤）→____光到晓穿朱____（《蝶恋花》宋·晏殊）→____盈罗____（《望海潮》宋·柳永）→____席凝____（《踏莎行》宋·晏殊）→____心未尽思乡____（《桃源行》唐·王维）→____小更无____（《新安吏》唐·杜甫）→____壮在南____（《观刈麦》唐·白居易）→____头醉倒石作____（《登云龙山》宋·苏轼）→____前明月光（《静夜思》唐·李白）

【联句接龙】

布被秋宵梦觉，眼前万里江山。→山深松翠冷，潭静菊花____。（《送僧》唐·朱庆馀）→____波入鬓，鞋小步行____。（《少年游·用周美成韵》宋·卢炳）→____

日江山丽，春风花草____。（《绝句》唐·杜甫）→____炉瀑布遥相望，回崖沓嶂凌苍____。（《庐山谣寄卢侍御虚舟》唐·李白）→____苍竹林寺，杳杳钟声____。（《送灵澈上人》唐·刘长卿）→____岁迫偷生，还家少欢____。（《羌村》唐·杜甫）→____驾冰轮渡银浦，乱抛玉李掷长____。（《月中炬火发仙山驿小睡射亭》宋·杨万里）→____寅岁入巴东峡，卧听清猿月下____。（《感旧四首末章盖思有以自广》宋·陆游）→____声劝醉应须醉，一岁唯残半日春。（《三月晦日晚闻鸟声》唐·白居易）

◆ 答案：斜→户→绮→尘→县→丁→冈→床。秋→迟→香→苍→晚→趣→庚→声。

## 9 僵卧孤村不自哀，尚思为国戍轮台。

——宋·陆游《十一月四日风雨大作》

### 【名句解析】

我直挺挺躺在孤寂荒凉的乡村里，没有为自己的处境而感到悲哀，心中还想着替国家防卫边疆。

“僵卧”道出了诗人的老迈境况，“孤村”表明与世隔绝的状态，一“僵”一“孤”，凄凉之极，为什么还“不自哀”呢？因为诗人的爱国热忱达到了忘我的程度，已经不把个人的身体健康和居住环境放在心上，而是“尚思为国戍轮台”，有“老骥伏枥，志在千里”的气概。

常用于形容坚定不移的报国之志和忧国忧民的拳拳之念。

### 【单句接龙】

僵卧孤村不自哀→哀民生之多____（《离骚》战国·屈原）→____难愧深____（《羌村》唐·杜甫）→____似雨余黏地____（《玉楼春》宋·周邦彦）→____扑白头条拂____（《苏州柳》唐·白居易）→____壁十年图破____（《大江歌罢掉头东》现代·周恩来）→____泥根长____（《闲居作》唐·张祜）→____苗含穗枇杷____（《仲春即事》宋·邓深）→____梅天气半晴____（《初夏游张园》宋·戴复古）→____阳深浅叶（《初夏》唐·李世民）

### 【联句接龙】

僵卧孤村不自哀，尚思为国戍轮台。→台榭竞生烟，独有清凉____。（《和僧长吉湖居五题·筠亭》宋·范仲淹）→____气相倾两相顾，斗酒双鱼表情____。（《酬中都小吏携斗酒双鱼于逆旅见赠》唐·李白）→____衣莫起风尘叹，犹及清明可到

____。(《临安春雨初霁》宋·陆游)→____人万里传消息，好在毡城莫相____。(《明妃曲》宋·王安石)→____妾深闺里，烟尘不曾____。(《长干行》唐·李白)→____遍中朝贵，多谙外学____。(《送少微上人游蜀》唐·卢纶)→____贤非愚非智慧，不贵不富不贱____。(《雪中晏起偶咏所怀兼呈张常侍韦庶子皇甫郎中》唐·白居易)→____贱有此女，始适还家____。(《孔雀东南飞》汉乐府)→____阑可三戟，何止驷车云。(《王希武通判挽词》宋·范成大)

◆ 答案：艰→情→絮→面→壁→麦→熟→阴。意→素→家→忆→识→非→贫→门。

# 10 臣心一片磁针石，不指南方不肯休。

——宋·文天祥《扬子江》

## 【名句解析】

我的心像一片磁针石，不指向南方，决不罢休！

诗人以指南针比喻自己的忠诚，既通俗又恰切，感人至深。文天祥的爱国情怀，在这里体现得淋漓尽致。

常用于表达自己虽然身处于危难之中，但仍心向祖国、誓死南归的一片爱国之情。

## 【单句接龙】

臣心一片磁针石→石破天惊逗秋____(《李凭箜篌引》唐·李贺)→____歇林光____(《月晦忆去年与亲友曲水游宴》唐·韦应物)→____化谁能____(《入庐山仰望瀑布水》唐·张九龄)→____不知南____(《好事近·梦中作》宋·秦观)→____国风____(《沁园春·雪》现代·毛泽东)→____景丽天____(《奉和圣制途次陕州作》唐·张九龄)→____有重臣承霈____(《送史兵曹判官赴楼烦》唐·卢纶)→____中生乔____(《咏怀》三国·魏·阮籍)→____下问童子(《寻隐者不遇》唐·贾岛)

## 【联句接龙】

臣心一片磁针石，不指南方不肯休。→休心失约寻真侣，转首谁知作古____。(《宋正纪挽词》宋·郭印)→____生如梦，一樽还酹江____。(《念奴娇·赤壁怀古》宋·苏轼)→____黑雁飞高，单于夜遁____。(《和张仆射塞下曲》唐·卢纶)→____暑迎春复送秋，无非绿蚁满杯____。(《咏酒》唐·翁绶)→____名浮利，虚苦劳____。(《行香子·述怀》宋·苏轼)→____力既殊妙，倾河焉足____？(《读山海经》晋·陶渊明)→____桃花红，李花白，菜花____。(《行香子》宋·秦观)→____昏风雨打园林，残菊飘零满地____。(《残菊》宋·王安石)→____屋妆成娇侍夜，玉楼宴罢醉和春。

（《长恨歌》唐·白居易）

◆ 答案：雨→变→了→北→光→中→泽→松。人→月→逃→浮→神→有→黄→金。

## 11 但愿苍生俱饱暖，不辞辛苦出山林。

——明·于谦《咏煤炭》

### 【名句解析】

愿天下苍生都得温饱，即使万死不辞、辛苦洒尽，我也要坦荡无畏地走出山林。

“但愿苍生俱饱暖”，从煤炭进一步生发，即杜甫广厦万间大庇天下寒士之意而扩大之。“不辞辛苦出山林”表明到自己出山济世，一切艰辛在所甘心历之的本意，即托物言志。煤炭虽然深深地埋藏在大地之下，却蓄积着太阳般无限的热能。在严寒的日子，它给人们带来温暖的春意；在阴森的夜晚，它为人们驱散沉沉的黑暗；为了百姓的温饱，它不惜烧尽自己来加热鼎彝。这勇于牺牲的煤炭，恰是于谦一生最好的写照。

常用来表达忧国忧民的思想以及甘愿为民出力献身的心迹。

### 【单句接龙】

但愿苍生俱饱暖→暖风熏得游人____（《题临安邸》宋·林升）→____不成欢惨将____（《琵琶行》唐·白居易）→____时茫茫江浸____（《琵琶行》唐·白居易）→____落星稀天欲____（《闺情》唐·李端）→____月还如李白____（《把酒对月歌》明·唐寅）→____时为安____（《孔雀东南飞》汉乐府）→____怀须信有诗____（《和孔纯老归自属邑》宋·王之道）→____家不必论贫____（《书斋谩兴》唐·翁承赞）→____家不用买良田（《劝学诗》宋·赵恒）

### 【联句接龙】

但愿苍生俱饱暖，不辞辛苦出山林。→林下有孤芳，不匆____。（《蓦山溪·至宜州作寄赠陈湘》宋·黄庭坚）→____匆又换，紫云衣____。（《水龙吟·载学士院有之》宋·辛弃疾）→____屋必能知早散，辉山应是不轻____。（《和友人喜相遇》唐·李咸用）→____酒过此生，狂歌眼前____。（《遣春》唐·元稹）→____以会兴，悲以别____。（《短歌行》晋·陆机）→____台柳，昭阳____。（《柳腰轻》宋·柳永）→____燕于飞，差池其____。（《诗经·燕燕》）→____扇纶巾，谈笑间，樯橹灰飞烟____。（《念奴娇·赤壁怀古》宋·苏轼）→____烛怜光满，披衣觉露滋。（《望月怀远》唐·张九龄）

◆ 答案：醉→别→月→明→时→慰→人→富。匆→润→沾→乐→章→燕→羽→灭。

# 12 买薪须论斤，卖儿不计价。

——清·乔莱《过高邮》

## 【名句解析】

买柴火都要论斤，卖儿子却不计价。

儿子是自己的亲生骨肉，卖掉他已经是令人心痛、万不得已的事情了，“不计价”就更显示出家庭生活的极度艰辛，乃是出于无可奈何之举；同时，“卖儿不计价”与“买薪须论斤”的对比，突出了“人不如薪”，又说明了卖儿者之多。

可用来揭露和批判封建社会的黑暗。

## 【单句接龙】

买薪须论斤→斤斧不来人迹____(《和刘太守十洲诗·松岛》宋·陈瓘）→____害全身诚得____(《山中五绝句·洞中蝙蝠》唐·白居易）→____拙无衣____(《客夜》唐·杜甫）→____宿无定____(《东归》唐·白居易）→____回数郡____(《南归舟中》唐·齐己）→____村逐水____(《南中》唐·王建）→____不显时心不____(《夜读》明·唐寅）→____骨穴蝼____(《遣兴》唐·杜甫）→____行蝉壳上（《题圣女庙》唐·张祜）

## 【联句接龙】

买薪须论斤，卖儿不计价。→价增马何益，夙负千里____。(《杂言》元·贡奎）→____来同宿否？听雨对床____。(《雨中招张司业宿》唐·白居易）→____沙卧水自成群，曲岸残阳极浦____。(《题鹅》唐·李商隐）→____气生虚壁，江声走白____。(《禹庙》唐·杜甫）→____平水息声影绝，一杯相属君当____。(《八月十五夜赠张功曹》唐·韩愈）→____声舞态都宜，拼著个、坚心共____。(《柳梢青》宋·卢炳）→____人卜筑自幽深，桂巷杉篱不可____。(《复至裴明府所居》唐·李商隐）→____声暗问弹者谁？琵琶声停欲语____。(《琵琶行》唐·白居易）→____迟钟鼓初长夜，耿耿星河欲曙天。(《长恨歌》唐·白居易）

◆ 答案：远→计→食→程→山→名→朽→蚁。能→眠→云→沙→歌→伊→寻→迟。

# 第11章 理想与情趣

中国自古就有“诗言志”的说法。志，是指诗人的精神境界、理想情操，是说感情要和思想结合。诗人不但要有丰富的感情，高雅的情趣，还要有远大的抱负，深刻的思想。在诗人的世界里，理想是诗，事业是诗，青春是诗，爱情是诗，天真是诗，智慧是诗，守望是诗，淡泊是诗，入世出世皆可为诗……诗人往往将自己的人生理想寄托于字里行间，理想与情趣对诗人有着极为重要的影响，而诗词也成了他们个人理想、情趣爱好最好的表达方式。比如于谦通过“粉骨碎身浑不怕，要留清白在人间”表达自己不同流合污的志向，王冕通过“不要人夸颜色好，只留清气满乾坤”来寄寓他鄙视流俗、贞洁自守的高尚情操。

很多诗人是坚定的理想主义者。杜甫“致君尧舜上，再使风俗淳”，胸怀天下；苏轼感慨“大江东去，浪淘尽，千古风流人物”，渴望在“早生华发”之前能够有所作为；即使如李清照这样的女诗人，也有“生当作人杰，死亦为鬼雄”的豪迈诗句。然而在封建社会，古代诗人的政治理想在社会的黑暗、官场的腐朽中，往往遭遇到种种打击。韩愈的“一封朝奏九重天，夕贬潮州路八千”，柳宗元的“十年憔悴到秦京，谁料翻为岭外行”，苏轼的“是处青山可埋骨，他时夜雨独伤神”就是文人落魄和被贬的真实写照。

所谓生活情趣，包含诗人对生活的立场态度、爱恨情仇、兴趣喜好和向往追求等，是诗人的总体情感倾向的一种流露。这种生活情趣在诗歌创作中转化为一种审美态度和审美趣味，就是对生活美的一种发现和把握，对生活诗意的一种追寻和捕捉，有“为伊消得人憔悴”的相思，有“两情若是久长时”的爱情真谛，有“人生自是有情痴”的悲慨，也有“直教人生死相许”的忠贞。李白酒醉心明，“世间行乐亦如此，古来万事东流水”；杜牧落寞时遣怀，“落魄江湖载酒行，楚腰纤细掌中轻”。累了就寄居山水之中，给心灵以一片淡然，任清风徐来，夜雨满山。

斗转星移，时过境迁。在漫漫历史长河中，让我们追寻着诗人的人生轨迹，去找寻属于我们自己的理想与情趣吧！

# 1 亦余心之所善兮，虽九死其犹未悔。

——战国·屈原《离骚》

## 【名句解析】

只要合乎我心中美好的理想，纵然死掉九回我也不会懊丧。

这两句表现了诗人对美好理想执着追求的精神。屈原的理想是抗击强秦的侵略，维护楚国的独立，实行清明的政治。同时，屈原清楚地预感到了自己的结局，但他并不后悔自己的选择。句中“虽九死其犹未悔”和同出自《离骚》的“路曼曼其修远兮，吾将上下而求索”诗句是后人引以自勉和共勉最多的句子。

常用于形容铁骨铮铮的汉子，赞扬其志向不改，坚贞不屈。

## 【单句接龙】

亦余心之所善兮→兮付山童漫折____（《看黄蔷薇》明·彭孙贻）→____褪残红青杏____（《蝶恋花·春景》宋·苏轼）→____荷才露尖尖____（《小池》宋·杨万里）→____角类关____（《雏》唐·齐己）→____山度若____（《木兰诗》北朝民歌）→____入菜花无处____（《宿新市徐公店》唐·杨万里）→____花绕寺____（《遗爱寺》唐·白居易）→____路____（《行路难》唐·李白）→____于上青天（《蜀道难》唐·李白）

## 【联句接龙】

亦余心之所善兮，虽九死其犹未悔。→悔当初，不把雕鞍____。（《定风波》宋·柳永）→____衔金兽连环冷，水滴铜龙昼漏____。（《宫词》唐·薛逢）→____夜难明赤县天，百年魔怪舞翩跹，人民五亿不团____。（《浣溪沙·和柳亚子先生》现代·毛泽东）→____荷帖帖野池平，时有龟鱼傍岸____。（《普明寺西亭》宋·韩维）→____路难，行路难，昔少年，今已____。（《行路难》唐·顾况）→____僧已死成新塔，坏壁无由见旧____。（《和子由渑池怀旧》宋·苏轼）→____彼脊令，载飞载____。（《诗经·小宛》）→____声何啾啾，闻我殿东____。（《鸡鸣》汉乐府）→____人送春悽，一笑绿尊开。（《春日即事》明·鲁铎）

◆ 答案：花→小→角→关→飞→寻→行→难。锁→长→圆→行→老→题→鸣→厢。

## 2 不吾知其亦已兮，苟余情其信芳。

——战国·屈原《离骚》

### 【名句解析】

只要我内心情感确实芬芳无邪，即使没有人了解我也毫不在乎。

虽然遭到贬抑，但仍要一如既往地修身洁行，而不论别人怎么看待自己。屈原不仅是一个有着伟大人格的人，还是一个有坚定信仰的人。

常用于赞扬有坚定信仰而不怕忍受寂寞，不在意被其他人误解、排挤的人。

### 【单句接龙】

不吾知其亦已兮→兮水北南胥济____（《过汶河》清·弘历）→____命惟所____（《感遇》唐·张九龄）→____此多应羞愧____（《豫让桥》明·张孟兼）→____为星辰终不____（《可叹》唐·杜甫）→____向无为____（《答顺宗皇帝问》唐·如满）→____去出山____（《早行》元·方夔）→____周梦蝴____（《古风》唐·李白）→____衣晒粉花枝____（《夏日》宋·张耒）→____时寒食春风天（《霓裳羽衣舞歌》唐·白居易）

### 【联句接龙】

不吾知其亦已兮，苟余情其信芳。→芳树杂花红，群莺乱晓____。（《莺》唐·李峤）→____里流霜不觉飞，汀上白沙看不____。（《春江花月夜》唐·张若虚）→____说灵泉好，潺湲兴莫____。（《遥赋义兴潜泉》五代·南唐·李中）→____达皆由命，何劳发叹____？（《天道》五代·冯道）→____有隐而相感兮，物有纯而不可____。（《九章·悲回风》战国·屈原）→____君下箸一餐饱，醉著金鞍上马____。（《酬中都小吏携斗酒双鱼于逆旅见赠》唐·李白）→____来却怪丹青手，入眼平生几曾____？（《明妃曲》宋·王安石）→____暇多徵逐，无诗不唱____。（《挽陈体忠》宋·周密）→____恩抚身世，未觉胜鸿毛。（《献寄旧府开封公》唐·李商隐）

◆ 答案：运→遇→死→灭→去→庄→蝶→舞。空→见→穷→声→为→归→有→酬。

## 3 虽体解吾犹未变兮，岂余心之可惩！

——战国·屈原《离骚》

### 【名句解析】

即使被粉身碎骨，我的志向也不会改变，我的心里怎么能因受打击而有所恐

惧呢！

在理想和现实的尖锐冲突之下，屈原用这两句诗显示了坚贞的节操：即使我被肢解也不改变理想，不能挫败我的远大志向！这样的诗句已远远超越个人的荣辱得失，把人生之求寄予国家富强之上。

现在常用于颂扬矢志不移的奋斗精神。

## 【单句接龙】

虽体解吾犹未变兮→兮付山童漫折____（《看黄蔷薇》明·彭孙贻）→____迎剑佩星初____（《奉和中书舍人贾至早朝大明宫》唐·岑参）→____叶添薪仰古____（《遣悲怀》唐·元稹）→____高庭日____（《腊日》宋·张耒）→____留归骑促歌____（《浣溪沙》宋·晏殊）→____开雪满____（《题金吾郭将军石伏茅堂》唐·卢纶）→____瑟在____（《诗经·女曰鸡鸣》）→____苑仙宫待献____（《奉和立春游苑迎春》唐·李适）→____眠不觉晓（《春晓》唐·孟浩然）

## 【联句接龙】

虽体解吾犹未变兮，岂余心之可惩！→惩恶欲劝善，扶弱先锄____。（《锄强扶弱》明·祁顺）→____欲从君无那老，将因卧病解朝____。（《酬郭给事》唐·王维）→____裳已施行看尽，针线犹存未忍____。（《遣悲怀》唐·元稹）→____门郎不至，出门采红____。（《西洲曲》南朝·无名氏）→____香隔浦渡，荷叶满江____。（《采莲曲》南朝·梁·刘孝威）→____肥属时禁，蔬果幸见____。（《郡斋雨中与诸文士燕集》唐·韦应物）→____闻凿壁井，兹水最为____。（《敦煌廿咏·凿壁井咏》唐）→____台无计逃神矢，风雨如磐暗故____。（《自题小像》近现代·鲁迅）→____有桃，其实之肴。（《诗经·园有桃》）

◆ 答案：花→落→槐→少→筵→琴→御→春。强→衣→开→莲→鲜→尝→灵→园。

# 4 吾不能变心而从俗兮，固将愁苦而终穷。

——战国·屈原《九章·涉江》

## 【名句解析】

我不能改变志向，去顺从世俗啊，当然难免愁苦，终身不得志。

面对流放，屈原依然坚守着耿直中正的人生操守，对反复无常、黑暗复杂的社会现实投去了惊魂的一瞥，他把自我愁苦放在了一种“大我”的环境中，他不为自我的得失而愁困。

常用于表明坚定不移地践行自己的志向，哪怕经受痛苦磨难也不会改变。

### 【单句接龙】

吾不能变心而从俗兮→兮水北南胥济____（《过汶河》清·弘历）→____去不逢青海____（《咏史》唐·李商隐）→____首见盐____（《行次盐亭县聊题四韵奉简严遂州蓬州两使君咨议诸昆季》唐·杜甫）→____亭山上____（《赠从弟》汉·刘祯）→____枝一何____（《赠从弟》汉·刘祯）→____虏在燕____（《饮马长城窟行》晋·陆机）→____不得欢乐兮当我之盛____（《胡笳十八拍》汉·蔡文姬）→____年岁岁花相____（《代悲白头翁》唐·刘希夷）→____曾相识燕归来（《浣溪沙》宋·晏殊）

### 【联句接龙】

吾不能变心而从俗兮，固将愁苦而终穷。→穷通前定，何用苦张____？（《骤雨打新荷》金·元好问）→____绶分香，翠绡对泪，几多幽____。（《水龙吟·春恨》宋·陈亮）→____灵修之浩荡兮，终不察夫民____。（《离骚》战国·屈原）→____犹豫而狐疑兮，欲自适而不____。（《离骚》战国·屈原）→____怜九月初三夜，露似真珠月似____。（《暮江吟》唐·白居易）→____断阵前争日月，血流垓下定龙____。（《垓下怀古》唐·栖一）→____毒浓凝洞堂湿，江鱼不食衔沙____。（《罗浮山父与葛篇》唐·李贺）→____而望之，偏何姗姗其来____？（《李夫人歌》汉·刘彻）→____日催花，淡云阁雨，轻寒轻暖。（《水龙吟·春恨》宋·陈亮）

◆ 答案：运→马→亭→松→劲→然→年→似。罗→怨→心→可→弓→蛇→立→迟。

## 5 少壮不努力，老大徒伤悲。

——汉乐府《长歌行》

### 【名句解析】

少壮年华时不发奋努力，到老来只能是空空悔恨了。

一个人如果少年时不趁着大好时光努力学习奋斗，反而让青春白白地浪费，等到年老之时后悔也来不及了。诗人由眼前青春美景想到人生易逝，鼓励年轻人要珍惜时间，努力向上。

常用于提醒年轻人应该珍惜时间，奋发向上。

### 【单句接龙】

少壮不努力→力拔山兮气盖____（《垓下歌》秦·项羽）→____上无难____（《水调歌头·重上井冈山》现代·毛泽东）→____事四五____（《孔雀东南飞》汉乐府）→____宵抱膝____（《五哀诗·斛律丞相》宋·司马光）→____愤张巡嚼齿____（《书愤》

宋·陆游）→____中莽落____（《山雪》宋·张耒）→____居易永____（《登池上楼》南朝·宋·谢灵运）→____别经离____（《送邬傪之洪州觐兄弟》唐·皎然）→____世文章不值钱（《祭灶诗》宋·吕蒙正）

## 【联句接龙】

少壮不努力，老大徒伤悲。→悲欢离合总无情，一任阶前，点滴到天____。（《虞美人·听雨》宋·蒋捷）→____月夜，短松____。（《江城子·乙卯正月二十日夜记梦》宋·苏轼）→____头醉倒石作床，仰看白云天茫____。（《登云龙山》宋·苏轼）→____茫九派流中国，沉沉一线穿南____。（《菩萨蛮·黄鹤楼》现代·毛泽东）→____国风光，千里冰封，万里雪____。（《沁园春·雪》现代·毛泽东）→____蓬求季主，身世问如____？（《腊日》宋·张耒）→____必悠悠人世上，劳心费目觅亲____。（《池上竹下作》唐·白居易）→____到千年外，更逢何者____。（《读贾岛集》唐·齐己）→____交容未契，许国见深衷。（《别苏翰林》宋·道潜）

◆ 答案：世→事→通→忧→空→索→久→乱。明→冈→茫→北→飘→何→知→论。

# 6 昼短苦夜长，何不秉烛游？

——汉《古诗十九首·生年不满百》

## 【名句解析】

既然老是埋怨白天是如此短暂，黑夜是如此漫长，何不拿着烛火，日夜不停地欢乐游玩呢？

白昼相当于“生年”，人的有生之年，而黑夜正如人死之后。人在有生之年苦恼死后的漫长无边，正“昼短苦夜长”也。怎么办？那就立足于这个白昼，这个人活着的有生之年，延续白昼的光芒，将白昼的光延伸到黑夜，手持蜡烛而行。“秉烛游”三字颇形象。“游”在此是泛指，并不一定是指游乐。“游”有一种轻松快乐之意，结合下面的“为乐”，对比上面的“苦”。

现代人常用“秉烛游”代表修炼。在有生之年通过修炼，延续性命，跨越那原定的白昼黑夜的交界，正是“秉烛”之行。

## 【单句接龙】

昼短苦夜长→长谣去国____（《遂州南江别乡曲故人》唐·陈子昂）→____思胡笳____（《喜达行在所》唐·杜甫）→____阳西____（《天净沙·秋思》元·马致远）→____上其____（《诗经·燕燕》）→____书无____（《定风波》宋·柳永）→____个公卿欲梦____（《寄赠薛涛》唐·元稹）→____剑作锄____（《田西边》唐·刘驾）→____

耕宿雨春风____（《平绿轩》宋·王用亨）→____风熏得游人醉（《题临安邸》宋·林升）

## 【联句接龙】

昼短苦夜长，何不秉烛游？→游禽接翅羽，沉沉鸣声____。（《同魏进道晚过湖上》宋·韩维）→____暖又逢挑菜日，寂寥未是探花____。（《蜀中春日》唐·郑谷）→____之好我，示我周____。（《诗经·小雅·鹿鸣》）→____路难，行路难，日暮途远空悲____。（《行路难》唐·贯休）→____年来踪迹，何事苦淹____？（《八声甘州》宋·柳永）→____待作遗施，于今无会____。（《孔雀东南飞》汉乐府）→____循过日月，真是俗人____。（《自叹》唐·白居易）→____之忧矣，曷维其____。（《诗经·绿衣》）→____国生春草，离宫没古丘。（《金陵》唐·李白）

◆ 答案：愁→夕→下→音→个→刀→犁→暖。和→人→行→叹→留→因→心→亡。

# 7 长风破浪会有时，直挂云帆济沧海。

——唐·李白《行路难》

## 【名句解析】

总会有一天，我能乘长风破万里浪，高挂着风帆渡过茫茫大海，到达彼岸。

诗句唱出了高昂乐观的调子，既充分显示了黑暗污浊的政治现实对诗人的宏大理想抱负的阻遏，也反映了诗人内心的强烈苦闷、愤郁和不平，充满对未来的憧憬，唱出了自信，鼓舞了一代又一代人。

用于表现倔强、自信和对理想的执着追求，展示力图从苦闷中挣脱出来的强大精神力量，表明相信自己的理想抱负总有实现的一天。

## 【单句接龙】

长风破浪会有时→时人不识余心____（《春日偶成》宋·程颢）→____游原上清秋____（《忆秦娥》唐·李白）→____士悲秋泪如____（《临江王节士歌》唐·李白）→____过一村____（《初归偶到近村戏书》宋·陆游）→____香浮动月黄____（《山园小梅》宋·林逋）→____昏雪意云垂____（《蝶恋花·密州上元》宋·苏轼）→____旷天低____（《宿建德江》唐·孟浩然）→____阴照水爱晴____（《小池》宋·杨万里）→____情似水（《鹊桥仙》宋·秦观）

## 【联句接龙】

长风破浪会有时，直挂云帆济沧海。→海日生残夜，江春入旧____。（《次北固山下》唐·王湾）→____始十八九，便言多令____。（《孔雀东南飞》汉乐府）→____向窗中列，还从林表____。（《夏日同崔使君论登城楼赋得远山》唐·皎然）→____臣多幸逢佳节，得赋殊祥近御____。（《寿昌节赋得红云表夏日》唐·栖白）→____外雨潺潺，春意阑珊，罗衾不耐五更____。（《浪淘沙令》五代·南唐·李煜）→____浦一从抛钓艇，旧林无处认风____。（《讲德陈情上淮南李仆射》唐·许棠）→____移霭然色，波乱危如____。（《箬笠》唐·陆龟蒙）→____参岸柏童童绿，叶蔽汀兰澹澹____。（《和刘太守十洲诗·松岛》宋·陈瓘）→____阁掩，杏花红，月明杨柳风。（《更漏子》唐·牛峤）

◆ 答案：乐→节→雨→暗→昏→野→树→柔。年→才→微→帘→寒→飙（biāo）→影→香。

## 8 致君尧舜上，再使风俗淳。

——唐·杜甫《奉赠韦左丞丈二十二韵》

### 【名句解析】

我要使当今皇上达到上古唐尧和虞舜的治国境界，使社会风俗再次归于淳厚朴实。

让普通百姓的生活回归安居乐业的淳朴敦厚之状态，是君子治理天下的目标。这在一段很长的历史时期中，都是中国知识分子治世理想的最高实现形态。

在借古喻今的语境中，常用这两句诗表达对当今社会风俗的不满。

### 【单句接龙】

致君尧舜上→上穷碧落下黄____（《长恨歌》唐·白居易）→____听咽危____（《过香积寺》唐·王维）→____坚激清____（《飞练瀑》唐·刘禹锡）→____遏行云横碧____（《闻笛》唐·赵嘏）→____月满屋____（《梦李白》唐·杜甫）→____间燕子太无____（《葬花吟》清·曹雪芹）→____将众别____（《上桂州李大夫》唐·戎昱）→____锡曾为大司____（《诸将》唐·杜甫）→____上相逢无纸笔（《逢入京使》唐·岑参）

### 【联句接龙】

致君尧舜上，再使风俗淳。→淳诚岁时长，欺罔日月____。（《长短吟》宋·邵雍）→____歌有咏，长夜无____。（《短歌行》晋·陆机）→____城临古渡，落日满秋____。（《归嵩山作》唐·王维）→____深松翠冷，潭静菊花____。（《送僧》唐·朱庆馀）→____烟漠漠雨濛濛，不卷征帆任晚____。（《自孟津舟西上雨中作》唐·韦庄）→____雨送春归，飞雪迎春____。（《卜算子·咏梅》现代·毛泽东）→____

得却相逢，恰经年离____。（《石州慢·寒水依痕》宋·张元干）→____鹤惊心，感时花泪____。（《齐天乐·吴兴郡宴遇旧人》宋·刘澜）→____溅漱幽石，注入团圆处。（《月窟》唐·刘禹锡）

◆ 答案：泉→石→响→落→梁→情→殊→马。短→荒→山→秋→风→到→别→溅。

## 9 笔落惊风雨，诗成泣鬼神。

——唐·杜甫《寄李十二白二十韵》

### 【名句解析】

看到他落笔，风雨为之感叹；看到他的诗，鬼神都为之感动哭泣。

诗人以高度夸张的手法，盛赞了李白诗歌强大的艺术魅力。落笔能惊动狂风暴雨，说明李白的诗歌气势磅礴；诗成能使鬼神哭泣，说明李白的诗歌感人肺腑。诗人用精妙的语言赞美了李白的旷世才华，而“诗仙”李白也确实有资格接受这一赞誉。从这里可以看出杜甫对李白的推崇、钦佩与敬重。

这两句历来被人们看成是描写李白的佳句，也可用于形容诗歌、文章是一篇“惊风雨”“泣鬼神”的传世杰作。

### 【单句接龙】

笔落惊风雨→雨中山果____（《秋夜独坐》唐·王维）→____木千山天远____（《登快阁》宋·黄庭坚）→____漠孤烟____（《使至塞上》唐·王维）→____至长风____（《长干行》唐·李白）→____头候风____（《长干行》唐·李白）→____疑琼树____（《和令狐相公咏栀子花》唐·刘禹锡）→____杖东风却黯____（《春日田园杂兴》宋·方德麟）→____知粹美始终____（《人玉吟》宋·邵雍）→____曲红绡不知数（《琵琶行》唐·白居易）

### 【联句接龙】

笔落惊风雨，诗成泣鬼神。→神女应无恙，当惊世界____。（《水调歌头·游泳》现代·毛泽东）→____俗皆归往，蒸民尽乐____。（《仁宗皇帝挽诗》宋·文同）→____泰终来在，编联莫破____。（《丙寅岁寄潘归仁》唐·齐己）→____非一杯酒，何物更关____？（《感春》唐·白居易）→____阅兴亡浩劫空，两朝文献一衰____。（《题遗山诗》清·赵翼）→____翁岂有甘心事，何故高楼鼓角____？（《至扬州》宋·文天祥）→____歌可以当泣，远望可以当____。（《悲歌》汉乐府）→____去思自嗟，低头入蚁____。（《登香炉峰顶》唐·白居易）→____隙漏江海，丝微成网罗。（《解秋》唐·元稹）

◆ 答案：落→大→直→沙→色→倚→然→一。殊→康→除→身→翁→悲→归→壤。

# 10 别裁伪体亲风雅，转益多师是汝师。

——唐·杜甫《戏为六绝句》

## 【名句解析】

要区别和裁去没有真实内容的专事模拟的虚浮诗风和作品，要亲近《诗经》的国风和二雅（大雅与小雅）；只有不拘一时一家地多方面学习各家的长处，才算真正找到了你的老师。

诗人勉励后学者区别裁汰专事模仿而无真意的伪劣风格，亲近《诗经》的雅正传统，多方师法前贤，不限于一家一派。

“别裁伪体”和“转益多师”是一个问题的两面。“别裁伪体”，强调创造；“转益多师”，重在继承。两者的关系是辩证的。“转益多师是汝师”即无所不师而无定师。这话有好几层意思：一是无所不师，故能兼取众长；无定师，不囿于一家，虽有所继承、借鉴，但并不妨碍自己的创造性。二是只有在“别裁伪体”区别真伪的前提下，才能确定“师”谁，“师”什么，才能真正做到“转益多师”。三是要做到无所不师而无定师，就必须善于从不同的角度学习别人的成就，在学习的同时，也就有所扬弃。

## 【单句接龙】

别裁伪体亲风雅→雅志莫相___（《八声甘州·寄参寥子》宋·苏轼）→___此乡山___（《遂州南江别乡曲故人》唐·陈子昂）→___时提剑救边___（《北风行》唐·李白）→___来江口守空___（《琵琶行》唐·白居易）→___头有行___（《舟行》唐·白居易）→___君今日上青___（《祭灶诗》宋·吕蒙正）→___下英雄谁敌___（《南乡子·登京口北固亭有怀》宋·辛弃疾）→___中各有___（《羌村》唐·杜甫）→___手相将（《凤求凰》汉·司马相如）

## 【联句接龙】

别裁伪体亲风雅，转益多师是汝师。→师为终老意，日日复年___。（《称心寺中岛》唐·方干）→___长风情少，官高俗虑___。（《忆梦得》唐·白居易）→___占春风称第一，檀心知有谢来___。（《和许簿牡丹》宋·薛季宣）→___意苦争春，一任群芳___。（《卜算子》宋·陆游）→___态风频起，娇妆露欲___。（《芍药》唐·王贞白）→___星几点雁横塞，长笛一声人倚___。（《长安晚秋》唐·赵嘏）→___头残梦五更钟，花底离情三月___。（《玉楼春·春恨》宋·晏殊）→___洗山林湿，鸦鸣池馆___。（《闲居寄薛华》唐·于良史）→___抹雨妆总西子，日开云暝一滁州。

（《山中载酒用萧敬夫韵赋江涨》宋 · 文天祥）

◆ 答案：违→别→去→船→灶→天→手→携。年→多→无→妒→残→楼→雨→晴。

## 11 青春须早为，岂能长少年？

——唐 · 孟郊《劝学》

### 【名句解析】

要趁着青春时光早点学习，少年时光又怎能长久呢？

这两句诗用反问的语气告诫人们要在年少时努力学习，一个人不能够永远都是“少年”，对于青少年有很强的警示性。

用人生有限、青春短暂来告诫人们要及时努力学习。

### 【单句接龙】

青春须早为→为君翻作琵琶____（《琵琶行》唐 · 白居易）→____宫见月伤心____（《长恨歌》唐 · 白居易）→____落还弃____（《喻时》唐 · 王建）→____篇妙字处处____（《书林逋诗后》宋 · 苏轼）→____梅适堪____（《石梯》宋 · 方岳）→____天仙掌惜空____（《岐阳》金 · 元好问）→____眠犹未____（《舟行》唐 · 白居易）→____问鼓枻（yì）____（《舟行》唐 · 白居易）→____生若只如初见（《木兰词 · 拟古决绝词柬友》清 · 纳兰性德）

### 【联句接龙】

青春须早为，岂能长少年？→年年社日停针线，怎忍见、双飞____。（《青玉案》宋末元初 · 黄公绍）→____子分泥蜂酿蜜，迟迟艳风____。（《谒金门》宋 · 晏几道）→____暮苍山远，天寒白屋____。（《逢雪宿芙蓉山主人》唐 · 刘长卿）→____贱有此女，始适还家____。（《孔雀东南飞》汉乐府）→____阑可三戟，何止驷车____。（《王希武通判挽词》宋 · 范成大）→____开太华插遥空，我是山中采药____。（《花下小酌》宋 · 陆游）→____翁岂有甘心事，何故高楼鼓角____？（《至扬州》宋 · 文天祥）→____笳数声动，壮士惨不____。（《后出塞》唐 · 杜甫）→____才雄力君何怨？徒念薄命之苦辛。（《歌》南朝 · 梁 · 江淹）

◆ 答案：行→色→遗→有→倚→闲→起→人。燕→日→贫→门→云→翁→悲→骄。

# 12 少年辛苦终身事，莫向光阴惰寸功。

——唐·杜荀鹤《题弟侄书堂》

## 【名句解析】

少年时候的努力是有益终身的大事，对着匆匆逝去的光阴，不要有丝毫的放松。

这两句诗是告诫弟侄少年时期辛苦学习，将为一生的事业打下根基，切莫有丝毫懒惰，不要浪费了大好光阴。诗句是对后人的劝勉，情味恳直，旨意深切。

前句可用于谆谆教诲年轻人不要怕经历辛苦磨难，只有这样才能为终身事业打下基础。后句是危言警示，告诫年轻人不要在怠惰中浪费光阴，寸功在怠惰中失去，终身事业也就寸寸丧失。“寸功”极小，“终身事”极大，然而极大却正是极小日积月累的结果。说明了一个量变到质变的辩证道理。

## 【单句接龙】

少年辛苦终身事→事事便相____(《武功县中作》唐·姚合)→____关雎____(《诗经·关雎》)→____居无鹊____(《平江府》宋·文天祥)→____目皓已____(《癸卯岁十二月中作与从弟敬远》晋·陶渊明)→____性不可____(《喜园中茶生》唐·韦应物)→____沟贮浊____(《京兆府新栽莲》唐·白居易)→____上叶田____(《京兆府新栽莲》唐·白居易)→____夫荷锄至(《渭川田家》唐·王维)→____今已觉不新鲜(《论诗》清·赵翼)

## 【联句接龙】

少年辛苦终身事，莫向光阴惰寸功。→功盖三分国，名成八阵____。(《八阵图》唐·杜甫)→____尽擢匕首，长驱西入____。(《咏史诗》三国·魏·阮瑀)→____女含颦向烟月，愁红带露空迢____。(《惜春词》唐·温庭筠)→____迢天汉西南落，喔喔邻鸡一再____。(《秋夜将晓出篱门迎凉有感》宋·陆游)→____筝金粟柱，素手玉房____。(《听筝》唐·李端)→____时雪压无寻处，昨夜月明依旧____。(《次韵雪后书事》宋·朱熹)→____视化为血，哀今征敛____。(《客从》唐·杜甫)→____为守穷贱，坎坷长苦____。(《古诗十九首·今日良宴会》汉)→____苦遭逢起一经，干戈寥落四周星。(《过零丁洋》宋·文天祥)

◆ 答案：关→鸠→在→洁→污→水→田→至。图→秦→迢→鸣→前→开→无→辛。

## 13 生当作人杰，死亦为鬼雄。

——宋·李清照《夏日绝句》

### 【名句解析】

人活在这个世界上，就应该做人中的豪杰！即使死了，也应该成为鬼中的英雄！

人生在世，就应该慷慨激昂，轰轰烈烈，宁为玉碎，不为瓦全。爱国激情，溢于言表，在当时确有振聋发聩的作用。诗人鞭挞南宋当权派的无耻行径，借古讽今，正气凛然。

高亢、鲜明地提出了人生的价值取向：人活着就要作人中的豪杰，为国家建功立业；死也要为国捐躯，成为鬼中的英雄。

### 【单句接龙】

生当作人杰→杰出东篱最奈____（《淮南菊》宋·史铸）→____向江南____（《秋雁》元·揭傒斯）→____滩晴日眠相____（《踏莎行》宋·秦观）→____晚意不____（《登乐游原》唐·李商隐）→____遇江海____（《春遇南使贻赵知音》唐·岑参）→____也难____（《一剪梅·中秋无月》宋·辛弃疾）→____宵抱膝____（《五哀诗·斛律丞相》宋·司马光）→____愤张巡嚼齿____（《书愤》宋·陆游）→____山新雨后（《山居秋暝》唐·王维）

### 【联句接龙】

生当作人杰，死亦为鬼雄。→雄兔脚扑朔，雌兔眼迷____。（《木兰诗》北朝民歌）→____秦空得罪，入蜀但听____。（《读贾岛集》唐·齐己）→____鸣钟动不知曙，杲杲寒日生于____。（《谒衡岳庙遂宿岳寺题门楼》唐·韩愈）→____风不与周郎便，铜雀春深锁二____。（《赤壁》唐·杜牧）→____木苍烟合，清江旅雁____。（《再和前韵》元·贡奎）→____心落何处，日没大江____。（《奔亡道中》唐·李白）→____宫南内多秋草，落叶满阶红不____。（《长恨歌》唐·白居易）→____除闲室置书琴，偃仰之间万古____。（《新辟小室自适》宋·韩淲）→____调度而弗去兮，刻著志之无适。（《九章·悲回风》战国·屈原）

◆ 答案：寒→暖→向→适→信→通→忧→空。离→猿→东→乔→归→西→扫→心。

## 14 待从头，收拾旧山河，朝天阙！

——宋·岳飞《满江红》

### 【名句解析】

待我重新收复旧日山河，再带着捷报向国家报告胜利的消息！

我国古代进步的知识分子，往往都把忠于朝廷看作爱国的表现。在封建社会里，尤其在民族矛盾激化，上升为主要矛盾的时期，“忠于朝廷”与爱国常常是紧密结合在一起的。因此，岳飞所表露的忠于朝廷的思想，也是一种爱国思想。

常用于形容渴望杀尽敌人、保卫祖国疆土的壮志。

### 【单句接龙】

收拾旧山河→河水虽浊有清____（《潜别离》唐·白居易）→____日思君不见____（《卜算子》宋·李之仪）→____不见走马川行雪海____（《走马川行奉送出师西征》唐·岑参）→____风萧____（《胡无人》唐·贯休）→____寺驮经____（《马诗》唐·李贺）→____作的卢飞____（《破阵子·为陈同甫赋壮词以寄之》宋·辛弃疾）→____走踏清____（《马诗》唐·李贺）→____尽江南草未____（《寄扬州韩绰判官》唐·杜牧）→____零遂无几（《范参政挽词》宋·陆游）

### 【联句接龙】

待从头，收拾旧山河，朝天阙！→阙下新交少，天涯旧业____。（《送友人下第东游》唐·司马扎）→____来缘未有，客散独行____。（《杜中丞书院新移小竹》唐·王建）→____日江山丽，春风花草____。（《绝句》唐·杜甫）→____雾云鬟湿，清辉玉臂____。（《月夜》唐·杜甫）→____衣针线密，家信墨痕____。（《岁暮到家》清·蒋士铨）→____妇识马声，蹑履相逢____。（《孔雀东南飞》汉乐府）→____福禄，俱来____。（《迎春乐》宋·杨无咎）→____此千载后，传是何如____？（《赠内》唐·白居易）→____生自古谁无死？留取丹心照汗青。（《过零丁洋》宋·文天祥）

◆ 答案：日→君→边→萧→马→快→秋→凋。贫→迟→香→寒→新→迎→至→人。

## 15 人生自古谁无死？留取丹心照汗青。

——宋·文天祥《过零丁洋》

### 【名句解析】

自古人生在世，谁没有一死呢？我要留一片爱国的忠心映照史册。

这两句诗表现了诗人视死如归的决心，义正词严，正气凛然，这不仅在当时使敌人的企图落空，在后世也一直鼓舞了许多志士仁人英勇赴国难，为国献身。

这两句诗体现舍生取义的生死观，歌颂为国家安定宁愿慷慨赴死的民族气节，表现为国家、民族的利益甘愿牺牲自己生命的高尚情操。

## 【单句接龙】

人生自古谁无死→死为同穴____（《赠内》唐·白居易）→____土莫寻行止____（《睡起》唐·韩偓）→____处闻啼____（《春晓》唐·孟浩然）→____啼云梦____（《南游有怀》唐·龚霖）→____镜但愁云鬓____（《无题》唐·李商隐）→____过终____（《迷悟吟》宋·邵雍）→____悦心自____（《晨诣超师院读禅经》唐·柳宗元）→____茧荒山转愁____（《观公孙大娘弟子舞剑器行》唐·杜甫）→____风知劲草（《赋萧瑀》唐·李世民）

## 【联句接龙】

人生自古谁无死？留取丹心照汗青。→青山隐隐水迢迢，秋尽江南草未____。（《寄扬州韩绰判官》唐·杜牧）→____零遂无几，迟暮与谁____。（《范参政挽词》宋·陆游）→____来玩月人何在？风景依稀似去____。（《江楼有感》唐·赵嘏）→____年乞与人间巧，不道人间巧已____。（《七夕》宋·杨朴）→____少青门客，临岐共羡____。（《送庞百篇之任青阳县尉》唐·张乔）→____不见古来烧水银，变作北邙山上____。（《行路难》唐·顾况）→____土莫寻行止处，烟波长在梦魂____。（《睡起》唐·韩偓）→____之以云雾，飞鸟不可____。（《寄微之》唐·白居易）→____人语天姥，云霞明灭或可睹。（《梦游天姥吟留别》唐·李白）

◆ 答案：尘→处→鸟→晓→改→悟→足→疾。凋→同→年→多→君→尘→间→越。

# 第12章 文字弦外音

诗词中用声音来阐述、表达、抒发作者情感、抱负的例子数不胜数，为诗词的艺术价值增添重要的一笔。诗词之中，声声动情，而且这些不一样的声音让诗词有了独特韵味。流传千古的诗词里有夜半钟声的深沉，有夜来风雨声滴滴盘旋的旋律，有大江两岸猿猴的啼叫声，有梧桐树上知了的声音，还有秋天的梧桐叶被风吹得沙沙作响之声。我们可以邂逅白居易笔下的琵琶女，可以与白居易一起聆听：起初的“大弦嘈嘈如急雨，小弦切切如私语”引人渐入佳境，只听得“嘈嘈切切错杂弹，大珠小珠落玉盘”，渐而“间关莺语花底滑，幽咽泉流冰下难”，接着停顿“此时无声胜有声”，最后“银瓶乍破水浆迸，铁骑突出刀枪鸣”，高昂收尾。白居易似写琵琶，又超越琵琶，这种崇高的境界，唯白居易独有，久久萦绕耳畔。

鸟鸣、虫声、猿声、雷雨声都是古诗词中常见的用来描绘声音的意象。“月出惊山鸟，时鸣春涧中。”“绿阴不减来时路，添得黄鹂四五声。”这些都是用自然界的意象来写声音，表现声音。这些声音来自大自然，不经雕琢，堪称“天籁”。

声音可以传递内心情感，同时也可以传递另一种“情感”——人生抱负。用声音来表达自己的抱负，在古诗词中屡见不鲜，似乎是诗人在声音中的寄托情感，而情感表达到一定程度时，便成了对自己人生抱负和态度的一种抒发。韩愈的《听颖师弹琴》有这样一句“跻攀分寸不可上，失势一落千丈强”，诗人借助神鸟凤凰不甘与凡鸟为伍，一心向上，饱经跻攀之苦之状来描写声音，无奈却跌得那样快，那样惨，本意是显示琴声的起落变化，但联系下句“湿衣泪滂滂”等句，原来是诗人对自己境遇的慨叹。

诗词在摹写声音的同时，或示之以儿女柔情，或拟之以英雄壮志，或充满对自然的眷恋，或富有超凡脱俗之想和坎坷不遇之悲，如此等等，无不流露出丰富的情感。

# 1 关关雎鸠，在河之洲。

——《诗经·关雎》

## 【名句解析】

雎鸠关关在歌唱，在那河中小岛上。

诗句以河洲上“关关”（象声词）歌唱求爱的雎鸠鸟起兴，从而引出了青年男女间的动人情愫。

有趣的是，《诗经》这部儒家经典的卷首作是一首情诗——《关雎》，《关雎》开头的这两句诗就成了《诗经》的开篇语，成为众所周知的名句，被后人广泛引用，作为爱的呼唤。这几声鸟的鸣叫，响彻千古。

## 【单句接龙】

关关雎鸠→鸠鸣村意____（《题进士王驾郊居》唐·郑谷）→____有百花秋有____（《颂古》宋·绍昙）→____是故乡____（《月夜忆舍弟》唐·杜甫）→____妃西嫁无来____（《王昭君》唐·李白）→____边红杏倚云____（《上高侍郎》唐·高蟾）→____培野外千竿____（《自然使君连赋竹诗辄复次韵》宋·李光）→____玉妆成一树____（《咏柳》唐·贺知章）→____田二麦接山____（《春日田园杂兴》宋·范成大）→____枝满地花狼藉（《春日田园杂兴》宋·范成大）

## 【联句接龙】

关关雎鸠，在河之洲。→洲中未种千头橘，宅畔先栽百本____。（《书怀》宋·陆游）→____柘影斜春社散，家家扶得醉人____。（《社日》唐·王驾）→____来见天子，天子坐明____。（《木兰诗》北朝民歌）→____中各有三千士，明日报恩知是____？（《扶风豪士歌》唐·李白）→____家今夜扁舟子，何处相思明月____。（《春江花月夜》唐·张若虚）→____阁玲珑五云起，其中绰约多仙____。（《长恨歌》唐·白居易）→____胥既弃吴江上，屈原终投湘水____。（《行路难》唐·李白）→____溪竹伴老梅丛，一种风姿与杏____。（《临清堂前观红梅作》宋·林希逸）→____是天涯沦落人，相逢何必曾相识？（《琵琶行》唐·白居易）

◆ 答案：春→月→明→日→栽→碧→高→青。桑→归→堂→谁→楼→子→滨→同。

## 2 感心动耳，荡气回肠。

——三国·魏·曹丕《大墙上蒿行》

### 【名句解析】

歌声感动人的心灵和耳朵，使人柔肠为之转折，感情为之摇荡。

这两句诗极写歌乐之美妙，使人悦耳动心，震撼心扉。

可用来盛赞动人的音乐，也可仅用“荡气回肠”或“回肠荡气”来形容文学作品的艺术感染力。

### 【单句接龙】

感心动耳→耳中明月____（《陌上桑》汉乐府）→____玉买歌____（《古风》唐·李白）→____旧家桃____（《水龙吟·载学士院有之》宋·辛弃疾）→____白前时原有____（《把酒对月歌》明·唐寅）→____在青天几圆____（《把酒对月歌》明·唐寅）→____月挂疏____（《卜算子·黄州定慧院寓居作》宋·苏轼）→____拂千寻凤要____（《玉山》唐·李商隐）→____栖一代____（《经邹鲁祭孔子而叹之》唐·李隆基）→____庭地白树栖鸦（《十五夜望月寄杜郎中》唐·王建）

### 【联句接龙】

感心动耳，荡气回肠。→肠断春江欲尽头，杖藜徐步立芳____。（《漫兴》唐·杜甫）→____长归雁下，天迥暮鸦____。（《野望》宋·陆游）→____我山家本来面，数拳春笋荐孤____。（《假中闭户终日偶得绝句》宋·陆游）→____残玉瀣行穿竹，卷罢黄庭卧看____。（《鹧鸪天》宋·陆游）→____河破碎风飘絮，身世浮沉雨打____。（《过零丁洋》宋·文天祥）→____泛同游子，莲开当丽____。（《晚题东林寺双池》唐·白居易）→____生若只如初见，何事秋风悲画____。（《木兰词·拟古决绝词柬友》清·纳兰性德）→____裁月魄羞难掩，车走雷声语未____。（《无题》唐·李商隐）→____州君初到，郁郁愁如结。（《寄微之》唐·白居易）

◆ 答案：珠→笑→李→月→缺→桐→栖→中。洲→还→斟→山→萍→人→扇→通。

## 3 非必丝与竹，山水有清音。

——晋·左思《招隐诗》

### 【名句解析】

并非必须有乐器才能演奏妙乐，山山水水自能奏出清朗悦人的音响。

这两句诗反映了魏晋人在发现山水自然美时的难以描摹的喜悦之情，历来为后人传诵。至今仍可以用这两句诗来讴歌自然美的奇趣。

**【单句接龙】**

非必丝与竹→竹柏得其____（《招隐隐》晋·左思）→____珠帘卷玉楼____（《御街行》宋·范仲淹）→____山松子____（《秋夜寄邱员外》唐·韦应物）→____日放船____（《陪诸贵公子丈八沟携妓纳凉晚际遇雨》唐·杜甫）→____雨知时____（《春夜喜雨》唐·杜甫）→____旄空尽海西____（《陇头吟》唐·王维）→____白读兵____（《喜从弟激初至》唐·卢纶）→____中自有千钟____（《劝学诗》宋·赵恒）→____粟蕊珠心碎（《如梦令》宋·刘辰翁）

**【联句接龙】**

非必丝与竹，山水有清音。→音容想在眼，暂若升琴____。（《出丰县界寄韩明府》唐·刘长卿）→____堂不语望夫君，四畔无家石作____。（《新妇石》唐·白居易）→____钟唤我觉，咽咽闻城____。（《寓陈杂诗》宋·张耒）→____一会兮琴一拍，心愤怨兮无人____。（《胡笳十八拍》汉·蔡文姬）→____音少，弦断有谁____？（《小重山》宋·岳飞）→____风听雨过清明，愁草瘗（yì）花____。（《风入松》宋·吴文英）→____旌归故里，猿鸟亦凄____。（《吊建州李员外》唐·张乔）→____后东飞浴东溟，吸日____。（《蜻蜓歌》唐·卢仝）→____灵长在白云里，应笑随时饱死人。（《首阳山》唐·吴融）

◆ 答案：真→空→落→好→节→头→书→粟。堂→邻→笳→知→听→铭→然→精。

## 4 嘈嘈切切错杂弹，大珠小珠落玉盘。

——唐·白居易《琵琶行》

**【名句解析】**

粗弦细弦交错弹拨起来，声音就像大大小小的珠子连续落到玉盘中一样。

《琵琶行》是千古摹声至文，而这两句诗对声音的描摹尤为出色。诗人用巧设比喻的方法，通过人们熟知的声音，如急雨声、私语声、珠落玉盘声，把琵琶声形象化、具体化，唤起读者的听觉经验和丰富想象，同时，作者还选择了富于乐感的拟声叠音词，如“嘈嘈”“切切”等，增加了人们听觉上的美感享受。这些高低粗细、轻重缓急的声音融汇在一起，不仅表现出琵琶的音色，也表现出琵琶声的层次感和立体感。

这两句诗既有文字美，又有音乐美，成了千古名句，为人称道，还常被人引用来形容众音繁会，精妙动听的乐声。

### 【单句接龙】

嘈嘈切切错杂弹→弹琴高堂____（《杂诗》宋·王令）→____有黄鹂深树____（《滁州西涧》唐·韦应物）→____雁过长____（《冬晴》宋·陆游）→____怜无处____（《赠别卢司直之闽中》唐·刘长卿）→____君君不____（《城上对月期友人不至》唐·白居易）→____令今上犹拨____（《忆昔》杜甫）→____时还与静时____（《题弟侄书堂》唐·杜荀鹤）→____人笑相____（《闲居遣怀》唐·姚合）→____春何去（《酹江月·感旧再和前韵》宋·何梦桂）

### 【联句接龙】

嘈嘈切切错杂弹，大珠小珠落玉盘。→盘崖缘壁试攀跻，群山向下飞鸟____。（《西亭子送李司马》唐·岑参）→____徊顾影无颜色，尚得君王不自____。（《明妃曲》宋·王安石）→____此谢高鸟，因之传远____。（《感遇》唐·张九龄）→____少利心多，郎如年少____？（《菩萨蛮·商妇怨》宋·江开）→____必汾阳处，始复有山____。（《初夏》唐·李世民）→____声咽危石，日色冷青____。（《过香积寺》唐·王维）→____下问童子，言师采药____。（《寻隐者不遇》唐·贾岛）→____来悲如何，见少离别____。（《长干行》唐·李白）→____谢月相怜，今宵不忍圆。（《菩萨蛮》宋·朱淑真）

◆ 答案：上→鸣→空→期→至→乱→同→问。低→持→情→何→泉→松→去→多。

## 5 清风吹歌入空去，歌曲自绕行云飞。

——唐·李白《忆旧游寄谯郡元参军》

### 【名句解析】

凉爽的风把歌声吹入天空，乐曲自在地围绕着白云翻飞。

这两句诗写乐声的悠扬柔美。那动听的旋律随着清风飘入了蓝天白云之间，自由自在地在天空中翻飞回荡，真像仙乐一样美妙动听。这种浪漫主义的笔法，不仅使读者如闻其声，还把那种看不见、摸不着的声音写得活灵活现，仿佛有形。

可用来赞美动听的乐曲，也可借鉴其写作手法。

### 【单句接龙】

清风吹歌入空去→去日苦____（《短歌行》汉·曹操）→____少天涯未归____

(《菊花》明·唐寅)→____来空改____(《送李端》唐·耿沣)→____岁年年人____(《如梦令》宋·吴潜)→____影自临春水____(《怨》明·冯小青)→____花前后____(《菩萨蛮》唐·温庭筠)→____中衰鬓已先____(《书愤》宋·陆游)→____斑白丝____(《照镜》唐·白居易)→____丝生几缕(《长安遇冯著》唐·韦应物)

## 【联句接龙】

清风吹歌入空去，歌曲自绕行云飞。→飞流直下三千尺，疑是银河落九____。(《望庐山瀑布》唐·李白)→____寒秋水急，风静夜猿____。(《巫山高》唐·李孝贞)→____南夷之莫吾知兮，旦余济乎江____。(《九章·涉江》战国·屈原)→____山木落洞庭波，湘水连云秋雁____。(《夜泊湘江》唐·郎士元)→____病所须惟药物，微躯此外复何____？(《江村》唐·杜甫)→____介子之所存兮，见伯夷之放____。(《九章·悲回风》战国·屈原)→____与孤云远，心将野鹤____。(《赠丘员外》唐·韦应物)→____怀逸兴壮思飞，欲上青天揽明____。(《宣州谢朓楼饯别校书叔云》唐·李白)→____落乌啼霜满天，江枫渔火对愁眠。(《枫桥夜泊》唐·张继)

◆ 答案：多→客→岁→瘦→照→镜→斑→鬓。天→哀→湘→多→求→迹→俱→月。

# 6 此曲只应天上有，人间能得几回闻？

——唐·杜甫《赠花卿》

## 【名句解析】

这样美妙的乐曲只应该是天上才有的，人间哪里有可能听到几次呢？

“天上”实际上指天子所居皇宫，“人间”指皇宫之外，这是封建社会极常用的双关语。这两句诗有弦外之音，是寓讽于赞，杜甫在这里是含蓄地讽刺花敬定冒用天子的音乐，超越了本分。

现常用于赞美美妙绝伦的乐曲。

## 【单句接龙】

此曲只应天上有→有时巾褐过城____(《鹤会》宋·刘克庄)→____朝四百八十____(《江南春》唐·杜牧)→____古秋仍____(《大梵山寺院奉呈趣上人赵中丞》唐·卢纶)→____眠晏起枕中____(《旦起诵邵尧夫诗》宋·陈著)→____知黄鹄____(《古风》唐·李白)→____头看日____(《食后》唐·白居易)→____徒随我____(《月下独酌》唐·李白)→____无彩凤双飞____(《无题》唐·李商隐)→____遥遥其左右(《九章·悲回风》战国·屈原)

## 【联句接龙】

此曲只应天上有，人间能得几回闻？→闻道三年未曾语，小心恐惧闭其____。(《可叹》唐·杜甫）→____谭羲轩与周孔，履行不及屠沽____。(《行路难》唐·贯休）→____学始知道，不学非自____。(《劝学》唐·孟郊）→____无防备处，留待雪霜____。(《浮尘子》唐·元稹）→____残枯树影，零落古藤____。(《同江仆射游摄山栖霞寺诗》南朝·陈·陈叔宝）→____阳深浅叶，晓夕重轻____。(《初夏》唐·李世民）→____雨莽苍苍，龟蛇锁大____。(《菩萨蛮·黄鹤楼》现代·毛泽东）→____天一色无纤尘，皎皎空中孤月____。(《春江花月夜》唐·张若虚）→____台东门送君去，去时雪满天山路。(《白雪歌送武判官归京》唐·岑参）

◆ 答案：南→寺→早→方→举→影→身→翼。口→人→然→摧→阴→烟→江→轮。

# 7 千载琵琶作胡语，分明怨恨曲中论。

——唐·杜甫《咏怀古迹》

## 【名句解析】

千年的琵琶弹奏着边地音，琵琶的乐曲声分明在向人们诉说着满腹的怨恨。

琵琶本是从胡地传入中国的乐器，经常弹奏的是胡音、胡调的塞外之曲，后来许多人同情昭君，又写了《昭君怨》《王明君》等琵琶乐曲，于是琵琶和昭君在诗歌里就密切难分了。这两句诗是此诗的结尾，借千载作胡音的琵琶曲调，点明全诗写昭君“怨恨”的主题。

常用于描写昭君的“怨恨”。昭君的“怨恨”尽管也包含着“恨帝始不见遇”的“怨思”，但更主要的，还是一个远嫁异域的女子永远怀念乡土，怀念故土的怨恨忧思，它是千百年中世代积累和巩固起来的对自己的乡土和祖国的最深厚的共同的感情。

## 【单句接龙】

千载琵琶作胡语→语昔有故____(《代门有车马客行》南朝·宋·鲍照）→____歌数年泪如____(《送蔡山人》唐·高适）→____中百草秋烂____(《秋雨叹》唐·杜甫）→____且不自____(《有感》唐·刘禹锡）→____来双泪____(《子夜歌》五代·南唐·李煜）→____死病中惊坐____(《闻乐天授江州司马》唐·元稹）→____舞弄清____(《水调歌头·明月几时有》宋·苏轼）→____徒随我____(《月下独酌》唐·李白）→____世浮沉雨打萍（《过零丁洋》宋·文天祥）

## 【联句接龙】

千载琵琶作胡语，分明怨恨曲中论。→论交容末契，许国见深____。(《别苏翰林》宋·释道潜）→____情如此苦，造物亦怜____？（《苦雨吟十首呈同官诸丈》宋·吴潜）→____知明夜谁家见，应照离人隔楚____。（《吴门别主人》唐·李频）→____势横来控南楚，地形前不瞰东____。（《送杨秘丞通判扬州》宋·司马光）→____山高兮高度，越水深兮深不____。（《晨征听晓鸿》南朝·梁·沈约）→____测石泉冷，暧暧烟谷____。（《再游西山》唐·韦应物）→____以待之兮，无为之____。（《远游》战国·屈原）→____期汗漫九垓上，愿接卢敖游太____。（《庐山谣寄卢侍御虚舟》唐·李白）→____风明月无人管，并作南楼一味凉。（《鄂州南楼书事》宋·黄庭坚）

◆ 答案：悲→雨→死→觉→垂→起→影→身。衷→不→江→吴→测→虚→先→清。

## 8 商女不知亡国恨，隔江犹唱后庭花。

——唐·杜牧《泊秦淮》

### 【名句解析】

正在唱歌的歌女不知道什么是亡国之恨，依然在对岸吟唱《玉树后庭花》。

诗句是叙述语，却包含着无限感慨。商女所唱的《玉树后庭花》曲，既引起人们对陈亡国悲剧的追忆，又让人从陈后主的荒淫亡国联想到江河日下的晚唐的命运。“不知”和“犹”这两个词语，含意是非常深刻、含蓄的。唐代已衰落到如此地步，人们竟毫无知觉，还在纵情声色。这一点，正是诗人最痛心的。朦胧的夜色，凄迷的歌声给人带来一种不祥的预感，而无法摆脱。诗人由此而产生的空虚、怅惘和悲哀又通过对商女的埋怨而表现出来。

把对历史的咏叹与对现实的思考结合在一起时，常用这两句诗做感慨语，表达对当权者糜烂生活的讽刺、批判，表现对国家命运前途的忧虑之情。

### 【单句接龙】

商女不知亡国恨→恨登山临____（《六州歌头》宋·贺铸）→____陌轻____（《点绛唇》宋·寇准）→____气逼霜____（《秋夜读书》宋·陆游）→____从今夜____（《月夜忆舍弟》唐·杜甫）→____发谁家翁____（《清平乐·村居》宋·辛弃疾）→____翁双鬓____（《过田家》宋·陈宓）→____岭无人____（《从军行》唐·卢纶）→____不趋时分不____（《携仙箓》唐·司空图）→____王将相望久绝（《谒衡岳庙遂宿岳寺题门楼》唐·韩愈）

### 【联句接龙】

商女不知亡国恨，隔江犹唱后庭花。→花近高楼伤客心，万方多难此登____。（《登楼》唐·杜甫）→____邛道士鸿都客，能以精诚致魂____。（《长恨歌》唐·白居易）

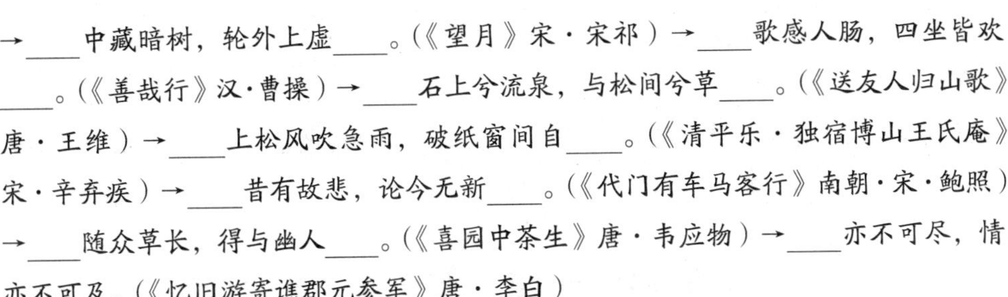

→____中藏暗树，轮外上虚____。(《望月》宋·宋祁)→____歌感人肠，四坐皆欢____。(《善哉行》汉·曹操)→____石上兮流泉，与松间兮草____。(《送友人归山歌》唐·王维)→____上松风吹急雨，破纸窗间自____。(《清平乐·独宿博山王氏庵》宋·辛弃疾)→____昔有故悲，论今无新____。(《代门有车马客行》南朝·宋·鲍照)→____随众草长，得与幽人____。(《喜园中茶生》唐·韦应物)→____亦不可尽，情亦不可及。(《忆旧游寄谯郡元参军》唐·李白)

◆ 答案：水→寒→露→白→媪（ǎo）→雪→迹→侯。临→魄→弦→悦→屋→语→喜→言。

# 9 窗竹影摇书案上，野泉声入砚池中。

——唐·杜荀鹤《题弟侄书堂》

## 【名句解析】

窗外竹子的影子还在书桌上摇摆，砚台中的墨水好像发出了野外泉水的叮咚声。

窗外翠竹的影子投射于书案。暗暗竹影在书案上摇来摇去，很像是在运笔书写，似乎在和书堂主人比试书法，使书堂主人临案挥毫更富情趣。淙淙泉声和霍霍的磨墨声和谐共鸣。砚池中像是翻动着野泉的声浪，令墨香雅趣更浓。竹影摇曳，暗写好风细细；泉声可闻，知书堂临泉而筑。眼前摇竹影，耳畔响泉声，书堂何等幽雅，主人又是何等高雅！

常用于刻画优雅的学习环境。

## 【单句接龙】

窗竹影摇书案上→上穷碧落下黄____(《长恨歌》唐·白居易)→____听咽危____(《过香积寺》唐·王维)→____上一素____(《池上幽境》唐·白居易)→____瑟击____(《诗经·甫田》)→____鼙声里寻诗____(《送谭孝廉赴举》唐·李咸用)→____乐昭兮股肱____(《中和乐九章·总歌第九》唐·卢照邻)→____御惑燕____(《君子行》南朝·梁·沈约)→____调怨离____(《感秋别怨》唐·卢仝)→____渚流复萦(《野寺后池寄友》唐·张籍)

## 【联句接龙】

窗竹影摇书案上，野泉声入砚池中。→中洲嘉卉繁，条甲亦以____。(《同魏进道晚过湖上》宋·韩维)→____袜香囊无觅处，谁有返魂灵____？(《酹江月·感旧再和前韵》宋·何梦桂)→____裹衣巾内，梅花酒盏____。(《周参政惠书唁及亡儿开》宋·李石)→____影横斜水清浅，暗香浮动月黄____。(《山园小梅》宋·林逋)→____昏常带酒，默默不应____。(《江上对酒》唐·白居易)→____生自是有情痴，此恨不关风与____。(《玉楼春》宋·欧阳修)→____落星稀天欲明，孤灯未灭梦难____。(《闺情》唐·李端)→____坏须臾间，使我叹且____。(《海气》宋·陆游)→____散楼头飞雪，笑富贵千钧如发。(《贺新郎·同父见和再用韵答之》宋·辛弃疾)

◆ 答案：泉→石→琴→鼓→礼→良→楚→分。罗→药→疏→昏→人→月→成→惊。

## 10 昆山玉碎凤凰叫，芙蓉泣露香兰笑。

——唐·李贺《李凭箜篌引》

### 【名句解析】

箜篌的乐声清脆而铿锵，就像昆山美玉碎裂的声响；乐声又是那么舒缓而悠扬，就像凤凰在对舞鸣唱；乐声是如此惨淡而凄凉，就像芙蓉在秋露下哭泣；乐声又是如此明丽而欢畅，就像春兰在春风中含笑开放。

前句以声写声，着重表现声乐的起伏多变；后句以形写声，刻意渲染声乐的优美动听。作者用充满神话色彩的昆山玉碎、凤凰和鸣的声音，又用芙蓉泣露、香兰绽笑的拟人手法，多角度多层次地描绘箜篌音乐的时而众弦齐奏，时而一弦独鸣，时而悲咽抑郁，时而欢快酣畅。真是变化多端，奇妙无比，不仅可以耳闻，而且可以目睹，有形神兼得之妙，并散发出浓厚的浪漫主义气息。

这是写音乐的诗，也是诗的音乐，是用诗的语言描绘出的音乐的图画。这种别出心裁的描摹音乐的手法，非常值得后人学习借鉴。

### 【单句接龙】

昆山玉碎凤凰叫→叫曙嗷嗷____(《江夜舟行》唐·白居易)→____字回____(《一剪梅》宋·李清照)→____鸣春涧____(《鸟鸣涧》唐·王维)→____儿正织鸡____(《清平乐·村居》宋·辛弃疾)→____香销尽____(《寒闺夜》唐·白居易)→____冷灯稀霜露____(《蝶恋花·密州上元》宋·苏轼)→____视瞿唐缥渺____(《再用前韵》宋·王十朋)→____上花枝笑独____(《春思》唐·皇甫冉)→____罢梳云髻(《新春》唐·刘方平)

### 【联句接龙】

昆山玉碎凤凰叫，芙蓉泣露香兰笑。→笑当年，蜀山谅将，夜分旗____。(《贺新郎·寿制帅董侍郎》宋·李廷忠)→____角城中寺，师居日得____。(《题会上人院》唐·杜荀鹤)→____吟秋景外，万事觉悠____。(《中秋》唐·司空图)→____悠寰宇同今夜，膝下传杯有几____？(《除夜侍酒呈诸兄示舍弟》唐·欧阳詹)→____从别浦经年去，天向平芜尽处____。(《楼上》唐·刘禹锡)→____头弄莲子，莲子清如____。

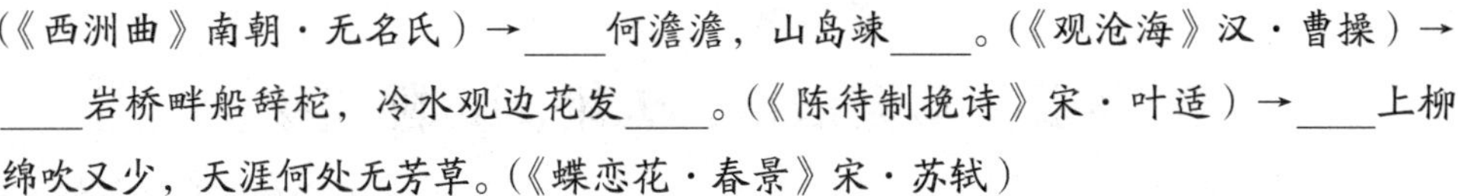
（《西洲曲》南朝·无名氏）→____何澹澹，山岛竦____。（《观沧海》汉·曹操）→____岩桥畔船辞柁，冷水观边花发____。（《陈待制挽诗》宋·叶适）→____上柳绵吹又少，天涯何处无芳草。（《蝶恋花·春景》宋·苏轼）

◆ 答案：雁→时→中→笼→火→下→楼→眠。鼓→闲→悠→人→低→水→峙→枝。

# 11　女娲炼石补天处，石破天惊逗秋雨。

——唐·李贺《李凭箜篌引》

## 【名句解析】

高亢的乐声直冲云霄，让女娲炼石补天的天幕震颤，如石破天惊般引得天上下起了秋雨。

美妙的乐曲让诗人的想象飞向了神奇的境界，那奇妙的音乐竟穿过天空中的凝聚的乌云，直上九霄，致使女娲娘娘当年采用五色石补过的那块天幕也为之震撼破裂，终于“石破天惊”，秋雨大作了！这音乐的伟力是何等强大啊！

形容乐声高亢激越，有惊天动地之势。后多用来比喻某一事物或文章议论新奇惊人。

## 【单句接龙】

女娲炼石补天处→处雌蜺之标____（《九章·悲回风》战国·屈原）→____倒苍苔落绛____（《题榴花》唐·韩愈）→____灵尽来____（《送綦毋潜落第还乡》唐·王维）→____老江湖____（《贼退示官吏》唐·元结）→____庭飘摇那可____（《燕歌行》唐·高适）→____春足芳____（《玩新庭树因咏所怀》唐·白居易）→____黯花草____（《感情》唐·白居易）→____为星辰终不灭（《可叹》唐·杜甫）→____向何方去（《问如满禅师》唐·李诵）

## 【联句接龙】

女娲炼石补天处，石破天惊逗秋雨。→雨压低枝重，浆流冰齿____。（《枇杷》宋·杨万里）→____粟生肤，一盏浇肠可得____？（《减字木兰花·和张文伯对雪》宋·王之道）→____官未害餐周粟，有史深愁失楚____。（《题遗山诗》清·赵翼）→____断阵前争日月，血流垓下定龙____。（《垓下怀古》唐·栖一）→____子蛇孙鳞蜿蜿，新香几粒洪崖____。（《五粒小松歌》唐·李贺）→____了欠伸因小憩，睡余消散得孤____。（《新辟小室自适》宋·韩淲）→____残玉瀣行穿竹，卷罢黄庭卧看____。（《鹧鸪天》宋·陆游）→____重水复疑无路，柳暗花明又一____。（《游山西村》宋·陆游）→____落甚荒凉，年年苦旱蝗。（《荒村》明·于谦）

◆ 答案：颠→英→归→边→度→色→死→灭。寒→无→弓→蛇→饭→斟→山→村。

## 12 浮云柳絮无根蒂，天地阔远随飞扬。

——唐·韩愈《听颖师弹琴》

### 【名句解析】

颖师的琴声像蓝天上飘浮的白云，又像柳絮离开了柳枝，随着春风在辽阔的天空轻轻飞扬。

这两句诗是运用“通感”手法写声音的一个好例子。琴声本是诉诸听觉的，而诗人从颖师的琴声中仿佛看到白云在飘浮，柳絮在飞扬，把听觉和视觉沟通起来，用视觉获得的形象美，形容听觉所体会的音乐美。

想把无形的音乐描绘得惟妙惟肖、宛然可见时，可以引用这两句诗。

### 【单句接龙】

浮云柳絮无根蒂→蒂固根深会益____（《和金尚书棣华堂诗韵》宋·吴儆）→____心是事可____（《定风波》宋·柳永）→____怜九月初三____（《暮江吟》唐·白居易）→____半钟声到客____（《枫桥夜泊》唐·张继）→____头有行____（《舟行》唐·白居易）→____有残丹____（《书楼》唐·白元鉴）→____不能销虁____（《啄木曲》唐·白居易）→____岭千青____（《敦煌廿咏·莫高窟咏》唐）→____皇重色思倾国（《长恨歌》唐·白居易）

### 【联句接龙】

浮云柳絮无根蒂，天地阔远随飞扬。→扬子江头杨柳春，杨花愁杀渡江____。（《淮上与友人别》唐·郑谷）→____不见，碧云暮合空相____。（《千秋岁》宋·秦观）→____酒当歌，人生几____？（《短歌行》汉·曹操）→____如薄幸锦衣郎，比翼连枝当日____。（《木兰词·拟古决绝词柬友》清·纳兰性德）→____将腰下剑，直为斩楼____。（《塞下曲》唐·李白）→____舟斜缆垂扬下，只宜辅枕簟向凉亭披襟散____。（《得胜乐·夏》元·白朴）→____寒衣湿曲初罢，露色河光生钓____。（《江楼月夜闻笛》唐·刘沧）→____行碧波上，人在画中____。（《周庄河》唐·王维）→____禽接翅羽，沉沉鸣声和。（《同魏进道晚过湖上》宋·韩维）

◆ 答案：芳→可→夜→船→灶→火→雪→汉。人→对→何→愿→兰→发→舟→游。

## 13 跻攀分寸不可上，失势一落千丈强。

——唐·韩愈《听颖师弹琴》

### 【名句解析】

登攀时一寸一分也不能再上升，失势后一落千丈还有余。

这两句诗形容琴声由高亢到无以复加陡然急转直下，一落千丈，不仅通过视觉形象，而且通过切身感受来写琴声忽高忽低的变化，写其高则高之极，一分一寸不能再上；写其低则低之甚，一落千丈还未收住。

可化用来形容乐声的高低变化，其通感手法和强烈的对比，也可借鉴。“一落千丈”现已成为成语，多用于表达境况急剧恶化。

### 【单句接龙】

跻攀分寸不可上→上元谁夫____（《上元夫人》唐·李白）→____生几____（《短歌行》汉·曹操）→____为怀忧心烦____（《四愁诗》汉·张衡）→____叹泪如____（《善哉行》汉·曹操）→____随思太____（《河西太守杜公挽歌》唐·岑参）→____节情不____（《孔雀东南飞》汉乐府）→____我琉璃____（《孔雀东南飞》汉乐府）→____上庭前屹相____（《丹青引赠曹将军霸》唐·杜甫）→____来吟秀句（《酬程延秋夜即事见赠》唐·韩翃）

### 【联句接龙】

跻攀分寸不可上，失势一落千丈强。→强欲从君无那老，将因卧病解朝____。（《酬郭给事》唐·王维）→____上酒痕诗里字，点点行行，总是凄凉____。（《蝶恋花》宋·晏几道）→____轻千金赠，顾向平原____。（《古风》唐·李白）→____旧家桃李，东涂西抹，有多少、凄凉____。（《水龙吟·载学士院有之》宋·辛弃疾）→____重帘不卷，翠屏平____。（《锦帐春·席上和叔高韵》宋·辛弃疾）→____迹都如雁，南行又北____。（《再经蒋山与诸长老夜话》唐·齐己）→____风弄巧，比似婆娑尤敏____。（《减字木兰花·和张文伯对雪》宋·王之道）→____年秉愿逃俗纷，归卧嵩丘弄白____。（《绿竹引》唐·宋之问）→____水暮，归去远烟中。（《望江南》宋·李纲）

◆ 答案：人→何→惋→雨→守→移→榻→向。衣→意→笑→恨→远→回→妙→云。

## 14 松风吹解带，山月照弹琴。

——唐·王维《酬张少府》

### 【名句解析】

松林的轻风，吹拂着解开的衣带；山上的明月，映照着正在弹琴的我。

在大自然中有松风、山月相伴，诗人没有丝毫的寂寞孤独，沉浸于自得和闲适中。比起终日碌碌的官场生涯，这种解带自适、弹琴自娱的生活是多么舒心惬意！

松林、清风、明月、素琴都含有高洁之意，诗句常用来比喻在苦闷之中追求精神解脱的一种表现。

### 【单句接龙】

松风吹解带→带围宽____（《柳梢青》宋·卢炳）→____抛今日贵人____（《和仆射牛相公寓言》唐·刘禹锡）→____自桐川____（《奉和袭美赠魏处士五贶诗·五泻舟》唐·陆龟蒙）→____时花卉千千____（《和单令》宋·胡寅）→____类鸷禽____（《修鹰爪花架》宋·王十朋）→____尾蜿蜒凝华____（《留题龙门》宋·邵雍）→____高嶂重____（《敬酬杨仆射山斋独坐诗》隋·薛道衡）→____翠萦残____（《山雪》唐·皎然）→____上空留马行处（《白雪歌送武判官归京》唐·岑参）

### 【联句接龙】

松风吹解带，山月照弹琴。→琴书剑佩谁收拾，三岁遗孤新学____。（《元相公挽歌词》唐·白居易）→____路难，行路难，何处是平____？（《行路难》唐·顾况）→____狭草木长，夕露沾我____。（《归园田居》晋·陶渊明）→____沾不足惜，但使愿无____。（《归园田居》晋·陶渊明）→____此乡山别，长谣去国____。（《遂州南江别乡曲故人》唐·陈子昂）→____思胡笳夕，凄凉汉苑____。（《喜达行在所》唐·杜甫）→____花秋月何时了？往事知多____。（《虞美人》五代·南唐·李煜）→____睡多愁客，中宵起望____。（《夜泊旅望》唐·白居易）→____书何处达？归雁洛阳边。（《次北固山下》唐·王湾）

◆ 答案：尽→样→得→状→爪→岳→叠→雪。行→道→衣→违→愁→春→少→乡。

## 15 泉声咽危石，日色冷青松。

——唐·王维《过香积寺》

### 【名句解析】

泉水流过高山响声软绵无力，黄昏的余晖照在幽深的松林里显得冷峻。

“咽”是幽咽，山中危石耸立，流泉自然不能轻快地流淌，仿佛发出幽咽之声。这声音比较低沉，在热闹场合这种低沉的声音不易引人注意，所以一个“咽”字写出山的幽静来。“冷”指阳光的微弱，因为山的深僻，才显出日色的“冷”来。平常的景物，添上一两个准确的动词，景就注入了作者的情思。

可惜泉声的幽咽和日色的凄冷渲染远离世间烟火、难以接近的氛围。

### 【单句接龙】

泉声咽危石→石路阁中____（《题灵岩寺》唐·张祜）→____人驻足____（《孔雀

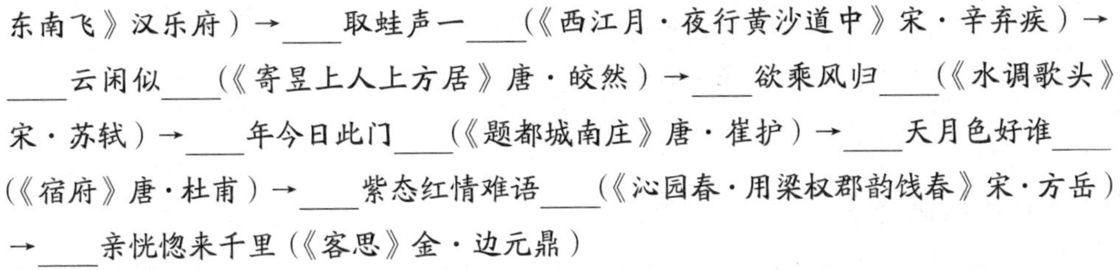
东南飞》汉乐府）→____取蛙声一____（《西江月·夜行黄沙道中》宋·辛弃疾）→____云闲似____（《寄昱上人上方居》唐·皎然）→____欲乘风归____（《水调歌头》宋·苏轼）→____年今日此门____（《题都城南庄》唐·崔护）→____天月色好谁____（《宿府》唐·杜甫）→____紫态红情难语____（《沁园春·用梁权郡韵饯春》宋·方岳）→____亲恍惚来千里（《客思》金·边元鼎）

### 【联句接龙】

泉声咽危石，日色冷青松。→松下问童子，言师采药____。（《寻隐者不遇》唐·贾岛）→____来悲如何，见少离别____。（《长干行》唐·李白）→____谢后世人，戒之慎勿____。（《孔雀东南飞》汉乐府）→____归亲野水，适性许云____。（《夏日集裴录事北亭避暑》唐·皎然）→____飞满西洲，望郎上青____。（《西洲曲》南朝·无名氏）→____高望不见，尽日栏杆____。（《西洲曲》南朝·无名氏）→____上蓝田玉，耳后大秦____。（《羽林郎》汉·辛延年）→____帘不卷度沉烟，庭前闲立画秋千，艳阳____。（《虞美人》唐·毛文锡）→____街小雨润如酥，草色遥看近却无。（《早春呈水部张十八员外》唐·韩愈）

◆ 答案：行→听→片→我→去→中→看→离。去→多→忘→鸿→楼→头→珠→天。

## 16 鸡声茅店月，人迹板桥霜。

——唐·温庭筠《商山早行》

### 【名句解析】

鸡鸣嘹亮，茅草店沐浴着晓月的余晖；足迹凌乱，木板桥上覆盖着早春的寒霜。

诗句巧妙地描绘出一幅旅人早行的图画。画面上是山村早晨的景色，笔触浅淡，仿佛是用淡墨勾出。天边残月未落，房顶上盖着茅草的山中小客店，传来报晓的鸡鸣。村外，木板小桥上凝着一层白霜，桥上留下一行疏疏落落的脚印。这里，画面上的一切，都紧紧扣着题目中的“早行”，而且是山中的早行。特别是凝霜和月色，好像给山中的景物都披上了一层乳白色的轻纱，破寂的鸡鸣，反衬出了山村的静寂，产生情景交融的艺术效果。

常用来形容旅途的辛苦和旅人心中凄凉冷落的感情。

### 【单句接龙】

鸡声茅店月→月出惊山____（《鸟鸣涧》唐·王维）→____啼云梦____（《南游有怀》唐·龚霖）→____风不散愁千____（《咏白海棠》清·曹雪芹）→____点行行泪痕____（《青玉案》宋末元初·黄公绍）→____城春色宫墙____（《钗头凤》宋·陆游）→____

色如今深未____（《早春呈水部张十八员外》唐·韩愈）→____洞长松何所____（《过乘如禅师萧居士嵩丘兰若》唐·王维）→____家胡不____（《题黄文叔燕堂》宋·刘过）→____来见天子（《木兰诗》北朝民歌）

## 【联句接龙】

鸡声茅店月，人迹板桥霜。→霜村夜乌去，风路寒猿____。（《同江仆射游摄山栖霞寺诗》南朝·陈·陈叔宝）→____中景象千般有，书外囊装一物____。（《和友人喜相遇》唐·李咸用）→____边落木萧萧下，不尽长江滚滚____。（《登高》唐·杜甫）→____为众生来，去为众生____。（《答顺宗皇帝问》唐·如满）→____冬山贼来，杀夺几无____。（《舂陵行》唐·元结）→____民泪尽胡尘里，南望王师又一____。（《秋夜将晓出篱门迎凉有感》宋·陆游）→____年今夜，月华如练，长是人千____。（《御街行》宋·范仲淹）→____中有三坟，累累正相____。（《梁甫吟》汉乐府）→____花还似非花，也无人惜从教坠。（《水龙吟·次韵章质夫杨花词》宋·苏轼）

◆ 答案：鸟→晓→点→满→柳→深→有→归。吟→无→来→去→遗→年→里→似。

# 17 万叶秋声里，千家落照时。

——唐·钱起《题苏公林亭》

## 【名句解析】

在一片秋声里，万点树叶簌簌作响；夕阳西下的残晖，映照着千家万户。

家家的门里都有故事，人人宁静的表情背后，都隐匿着不为人知的心情。秋风晚照，把千家故事，万般心情都表现出来了。

常用于描写登临纵目览赏时所见的清秋晚景。

## 【单句接龙】

万叶秋声里→里中有三____（《梁甫吟》汉乐府）→____籍因穷____（《江上送从兄群玉校书东游》唐·李频）→____余初其犹未____（《离骚》战国·屈原）→____往自昭____（《卧闻嵩山钟》唐·宋之问）→____尽蛮烟塞____（《贺新郎·寿制帅董侍郎》宋·李廷忠）→____树行相____（《喜达行在所》唐·杜甫）→____领望轩____（《泊姑熟江口邀刁景纯相见》宋·梅尧臣）→____如流水马如____（《忆江南》五代·南唐·李煜）→____舟东下事成空（《隋宫春》唐·杜牧）

## 【联句接龙】

万叶秋声里，千家落照时。→时雨及芒种，四野皆插____。（《时雨》宋·陆游）

→____针刺水麦摇浪，定有丰年无后____。(《喜晴再用前韵》宋·王十朋)→____自外来，犹可消____。(《灾来吟》宋·邵雍)→____却髭须白一色，其余未伏少年____。(《闲出觅春戏赠诸郎官》唐·白居易)→____骑竹马来，绕床弄青____。(《长干行》唐·李白)→____谢了，塞垣冻解鸿归____。(《忆秦娥》宋·刘克庄)→____年诗思苦，晚岁道情____。(《闲咏》唐·白居易)→____有乘槎兴，银河或可____。(《发山阳》宋·孔平仲)→____之流辈岂易得，行矣关山方独吟。(《复至裴明府所居》唐·李商隐)

◆ 答案：坟→览→悔→洗→雾→引→车→龙。秧→灾→除→郎→梅→早→深→求。

# 18 万影皆因月，千声各为秋。

——唐·刘方平《秋夜泛舟》

## 【名句解析】

夜里世间万物的影子，都因月亮照射而成；世上各种各样的声音，也都因感知秋气而发。

寓理于景，表现了诗人绝妙的才思。

常用于描写月下秋夜之景，也可借以表现事物的因果关系。

## 【单句接龙】

万影皆因月→月明人倚____(《长相思》唐·白居易)→____下水明沙____(《水调歌头·桂林中秋》宋·张孝祥)→____坐照清____(《题山壁示道维上人》唐·皎然)→____向春城花几____(《宴春源》唐·王昌龄)→____耳任五____(《重赠卢谌》晋·刘琨)→____愚共在浮生____(《题谢公东山障子》唐·白居易)→____马赐宫____(《马诗》唐·李贺)→____见是青____(《马诗》唐·李贺)→____马傍山行(《离新郑》宋·吕本中)

## 【联句接龙】

万影皆因月，千声各为秋。→秋来无事多闲闷，忽忆霓裳无处____。(《霓裳羽衣舞歌》唐·白居易)→____君能有几多愁？恰似一江春水向东____。(《虞美人》五代·南唐·李煜)→____水落花春去也，天上人____。(《浪淘沙令》五代·南唐·李煜)→____之以云雾，飞鸟不可____。(《寄微之》唐·白居易)→____陌度阡，枉用相____。(《短歌行》汉·曹操)→____亡从变化，日月有浮____。(《咏怀》三国·魏·阮籍)→____吟不寐先闻角，屈曲登高自有____。(《郭中山居》唐·方干)→____边幽谷水边村，曾被疏花断客____。（《墨梅》宋·张嵲）→____清了无寐，诗思不禁秋。（《次韵李提举秋日杂咏》宋·杨冠卿）

◆ 答案：楼→静→源→重→贤→内→人→骡。问→流→间→越→存→沉→山→魂。

## 19 念尔无机自有情，迎寒辛苦弄梭声。

——唐·张乔《促织》

### 【名句解析】

感念你没有织机而有深情，迎着寒冷辛辛苦苦发出机梭之声。

诗人展开丰富的联想：由促织的鸣叫声，想到了织布的梭声，抒发了对劳动人民的同情。

常用于表达厌恶豪门的情感，以及对劳动人民的同情。

### 【单句接龙】

念尔无机自有情→情味中年____（《生查子·元夕戏陈敬叟》宋·刘克庄）→____前秋叶____（《有所思》南朝·梁·萧统）→____花无____（《典雅》唐·司空图）→____发恐乱____（《舂陵行》唐·元结）→____富随贫且欢____（《对酒》唐·白居易）→____尽天____（《行香子·述怀》宋·苏轼）→____如会法____（《上兜率寺》唐·杜甫）→____构惜仍____（《偶题》唐·杜甫）→____盈向夜禅（《溪上月》唐·皎然）

### 【联句接龙】

念尔无机自有情，迎寒辛苦弄梭声。→声声劝醉应须醉，一岁唯残半日____。（《三月晦日晚闻鸟声》唐·白居易）→____阴垂野草青青，时有幽花一树____。（《淮中晚泊犊头》宋·苏舜钦）→____月如霜，照见人如____。（《蝶恋花·密州上元》宋·苏轼）→____架双裁翠络偏，佳人春戏小楼____。（《秋千》宋·僧惠洪）→____年伐月支，城下没全____。（《没蕃故人》唐·张籍）→____克薄赏行，军没微躯____。（《饮马长城窟行》晋·陆机）→____身弃中野，乌鸢作患____。（《咏怀》三国·魏·阮籍）→____浣害否？归宁父____。（《诗经·葛覃》）→____氏圣善，我无令人。（《诗经·凯风》）

◆ 答案：别→落→言→随→乐→真→堂→亏。春→明→画→前→师→捐→害→母。

# 20 柳外轻雷池上雨，雨声滴碎荷声。

——宋·欧阳修《临江仙》

## 【名句解析】

隐隐轻雷从杨柳那边传过来，池塘上空突然下起了一阵急雨；雨点落在宽大的荷叶上面，发出滴滴答答的声音。

柳在何处，词人不曾交代，然而无论远近，雷都来自柳的那一边，雷为柳隔，音量减小，故曰“轻雷”，隐隐隆隆之致，反异于当头霹雳。雷在柳外，而雨到池中，池水雨水难分彼此。雨来池上，雷已先止，唯闻沙沙飒飒，原来是“雨声滴碎荷声”。

常用于形容夏日雷雨中声情并茂的景致。

## 【单句接龙】

柳外轻雷池上雨→雨声飕飕催早____（《秋雨叹》唐·杜甫）→____雨连江夜入____（《芙蓉楼送辛渐》唐·王昌龄）→____宫花草埋幽____（《登金陵凤凰台》唐·李白）→____转人疑____（《白云洞》明·陈汝修）→____在巅崖受辛____（《横吹曲辞·长安道》唐·韦应物）→____辞酒味____（《羌村》唐·杜甫）→____林方泥____（《泻露亭》元·范梈）→____融飞燕____（《绝句》唐·杜甫）→____规夜半犹啼血（《送春》宋·王令）

## 【联句接龙】

柳外轻雷池上雨，雨声滴碎荷声。→声分折杨吹，娇韵落梅____。（《莺》唐·李峤）→____光山郡少，来看广陵____。（《赠李儋侍御》唐·韦应物）→____光已过三之一，尘世难逢四者____。（《雪坡以雨阻山行有诗因亦次韵》宋·施枢）→____添高阁迥，微注小窗____。（《晚晴》唐·李商隐）→____月无端，已过红楼十二____。（《丑奴儿》宋·秦观）→____夜微风起，明月照高____。（《杂诗》晋·傅玄）→____榭竞生烟，独有清凉____。（《和僧长吉湖居五题·�亭》宋·范仲淹）→____气由来排灌夫，专权判不容萧____。（《长安古意》唐·卢照邻）→____寻梦里路，飞雨落花中。（《临江仙》宋·晏几道）

◆ 答案：寒→吴→径→堕→苦→薄→泥→子。风→春→并→明→间→台→意→相。

# 第13章 视角全方位

方位词不仅常用于日常生活中，也常用于诗词中。“中国”的“中”就是一个方位词，诗词中有很多包含“中国”的名句，如：“楚虽三户能亡秦，岂有堂堂中国空无人？”（宋·陆游《金错刀行》）“不念英雄江左老，用之可以尊中国。”（宋·辛弃疾《满江红》）“一心中国梦，万古下泉诗。”（宋·郑思肖《德祐二年岁旦》）除了“中”之外，诗词中其他常用的方位词也很容易想到，比如东、西、南、北、上、下、左、右、里、内、外，等等。

方位词在诗词中的使用可以追溯到诗词源头——《诗经》，我们会发现诗中许多方位词往往包含着先民的集体心理，体现着某种感情倾向。比如在先民思维中，“东”往往是与太阳、爱情等联系在一起的，“南”则与长寿、尊贵等联系在一起，如《诗经·天保》中“如月之恒，如日之升，如南山之寿”；“北”则与阴冷、水、忧伤等联系在一起，如《国风·北门》中“出自北门，忧心殷殷”。此外，一些方位词还组成了有着特殊文化内涵的典故，比如“西窗”，原意当然是靠西墙的窗，但有了李商隐的“何当共剪西窗烛，却话巴山夜雨时”（《夜雨寄北》）的诗后，“西窗”的意义就延伸了，内涵更丰富了，“西窗”下就成了朋友促膝谈心、情侣剪烛夜话的场所。同样，有了秦桧夫妇“东窗”下密谋、害死爱国将领岳飞的故事以后，“东窗”也就成了坏人做坏事的地方，成语“东窗事发”就是这么来的。

诗词文化博大精深，需要我们用全方位的视角来认知。希望大家对诗词文化的掌握，也能做到“全方位”。

# 1 微君之躬，胡为乎泥中！

——《诗经·式微》

## 【名句解析】

要不是为了养主人的贵体，我怎么会待在这泥水中呀！

诗句充分表达了受奴役者的非人处境以及他们对统治者的满腔愤懑。

常用于描写劳动人民的苦痛心情以及他们日益增强的背弃暴政的决心。

## 【单句接龙】

微君之躬→躬耕非所____（《庚戌岁九月中于西田获早稻》晋·陶渊明）→____息肠内____（《自京赴奉先县咏怀五百字》唐·杜甫）→____饮一两____（《雪朝乘兴欲诣李司徒留守先以五韵戏之》唐·白居易）→____遍华____（《减字木兰花》宋·王观）→____开灞岸临清____（《送曾德迈归宁宜春》唐·曹邺）→____草才能没马____（《钱塘湖春行》唐·白居易）→____金点鬓____（《答朱公绰牡丹》宋·宋祁）→____拥旌____（《贺新郎·寿制帅董侍郎》宋·李廷忠）→____盖俨层城（《赋得彭祖楼送杨德宗归徐州幕》唐·卢纶）

## 【联句接龙】

微君之躬，胡为乎泥中！→中庭地白树栖鸦，冷露无声湿桂____。（《十五夜望月寄杜郎中》唐·王建）→____开不并百花丛，独立疏篱趣未____。（《寒菊》宋·郑思肖）→____年忧黎元，叹息肠内____。（《自京赴奉先县咏怀五百字》唐·杜甫）→____饮一两盏，冷吟三五____。（《雪朝乘兴欲诣李司徒留守先以五韵戏之》唐·白居易）→____喽喽，尾涎____。（《燕衔泥》唐·韦应物）→____涎只来燕，飞飞自舞____。（《燕》宋·梅尧臣）→____山寂静老夫闲，伴鸟随云往复____。（《香山寺》唐·白居易）→____家十余日，县令遣媒____。（《孔雀东南飞》汉乐府）→____归相怨怒，但坐观罗敷。（《陌上桑》汉乐府）

◆ 答案：叹→热→盏→筵→浅→蹄→密→幢。花→穷→热→声→涎→空→还→来。

# 2 山中人兮芳杜若，饮石泉兮荫松柏。

——战国·屈原《九歌·山鬼》

## 【名句解析】

像杜若草一样芳香，清心寡欲，饮石泉水，栖息于松柏树荫下。

为了寻找情人，她到处奔波，渴了饮石泉水，累了在松柏树下休憩一会儿。伟大的诗人屈原在这里给我们塑造了一个可爱可怜的女性形象：她纯洁善良，美丽而又多情，她对爱情始终如一，即使在公子不再归来的情况下，还在为对方解怨，痴情地等待着他，盼望着他。

现在一般用于形容人的志趣高洁。

### 【单句接龙】

山中人兮芳杜若→若论破吴功第____（《嘲范蠡》宋·郑獬）→____去二三____（《山村咏怀》宋·邵雍）→____中有啼____（《上留田行》汉乐府）→____童散学归来____（《村居》清·高鼎）→____年诗思____（《闲咏》唐·白居易）→____海波涛何日____（《宿石瓮寺》唐·卢纶）→____明寻白____（《和张仆射塞下曲》唐·卢纶）→____仪映松____（《奉和圣制太行山中言志应制》唐·张说）→____霁凝光入坐寒（《春雪》唐·吴仁璧）

### 【联句接龙】

山中人兮芳杜若，饮石泉兮荫松柏。→柏梁失火去，因入吴王____。（《双燕离》唐·李白）→____树暗，鹊桥横，玉签初报____。（《更漏子》唐·温庭筠）→____代暂遗贤，如何____？（《鹤冲天》宋·柳永）→____晚意不适，驱车登古____。（《登乐游原》唐·李商隐）→____尝春陵六国时，开心写意君所____。（《扶风豪士歌》唐·李白）→____音如不赏，归卧故山____。（《题诗后》唐·贾岛）→____去何所归，春来复相____。（《燕衔泥》唐·韦应物）→____梨花初带夜月，海棠半含朝____。（《三台·清明应制》宋·万俟咏）→____中山果落，灯下草虫鸣。（《秋夜独坐》唐·王维）

◆ 答案：一→里→儿→早→苦→平→羽→雪。宫→明→向→原→知→秋→见→雨。

## 3 孟冬寒气至，北风何惨栗。

——汉《古诗十九首·孟冬寒气至》

### 【名句解析】

十月天是寒冷的开始，北风带来的寒气使人感到多么凄惨悲凉！

这两句诗情景交融，兼指心理上和生理上的感受。也正因为心情不佳，所以对气候的变化特别敏感，北风一刮起来，就感到“惨栗”。

可用于通过季节、环境的变化烘托人物寂寞凄凉的心情。

### 【单句接龙】

孟冬寒气至→至于泾____（《诗经·六月》）→____关临绝____（《敦煌廿咏·水精堂咏》唐）→____漠水田飞白____（《积雨辋川庄作》唐·王维）→____飞林外____（《夏日临江诗》隋·杨广）→____日放歌须纵____（《闻官军收河南河北》唐·杜甫）→____熟吾自____（《和郭主簿》晋·陶渊明）→____残玉瀣行穿____（《鹧鸪天》宋·陆游）→____外桃花三两____（《惠崇春江晚景》宋·苏轼）→____上柳绵吹又少（《蝶恋花·春景》宋·苏轼）

### 【联句接龙】

孟冬寒气至，北风何惨栗。→栗栗涧谷风，吹我衣与____。（《秋日不可见》宋·王安石）→____衣佩云气，言语究灵____。（《咏怀》三国·魏·阮籍）→____爽朗，骨清坚，壶天日月旧因____。（《鹧鸪天》宋·李鼐）→____边空屯十万卒，饱食温衣闲过____。（《西凉伎》唐·白居易）→____暮春江愁李白，山寒秋菊老龟____。（《次韵张录携书见过》宋·方岳）→____衲老僧初睡美，倚榻陂龙暗摇____。（《石鼓寺晚归》宋·李新）→____生信女子，抱柱死不____。（《泊姑熟江口邀刁景纯相见》宋·梅尧臣）→____怪昨宵春梦好，元是今朝斗草赢，笑从双脸____。（《破阵子·春景》宋·晏殊）→____当作人杰，死亦为鬼雄。（《夏日绝句》宋·李清照）

◆ 答案：阳→漠→鹭→白→酒→斟→竹→枝。裳→神→缘→日→蒙→尾→疑→生。

## 4　永夜角声悲自语，中天月色好谁看？

——唐·杜甫《宿府》

### 【名句解析】

长夜里，号角声犹如人的悲语；中天月色虽好，谁有心情仰看？

诗人就这样化百炼钢为绕指柔，以顿挫的句法，吞吐的语气，烘托出一个看月听角、独宿不寐的人物形象。诗圣杜甫一生壮志难酬，饱尝离乱之苦，他笔下的月亮多是凄清而苦涩的。

常用于表现无人共语、沉郁悲抑的复杂心情。

### 【单句接龙】

永夜角声悲自语→语如山色雨余____（《次韵前人取别》宋·陈著）→____鲜白日____（《入庐山仰望瀑布水》唐·张九龄）→____皎河汉____（《古诗十九首·迢迢牵牛星》汉）→____子重前____（《羽林郎》汉·辛延年）→____读书____（《君莫非》

唐·元稹）→____应有神____（《游修觉寺》唐·杜甫）→____子跃龙____（《赠课会诸公》宋·陈造）→____泊东吴万里____（《绝句》唐·杜甫）→____开值急流（《江南曲》唐·丁仙芝）

### 【联句接龙】

永夜角声悲自语，中天月色好谁看？→看朱成碧思纷纷，憔悴支离为忆____。（《如意娘》唐·武则天）→____不见黄河之水天上来，奔流到海不复____。（《将进酒》唐·李白）→____头下望人寰处，不见长安见尘____。（《长恨歌》唐·白居易）→____树行相引，莲峰望忽____。（《喜达行在所》唐·杜甫）→____门惜夜景，矫首看霜____。（《山寺夜起》清·江湜）→____接云涛连晓雾，星河欲转千帆____。（《渔家傲》宋·李清照）→____蝶游蜂迷道左，惜春忙似____。（《谒金门》宋·吕胜己）→____住长江头，君住长江____。（《卜算子》宋·李之仪）→____生信女子，抱柱死不疑。（《泊姑熟江口邀刁景纯相见》宋·梅尧臣）

◆ 答案：鲜→皎→女→夫→诗→助→门→船。君→回→雾→开→天→舞→我→尾。

## 5 山中一夜雨，树杪百重泉。

——唐·王维《送梓州李使君》

### 【名句解析】

山中下了一夜的雨，第二天一大早，只见森林里每一棵树的树梢上，都流泻下千百道的水泉。

王维善以画理入诗，他运用绘画上的透视学原理和色彩的搭配来写景，不仅表现出山势的高峻，山泉的奇丽，而且写出了景物的远近、高低，具有立体感、层次感。

可化用于描写山岭雨后多流泉飞瀑的可爱风景。

### 【单句接龙】

山中一夜雨→雨中山果____（《秋夜独坐》唐·王维）→____地为兄____（《杂诗》晋·陶渊明）→____兄羁旅各西____（《望月有感》唐·白居易）→____船西舫悄无____（《琵琶行》唐·白居易）→____多今事____（《临终诗》汉·孔融）→____衲依然湖海____（《听雨诗》宋·苏洞）→____狭容一____（《初入峡有感》唐·白居易）→____花深处睡秋____（《秋事》唐·吴融）→____入洞庭风（《赋得威凤栖梧诗》南朝·陈·张正见）

## 【联句接龙】

山中一夜雨，树杪百重泉。→泉声咽危石，日色冷青____。（《过香积寺》唐·王维）→____生数寸时，遂为草所____。（《赠王桂阳》南朝·梁·吴均）→____雁云横楚，兼蝉柳夹____。（《泗上客思》唐·杜荀鹤）→____水虽浊有清日，乌头虽黑有白____。（《潜别离》唐·白居易）→____事难从无过立，达官非自有生____。（《赴戍登程口占示家人》清·林则徐）→____谒大官兼问政，扁舟却入九疑____。（《欸乃曲》唐·元结）→____有木兮木有枝，心悦君兮君不____。（《越人歌》先秦·无名氏）→____有前期在，难分此夜____。（《别卢秦卿》唐·司空曙）→____堂舞神仙，烟雾散玉质。（《自京赴奉先县咏怀五百字》唐·杜甫）

◆ 答案：落→弟→东→言→败→阔→苇→声。松→没→河→时→来→山→知→中。

# 6 只在此山中，云深不知处。

——唐·贾岛《寻隐者不遇》

## 【名句解析】

就在这座山中，可是林深云密，也不知道师傅到底在哪里。

诗句实际上不只是诗人对隐者的描绘，也是诗人自己所追求向往的人生境界。

这个名句现在随处可见，其用法已远远超出贾岛当年写诗的情境了，常用于形容深藏不露的神秘事物。

## 【单句接龙】

只在此山中→中堂舞神____（《自京赴奉先县咏怀五百字》唐·杜甫）→____人掌上雨初____（《行经华阴》唐·崔颢）→____朝丽早____（《五言同管记陆瑜九日观马射诗》南朝·陈·陈叔宝）→____秋自断____（《感秋别怨》唐·卢仝）→____去尸长____（《孔雀东南飞》汉乐府）→____待作遗____（《孔雀东南飞》汉乐府）→____黄棘之枉____（《九章·悲回风》战国·屈原）→____勋十二____（《木兰诗》北朝民歌）→____头向户里（《孔雀东南飞》汉乐府）

## 【联句接龙】

只在此山中，云深不知处。→处处惊波喷流飞雪花，篙工楫师力且____。（《蜻蜓歌》唐·卢仝）→____帝爱神仙，烧金得紫____。（《马诗》唐·李贺）→____雨莽苍苍，龟蛇锁大____。（《菩萨蛮·黄鹤楼》现代·毛泽东）→____天一色无纤尘，皎皎空中孤月____。（《春江花月夜》唐·张若虚）→____台九月风夜吼，一川碎石大如斗，随风满地石乱____。(《走马川行奉送出师西征》唐·岑参)→____马吹花无复、少年____。(《南歌子·道中直重九》宋·赵长卿)→____风落尽深红色，绿叶成阴子满____。(《叹花》唐·杜牧)→____上三分落，园中二寸____。(《惜落花》唐·白居易)→____处种菱浅种稻，不深不浅种荷花。(《吴兴杂诗》清·阮元)

◆ 答案：仙→晴→霜→魂→留→施→策→转。武→烟→江→轮→走→狂→枝→深。

## 7 东风不与周郎便，铜雀春深锁二乔。

——唐·杜牧《赤壁》

### 【名句解析】

假如东风不给周瑜以方便，结局恐怕是曹操取胜，二乔被关进铜雀台了。

诗人对赤壁之战发表了独特的看法，认为周瑜的胜利在于侥幸，抒发了诗人对国家兴亡的慨叹。同时抒发自己怀才不遇的感慨，体现了作者抑郁不平的心情。

诗人发表这些议论，其目的不只是翻历史旧案，而是借论史来寄寓自己的感慨。其言外之意是：今天，我若得到施展抱负的机会，未必不能像周瑜那样建立一番功业。所以常用来论史言志。

### 【单句接龙】

东风不与周郎便→便胜却人间无____(《鹊桥仙》宋·秦观)→____峰无语立斜____[《村行》宋·王禹偁(chēng)]→____岫照鸾____(《游黄檗山》南朝·梁·江淹)→____菊东篱____(《饮酒》晋·陶渊明)→____见洪河____(《东归晚次潼关怀古》唐·岑参)→____水落花春去____(《浪淘沙令》五代·南唐·李煜)→____无风雨也无____(《定风波》宋·苏轼)→____来意态____(《观云篇》唐·刘禹锡)→____春车马闹如烟(《春日田园杂兴》宋·范成大)

### 【联句接龙】

东风不与周郎便，铜雀春深锁二乔。→乔木苍烟合，清江旅雁____。(《再和前韵》元·贡奎)→____心落何处，日没大江____。(《奔亡道中》唐·李白)→____宫南内多秋草，落叶满阶红不____。(《长恨歌》唐·白居易)→____除闲室置书琴，偃仰之间万古____。(《新辟小室自适》宋·韩淲)→____调度而弗去兮，刻著志之无____。(《九章·悲回风》战国·屈原)→____与野情惬，千山高复____。(《鲁山山行》宋·梅尧臣)→____徊愧人子，不敢叹风____。(《岁暮到家》清·蒋士铨)

→____满面，鬓如____。(《江城子·乙卯正月二十日夜记梦》宋·苏轼)→____禽欲下先偷眼，粉蝶如知合断魂。(《山园小梅》宋·林逋)

◆ 答案：数→阳→采→下→流→也→晴→行。归→西→扫→心→适→低→尘→霜。

## 8 东风好作阳和使，逢草逢花报发生。

——唐·钱起《春郊》

### 【名句解析】

东风是最称职的报春的使者，逢着花草都催促它们发芽萌生。

这两句诗十分贴切地渲染出春回大地之后，在温暖的东风吹拂下，百草千花纷纷显露生机的蓬勃景象。

常用于描写春景，也用于形容在某种力量影响下所呈现的欣欣向荣的形势、局面。

### 【单句接龙】

东风好作阳和使→使君夫妇为参____(《天可度·恶诈人也》唐·白居易)→____女不知亡国____(《泊秦淮》唐·杜牧)→____登山临____(《六州歌头》宋·贺铸)→____陌轻____(《点绛唇》宋·寇准)→____光照铁____(《木兰诗》北朝民歌)→____冠身惹御炉____(《早朝大明宫》唐·贾至)→____刹夜忘____(《宿龙兴寺》唐·綦毋潜)→____来见天____(《木兰诗》北朝民歌)→____规夜半犹啼血(《送春》宋·王令)

### 【联句接龙】

东风好作阳和使，逢草逢花报发生。→生乏黄金枉图画，死留青冢使人____。(《王昭君》唐·李白)→____母兄兮永潜藏，想形容兮内摧____。(《思亲诗》三国·魏·嵇康)→____心千古，秦淮一片明____。(《百字令》元·萨都剌)→____落乌啼霜满天，江枫渔火对愁____。(《枫桥夜泊》唐·张继)→____罢梳云髻，妆成上锦____。(《新春》唐·刘方平)→____辚辚，马萧萧，行人弓箭各在____。(《兵车行》唐·杜甫)→____悬相印作都统，阴风惨澹天王____。(《韩碑》唐·李商隐)→____帜何翩翩，但闻金鼓____。(《咏怀》三国·魏·阮籍)→____鸣寒角动城头，吹起千年故国愁。(《晓望吴城有感》宋·陈深)

◆ 答案：商→恨→水→寒→衣→香→归→子。嗟→伤→月→眠→车→腰→旗→鸣。

# 9 东边日出西边雨，道是无晴却有晴。

——唐·刘禹锡《竹枝词》

## 【名句解析】

天气说是晴天，西边却下着雨，说是雨天，东边却还挂着太阳。他对我像是无情又像是有情，真让人捉摸不定。

这里晴雨的"晴"，是用来暗指感情的"情"，"道是无晴却有晴"，也就是"道是无情却有情"。通过这两句极其形象又极其朴素的诗，她的迷惘，她的眷恋，她的忐忑不安，她的希望和等待便都刻画出来了。

诗句用语意双关的手法，既写了江南的阵雨天气，又把这个少女的迷惑、眷恋和希望一系列的心理活动巧妙地描绘出来。后人引用也多用其原意。

## 【单句接龙】

东边日出西边雨→雨轻风色____（《千秋岁》宋·张先）→____雨逐惊____（《大水》唐·薛逢）→____吼何喷____（《入庐山仰望瀑布水》唐·张九龄）→____雾浓云愁永____（《醉花阴》宋·李清照）→____长欢岂____（《归朝欢》宋·张先）→____巢新____（《点绛唇》宋·寇准）→____鸿始入吴云____（《临江王节士歌》唐·李白）→____流直下三千____（《望庐山瀑布》唐·李白）→____书未达年应老（《岁晚言事寄乡中亲友》唐·方干）

## 【联句接龙】

东边日出西边雨，道是无晴却有晴。→晴来意态行，有若功成____。（《观云篇》唐·刘禹锡）→____路逐樵歌，落日寒川____。（《伊川独游》宋·欧阳修）→____有红尘扑，颜色不得____。（《京兆府新栽莲》唐·白居易）→____肥属时禁，蔬果幸见____。（《郡斋雨中与诸文士燕集》唐·韦应物）→____自爱杯酒，得无相献____。（《湖中寄王侍御》唐·丘为）→____恩抚身世，未觉胜鸿____。（《献寄旧府开封公》唐·李商隐）→____延寿画欲通神，忍为黄金不为____。（《相和歌辞·王昭君》唐·李商隐）→____生易老天难老，岁岁重阳，今又重____。（《采桑子·重阳》现代·毛泽东）→____春三月天气新，湖中丽人花照春。（《西湖四景》宋·程安仁）

◆ 答案：暴→雷→薄→昼→定→燕→飞→尺。归→上→鲜→尝→酬→毛→人→阳。

# 10 旧时王谢堂前燕，飞入寻常百姓家。

——唐·刘禹锡《乌衣巷》

## 【名句解析】

东晋时王导、谢安两家的堂前紫燕，而今却飞入了寻常老百姓之家。

正当诗人抚今追昔之际，忽见双双归燕掠过斜晖，飞进寻常院落。这情景触发了诗人的奇想：这些燕子不正是乌衣巷由繁华走向衰落的见证吗？以燕栖旧巢唤起人们想象，含而不露；语虽极浅，味却无限。

常用作今昔沧桑的感叹，也由此引发人们的思考：为什么会出现这样的历史变化呢？

## 【单句接龙】

旧时王谢堂前燕→燕子分泥蜂酿____（《谒金门》宋·晏几道）→____蜂为主各磨____（《济源寒食》唐·孟郊）→____璋辞凤____（《从军行》唐·杨炯）→____下见乡____（《收两京后还上都兼访一二亲故》唐·方干）→____朋无一____（《登岳阳楼》唐·杜甫）→____字看来皆是____（《回前诗》清·曹雪芹）→____雨腥风应有____（《梅岭三章》现代·陈毅）→____南老屋颇宜____（《次韵旷翁四时村居乐》宋·艾性夫）→____云多奇峰（《四时》晋·陶渊明）

## 【联句接龙】

旧时王谢堂前燕，飞入寻常百姓家。→家家乞巧望秋月，穿尽红丝几万____。（《乞巧》唐·林杰）→____疑逐风去，波欲上阶____。（《题王家庄临水柳亭》唐·白居易）→____时见我江南岸，今日送君江上____。（《别李十一》唐·元稹）→____白乘驴悬布囊，一回言别泪千____。（《赠别李纷》唐·卢纶）→____行血泪洒尘襟，事逐东流渭水____。（《寄孙储》唐·孙定）→____林人不知，明月来相____。（《竹里馆》唐·王维）→____花前后镜，花面交相____。（《菩萨蛮》唐·温庭筠）→____阶碧草自春色，隔叶黄鹂空好____。（《蜀相》唐·杜甫）→____尘绝，西风残照，汉家陵阙。（《忆秦娥》唐·李白）

◆ 答案：蜜→牙→阙→亲→字→血→涯→夏。条→来→头→行→深→照→映→音。

## 11 问君能有几多愁？恰似一江春水向东流。

——五代·南唐·李煜《虞美人》

### 【名句解析】

如果你要问我有几分忧愁与烦恼，那就好像一江正向东流的春水一样，无穷无尽。

把愁思比作“一江春水”就使抽象的情感显得形象可感。愁思如春水涨溢恣肆，奔放倾泻；又如春水不舍昼夜，无尽东流。读来亦如满江春水起伏连绵，把感情在升腾流动中的深度和力度全表达了出来。这样声情并茂的词句大大增强了作品的感染力，读者也似被这无尽的哀思所淹没了。

常用于形容心中忧愁的无边无际、无穷无尽。

### 【单句接龙】

问君能有几多愁→愁多翻阁___（《谒金门》宋·晏几道）→___端狼籍见功___（《水墨松石》唐·方干）→___婿居上___（《陌上桑》汉乐府）→___白读兵___（《喜从弟激初至》唐·卢纶）→___中自有黄金___（《劝学诗》宋·赵恒）→___上松风吹急___（《清平乐·独宿博山王氏庵》宋·辛弃疾）→___中山果___（《秋夜独坐》唐·王维）→___月摇情满江___（《春江花月夜》唐·张若虚）→___坚不怕风吹动（《北风吹》明·于谦）

### 【联句接龙】

问君能有几多愁？恰似一江春水向东流。→流落天涯谁见问，少卿应识子卿___。（《钟陵夜阑作》唐·韦庄）→___思不能言，肠中车轮___。（《悲歌》汉乐府）→___朱阁，低绮户，照无___。（《水调歌头》宋·苏轼）→___琴绿阴，上有飞___。（《典雅》唐·司空图）→___布小更奇，潺湲二三___。（《咏小瀑布》唐·皎然）→___书未达年应老，先被新春入故___。（《岁晚言事寄乡中亲友》唐·方干）→___有桃，其实之___。（《诗经·园有桃》）→___案盈我前，亲旧哭我___。（《拟挽歌辞》晋·陶渊明）→___人笑此言，似高还似痴。（《于潜僧绿筠轩》宋·苏轼）

◆ 答案：笔→夫→头→书→屋→雨→落→树。心→转→眠→瀑→尺→园→肴→旁。

# 12 不识庐山真面目，只缘身在此山中。

——宋・苏轼《题西林壁》

## 【名句解析】

人们之所以认不清庐山本来的面目，是因为自己身在庐山之中啊！

为什么不能辨认庐山的真实面目呢？因为身在庐山之中，视野为庐山的峰峦所局限，看到的只是庐山的一峰一岭一丘一壑，局部而已，这必然带有片面性。游山所见如此，观察世上事物也常如此。

这两句诗有着丰富的内涵，它启迪人们为人处世的一个哲理——由于人们所处的地位不同、看问题的出发点不同，对客观事物的认识难免有一定的片面性。要认识事物的真相与全貌，必须超越狭小的范围，摆脱主观成见。

## 【单句接龙】

不识庐山真面目→目断天南无雁____（《在北题壁》宋・赵佶）→____雪过江____（《好事近》宋・吕渭老）→____往如____（《骤雨打新荷》金・元好问）→____寒闺梦____（《闻蛩》宋・周密）→____歌有____（《短歌行》晋・陆机）→____月嘲风先要____（《将归渭村先寄舍弟》唐・白居易）→____尽荀衣昨日____（《沁园春・丁巳重阳前》清・纳兰性德）→____车为驻____（《观猎骑》唐・司空曙）→____台九月风夜吼（《走马川行奉送出师西征》唐・岑参）

## 【联句接龙】

不识庐山真面目，只缘身在此山中。→中军置酒饮归客，胡琴琵琶与羌____。（《白雪歌送武判官归京》唐・岑参）→____中闻折柳，春色未曾____。（《塞下曲》唐・李白）→____朱成碧思纷纷，憔悴支离为忆____。（《如意娘》唐・武则天）→____不见走马川行雪海边，平沙莽莽黄入____。（《走马川行奉送出师西征》唐・岑参）→____寒秋水急，风静夜猿____。（《巫山高》唐・李孝贞）→____歌和渐离，谓若傍无____。（《咏史》晋・左思）→____生诚未易，曷云开此____？（《猛虎行》晋・陆机）→____袖三春隔，江山千里____。（《萧咨议西上夜集诗》南朝・齐・王融）→____恐不才身，复作无名死。（《初入峡有感》唐・白居易）

◆ 答案：飞→来→梭→短→咏→减→香→轮。笛→看→君→天→哀→人→衿→长。

## 13 楼上阑干横斗柄，露寒人远鸡相应。

——宋·周邦彦《蝶恋花·早行》

### 【名句解析】

北斗星已斜挂在高楼之上，清晨露寒，离人走远，只有晨起的鸡鸣在天际回响。

两人执手相别后，唯见北斗横斜，耳边晨鸡唱晓，内心益觉酸楚。词句是“以景结情”的妙句。

常用于描写离别景象，衬托凄凉的心情。

### 【单句接龙】

楼上阑干横斗柄→柄曲自临____（《采莲曲》南朝·梁·刘孝威）→____回出薜____（《圣果寺》唐·释处默）→____径若披____（《移席琴室应司徒教诗》南朝·齐·王融）→____台与年____（《于安城答灵运诗》南朝·宋·谢瞻）→____节不由人学____（《寄钟常侍》唐·罗隐）→____句精如狐白____（《和朱成伯》宋·胡寅）→____披青毛____（《上元夫人》唐·李白）→____瑟无端五十____（《锦瑟》唐·李商隐）→____断有谁听（《小重山》宋·岳飞）

### 【联句接龙】

楼上阑干横斗柄，露寒人远鸡相应。→应怜屐齿印苍苔，小扣柴扉久不____。（《游园不值》宋·叶绍翁）→____轩面场圃，把酒话桑____。（《过故人庄》唐·孟浩然）→____衣黑肥冲北风，带酒日晚歌田____。（《野歌》唐·李贺）→____路因循我所长，古来才命两相____。（《有感》唐·李商隐）→____寐夜吟苦，爱闲身达____。（《途中逢进士许巢》唐·方干）→____迟钟鼓初长夜，耿耿星河欲曙____。（《长恨歌》唐·白居易）→____长地久有时尽，此恨绵绵无绝____。（《长恨歌》唐·白居易）→____君当此时，与我恣追____。（《洛中早春赠乐天》唐·刘禹锡）→____思涉历兮多艰阻，四拍成兮益凄楚。（《胡笳十八拍》汉·蔡文姬）

◆ 答案：盘→萝→云→峻→得→裘→锦→弦。开→麻→中→妨→迟→天→期→寻。

## 14 空床卧听南窗雨，谁复挑灯夜补衣！

——宋·贺铸《鹧鸪天》

### 【名句解析】

躺在空床上愁听南窗外的雨声嘀嗒作响，还有谁再来为我连夜挑灯缝补衣裳！

这是作者悼念亡妻词中的两句。风雨交加之夜，作者卧不能寐。面对妻子过去睡的床，而今人去床空，再也无人对谈，只有凄风苦雨敲打南窗的声响。气氛极其凄凉。

现常用于怀念逝去的爱人。

## 【单句接龙】

空床卧听南窗雨→雨送黄昏花易____（《钗头凤》宋・唐婉）→____魄江湖载酒____（《遣怀》唐・杜牧）→____李岂无____（《夏日奉使南海在道中作》唐・张九龄）→____难寻红锦____（《湘妃怨》元・阿鲁威）→____罢低声问夫____（《近试上张水部》唐・朱庆馀）→____贫毕竟与齐____（《田舍即事》宋・刘克庄）→____浅澹烟如____（《更漏子》唐・温庭筠）→____下系船犹未____（《唐多令》宋・刘过）→____泛沧浪空阔（《念奴娇・过洞庭》宋・张孝祥）

## 【联句接龙】

空床卧听南窗雨，谁复挑灯夜补衣！→衣带渐宽终不悔，为伊消得人憔____。（《蝶恋花》宋・柳永）→____若放臣临楚泽，厄于学士蹈秦____。（《旱莲》宋・刘克庄）→____灰未冷山东乱，刘项原来不读____。（《焚书坑》唐・章碣）→____寄子公吾自懒，故人不是总相____。（《书怀》宋・陆游）→____形到尔汝，痛饮真吾____。（《醉时歌》唐・杜甫）→____克薄赏行，军没微躯____。（《饮马长城窟行》晋・陆机）→____身弃中野，乌鸢作患____。（《咏怀》三国・魏・阮籍）→____人白额犹未尽，纷纷不独南山____。（《周侯祠》宋・释印）→____上何所有？翠微盍叶垂鬓唇。（《丽人行》唐・杜甫）

◆ 答案：落→行→苦→妆→婿→眉→柳→稳。悴→坑→书→忘→师→捐→害→头。

# 15 日暮北风吹雨去，数峰清瘦出云来。

——宋・张耒《初见嵩山》

## 【名句解析】

夕阳西下，北风把雨吹走了，几座清瘦的山峰就从云中显露了出来。

诗人写的对象是嵩山，但在很大程度上它又是在表现诗人自己。人在精神上以什么作为慰藉，往往能看出其志趣和品格。困顿于仕途，聊以慰藉情怀的是嵩山，诗人的情志也表现了出来，进而深化了诗人的品格志趣，达到了“景中有我”的境界。

常用于描绘雨后群峰夕照图，有“仁者乐山”之意，反映一种傲岸、清高，历经磨难而不屈的精神。

## 【单句接龙】

日暮北风吹雨去→去邦犹未____(《野望》宋·宋祁)→____水连远____(《杂言重送皇甫侍御曾》唐·皎然)→____木何萧____(《苦寒行》汉·曹操)→____瑟焦山____(《敦煌廿咏·瑟瑟咏》唐)→____瞰寒江百尺____(《次韵许深父》宋·张栻)→____陀冈阜____(《沔阳夜行》宋·陆游)→____重帘幕密遮____(《天仙子》宋·张先)→____影秋江____(《送僧东游》唐·温庭筠)→____寒沟水忽生冰(《长安夜访澈上人》唐·李郢)

## 【联句接龙】

日暮北风吹雨去，数峰清瘦出云来。→来归自镐，我行永____。(《诗经·六月》)→____贮沧浪意，初辞桎梏____。(《江上对酒》唐·白居易)→____阅兴亡浩劫空，两朝文献一衰____。(《题遗山诗》清·赵翼)→____翁岂有甘心事，何故高楼鼓角____？(《至扬州》宋·文天祥)→____多于喜，恶多于____。(《治乱吟》宋·邵雍)→____人赠我金错刀，何以报之英琼____？(《四愁诗》汉·张衡)→____池阿母绮窗开，黄竹歌声动地____。(《瑶池》唐·李商隐)→____我填寡，宜岸宜____。(《诗经·小宛》)→____中生白发，岭外罢红颜。(《岭南送使》唐·张说)

◆ 答案：远→树→瑟→下→坡→重→灯→寺。久→身→翁→悲→美→瑶→哀→狱。

# 16 昨夜西风凋碧树，独上高楼，望尽天涯路。

——宋·晏殊《蝶恋花》

## 【名句解析】

昨夜西风惨烈，凋零了绿树，我独自登上高楼，望尽了天涯路。

“昨夜西风”使固有的惨淡、凄迷气氛又增添几分萧瑟、几分凛冽。西风方烈，碧树尽凋；木犹如此，人何以堪？由此驰骋想象，作者也当是朱颜尽改。而从结构上看，碧树尽凋，野外才能变得格外空旷，作者也才能骋目远眺。这样，“凋碧树”又是对下文“望尽天涯路”的一种必要的铺垫，既表明其眺望之远，也见出其凝眸之久，从时空方面拓展了词的意境。

“昨夜西风凋碧树，独上高楼，望尽天涯路”后被清代国学大师王国维用来表示做学问的第一种境界，这显然不是晏殊词的原意，王国维以此为比喻，说明对于大事业大学问，需有百折不挠的精神，才能有所成就。这也成了这句词最常用的含意。

## 【单句接龙】

昨夜西风凋碧树→树坚不怕风吹____（《北风吹》明·于谦）→____焰翠帷____（《咏笼灯绝句诗》南朝·梁·萧纲）→____中有啼____（《上留田行》汉乐府）→____童相见不相____（《回乡偶书》唐·贺知章）→____者阅见一生____（《送蔡山人》唐·高适）→____事便相____（《武功县中作》唐·姚合）→____关雎____（《诗经·关雎》）→____鸣村意____（《题进士王驾郊居》唐·郑谷）→____风送暖入屠苏（《元日》宋·王安石）

## 【联句接龙】

昨夜西风凋碧树，独上高楼，望尽天涯路。→路疑西极瑶池近，人似南朝鹤氅____。（《和中丞晏尚书和答十二兄夜归遇雪之作》宋·宋庠）→____甚更无修竹倚，愁多思买白杨____。（《都门秋思》清·黄景仁）→____培元是根宜地，幻化须知花有____。（《送芍药》宋·叶翥）→____力既殊妙，倾河焉足____？（《读山海经》晋·陶渊明）→____情风，万里卷潮来，无情送潮____。（《八声甘州·寄参寥子》宋·苏轼）→____来景常晏，饮犊西涧____。（《观田家》唐·韦应物）→____痕深，花信足，寂寞汉南____。（《祝英台近》宋·张炎）→____接南山近，烟含北渚____。（《长宁公主东庄侍宴》唐·李峤）→____知兄弟登高处，遍插茱萸少一人。（《九月九日忆山东兄弟》唐·王维）

◆ 答案：动→里→儿→识→事→关→鸠→春。寒→栽→神→有→归→水→树→遥。

# 17 沉恨细思，不如桃杏，犹解嫁东风。

——宋·张先《一丛花令》

## 【名句解析】

怀着深深的怨恨，我反复思量，我的命运竟然不如桃花杏花，它们倒还能嫁给东风，随风而去呢。

在极度空虚中，她发出人生之“沉恨”：自己还不如嫣香飘零的桃花杏花，它们在青春快要凋谢的时候还懂得嫁给东风，有所归宿，自己却只能在形影相吊中消尽青春。词句倾诉了人不如物的伤感。

常用于形容未能抓住时机以致无所归宿。

## 【单句接龙】

沉恨细思→思君令人____（《古诗十九首·行行重行行》汉）→____夫聊发少年

____(《江城子·密州出猎》宋·苏轼)→____客归舟逸兴____(《送贺宾客归越》唐·李白)→____少天涯未归____(《菊花》明·唐寅)→____来空改____(《送李端》唐·耿沛)→____岁年年人不____(《代悲白头翁》唐·刘希夷)→____心而离____(《古诗十九首·涉江采芙蓉》汉)→____山四望____(《山斋独坐赠薛内史》隋·杨素)→____风中酒过年年(《宿蓬船》唐·韦庄)

## 【联句接龙】

沉恨细思，不如桃杏，犹解嫁东风。→风月自清夜，江山非故____。(《日暮》唐·杜甫)→____有棘，其实之____。(《诗经·园有桃》)→____随鸣磬巢乌下，行踏空林落叶____。(《过乘如禅师萧居士嵩丘兰若》唐·王维)→____声肠寸断，点点泪交____。(《苦雨吟十首呈同官诸丈》宋·吴潜)→____落生还真一芥，周章危立近三____。(《次韵曾子开从驾》宋·苏轼)→____高庭日少，竹近野风____。(《腊日》宋·张耒)→____惭再入金门籍，不敢为文学解____。(《阙下待传点呈诸同舍》唐·刘禹锡)→____红悔绿成何事，自古诗人没十____。(《初夏即事》宋·杨万里)→____败极知无定势，是非元自要徐观。(《次韵季长见示》宋·陆游)

◆ 答案：老→狂→多→客→岁→同→居→阻。园→食→声→流→槐→多→嘲→成。

# 18 纸上得来终觉浅，绝知此事要躬行。

——宋·陆游《冬夜读书示子聿》

## 【名句解析】

从书本上得到的知识终归是浅薄的，不能理解知识的真谛，要真正理解书中的深刻道理，必须亲身去躬行实践。

这两句诗特别强调了做学问的工夫要下在“哪里”，这也是做学问的诀窍，那就是不能满足于字面上的意思，而要躬行实践，在实践中加深理解。只有这样才能把书本上的知识变成自己的实际本领。

常用于强调从书本上得来的知识比较浅薄，一定要经过亲身实践才能变成自己的东西。

## 【单句接龙】

纸上得来终觉浅→浅酌一杯____(《食饱》唐·白居易)→____隐凌晨____(《诗酒》宋·陆游)→____卧沙场君莫____(《凉州词》唐·王翰)→____问客从何处____(《回乡偶书》唐·贺知章)→____往成何____(《舟中览镜》宋·王十朋)→____无两样

人心____（《贺新郎·同父见和再用韵答之》宋·辛弃疾）→____占阮家____（《和令狐仆射小饮听阮咸》唐·白居易）→____不显时心不____（《夜读》明·唐寅）→____骨穴蝼蚁（《遣兴》唐·杜甫）

## 【联句接龙】

纸上得来终觉浅，绝知此事要躬行。→行人莫上长堤望，风起杨花愁杀____。（《汴河曲》唐·李益）→____皆迷著此，师独悟如____。（《题著禅师》唐·杜荀鹤）→____方圜之能周兮，夫孰异道而相____？（《离骚》战国·屈原）→____得知百万亿苍生命，堕在巅崖受辛____！（《横吹曲辞·长安道》唐·韦应物）→____辞酒味薄，黍地无人____。（《羌村》唐·杜甫）→____者志于食，否则馁继____。（《天爵山》宋·张舜民）→____子于归，宜其室____。（《诗经·桃夭》）→____住苍烟落照间，丝毫尘事不相____。（《鹧鸪天》宋·陆游）→____河梦断何处？尘暗旧貂裘。（《诉衷情》宋·陆游）

◆ 答案：酒→醉→笑→来→事→别→名→朽。人→何→安→苦→耕→之→家→关。

# 19 爱东西双涧，纵横水绕；两峰南北，高下云堆。

——宋·刘过《沁园春·斗酒彘肩》

## 【名句解析】

更让人喜爱的是纵横流淌的两涧溪水，从东向西环绕；两个山峰雄踞南北，有白云簇拥。

动静结合，由近及远，错落有致，意境开阔，极言山水之美，让读者有身临其境之感。

常用于描写秀美的山水景致。

## 【单句接龙】

爱东西双涧→涧树含朝____（《简卢陟》唐·韦应物）→____随思太____（《河西太守杜公挽歌》唐·岑参）→____节情不____（《孔雀东南飞》汉乐府）→____我琉璃____（《孔雀东南飞》汉乐府）→____上庭前屹相____（《丹青引赠曹将军霸》唐·杜甫）→____来吟秀____（《酬程延秋夜即事见赠》唐·韩翃）→____搜明月梨花____（《忆孟浩然》唐·唐彦谦）→____空外空内外____（《水月》清·弘历）→____山新雨后（《山居秋暝》唐·王维）

## 【联句接龙】

爱东西双涧，纵横水绕；两峰南北，高下云堆。→堆金买骏骨，将送楚襄____。（《马诗》唐·李贺）→____侯无种英雄志，燕雀喧喧安得____？（《秦门·陈涉》唐·周昙）→____否？知否？应是绿肥红____。（《如梦令》宋·李清照）→____影自临春水照，卿须怜我我怜____。（《怨》明·冯小青）→____但暂还家，吾今且报____。（《孔雀东南飞》汉乐府）→____县同趋昨日事，升沉不改故人____。（《赠王侍御》唐·韦应物）→____少利心多，郎如年少____？（《菩萨蛮·商妇怨》宋·江开）→____以解忧？唯有杜____。（《短歌行》汉·曹操）→____衢一望通，河洛正天中。（《洛中游眺贻同志》唐·许浑）

◆ 答案：雨→守→移→榻→向→句→内→空。王→知→瘦→卿→府→情→何→康。

# 20 怪来一夜蛙声歇，又作东风十日寒。

——宋·吴涛《绝句》

## 【名句解析】

怪不得夜里蛙声停了，原来是东风又起，天又变寒了。

诗句具体而又生动地展示了暮春时节的天气和物候现象。天气暖热，人们已经穿起单衣，桃花落尽，野梅结籽，田野里已经响起蛙声，可是突然间，蛙声却没有了。这在气象学中叫作“倒春寒”。古代诗人对我国春季的认识是十分丰富的，他们描写华夏春天的诗词不仅在文学上，而且在科学上也是世界文化宝库中的瑰宝。

这句诗常被引用说明“倒春寒”现象，也可描绘春深夏浅、乍暖还寒的情味。

## 【单句接龙】

怪来一夜蛙声歇→歇马坐垂____（《雨后思湖上居》唐·许浑）→____柳青青江水____（《竹枝词》唐·刘禹锡）→____明送客楚山____（《芙蓉楼送辛渐》唐·王昌龄）→____山寺北贾亭____（《钱塘湖春行》唐·白居易）→____出都门百余____（《长恨歌》唐·白居易）→____中巴客半归____（《和常秀才寄简归州郑使君借猿》唐·许浑）→____音无改鬓毛____（《回乡偶书》唐·贺知章）→____兰送客咸阳____（《金铜仙人辞汉歌》唐·李贺）→____路阻且长（《古诗十九首·行行重行行》汉）

## 【联句接龙】

怪来一夜蛙声歇，又作东风十日寒。→寒雨连江夜入吴，平明送客楚山____。（《芙蓉楼送辛渐》唐·王昌龄）→____山寺北贾亭西，水面初平云脚____。（《钱塘湖春行》唐 · 白居易）→____徊顾影无颜色，尚得君王不自____。(《明妃曲》宋 · 王安石）→____谢邻家子，效颦安可____。(《西施咏》唐 · 王维）→____贤宜励德，羡鱼当结____。(《游仙诗》晋 · 郭璞）→____丝结宝琴，尘埃被空____。(《春遇南使贻赵知音》唐 · 岑参）→____酒送征人，踟蹰在亲____。(《李都尉陵从军》南朝 · 梁 · 江淹）→____尔新昏，不我屑____。(《诗经 · 邶风 · 谷风》）→____蝉易犬，蝉死犬饥。(《君莫非》唐 · 元稹）

◆ 答案：杨→平→孤→西→里→乡→衰→道。孤→低→持→希→网→樽→宴→以。

## 21　楚虽三户能亡秦，岂有堂堂中国空无人？

——宋 · 陆游《金错刀行》

### 【名句解析】

楚国虽然只几户人家，也能灭掉秦国，难道偌大的中原地区就没有这样的人吗？

作者借金错刀来述怀言志，引用“楚虽三户，亡秦必楚”的典故，抒发了誓死抗金、“中国”必胜的壮烈情怀。这种光鉴日月的爱国主义精神，是我中华民族浩然正气的体现，永远具有鼓舞人心、催人奋起的巨大力量。

常用于形容民族自豪感和正义必胜的自信心。

### 【单句接龙】

楚虽三户能亡秦→秦时明月汉时____(《出塞》唐 · 王昌龄）→____山三五____(《关山月》南朝 · 陈 · 徐陵）→____上柳梢____(《生查子 · 元夕》宋 · 欧阳修）→____白读兵____(《喜从弟激初至》唐 · 卢纶）→____中车马多如____(《劝学诗》宋 · 赵恒）→____带争济____(《永遇乐》宋 · 李清照）→____王台榭空山____(《江上吟》唐 · 李白）→____园养浩久怀____(《再和制帅》宋 · 王之望）→____能摧眉折腰事权贵（《梦游天姥吟留别》唐 · 李白）

### 【联句接龙】

楚虽三户能亡秦，岂有堂堂中国空无人？→人生得意须尽欢，莫使金樽空对____。(《将进酒》唐 · 李白）→____下飞天镜，云生结海____。(《渡荆门送别》唐 · 李白）→____上东风春不浅，十二阑干，尽日珠帘____。(《蝶恋花》宋 · 张先）→____征衣，马嘶霜叶____。(《更漏子》唐 · 牛峤）→____尘长翳日，白草自连____。(《王昭君》五代 · 南唐 · 李中）→____生我材必有用，千金散尽还复____。(《将进酒》唐 · 李白）→____

日苦短，去日苦____。(《短歌行》晋·陆机）→____忆观潮，满郭人争江上____。(《酒泉子》宋·潘阆）→____长城内外，惟余莽莽。(《沁园春·雪》现代·毛泽东）

◆ 答案：关→月→头→书→簇→楚→丘→安。月→楼→卷→飞→天→来→长→望。

## 22 不念英雄江左老，用之可以尊中国。

——宋·辛弃疾《满江红》

### 【名句解析】

全不念及英雄在江南老去，如获重用定使中国免遭欺凌。

此二句看似寻常语，但却道破了南宋政治现实。宋高宗在位 35 年，是个彻头彻尾的投降派，后来的皇帝的政策基本上一脉相承，多少仁人志士请缨无路，报国无门，衔恨以终。至此可知中国之不尊，罪在最高统治者。

常用于描写英雄无用武之地的人生境遇，也可用于批判浪费人才的社会弊端。

### 【单句接龙】

不念英雄江左老→老来无喜亦无____(《听雨诗》宋·苏泂）→____心悄____(《诗经·柏舟》）→____然屈指听银____(《安公子》宋·柳永）→____飞如疾____(《同卢记室从军》北周·庾信）→____歇天____(《卜算子慢·江枫渐老》宋·柳永）→____处不胜____(《水调歌头》宋·苏轼）→____蝉凄____(《雨霖铃》宋·柳永）→____切阴风____(《宣城郡内登望诗》南朝·齐·谢朓）→____屡看渔归（《怀甘叔异曲江庵寄叔异》宋·赵蕃）

### 【联句接龙】

不念英雄江左老，用之可以尊中国。→国破山河在，城春草木____。(《春望》唐·杜甫）→____抛故园里，少种贵人____。(《感石榴二十韵》唐·元稹）→____贫何所恋，时在老僧____。(《照镜》唐·王建）→____庭飘摇那可度，绝域苍茫更何____。(《燕歌行》唐·高适）→____何不可吾方羡，要底都无饱便____。(《鹧鸪天·戏题村舍》宋·辛弃疾）→____心失约寻真侣，转首谁知作古____。(《宋正纪挽词》宋·郭印）→____间得意，千红百紫，转头春____。(《水龙吟·载学士院有之》宋·辛弃疾）→____叫得鹃声碎，却教人空断____。(《湘妃怨》元·阿鲁威）→____断春江欲尽头，杖藜徐步立芳洲。(《漫兴》唐·杜甫）

◆ 答案：忧→悄→箭→雨→高→寒→切→暮。深→家→边→有→休→人→尽→肠。

# 23 一心中国梦，万古下泉诗。

——宋·郑思肖《德祐二年岁旦》

## 【名句解析】

心中萦绕着收复中原的梦想，时常想起《诗经》中那流传千古的《下泉》之诗。

诗句中的“中国”是相对于“南方”而言，指陷落敌手的中原一带，和今天我们所说“中国”的概念不相同。“一心中国梦”就是一心执着于恢复中原故土的梦想。《下泉》是《诗经·曹风》中的一篇，写的是曹人慨叹王朝战乱，因而怀念东周王朝的诗。“万古下泉诗”表达的是诗人渴望收复失地结束战乱，实现国家统一和长治久安的愿望。这是在诗中最早提到“中国梦”的记录。

今天我们所说的“中国梦”，是指实现中华民族伟大复兴的中国梦，与郑思肖所言的“中国梦”不同。但是“一心中国梦，万古下泉诗”所表现的爱国思想和国家安定、民族振兴的愿望，却契合了一代代中国人的夙愿，因而焕发着永久的生命力，常常被引用。

## 【单句接龙】

一心中国梦→梦随秋雁到东____（《戏呈孔毅父》宋·黄庭坚）→____月照我____（《梦游天姥吟留别》唐·李白）→____落长江海共____（《次韵欧阳叔向水中月》宋·王庭圭）→____深庭院清明____（《虞美人》宋·苏轼）→____江春雨入全____（《水墨松石》唐·方干）→____宫花草埋幽____（《登金陵凤凰台》唐·李白）→____万里兮度沙____（《别歌》汉·李陵）→____漠秋烟起汉____（《长安夜访澈上人》唐·李郢）→____谷依然世自移（《过襄阳上于司空頔》唐·李涉）

## 【联句接龙】

一心中国梦，万古下泉诗。→诗书渐与心为一，文字终惭笔有____。（《和单令》宋·胡寅）→____钧亦寥朗，晻霭晨风____。（《步虚词》宋·朱熹）→____鸾阙底谢皇恩，缨上沧浪旧水____。（《酬杨侍郎凭见寄》唐·刘禹锡）→____沾珠箔重，点落玉盘____。（《秋露》唐·雍陶）→____闻虎旅传宵柝，无复鸡人报晓____。（《马嵬》唐·李商隐）→____下兴亡分楚汉，幄中谈笑走韩____。（《岁暮福昌怀古·张子房》宋·张耒）→____蠡湖天晚，桃花水气____。（《彭蠡湖晚归》唐·白居易）→____又过，那更雨摧风____。（《谒金门》宋·吕胜己）→____锐培其根，外槁中匪衰。（《饮酒二十首同苏翰林先生次韵追和陶渊明》宋·晁补之）

◆ 答案：湖→影→深→过→吴→径→漠→陵。神→翔→痕→空→筹→彭→春→挫。

# 第14章 叠字妙无比

虽然在写诗作词时有避免重字这一禁忌，但是高明的诗人词人总能把叠字运用得出神入化，使自己笔下的诗词更添一股风流之态，读来颇有韵味。比如李清照的“寻寻觅觅，冷冷清清，凄凄惨惨戚戚”，七个叠词一气呵成，凄楚哀婉之情久驱不散。再譬如白居易的诗：“我有所念人，隔在远远乡。我有所感事，结在深深肠。”“离离原上草，一岁一枯荣。”都使用了叠字，读起来非但不别扭反而使节奏更加明快，韵味无穷。

叠字诗是指诗中的部分句子或全诗各句都用叠字组成。全诗各句都用叠字组成的为叠字体诗。诗中叠字由来已久，最早见于《诗经·卫风·硕人》。顾炎武在《日知录》中说：“诗用叠字最难。《卫风》‘河水洋洋，北流活活。施罛（gū）濊（huì）濊，鳣（zhān）鲔（wěi）发发，葭菼（qiè）揭揭。庶姜孽（niè）孽’，连用六叠字，可谓复而不厌、赜（zé）而不乱矣。古诗‘青青河畔草，郁郁园中柳。盈盈楼上女，皎皎当窗牖。娥娥红粉妆，纤纤出素手’连用六叠字，亦极自然，下此即无人可继。”徐师曾《诗体时辨》说：“按古诗《青青河畔草》凡十句，而前六句皆用叠字,《迢迢牵牛星》亦十句，而首四句、尾二句皆用叠字，然未有以叠字成篇者。后人仿之，始有此体。”

叠字诗读起来朗朗上口，把诗人的情感也表达得淋漓尽致，值得品读、学习。

## 1 青青子衿，悠悠我心。

——《诗经·子衿》

### 【名句解析】

青青的是你的衣领，悠悠的是我的心境。

诗句以“我”的口气自述怀人，对方的衣饰给她留下这么深刻的印象，使她念念不忘，可想见其相思萦怀之情。浓浓的爱意不由转化为惆怅与幽怨，读来真实感人。

常用于描写对恋人的思念心情。

### 【单句接龙】

青青子衿→衿袖三春____(《萧咨议西上夜集诗》南朝·齐·王融)→____江犹唱后庭____(《泊秦淮》唐·杜牧)→____褪残红青杏____(《蝶恋花·春景》宋·苏轼)→____娃撑小____(《池上》唐·白居易)→____子当溪____(《点绛唇》宋·吴潜)→____舟浔阳____(《晚泊浔阳望庐山》唐·孟浩然)→____里人家拜扫____(《春日田园杂兴》宋·范成大)→____山转海不作____(《忆旧游寄谯郡元参军》唐·李白)→____于上青天(《蜀道难》唐·李白)

### 【联句接龙】

青青子衿，悠悠我心。→心之忧矣，我歌且____。(《诗经·园有桃》)→____言虽未出，奸谤已先____。(《五哀诗·斛律丞相》宋·司马光)→____汗沾衣热不胜，馋蚊乘势更纵____。(《枕上闻风铃》宋·陆游)→____空千里雄西域，江左名山不足____。(《过阴山和人韵》元·耶律楚材)→____父诞宏志，乃与日竞____。(《读山海经》晋·陶渊明)→____来窗下笑相扶，爱道画眉深浅入时____？(《南歌子》宋·欧阳修)→____言独上西楼，月如____。(《相见欢》五代·南唐·李煜)→____月挂，绮霞收，浦南人泛____。(《阮郎归·海岱楼与客酌别作》宋·米芾)→____子行催棹，无所喝流声。(《棹歌行》南朝·梁·刘孝绰)

◆ 答案：隔→花→小→艇→泊→郭→回→难。谣→流→横→夸→走→无→钩→舟。

## 2 袅袅兮秋风，洞庭波兮木叶下。

——战国·屈原《九歌·湘夫人》

### 【名句解析】

阵阵秋风啊轻轻地吹拂，洞庭湖荡起层层微波啊，黄叶子片片飘落。

这两句诗看似纯粹写景，但在这凄清的景色中，却总让人觉得隐隐透露出一种绵邈的情思，淡淡的哀愁。

可引用描写洞庭秋色，也可学习、运用这种以景托情或借景言情的手法。

## 【单句接龙】

袅袅兮秋风→风烟望五＿（《送杜少府之任蜀州》唐·王勃）→＿口停舟渡不＿（《送陈章甫》唐·李颀）→＿罪谁人＿（《送迁客》唐·于鹄）→＿老时时放酒＿（《闲出觅春戏赠诸郎官》唐·白居易）→＿又何＿（《一剪梅·余赴广东实之夜饯于风亭》宋·刘克庄）→＿却一身＿（《水调歌头·题剑阁》宋·崔与之）→＿暇辄相＿（《移居》晋·陶渊明）→＿君心郁＿（《巩北秋兴寄崔明允》唐·岑参）→＿尽门前土（《陶者》宋·梅尧臣）

## 【联句接龙】

袅袅兮秋风，洞庭波兮木叶下。→下马入车中，低头共耳＿。（《孔雀东南飞》汉乐府）→＿来江色暮，独自下寒＿。（《寻雍尊师隐居》唐·李白）→＿雨莽苍苍，龟蛇锁大＿。（《菩萨蛮·黄鹤楼》现代·毛泽东）→＿天一色无纤尘，皎皎空中孤月＿。（《春江花月夜》唐·张若虚）→＿台城头夜吹角，轮台城北旄头＿。（《轮台歌奉送封大夫出师西征》唐·岑参）→＿落盘踞虽得地，冥冥孤高多烈＿。（《古柏行》唐·杜甫）→＿鸣两岸叶，月照一孤＿。（《宿桐庐江寄广陵旧游》唐·孟浩然）→＿行碧波上，人在画中＿。（《周庄河》唐·王维）→＿丝软系飘春榭，落絮轻沾扑绣帘。（《葬花吟》清·曹雪芹）

◆ 答案：津→得→送→狂→妨→闲→思→陶。语→烟→江→轮→落→风→舟→游。

# 3 抽刀断水水更流，举杯销愁愁更愁。

——唐·李白《宣州谢朓楼饯别校书叔云》

## 【名句解析】

抽出刀来想要斩断流水，没想到水流得更快了；拿起酒杯来打算借酒浇愁，没想到愁得更深。

“抽刀断水水更流”的比喻是奇特而富于独创性的，同时又是自然贴切而富于生活气息的。不尽的流水与无穷的烦忧之间本就极易产生联想，因而很自然地由排遣烦忧的强烈愿望中引发出“抽刀断水”的意念。尽管内心的苦闷无法排遣，但“抽刀断水”这个细节却生动地显示出诗人力图摆脱精神苦闷的要求，这就和沉溺于苦闷而不能自拔者有明显区别。

常用于形容不能解脱，只能愁上加愁的不得志的苦闷心情。

【单句接龙】

抽刀断水水更流→流光容易把人____（《一剪梅·舟过吴江》宋·蒋捷）→____家傍____（《水龙吟·次韵章质夫杨花词》宋·苏轼）→____幽昧以险____（《离骚》战国·屈原）→____门山险少行____（《广灵道中》明·江源）→____梦远依湘水____（《家叔南游却归因献贺》唐·韦庄）→____狭才容从事____（《重题小舫赠周从事兼戏微之》唐·白居易）→____中泣下谁最____（《琵琶行》唐·白居易）→____情自古伤离____（《雨霖铃》宋·柳永）→____有幽愁暗恨生（《琵琶行》唐·白居易）

【联句接龙】

抽刀断水水更流，举杯销愁愁更愁。→愁多知夜长，仰观众星____。（《古诗十九首·孟冬寒气至》汉）→____缺霹雳，丘峦崩____。（《梦游天姥吟留别》唐·李白）→____残枯树影，零落古藤____。（《同江仆射游摄山栖霞寺诗》南朝·陈·陈叔宝）→____精此沦惑，去去不足____。（《古朗月行》唐·李白）→____者如山色沮丧，天地为之久低____。（《观公孙大娘弟子舞剑器行》唐·杜甫）→____然虎踞一原东，回首眈眈气象____。（《卧虎山》宋·王十朋）→____发指危冠，猛气冲长____。（《咏荆轲》晋·陶渊明）→____尘日已厚，心累何时____？（《早发杭州泛富春江寄陆三十一公佐》唐·权德舆）→____山新雨后，天气晚来秋。（《山居秋暝》唐·王维）

◆ 答案：抛→路→隘→旅→阔→座→多→别。列→摧→阴→观→昂→雄→缨→空。

# 4　死别已吞声，生别常恻恻。

——唐·杜甫《梦李白》

【名句解析】

死别往往使人泣不成声，而生离却常令人更加伤悲。

诗要写梦，先言别；未言别，先说死，以死别衬托生别，极写李白流放绝域、久无音讯在诗人心中造成的苦痛。

常用于形容生离死别的痛苦。

【单句接龙】

死别已吞声→声喧乱石____（《青溪》唐·王维）→____原有____（《诗经·小宛》）→____水知何____（《送祖七侄西归》宋·张栻）→____多体痛无心____（《晚秋病中》唐·王建）→____耕不吾____（《移居》晋·陶渊明）→____罔日月____（《长短吟》宋·邵

雍）→____歌有____（《短歌行》晋·陆机）→____神圣功书之____（《韩碑》唐·李商隐）→____高三丈字如斗（《韩碑》唐·李商隐）

### 【联句接龙】

死别已吞声，生别常恻恻。→恻恻轻寒翦翦风，小梅飘雪杏花____。（《夜深》唐·韩偓）→____豆生南国，春来发几____？（《相思》唐·王维）→____上柳绵吹又少，天涯何处无芳____。（《蝶恋花·春景》宋·苏轼）→____宿披宵露，松餐立晚____。（《自叹》宋·文天祥）→____卷蒲萄带，日照石榴____。（《拟古诗》南朝·梁·何思澄）→____垂竹叶带，鬓湿杏花____。（《冯小怜》唐·李贺）→____雨莽苍苍，龟蛇锁大____。（《菩萨蛮·黄鹤楼》现代·毛泽东）→____畔何人初见月，江月何年初照____。（《春江花月夜》唐·张若虚）→____生代代无穷已，江月年年望相似。（《春江花月夜》唐·张若虚）

◆ 答案：中→菽→病→力→欺→短→咏→碑。红→枝→草→风→裙→烟→江→人。

## 5 飘飘何所似？天地一沙鸥。

——唐·杜甫《旅夜书怀》

### 【名句解析】

我现在到处漂泊流浪像个什么呢？不过像一只在天地间飞翔的沙鸥罢了。

高天大地，是如此苍茫辽阔，一只沙鸥又是如此的微弱渺小，两相比照，诗人那种孤独落寞，漂泊无依的哀痛不就浸洇而出了吗？

常用作转辗江湖、落魄潦倒命运的形象写照。

### 【单句接龙】

飘飘何所似→似曾相识燕归____（《浣溪沙》宋·晏殊）→____往迹相____（《春陵行》唐·元结）→____寻空复望江____（《徐惇立相过》宋·叶梦得）→____长水阔知何____（《蝶恋花》宋·晏殊）→____处闻啼____（《春晓》唐·孟浩然）→____雀呼____（《苏幕遮》宋·周邦彦）→____明路出山初____（《山居示灵澈上人》唐·皎然）→____丝无力自悠____（《思归乐》唐·韦庄）→____历中枢与外台（《和令狐相公初归京国赋诗言怀》唐·刘禹锡）

### 【联句接龙】

飘飘何所似？天地一沙鸥。→鸥和湖雁下，雪隔岭梅____。（《杂题》唐·司空图）→____红堕白堪惆怅，少别秾华又隔____。（《叹落花》唐·韦庄）→____年陌上生

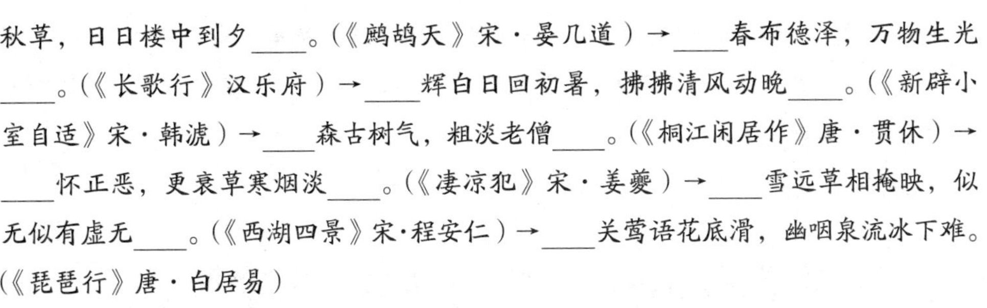
秋草，日日楼中到夕____。（《鹧鸪天》宋·晏几道）→____春布德泽，万物生光____。（《长歌行》汉乐府）→____辉白日回初暑，拂拂清风动晚____。（《新辟小室自适》宋·韩淲）→____森古树气，粗淡老僧____。（《桐江闲居作》唐·贯休）→____怀正恶，更衰草寒烟淡____。（《凄凉犯》宋·姜夔）→____雪远草相掩映，似无似有虚无____。（《西湖四景》宋·程安仁）→____关莺语花底滑，幽咽泉流冰下难。（《琵琶行》唐·白居易）

◆ 答案：来→追→山→处→鸟→晴→暖→扬。飘→年→阳→辉→阴→情→薄→间。

## 6 无边落木萧萧下，不尽长江滚滚来。

——唐·杜甫《登高》

### 【名句解析】

无边无际的树木萧萧地飘下落叶，望不到头的长江水滚滚奔腾而来。

诗人仰望渺无边际、萧萧而下的木叶，俯视奔流不息、滚滚而来的江水，在写景的同时，也深沉地抒发了自己的情怀。

“无边”“不尽”，使“萧萧”“滚滚”更加形象化，不仅使人联想到落木窸窣之声，长江汹涌之状，也无形中传达出韶光易逝、壮志难酬的悲怆。诗句的境界非常壮阔，对人们的触动不限于岁暮的感伤，同时让人想到生命的消逝与有限，宇宙的无穷与永恒。

### 【单句接龙】

无边落木萧萧下→下有冲波逆折之回____（《蜀道难》唐·李白）→____上多往____（《东归晚次潼关怀古》唐·岑参）→____事四五____（《孔雀东南飞》汉乐府）→____天拂景____（《孟津诗》三国·魏·曹丕）→____想衣裳花想____（《清平调》唐·李白）→____易言归不可____（《送庐阜僧归山阳》五代·南唐·李中）→____连戏蝶时时____（《江畔独步寻花》唐·杜甫）→____烟眠雨过清____（《浣溪沙》宋·晏几道）→____月几时有（《水调歌头》宋·苏轼）

### 【联句接龙】

无边落木萧萧下，不尽长江滚滚来。→来日苦短，去日苦____。（《短歌行》晋·陆机）→____恨人心不如水，等闲平地起波____。（《竹枝词》唐·刘禹锡）→____翻笔墨浩难收，妙处端能浣客____。（《和朱成伯》宋·胡寅）→____匀红粉泪，眉剪春山____。（《菩萨蛮》唐·牛峤）→____丛深窅（yǎo），无人处、数蕊弄春犹____。（《解语花》宋·施岳）→____娃撑小艇，偷采白莲____。（《池上》唐·白居易）→____

山转海不作难，倾情倒意无所____。（《忆旧游寄谯郡元参军》唐·李白）→____秦皇汉武，略输文____。（《沁园春·雪》现代·毛泽东）→____石花空发，乌江水自流。（《过当涂县》唐·韦庄）

◆ 答案：川→事→通→云→容→留→舞→明。长→澜→愁→翠→小→回→惜→采。

## 7 漠漠水田飞白鹭，阴阴夏木啭黄鹂。

——唐·王维《积雨辋川庄作》

### 【名句解析】

广阔空蒙的水田上，白鹭翩然飞起；浓荫密布的夏木中，黄鹂婉转啼鸣。

这两句诗把积雨天气的辋川山庄描绘得诗意盎然。“漠漠”“阴阴”使画面显得开阔而幽清，比平直地说白鹭在水田上飞，黄鹂在树林里叫更富于境界感，从而可以看出写景诗中叠字描状的重要作用。

这两句诗写出了夏天的特征性景物，可用来描写夏日美景。

### 【单句接龙】

漠漠水田飞白鹭→鹭窥芦箔____（《寒食郊行书事》宋·范成大）→____晶帘动微风____（《山亭夏日》唐·高骈）→____来慵整纤纤____（《点绛唇》宋·李清照）→____寄七弦____（《六州歌头》宋·贺铸）→____花万里关山____（《韩冬郎即席为诗相送》唐·李商隐）→____傍埋骨蒿草____（《往年稠桑曾丧白马题诗厅壁今来尚存又复感怀更题绝句》唐·白居易）→____得伴吟____（《寄普明大师可准》唐·齐己）→____峰水隔____（《秋日登吴公台上寺远眺》唐·刘长卿）→____柳读书堂（《阙题》唐·刘眘虚）

### 【联句接龙】

漠漠水田飞白鹭，阴阴夏木啭黄鹂。→鹂黄好鸟摇深树，细白佳人著紫____。（《早夏》唐·钱起）→____绶分香，翠绡对泪，几多幽____。（《水龙吟·春恨》宋·陈亮）→____灵修之浩荡兮，终不察夫民____。（《离骚》战国·屈原）→____犹豫而狐疑兮，欲自适而不____。（《离骚》战国·屈原）→____怜九月初三夜，露似真珠月似____。（《暮江吟》唐·白居易）→____断阵前争日月，血流垓下定龙____。（《垓下怀古》唐·栖一）→____喷云而出穴，虎啸风兮屡____。（《有酒十章》唐·元稹）→____鸠徒拂羽，信矣不堪____。（《咏廿四气诗·谷雨春光晓》唐·元稹）→____妇前致词，三男邺城戍。（《石壕吏》唐·杜甫）

◆ 答案：水→起→手→桐→路→合→云→深。罗→怨→心→可→弓→蛇→鸣→听。

## 8 年年岁岁花相似，岁岁年年人不同。

——唐·刘希夷《代悲白头翁》

### 【名句解析】

一年又一年过去了，花依旧没有什么变化，人却和以前大不一样了。

“年年岁岁”“岁岁年年”强调了时光流逝的无情事实和听天由命的无奈情绪，真实动情。“花相似”“人不同”的形象比喻，突出了花卉盛衰有时与人生青春不再的对比，耐人寻味。

这两句诗以优美、流畅、工整的对句集中地表现青春易老世事无常的感叹，富于诗的意境，且具有哲理性，历来广为传诵。

### 【单句接龙】

年年岁岁花相似→似花还似非____（《水龙吟·次韵章质夫杨花词》宋·苏轼）→____落知多____（《春晓》唐·孟浩然）→____有功夫久羡____（《余杭周从事以十章见寄词调清婉难于遍酬聊和诗首篇以答来贶》唐·元稹）→____阴道士如相____（《送贺宾客归越》唐·李白）→____说桃源无____（《如梦令》宋·张炎）→____旁凡草荣遭____（《山中五绝句·石上苔》唐·白居易）→____酒且呵____（《菩萨蛮》唐·韦庄）→____笔尺书____（《岁晚苦寒》唐·方干）→____日江山丽（《绝句》唐·杜甫）

### 【联句接龙】

年年岁岁花相似，岁岁年年人不同。→同心而离居，忧伤以终____。（《古诗十九首·涉江采芙蓉》汉）→____夫聊发少年狂，左牵黄，右擎____。（《江城子·密州出猎》宋·苏轼）→____然百丈峰，峙此一池____。（《池上峰》明·程敏政）→____见双翠鸟，巢在三珠____。（《感遇》唐·张九龄）→____色随山迥，河声入海____。（《秋日赴阙题潼关驿楼》唐·许浑）→____夜泛清瑟，西风生翠____。（《早秋》唐·许浑）→____深境静日欲落，石上未眠闻远____。（《和袭美怀锡山药名离合》唐·陆龟蒙）→____陵醉别十余春，重见云英掌上____。（《偶题》唐·罗隐）→____当恩遇常轻敌，力尽关山未解围。（《燕歌行》唐·高适）

◆ 答案：花→少→山→见→路→遇→呵→迟。老→苍→侧→树→遥→萝→钟→身。

## 9 不笑复不语，珠泪纷纷落。

——唐·薛维翰《闺怨》

### 【名句解析】

不笑又不开口，只是泪珠儿纷纷往下落。

这两句诗既写出了这位美人珠泪纷纷落的情景，又写出了她内心深处难言的哀怨，文字质朴而极为传神。

可用来形容女子伤心落泪的神态。

### 【单句接龙】

不笑复不语→语来江色____(《寻雍尊师隐居》唐·李白)→____去朝来颜色____(《琵琶行》唐·白居易)→____人具鸡____(《过故人庄》唐·孟浩然)→____稷方____(《诗经·出车》)→____灯纵____(《鹊桥仙》宋·陆游)→____罗老仙时出____(《罗浮山父与葛篇》唐·李贺)→____房花烛____(《喜》宋·汪洙)→____来风雨____(《春晓》唐·孟浩然)→____声总是别离情(《听雨》宋·胡仲参)

### 【联句接龙】

不笑复不语，珠泪纷纷落。→落尽桃花春事退，柔桑深处一鸠____。(《湖山十咏》宋·王希吕)→____鸣寒角动城头，吹起千年故国____。(《晓望吴城有感》宋·陈深)→____闷一番新，双蛾只旧____。(《菩萨蛮》宋·朱淑真)→____眉腊月露，愁杀未成____。(《子夜歌》唐·晁采)→____禽欲下先偷眼，粉蝶如知合断____。(《山园小梅》宋·林逋)→____气散何之，枯形寄空____。(《拟挽歌辞》晋·陶渊明)→____叶萧萧，乡路迢____。(《采桑子·九日》清·纳兰性德)→____递高城百尺楼，绿杨枝外尽汀____。(《安定城楼》唐·李商隐)→____白芦花吐，园红柿叶稀。(《岳阳晚景》唐·张均)

◆ 答案：暮→故→黍→华→博→洞→夜→声。鸣→愁→颦→霜→魂→木→迢→洲。

## 10 不为捣衣勤不睡，破除今夜夜如年。

——宋·贺铸《捣练子》

### 【名句解析】

不是因为忙于捣衣而不眠，实在是这夜长如年，只好借捣衣来熬过这令人难以忍受的孤寂的漫漫长夜。

从这撼人心魄的杵声中，有思妇对亲人的体贴、关怀和刻骨铭心的思念，以声传情，不言情而情自见。短短的一夜，思妇看来有如漫漫长年那样难以消磨，细细品味，言外有多少缠绵执着的思恋和肝肠欲断的痛苦啊！那“捣欲穿”的砧杵声，正倾吐着这种难以诉说、难以破除的痛苦。

常用于突出思妇难以言状的痛苦和对远方征人情意的深挚。

## 【单句接龙】

不为捣衣勤不睡→睡足起闲____（《食饱》唐·白居易）→____诗酿酒待花____（《和令狐相公初归京国赋诗言怀》唐·刘禹锡）→____春理常____（《庚戌岁九月中于西田获早稻》晋·陶渊明）→____复五铢____（《蜀先主庙》唐·刘禹锡）→____烬满庭人醮____（《简寂观》唐·江为）→____官昨日今如____（《送陈章甫》唐·李颀）→____当金络____（《马诗》唐·李贺）→____脂压眼人高____（《庐山双剑峰》宋·朱熹）→____看牵牛织女星（《秋夕》唐·杜牧）

## 【联句接龙】

不为捣衣勤不睡，破除今夜夜如年。→年年陌上生秋草，日日楼中到夕____。（《鹧鸪天》宋·晏几道）→____关临绝漠，中有水精____。（《敦煌廿咏·水精堂咏》唐）→____堂不语望夫君，四畔无家石作____。（《新妇石》唐·白居易）→____钟唤我觉，咽咽闻城____。（《寓陈杂诗》宋·张耒）→____鼓动，渔阳弄，思悲____。（《六州歌头》宋·贺铸）→____媪语人年岁好，屋山添得一层____。（《田父吟》宋·叶茵）→____檐低小，溪上青青____。（《清平乐·村居》宋·辛弃疾）→____宿披宵露，松餐立晚____。（《自叹》宋·文天祥）→____卷蒲萄带，日照石榴裙。（《拟古诗》南朝·梁·何思澄）

◆ 答案：吟→开→业→钱→罢→何→脑→卧。阳→堂→邻→笳→翁→茅→草→风。

# 11　两情若是久长时，又岂在朝朝暮暮！

——宋·秦观《鹊桥仙》

## 【名句解析】

只要是真情长久的心相印，又何必朝夕相聚度此生。

词句对牛郎织女致以深情的慰勉：只要两情至死不渝，又何必贪求卿卿我我的朝欢暮乐？这一惊世骇俗、振聋发聩之笔，使全词升华到新的思想高度。

这两句词揭示了爱情的真谛：爱情要经得起长久分离的考验，只要能彼此真诚相爱，即使终年天各一方，也比朝夕相伴的庸俗情趣可贵得多。

### 【单句接龙】

两情若是久长时→时时勤拂____（《偈》唐·神秀）→____几要使____（《杂感十首以野旷沙岸净天高秋月明为韵》宋·陆游）→____理了可____（《与高适薛据登慈恩寺浮图》唐·岑参）→____悦心自____（《晨诣超师院读禅经》唐·柳宗元）→____茧荒山转愁____（《观公孙大娘弟子舞剑器行》唐·杜甫）→____风千里兮扬尘____（《胡笳十八拍》汉·蔡文姬）→____头聚看人如____（《渔者》唐·张乔）→____列珠____（《望海潮》宋·柳永）→____衡丽青天（《写古》宋·张侃）

### 【联句接龙】

两情若是久长时，又岂在朝朝暮暮！→暮云收尽溢清寒，银汉无声转玉____。（《阳关曲·中秋月》宋·苏轼）→____赐将军拜舞归，轻纨细绮相追____。（《韦讽录事宅观曹将军画马图》唐·杜甫）→____声塞天衢，万古仰遗____。（《商山四皓》唐·李白）→____知天子明如日，肯放淮南高卧____。（《李贾二大夫谏拜命后寄杨八寿州》唐·刘禹锡）→____生由命非由他，有酒不饮奈明____！（《八月十五夜赠张功曹》唐·韩愈）→____因北归去，淮上对秋____。（《淮上喜会梁川故人》唐·韦应物）→____色遥连秦树晚，砧声近报汉宫____。（《同题仙游观》唐·韩翃）→____风何冽冽，白露为朝____。（《杂诗》晋·左思）→____叶无风自落，秋云不雨空阴。（《送万巨》唐·卢纶）

◆ 答案：拭→净→悟→足→疾→沙→市→巩。盘→飞→则→人→何→山→秋→霜。

## 12 日日思君不见君，共饮长江水。

——宋·李子仪《卜算子》

### 【名句解析】

日日夜夜思念着你却总不能相见，你我同饮着一江之水。

尽管思而不见，毕竟还能共饮长江之水。这“共饮”又似乎能稍慰相思离隔之恨。词人只淡淡道出“不见”与“共饮”的事实，隐去它们之间的转折关系的内涵，任人揣度吟味，反使词情分外深婉含蕴。

常用于形容思念之情。思念之情是无形的，难以描摹，“共饮长江水”的意象却将这种联系变得具体可见了。

### 【单句接龙】

日日思君不见君→君不见南山悠悠多白____（《雪中晏起偶咏所怀兼呈张常侍韦

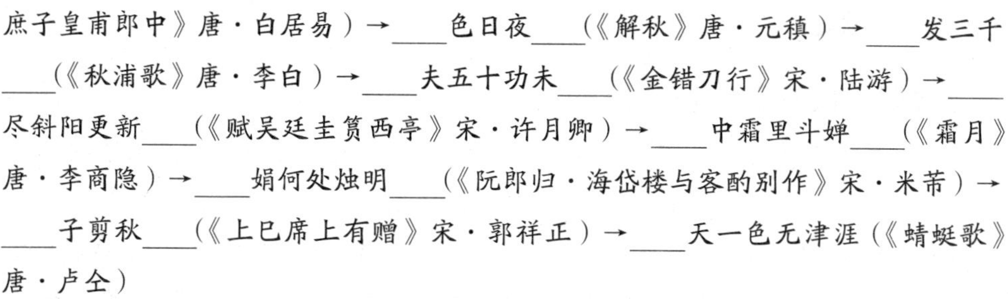

庶子皇甫郎中》唐·白居易）→____色日夜____（《解秋》唐·元稹）→____发三千____（《秋浦歌》唐·李白）→____夫五十功未____（《金错刀行》宋·陆游）→____尽斜阳更新____（《赋吴廷圭贸西亭》宋·许月卿）→____中霜里斗婵____（《霜月》唐·李商隐）→____娟何处烛明____（《阮郎归·海岱楼与客酌别作》宋·米芾）→____子剪秋____（《上巳席上有赠》宋·郭祥正）→____天一色无津涯（《蜻蜓歌》唐·卢仝）

## 【联句接龙】

日日思君不见君，共饮长江水。→水木深不极，似将星汉____。（《称心寺中岛》唐·方干）→____理枝头花正开，妒花风雨便相____。（《落花》宋·朱淑真）→____客闻山响，归房逐水____。（《过感化寺昙兴上人山院》唐·王维）→____清泪，书回已是明年____。（《渔家傲》宋·陆游）→____契从先世，姻联亦近____。（《王希武通判挽词》宋·范成大）→____朋无一字，老病有孤____。（《登岳阳楼》唐·杜甫）→____壑一朝失，泉台万古____。（《安之朝议哀辞》宋·司马光）→____闭朱门人不到，砧声何事透罗____？（《闺怨》唐·鱼玄机）→____幄既持先圣术，肯来山驿旋沉思。（《题筹笔驿》宋·文彦博）

◆ 答案：云→白→丈→立→月→娟→眸→水。连→催→流→事→亲→舟→扃→帏。

# 13　千古兴亡多少事？悠悠，不尽长江滚滚流。

——宋·辛弃疾《南乡子·登京口北固亭有怀》

## 【名句解析】

千古多少兴亡事，漫长而悠远啊，犹如不尽的长江水滚滚东流。

词人的问语纵观千古成败，意味深长，回味无穷。然而，往事悠悠，英雄往矣，只有这无尽的江水依旧滚滚东流。“悠悠”兼指时间之漫长久远和词人思绪之无穷。

现常用于说明无论经历多少坎坷与磨难，历史终将以其固有的方式向前发展。

## 【单句接龙】

千古兴亡多少事→事姑贻我____（《送杨氏女》唐·韦应物）→____思难____（《短歌行》汉·曹操）→____我大____（《诗经·小雅·谷风》）→____音无____（《诗经·日月》）→____弓挟乌____（《咏怀》三国·魏·阮籍）→____尔谪仙____（《寄李十二白二十韵》唐·杜甫）→____间要好____（《读李杜诗集因题卷后》唐·白居易）→____成呵____（《减字木兰花·和张文伯对雪》宋·王之道）→____折低枝

（《蝶恋花·蜡梅》宋·王安中）

### 【联句接龙】

千古兴亡多少事？悠悠，不尽长江滚滚流。→流水传潇浦，悲风过洞____。（《省试湘灵鼓瑟》唐·钱起）→____院深深深几许，杨柳堆烟，帘幕无重____。（《蝶恋花》宋·欧阳修）→____声风笛离亭晚，君向潇湘我向____。（《淮上与友人别》唐·郑谷）→____楼风吹，楚馆云约，空怅望、在何____？（《西平乐》宋·柳永）→____处松阴满，樵开一径____。（《宿翠微寺》唐·马戴）→____州君初到，郁郁愁如____。（《寄微之》唐·白居易）→____庐在人境，而无车马____。（《饮酒》晋·陶渊明）→____啾百鸟群，忽见孤凤____。（《听颖师弹琴》唐·韩愈）→____天震怒贼得长，三年胡星失光芒。（《送范舍人还朝》宋·陆游）

◆ 答案：忧→忘→德→良→号→人→诗→手。庭→数→秦→处→通→结→喧→皇。

## 14 黄梅时节家家雨，青草池塘处处蛙。

——宋·赵师秀《约客》

### 【名句解析】

一个梅雨绵绵的夜晚，乡村的青草池塘中传来阵阵蛙鸣。

“黄梅”“雨”“池塘”“蛙声”，写出了江南梅雨季节的夏夜之景：雨声不断，蛙声一片。读来使人如身临其境，仿佛细雨就在身边飘，蛙声就在身边叫。这看似表现得很“热闹”的环境，实际上诗人是要借此反衬出它的“寂静”。

常用于描绘江南夏夜的常见之景。

### 【单句接龙】

黄梅时节家家雨→雨敲松子落琴____（《湖山小隐》宋·林逋）→____前明月____（《静夜思》唐·李白）→____景如跳____（《游子吟》唐·陈陶）→____剑纷纷想定____（《兴龙节日渡江怀寄二友弟兼示同行》宋·贺铸）→____圃亦就____（《观田家》唐·韦应物）→____实如兄____（《孔雀东南飞》汉乐府）→____谈大有____（《孔雀东南飞》汉乐府）→____情慰漂____（《偶题》唐·杜甫）→____胸生曾云（《望岳》唐·杜甫）

### 【联句接龙】

黄梅时节家家雨，青草池塘处处蛙。→蛙鸣蒲叶下，鱼入稻花____。（《汴路水驿》唐·王建）→____原有菽，庶民采____。（《诗经·小宛》）→____子于归，宜其家____。

（《诗经 · 桃夭》）→____中更无人，惟有乳下____。（《石壕吏》唐 · 杜甫）→____弘阁闹无闲客，傅说舟忙不借____。（《宿裴相公兴化池亭》唐·白居易）→____间自有，赤城居士，龙蟠凤____。（《水龙吟》宋·苏轼）→____手可近月，前行若无____。（《登太白峰》唐 · 李白）→____下兰芽短浸溪，松间沙路净无____。（《浣溪沙 · 游蕲水清泉寺》宋·苏轼）→____泞非游日，阴沉好睡天。（《雨中招张司业宿》唐·白居易）

◆ 答案：床→光→丸→场→理→言→缘→荡。中→之→室→孙→人→举→山→泥。

## 15 赤日炎炎似火烧，野田禾稻半枯焦。

——明 • 施耐庵《水浒传》第十六回

### 【名句解析】

炎炎夏日，炙热得如同火焰在燃烧，田野里的稻苗已有一半被烤得枯焦了。

这两句诗描绘了夏日的酷热干旱，也透露了农民们焦急的心情。

可用来描写炎热苦旱之状，也可用“赤日炎炎”句来表示红日灼烤之苦。

### 【单句接龙】

赤日炎炎似火烧→烧山草木____（《从军行》唐 · 卢纶）→____年闺中知有____（《葬花吟》清 · 曹雪芹）→____谓荼____（《诗经 · 邶风 · 谷风》）→____海波涛何日____（《宿石瓮寺》唐 · 卢纶）→____明送客楚山____（《芙蓉楼送辛渐》唐 · 王昌龄）→____城遥望玉门____（《从军行》唐·王昌龄）→____中昔丧____（《佳人》唐·杜甫）→____井残垣剩饿____（《题三义塔》近现代 · 鲁迅）→____鸣社树春（《早春浐水送友人》唐 · 温庭筠）

### 【联句接龙】

赤日炎炎似火烧，野田禾稻半枯焦。→焦尾何人听？凉宵对月____。（《山居》唐 · 李咸用）→____短铗，青蛇三尺，浩歌谁____？（《满江红》宋 · 辛弃疾）→____续说相思，不尽无穷____。（《卜算子》宋 · 吕渭老）→____自源头水中涌，语如山色雨余____。（《次韵前人取别》宋 · 陈著）→____华非久长，色落还弃____。（《喻时》唐 · 王建）→____篇妙字处处有，步绕西湖看不____。（《书林逋诗后》宋 · 苏轼）→____蒸暑土气，背灼炎天____。（《观刈麦》唐·白居易）→____禄池台文锦绣，将军楼阁画神____。（《代悲白头翁》唐·刘希夷）→____人如爱我，举手来相招。（《焦山望松寥山》唐 · 李白）

◆ 答案：明→谁→苦→平→孤→关→败→鸠。弹→续→意→鲜→遗→足→光→仙。

# 第15章 文字有矿藏

诗词就像汉语言文化中的矿藏，其中有令人折服的文化之美，有令人神往的优美意境，有丰沛感性的情感。如果想提高自身的学识修养，自然需要用诗词中的美和情感来点缀生活，需要从诗词宝库中挖掘自身需要的矿藏。有个成语叫“金玉满堂”，形容财富极多，也形容学识丰富。“金”“玉”都被古人视为最珍贵的矿藏，是财富的象征，因此也常用于诗词中，用于写意，比如：“追琢其章，金玉其相。”(《诗经·棫朴》)“美人赠我金琅玕，何以报之双玉盘。”(汉·张衡《四愁诗》)“曾闻玉井金河在，会见蓬莱十丈花。”(唐·李白《太华观》)“锵锵振金玉，句句欲飞鸣。”(唐·李白《望鹦鹉洲怀祢衡》)……

除“金”“玉”外，还有很多常见矿藏被写入诗词中，读者可以自己来“勘探”“开采”。诗词这种矿藏，可以说是取之不尽、用之不竭的。

# 1　千淘万漉虽辛苦，吹尽狂沙始到金。

——唐・刘禹锡《浪淘沙》

## 【名句解析】

淘金要经过千遍万遍的过滤，要历尽千辛万苦，最终才能淘尽泥沙，得到闪闪发光的黄金。

这两句诗的字面意思看起来是在写淘金的人要经过“千淘万漉”，滤尽泥沙，最后才能得到金子，写的是淘金人的艰辛。但是在这首诗中，诗人是在以此表明自己的心志，尽管谗言诽谤，小人诬陷，以至于使那些清白正直的忠贞之士蒙受不白之冤，被罢官降职，逐出朝廷，贬谪他乡。但是他们并不会因此而沉沦于现实的泥沙之中，也不会改变自己的初衷，历经艰辛和磨难之后，终究还是会洗清冤屈，还以清白。就像淘金一样，尽管“千淘万漉”，历尽辛苦，但是终究总会“吹尽狂沙”，是金子迟早是要发光的。

比喻清白正直之士虽一时被诬陷，但历尽千辛万苦，其崇高品德终究会被人们认识的。现用以说明凡事经过艰苦努力的付出，终能获得宝贵成果。

## 【单句接龙】

千淘万漉虽辛苦→苦调凄金____（《省试湘灵鼓瑟》唐・钱起）→____径可行苔色____（《戏题王处士书斋》唐・杜荀鹤）→____薄随时体自____（《路西田舍示虞孙小诗》宋・李之仪）→____得猛士兮守四____（《大风歌》汉・刘邦）→____春转摇____（《湖中寄王侍御》唐・丘为）→____子行不____（《古诗十九首・青青河畔草》汉）→____客千里____（《羌村》唐・杜甫）→____又无言去不____（《葬花吟》清・曹雪芹）→____道如今各星散（《霓裳羽衣舞歌》唐・白居易）

## 【联句接龙】

千淘万漉虽辛苦，吹尽狂沙始到金。→金似衣裳玉似身，眼如秋水鬓如云，霞裙月帔一群____。（《天仙子》唐・韦庄）→____芳过后西湖好，狼藉残____。（《采桑子》宋・欧阳修）→____旗高举，飞出深深杨柳____。（《减字木兰花・竞渡》宋・黄裳）→____云低暗度，关月冷相____。（《孤雁》唐・崔涂）→____风潜入夜，润物细无____。（《春夜喜雨》唐・杜甫）→____绕碧山飞去、晚云____。（《南歌子・游赏》宋・苏轼）→____连戏蝶时时舞，自在娇莺恰恰____。（《江畔独步寻花》唐・杜甫）→____乌怨别偶，曙鸟忆离____。（《金乐歌》南朝・梁・萧绎）→____山回首三千里，目断天南无雁飞。

（《在北题壁》宋 · 赵佶）

◆ 答案：石→厚→安→方→荡→归→至→闻。群→红→渚→随→声→留→啼→家。

## 2 钟鼓馔玉不足贵，但愿长醉不复醒。

——唐 · 李白《将进酒》

### 【名句解析】

钟鸣馔食的豪华生活有何珍贵，只希望长在醉乡不再清醒。

"钟鼓馔玉"意即富贵生活（富贵人家吃饭时鸣钟列鼎，食物精美如玉），可诗人以为"不足贵"，并放言"但愿长醉不复醒"。诗情至此，便分明由狂放转为愤激。这里不但是酒后吐狂言，而且是酒后吐真言了。荣华富贵算不了什么，只愿一醉方休！

后世人们鄙弃结党营私、排斥贤能的豪门贵族集团时，可以说"钟鼓馔玉不足贵"；憎恨官场的黑暗卑污行径时，可以说"但愿长醉不复醒"。当然也可以直接用来形容李白的性格。

### 【单句接龙】

钟鼓馔玉不足贵→贵贱同趋群动____（《题谢公东山障子》唐 · 白居易）→____关莺语花底____（《琵琶行》唐 · 白居易）→____处莓苔____（《幽居》唐 · 储光羲）→____衣泪滂____（《听颖师弹琴》唐 · 韩愈）→____沱洗甲____（《清明日得家书》宋 · 李纲）→____深星转____（《侍从徐国公殿下军行》北周 · 庾信）→____帝子孙尽隆____（《哀王孙》唐 · 杜甫）→____拟佳期又____（《摸鱼儿》宋 · 辛弃疾）→____落尘网中（《归园田居》晋 · 陶渊明）

### 【联句接龙】

钟鼓馔玉不足贵，但愿长醉不复醒。→醒时同交欢，醉后各分____。（《月下独酌》唐 · 李白）→____发乘夕凉，开轩卧闲____。（《夏日南亭怀辛大》唐 · 孟浩然）→____朗东方彻，阑干北斗____。（《早行》唐 · 杨炯）→____月沉沉藏海雾，碣石潇湘无限____。（《春江花月夜》唐 · 张若虚）→____也难通，信也难____。（《一剪梅 · 中秋无月》宋 · 辛弃疾）→____天拂景云，俯临四达____。（《孟津诗》三国 · 魏 · 曹丕）→____江波上半帆风，散发篷窗笑傲____。（《将至三衢杨村道中小饮》宋 · 赵鼎）→____秋过也，重阳近也，作天涯行____。（《西地锦》宋 · 石孝友）→____从远方来，遗我双鲤鱼。（《饮马长城窟行》汉乐府）

◆ 答案：间→滑→湿→滂→兵→高→准→误。散→敞→斜→路→通→衢→中→客。

## 3 试玉要烧三日满，辨材须待七年期。

——唐·白居易《放言五首》

### 【名句解析】

试玉的真假要烧三天，辨别木材需要七年以后。

这两句诗以极其通俗的语言说了一个道理：对人、对事要得到全面的认识，都要经过时间的考验，从整个历史去衡量、去判断，而不能只根据一时一事的现象下结论。诗人表示像自己以及友人元稹这样受诬陷的人，是经得起时间考验的，因而应当多加保重，等待"试玉""辨材"期满，自会澄清事实，辨明真伪。这是用诗的形式对自身遭遇进行的总结。

要知道事物的真伪优劣，只有让时间去考验。经过一定时间的观察比较，事物的本来面目终会呈现出来的。

### 【单句接龙】

试玉要烧三日满→满城春色宫墙____（《钗头凤》宋·陆游）→____色如今深未____（《早春呈水部张十八员外》唐·韩愈）→____洞长松何所____（《过乘如禅师萧居士嵩丘兰若》唐·王维）→____生无不____（《团团吟》宋·邵雍）→____月伴吴____（《酬许五康佐》唐·元稹）→____曾少壮____（《落韵诗》唐·李如实）→____议或非____（《还自河北应客》宋·王安石）→____影横斜水清____（《山园小梅》宋·林逋）→____碧鳞鳞露远洲（《南乡子·重九涵辉楼呈徐君猷》宋·苏轼）

### 【联句接龙】

试玉要烧三日满，辨材须待七年期。→期君君不至，人月两悠____。（《城上对月期友人不至》唐·白居易）→____悠昊天，曰父母____。（《诗经·巧言》）→____乐生前一杯酒，何须身后千载____。（《行路难》唐·李白）→____于世见林间一，爵以仁尊天下____。（《梁秘阁挽诗》宋·林希逸）→____日入厨下，洗手作羹____。（《新嫁娘》唐·王建）→____泉海涌气云蒸，垢去心安身倍____。（《兴国璨老浴堂新成以伽佗见示戏成》宋·李纲）→____沤元泛泛，破屋已飕____。（《卧病累日羸甚偶复小健戏作》宋·陆游）→____飕，破帽多情却恋____。（《南乡子·重九涵辉楼呈徐君猷》宋·苏轼）→____上金爵钗，腰佩翠琅玕。（《美女篇》三国·魏·曹植）

◆ 答案：柳→深→有→喘→牛→时→疏→浅。悠→且→名→三→汤→轻→飕→头。

## 4 向前敲瘦骨，犹自带铜声。

——唐·李贺《马诗》

### 【名句解析】

这匹马虽然瘦骨嶙峋，轻轻敲敲它，发出的却是响亮的金属声。

汉代有铜马，亦称天马。这里的瘦马骨带铜声，自有天马的非凡气质。骏马瘦骨却坚劲，敲来犹自带铜声，这是对马的颂扬，也是对有志之士坚贞不屈的品格的礼赞。

可用以写马，也可用以赞颂人的骨气。

### 【单句接龙】

向前敲瘦骨→骨肉何必____（《箜篌谣》汉乐府）→____见豳风七月____（《山中》宋·方岳）→____文齐六____（《题张十八所居》唐·韩愈）→____岁又经____（《啰唝曲》唐·刘采春）→____华此向____（《野望》宋·宋祁）→____千双泪____（《长相思》宋·朱敦儒）→____沾珠箔____（《秋露》唐·雍陶）→____铠奋雕____（《异梦》宋·陆游）→____犯明君万古悲（《两晋》唐·徐夤）

### 【联句接龙】

向前敲瘦骨，犹自带铜声。→声声肠寸断，点点泪交____。（《苦雨吟十首呈同官诸丈》宋·吴潜）→____落生还真一芥，周章危立近三____。（《次韵曾子开从驾》宋·苏轼）→____高庭日少，竹近野风____。（《腊日》宋·张耒）→____门徒可入，尽室且思____。（《感河上兵》唐·张祜）→____路难，难重____。（《太行路》唐·白居易）→____王昔时宴平乐，斗酒十千恣欢____。（《将进酒》唐·李白）→____浪笑敖，中心是____。（《诗经·终风》）→____亡何事觉神伤？端为音容不可____。（《杨夫人挽章》宋·李纲）→____归亲野水，适性许云鸿。（《夏日集裴录事北亭避暑》唐·皎然）

◆ 答案：亲→诗→经→年→阑→痕→重→戈。流→槐→多→行→陈→谑→悼→忘。

## 5 椒房金屋何曾识，偏向贫家壁下鸣。

——唐·张乔《促织》

### 【名句解析】

豪门贵族，促织何曾认识，偏偏在贫穷人家的墙壁下鸣叫不停。

诗人展开了丰富的联想：由促织总在贫穷人家的墙壁下鸣叫，想到了促织的弃富爱贫，抒发了作者对劳动人民的同情以及对豪门富户的不满。

常用于表达厌恶豪门的情感，以及对劳动人民的同情。

## 【单句接龙】

椒房金屋何曾识→识遍中朝____（《送少微上人游蜀》唐·卢纶）→____妃一笑天颜____（《明皇》宋·王十朋）→____心翻倒____（《喜达行在所》唐·杜甫）→____目平芜人尽____（《谒金门·五月雨》明·陈子龙）→____年花里逢君____（《寄李儋元锡》唐·韦应物）→____业临青____（《长宁公主东庄侍宴》唐·李峤）→____外山川无越____（《思越中旧游寄友》唐·方干）→____香兰已____（《过史正议宅》唐·宋之问）→____马傍春草（《奔亡道中》唐·李白）

## 【联句接龙】

椒房金屋何曾识，偏向贫家壁下鸣。→鸣声何啾啾，闻我殿东____。（《鸡鸣》汉乐府）→____人送春犊，一笑绿尊____。（《春日即事》明·鲁铎）→____滩通燕尾，伐石割羊____。（《文山即事》宋·文天祥）→____断，肠断，鹧鸪夜飞失____。（《宫中调笑》唐·王建）→____僧钟磬罢，月来池上____。（《野寺后池寄友》唐·张籍）→____年春光别，回首不复____。（《送沈秀才下第东归》唐·贾岛）→____怪昨宵春梦好，元是今朝斗草赢，笑从双脸____。（《破阵子·春景》宋·晏殊）→____人作死别，恨恨那可____？（《孔雀东南飞》汉乐府）→____交容末契，许国见深衷。（《别苏翰林》宋·道潜）

◆ 答案：贵→喜→极→去→别→甸→国→歇。厢→开→肠→伴→明→疑→生→论。

# 6 岭上晴云披絮帽，树头初日挂铜钲。

——宋·苏轼《新城道中》

## 【名句解析】

久雨初晴，几朵白云给山岭披上了絮帽，一轮初升的红日，像铜锣一样挂在树梢。

雨过天晴，白云多情，那挂在树梢的初日，也显得特别可爱。这种移情于景的拟人手法，可作借鉴。

常用于描写久雨初晴后的山间景物。

## 【单句接龙】

岭上晴云披絮帽→帽檐晓滴淋蝉____（《长安道中有作》唐·杜荀鹤）→____似

真珠月似____（《暮江吟》唐·白居易）→____势月初____（《秋思》唐·白居易）→____朝事始____（《淮阳路》唐·李商隐）→____生万____（《金缕曲》清·顾贞观）→____去人亡迹自____（《家园瓜熟是故萧相公所遗瓜种凄然感旧因赋此诗》唐·刘长卿）→____得枯荷听雨____（《宿骆氏亭寄怀崔雍崔衮》唐·李商隐）→____声劝醉应须____（《三月晦日晚闻鸟声》唐·白居易）→____卧沙场君莫笑（《凉州词》唐·王翰）

## 【联句接龙】

岭上晴云擅絮帽，树头初日挂铜钲。→钲鼓喧江下，云山拂眼____。（《送张学士两浙提点刑狱》宋·司马光）→____猿幽鸟遥相叫，数笔湖山又夕____。（《湖山小隐》宋·林逋）→____和不散穷途恨，霄汉长怀捧日____。（《赠阙下裴舍人》唐·钱起）→____之忧矣，其毒大____。（《诗经·小明》）→____口的是良药，逆耳必是忠____。（《无相颂》唐·慧能）→____是定知非，欲笑翻成____。（《为邻人有怀不至》南朝·梁·沈约）→____血仰头兮诉苍苍，胡为生兮独罹此____！（《胡笳十八拍》汉·蔡文姬）→____民政虐恐风传，镇日穷愁蝉腹____。（《酬朱张二秀才皆次其首章韵》宋·薛季宣）→____知粹美始终一，更看清光表里真。（《人玉吟》宋·邵雍）

◆ 答案：露→弓→三→平→事→留→声→醉。清→阳→心→苦→言→泣→殃→然。

# 7 纤云弄巧，飞星传恨，银汉迢迢暗度。

——宋·秦观《鹊桥仙》

## 【名句解析】

秋云多变，流星传恨，牛郎织女在七夕时渡天河来相会。

“纤云弄巧”，轻柔多姿的云彩，变化出许多优美巧妙的图案，显示出织女的手艺何其精巧绝伦。可是，这样美好的人儿，却不能与自己心爱的人共同过美好的生活。“飞星传恨”，那些闪亮的星星仿佛都传递着他们的离愁别恨，正飞驰长空。“巧”与“恨”将七夕时人间“乞巧”的主题及“牛郎织女”故事的悲剧性特征点明，练达而凄美。

常用于描写牛郎织女的传说。

## 【单句接龙】

纤云弄巧→巧笑东邻女____（《破阵子·春景》宋·晏殊）→____我情怀如____（《孤雁儿》宋·李清照）→____远山长处处____（《寓意》宋·晏殊）→____来玩月

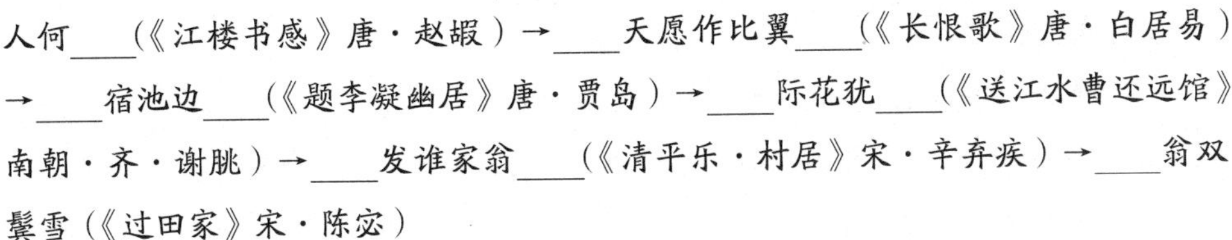
人何____（《江楼书感》唐·赵嘏）→____天愿作比翼____（《长恨歌》唐·白居易）→____宿池边____（《题李凝幽居》唐·贾岛）→____际花犹____（《送江水曹还远馆》南朝·齐·谢朓）→____发谁家翁____（《清平乐·村居》宋·辛弃疾）→____翁双鬓雪（《过田家》宋·陈宓）

## 【联句接龙】

纤云弄巧，飞星传恨，银汉迢迢暗度。→度春足芳色，入夜多鸣____。（《玩新庭树因咏所怀》唐·白居易）→____鸣丹壁上，猿啸青崖____。（《游黄檗山》南朝·梁·江淹）→____夜微风起，明月照高____。（《杂诗》晋·傅玄）→____召西来二节荣，清江浮舸鸭头____。（《送聂学士赴阙》宋·胡宿）→____生淡薄，鸡儿不见，童子休____。（《满庭芳·失鸡》明·王磐）→____桐罢弹丝自绝，漠漠暗魂愁夜____。（《思归引》唐·张祜）→____香满袖，天雾萦____。（《云仙引·桂花·夹钟羽》宋·冯伟寿）→____似浮云，心如飞絮，气若游____。（《折桂令·春情》元·徐再思）→____纶阁下文书静，钟鼓楼中刻漏长。（《紫薇花》唐·白居易）

◆ 答案：伴→水→同→在→鸟→树→白→媪。禽→间→台→平→焦→月→身→丝。

# 8　金谷年年，乱生春色谁为主？

——宋·林逋《点绛唇》

## 【名句解析】

金谷园中年年岁岁姹紫嫣红，春色满园，这乱哄哄的春色究竟是谁安排的呢？

“金谷”指晋代石崇在洛阳所建园名，这里借指春草的生长环境，更比衬出其卑微地位。这两句写小草一年一度荣枯，无人眷顾，自生自灭。

常用于对人世沧桑、繁华富贵如过眼烟云之慨叹，通过景色描写流露出无可奈何的惆怅情怀。

## 【单句接龙】

金谷年年→年颜老少____（《赠东邻王十三》唐·白居易）→____是天涯沦落____（《琵琶行》唐·白居易）→____物何相____（《闲坐》唐·白居易）→____觞献寿乐钧____（《侍宴安乐公主新宅应制》唐·沈佺期）→____时人事日相____（《小至》唐·杜甫）→____榜渡乌____（《马诗》唐·李贺）→____南可采____（《江南》汉乐府）→____叶何田____（《江南》汉乐府）→____家岂不苦（《庚戌岁九月中于西田获早稻》晋·陶渊明）

## 【联句接龙】

金谷年年，乱生春色谁为主？→主人下马客在船，举酒欲饮无管____。（《琵琶行》唐·白居易）→____弦掩抑声声思，似诉平生不得____。（《琵琶行》唐·白居易）→____气多感失，泪下沾怀____。（《效阮公诗》南朝·梁·江淹）→____月如可明，怀风殊复____。（《咏琵琶》南朝·齐·王融）→____晨自梁宋，挂席之楚____。（《汴河阻风》唐·孟云卿）→____门对巫峡，云梦迩阳____。（《巫山高》隋·李孝贞）→____榭好、莺燕____。（《西平乐》宋·柳永）→____已多，情未____。（《生查子》五代·前蜀·牛希济）→____却君王天下事，赢得生前身后名。（《破阵子·为陈同甫赋壮词以寄之》宋·辛弃疾）

◆答案：同→人→称→天→催→江→莲→田。弦→志→抱→清→荆→台→语→了。

# 9 孔雀尾拖金线长，怕人飞起入丁香。

——宋·孙光宪《八拍蛮》

## 【名句解析】

孔雀拖着有金翠线纹的长尾巴，由于怕人便飞了起来，藏进了丁香树丛中。

长尾“拖金线”的孔雀，宛如图画，“入丁香”三字使画面富有动态感。

诗句描写逼真，形象可爱，宛然如在眼前，可用来描写孔雀。

## 【单句接龙】

孔雀尾拖金线长→长眉已能____（《无题》唐·李商隐）→____栋朝飞南浦____（《滕王阁诗》唐·王勃）→____横全楚____（《长沙馆中与郭夏对雨》唐·刘长卿）→____若不爱____（《月下独酌》唐·李白）→____无人____（《青玉案》宋末元初·黄公绍）→____君莫打枝头____（《鸟》唐·白居易）→____雀夜各____（《成都府》唐·杜甫）→____雁洛阳____（《次北固山下》唐·王湾）→____城一片离索（《凄凉犯》宋·姜夔）

## 【联句接龙】

孔雀尾拖金线长，怕人飞起入丁香。→香刍独酌聊为寿，从此群芳兴亦____。（《梅花》宋·林逋）→____夕伴客语，已复过我____。（《晨起》宋·李彭）→____花蒙蒙水泠泠，小儿啼索树上____。（《春晚书山家屋壁》唐·贯休）→____啼燕语报新年，马邑龙堆路几____。（《春思》唐·皇甫冉）→____呼万唤始出来，犹抱琵琶半遮____。（《琵琶行》唐·白居易）→____壁十年图破壁，难酬蹈海亦英____。（《无题》现代·周恩来）→____发指危冠，猛气冲长____。（《咏荆轲》晋·陶渊明）→

____佩不为美，人群宁免____。(《送张五员外东归楚州》唐·钱起）→____柯霜叶，飞来就我题红。(《天净沙·秋》元·朱庭玉）

◆ 答案：画→云→地→酒→劝→鸟→归→边。阑→庭→莺→千→面→雄→缨→辞。

## 10 浮生长恨欢娱少，肯爱千金轻一笑。

——宋·宋祁《玉楼春》

### 【名句解析】

人生虚浮若梦，总是怨恨得不到更多的欢乐，又怎能为了千金钱财而放弃难得的欢笑呢？

词句着意从功名利禄这两个方面来衬托春天的可爱与可贵。词人当时身居要职，官务缠身，很少有机会或心思刻意从春天里寻求人生的乐趣，故曰“浮生长恨欢娱少”。于是，就有了宁弃“千金”而不愿放过从春光中获取短暂“一笑”的感慨。

常用于劝诫人们珍惜现在，不要为了物质而丢掉快乐。

### 【单句接龙】

浮生长恨欢娱少→少将风月怨平____(《湘妃庙》唐·李群玉）→____声莲叶____(《送朱庆馀及第归越》唐·张籍）→____轻风色____(《千秋岁》宋·张先）→____师入境却偷____(《兵要望江南·占云第三》唐·易静）→____已良有____(《和郭主簿》晋·陶渊明）→____目楚天____(《水调歌头·游泳》现代·毛泽东）→____文泛玉____(《对酒》南朝·陈·岑之敬）→____里定疑甘露____(《次韵施予善谢茶》宋·葛立方）→____诸太庙比郜鼎(《石鼓歌》唐·韩愈）

### 【联句接龙】

浮生长恨欢娱少，肯爱千金轻一笑。→笑渐不闻声渐悄，多情却被无情____。(《蝶恋花·春景》宋·苏轼）→____人风味阿谁知？请君问取南楼____。(《踏莎行》宋·吕本中）→____衔楼间峰，泉漱阶下____。(《日夕山中忽然有怀》唐·李白）→____涧寒泉空有梦，冰壶团扇欲无____。(《苦热》宋·陆游）→____名非我事，风月负君____。(《和杨兄五言》宋·杜范）→____界千年靡靡风，兵魂销尽国魂____。(《读陆放翁集》近代·梁启超）→____销黯，故园何在？风月浸长____。(《满庭芳·次范倅忆洛阳梅》宋·石孝友）→____阴市井笑韩信，汉朝公卿忌贾____。(《行路难》唐·李白）→____女犹得嫁比邻，生男埋没随百草。(《兵车行》唐·杜甫）

◆ 答案：湖→雨→暴→营→极→舒→碗→荐。恼→月→石→功→诗→空→淮→生。

## 11 千金纵买相如赋，脉脉此情谁诉？

——宋・辛弃疾《摸鱼儿》

### 【名句解析】

即使用千金可以买到像司马相如所写的那样好的赋，可是我脉脉无尽的真情又能向谁诉说呢？

即使借用司马相如的《长门赋》，也无法诉说心中的苦闷。词人以此揭示自己虽忠而见疑，屡遭谗毁，不得重用和壮志难酬的不幸遭遇。

常用于形容怀才不遇、胸中块垒无法宣泄的心绪。

### 【单句接龙】

千金纵买相如赋→赋到沧桑句便____（《题遗山诗》清・赵翼）→____商彻屋____（《大水》唐・白居易）→____年登第____（《送喻凫春归江南》唐・顾非熊）→____行悲故____（《商山早行》唐・温庭筠）→____音无改鬓毛____（《回乡偶书》唐・贺知章）→____鬓千茎____（《玩花与卫象同醉》唐・司空曙）→____霁凝光入坐____（《春雪》唐・吴仁璧）→____雨连江夜入____（《芙蓉楼送辛渐》唐・王昌龄）→____中霜雪晚（《冬晴》宋・陆游）

### 【联句接龙】

千金纵买相如赋，脉脉此情谁诉？→诉苍天兮天不闻，泪如雨兮叹青____。（《思亲诗》三国・魏・嵇康）→____龙风虎尽交回，太白入月敌可____。（《胡无人行》唐・李白）→____残不是当时貌，流落空余旧日____。（《投寄旧知》唐・韦庄）→____薄诗家无好物，反投桃李报琼____。（《岁暮枉衢州张使君书并诗因以长句报之》唐・白居易）→____声缥缈复徐徊，拂栋香云袅未____。（《四月二日即事》明・王世贞）→____到荼蘼花事了，丝丝天棘出莓____。（《春暮游小园》宋・王淇）→____阴有茅茨，留得菊花____。（《山墅》宋・方岳）→____朱成碧思纷纷，憔悴支离为忆____。（《如意娘》唐・武则天）→____不见咫尺长门闭阿娇，人生失意无南北。（《明妃曲》宋・王安石）

◆ 答案：工→去→客→乡→衰→雪→寒→吴。云→摧→贫→琚→开→墙→看→君。

## 12 一轮秋影转金波，飞镜又重磨。

——宋·辛弃疾《太常引·建康中秋夜为吕叔潜赋》

### 【名句解析】

皎洁的月亮在天空中缓缓移动，洒下晶亮的光芒；若它是一面腾空翱翔的明镜，那一定是经过了重新打磨。

词人对明月的描写有一种更广泛的象征意义，即扫荡黑暗，把光明带给人间。

现常用来形容月光皎洁，明亮如镜。

### 【单句接龙】

一轮秋影转金波→波涛万贯珠沉____（《千秋岁》宋·黄庭坚）→____鸥曾是信忘____（《示客》宋·陆游）→____中锦字论长____（《春思》唐·皇甫冉）→____古人不见吾狂____（《贺新郎》宋·辛弃疾）→____有姻缘能听____（《蝶恋花》宋·了元）→____契从先____（《王希武通判挽词》宋·范成大）→____人怜小____（《马诗》唐·李贺）→____若琼钩浅____（《郡斋水阁闲书·再赠鹭鸶》宋·文同）→____项向天歌（《咏鹅》唐·骆宾王）

### 【联句接龙】

一轮秋影转金波，飞镜又重磨。→磨牙吮血，杀人如____。（《蜀道难》唐·李白）→____姑垂两鬓，一半已成____。（《短歌行》唐·李白）→____风初高鹰隼击，天河下洗烟尘____。（《秋雨叹》宋·陆游）→____溪吟历处，曾有梦相____。（《寄友伯杲》宋·侯畐）→____章摘句老雕虫，晓月当帘挂玉____。（《南园》唐·李贺）→____断阵前争日月，血流垓下定龙____。（《垓下怀古》唐·栖一）→____毒毒有形，药毒毒有____。（《掩关铭》唐·卢仝）→____秩后千品，诗文齐六____。（《题张十八所居》唐·韩愈）→____年不展缘身病，今日开看生蠹鱼。（《开元九诗书卷》唐·白居易）

◆ 答案：海→机→恨→耳→事→世→颈→曲。麻→霜→清→寻→弓→蛇→名→经。

## 13 想当年，金戈铁马，气吞万里如虎。

——宋·辛弃疾《永遇乐·京口北固亭怀古》

### 【名句解析】

回想当年，刘裕拿着金戈，骑着战马奔驰在战场上，气吞万里，就像猛虎一般雄伟英武。

刘裕金戈铁马，战功赫赫，收复失地。词人不仅表达了对历史人物的赞扬，也表达了对主战派的期望和对南宋朝廷苟安求和者的讽刺和谴责。

今人常用这三句词来怀念自己年轻时候的豪情壮志，以及风云不可一世的英雄气魄。

## 【单句接龙】

金戈铁马→马嘶霜叶____（《更漏子》唐·牛峤）→____入寻常百姓____（《乌衣巷》唐·刘禹锡）→____贫何所____（《照镜》唐·王建）→____阙情何____（《太行途中杂咏》明·于谦）→____之以大____（《怀沙》战国·屈原）→____人西辞黄鹤____（《黄鹤楼送孟浩然之广陵》唐·李白）→____下飞花楼上____（《长相思》宋·朱敦儒）→____胡不____（《诗经·风雨》）→____心翻倒极（《喜达行在所》唐·杜甫）

## 【联句接龙】

想当年，金戈铁马，气吞万里如虎。→虎踞龙盘今胜昔，天翻地覆慨而____。（《七律·人民解放军占领南京》现代·毛泽东）→____慨独悲歌，钟期信为____。（《怨诗楚调示庞主簿邓治中》晋·陶渊明）→____臣会致唐虞世，独倚江楼笑范____。（《献韶阳相国崔公》唐·许浑）→____离索，剡溪山水，碧湘楼____。（《忆秦娥·雪、梅二阕怀张敬夫》宋·朱熹）→____中帝子今何在？槛外长江空自____。（《滕王阁诗》唐·王勃）→____波将月去，潮水带星____。（《春江花月夜》隋·杨广）→____往成何事，霜毛满鬓____。（《舟中览镜》宋·王十朋）→____少六朝兴废事，尽入渔樵闲____。（《离亭燕》宋·张昇）→____旧还惆怅，天南望柳星。（《赠别约师》唐·刘禹锡）

◆ 答案：飞→家→恋→限→故→楼→云→喜。慷→贤→增→阁→流→来→多→话。

# 14 夜阑卧听风吹雨，铁马冰河入梦来。

——宋·陆游《十一月四日风雨大作》

## 【名句解析】

深夜里，我躺在床上听到那风雨的声音，迷迷糊糊地梦见，自己骑着披着铁甲的战马跨过冰封的河流出征北方疆场。

诗人运用虚实结合的手法，巧妙地表现了自己强烈的爱国热情。因“思”而夜阑不能成眠，不能眠就能更真切地感知自然界的风吹雨打声，辗转反侧，终于幻化出一幅特殊的梦境："铁马冰河"。"铁马冰河入梦来"是诗人日夜所思的结果，淋漓尽致地表达了诗人的英雄气概，这也是南宋一代仁人志士的心声。

由自然界的风雨想到国家的风雨飘摇，由国家的风雨飘摇自然会联想到战争的风云变幻、壮年的军旅生活，常用来表现强烈的爱国情怀。

## 【单句接龙】

夜阑卧听风吹雨→雨洗山光涨蔚____（《谨和老人明朝中春》宋·洪咨夔）→____田日暖玉生____（《锦瑟》唐·李商隐）→____村四五____（《山村咏怀》宋·邵雍）→____家扶得醉人____（《社日》唐·王驾）→____来不把一文____（《感归》唐·张祜）→____塘自古繁____（《望海潮》宋·柳永）→____发同今____（《赠别卢司直之闽中》唐·刘长卿）→____暮长廊闻燕____（《夏日》宋·寇准）→____不惊人死不休（《江上值水如海势聊短述》唐·杜甫）

## 【联句接龙】

夜阑卧听风吹雨，铁马冰河入梦来。→来时见我江南岸，今日送君江上____。（《别李十一五绝》唐·元稹）→____白灯明里，何须花烬____。（《日暮》唐·杜甫）→____霜尽是心头血，洒向千峰秋叶____。（《望阙台》明·戚继光）→____青不知老将至，富贵于我如浮____。（《丹青引赠曹霸将军》唐·杜甫）→____来气接巫峡长，月出寒通雪山____。（《古柏行》唐·杜甫）→____发四老人，昂藏南山____。（《商山四皓》唐·李白）→____身人海叹栖迟，浪说文章擅色____。（《都门秋思》清·黄景仁）→____纶阁下文书静，钟鼓楼中刻漏____。（《紫薇花》唐·白居易）→____恨此身非我有，何时忘却营营？（《临江仙》宋·苏轼）

◆ 答案：蓝→烟→家→归→钱→华→日→语。头→繁→丹→云→白→侧→丝→长。

# 第16章 身边你我他

人称代词作为抒情主人公的发声者及代言人，在诗词中常常可见。集体创作的作品以《诗经》和乐府民歌为代表，其中既有第一人称抒发内心感受的诗作，也不乏第一人称与第二、第三人称之间的对话交流，如："昔我往昔，杨柳依依。"（《诗经·采薇》）"三岁贯女，莫我肯顾。"（《诗经·硕鼠》）"吾去为迟！白发时下难久居。"（汉乐府《东门行》）文人创作中以《楚辞》和先秦至两汉时期的文人创作为代表，如屈原《离骚》在人称的使用上词汇丰富且数目繁多，包括第一人称"朕""余""吾""我"，第二人称"汝""尔""君"，第三人称"其""之""彼"等，涵盖了当时大多数人称代词的用法。

概括地讲，古诗词中，第一人称代词主要有"我、吾、余、予、朕、卬（áng）"等，其中常用的是"我、吾、余、予"四个；"朕"在秦以前本是一般的自称，秦始皇以后专门用于帝王君主的自我称谓；"卬"多用在《诗经》中，后代都不使用了。常用的第二人称代词主要有"汝（女）、尔、乃、若、子"等；由名词引申为"你（您）"的有"君、卿"等；还有由方言引入的"侬、伊（有时做第三人称代词）"等。第三人称代词主要有"彼、之、其、厥、他、渠"等，其中以"彼、之、其"三个为常见；"他"在上古汉语中不是第三人称代词，只表示"其他""别的"之类的意思，是指示代词；"他"用作第三人称代词，大概始于晋代。

本章中所列举的诗词名句分别用到了第几人称，请读者们自己对号入座。

# 1 执子之手，与子偕老。

——《诗经·击鼓》

## 【名句解析】

牵着你的手，伴你走向老。

这出自《诗经》的经典诗句描述的是一位将军在出征前对妻子说的一番话，之所以能够传诵至今不在于它词句的华丽，而是因为它体现了最为典型的中国人诠释“爱”的方式——含蓄而坚决。这不只是一句誓言，不像“山无棱，天地合，乃敢与君绝”那样气势磅礴，也不像“我永远爱你”那样甜蜜，而是一个朴实的承诺，在生命中的每时每刻都在兑现的一个承诺，甚至是一种行动。

常用于描述恋人、爱人之间的海誓山盟。

## 【单句接龙】

执子之手→手中各有____（《羌村》唐·杜甫）→____手相____（《凤求凰》汉·司马相如）→____送楚襄____（《马诗》唐·李贺）→____环醉拍春衫____（《鹧鸪天》宋·李鼐）→____时寒食春风____（《霓裳羽衣舞歌》唐·白居易）→____寒路滑马蹄____（《一剪梅·余赴广东，实之夜饯于风亭》宋·刘克庄）→____卧孤村不自____（《十一月四日风雨大作》宋·陆游）→____狖更难____（《送从叔赴南海幕》唐·马戴）→____说双溪春尚好（《武陵春·春晚》宋·李清照）

## 【联句接龙】

执子之手，与子偕老。→老夫昔是青城客，酒肉淋漓岂本____。（《假中闭户终日偶得绝句》宋·陆游）→____远路已迴，意满辞未____。（《无锡舅相送衔涕别》南朝·梁·江淹）→____侯立身何坦荡，虬须虎眉仍大____。（《送陈章甫》唐·李颀）→____马非才具，蜗牛惜弊____。（《周参政惠书唁及亡儿开》宋·李石）→____山秀出南斗傍，屏风九叠云锦____。（《庐山谣寄卢侍御虚舟》唐·李白）→____生手持石鼓文，劝我试作石鼓____。（《石鼓歌》唐·韩愈）→____声舞态都宜，拼著个、坚心共____。（《柳梢青》宋·卢炳）→____人卜筑自幽深，桂巷杉篱不可____。（《复至裴明府所居》唐·李商隐）→____寻觅觅，冷冷清清，凄凄惨惨戚戚。（《声声慢》宋·李清照）

◆ 答案：携→将→王→舞→天→僵→哀→闻。心→陈→颡→庐→张→歌→伊→寻。

## 2 岂曰无衣？与子同袍。

——《诗经·无衣》

### 【名句解析】

怎能说没有衣裳？我愿和你披同样的战袍。

所谓“无衣”，是说当时军情紧急，士兵的征衣一时难以备齐。但是，这点儿困难算得了什么，即使是一件战袍，也可以与战友共享。每当国难当头之时，广大的人民群众总是表现出一种高度的爱国热忱和英勇的献身精神，这正是一个民族不亡的根本。

可用于表现大敌当前时战友们克服困难、团结互助的精神。

### 【单句接龙】

岂曰无衣→衣润费炉___（《满庭芳·夏日溧水无想山作》宋·周邦彦）→___外酒旗低___（《离亭燕》宋·张昇）→___相勤王甘苦___（《轮台歌奉送封大夫出师西征》唐·岑参）→___勤鬓易___（《随计》唐·王贞白）→___氓积逋___（《月晦忆去年与亲友曲水游宴》唐·韦应物）→___重多贫___（《别州民》唐·白居易）→___外一峰___（《题义公禅房》唐·孟浩然）→___色可餐谁是___（《和许簿牡丹》宋·薛季宣）→___客销愁长日饮（《六年春遣怀》唐·元稹）

### 【联句接龙】

岂曰无衣？与子同袍。→袍轻低草露，盖侧舞松___。（《秋日即目》唐·李世民）→___卷庭梧，黄叶坠、新凉如___。（《满江红》宋·辛弃疾）→___心游胜境，从此去尘___。（《敦煌廿咏·莫高窟咏》唐）→___羞被好兮，不訾诟___。（《越人歌》先秦·无名氏）→___将鸡并食，长与凤为___。（《赠郭季鹰》唐·李白）→___书万卷常暗诵，孝经一通看在___。（《可叹》唐·杜甫）→___中各有携，倾榼浊复___。（《羌村》唐·杜甫）→___夜笙歌喧四郭，黄昏钟漏下重___。（《余杭周从事以十章见寄词调清婉难于遍酬聊和诗首篇以答来贶》唐·元稹）→___河梦断何处？尘暗旧貂裘。（《诉衷情》宋·陆游）

◆ 答案：烟→亚→辛→凋→税→户→秀→伴。风→洗→蒙→耻→群→手→清→关。

## 3 我心匪石，不可转也。

——《诗经·柏舟》

### 【名句解析】

我的心不是一块石头，不能任人随便转移。

诗句运用了反喻手法，表达自己对爱情的态度十分坚决。以“石可转”反衬志不可移，非常形象生动。

可直接引用来表现爱情的专一，坚贞不渝，也可以引申为意志坚定。

### 【单句接龙】

我心匪石→石破天惊逗秋____(《李凭箜篌引》唐·李贺)→____中山果____(《秋夜独坐》唐·王维)→____日故人____(《送友人》唐·李白)→____人怨遥____(《望月怀远》唐·张九龄)→____半钟声到客____(《枫桥夜泊》唐·张继)→____开值急____(《江南曲》唐·丁仙芝)→____光容易把人____(《一剪梅·舟过吴江》宋·蒋捷)→____家傍____(《水龙吟·次韵章质夫杨花词》宋·苏轼)→____曼曼其修远兮(《离骚》战国·屈原)

### 【联句接龙】

我心匪石，不可转也。→也知贵贱皆前定，未见疏慵遂有____。(《送谭孝廉赴举》唐·李咸用)→____败极知无定势，是非元自要徐____。(《次韵季长见示》宋·陆游)→____经鸿都尚填咽，坐见举国来奔____。(《石鼓歌》唐·韩愈)→____上马嘶看棹去，柳边人歇待船____。(《利州南渡》唐·温庭筠)→____山深浅去，须尽丘壑____。(《送崔九》唐·裴迪)→____人自刎乌江岸，战火曾烧赤壁山，将军空老玉门____。(《中吕·卖花声》元·张可久)→____河梦断何处？尘暗旧貂____。(《诉衷情》宋·陆游)→____披青毛锦，身著赤霜____。(《上元夫人》唐·李白)→____新宫锦千人目，马骏桃花一巷香。(《少监》唐·贯休)

◆ 答案：雨→落→情→夜→船→流→抛→路。成→观→波→归→美→关→裘→袍。

## 4 投我以木桃，报之以琼瑶。

——《诗经·木瓜》

### 【名句解析】

你送我鲜桃，我以琼瑶还报你。

回报的东西价值要比受赠的大得多，这体现了一种人类的高尚情感（包括爱情，也包括友情）。这种情感重的是心心相印，是精神上的契合，因而回赠的东西及其价值的高低，在此实际上也只具有象征性的意义，表现的是对他人对自己的情意的珍视。

常用于比喻滴水之恩当涌泉相报。

### 【单句接龙】

投我以木桃→桃花潭水深千____（《赠汪伦》唐·李白）→____书未达年应____（《岁晚言事寄乡中亲友》唐·方干）→____来处处游行____（《苏州柳》唐·白居易）→____寻山水自由____（《闲行》唐·白居易）→____卧辽阳____（《古边卒思归》唐·司马扎）→____下有寡____（《塞上曲》唐·常建）→____孥怪我____（《羌村》唐·杜甫）→____彼空____（《诗经·白驹》）→____根小苏息（《喜雨》唐·杜甫）

### 【联句接龙】

投我以木桃，报之以琼瑶。→瑶池阿母绮窗开，黄竹歌声动地____。（《瑶池》唐·李商隐）→____南夷之莫吾知兮，旦余济乎江____。（《九章·涉江》战国·屈原）→____山木落洞庭波，湘水连云秋雁____。（《夜泊湘江》唐·郎士元）→____情为谁追惜？但蜂媒蝶使，时叩窗____。（《六丑·落花》宋·周邦彦）→____座送钩春酒暖，分曹射覆蜡灯____。（《无题》唐·李商隐）→____雨随心翻作浪，青山着意化为____。（《送瘟神》现代·毛泽东）→____形通汉上，峰势接云____。（《帝京篇》唐·李世民）→____楼高百尺，手可摘星____。（《夜宿山寺》唐·李白）→____龙竟归梦，子书谁续为？（《挽黄祖勉》宋·陈著）

◆ 答案：尺→老→遍→身→城→妻→在→谷。哀→湘→多→隔→红→桥→危→辰。

## 5 其室则迩，其人甚远。

——《诗经·东门之墠（shàn）》

### 【名句解析】

他家虽在我近旁，人却像在远方。

作者以一种近似反常的距离感，暗示出男子心目中女子对他情感的投入程度。这种心理感觉，类似于当代诗人顾城《远与近》一诗中“你看我时很远，你看云时很近”所揭示的心理与情感模式。

诗句着眼于情感体验，讲的是潜意识驱动下形成的心理距离长度，常用于描写“单相思”，有“咫尺天涯”之意。

### 【单句接龙】

其室则迩→迩来久雨墙垣____(《秋来瘦甚而益健戏作》宋·陆游)→____壁无由见旧____(《和子由渑池怀旧》宋·苏轼)→____遍南墙____(《送别薛丞》宋·方岳)→____浆倘惠故人____(《西岳云台歌送丹丘子》唐·李白)→____柏泛仙____(《宇文秀才斋中梅柳咏》唐·孟郊)→____无味处求吾____(《鹧鸪天·博山寺作》宋·辛弃疾)→____人惜日____(《食后》唐·白居易)→____轸乘明____(《山夜调琴》唐·王绩)→____下飞天镜(《渡荆门送别》唐·李白)

### 【联句接龙】

其室则迩，其人甚远。→远上寒山石径斜，白云生处有人____。(《山行》唐·杜牧)→____酝满瓶书满架，半移生计入香____。(《香山寺》唐·白居易)→____重水复疑无路，柳暗花明又一____。(《游山西村》宋·陆游)→____落甚荒凉，年年苦旱____。(《荒村》明·于谦)→____虫本是天灾，不由人力挤____。(《驱蝗虫诗》宋·米芾)→____空驭气奔如电，升天入地求之____。(《长恨歌》唐·白居易)→____九陌，太平箫____。(《三台·清明应制》宋·万俟咏)→____鼙声里寻诗礼，戈戟林间入镐____。(《送谭孝廉赴举》唐·李咸用)→____华结交尽奇士，意气相期共生死。(《金错刀行》宋·陆游)

◆ 答案：坏→题→玉→饮→味→乐→促→月。家→山→村→蝗→排→遍→鼓→京。

## 6 路曼曼其修远兮，吾将上下而求索。

——战国·屈原《离骚》

### 【名句解析】

在追寻真理方面，前方的道路还很漫长，但我将百折不挠，不遗余力地去追求和探索。

这句话表达了这样一种思想感情：虽然现实很黑暗、很残酷，追求真理的道路很曲折、很遥远，但是，诗人也会不惜一切去寻求真理！屈原不愧为一位伟大的诗人！

常用于表现勇于追求真理的执着、不屈、矢志不渝的无畏精神和坚定信念。

### 【单句接龙】

路曼曼其修远兮→兮付山童漫折____(《看黄蔷薇》明·彭孙贻)→____暖青牛____(《寻雍尊师隐居》唐·李白)→____看牵牛织女____(《秋夕》唐·杜牧)→____

汉西流夜未____（《燕歌行》三国·魏·曹丕）→____央黄金____（《越上九日感怀七首呈韩明善先生》元·张仲深）→____气撩幽____（《卜算子》宋·丘崇）→____蹑飞云驾彩____（《卜算子》宋·丘崇）→____翔凤翥众仙____（《石鼓歌》唐·韩愈）→____马入车中（《孔雀东南飞》汉乐府）

## 【联句接龙】

路曼曼其修远兮，吾将上下而求索。→索居易永久，离群难处____。（《登池上楼》南朝·宋·谢灵运）→____之忧矣，于我归____。（《诗经·蜉蝣》）→____世闲难得，关身事半____。（《新年呈友》唐·许棠）→____流杜宇声中血，半脱骊龙颔下____。（《金陵驿》宋·文天祥）→____吾执牛耳，助子跃龙____。（《赠课会诸公》宋·陈造）→____对万山深，登临老病____。（《望秋》宋·王铚）→____镐及方，至于泾____。（《诗经·六月》）→____岫照鸾采，阴溪喷龙____。（《游黄檗山》南朝·梁·江淹）→____眼无声惜细流，树阴照水爱晴柔。（《小池》宋·杨万里）

◆ 答案：花→卧→星→央→花→梦→鸾→下。心→处→空→须→门→侵→阳→泉。

# 7 君不见高堂明镜悲白发，朝如青丝暮成雪。

——唐·李白《将进酒》

## 【名句解析】

您没有看到吗？对着高堂上的明镜，只能发出慨叹，感到悲哀，头上的青丝转眼间已白得像雪一样了。

李白的《将进酒》以乐府旧题抒发感慨、愤懑之情，并表现出乐观自信的人生态度。这两句诗以夸张的手法悲叹人生的短暂，将诗人搔首顾影、徒呼奈何的情态表露无遗。作者将短暂的人生缩短到“朝”“暮”之间，加强了作品的感情色彩。

可用于抒发人生短暂，转瞬就是暮年的感慨。

## 【单句接龙】

君不见高堂明镜悲白发→发白晓梳____（《白发叹》唐·卢纶）→____白读兵____（《喜从弟激初至》唐·卢纶）→____中自有千钟____（《劝学诗》宋·赵恒）→____饭藜羹问养____（《送乔仝寄贺君》宋·苏轼）→____力既殊____《读山海经》晋·陶渊明）→____舞此曲神扬____（《观公孙大娘弟子舞剑器行》唐·杜甫）→____声沙漠____（《白马篇》三国·魏·曹植）→____老忽相____（《哭崔常侍晦叔》唐·白居易）→____路情无适（《六月三十日水亭送华阴王少府还县》唐·岑参）

## 【联句接龙】

君不见高堂明镜悲白发，朝如青丝暮成雪。→雪霜自兹始，草木当更____。(《孟冬蒲津关河亭作》唐·吕温)→____丰美酒斗十千，咸阳游侠多少____。(《少年行》唐·王维)→____年耕与钓，鸥鸟已相____。(《村居书事》唐·韦庄)→____依宜织江雨空，雨中六月兰台____。(《罗浮山父与葛篇》唐·李贺)→____乍起，吹皱一池春____。(《谒金门》五代·南唐·冯延巳)→____中科斗长成蛙，林下桑虫老作____。(《禽虫》唐·白居易)→____眉翻自累，万里陷穷____。(《王昭君》五代·南唐·李中)→____锁风雷动，军书日夜____。(《送陆务观编修监镇江郡归会稽待阙》宋·范成大)→____流直下三千尺，疑是银河落九天。(《望庐山瀑布》唐·李白)

◆ 答案：头→书→粟→神→妙→扬→垂→失。新→年→依→风→水→蛾→边→飞。

# 8 朱颜君未老，白发我先秋。

——唐·李白《忆襄阳旧游赠马少府巨》

## 【名句解析】

您仍是容光满面，未显得衰老，而我已是白发满头，老气横秋了。

这两句诗抒发了诗人未老先衰的情思。诗人与马少府是旧友，当年曾共游襄阳。现在马少府朱颜未改，而自己已是双鬓如霜。诗人以夸张的手法渲染了自己的衰老，倾吐了内心的苦闷和抑郁。

可用来抒写故友重逢时的感慨。

## 【单句接龙】

朱颜君未老→老大嫁作商人____(《琵琶行》唐·白居易)→____啼一何____(《石壕吏》唐·杜甫)→____难寻红锦____(《湘妃怨》元·阿鲁威)→____罢低声问夫____(《近试上张水部》唐·朱庆馀)→____贫毕竟与齐____(《田舍即事》宋·刘克庄)→____欺杨柳____(《和春深》唐·白居易)→____露泣金____(《次韵李提举秋日杂咏》宋·杨冠卿)→____梧摇落故园____(《秋思》宋·陆游)→____水才深四五尺(《南邻》唐·杜甫)

## 【联句接龙】

朱颜君未老，白发我先秋。→秋水才深四五尺，野航恰受两三____。(《南邻》唐·杜甫)→____定月胧明，香消枕簟____。(《人定》唐·白居易)→____溪深不测，隐处唯孤____。(《宿王昌龄隐居》唐·常建)→____来气接巫峡长，月出寒通雪山____。

(《古柏行》唐·杜甫)→____日登山望烽火，黄昏饮马傍交____。(《古从军行》唐·李颀)→____图论阵气，金匮辨星____。(《同卢记室从军诗》北周·庾信)→____章千古事，得失寸心____。(《偶题》唐·杜甫)→____音苟不存，已矣何所____。(《咏贫士》晋·陶渊明)→____喜千般同幻渺，古今一梦尽荒唐。(《回前诗》清·曹雪芹)

◆ 答案：妇→苦→妆→婿→眉→叶→井→秋。人→清→云→白→河→文→知→悲。

## 9 君看石芒砀，掩泪悲千古。

——唐·李白《丁督护歌》

### 【名句解析】

您看那石头又大又多开采不尽，给运石的船夫们带来无穷的痛苦。

原诗是写船夫们拉纤拖船、运送磐石的艰辛。这两句是感叹山中的磐石开采不尽，运石船夫们的痛苦也将永无休止。

现在可单独引用"掩泪悲千古"一句，形容人们陷入巨大的痛苦中，悲哀不已。或用于表现灾难给人们带来了无边的痛苦。

### 【单句接龙】

君看石芒砀→砀然一失____(《东海有大鱼》宋·邵雍)→____枕能令山俯____(《六月二十七日望湖楼醉书》宋·苏轼)→____天长____(《满江红》宋·岳飞)→____歌伤____(《诗经·白华》)→____古一何____(《和郭主簿》晋·陶渊明)→____宫坐愁百年____(《思归引》唐·张祜)→____无彩凤双飞____(《无题》唐·李商隐)→____翼归____(《归鸟》晋·陶渊明)→____下绿芜秦苑夕(《咸阳城东楼》唐·许浑)

### 【联句接龙】

君看石芒砀，掩泪悲千古。→古往今来共一时，人生万事无不____。(《可叹》唐·杜甫)→____子不留金，何况兼无____。(《把酒》唐·白居易)→____在川上曰：逝者如斯____！(《水调歌头·游泳》现代·毛泽东)→____因兵死守蓬茅，麻苎裙衫鬓发____。(《时世行》唐·杜荀鹤)→____桐罢弹丝自绝，漠漠暗魂愁夜____。(《思归引》唐·张祜)→____升岩石巅，下照一溪____。(《山寺夜起》清·江湜)→____色如云白，流来野寺____。(《山寺夜起》清·江湜)→____日魏王潭上宴连夜，

今日午桥池头游拂____。(《和裴令公一日日一年年杂言见赠》唐·白居易）→____兴理荒秽，带月荷锄归。(《归园田居》晋·陶渊明）

◆ 答案：水→仰→啸→怀→深→身→翼→鸟。有→子→夫→焦→月→烟→前→晨。

## 10 故人入我梦，明我长相忆。

——唐·杜甫《梦李白》

### 【名句解析】

千里之外的故人来到梦中，是知道我整日都对他思忆吧。

杜甫、李白京华一见，从此至死不忘，日日思念，梦中相见。诗句体现了两人形离神合，肝胆相照，互劝互勉，至情交往的友谊。

常用于形容挚友之间心心相通、相互挂念。

### 【单句接龙】

故人入我梦→梦逐春风到洛____(《春兴》唐·武元衡）→____郭满千____(《平江府》宋·文天祥）→____甲带春____(《奉和圣制太行山中言志应制》唐·张说）→____多更入____(《春寒》宋·张耒）→____江多好____(《早发杭州泛富春江寄陆三十一公佐》唐·权德舆）→____又飘____(《一剪梅·舟过吴江》宋·蒋捷）→____飘何所____(《旅夜书怀》唐·杜甫）→____若无胜____(《读山海经》晋·陶渊明）→____你千行泪（《忆帝京》宋·柳永）

### 【联句接龙】

故人入我梦，明我长相忆。→忆昔开元全盛日，小邑犹藏万家____。(《忆昔》唐·杜甫）→____有贤人酒，门无长者____。(《春日》宋·王安石）→____上耕夫愁欲泣，桥边织女笑相____。(《七夕祈雨》元·陆文圭）→____春故早发，独自不疑____。(《早梅》南朝·陈·谢燮）→____禽与衰草，处处伴愁____。(《贼平后送人北归》唐·司空曙）→____回乐陋巷，许由安贱____。(《隐士诗》三国·魏·阮瑀）→____薄诗家无好物，反投桃李报琼____。(《岁暮枉衢州张使君书并诗因以长句报之》唐·白居易）→____声缥缈复徐徊，拂栋香云袅未____。(《四月二日即事》明·王世贞）→____到荼蘼花事了，丝丝天棘出莓墙。(《春暮游小园》宋·王淇）

◆ 答案：城→戈→寒→春→风→飘→似→负。室→车→迎→寒→颜→贫→琚→开。

# 11 妻孥怪我在，惊定还拭泪。

——唐·杜甫《羌村》

## 【名句解析】

猛然见面，妻子儿女奇怪我还活在人间，惊定之后，不禁擦着辛酸喜悦的泪水。

诗人逼真地将战乱时期亲人突然相逢时产生的复杂情感传达了出来。妻子在惊讶、惊奇、惊喜之后，眼中蓄满了泪水，泪水中有太多复杂的情感因素：辛酸、惊喜、埋怨、感伤，等等。这次重逢来得太珍贵了，它是用长久别离和九死一生的痛苦换来的。

常用于形容夫妻患难余生、久别重逢、悲喜交加的复杂感受。

## 【单句接龙】

妻孥怪我在→在地愿为连理____(《长恨歌》唐·白居易)→____枝春赐侍臣____(《海棠》宋·石扬休)→____君之____(《诗经·燕燕》)→____君下巴____(《长干行》唐·李白)→____晨出山作霖____(《山之云》元·张仲深)→____余三径____(《追和李义山赋菊》宋·王之道)→____风吹落小瓶____(《浣溪沙·春日即事》宋·刘辰翁)→____落知多____(《春晓》唐·孟浩然)→____分光影照沉沦(《李中丞表臣》唐·元稹)

## 【联句接龙】

妻孥怪我在，惊定还拭泪。→泪尽恨转深，千里同此____。(《寄远》唐·李白)→____似双丝网，中有千千____。(《千秋岁》宋·张先)→____发同枕席，黄泉共为____。(《孔雀东南飞》汉乐府)→____人竟不至，东北见高____。(《野寺后池寄友》唐·张籍)→____阙辅三秦，风烟望五____。(《送杜少府之任蜀州》唐·王勃)→____谷朝行远，冰川夕望____。(《晚渡滹沱敬赠魏大》唐·卢照邻)→____黄飞雪已填门，独夜人依老柳____。(《柳轩雪夜》宋·毛滂)→____含彭泽浪，顶入香炉____。(《咏孤石》南朝·陈·释惠标)→____淡月濛濛，舟行夜色中。(《江夜舟行》唐·白居易)

◆ 答案：枝→先→思→陵→雨→晚→花→少。心→结→友→城→津→曛→根→烟。

## 12 尔曹身与名俱灭，不废江河万古流。

——唐·杜甫《戏为六绝句》

### 【名句解析】

你们这些嘲笑王、杨、卢、骆是轻薄为文的人，现在你们的身与名都已寂灭无闻了；而被你们哂笑的四杰之诗，恰如长江黄河一样久远地流传不息。

诗人用对比的手法说明：初唐四杰为文学的进步所作出的不懈努力，足以让他们的名字在滔滔的历史长河中不被流水般的时间卷走而销声匿迹。

常用于对比形容有贡献的人永垂不朽。

### 【单句接龙】

尔曹身与名俱灭→灭烛怜光____（《望月怀远》唐·张九龄）→____郭人争江上____（《酒泉子》宋·潘阆）→____长城内____（《沁园春·雪》现代·毛泽东）→____物寂中谁似____（《山居示灵澈上人》唐·皎然）→____有嘉____（《诗经·小雅·鹿鸣》）→____奉万年____（《箜篌引》三国·魏·曹植）→____身未有____（《宿山居》唐·朱庆馀）→____氏何所____（《美女篇》三国·魏·曹植）→____营青蝇（《诗经·青蝇》）

### 【联句接龙】

尔曹身与名俱灭，不废江河万古流。→流落天涯谁见问，少卿应识子卿____。（《钟陵夜阑作》唐·韦庄）→____思不能言，肠中车轮____。（《悲歌》汉乐府）→____轴拨弦三两声，未成曲调先有____。（《琵琶行》唐·白居易）→____与质信可保兮，羌居蔽而闻____。（《九章·思美人》战国·屈原）→____画志墨兮，前图未____。（《怀沙》战国·屈原）→____过终悟，饰非终____。（《迷悟吟》宋·邵雍）→____津欲有问，平海夕漫____。（《早寒江上有怀》唐·孟浩然）→____言红袖啼痕重，更有情痴抱恨____。（《回前诗》清·曹雪芹）→____望竟何极，闽云连越边。（《游黄檗山》南朝·梁·江淹）

◆ 答案：满→望→外→我→宾→酬→媒→营。心→转→情→章→改→迷→漫→长。

## 13 丹青不知老将至，富贵于我如浮云。

——唐·杜甫《丹青引赠曹将军霸》

### 【名句解析】

你毕生专攻绘画不知老之将至，荣华富贵对于你却如空中浮云。

生命不过是个瞬间，功名利禄终会像云烟一样散去，但如果一个人的书画或者其他东西能长留于世，从某种意义上说，也是生命的延伸。这就是诗句想表达的内涵。

常用于一生沉浸在事业中，情操高尚，不慕荣利，把功名富贵看得如天上浮云一般淡泊的人。

### 【单句接龙】

丹青不知老将至→至此千载____（《赠内》唐·白居易）→____死诸君多努____（《梅岭三章》现代·陈毅）→____尽关山未解____（《燕歌行》唐·高适）→____腰无一____（《王昭君》北周·庾信）→____题稀为不便____（《酬郓州令狐相公官舍言怀见寄兼呈乐天》唐·刘禹锡）→____中自有黄金____（《劝学诗》宋·赵恒）→____上松风吹急____（《清平乐·独宿博山王氏庵》宋·辛弃疾）→____脚如麻未断____（《茅屋为秋风所破歌》唐·杜甫）→____顶正清秋（《登祝融峰》唐·齐己）

### 【联句接龙】

丹青不知老将至，富贵于我如浮云。→云中谁寄锦书来？雁字回时，月满西____。（《一剪梅》宋·李清照）→____头画角风吹醒，入夜重门____。（《青门引》宋·张先）→____寄东轩，春醪独____。（《停云》晋·陶渊明）→____长剑，一扬眉，清水白石何离____。（《扶风豪士歌》唐·李白）→____骚喻草香，诗人识鸟____。（《七交七首·梅主簿》宋·欧阳修）→____炭毡炉正好，貂裘狐白相____。（《忆长安·十一月》唐·刘蕃）→____将剩勇追穷寇，不可沽名学霸____。（《七律·人民解放军占领南京》现代·毛泽东）→____杨卢骆当时体，轻薄为文哂未____。（《戏为六绝句》唐·杜甫）→____休莫，五湖烟浪，不是鸱夷错。（《点绛唇》宋·吴潜）

◆ 答案：后→力→围→尺→书→屋→雨→绝。楼→静→抚→离→兽→宜→王→休。

## 14 摇落深知宋玉悲，风流儒雅亦吾师。

——唐·杜甫《咏怀古迹》

### 【名句解析】

看草木摇落深深地体会到宋玉悲秋的原因，风流儒雅的他可以做我的老师。

诗人满含深情地自述对宋玉悲秋的透彻理解与无限倾慕，对吟咏对象灌注了浓烈的感情，为全篇的抒情定下了基调。

常用于形容文人之间的惺惺相惜之感。

## 【单句接龙】

摇落深知宋玉悲→悲风鸣树____(《苦寒行》晋·陆机)→____为音容不可____(《杨夫人挽章》宋·李纲)→____我实____(《诗经·晨风》)→____愁多恨亦悠____(《自遣》唐·罗隐)→____然见南____(《饮酒》晋·陶渊明)→____气日夕____(《饮酒》晋·陶渊明)→____期如____(《鹊桥仙》宋·秦观)→____逐潮声____(《玲珑四犯》宋·姜夔)→____马来车道不通(《苦雨》宋·王安石)

## 【联句接龙】

摇落深知宋玉悲，风流儒雅亦吾师。→师住青山寺，清华常绕____。(《赠建业契公》唐·孟郊)→____在应无回渡日，驻马相看辽水____。(《渡辽水》唐·王建)→____人笑此言，似高还似____。(《于潜僧绿筠轩》宋·苏轼)→____儿了却公家事，快阁东西倚晚____。(《登快阁》宋·黄庭坚)→____明路出山初暖，行踏春芜看茗____。(《山居示灵澈上人》唐·皎然)→____来见天子，天子坐明____。(《木兰诗》北朝民歌)→____堂不语望夫君，四畔无家石作____。(《新妇石》唐·白居易)→____居皆学稼，客至亦无____。(《山居》唐·李咸用)→____船来往乱如麻，全仗你抬声价。(《朝天子·咏喇叭》明·王磐)

◆ 答案：端→忘→多→悠→山→佳→梦→去。身→旁→痴→晴→归→堂→邻→官。

# 15 花径不曾缘客扫，蓬门今始为君开。

——唐·杜甫《客至》

## 【名句解析】

长满花草的庭院小路，还没有因为迎客而打扫过；一向紧闭着的柴门，今天因为你的到来才打开。

这两句诗表现出诗人淳朴的性格和盼客人到来的心情，充满浓厚的生活气息。

现在当家里突然来了客人，院子、房间来不及打扫，可戏引这两句，颇有诙谐意味。

## 【单句接龙】

花径不曾缘客扫→扫除闲室置书____(《新辟小室自适》宋·韩淲)→____樽冷落春将____(《访饮伎不遇招酒徒不至》宋·刘兼)→____抛今日贵人____(《和仆射牛相公寓言》唐·刘禹锡)→____如金蹙小能____(《以紫石砚寄鲁望兼酬见赠》唐·皮日休)→____薄为文哂未____(《戏为六绝句》唐·杜甫)→____心失约寻真____

(《宋正纪挽词》宋·郭印)→____鱼虾复友麋____(《题千尺雪》清·弘历)→____门月照开烟____(《夜归鹿门山歌》唐·孟浩然)→____木犹为人爱惜(《古柏行》唐·杜甫)

## 【联句接龙】

花径不曾缘客扫，蓬门今始为君开。→开视化为血，哀今征敛____。(《客从》唐·杜甫)→____为守穷贱，坎坷长苦____。(《古诗十九首·今日良宴会》汉)→____苦遭逢起一经，干戈寥落四周____。(《过零丁洋》宋·文天祥)→____旗映疏勒，云阵上祁____。(《关山月》南朝·陈·徐陵)→____峰去天不盈尺，枯松倒挂倚绝____。(《蜀道难》唐·李白)→____上尘黏蒲叶扇，床前苔烂笋皮____。(《题宗上人旧院》唐·杜荀鹤)→____儿试著无人看，莫是忒宽____。(《眼儿媚·春情》宋·冯伟寿)→____小吾曹州县吏，一枝一叶总关____。(《潍县署中画竹呈年伯包大中丞括》清·郑板桥)→____人怨遥夜，竟夕起相思。(《望月怀远》唐·张九龄)

◆ 答案：琴→尽→祥→轻→休→侣→鹿→树。无→辛→星→连→壁→鞋→些→情。

# 16 正是江南好风景，落花时节又逢君。

——唐·杜甫《江南逢李龟年》

## 【名句解析】

眼下恰值暮春，正是江南风光美好的时候。想不到在这落花时节，又能和您在异乡相逢。

这两句诗既抒发了阔别之情，又寄寓着风景依旧、世事沧桑之感。“落花时节”不仅点明了重逢的时间，而且隐喻诗人和歌唱家都已到了暮年，唐王朝的全盛时期也已经一去不复返了。一个“又”字，把四十年前的离别与四十年后的重逢联系起来，蕴含着经过剧烈的社会动荡后，两个有着不寻常经历的故人异乡重逢时的深沉感慨和悲喜交加的心情。

现在引用这两句，可以抛开原诗中的伤感意味，只表现旧友重逢的欣喜欢愉。此外，句中以乐景衬哀情和语意双关的手法，也值得学习、借鉴。

## 【单句接龙】

正是江南好风景→景色乍长春____(《锦缠道》宋·宋祁)→____夜两如____(《和分水岭》唐·白居易)→____中清净____(《洗钵潭》唐·邢允中)→____也可奈____(《杂诗》晋·陶渊明)→____日归家洗客____(《一剪梅·舟过吴江》宋·蒋捷)→____裤宫人扫御____(《宫词》唐·薛逢)→____头屋漏无干____(《茅屋为秋风所破歌》

唐·杜甫）→____处拂归____（《春日退朝》唐·刘禹锡）→____马和花总是尘（《樊川寒食》唐·卢延让）

### 【联句接龙】

正是江南好风景，落花时节又逢君。→君不见李义府之辈笑欣欣，笑中有刀潜杀____。（《天可度·恶诈人也》唐·白居易）→____事从来无处定，世涂多故践言____。（《寄韩子华》宋·欧阳修）→____作别时心，还看别时____。（《杂言重送皇甫侍御曾》唐·皎然）→____转山腰足未移，水清石瘦便能____。（《与毛令方尉游西菩提寺》宋·苏轼）→____文共欣赏，疑义相与____。（《移居》晋·陶渊明）→____句分章功自少，吟风弄月兴何____。（《抄二南寄平父因题此诗》宋·朱熹）→____恨此身非我有，何时忘却营____？（《临江仙》宋·苏轼）→____营青蝇，止于____。（《诗经·青蝇》）→____哙市井徒，萧何刀笔吏。（《淮阳感怀》隋·李密）

◆ 答案：昼→此→理→何→袍→床→处→鞍。人→难→路→奇→析→长→营→樊。

## 17　共君今夜不须睡，未到晓钟犹是春。

——唐·贾岛《三月晦日送春》

### 【名句解析】

今天夜里我同你做伴，就不睡觉了吧；不到钟声报晓，总还是春天呀！

诗人以质朴自然的语言，抒发了对春光的珍惜、留恋之情。在诗人看来，能与春光多停留一刻也是好的，因而夜不能寐，愿与春光共度这最后一个春宵，因为一到晨钟敲起，那就是夏天了。

常用于抒发惜春、爱春之情。以拟人化的手法写春，也可借鉴。

### 【单句接龙】

共君今夜不须睡→睡起有情和画____（《浣溪沙·春日即事》宋·刘辰翁）→____中同补____（《洛中偶作》唐·白居易）→____国人遗____（《题苏州灵岩寺》唐·张祜）→____不相逢未嫁____（《节妇吟·寄东平李司空师道》唐·张籍）→____人不识余心____（《春日偶成》宋·程颢）→____天乃知____（《拟咏怀诗》北周·庾信）→____压人头不奈____（《醉赠刘二十八使君》唐·白居易）→____处偏伤万国____（《昆仑使者》唐·李贺）→____绪逢摇落（《汾上惊秋》唐·苏颋）

### 【联句接龙】

共君今夜不须睡，未到晓钟犹是春。→春非我独春，秋非我独____。（《解秋》

唐·元稹）→____风萧瑟天气凉，草木摇落露为____。（《燕歌行》三国·魏·曹丕）→____落熊升树，林空鹿饮____。（《鲁山山行》宋·梅尧臣）→____岚漠漠树重重，水槛山窗次第____。（《题元八溪居》唐·白居易）→____逢戏场声，壤壤战时____。（《耘鼓》宋·王安石）→____员庙前一丈碑，上有野鹤双来____。（《伍员祠》宋·吕本中）→____乌喜林曙，惊蓬伤岁____。（《游子吟》唐·陈陶）→____珊花晚景，掩映树初____。（《入夏》宋·黎廷瑞）→____灵何处感？沙麓月无光。（《昭德王皇后挽歌词》唐·白居易）

◆ 答案：卷→亡→恨→时→乐→命→何→心。秋→霜→溪→逢→伍→栖→阑→阴。

## 18 忆君遥在潇湘月，愁听清猿梦里长。

——唐·王昌龄《送魏二》

### 【名句解析】

想你在不久的将来将于月夜泊舟在遥远的潇湘之上，清猿的长鸣会闯入你的梦乡，使你梦中也摆脱不了惆怅。

这两句诗不直写惜别之情，而是通过想象替友人虚构了一个境界：夜泊潇湘，梦中听猿鸣。夜泊潇湘已是想象中的虚幻之景，而梦中听猿鸣更是幻中有幻，给诗歌增添了朦胧美，也深化了惜别的主题，在艺术构思上颇具特色。

可用来表现惜别惆怅之情。

### 【单句接龙】

忆君遥在潇湘月→月中随道____（《大梵山寺院奉呈趣上人赵中丞》唐·卢纶）→____人竟不____（《野寺后池寄友》唐·张籍）→____于大____（《诗经·六月》）→____驰蜡____（《沁园春·雪》现代·毛泽东）→____尺熏____（《点绛唇》宋·寇准）→____香诸洞____（《题金吾郭将军石伏茅堂》唐·卢纶）→____卧两重____（《闲居贫活计》唐·白居易）→____枕昧节____（《登池上楼》南朝·宋·谢灵运）→____晓起徒驭（《早发杭州泛富春江寄陆三十一公佐》唐·权德舆）

### 【联句接龙】

忆君遥在潇湘月，愁听清猿梦里长。→长风破浪会有时，直挂云帆济沧____。（《行路难》唐·李白）→____峤无春色，江湖有战____。（《清明日得家书》宋·李纲）→____声肠寸断，点点泪交____。（《苦雨吟十首呈同官诸丈》宋·吴潜）→____落生还真一芥，周章危立近三____。（《次韵曾子开从驾》宋·苏轼）→____香欲覆井，杨柳正藏____。(《金乐歌》南朝·梁·萧纲)→____头与鹤颈，至老常如____。(《叹老》唐·白居易)→____池飞出北溟鱼，笔锋杀尽中山____。(《草书歌行》唐·李白)→____从狗窦入，雉从梁上____。(《十五从军征》汉乐府)→____流直下三千尺，疑是银河落九天。(《望庐山瀑布》唐·李白)

◆ 答案：友→至→原→象→炉→暖→衾→候。海→声→流→槐→鸦→墨→兔→飞。

## 19 向君投此曲，所贵知音难。

——唐·刘长卿《杂咏八首上礼部李侍郎·幽琴》

### 【名句解析】

我之所以给你弹这支曲子，是因为知音难逢呀！

诗人还曾写过："古调虽自爱，今人多不弹。"我之所以给你弹这支古曲，是因为相信你是一个知音者，而知音是难以寻觅的。今日能遇到你这样的知音，也就难能可贵了。真情实意，溢于言表。

可用于抒发遇到知音时的喜悦。

### 【单句接龙】

向君投此曲→曲终收拨当心____(《琵琶行》唐·白居易)→____帘半____(《解连环·孤雁》宋·张炎)→____帷望月空长____(《长相思》唐·李白)→____马蹄不____(《望海潮·寄别浔郡鲁教谕子振李训道宗深》宋·陈德武)→____马相看辽水____(《渡辽水》唐·王建)→____人笑此____(《于潜僧绿筠轩》宋·苏轼)→____师采药____(《寻隐者不遇》唐·贾岛)→____来悲如____(《长干行》唐·李白)→____当金络脑(《马诗》唐·李贺)

### 【联句接龙】

向君投此曲，所贵知音难。→难穷天上理，易白世间____。(《团团吟》宋·邵雍)→____痛汗盈巾，连宵复达____。(《苦热》唐·白居易)→____风清兴，好音时____。(《归鸟》晋·陶渊明)→____流四水抱城斜，散作千溪遍万____。(《吴兴杂诗》清·阮元)→____人万里传消息，好在毡城莫相____。(《明妃曲》宋·王安石)→____昔巡幸新丰宫，翠花拂天来向____。(《韦讽录事宅观曹将军画马图》唐·杜甫)→____风谬掌花权柄，却忌孤高不主____。(《落梅》宋·刘克庄)→____后不乐上为忙，至今今上犹拨乱，劳心焦思补四____。(《忆昔》唐·杜甫)→____知自残者，为有好文章。(《文柏床》唐·白居易)

◆ 答案：画→卷→叹→驻→旁→言→去→何。头→晨→交→家→忆→东→张→方。

# 20 苦吟莫向朱门里，满耳笙歌不听君。

——唐·郭震《蛩》

## 【名句解析】

不要向富贵人家去苦心吟唱，因为富贵人家的耳中充满着笙歌之声，他们是不会听你的吟唱之声的。

作者采用拟人手法，以忠告蟋蟀的方式讽刺富贵人家笙歌满耳的豪奢生活，委婉地吐露出下层文人的牢骚不平，立意新颖而手法奇妙。

可用来抒写封建社会的文人因自己的艰苦劳动不为上层社会所重用而产生的不平情绪。

## 【单句接龙】

苦吟莫向朱门里→里有水心铭笔____（《挽孙石山》元·陆文圭）→____人惜昼____（《城上对月期友人不至》唐·白居易）→____亭思远____（《偶题》唐·杜牧）→____生寄一____（《古诗十九首·今日良宴会》汉）→____世相追____（《咏怀》三国·魏·阮籍）→____章摘句老雕____（《南园》唐·李贺）→____语报新____（《城北夜》宋·陆游）→____凉未甚____（《小车吟》宋·邵雍）→____雨连江夜入吴（《芙蓉楼送辛渐》唐·王昌龄）

## 【联句接龙】

苦吟莫向朱门里，满耳笙歌不听君。→君不见少年头上如云发，少壮如云老如____。（《行路难》唐·顾况）→____沫乳花浮午盏，蓼茸蒿笋试春盘，人间有味是清____。（《浣溪沙》宋·苏轼）→____言得所憩，美酒聊共____。（《终南山过斛斯山人宿置酒》唐·李白）→____手自兹去，萧萧班马____。（《送友人》唐·李白）→____骀辞凤苑，赤骥最承____。（《马诗》唐·李贺）→____则孝养父母，义则上下相____。（《无相颂》唐·慧能）→____春忽至恼忽去，至又无言去未____。（《葬花吟》清·曹雪芹）→____君部内多乐徒，问有霓裳舞者____？（《霓裳羽衣舞歌》唐·白居易）→____忧无乐者，长短任生涯。（《食后》唐·白居易）

◆ 答案：古→短→人→世→寻→虫→秋→寒。雪→欢→挥→鸣→恩→怜→闻→无。

## 21 今古凭君一赠行，几回折尽复重生。

——五代·南唐·慕幽《柳》

### 【名句解析】

古往今来，人们用你来赠别，多少次把你折光，你重又生长出来新的枝条。

古人有折柳送行的习俗，所以在古代文学作品中，写柳时往往关联着惜别之情。诗人在这里赞美柳条折尽又重生，自古至今，绵延不绝，借以抒发悠悠不断的离情。

可用来咏柳，表达依依惜别之情。

### 【单句接龙】

今古凭君一赠行→行人咸息____（《咏美人春游诗》南朝·梁·江淹）→____言徂____（《诗经·车攻》）→____有甫____（《诗经·车攻》）→____色烟光残照____（《蝶恋花》宋·柳永）→____闾人到____（《寄裴处士》唐·韦应物）→____稀疏疏绕篱____（《自劝》唐·白居易）→____杖交头____（《晚晴吴郎见过北舍》唐·杜甫）→____杖无时夜叩____（《游山西村》宋·陆游）→____泊东吴万里船（《绝句》唐·杜甫）

### 【联句接龙】

今古凭君一赠行，几回折尽复重生。→生当作人杰，死亦为鬼____。（《夏日绝句》宋·李清照）→____关漫道真如铁，而今迈步从头____。（《忆秦娥·娄山关》现代·毛泽东）→____女沙头争拾翠，相呼归去背斜____。（《八拍蛮》唐·孙光宪）→____阿奏奇舞，京洛出名____。（《箜篌引》三国·魏·曹植）→____歌已入云韶曲，词赋方归侍从____。（《寄昭应王丞》唐·杨巨源）→____心一片磁针石，不指南方不肯____。（《扬子江》宋·文天祥）→____把客衣轻浣濯，此中犹有帝京____。（《重赠吴国宾》明·边贡）→____沙傍蜂虿，江峡绕蛟____。（《偶题》唐·杜甫）→____头吐水涓涓，端是银潢一派。（《题赵园》宋·宗泽）

◆ 答案：驾→东→草→里→稀→竹→拄→门。雄→越→阳→讴→臣→休→尘→螭。

## 22 与君暂别不须嗟，俯仰归来鬓未华。

——宋·苏轼《赠王寂》

### 【名句解析】

和你暂时分别，不必为此叹息；很快我就回来，见面时鬓发还不会斑白。

苏轼要远行了，友人王寂依依难舍。诗人为了缓解朋友的惜别之情，就用这两句诗安慰对方，我们从中可以体会到诗人的笃于友情和他的乐观旷达胸怀。

可用来在离别时劝慰亲朋好友。

## 【单句接龙】

与君暂别不须嗟→嗟母兄兮永潜____（《思亲诗》三国·魏·嵇康）→____蓄阳和意最____（《咏煤炭》明·于谦）→____夜悬双____（《偶题》唐·杜牧）→____落沾我____（《十五从军征》汉乐府）→____裳楚____（《诗经·蜉蝣》）→____腰纤细掌中____（《遣怀》唐·杜牧）→____如汉家____（《燕》宋·梅尧臣）→____生乞汝残风____（《偈》唐·司空图）→____上柳梢头（《生查子·元夕》宋·欧阳修）

## 【联句接龙】

与君暂别不须嗟，俯仰归来鬓未华。→华亭鹤唳讵可闻？上蔡苍鹰何足____？（《行路难》唐·李白）→____旁过者问行人，行人但云点行____。（《兵车行》唐·杜甫）→____频子落长江水，夜夜巢边旧处____。（《哭子》唐·元稹）→____凤安于梧，潜鱼乐于____。（《玩松竹》唐·白居易）→____泛兰池，和声激____。（《四言诗》三国·魏·嵇康）→____月照帘幌，清夜有余____。（《朗月行》唐·张渐）→____姿媚媚端正好，怎教人别后，从头仔细，断得思____？（《好女儿令》宋·欧阳修）→____入以为出，上足下亦____。（《赠友》唐·白居易）→____能摧眉折腰事权贵，使我不得开心颜！（《梦游天姥吟留别》唐·李白）

◆ 答案：藏→深→泪→衣→楚→轻→后→月。道→频→栖→藻→朗→姿→量→安。

# 23 不恨古人吾不见，恨古人不见吾狂耳。

——宋·辛弃疾《贺新郎》

## 【名句解析】

我如今不恨自己见不到古时的那些贤者，而是恨他们见不到我的疏狂豪放之态。

词人狂得至极，但也狂得有理，这句词才更接近辛弃疾的性格。只有襟怀磊落的人才能写出这样坦荡不羁的句子，这并非小看古人，只为抒发自己的情怀。这里所说的“古人”，不是一般的古人，而是指像陶渊明一样品行高洁的人。在对古人的态度上独树一帜，突破了只是对先贤志士的追慕而感叹自己生不逢时的命运的写法，而是在词中蕴含着对自己生命力的极大肯定，以及对自己信仰和情趣的执着追求。

常用于形容雄视古今、生命的张扬达到极致的鲜明而独特的个性。

### 【单句接龙】

不恨古人吾不见→见说灵泉____(《遥赋义兴潜泉》五代·南唐·李中)→____事尽从难处____(《送谭孝廉赴举》唐·李咸用)→____时花卉千千____(《和单令》宋·胡寅)→____似明月泛云____(《白纻曲》南朝·宋·刘铄)→____东女儿身姓____(《可叹》唐·杜甫)→____塘新____(《清平乐》宋·吕本中)→____绿流红空满____(《夜行船·余英溪泛舟》宋·毛滂)→____细眉____(《好女儿令》宋·欧阳修)→____风万里送秋雁(《宣州谢朓楼饯别校书叔云》唐·李白)

### 【联句接龙】

不恨古人吾不见，恨古人不见吾狂耳。→耳白于颜君有誉，言藏之默我无____。(《因来诗有题桥之句呈陆农师》宋·孔平仲)→____营青蝇，止于____。(《诗经·青蝇》)→____刺造沐猴，三年费精____。(《古风》唐·李白)→____力既殊妙，倾河焉足____？(《读山海经》晋·陶渊明)→____情无物不双栖，文禽只合常交____。(《归朝欢》宋·张先)→____若琼钩浅曲，股如碧管深____。(《郡斋水阁闲书·再赠鹭鸶》宋·文同)→____翘错薪，言刈其____。(《诗经·汉广》)→____箨(tuò)并刀社雨前，掇红接紫自年____。(《接花》宋·方岳)→____年岁岁花相似，岁岁年年人不同。(《代悲白头翁》唐·刘希夷)

◆ 答案：好→得→状→河→柳→涨→眼→长。营→棘→神→有→颈→翘→楚→年。

## 24　是他春带愁来，春归何处？却不解、将愁归去。

——宋·辛弃疾《祝英台近·晚春》

### 【名句解析】

是春把愁带来的，如今不知春又将归向何处？可是它却不曾把愁也一起带走。

这也就是说，季节变了，远方的游人啊，怎么还不回来呢？描写思念远人归来之情，真是无以复加了。作者从到了江南之后，就受到压制，不被重用。他恢复北方中原的壮志难以实现，故假托闺怨之词以抒发胸中的郁闷。

常用于描写心中排遣不掉的忧愁。

### 【单句接龙】

是他春带愁来→来往如____(《骤雨打新荷》金·元好问)→____寒闺梦____(《闻蛩》宋·周密)→____亭思远____(《偶题》唐·杜牧)→____惧愁兮戴____(《有酒十章》唐·元稹)→____华何足____(《善哉行》汉·曹操)→____君更试小龙____

（《浣溪沙·瑞香》宋·张孝祥）→____扇掩轻____（《歌曲名诗》南朝·梁·萧绎）→____帽闲眠对水____（《竹楼》唐·李嘉祐）→____凫长傍钓鱼船（《怀詹伯远》明·谢应芳）

## 【联句接龙】

是他春带愁来，春归何处？却不解、将愁归去。→去年今日此门中，人面桃花相映____。（《题都城南庄》唐·崔护）→____豆生南国，春来发几____？（《相思》唐·王维）→____上柳绵吹又少，天涯何处无芳____。（《蝶恋花·春景》宋·苏轼）→____长莺飞二月天，拂堤杨柳醉春____。（《村居》清·高鼎）→____雨莽苍苍，龟蛇锁大____。（《菩萨蛮·黄鹤楼》现代·毛泽东）→____水流春去欲尽，江潭落月复西____。（《春江花月夜》唐·张若虚）→____月沉沉藏海雾，碣石潇湘无限____。（《春江花月夜》唐·张若虚）→____转山腰足未移，水清石瘦便能____。（《与毛令方尉游西菩提寺》宋·苏轼）→____文共欣赏，疑义相与析。（《移居》晋·陶渊明）

◆ 答案：梭→短→人→荣→为→团→纱→鸥。红→枝→草→烟→江→斜→路→奇。

# 25 众里寻他千百度，蓦然回首，那人却在，灯火阑珊处。

——宋·辛弃疾《青玉案·元夕》

## 【名句解析】

夜深了，我千百次寻找、等待的那一个人还是没有出现。我的心中充满疲惫和失落，不经意一回首，却发现她在那灯火寥落的地方静静地站着。

词句说明了感情路上的曲折和峰回路转，是爱情的一种存在方式。作者借此自喻明志，表达自己和词中的女子一样高洁自持、孤芳自赏、娴静高雅，不肯与当时的世风和黑暗现实同流合污，宁可一个人寂寞地站于灯火阑珊处，也不肯屈身降志，去和志向不同的当权者凑热闹。另外，它还表达了人生的一种境界，或者是一种哲理，这种哲理或境界是人生中超越时间、空间的理解，具有永恒性和宇宙性，不会因岁月、际遇、环境的不同而磨灭或忘却。它是爱情的境界，是治学的境界，是成事的境界，是做人的境界，是人生的境界……

清代国学大师王国维《人间词话》曾举此词为第三境界，也是最高境界。这是借词喻事，是王国维先生的创造性运用，作为该词句的主要用法沿用至今。

## 【单句接龙】

众里寻他千百度→度岁也应____（《省事吟》宋 · 邵雍）→____迟钟鼓初长____（《长恨歌》唐 · 白居易）→____雨闻铃肠断____（《长恨歌》唐 · 白居易）→____分折杨____（《莺》唐 · 李峤）→____我衣与____（《秋日不可见》宋 · 王安石）→____衣佩云____（《咏怀》三国 · 魏 · 阮籍）→____骄凌上____（《后出塞》唐 · 杜甫）→____护铁衣冷难____（《白雪歌送武判官归京》唐·岑参）→____我扁舟一叶（《念奴娇·过洞庭》宋 · 张孝祥）

## 【联句接龙】

众里寻他千百度，蓦然回首，那人却在，灯火阑珊处。→处处松阴满，樵开一径____。（《宿翠微寺》唐 · 马戴）→____宵成乐部，过雨杂棋____。（《蛙》宋 · 赵希迈）→____望去已远，门人无不____。（《途中逢进士许巢》唐 · 方干）→____有前期在，难分此夜____。（《别卢秦卿》唐 · 司空曙）→____有一双白羽箭，蜘蛛结网生尘____。（《北风行》唐 · 李白）→____尘留病枕，霜雪听晨____。（《吕睦仲赴诏以病不及送作诗与之》宋 · 彭汝砺）→____衣犹恋去年客，古道依然黄____。（《数花风 · 别义兴诸友》宋 · 张炎）→____上初阳干宿雨，水面清圆，一一风荷____。（《苏幕遮》宋 · 周邦彦）→____头望明月，低头思故乡。（《静夜思》唐 · 李白）

◆ 答案：迟→夜→声→吹→裳→气→都→着。通→声→知→中→埃→征→叶→举。

# 第17章

# 三才天地人

《三字经》有云："三才者，天地人。"三才思想在中国文化中可谓源远流长。如盘古开天辟地的创世神话，其实表现的就是天、地、人三才思想，那时古人就把人放到了突出的位置。所谓"三才之道"就是高扬人道旗帜，人与自然休戚与共、和谐发展之道。这个思想早就深入中华民族，贯穿于中华民族的文化之中，牢固地培育了中华民族乐于与天地合一、与自然和谐的精神，对天地与自然怀有极其虔诚的敬爱之心。

三才思想也深深地影响了中国诗词的发展。诗人们面对天地，常常殚精竭虑、感喟不已："惟天地之无穷兮，哀人生之长勤。"（战国•屈原《远游》）"人生天地间，忽如远行客。"（汉乐府《古诗十九首·青青陵上柏》）"天地间，人为贵。"（汉·曹操《度关山》）"天地无终极，人命若朝霜。"（三国·魏·曹植《送应氏诗·其二》）"路穿天地险，人续古今愁。"（唐·白居易《发白狗峡次黄牛峡登高寺却望忠州》）"人生百岁内，天地暂寓形。"（唐·白居易《和思归乐》）"一气同生天地人，不知何者是吾身？"（宋·辛弃疾《偶作》）……

天人合一是中国古代诗词的审美追求，所以，诗人们将"天地"的内涵扩大到整个自然。"知者乐水，仁者乐山。""登山则情满于山，观海则情溢于海。"先有张若虚《春江花月夜》"江畔何人初见月，江月何年初照人？不知江月待何人，但见长江送流水"的幽幽感叹，继有李白《把酒问月》"今人不见古时月，今月曾经照古人。古人今人若流水，共看明月皆如此"的期许，再到苏轼《水调歌头》"明月几时有，把酒问青天。不知天上宫阙，今夕是何年"的惆怅……杰出的诗人们一次又一次地叩问天地，追寻人生的意义，探索着天人合一的理想境界。

中华民族与天地和谐相处，对于今后改进、调整、理顺、整合、协调人与天地，即自然环境的平衡和谐发展的关系，对共建人类命运共同体的发展理念，都将具有巨大的启迪。

## 1 悠悠苍天，曷其有极？

——《诗经·鸨羽》

### 【名句解析】

高高在上的老天爷啊，这苦日子何时才有尽头？

诗人以极其怨愤的口吻对统治者提出强烈的抗议与控诉，甚至呼天抢地，表现出人民心中正燃烧着熊熊的怒火，随时随地都会像炽烈的岩浆冲破地壳的裂缝喷涌而出，掀翻统治阶级的宝座。

常用于形容劳动人民对统治阶级的悲愤控诉。

### 【单句接龙】

悠悠苍天→天街小雨润如____（《早春呈水部张十八员外》唐·韩愈）→____点梅花____（《点绛唇》宋·朱敦儒）→____觉锦衣____（《懒起》唐·韩偓）→____心汉月____（《王昭君》五代·南唐·李中）→____如棋____（《咏方圆动静示李泌》唐·张说）→____规声____（《水龙吟·春恨》宋·陈亮）→____桥垂露滴梧____（《月夜舟中》宋·戴复古）→____尾烧焦岂望____（《除忠州寄谢崔相公》唐·白居易）→____瑟在御（《诗经·女曰鸡鸣》）

### 【联句接龙】

悠悠苍天，曷其有极？→极目烟横山数点，孤舟月淡人千____。（《满江红》宋·辛弃疾）→____中有啼儿，似类亲父____。（《上留田行》汉乐府）→____规夜半犹啼血，不信东风唤不____。（《送春》宋·王令）→____车问啼儿，慷慨不可____。（《上留田行》汉乐府）→____竟多情何处好？少年长抱少年____。（《古离别》唐·韦庄）→____歌可以当泣，远望可以当____。（《悲歌》汉乐府）→____路逐樵歌，落日寒川____。（《伊川独游》宋·欧阳修）→____穷碧落下黄泉，两处茫茫皆不____。（《长恨歌》唐·白居易）→____闻仅得豹斑一，胜负犹争蛙角双。（《次韵郭宰兼简丞尉》宋·邓肃）

◆ 答案：酥→瘦→宽→圆→子→断→桐→琴。里→子→回→止→悲→归→上→见。

## 2 所谓伊人，在水一方。

——《诗经·蒹葭》

### 【名句解析】

我的心上人儿，她正在遥远的那水的另一方。

如果把诗中的“伊人”认定为情人、恋人，那么，这首诗就是表现了抒情主人公对美好爱情的执着追求和追求不得的惆怅心情。如果从广义上理解，诗中的“伊人”没有具体所指，而河水的意义又在于阻隔，所以凡世间一切因受阻而难以达到的种种追求，都可以在这里发生同构共振和同情共鸣。

我们可以把“在水一方”看作是表达社会人生中一切可望难即情境的一个艺术范型。这里的“伊人”，可以是贤才、友人、情人，可以是功业、理想、前途，甚至可以是福地、圣境、仙界；这里的“河水”，可以是高山、深堑，可以是宗法、礼教，也可以是现实人生中可能遇到的其他任何障碍。只要有追求、有阻隔、有失落，就都是它的再现和表现天地。

## 【单句接龙】

所谓伊人→人约黄昏____（《生查子·元夕》宋·欧阳修）→____死诸君多努____（《梅岭三章》现代·陈毅）→____拔山兮气盖____（《垓下歌》秦·项羽）→____上无难____（《水调歌头·重上井冈山》现代·毛泽东）→____事四五____（《孔雀东南飞》汉乐府）→____宵莫掩____（《京中守岁》唐·丁仙芝）→____景廓天____（《步虚词》宋·朱熹）→____叟钓歌____（《长柳》唐·王勃）→____君明珠双泪垂（《节妇吟》唐·张籍）

## 【联句接龙】

所谓伊人，在水一方。→方知自残者，为有好文____。（《文柏床》唐·白居易）→____华游猎去，纪郢从禽____。（《荆州乐》南朝·宗夬）→____来梦绕，歌云坠、依然惊____。（《解语花》宋·施岳）→____来春已去，一片池塘____。（《梦》宋·吕本中）→____为庐山谣，兴因庐山____。（《庐山谣寄卢侍御虚舟》唐·李白）→____迹来南海，长鸣向北____。（《紫骝马》唐·杨炯）→____小经乱亡，遗人实困____。（《舂陵行》唐·元结）→____马顾春草，行人看夕____。（《出丰县界寄韩明府》唐·刘长卿）→____春三月天气新，湖中丽人花照春。（《西湖四景》宋·程安仁）

◆ 答案：后→力→世→事→通→扉→津→还。章→归→觉→好→发→州→疲→阳。

# 3 今夕何夕，见此良人。

——《诗经·绸缪》

## 【名句解析】

今天是个什么样的日子呀，我竟能与心上人相会。

表现出由于一时惊喜，竟至忘乎所以，连日子也记不起的极兴奋的心理状态，对后世影响颇大。

现常用“今夕何夕”表达突如其来的欢愉之情，特别是男女之间的情爱。

### 【单句接龙】

今夕何夕→夕阳西____（《天净沙·秋思》元·马致远）→____言久离____（《古诗十九首·孟冬寒气至》汉）→____时容易见时____（《浪淘沙令》五代·南唐·李煜）→____于上青____（《蜀道难》唐·李白）→____时坠兮威灵____（《国殇》战国·屈原）→____涛卷霜____（《望海潮》宋·柳永）→____面波____（《齐天乐·白酒自酌有感》宋·吴文英）→____湖三百____（《子夜吴歌·夏歌》唐·李白）→____中巴客半归乡（《和常秀才寄简归州郑使君借猿》唐·许浑）

### 【联句接龙】

今夕何夕，见此良人。→人生在世不称意，明朝散发弄扁____。（《宣州谢朓楼饯别校书叔云》唐·李白）→____行何太热，岸上莽尘____。（《舟中苦热》宋·严羽）→____上并禽池上暝，云破月来花弄____。（《天仙子》宋·张先）→____落明湖青黛光，金阙前开二峰长，银河倒挂三石____。（《庐山谣寄卢侍御虚舟》唐·李白）→____家画阁中天起，汉帝金茎云外____。（《长安古意》唐·卢照邻）→____节雪霜霜晓槛，虚心风月月明____。（《赋吴廷圭筼西亭》宋·许月卿）→____月纤纤早，波风袅袅____。（《新秋喜凉》唐·白居易）→____诗绮语亦安用，相与变灭随东____。（《登州海市》宋·苏轼）→____传画阁空知晓，雨湿江城不见春。（《酬骆侍御答诗》唐·戴叔伦）

◆ 答案：下→别→难→天→怒→雪→镜→里。舟→沙→影→梁→直→楼→新→风。

## 4 人生天地间，忽如远行客。

——汉《古诗十九首·青青陵上柏》

### 【名句解析】

人生在世，短暂无常，就像那来去匆匆的远行过客一般。

诗句道出了作者对人生短暂的感叹，同时也可看出一种淡泊、豁达的心境。

常用于形容人生的短暂，有时也用来形容漂泊他乡的心境。

### 【单句接龙】

人生天地间→间关入梦听难____（《奉和武相公春晓闻莺》唐·许孟容）→____蹊桃____（《蓦山溪·至宜州作寄赠陈湘》宋·黄庭坚）→____白乘舟将欲____（《赠汪伦》

唐·李白）→____到水穷____（《终南别业》唐·王维）→____处惊波喷流飞雪____（《蜻蜓歌》唐·卢仝）→____开易见落难____（《葬花吟》清·曹雪芹）→____常巷____（《永遇乐·京口北固亭怀古》宋·辛弃疾）→____上苍麟卧古____（《秋日道中》唐·张继）→____中有鸣琴（《招隐》晋·左思）

**【联句接龙】**

人生天地间，忽如远行客。→客愁全为减，舍此复何____？（《后游》唐·杜甫）→____子于归，宜其室____。（《诗经·桃夭》）→____山虽在干戈地，弟侄常修礼乐____。（《题弟侄书堂》唐·杜荀鹤）→____卷庭梧，黄叶坠，新凉如____。（《满江红》宋·辛弃疾）→____浪清风透水霜，水边闲坐一绳____。（《秋池》唐·白居易）→____头屋漏无干处，雨脚如麻未断____。（《茅屋为秋风所破歌》唐·杜甫）→____顶有悬泉，喧喧出烟____。（《入庐山仰望瀑布水》唐·张九龄）→____秋霜露重，晨起行幽____。（《秋晓行南谷经荒村》唐·柳宗元）→____根小苏息，沴气终不灭。（《喜雨》唐·杜甫）

◆ 答案：成→李→行→处→花→寻→陌→丘。之→家→风→洗→床→绝→杪→谷。

## 5 思君令人老，岁月忽已晚。

——汉《古诗十九首·行行重行行》

**【名句解析】**

相思让人变老，青春悄悄流逝。

念君使人难过，又一年将要过去了，一则点明已有多个年月过去，而每个年月都浸透着凝重的思念；二则点明又一年即将过去，在未来的一年或许是又一年中，留给妇人的、伴随妇人的仍将是绵绵无尽的又一天又一年。

常用于形容多年相思的苦楚心境。“老”并非实指年龄，而指消瘦的体貌和忧伤的心情，是说心身憔悴，犹似衰老而已。“晚”指行人未归，岁月已晚，表明春秋忽代谢，相思又一年，暗喻青春易逝。

**【单句接龙】**

思君令人老→老莱窜河____（《诗》三国·魏·阮瑀）→____溪竹伴老梅____（《临清堂前观红梅作》宋·林希逸）→____翠万竿湘岸____（《池上作》唐·白居易）→____方蒙岭虽微____（《次韵施予善谢茶》宋·葛立方）→____作一书____（《从军行》唐·杨炯）→____世莫徒____（《铜驼悲》唐·李贺）→____劳送客____（《劳劳亭》唐·李白）→____晚人将____（《六月三十日水亭送华阴王少府还县》唐·岑参）→____时容易见时难（《浪淘沙令》五代·南唐·李煜）

## 【联句接龙】

思君令人老，岁月忽已晚。→晚岁迫偷生，还家少欢____。（《羌村》唐·杜甫）→____驾冰轮渡银浦，乱抛玉李掷长____。（《月中炬火发仙山驿小睡射亭》宋·杨万里）→____寅岁入巴东峡，卧听清猿月下____。（《感旧四首末章盖思有以自广》宋·陆游）→____疏饮露后，唱绝断弦____。（《赋新题得寒树晚蝉疏诗》南朝·陈·张正见）→____夜间道归，故里但空____。（《后出塞》唐·杜甫）→____舍外，古城旁，杖藜徐步转斜____。（《鹧鸪天》宋·苏轼）→____关临绝漠，中有水精____。（《敦煌廿咏·水精堂咏》唐）→____中各有三千士，明日报恩知是____？（《扶风豪士歌》唐·李白）→____似东坡老，白首忘机？（《八声甘州·寄参寥子》宋·苏轼）

◆ 答案：滨→丛→色→胜→生→劳→亭→别。趣→庚→声→中→村→阳→堂→谁。

# 6 人生在世不称意，明朝散发弄扁舟。

——唐·李白《宣州谢朓楼饯别校书叔云》

## 【名句解析】

人生在世，不能活得称心如意，不如明朝散发驾舟在江湖漂流。

李白的进步理想与黑暗现实的矛盾，在当时历史条件下是无法解决的，因此，他总是陷于“不称意”的苦闷中，而且只能找到“散发弄扁舟”这样一条摆脱苦闷的出路。这不免有些消极，甚至包含着逃避现实的成分，但历史与他所代表的社会阶层都限定了他不可能找到更好的出路。

后世怀才不遇的人常用这两句诗来表示自己渴望摆脱烦恼与痛苦，把自我放逐到一个逍遥自在的新境地。今天我们常说的“散发弄扁舟”的态度不是消极归隐，而是一种抗争，有积极的反抗因素。

## 【单句接龙】

人生在世不称意→意满辞未____（《无锡舅相送衔涕别》南朝·梁·江淹）→____侯立身何坦____（《送陈章甫》唐·李颀）→____子何所____（《鸡鸣》汉乐府）→____子于____（《诗经·汉广》）→____期无定____（《随计》唐·王贞白）→____中为一____（《秦中吟》唐·白居易）→____与数晨____（《移居》晋·陶渊明）→____餐秋菊之落____（《离骚》战国·屈原）→____风截云霓（《咏怀》三国·魏·阮籍）

## 【联句接龙】

人生在世不称意，明朝散发弄扁舟。→舟万斛，却西____。（《贺新郎·寿制帅董侍郎》宋·李廷忠）→____苍天兮天不闻，泪如雨兮叹成____。（《思亲诗》三国·魏·嵇康）→____龙风虎尽交回，太白入月敌可____。（《相和歌辞·胡无人》唐·李白）→____折江南桂，离披漠北____。（《橘诗》南朝·齐梁间虞羲）→____枰一局笑未阑，捷书喜报收河____。（《忆东山》宋·杜思恭）→____童惊大鼾，林鸟伴微____。（《夏日杂咏》宋·陆游）→____中景象千般有，书外囊装一物____。（《和友人喜相遇》唐·李咸用）→____边落木萧萧下，不尽长江滚滚____。（《登高》唐·杜甫）→____为众生来，去为众生去。（《答顺宗皇帝问》唐·如满）

◆ 答案：陈→荡→之→归→日→乐→夕→英。诉→云→摧→楸→山→吟→无→来。

## 7 人生有情泪沾臆，江水江花岂终极？

——唐·杜甫《哀江头》

### 【名句解析】

人生有情，想到世事变化，泪水沾湿了胸襟；江水的流淌和江花的开放，哪里会有尽头呢？

人是有感情的，触景伤怀，泪洒胸襟；大自然是无情的，它不随人世的变化而变化，花自开谢水自流，永无尽期。这是以无情反衬有情，而更见情深。

常用于形容对世事沧桑变化的感慨。

### 【单句接龙】

人生有情泪沾臆→臆前檀粉____（《鸠》宋·梅尧臣）→____鳞入郑____（《赋得白云临酒诗》南朝·陈·张正见）→____笛为谁____（《野望》宋·陆游）→____者为悲____（《诸葛武侯》宋·王安石）→____心秦____（《中吕·卖花声》元·张可久）→____家旌帜满阴____（《塞上曲》唐·戴叔伦）→____人归来问是____（《因省风俗访道士侄不见题壁》唐·韦应物）→____谓伤心画不____（《金陵图》唐·韦庄）→____厦昔容巢（《送牛相出镇襄州》唐·杜牧）

### 【联句接龙】

人生有情泪沾臆，江水江花岂终极？→极宴娱心意，戚戚何所____？（《古诗十九首·青青陵上柏》汉）→____路奔惊犬，藏林噪乱____。（《有虎》宋·赵抃）→____头与鹤颈，至老常如____。（《叹老》唐·白居易）→____客投何处？并州旧翰____。（《春送卢秀才下第游太原谒严尚书》唐·白居易）→____间暖酒烧红叶，石上题诗扫绿____。（《送王十八归山寄题仙游寺》唐·白居易）→____深不能扫，落叶秋风____。(《长干行》唐·李白)→____晚下三巴，预将书报____。(《长干行》唐·李白)→____酝满瓶书满架，半移生计入香____。(《香山寺》唐·白居易)→____河破碎风飘絮，身世浮沉雨打萍。(《过零丁洋》宋·文天祥)

◆ 答案：轻→船→怨→伤→汉→山→谁→成。迫→鸦→墨→林→苔→早→家→山。

## 8 人生不相见，动如参与商。

——唐·杜甫《赠卫八处士》

### 【名句解析】

人活在世上，互相分离着不能见面，常常就像是天上的参星和商星一样。

诗人与卫八重逢时，正值安史之乱的第三年，两京虽已收复，但叛军仍很猖獗，局势动荡不安。开篇这两句诗既抒发了强烈的人生感慨，同时也表现出那个战乱年代的实况。

常用于形容两个人天各一方，在相隔遥远的地方，过着各不相关的生活，即使思念从不间断，也无法助彼此抵达彼岸。

### 【单句接龙】

人生不相见→见梨花初带夜____(《三台·清明应制》宋·万俟咏)→____黑雁飞____(《塞下曲》唐·卢纶)→____秋度函____(《秋夜诗》南朝·梁·萧纲)→____雨才耕____(《蝶恋花》宋·范成大)→____历三台各一____(《酬令狐留守巡内至集贤院见寄》唐·刘禹锡)→____宵成乐____(《蛙》宋·赵希迈)→____伍各见____(《后出塞》唐·杜甫)→____僧待客夜开____(《咏怀寄皇甫朗之》唐·白居易)→____关雎鸠(《诗经·关雎》)

### 【联句接龙】

人生不相见，动如参与商。→商音更流涕，羽奏壮士____。(《咏荆轲》晋·陶渊明)→____波时失侣，举火夜相____。(《送朴充侍御归海东》唐·张乔)→____手别，寸肠结，还是去年时____。(《更漏子》唐·牛峤)→____物风光不相待，桑田碧海须臾____。(《长安古意》唐·卢照邻)→____移新径路，变换旧村____。(《埇桥旧业》唐·白居易)→____人满墙头，感叹亦歔____。(《羌村》唐·杜甫)→____美人于心底，愿山与川之可____。(《爱远山》南朝·梁·江淹)→____江采芙蓉，兰泽多芳____。(《古诗十九首·涉江采芙蓉》汉)→____枯鹰眼疾，雪尽马蹄轻。(《观猎》唐·王维)

◆ 答案：月→高→谷→遍→通→部→招→关。惊→招→节→改→邻→欷→涉→草。

## 9 冠盖满京华，斯人独憔悴。

——唐·杜甫《梦李白》

### 【名句解析】

满京城都是达官贵人，只有这个人独自憔悴困顿。

杜甫写给李白的，正是他自己的写照，抒发了诗人“惺惺惜惺惺”的感慨。

常用于对比形容怀才不遇者困苦不堪的生活情境。

### 【单句接龙】

冠盖满京华→华亭双鹤白矫____（《池上作》唐·白居易）→____首看霜____（《山寺夜起》清·江湜）→____阴无乳____（《中秋忆山中人》宋·谢翱）→____园准拟吟____（《声声慢·催雪》宋·王沂孙）→____成珠玉在挥____（《和贾舍人早朝》唐·杜甫）→____发尽备无差____（《石鼓歌》唐·韩愈）→____言伤我____（《同王十三维偶然作》唐·储光羲）→____怀何悠____（《叠字诗》唐·寒山）→____悠苍天（《诗经·黍离》）

### 【联句接龙】

冠盖满京华，斯人独憔悴。→悴若放臣临楚泽，厄于学士蹈秦____。（《旱莲》宋·刘克庄）→____灰未冷山东乱，刘项原来不读____。（《焚书坑》唐·章碣）→____寄子公吾自懒，故人不是总相____。（《书怀》宋·陆游）→____形到尔汝，痛饮真吾____。（《醉时歌》唐·杜甫）→____克薄赏行，军没微躯____。（《饮马长城窟行》晋·陆机）→____余袂兮江中，遗余褋兮醴____。（《九歌·湘夫人》战国·屈原）→____派萦回误远近，桥岛向背迷窥____。（《池上作》唐·白居易）→____水人家深宅院，阶下残花，门外斜阳____。（《蝶恋花》宋·张先）→____暗鸟栖后，桥明月出时。（《秋池》唐·白居易）

◆ 答案：矫→天→兔→诗→毫→讹→情→悠。坑→书→忘→师→捐→浦→临→岸。

## 10 空山不见人，但闻人语响。

——唐·王维《鹿柴》

### 【名句解析】

空旷的山林里看不到一个人影，只是能听到有人说话的声音。

空谷传音，只会愈见空谷之空。这短暂的“响”，反衬出的是长久乃至永恒的空和寂。待人语响过，山林复归于静，而由于刚才的那一阵“响”，此时的空寂便会更加触人心目。

山林中能听到话语，人应在不远之处，然而竟不得见，因此诗句常用于形容山林的茂密幽深。

### 【单句接龙】

空山不见人→人生只似风前____（《采桑子》清・王国维）→____扑白头条拂____（《苏州柳》唐・白居易）→____瘦头斑四十____（《谪居》唐・白居易）→____弦一声如裂____（《琵琶行》唐・白居易）→____书投笔封鱼____（《忆过润州》唐・李绅）→____有诗书气自____（《和董传留别》宋・苏轼）→____亭鹤唳讵可____（《行路难》唐・李白）→____唱竹枝____（《忆梦得》唐・白居易）→____梁舞地（《蓦山溪・至宜州作寄赠陈湘》宋・黄庭坚）

### 【联句接龙】

空山不见人，但闻人语响。→响遏行云横碧落，清和冷月到帘____。（《闻笛》唐・赵嘏）→____月凉筛金琐碎，床琴清写玉丁____。（《浣溪沙》宋・仇远）→____时轻别意中人，山长水远知何____？（《踏莎行》宋・晏殊）→____处迎高密，先应扫郡____。（《江上送从兄群玉校书东游》唐・李频）→____观岳阳尽，川迥洞庭____。（《与夏十二登岳阳楼》唐・李白）→____畦分白水，间柳发红____。（《春园即事》唐・王维）→____花潭水深千尺，不及汪伦送我____。（《赠汪伦》唐・李白）→____欣新知欢，言咏遂赋____。（《乞食》晋・陶渊明）→____家清景在新春，绿柳才黄半未匀。（《城东早春》唐・杨巨源）

◆ 答案：絮→面→四→帛→腹→华→闻→歌。栊→当→处→楼→开→桃→情→诗。

## 11　古木无人径，深山何处钟？

——唐・王维《过香积寺》

### 【名句解析】

在满是古木的森林里，那条小径已经好久没有人走过了！可是深山响起的钟声，又是从何处传来的呢？

诗人从眼之所见与耳之所闻两方面着笔，故意用惊讶的语气进行反问，表现香积寺深藏于幽邃的山林之中；那深山老林中传出的钟声，更反衬出山间的幽静，表达效果很好。

可用来形容人迹罕至的山林。

【单句接龙】

古木无人径→径尺千余＿＿(《浑侍中宅牡丹》唐·刘禹锡)→＿＿朵花开淡墨＿＿(《墨梅》元·王冕)→＿＿眉染黛＿＿(《书灵筵手巾》五代·南唐·李煜)→＿＿澹月濛＿＿(《江夜舟行》唐·白居易)→＿＿濛时＿＿(《停云》晋·陶渊明)→＿＿脚垂垂日脚＿＿(《湖山十咏》宋·王希吕)→＿＿朝酒醒大江＿＿(《虞美人》宋·陈与义)→＿＿芳似旧＿＿(《赠别卢司直之闽中》唐·刘长卿)→＿＿鸣春涧中(《鸟鸣涧》唐·王维)

【联句接龙】

古木无人径，深山何处钟？→钟鼓馔玉不足贵，但愿长醉不愿＿＿。(《将进酒》唐·李白)→＿＿时同交欢，醉后各分＿＿。(《月下独酌》唐·李白)→＿＿翠烟，飞入槐＿＿。(《三台·清明应制》宋·万俟咏)→＿＿吏得闻之，堂上启阿＿＿。(《孔雀东南飞》汉乐府)→＿＿氏圣善，我无令＿＿。(《诗经·凯风》)→＿＿言此山插霄汉，马不容鞭仆夫＿＿。(《冯公岭》元·许谦)→＿＿息书林友，才华天下＿＿。(《右侍郎集贤院学士徐公挽词》唐·张说)→＿＿得闲坊住，秋来草树＿＿。(《和左司元郎中秋居》唐·张籍)→＿＿男有母送，瘦男独伶俜。(《新安吏》唐·杜甫)

◆ 答案：朵→痕→烟→濛→雨→明→流→时。醒→散→府→母→人→叹→选→肥。

## 12 在天愿作比翼鸟，在地愿为连理枝。

——唐·白居易《长恨歌》

【名句解析】

在天上我们但愿永做一对比翼鸟，在地上我们但愿永做连理的枝条。

这是爱情的叹息与呼声，是对于爱情受命运捉弄，和爱情被政治伦理摧残的痛惜，此恨之深，已超越时空而进入无极之境。这样，诗人便以“长恨”表现了爱情的长存，亦即点明全诗的主题。

“比翼鸟”“连理枝”已成为忠贞不渝爱情的象征，成为“愿世世为夫妻”的誓言。

【单句接龙】

在天愿作比翼鸟→鸟飞千白＿＿(《彭蠡湖晚归》唐·白居易)→＿＿点行行泪痕＿＿(《青玉案》宋末元初·黄公绍)→＿＿眼蓬蒿共一＿＿(《清明》宋·黄庭坚)

→____陵日日____(《劝酒》唐·孟郊)→____少朱朱白____(《念奴娇》宋·辛弃疾)→____日长安在何____(《有所思》宋·李新)→____雌蜺之标____(《九章·悲回风》战国·屈原)→____狂柳絮随风____(《漫兴》唐·杜甫)→____年燕子天涯(《清平乐》宋·张炎)

## 【联句接龙】

在天愿作比翼鸟，在地愿为连理枝。→枝上花开能几日，世上人生能几____?(《花下酌酒歌》明·唐寅)→____期归太白，伴我雪中____。(《寄独孤处士》唐·栖白)→____林高耸倚晴空，梯上层峦紫翠____。(《游灵岩》宋·文绅仪)→____围如燕尾，宝剑似鱼____。(《马诗》唐·李贺)→____断，肠断，鹧鸪夜飞失____。(《宫中调笑》唐·王建)→____僧钟磬罢，月来池上____。(《野寺后池寄友》唐·张籍)→____年春光别，回首不复____。(《送沈秀才下第东归》唐·贾岛)→____从魂梦呼召来，似著丹青图写____。(《霓裳羽衣舞歌》唐·白居易)→____浴太真冰作影，捧心西子玉为魂。(《咏白海棠》清·曹雪芹)

◆ 答案：点→满→丘→多→白→处→颠→去。何→禅→重→肠→伴→明→疑→出。

# 13 日暮乡关何处是？烟波江上使人愁。

——唐·崔颢《黄鹤楼》

## 【名句解析】

时至黄昏，不知何处是我的家乡？面对烟波浩淼的大江，我很惆怅。

说不清的思乡，道不尽的离愁，日已西暮，人也已经是垂老之年，更有几多对远方家乡的眷意。人和景都是那样的亲近，烟波带着一层迷蒙，更有一种怀远之境。春暮晚波，更使人陷入一种思念远方家园的情境。

常用于形容乡关何处、归思难禁的愁绪。

## 【单句接龙】

日暮乡关何处是→是山皆有____(《僧》宋·苏轼)→____古秋仍____(《大梵山寺院奉呈趣上人赵中丞》唐·卢纶)→____岁那知世事____(《书愤》宋·陆游)→____哉何巍____(《苦寒行》汉·曹操)→____亭压山____(《剡溪杂咏·挟溪亭》宋·王十朋)→____峭松多____(《登山》唐·许棠)→____马恋秋____(《代边将有怀》唐·刘长卿)→____枯马蹄____(《塞下曲》唐·武元衡)→____薄在一时(《咏怀》三国·魏·阮籍)

## 【联句接龙】

日暮乡关何处是？烟波江上使人愁。→愁杀离家未达人，一声声到枕前____。（《蛩》唐·郭震）→____道三年未曾语，小心恐惧闭其____。（《可叹》唐·杜甫）→____藏宣传十二部，心台照耀百千____。（《赠草堂宗密上人》唐·白居易）→____前话畴昔，时事又艰____。（《刘荆山过惟扬再谒贾秋壑》宋·薛嵎）→____穷天上理，易白世间____。（《团团吟》宋·邵雍）→____上蓝田玉，耳后大秦____。（《羽林郎》汉·辛延年）→____帘不卷度沉烟，庭前闲立画秋千，艳阳____。（《虞美人》唐·毛文锡）→____公见玉女，大笑亿千____。（《短歌行》唐·李白）→____屋推声价，朝绅仰典型。（《安之朝议哀辞》宋·司马光）

◆ 答案：寺→早→艰→巍→顶→瘦→草→轻。闻→口→灯→难→头→珠→天→场。

# 14 莫愁前路无知己，天下谁人不识君？

——唐·高适《别董大》

## 【名句解析】

此去你不要担心遇不到知己，天下人哪个不知道你董庭兰啊！

这是对朋友的劝慰，话说得十分响亮、有力，于慰藉中充满着信心和力量，激励朋友抖擞精神去奋斗、去拼搏。

常用于以乐观开朗的劝慰鼓励友人远行。

## 【单句接龙】

莫愁前路无知己→己过当自____（《座右铭》唐·宗密）→____途留不____（《早行》元·方夔）→____此园林____（《郊居即事》唐·贾岛）→____斑两鬓如霜____（《夏日》宋·张耒）→____消华月满仙____（《上元应制》宋·王珪）→____榭映秋____（《三台·清明应制》宋·万俟咏）→____唤不一____（《长干行》唐·李白）→____山转海不作____（《忆旧游寄谯郡元参军》唐·李白）→____于上青天（《蜀道难》唐·李白）

## 【联句接龙】

莫愁前路无知己，天下谁人不识君？→君不见管鲍贫时交，此道今人弃如____。（《贫交行》唐·杜甫）→____国城漕，我独南____。（《诗经·击鼓》）→____路难，行路难，日暮途远空悲____。（《行路难》唐·贯休）→____年来踪迹，何事苦淹____？（《八声甘州》宋·柳永）→____待作遗施，于今无会____。（《孔雀东南飞》汉乐

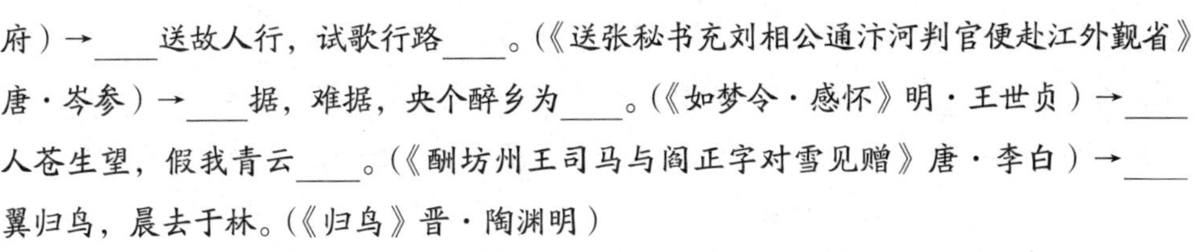
府）→____送故人行，试歌行路____。（《送张秘书充刘相公通汴河判官便赴江外觐省》唐·岑参）→____据，难据，央个醉乡为____。（《如梦令·感怀》明·王世贞）→____人苍生望，假我青云____。（《酬坊州王司马与阎正字对雪见赠》唐·李白）→____翼归鸟，晨去于林。（《归鸟》晋·陶渊明）

◆ 答案：修→住→久→雪→台→千→回→难。土→行→叹→留→因→难→主→翼。

## 15 人有悲欢离合，月有阴晴圆缺，此事古难全。

——宋·苏轼《水调歌头》

### 【名句解析】

人有悲欢离合的变迁，月也有阴晴圆缺的转换，这种事自古以来就难以周全。

人世间总有悲欢离合，像天上的月亮有阴晴圆缺一样，这些自古以来都是难以周全圆满的。词句流露出词人悟透人生的洒脱和旷达的性格，也是对人生无奈的一种感叹。这里以大开大合之笔从人生写到自然，将各种生活加以提炼和概括，包含了无数的痛苦、欢乐的人生经验。

词人把酒问月，问人生，借月之盈亏得到人生哲理的启迪：世事自古就难以完美无缺，人们应当以豁达的胸襟去面对。

### 【单句接龙】

人有悲欢离合→合得伴吟____（《寄普明大师可准》唐·齐己）→____峰水隔____（《秋日登吴公台上寺远眺》唐·刘长卿）→____柳读书____（《阙题》唐·刘昚虚）→____堂虏使正精____（《嘉定间赠丁寺丞煜使虏》宋·陈宓）→____之听____（《诗经·伐木》）→____子于____（《诗经·鹊巢》）→____期无定____（《随计》唐·王贞白）→____出江花红胜____（《忆江南》唐·白居易）→____烧寒涧松为烬（《谪居》唐·白居易）

### 【联句接龙】

人有悲欢离合，月有阴晴圆缺，此事古难全。→全蜀多名士，严家聚德____。（《行次盐亭县聊题四韵奉简严遂州蓬州两使君咨议诸昆季》唐·杜甫）→____辰冷落碧潭水，鸿雁悲鸣红蓼____。（《月夜舟中》宋·戴复古）→____光输与两鸳鸯，暖滩晴日眠相____。（《踏莎行》宋·秦观）→____风长叹息，断绝我中____。（《杂诗》三国·魏·曹丕）→____断未忍扫，眼穿仍欲____。（《落花》唐·李商隐）→____山深浅去，须尽丘壑____。（《送崔九》唐·裴迪）→____人赠我金错刀，何以报之英琼____？(《四愁诗》汉·张衡)→____宫金录旧有名，萧郎赢女骨双____。(《凤台曲》明·邓云霄)→____溪吟历处，曾有梦相寻。(《寄友伯杲》宋·侯畐)

◆ 答案：云→深→堂→神→之→归→日→火。星→风→向→肠→归→美→瑶→清。

## 16 孤村到晓犹灯火，知有人家夜读书。

——宋·晁冲之《夜行》

### 【名句解析】

看见一个偏僻的小山村，灯火彻夜通明，便知有人在挑灯夜读。

此情此景，令诗人更感功名之诱人而读书之苦楚，今日之诗人，何尝不是昔日之孤灯夜读人？而夜读人又焉知不会有老大无成的后果？

常用于形容挑灯夜读的情景，有时也表达一种浓厚的学习氛围。

### 【单句接龙】

孤村到晓犹灯火→火云凝汗挥珠____(《菩萨蛮》宋·苏轼)→____颗真珠____(《甘草子》宋·柳永)→____过月华____(《甘草子》宋·柳永)→____前相遇且衔____(《醉时歌》唐·杜甫)→____渡不惊____(《题玄武禅师屋壁》唐·杜甫)→____眠起水____(《遣行》唐·元稹)→____起一滩鸥____(《如梦令》宋·李清照)→____飞林外____(《夏日临江诗》隋·杨广)→____须如雪五朝臣(《喜入新年自咏》唐·白居易)

### 【联句接龙】

孤村到晓犹灯火，知有人家夜读书。→书咄咄，且休休，一丘一壑也风____。(《鹧鸪天·鹅湖归，病起作》宋·辛弃疾)→____汗沾衣热不胜，馋蚊乘势更纵____。(《枕上闻风铃》宋·陆游)→____笛闻声不见人，红旗直上天山____。(《从军行》唐·陈羽)→____似梅花，梅花似雪，似和不似都奇____。(《踏莎行》宋·吕本中)→____顶有悬泉，喧喧出烟____。(《入庐山仰望瀑布水》唐·张九龄)→____秋之遥夜，明月照高____。(《明月子》南朝·陈·谢燮)→____头客子杪秋后，日落君山元气____。(《登岳阳楼》宋·陈与义)→____军置酒饮归客，胡琴琵琶与羌____。(《白雪歌送武判官归京》唐·岑参)→____里三弄，梅心惊破，多少春情意。(《孤雁儿》宋·李清照)

◆ 答案：颗→雨→生→杯→鸥→惊→鹭→白。流→横→雪→绝→杪→楼→中→笛。

# 17 衣带渐宽终不悔，为伊消得人憔悴。

——宋·柳永《蝶恋花》

## 【名句解析】

我日渐消瘦下去却始终不感到懊悔，宁愿为她消瘦得精神萎靡神色憔悴。

以健笔写柔情，自誓甘愿为思念伊人而日渐消瘦与憔悴。“终不悔”，即“之死无靡它”之意，表现了主人公的坚毅性格与执着的态度，词境也因此得以升华。

词句原本形容执着的相思之苦。清代国学大师王国维在《人间词话》中谈到“古今之成大事业、大学问者，必经过三种境界”，被他借用来形容“第二境”的便是“衣带渐宽终不悔，为伊消得人憔悴”。这正是柳永的这两句词概括了一种锲而不舍的坚毅性格和执着态度。

## 【单句接龙】

衣带渐宽终不悔→悔往自昭____（《卧闻嵩山钟》唐·宋之问）→____尽蛮烟塞____（《贺新郎·寿制帅董侍郎》宋·李廷忠）→____与水相____（《晓起甘蔗洲》宋·巩丰）→____声踯躅不敢____（《拟行路难》南朝·宋·鲍照）→____入黄花____（《青溪》唐·王维）→____为静其____（《听董大弹胡笳声兼寄语弄房给事》唐·李颀）→____清源愈____（《于安城答灵运诗》南朝·宋·谢瞻）→____极疑无____（《八角井》宋·许尚）→____处不容人醉歌（《泊龙湾》宋·方岳）

## 【联句接龙】

衣带渐宽终不悔，为伊消得人憔悴。→悴貌从黎黑，丹心固硕____。（《次韵酬盛秘丞黑桃》宋·刘攽）→____莹玉，鬓梳蝉，绮窗____。（《诉衷情》宋·苏轼）→____悲尚未弭，后感方复____。（《代门有车马客行》南朝·宋·鲍照）→____来独自绕阶行，人悄悄，帘外月胧____。（《小重山》宋·岳飞）→____晓日初一，今年月又____。（《二月晦日留别鄠中友人》唐·贾岛）→____月三日天气新，长安水边多丽____。（《丽人行》唐·杜甫）→____皆迷著此，师独悟如____。（《题著禅师》唐·杜荀鹤）→____日平胡虏，良人罢远____。（《子夜吴歌·秋歌》唐·李白）→____蓬出汉塞，归雁入胡天。（《使至塞上》唐·王维）

◆ 答案：洗→雾→吞→言→川→波→浚→底。肤→前→起→明→三→人→何→征。

# 18 三见柳绵飞，离人犹未归。

——宋·魏夫人《菩萨蛮》

## 【名句解析】

溪边的柳絮已经飘飞了多次，而远行的人却还没有归来。

那翻飞的柳絮，最容易使人想起当年折柳赠别的情景；每年柳絮纷飞的时节，也特别牵动离人的愁肠。两句语言自然，情致缠绵，看似平平道来，而无限离愁，无限期待，尽在不言中。

在古代，水边柳外往往是送别的场所。今人常引用此句，作为对漂泊他乡亲朋好友的思念。

## 【单句接龙】

三见柳绵飞→飞腾自不____（《纸鸢》宋·顾逢）→____是昭阳第几____（《怨》明·冯小青）→____不显时心不____（《夜读》明·唐寅）→____株难刻____（《次韵陈师仲主簿见寄》宋·苏辙）→____梁语燕惊残____（《菩萨蛮》唐·牛峤）→____中执手兮一喜一____（《胡笳十八拍》汉·蔡文姬）→____彼东山____（《苦寒行》汉·曹操）→____人兴会更无____（《浣溪沙·和柳亚子先生》现代·毛泽东）→____夕宿三堂（《东归》唐·白居易）

## 【联句接龙】

三见柳绵飞，离人犹未归。→归山深浅去，须尽丘壑____。（《送崔九》唐·裴迪）→____人赠我琴琅玕，何以报之双玉____？（《四愁诗》汉·张衡）→____谷堪居李，庐山偶姓____。（《文山即事》宋·文天祥）→____衢一望通，河洛正天____。（《洛中游眺贻同志》唐·许浑）→____天悬明月，令严夜寂____。（《后出塞》唐·杜甫）→____寥高堂上，凉风入我____。（《善哉行》汉·曹操）→____有贤人酒，门无长者____。（《春日》宋·王安）→____尘不到张罗地，宿鸟声中自掩____。（《春日即事》宋·李弥逊）→____外马嘶郎且至，失惊心暗喜。（《谒金门·追和冯延巳》宋·王之道）

◆ 答案：知→名→朽→画→梦→悲→诗→前。美→盘→康→中→寥→室→车→门。

## 19 天便教人，霎时厮见何妨！

——宋・周邦彦《风流子》

### 【名句解析】

老天就叫我们见上一面，哪怕就只是一会儿的工夫，又有什么妨碍呢！

词句不追求含蓄蕴藉，但见真情所至，引人共鸣。

常用于形容男女之间的渴念之情。

### 【单句接龙】

天便教人→人生有新____（《羽林郎》汉・辛延年）→____时王谢堂前____（《乌衣巷》唐・刘禹锡）→____子来时新____（《破阵子・春景》宋・晏殊）→____燕免教嘲作____（《示客》宋・陆游）→____心争日____（《蜀道后期》唐・张说）→____有阴晴圆____（《水调歌头》宋・苏轼）→____月挂疏____（《卜算子・黄州定慧院寓居作》宋・苏轼）→____尾烧焦岂望____（《除忠州寄谢崔相公》唐・白居易）→____瑟在御（《诗经・女曰鸡鸣》）

### 【联句接龙】

天便教人，霎时厮见何妨！→妨它踏青斗草，便放晓日东____。（《红林檎近》宋・陈允平）→____含西岭千秋雪，门泊东吴万里____。（《绝句》唐・杜甫）→____容与而不进兮，淹回水而疑____。（《九章・涉江》战国・屈原）→____留羁客牵归思，陶写新诗尽物____。（《和文倅侯彦嘉》宋・王之道）→____切，画楼深闭，想见东风，暗销肌____。（《石州慢》宋・张元干）→____里已知春信至，寒梅点缀琼枝____。（《渔家傲》宋・李清照）→____于琼粉白于脂，京兆夫人未画____。（《咏白莲》唐・皮日休）→____语两自笑，忽然随风____。（《上元夫人》唐・李白）→____零疏酒盏，离别宽衣带。（《千秋岁》宋・秦观）

◆ 答案：旧→燕→社→客→月→缺→桐→琴。窗→船→滞→情→雪→腻→眉→飘。

## 20 余花落处，满地和烟雨。

——宋・林逋《点绛唇》

### 【名句解析】

残花落尽的时候，春草与细雨轻烟融成一片，长得更加茂盛了。

缤纷的落花和淅沥的春雨，寄寓着作者自身孤独寂寞的悲哀。

常用于对人世沧桑、繁华富贵如过眼烟云之慨叹，通过景色描写流露出无可奈何的惆怅情怀。

【单句接龙】

余花落处→处身良未____(《解秋》唐·元稹)→____放虚____(《骤雨打新荷》金·元好问)→____午始梳____(《湖中寄王侍御》唐·丘为)→____白读兵____(《喜从弟激初至》唐·卢纶)→____中自有黄金____(《劝学诗》宋·赵恒)→____山添得一层____(《田父吟》宋·叶茵)→____檐常扫净无____(《书湖阴先生壁》宋·王安石)→____花如米____(《苔》清·袁枚)→____楼昨夜又东风(《虞美人》五代·南唐·李煜)

【联句接龙】

余花落处，满地和烟雨。→雨晴烟晚，绿水新池____。(《清平乐》五代·南唐·冯延巳)→____船罗绮载花酒，燕歌赵舞留行____。(《西湖四景》宋·程安仁)→____开太华插遥空，我是山中采药____。(《花下小酌》宋·陆游)→____子平生最苦贫，晚将丹颈博朱____。(《朱买臣庙》宋·刘克庄)→____台九月风夜吼，一川碎石大如斗，随风满地石乱____。(《走马川行奉送出师西征》唐·岑参)→____檄召都尉，星火剿羌____。(《塞下曲》唐·武元衡)→____公直谏安唐室，商皓危言定汉____。(《挽章恭毅公》明·吴俨)→____安四皓去，荣足二疏____。(《送贺秘监归会稽诗》唐·梁涉)→____来梦绕，歌云坠、依然惊觉。(《解语花》宋·施岳)

◆ 答案：休→过→头→书→屋→茅→苔→小。满→云→翁→轮→走→狄→储→归。

## 21 炙翻四海波，天地入烹煮。

——宋·韩琦《苦热》

【名句解析】

大海像烧开的锅一样翻腾着炙人的波涛，天地也像放在大海里烹煮过一样滚烫难熬。

这两句诗以奇特的想象和夸张，表现了盛夏时节令人难耐的炎热气候。

常用于形容夏季的酷热难耐。

【单句接龙】

炙翻四海波→波乱危如____(《箬笠》唐·陆龟蒙)→____参岸柏童童____(《和

刘太守十洲诗·松岛》宋·陈瓘）→____杨庭院觉深____（《朝中措·赠赵牧仲歌姬》宋·李石）→____舟侧畔千帆____（《酬乐天扬州初逢席上见赠》唐·刘禹锡）→____尽千帆皆不____（《望江南》唐·温庭筠）→____非成败转头____（《临江仙》明·杨慎）→____山不见____（《鹿柴》唐·王维）→____生几____（《短歌行》汉·曹操）→____为怀忧心烦劳（《四愁诗》汉·张衡）

## 【联句接龙】

炙翻四海波，天地入烹煮。→煮豆持作羹，漉菽以为____。（《七步诗》三国·魏·曹植）→____须吞，渣须____。（《锦帐春·槟榔》清·屈大均）→____节茸犹嫩，通条泽稍____。（《御沟新柳》唐·刘遵古）→____鸠得巢易，躁蟹寄身____。（《寄题韩勉夫枝巢》宋·王洋）→____作别时心，还看别时____。（《杂言重送皇甫侍御曾》唐·皎然）→____转山腰足未移，水清石瘦便能____。（《与毛令方尉游西菩提寺》宋·苏轼）→____树满春洲，落蕊映江____。（《赋得岸花临水发诗》南朝·陈·张正见）→____生共憔悴，壮岁失婵____。（《书灵筵手巾》五代·南唐·李煜）→____娟空山月，照我冠上霜。（《秋日不可见》宋·王安石）

◆ 答案：影→绿→沉→过→是→空→人→何。汁→吐→均→难→路→奇→浮→娟。

# 22　江头未是风波恶，别有人间行路难。

——宋·辛弃疾《鹧鸪天·送人》

## 【名句解析】

江头风高浪急，这还不是十分险恶，而人间行路却是更艰难。

这两句词寓意深刻，正应了辛弃疾的身世遭遇并包容如今带湖闲居种种生活的体验在内。

常用于以江河风波险恶突显人间行路之难，世事之险。

## 【单句接龙】

江头未是风波恶→恶竹应须斩万____（《将赴成都草堂途中有作先寄严郑公》唐·杜甫）→____上无钩可钓____（《三衢道中》宋·华岳）→____臣会致唐虞____（《献韶阳相国崔公》唐·许浑）→____世相追____（《咏怀》三国·魏·阮籍）→____寺到山____（《中书夜直梦忠州》唐·白居易）→____白读兵____（《喜从弟激初至》唐·卢纶）→____中车马多如____（《劝学诗》宋·赵恒）→____拥阏氏如____（《昭君怨》元·张翥）→____阁归来春又晚（《蝶恋花》宋·欧阳修）

### 【联句接龙】

江头未是风波恶，别有人间行路难。→难忘，文期酒会，几孤风月，屡变星____。（《玉蝴蝶》宋·柳永）→____降水痕收，浅碧鳞鳞露远____。（《南乡子·重九涵辉楼呈徐君猷》宋·苏轼）→____中未种千头橘，宅畔先栽百本____。（《书怀》宋·陆游）→____径人稀，吴蚕才动，寒倚一梯____。（《少年游》清·吴锡麒）→____雨莽苍苍，龟蛇锁大____。（《菩萨蛮·黄鹤楼》现代·毛泽东）→____水流春去欲尽，江潭落月复西____。（《春江花月夜》唐·张若虚）→____月沉沉藏海雾，碣石潇湘无限____。（《春江花月夜》唐·张若虚）→____人借问遥招手，怕得鱼惊不应____。（《小儿垂钓》唐·胡令能）→____成各，今非昨，病魂常似秋千索。（《钗头凤》宋·唐婉）

◆ 答案：竿→贤→世→寻→头→书→簇→画。霜→洲→桑→烟→江→斜→路→人。

## 23 天下英雄谁敌手？曹刘，生子当如孙仲谋！

——宋·辛弃疾《南乡子·登京口北固亭有怀》

### 【名句解析】

天下英雄谁是孙权的敌手呢？只有曹操和刘备而已，也就难怪曹操说：“生子当如孙仲谋。”

南宋时代的人，如此看重孙权，实是那个时代特有的社会心理的反映。因为南宋朝廷实在太萎靡庸碌了。在历史上，孙权能称雄江东于一时，而南宋经过了好几代皇帝，竟没有出一个像孙权一样的人！所以，“生子当如孙仲谋”这句话，本是曹操的语言，而由辛弃疾口中说出，却是代表了南宋百姓要求奋发图强的时代呼声。

常用于凭吊千古英雄的语境中。

### 【单句接龙】

天下英雄谁敌手→手持锦袍覆我____（《忆旧游寄谯郡元参军》唐·李白）→____后堆金拄北____（《劝酒》唐·白居易）→____酒散襟____（《庚戌岁九月中于西田获早稻》晋·陶渊明）→____如舜____（《诗经·有女同车》）→____雄不把穷通____（《庆东原·次马致远先辈韵》元·张可久）→____来何重亦何____（《用李梦发韵》宋·王之道）→____圆绝胜鸡头____（《圆子》宋·朱淑真）→____眼可能____（《剡溪杂咏·龙宫碑》宋·王十朋）→____向谁边？（《浪淘沙·北戴河》现代·毛泽东）

### 【联句接龙】

天下英雄谁敌手？曹刘，生子当如孙仲谋！→谋自拙，空归不管旁人____。

(《渔家傲引》宋·洪适)→____有兰家女，承籍有宦____。(《孔雀东南飞》汉乐府)→____高何足论，不得收骨____。(《佳人》唐·杜甫)→____身安得钻天手，肝胆崔嵬自作____。(《上大望州钻天三里》宋·王十朋)→____横画阁黄昏后，又还是、斜月帘____。(《一丛花令》宋·张先)→____帘昼静燕已去，陂泽风高雁欲____。(《早秋感怀》宋·张耒)→____君明珠双泪垂，恨不相逢未嫁____。(《节妇吟》唐·张籍)→____人不识凌云木，直待凌云始道____。(《小松》唐·杜荀鹤)→____楼送客不能醉，寂寂寒江明月心。(《芙蓉楼送辛渐》唐·王昌龄)

◆ 答案：身→斗→颜→英→较→轻→肉→知。说→官→肉→梯→栊→还→时→高。

## 24 人生若只如初见，何事秋风悲画扇。

——清·纳兰性德《木兰花令·拟古决绝词》

### 【名句解析】

人生如果都像初次相遇那般相处该多美好，那样就不会有现在的离别相思凄凉之苦了。

“人生若只如初见”，所有的惊鸿一瞥定格念念不忘的美丽画面，一切都将保持最初的好奇和新鲜状态，那将多么美好！果真如此，又怎么会“悲画扇”呢？纳兰性德的这句词，极尽婉转伤感之韵味，短短一句胜过千言万语，人生种种不可言说的复杂滋味都仿佛因这一句而涌上心头，叫人感慨万千。

常用于感叹人与人之间初次见面的那种美好的感觉难以长久，情人的心容易改变。

### 【单句接龙】

人生若只如初见→见买若耶溪水____(《南园》唐·李贺)→____壁门高五千____(《上皇西巡南京歌》唐·李白)→____书未达年应____(《岁晚言事寄乡中亲友》唐·方干)→____来处处游行____(《苏州柳》唐·白居易)→____寻山水自由____(《闲行》唐·白居易)→____上衣裳口中____(《卖炭翁》唐·白居易)→____野之____(《诗经·小雅·鹿鸣》)→____愁暮____(《惜红衣》宋·吴文英)→____面波光(《惜红衣》宋·吴文英)

### 【联句接龙】

人生若只如初见，何事秋风悲画扇。→扇裁月魄羞难掩，车走雷声语未____。(《无题》唐·李商隐)→____溪岸暂断，分渚流复____。(《野寺后池寄友》唐·张籍)

→____纡用无所，奔迫流不____。(《和分水岭》唐 · 白居易)→____能降虎豹，不问揽鱼____。(《洗钵潭》唐·邢允中)→____脊贴连钱，银蹄白踏____。(《马诗》唐·李贺)→____生寒渚上，霞散乱山____。(《宿崔邵池阳别墅》唐 · 马戴)→____当太白有鸟道，可以横绝峨眉____。(《蜀道难》唐·李白)→____崖出飞泉，百尺散风____。(《瀑布》宋·朱熹)→____中黄叶树，灯下白头人。(《喜外弟卢纶见宿》唐·司空曙)

◆ 答案：剑→尺→老→遍→身→食→芊→雪。通→萦→已→龙→烟→西→巅→雨。

# 第18章 足迹遍神州

“何处望神州？满眼风光北固楼。”（宋·辛弃疾《南乡子·登京口北固亭有怀》）神州大地，山河壮丽，“满眼风光”的地方，可远远不止镇江的“北固楼”。许多诗词当中包含了地名，这些诗词大多是诗人游玩或送别之时写下的。诗词当中出现的地名，大多和今天是一样的。当一座城市被诗人写于笔下，在浓浓的诗情当中，无论大小，这座城市都更容易让人们记住。当一座城市有了诗词的浸润，这座城市的人也沾上了诗情，生活也变得丰富起来。在诗词世界中移步换景，在品读诗词的同时，也遍览神州大地的山河美景。诗词中那些美丽的地名，不仅传承着地方特有的文化符号，也是我们心中的怀古之情，是对祖国河山的记忆。

## 1 姑苏城外寒山寺，夜半钟声到客船。

——唐·张继《枫桥夜泊》

### 【名句解析】

姑苏城外的那寒山古寺，半夜里敲响的钟声传到了我乘坐的客船里。

这两句诗意象疏宕：城、寺、船、钟声，是一种空灵旷远的意境。在静夜中忽然听到远处传来悠远的钟声，一夜未眠的诗人有何感受呢？诗人卧听钟声时的种种难以言传的感受，也就尽在不言中了。

常用于衬托夜的静谧，揭示夜的深沉。

### 【单句接龙】

姑苏城外寒山寺→寺寒沟水忽生____（《长安夜访澈上人》唐·李郢）→____壶团扇欲无____（《苦热》宋·陆游）→____名非我____（《和杨兄五言》宋·杜范）→____简疏交____（《座右铭》唐·宗密）→____心大____（《四言诗》三国·魏·嵇康）→____生犀死何足____（《驯犀》唐·白居易）→____稀过亦____（《省事吟》宋·邵雍）→____疏野竹人移____（《逍遥翁溪亭》唐·王建）→____芳佳丽地（《送姚八归江南》唐·刘长卿）

### 【联句接龙】

姑苏城外寒山寺，夜半钟声到客船。→船容与而不进兮，淹回水而疑____。（《九章·涉江》战国·屈原）→____留羁客牵归思，陶写新诗尽物____。（《和文倅侯彦嘉》宋·王之道）→____高不恋俗，厌世乐寻____。（《白云诗》南朝·宋·鲍照）→____人垂两足，桂树何团____。（《古朗月行》唐·李白）→____扇复团扇，奉君清暑____。（《团扇歌》唐·刘禹锡）→____上衮衣明日月，砚中旗影动龙____。（《廷试》宋·夏竦）→____毒毒有形，药毒毒有____。（《掩关铭》唐·卢仝）→____秩后千品，诗文齐六____。（《题张十八所居》唐·韩愈）→____年不展缘身病，今日开看生蠹鱼。（《开元九诗书卷》唐·白居易）

◆ 答案：冰→功→事→游→象→言→稀→折。滞→情→仙→团→殿→蛇→名→经。

## 2 一为迁客去长沙，西望长安不见家。

——唐·李白《黄鹤楼闻笛》

### 【名句解析】

贾谊迁去长沙，西望国都长安却看不见家。

这是李白因永王李璘事件被流放夜郎，途径武昌时游黄鹤楼所作的诗。上句用贾谊的典故比喻自身的遭遇，含有自我辩白之意；下句写贬谪之中仍不忘怀国事，“西望长安”表现出对朝廷的眷恋，“家”喻指朝廷。

常用于形容即使遭受打击也没有忘怀国事。

### 【单句接龙】

一为迁客去长沙→沙头问钓____（《卧病累日羸甚偶复小健戏作》宋·陆游）→____人怨遥心在____（《有所思》宋·李新）→____殿风来珠翠____（《西宫秋怨》唐·王昌龄）→____影浮龛____（《永夜》唐·齐己）→____服是____（《诗经·君子偕老》）→____享寿无____（《仁宗皇帝挽诗》宋·文同）→____场征战何时____（《胡笳十八拍》汉·蔡文姬）→____马独来寻故____（《过襄阳上于司空頔》唐·李涉）→____过悉成空（《话旧》唐·韦应物）

### 【联句接龙】

一为迁客去长沙，西望长安不见家。→家田输税尽，拾此充饥____。（《观刈麦》唐·白居易）→____断春江欲尽头，杖藜徐步立芳____。（《漫兴》唐·杜甫）→____长春色遍，汉广夕阳____。（《赠别卢司直之闽中》唐·刘长卿）→____迟出林翮，未夕复来____。（《咏贫士》晋·陶渊明）→____山深浅去，须尽丘壑____。（《送崔九》唐·裴迪）→____人赠我貂襜褕，何以报之明月____？（《四愁诗》汉·张衡）→____玉买歌笑，糟糠养贤____。（《古风》唐·李白）→____向窗中列，还从林表____。（《夏日同崔使君论登城楼赋得远山》唐·皎然）→____君之故，胡为乎中露！（《诗经·式微》）

◆ 答案：舟→水→香→象→宜→疆→歇→事。肠→洲→迟→归→美→珠→才→微。

## 3 西忆故人不可见，东风吹梦到长安。

——唐·李白《江夏赠韦南陵冰》

### 【名句解析】

思念昔日长安旧交而无从得见，东风把我的梦境吹到了长安。

东风吹梦，心系长安，写出诗人思念友人的一片深情。

常用于形容对友人的深切思念。

### 【单句接龙】

西忆故人不可见→见君正泥____（《送张秘书充刘相公通汴河判官便赴江外覲省》

唐·岑参）→____桃只在屋东____（《鹊桥仙·寿臞山母》宋·刘辰翁）→____白读兵____（《喜从弟激初至》唐·卢纶）→____中自有颜如____（《劝学诗》宋·赵恒）→____靶角弓珠勒____（《出塞》唐·王维）→____上相逢无纸____（《逢入京使》唐·岑参）→____下何曾有____（《又六言》宋·王十朋）→____体乃累____（《读史》元·陈杰）→____间要好诗（《读李杜诗集因题卷后》唐·白居易）

## 【联句接龙】

西忆故人不可见，东风吹梦到长安。→安居不用架高堂，书中自有黄金____。（《劝学诗》宋·赵恒）→____上松风吹急雨，破纸窗间自____。（《清平乐·独宿博山王氏庵》宋·辛弃疾）→____笑且为乐，吾将达此____。（《与卢象集朱家》唐·王维）→____理只凭黄阁老，衰颜欲付紫金____。（《将赴成都草堂途中有作先寄严郑公》唐·杜甫）→____阳城南秋海阴，丹阳城北楚云____。（《芙蓉楼送辛渐》唐·王昌龄）→____林人不知，明月来相____。（《竹里馆》唐·王维）→____水烟波白，照人肌发____。（《城上对月期友人不至》唐·白居易）→____风楚竹冷，夜雪巩梅____。（《送孟十二仓曹赴东京选》唐·杜甫）→____且住，待新雏熟了，却问行期。（《沁园春·用梁权郡韵饯春》宋·方岳）

◆ 答案：蟠→头→书→玉→马→笔→口→人。屋→语→生→丹→深→照→秋→春。

# 4 秋风吹不尽，总是玉关情。

——唐·李白《子夜吴歌·秋歌》

## 【名句解析】

任凭秋风吹也吹不尽的捣衣声，声声都牵系着出征在玉门关的亲人。

飒飒秋风，驱散不了内心的愁思，而是更加勾起了对远方征人的怀念。思妇直接倾诉自己的愿望，希望丈夫早日安定边疆，返回家园和亲人团聚，过和平安定的生活，表现了诗人对劳动妇女的同情。

现常用于描写对远方亲人的思念之情。

## 【单句接龙】

秋风吹不尽→尽抛今日贵人____（《和仆射牛相公寓言》唐·刘禹锡）→____自桐川____（《奉和袭美赠魏处士五贶诗·五泻舟》唐·陆龟蒙）→____列嘉树____（《有木》唐·白居易）→____心无蠹____（《有木》唐·白居易）→____来啮桃____（《鸡鸣》汉乐府）→____危才吐____（《赋得题新云诗》南朝·陈·张正见）→____间鸣戴____

（《谷雨春光晓》唐·元稹）→____似闲庭信____（《水调歌头·游泳》现代·毛泽东）→____绕西湖看不足（《书林逋诗后》宋·苏轼）

【联句接龙】

秋风吹不尽，总是玉关情。→情人怨遥夜，竟夕起相____。（《望月怀远》唐·张九龄）→____悠悠，恨悠悠，恨到归时方始____。（《长相思》唐·白居易）→____休莫，五湖烟浪，不是鸱夷____。（《点绛唇》宋·吴潜）→____料一生事，蹉跎今白____。（《题虢州西楼》唐·岑参）→____上蓝田玉，耳后大秦____。（《羽林郎》汉·辛延年）→____帘不卷度沉烟，庭前闲立画秋千，艳阳____。（《虞美人》唐·毛文锡）→____公见玉女，大笑亿千____。（《短歌行》唐·李白）→____屋推声价，朝绅仰典____。（《安之朝议哀辞》宋·司马光）→____冶还陶士，冠裳足起余。（《送方思源尹丹阳》明·林俊）

◆ 答案：样→得→中→虫→根→叶→胜→步。思→休→错→头→珠→天→场→型。

## 5 狂风吹我心，西挂咸阳树。

——唐·李白《金乡送韦八之西京》

【名句解析】

我的心随着狂风西飞，吹落在长安的树上。

这两句诗是李白在金乡（在今山东省）送友人韦八回长安时所写的，浪漫主义的想象显示了诗人杰出的艺术才能，深受人们的喜爱。

常用于表达对友人的依依惜别之情。

【单句接龙】

狂风吹我心→心非木石岂无____（《拟行路难》南朝·宋·鲍照）→____鞠育兮情剥____（《思亲诗》三国·魏·嵇康）→____素持作____（《感兴》唐·李白）→____要讲声____（《示子遹》宋·陆游）→____容如许马非____（《迎秋》宋·洪咨夔）→____前喧（wà）咿争乞____（《战城南》宋·陆游）→____得火龙伏得____（《浪淘沙令》唐·吕岩）→____踞龙盘今胜____（《七律·人民解放军占领南京》现代·毛泽东）→____时人已没（《于易水送别》唐·骆宾王）

【联句接龙】

狂风吹我心，西挂咸阳树。→树木何萧瑟，北风声正____。（《苦寒行》汉·曹操）→____彼东山诗，悠悠使我____。（《苦寒行》汉·曹操）→____吾生之无乐兮，幽独处乎山____。（《九章·涉江》战国·屈原）→____秋月魄两相照，玉壶皎洁无纤____。（《西湖四景》宋·程安仁）→____种看今日，螳螂应节____。（《咏廿四气诗·芒种五月节》唐·元稹）→____逢尧舜君，不忍便永____。（《自京赴奉先县咏怀五百字》唐·杜甫）→____别徐郎泪如雨，镜鸾分后属何____？（《惆怅诗》唐·王涣）→____谁识致知，人谁务穷____？（《秋怀》宋·韩淲）→____会是非遣，性达形迹忘。（《郡斋雨中与诸文士燕集》唐·韦应物）

◆ 答案：感→裂→书→形→马→降→虎→昔。悲→哀→中→芒→生→诀→人→理。

## 6 秋风吹渭水，落叶满长安。

——唐·贾岛《忆江上吴处士》

### 【名句解析】

秋风吹动渭水，掀起层层波澜；长安城中落叶满地，一派萧瑟景象。

这两句诗千古流传，极为有名，后代不少名家都引用过。如宋代周邦彦《齐天乐》中的“渭水西风，长安落叶，空忆诗情宛转”；元代白朴《梧桐雨》杂剧中的“伤心故园，西风渭水，落日长安”等，都是点化这两句诗而成的。

今天除可直接用来描写西安深秋景色之外，也可像周、白等人一样化用其意，表现其他地方的秋景或抒发萧索冷落的心情。

### 【单句接龙】

秋风吹渭水→水净澄秋____（《岐下西园秋日书事》宋·寇准）→____容艳姿____（《咏怀》三国·魏·阮籍）→____人赠我锦绣____（《四愁诗》汉·张衡）→____段青天____（《行次独石驿大雨驲行廿里喜晴》元·张翥）→____师未捷身先____（《蜀相》唐·杜甫）→____是等闲生也____（《放言》唐·元稹）→____作自由____（《苦热》唐·白居易）→____著赤霜____（《上元夫人》唐·李白）→____轻低草露（《秋日即目》唐·李世民）

### 【联句接龙】

秋风吹渭水，落叶满长安。→安居不用架高堂，书中自有黄金____。（《劝学诗》宋·赵恒）→____中有一曝背翁，委置形骸如土____。（《自劝》唐·白居易）→____落雁南度，北风江上____。（《江上思归》唐·孟浩然）→____浦一从抛钓艇，旧林无处认风____。（《讲德陈情上淮南李仆射》唐·许棠）→____我垂思幕，惊此梁上____。（《咏秋诗》南朝·宋·鲍照）→____寰，何处有方壶圆峤，弱水波____？

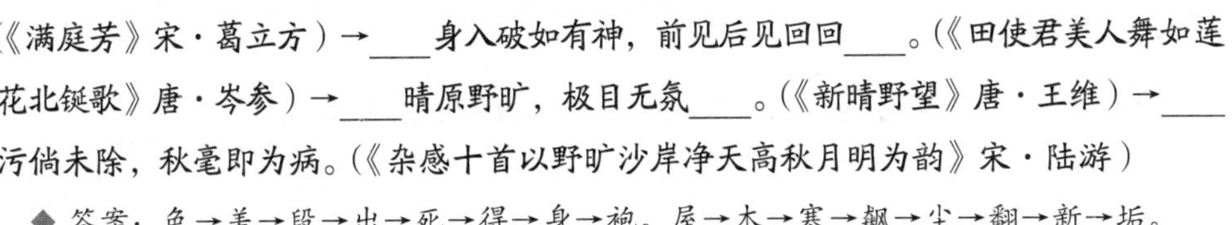
（《满庭芳》宋 · 葛立方）→____身入破如有神，前见后见回回____。（《田使君美人舞如莲花北铤歌》唐 · 岑参）→____晴原野旷，极目无氛____。（《新晴野望》唐 · 王维）→____污倘未除，秋毫即为病。（《杂感十首以野旷沙岸净天高秋月明为韵》宋 · 陆游）

◆ 答案：色→美→段→出→死→得→身→袍。屋→木→寒→飙→尘→翻→新→垢。

## 7　今夜鄜州月，闺中只独看。

——唐 · 杜甫《月夜》

### 【名句解析】

远在鄜（fū）州的妻子，今夜一定在闺中独自望月。

安史之乱中，杜甫被叛军所俘，困居长安，于月夜思念在鄜州的妻子，以独特的构思、反衬的手法，含蓄地表现了对妻子的深切思念和体贴关怀，成为千古传诵的名作。

常用于表达对月怀人、思念妻子的情感。

### 【单句接龙】

今夜鄜州月→月色满轩____（《杂咏八首上礼部李侍郎 · 幽琴》唐 · 刘长卿）→____发萧萧卧泽____（《书愤》宋 · 陆游）→____军置酒饮归____（《白雪歌送武判官归京》唐 · 岑参）→____来存礼____（《江上对酒》唐 · 白居易）→____树深红出浅____（《秋词》唐 · 刘禹锡）→____四娘家花满____（《江畔独步寻花》唐 · 杜甫）→____泞走兽____（《苦雨诗》南朝 · 宋 · 鲍照）→____疏野竹人移____（《逍遥翁溪亭》唐 · 王建）→____琼枝以继佩（《离骚》战国 · 屈原）

### 【联句接龙】

今夜鄜州月，闺中只独看。→看朱成碧思纷纷，憔悴支离为忆____。（《如意娘》唐 · 武则天）→____不见谢家名子取四字，段家作堂兼四____。（《四美堂》宋 · 杨万里）→____人赠我锦绣段，何以报之青玉____？（《四愁诗》汉 · 张衡）→____头只有尧夫集，参得透时滋味____。（《旦起诵邵尧夫诗》宋 · 陈著）→____沙积雨晦，深巷绝人____。（《长沙馆中与郭夏对雨》唐 · 刘长卿）→____人惜春暮，潭上折芳____。（《幽情》唐 · 李收）→____芊芊，花簇簇，渔艇棹歌相____。（《渔歌子》五代 · 前蜀 · 李珣）→____续说相思，不尽无穷____。（《卜算子》宋 · 吕渭老）→____自源头水中涌，语如山色雨余鲜。（《次韵前人取别》宋 · 陈著）

◆ 答案：白→中→客→数→黄→蹊→稀→折。君→美→案→长→幽→草→续→意。

## 8 遥怜小儿女，未解忆长安。

——唐・杜甫《月夜》

### 【名句解析】

遥想我那未谙世事的小儿女，他们还不懂得母亲望月是想念他们在长安的父亲。

诗人幼稚的小儿女们不知为母亲分忧，他们的“未解忆”恰恰反衬出妻子的“忆”，并且突出了“独看”的“独”和小儿女们的可“怜”。

常用于表达月下思念妻子、儿女的情感。

### 【单句接龙】

遥怜小儿女→女行无偏____(《孔雀东南飞》汉乐府)→____晖脉脉水悠____(《望江南》唐・温庭筠)→____悠我____(《诗经・雄雉》)→____神意智____(《步虚词》唐・韦渠牟)→____跪问____(《飞龙篇》三国・魏・曹植)→____装宜作玉人____(《以椰子小冠送子予》宋・黄庭坚)→____盖歘(xū)交____(《送王时敏之京》元・边定)→____稽愚妇轻买____(《南陵别儿童入京》唐・李白)→____心未肯教迁鼎(《湘中作》唐・韦庄)

### 【联句接龙】

遥怜小儿女，未解忆长安。→安得郢中质，一挥成斧____。(《古风》唐・李白)→____斧不为伤，抡材固其____。(《杂兴》宋・赵蕃)→____谓伊人，在水一____。(《诗经・蒹葭》)→____怜春满王孙草，可忍云遮处士____。(《与人约访林处士阻雨因寄》宋・范仲淹)→____临万户动，月傍九霄____。(《春宿左省》唐・杜甫)→____情只有春庭月，犹为离人照落____。(《寄人》唐・张泌)→____迎剑佩星初落，柳拂旌旗露未____。(《奉和中书舍人贾至早朝大明宫》唐・岑参)→____惨风威切，荷雕池望____。(《五言同管记陆瑜九日观马射诗》南朝・陈・陈叔宝)→____城夜雪欺行李，画角晨霜送落梅。(《元夕刘知录招饮》宋・项安世)

◆ 答案：斜→悠→思→长→道→冠→会→臣。斤→所→方→星→多→花→干→荒。

## 9 三月三日天气新，长安水边多丽人。

——唐・杜甫《丽人行》

### 【名句解析】

三月三日阳春时节天气清新，长安曲江河畔聚集好多美人。

盛唐时，每年春暖花开时节，当朝皇帝和权贵们都要在游春仕女们的簇拥下到曲江这皇家园林来游园踏青，其规模盛大而奢华，杜甫看到并记录下来。这一记录，在让后人看到大唐王朝繁荣强盛的同时，也窥见了当朝权贵们那奢靡腐败、骄横跋扈的丑形。

今人多引用后半句形容美女云集的场景。

## 【单句接龙】

三月三日天气新→新鬼烦冤旧鬼____（《兵车行》唐·杜甫）→____声直上干云____（《兵车行》唐·杜甫）→____汉长怀捧日____（《赠阙下裴舍人》唐·钱起）→____随明月到胡____（《春思》唐·皇甫冉）→____子命____（《诗经·出车》）→____心则____（《诗经·出车》）→____而生____（《诗经·玄鸟》）→____之先____（《诗经·玄鸟》）→____世仰末照（《古风》唐·李白）

## 【联句接龙】

三月三日天气新，长安水边多丽人。→人生只合扬州死，禅智山光好墓____。（《纵游淮南》唐·张祜）→____家少闲月，五月人倍____。（《观刈麦》唐·白居易）→____时向闲处，不觉有闲____。（《登天台寺》唐·杜荀鹤）→____催巧笑开星靥，不惜呈露解云____。（《七夕赋咏成篇》唐·许敬宗）→____沾不足惜，但使愿无____。（《归园田居》晋·陶渊明）→____此乡山别，长谣去国____。（《遂州南江别乡曲故人》唐·陈子昂）→____损翠黛双蛾，日日画阑独____。（《双双燕·咏燕》宋·史达祖）→____阑久，黄芦苦竹，拟泛九江____。（《满庭芳·夏日溧水无想山作》宋·周邦彦）→____笛为谁怨？溪云如我闲。（《野望》宋·陆游）

◆ 答案：哭→霄→心→天→我→降→商→后。田→忙→情→衣→违→愁→凭→船。

# 10 爷娘妻子走相送，尘埃不见咸阳桥。

——唐·杜甫《兵车行》

## 【名句解析】

父母妻子奔走相送，滚滚尘埃遮没了咸阳桥。

一个家庭支柱、主要劳动力被抓走了，剩下来的尽是些老弱妇幼，对一个家庭来说不啻是一个塌天大祸，怎么不扶老携幼，奔走相送呢？一个普通的“走”字，寄寓了诗人多么浓厚的感情色彩！亲人被突然抓去当兵，又急促押送出征，眷属们追奔呼号，去作那一刹那的生死离别，是何等仓促，何等悲愤！杜甫的诗被誉称为“诗史”，于此可见一斑。

常用于描写统治者穷兵黩武给劳动人民带来的深重灾难。

### 【单句接龙】

爷娘妻子走相送→送春春去几时___(《天仙子》宋·张先)→___崖沓嶂凌苍___(《庐山谣寄卢侍御虚舟》唐·李白)→___苍竹林___(《送灵澈上人》唐·刘长卿)→___忆曾游___(《后游》唐·杜甫)→___士祢衡___(《寄李十二白二十韵》唐·杜甫)→___含金气翎如___(《白鹰》元·张翥)→___落何霏___(《苦寒行》汉·曹操)→___霏凉露沾___(《夜飞鹊·道宫别情》宋·周邦彦)→___钵一床书(《次韵李提举秋日杂咏》宋·杨冠卿)

### 【联句接龙】

爷娘妻子走相送，尘埃不见咸阳桥。→桥形通汉上，峰势接云___。(《帝京篇》唐·李世民)→___楼高百尺，手可摘星___。(《夜宿山寺》唐·李白)→___阳隔江渚，空些楚词___。(《赣州明府杨同年挽歌词》宋·范成大)→___歌和渐离，谓若旁无___。(《咏史》晋·左思)→___生诚未易，曷云开此___？(《猛虎行》晋·陆机)→___袖三春隔，江山千里___。(《萧咨议西上夜集诗》南朝·齐·王融)→___腰健妇偷攀折，将喂吴王八茧___。(《南园》唐·李贺)→___姑不在在何处？闻说官司要官___。(《陌上桑》元·王冕)→___衣百万，看君一笑沉醉。(《念奴娇·双陆和陈仁和韵》宋·辛弃疾)

◆ 答案：回→苍→寺→处→俊→雪→霏→衣。危→辰→哀→人→衿→长→蚕→布。

## 11 未能抛得杭州去，一半勾留是此湖。

——唐·白居易《春题湖上》

### 【名句解析】

未能辞去刺史之职离开杭州，一半原因在于留恋西湖。

这是诗人对西湖由衷的赞美，这样表达自己对西湖感情之深，就突出了它的美丽景色的强大吸引力。

可用来赞美西湖美景，以及对游人强大的吸引力。

### 【单句接龙】

未能抛得杭州去→去时雪满天山___(《白雪歌送武判官归京》唐·岑参)→___远莫致倚逍___(《四愁诗》汉·张衡)→___看瀑布挂前___(《望庐山瀑布》唐·李白)→___原三晋___(《奉和圣制途次陕州作》唐·张九龄)→___嶂千屏___(《题明庆塔院》宋·孔洵)→___国周齐秦汉___(《山坡羊·骊山怀古》元·张养浩)→___庙寒___(《人月圆·山中书事》元·张可久)→___头与鹤___(《叹老》唐·白

居易）→____若琼钓浅曲（《郡斋水阁闲书·再赠鹭鸶》宋·文同）

## 【联句接龙】

未能抛得杭州去，一半勾留是此湖。→湖上春来似画图，乱峰围绕水平____。（《春题湖上》唐·白居易）→____床凉满梧桐月，月在梧桐缺处____。（《秋夜》宋·朱淑真）→____明如月，何时可____？（《短歌行》汉·曹操）→____之称远士，持以奉明____。（《省试方士进恒春草》唐·梁锽）→____孙去，萋萋无数，南北东西____。（《点绛唇》宋·林逋）→____远莫致倚逍遥，何为怀忧心烦____？（《四愁诗》汉·张衡）→____谦得其柄，和光甚独____。（《君子行》汉乐府）→____求迎鲋水，空望戴盆____。（《退居》宋·宋祁）→____若不爱酒，酒星不在天。（《月下独酌》唐·李白）

◆ 答案：路→遥→川→别→列→楚→鸦→颈。铺→明→掇→王→路→劳→难→天。

# 12 争得大裘长万丈，与君都盖洛阳城。

——唐·白居易《新制绫袄成感而有咏》

## 【名句解析】

怎样才能得到万丈长的大皮袄，给你把整个洛阳城都遮盖住。

这两句诗与作者的“安得万里裘，盖裹周四垠”有异曲同工之妙，所表达的同情人民疾苦，关心人民饥寒的感情，与杜甫“安得广厦千万间，大庇天下寒士俱欢颜”是一脉相通的。诗人的愿望在当时当然是不能实现的，但它体现了诗人愿与广大人民共饱暖的无私胸怀。

可用来表现伟大人物关怀、同情人民的感情。

## 【单句接龙】

争得大裘长万丈→丈夫五十功未____（《金错刀行》宋·陆游）→____根原在破岩____（《竹石》清·郑板桥）→____心养____（《诗经·二子乘舟》）→____病未能辞薄____（《咏怀寄皇甫朗之》唐·白居易）→____钱供酒____（《宴郑伯玙宅》唐·张谓）→____主相煎得自____（《农桑》宋·朱继芳）→____来能事皆有____（《霓裳羽衣舞歌》唐·白居易）→____人下马客在____（《琵琶行》唐·白居易）→____容与而不进兮（《九章·涉江》战国·屈原）

## 【联句接龙】

争得大裘长万丈，与君都盖洛阳城。→城营内，鼓角急声____。（《兵要望江南·

占怪第二十三》唐·易静）→____雉于飞，泄泄其____。(《诗经·雄雉》)→____扇纶巾，谈笑间，樯橹灰飞烟____。(《念奴娇·赤壁怀古》宋·苏轼）→____烛怜光满，披衣觉露____。(《望月怀远》唐·张九龄）→____味悠长有兄弟，不知山外更何____。(《梅山弟池边醉吟》宋·陈著）→____皆迷著此，师独悟如____。(《题著禅师》唐·杜荀鹤）→____日平胡虏，良人罢远____。(《子夜吴歌·秋歌》唐·李白）→____蓬出汉塞，归雁入胡____。(《使至塞上》唐·王维）→____下英雄谁敌手？曹刘，生子当如孙仲谋。(《南乡子·登京口北固亭有怀》宋·辛弃疾）

◆ 答案：立→中→养→倖→债→由→主→船。雄→羽→灭→滋→人→何→征→天。

# 13 新丰美酒斗十千，咸阳游侠多少年。

——唐·王维《少年行》

## 【名句解析】

新丰的美酒一斗就要花费十千，咸阳城里的那些游侠们多半都是青春少年。

新丰美酒，似乎天生就为少年游侠增色而设；少年游侠，没有新丰美酒也显不出他们的豪纵风流。这两句一张一弛的节奏、语调，还构成了一种特有的清爽流利的风调，吟诵之余，少年游侠顾盼自如、风流自赏的神情也宛然在目了。

常用于形容豪纵不羁、挥金如土之人。

## 【单句接龙】

新丰美酒斗十千→千山鸟飞____（《江雪》唐·柳宗元）→____胜烟柳满皇____（《早春呈水部张十八员外》唐·韩愈）→____门帐饮无____（《雨霖铃》宋·柳永）→____业承三____（《仁宗皇帝挽诗》宋·文同）→____朝无阙____（《寄左省杜拾遗》唐·岑参）→____简疏交____（《座右铭》唐·宗密）→____鳞悦新____（《首夏》唐·白居易）→____泛兰____（《四言诗》三国·魏·嵇康）→____鱼空结江湖心（《驯犀·感为政之难终也》唐·白居易）

## 【联句接龙】

新丰美酒斗十千，咸阳游侠多少年。→年年耕与钓，鸥鸟已相____。(《村居书事》唐·韦庄）→____依宜织江雨空，雨中六月兰台____。(《罗浮山父与葛篇》唐·李贺）→____乍起，吹皱一池春____。(《谒金门》五代·南唐·冯延巳）→____中科斗长成蛙，林下桑虫老作____。(《禽虫》唐·白居易）→____眉翻自累，万里陷穷____。(《王昭君》五代·南唐·李中）→____锁风雷动，军书日夜____。(《送陆务观编修

监镇江郡归会稽待阙》宋·范成大）→____骑轧，鸣珂____。（《千秋岁》宋·黄庭坚）→____珠萦断菊，残丝绕折____。（《和灵法师游昆明池》北周·庾信）→____香隔浦渡，荷叶满江鲜。（《采莲曲》南朝·梁·刘孝威）

◆ 答案：绝→都→绪→圣→事→游→藻→池。依→风→水→蛾→边→飞→碎→莲。

## 14　洛阳城东桃李花，飞来飞去落谁家？

——唐·刘希夷《代悲白头翁》

### 【名句解析】

洛阳城东盛开一时的桃李花，如今飞来飞去飘落在谁家？

诗人咏叹青春易逝，富贵无常，在初唐很受推崇。这两句诗以桃李花比作红颜女子，感叹青春如桃李花一样，虽艳丽夺目，但转瞬即逝；青春一过，前途更不堪设想，因为她无法安排自己的命运，不能决定自己“飞”到何处。诗句语言浅显，寓意深远，抒情宛转，扣人心弦。

常用于抒发命运不自主及青春短暂的感伤情绪。

### 【单句接龙】

洛阳城东桃李花→花柳自无____（《后游》唐·杜甫）→____缝黄帔舍钗____（《宫词》唐·王建）→____理何稠____（《叹老》唐·白居易）→____节雪霜霜晓____（《赋吴廷圭贳西亭》宋·许月卿）→____外低秦____（《登总持阁》唐·岑参）→____外罢红____（《岭南送使》唐·张说）→____色不得____（《京兆府新栽莲》唐·白居易）→____肥属时____（《郡斋雨中与诸文士燕集》唐·韦应物）→____里疏钟官舍晚（《酬郭给事》唐·王维）

### 【联句接龙】

洛阳城东桃李花，飞来飞去落谁家？→家住层城临汉苑，心随明月到胡____。（《春思》唐·皇甫冉）→____子命我，城彼朔____。（《诗经·出车》）→____命厥后，奄有九____。（《诗经·玄鸟》）→____酒今不同，思君莹如____。（《春中忆元二》唐·韦应物）→____佩多依石，油幢亦在____。（《题金吾郭将军石伏茅堂》唐·卢纶）→____塘夜发舟，虫响荻飕____。（《秋夜泛舟》唐·刘方平）→____飕喧宇宙，可奈此孤____。（《次韵张汉卿梦庵十八咏·听松》宋·史浩）→____际松风起，飘来洒尘____。（《简寂观西涧瀑布下作》唐·韦应物）→____前万行泪，故是一相思。（《春咏诗》南朝·梁·沈约）

◆ 答案：私→梳→直→槛→岭→颜→鲜→禁。天→方→有→玉→林→飕→丛→襟。

## 15 东去长安万里余，故人何惜一行书？

——唐·岑参《玉关寄长安李主簿》

### 【名句解析】

我东离长安已经万余里地，故友为什么不捎一行书信来？

这首诗当是作者行役到玉门关时所作，上句写去国之远，下句写乡音之稀，集旅愁、乡思、怀友、思亲于一炉，内涵丰富，十分感人。

在写客中思亲，盼望接到亲友来信的感情时可以化用。

### 【单句接龙】

东去长安万里余→余香乍入____（《左掖梨花》唐·丘为）→____带渐宽终不____（《蝶恋花》宋·柳永）→____教夫婿觅封____（《闺怨》唐·王昌龄）→____门一入深似____（《赠去婢》唐·崔郊）→____门深不____（《赋得暮雨送李胄》唐·韦应物）→____事略同因抚____（《挽陆义斋》元·陆文圭）→____上腰如____（《麦秀两岐》唐·和凝）→____手无奈于此____（《题赵次张所藏贼头子》宋·陈克）→____君令人老（《古诗十九首·行行重行行》汉）

### 【联句接龙】

东去长安万里余，故人何惜一行书？→书寄子公吾自懒，故人不是总相____。（《书怀》宋·陆游）→____形到尔汝，痛饮真吾____。（《醉时歌》唐·杜甫）→____克薄赏行，军没微躯____。（《饮马长城窟行》晋·陆机）→____躯赴国难，视死忽如____。（《白马篇》三国·魏·曹植）→____山深浅去，须尽丘壑____。（《送崔九》唐·裴迪）→____人赠我金错刀，何以报之英琼____？（《四愁诗》汉·张衡）→____池阿母绮窗开，黄竹歌声动地____。（《瑶池》唐·李商隐）→____歌抚长铗，独夜羞短____。（《客居闻雁有感》宋·张守）→____短灯宵永，窗明日晷舒。（《次韵昌龄至乐斋读书》宋·王十朋）

◆ 答案：衣→悔→侯→海→见→掌→束→思。忘→师→捐→归→美→瑶→哀→檠（qíng）。

## 16 何处路最难？最难在长安。

——唐·岑参《送张秘书充刘相公通汴河判官便赴江外觐省》

### 【名句解析】

哪里的世路最艰难？最艰难的地方在长安。

长安作为唐代的京城，是全国的政治中心，高官大员、权豪势要充斥其间，相互倾轧，钩心斗角也势必更加激烈。如果是昏君当道，忠良之士随时都有可能被害。一个官员要在那里立身处世，比之于其他地方，势必是最难的。

常用于抒发了对政治风云变幻，人际关系复杂，以致难于立足的深沉感慨。

## 【单句接龙】

何处路最难→难于上青____（《蜀道难》唐·李白）→____时坠兮威灵____（《国殇》战国·屈原）→____涛卷霜____（《望海潮》宋·柳永）→____净胡天牧马____（《塞上听吹笛》唐·高适）→____作江南____（《江乡故人偶集客舍》唐·戴叔伦）→____须一饮三百____（《将进酒》唐·李白）→____且从____（《一剪梅·中秋无月》宋·辛弃疾）→____我醉时____（《满庭芳·夏日溧水无想山作》宋·周邦彦）→____迟不为茶（《值雨宿谔师房》宋·魏野）

## 【联句接龙】

何处路最难？最难在长安。→安得中山千日酒，酩然直到太平____？（《干戈》宋·王中）→____挑野菜和根煮，旋斫生柴带叶____。（《时世行》唐·杜荀鹤）→____痕一夜遍天涯，多情莫向空城____。（《踏莎行》宋·秦观）→____君烟水阔，挥手泪沾____。（《饯别王十一南游》唐·刘长卿）→____栉不可见，枕席空余____。（《相和歌辞·班婕妤》唐·徐彦伯）→____浮兰麝，寒消齿颊，粉脸生____。（《人月圆·咏圆子》宋·史浩）→____荣碧艳坐看歇，素华流年不待____。（《彩树歌》唐·陈子昂）→____不见谢家名子取四字，段家作堂兼四____。（《四美堂》宋·杨万里）→____人赠我琴琅玕，何以报之双玉盘？（《四愁诗》汉·张衡）

◆ 答案：天→怒→雪→还→会→杯→容→眠。时→烧→望→巾→香→红→君→美。

# 17　长安何处在？只在马蹄下。

——唐·岑参《忆长安曲二章寄庞傕》

## 【名句解析】

只要马蹄努力奔走，即可到达长安。

这两句诗以形象的语言说明了“千里之行，始于足下”，“驽马十驾，功在不舍”的道理。诗句比喻贴切，我们从中可领悟到希望在于努力，成功在于坚持的人生哲理。

常用于说明凡事只要坚持不懈地努力，就能获得成功。

### 【单句接龙】

长安何处在→在水一____（《诗经 · 蒹葭》）→____宅十余____（《归园田居》晋 · 陶渊明）→____间盈尺是吾____（《雪中》宋 · 晏殊）→____累何时____（《早发杭州泛富春江寄陆三十一公佐》唐·权德舆）→____中闻天____（《梦游天姥吟留别》唐·李白）→____声茅店____（《商山早行》唐 · 温庭筠）→____色今宵似往____（《感月悲逝者》唐·白居易）→____年陌上生秋____（《鹧鸪天》宋·晏几道）→____露滴秋根（《日暮》唐 · 杜甫）

### 【联句接龙】

长安何处在？只在马蹄下。→下第子不耻，遗才人耻____。（《送沈秀才下第东归》唐·贾岛）→____子于归，宜其家____。（《诗经·桃夭》）→____而无仪，不死何____？（《诗经 · 相鼠》）→____感君王辗转思，遂教方士殷勤____。（《长恨歌》唐 · 白居易）→____花来渡口，寻寺到山____。（《中书夜直梦忠州》唐 · 白居易）→____白乘驴悬布囊，一回言别泪千____。（《赠别李纷》唐 · 卢纶）→____数虽不多，字字有委____。（《寄远》唐 · 李白）→____屏尘暗双鸂（xī）鶒（chì），醉衾不暖炉烟湿，一帘暝色人孤____。（《醉落魄》宋 · 石孝友）→____寞又过桃李时，东园微雨草离离。（《春晚》宋 · 陆游）

◆ 答案：方→亩→心→空→鸡→月→年→草。之→人→为→觅→头→行→曲→寂。

## 18 长安有贫者，为瑞不宜多。

——唐 · 罗隐《雪》

### 【名句解析】

长安有多少衣不蔽体、露宿街头的贫者，他们将被预兆丰年的瑞雪所冻死，因此“为瑞”之雪还是少些为好。

罗隐的这首名为《雪》的诗，既无雪的画面，又无任何形象的描绘，而是通过绝句最忌讳的议论的方式，表现了诗人爱憎分明、幽默诙谐的自我形象。

常用于描写人民生活之苦，以及自己的愤世之情。

### 【单句接龙】

长安有贫者→者个男儿始出____（《拨棹歌》唐 · 德诚）→____上何所____（《丽人行》唐 · 杜甫）→____酒今不____（《春中忆元二》唐 · 韦应物）→____游三四____（《登香炉峰顶》唐 · 白居易）→____生几____（《短歌行》汉 · 曹操）→____为怀忧

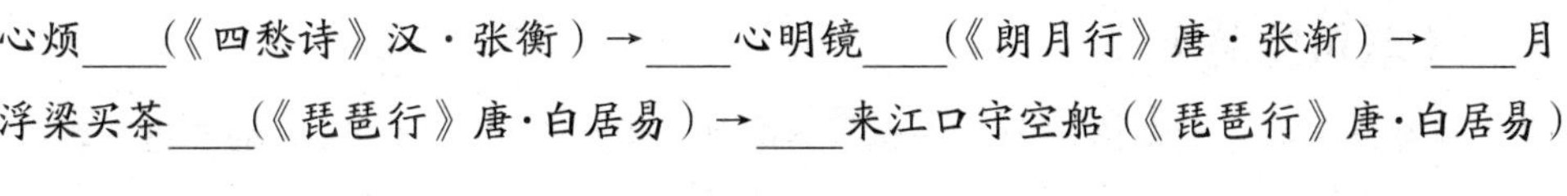
心烦____（《四愁诗》汉·张衡）→____心明镜____（《朗月行》唐·张渐）→____月浮梁买茶____（《琵琶行》唐·白居易）→____来江口守空船（《琵琶行》唐·白居易）

## 【联句接龙】

长安有贫者，为瑞不宜多。→多占春风称第一，檀心知有谢来____。（《和许簿牡丹》宋·薛季宣）→____端陌上狂风急，惊起鸳鸯出浪____。（《浪淘沙》唐·刘禹锡）→____褪残红青杏小，燕子飞时，绿水人家____。（《蝶恋花·春景》宋·苏轼）→____床饥鼠，蝙蝠翻灯____。（《清平乐·独宿博山王氏庵》宋·辛弃疾）→____时寒食春风天，玉钩栏下香案____。（《霓裳羽衣舞歌》唐·白居易）→____不见古人，后不见来____。（《登幽州台歌》唐·陈子昂）→____边走，那边走，只是寻花____。（《醉妆词》唐·王衍）→____舞麹（qū）尘千万线，青楼百尺临天____。（《蝶恋花》宋·张先）→____壁见海日，空中闻天鸡。（《梦游天姥吟留别》唐·李白）

◆ 答案：头→有→同→人→何→伤→前→去。无→花→绕→舞→前→者→柳→半。

# 19 桂林风景异，秋似洛阳春。

——唐·宋之问《始安秋日》

## 【名句解析】

桂林的风景特异，桂林的秋天，就像洛阳的春天。

写桂林风景之美，不从描绘山清水秀着笔，却独辟蹊径，写“秋似洛阳春”。洛阳春光之美，牡丹之盛，早有定论，而且广为人知。桂林秋色堪与洛阳春光比美，其春色、夏景自不待言；就是冬天，想必也是气候宜人的。这样一来，就把桂林四季如春的奇异风光勾勘出来了。

可引用于描写桂林风景。另外，以桂林秋比洛阳春，这种比拟既新颖又恰切，可资借鉴。

## 【单句接龙】

桂林风景异→异乡物态与人____（《春日西湖寄谢法曹歌》宋·欧阳修）→____锡曾为大司____（《诸将》唐·杜甫）→____上相逢无纸____（《逢入京使》唐·岑参）→____锋杀尽中山____（《草书歌行》唐·李白）→____从狗窦____（《十五从军征》汉乐府）→____云中兮养____（《送友人归山歌》唐·王维）→____鸭成群晚不____（《鹧鸪天·戏题村舍》宋·辛弃疾）→____拾旧山____（《满江红》宋·岳飞）→____桥送人处（《夜飞鹊·道宫别情》宋·周邦彦）

### 【联句接龙】

桂林风景异，秋似洛阳春。→春草如有意，罗生玉堂____。(《独酌》唐·李白)→____精此沦惑，去去不足____。(《古朗月行》唐·李白)→____经鸿都尚填咽，坐见举国来奔____。(《石鼓歌》唐·韩愈)→____上马嘶看棹去，柳边人歇待船____。(《利州南渡》唐·温庭筠)→____山深浅去，须尽丘壑____。(《送崔九》唐·裴迪)→____人赠我貂襜褕，何以报之明月____？(《四愁诗》汉·张衡)→____玉惭新赠，芝兰忝旧____。(《酬许五康佐》唐·元稹)→____鱼乱水叶，轻燕逐风____。(《赠王左丞诗》南朝·梁·何逊)→____门楼前见秋草，岂能贫贱相看老？(《凉州馆中与诸判官夜集》唐·岑参)

◆ 答案：殊→马→笔→兔→入→鸡→收→河。阴→观→波→归→美→珠→游→花。

## 20 但令归有日，不敢恨长沙。

——唐·宋之问《度大庾岭》

### 【名句解析】

只要叫我北归有日，哪怕被贬到离家较近的长沙也好，我不敢像贾谊那样以谪居长沙为恨事。

这是作者贬官泷州（今广东罗定市）途中所作，这两句诗抒情手法深曲，运用“但令”与“不敢”，表现出诗人希望北归的心情，并且把一肚苦水咽在肚里不敢有丝毫表露。

常用于形容怕归乡无日、葬身异乡的凄苦心情。

### 【单句接龙】

但令归有日→日暮诗成天又____(《雪梅》宋·卢梅坡)→____却输梅一段____(《雪梅》宋·卢梅坡)→____乡独酌聊为____(《梅花》宋·林逋)→____同金____(《飞龙篇》三国·魏·曹植)→____火光中寄此____(《对酒》唐·白居易)→____体摧____(《怨旷思惟歌》汉·王昭君)→____书万____(《人月圆·山中书事》元·张可久)→____舒开合任天____(《赠荷花》唐·李商隐)→____珠帘卷玉楼空(《御街行》宋·范仲淹)

### 【联句接龙】

但令归有日，不敢恨长沙。→沙场万里贰师还，天马如云入汉____。(《题赵松雪画马》元·柯九思)→____东有义士，兴兵讨群____。(《蒿里行》汉·曹操)→

____年气象堪流涕，禾把纷纷满竹____。(《雨中遣怀》宋·陆游）→____落疏疏一径深，树头花落未成____。(《宿新市徐公店》宋·杨万里）→____阳神变皆可测，不测人间笑是____。(《天可度·恶诈人也》唐·白居易）→____人问，背灯偷揾，拭尽残妆____。(《点绛唇》宋·苏轼）→____杏夭桃出苑墙，堤边杨柳拂波____。(《宫词》宋·赵佶）→____禄子孙宁底巧，不应造物独私____。(《四美堂》宋·杨万里）→____水暗流春冻解，风吹日炙不成凝。(《和韩侍郎题杨舍人林池见寄》唐·白居易）

◆ 答案：雪→香→寿→石→身→藏→卷→真。关→凶→篱→阴→瞋（chēn）→粉→光→渠。

# 21 天下三分明月夜，二分无赖是扬州。

——唐·徐凝《忆扬州》

## 【名句解析】

如果将天下的明月夜分而为三，可爱的扬州啊，你竟然占去了两分。

这两句诗以数量来形容扬州月色之美，对如此美好的月色以“无赖”二字来形容，致使人们常以“二分明月”代指扬州。这种深婉含蓄的表现手法，足资借鉴。

可化用以描写明月或以明月寄托怀人、思乡之情。

## 【单句接龙】

天下三分明月夜→夜莺啼绿____(《小满》宋·欧阳修）→____径无____(《剪牡丹·舟中闻双琵琶》宋·张先）→____生几____(《短歌行》汉·曹操）→____为怀忧心烦____(《四愁诗》汉·张衡）→____郁不能____(《怀古》唐·李涉）→____眉一笑岂易____(《登州海市》宋·苏轼）→____钱即相____(《醉时歌》唐·杜甫）→____花来渡____(《中书夜直梦忠州》唐·白居易）→____不言功心自适（《和令狐相公初归京国赋诗言怀》唐·刘禹锡）

## 【联句接龙】

天下三分明月夜，二分无赖是扬州。→州城迴绕拂云堆，镜水稽山满眼____。(《以州宅夸于乐天》唐·元稹）→____归相怨怒，但坐观罗____。(《陌上桑》汉乐府）→____溪南岸掩柴荆，挂却朝衣爱净____。(《敷溪高士》唐·郑谷）→____岂文章著，官应老病____。(《旅夜书怀》唐·杜甫）→____寄，休寄，粟粟蕊珠心____。(《如梦令》宋·刘辰翁）→____珠萦断菊，残丝绕折____。(《和灵法师游昆明池》北周·庾信）→____岳三征者，论诗旧与____。(《寄普明大师可准》唐·齐己）→____不见谢家名

子取四字，段家作堂兼四____。(《四美堂》宋·杨万里)→____人赠我锦绣段，何以报之青玉案？(《四愁诗》汉·张衡)

◆ 答案：柳→人→何→纡→伸→得→觅→口。来→敷→名→休→碎→莲→君→美。

## 22 寄到玉关应万里，戍人犹在玉关西。

——宋·贺铸《捣练子·砧面莹》

### 【名句解析】

衣裳寄到玉门关，该有迢迢上万里，可是征夫守边的地点，还在遥远的玉门关以西。

北宋中后期，与西北的西夏及羌人接二连三地发生战争冲突，北宋部队战斗力太弱，只得以军队的数量取胜，这便造成了众多家庭的分离。贺铸的思边词就接触到这个社会问题。长期分离所带来的痛苦，折磨得思妇时时以泪洗面，这泪水都是相思之情的倾诉。更令思妇难堪的是，她们甚至根本不知道远戍边塞的征人究竟身在何方，捣就征衣以后也不知道该寄到何处。一肚子的关怀思念之情无由诉说、无处表达，当然更不知道征人的生死存亡，还有什么事情比这更令人牵肠挂肚的呢？

常用于寄托家人对远在边疆的亲人的思念。

### 【单句接龙】

寄到玉关应万里→里有水心铭笔____(《挽孙石山》元·陆文圭)→____木阴中系短____(《绝句》宋·志南)→____声夜雨____(《送僧东游》唐·温庭筠)→____头有行____(《舟行》唐·白居易)→____有残丹____(《书楼》唐·白元鉴)→____不能销鬓____(《啄木曲》唐·白居易)→____岭干青____(《敦煌廿咏·莫高窟咏》唐)→____皇重色思倾____(《长恨歌》唐·白居易)→____色要须归第一(《和芍药》宋·廖行之)

### 【联句接龙】

寄到玉关应万里，戍人犹在玉关西。→西风吹雁到东吴，自整寒衣欲寄____。(《和征妇寄寒衣》唐·方干)→____远征，远征不必戍长城，出门便不知死____。(《夫远征》唐·元稹)→____世莫徒劳，风吹盘上____。(《铜驼悲》唐·李贺)→____下看花遍有思，醉中听雨也无____。(《雨夜独酌》宋·杨万里)→____奈何兮悲思多，情郁结兮不可____。(《思亲诗》三国·魏·嵇康)→____鹤千龄早，元龟六代____。(《出境游山》唐·王勃)→____风又绿江南岸，明月何时照我____？(《泊船瓜洲》宋·王安石）→____作江南会，翻疑梦里____。（《江乡故人偶集客舍》唐·戴叔伦）→____逢戏场声，壤壤战时伍。（《耘鼓》宋·王安石）

◆ 答案：古→篷→船→灶→火→雪→汉→国。夫→生→烛→愁→化→春→还→逢。

## 23 暖风熏得游人醉，直把杭州作汴州。

——宋·林升《题临安邸》

### 【名句解析】

和暖的春风熏得游人像喝醉了酒，简直把杭州当成了汴州。

作者是一个不满南宋投降国策的爱国文人。诗中的“游人”应指当时的达官贵人，他们把国难、国耻忘得一干二净，成天游山玩水，歌舞升平，过着醉生梦死的生活。在他们心目中，这半壁江山就是自己的安乐窝，小朝廷的京城杭州和北宋的京城汴州没有什么两样。这两句诗反映了广大人民的不满，带有强烈的讽刺意味。

常用于讽刺统治者苟且偷安、乐不思蜀的本质。

### 【单句接龙】

暖风熏得游人醉→醉不成欢惨将____（《琵琶行》唐·白居易）→____君去兮何时____（《梦游天姥吟留别》唐·李白）→____将中散____（《夜兴》唐·王勃）→____来每独____（《终南别业》唐·王维）→____事知多____（《虞美人》五代·南唐·李煜）→____将风月怨平____（《湘妃庙》唐·李群玉）→____月照我____（《梦游天姥吟留别》唐·李白）→____落长江海共____（《次韵欧阳叔向水中月》宋·王庭圭）→____抛故园里（《感石榴二十韵》唐·元稹）

### 【联句接龙】

暖风熏得游人醉，直把杭州作汴州。→州在钓台边，溪山实可____。（《睦州四韵》唐·杜牧）→____春忽至恼忽去，至又无言去未____。（《葬花吟》清·曹雪芹）→____在金銮望，群仙对九____。（《玩残雪寄江南尹刘大夫》唐·许浑）→____岩为屋橡为食，丁男夜行候消____。（《相和歌辞·董逃行》唐·张籍）→____心容膝地，得趣满床____。（《次韵昌龄至乐斋读书》宋·王十朋）→____生邹鲁客，才子洛阳____。（《送孙二》唐·王维）→____生自适尔，嘲骂亦何____？（《小饮》宋·陆游）→____虎竞磨牙，逢人事攫____。（《有虎》宋·赵抃）→____天攫地数千尺，恐作云雨归维嵩。（《古松歌》唐·庄南杰）

◆ 答案：别→还→兴→往→少→湖→影→深。怜→闻→重→息→书→人→有→拿。

## 24 西北望长安，可怜无数山。

——宋·辛弃疾《菩萨蛮·书江西造口壁》

### 【名句解析】

朝西北遥望京城，可惜无数山峰遮挡了视线。

郁孤台为唐虔州刺史李勉所建，他曾登台西望长安。而词人呢？哪有“长安”可望！当年金兵南渡，受难的百姓成千上万过赣江，伤心泪汇成无底的河，至今失地未收。词人借景抒情，借叹息北望京城被阻隔，暗喻恢复无望。

常用于形容山河破碎、壮志难酬的心境。

### 【单句接龙】

西北望长安→安能摧眉折腰事权____（《梦游天姥吟留别》唐·李白）→____贱情何____（《孔雀东南飞》汉乐府）→____宦梗犹____（《蝉》唐·李商隐）→____雾弄轻____（《白云诗》南朝·宋·鲍照）→____歌旧国平生____（《寄平甫》宋·王安石）→____人惜日____（《食后》唐·白居易）→____轸乘明____（《山夜调琴》唐·王绩）→____转乌____（《点绛唇》宋·苏轼）→____红相伴（《安公子》宋·柳永）

### 【联句接龙】

西北望长安，可怜无数山。→山阳旧社终经梦，容易言归不可____。（《送庐阜僧归山阳》五代·南唐·李中）→____连戏蝶时时舞，自在娇莺恰恰____。（《江畔独步寻花》唐·杜甫）→____时惊妾梦，不得到辽____。（《伊州歌》唐·金昌绪）→____州彼此意何如，官职蹉跎岁欲____。（《岁暮枉衢州张使君书并诗因以长句报之》唐·白居易）→____却髭须白一色，其余未伏少年____。（《闲出觅春戏赠诸郎官》唐·白居易）→____今欲渡缘何事？如此风波不可____。（《横江词》唐·李白）→____春莫放一日一，修禊（xì）仍逢三月____。（《三月三日雨作遣闷十绝句》宋·杨万里）→____人成市虎，浸渍解胶____。（《临终诗》汉·孔融）→____灯寻黑洞，之字上危峰。（《句》唐·刘昭禹）

◆ 答案：贵→薄→泛→弦→乐→促→月→啼。留→啼→西→除→郎→行→三→漆。

# 25 洛阳三月花如锦，多少工夫织得成。

——宋・刘克庄《莺梭》

## 【名句解析】

洛阳三月的繁花美丽得如同锦绣，不知道这是黄莺费了多少工夫才织成的。

诗人由黄莺的穿花过柳和婉转啼鸣，联想到织机飞梭的左右传动和机杼的轧轧作响，因而把洛阳百花争妍的美景想象成莺梭织出的锦绣。构思神奇，比喻生动，具有浓郁的生活气息和艺术情趣，可以启发我们的艺术思维。

用于描写洛阳百花盛开的春景。

## 【单句接龙】

洛阳三月花如锦→锦官城外柏森____（《蜀相》唐・杜甫）→____然魄动下马____（《谒衡岳庙遂宿岳寺题门楼》唐・韩愈）→____庆遂及____（《夏日奉使南海在道中作》唐・张九龄）→____爱徒区____（《羽林郎》汉・辛延年）→____区黠虏敢狂____（《串夷》宋・苏舜钦）→____儿将出换美____（《将进酒》唐・李白）→____生宁可____（《山墅》宋・方岳）→____暮空潭____（《过香积寺》唐・王维）→____径通幽处（《题破山寺后禅院》唐・常建）

## 【联句接龙】

洛阳三月花如锦，多少工夫织得成。→成败极知无定势，是非元自要徐____。（《次韵季长见示》宋・陆游）→____寒琪树碧，雪浅石桥____。（《送道友入天台山作》唐・马戴）→____州君初到，郁郁愁如____。（《寄微之》唐・白居易）→____芳意而谁赏，怨绝世之无____。（《彩树歌》唐・陈子昂）→____说朝天在来岁，霸陵春色待行____。（《酬郓州令狐相公官舍言怀见寄兼呈乐天》唐・刘禹锡）→____马尘中久已倦，湖山胜处即为____。（《送苏学士钱塘监郡》宋・张方平）→____来卧西窗，泾渭自此____。（《洗尘赠张立之判官》宋・张孝祥）→____我刀圭容不死，他年鹤驭得追____。（《赠石先生》宋・陈师道）→____风潜入夜，润物细无声。（《春夜喜雨》唐・杜甫）

◆ 答案：森→拜→私→区→呼→酒→薄→曲。观→通→结→闻→车→归→分→随。

## 26 大江之南风景殊，杭州西湖天下无。

——明·刘基《题王润和尚西湖图》

### 【名句解析】

长江以南风景特别美，尤其杭州西湖的景物天下无双。

这是一首题画诗。此两句先不对《西湖图》作具体的品评，上句只从大处着眼，说长江以南的自然风景是极美的，下句则专意突出杭州西湖“天下无”。这“天下无”三字，便将西湖置于江南无数名胜之首，从而可以引起读者认真鉴赏这幅图画的兴趣，领略图中西湖天下不二的妙处。

可用来赞美杭州西湖胜景。

### 【单句接龙】

大江之南风景殊→殊锡曾为大司___(《诸将》唐·杜甫)→___官厮养森成___(《韦讽录事宅观曹将军画马图》唐·杜甫)→___国自有___(《前出塞》唐·杜甫)→___场征战何时___(《胡笳十八拍》汉·蔡文姬)→___雾含空___(《五言同管记陆瑜九日观马射诗》南朝·陈·陈叔宝)→___羽偷鱼___(《题王家庄临水柳亭》唐·白居易)→___门各自___(《饮马长城窟行》汉乐府)→___眼随羞___(《拟古诗》南朝·梁·何思澄)→___比月华满(《朗月行》唐·张渐)

### 【联句接龙】

大江之南风景殊，杭州西湖天下无。→无为守穷贱，坎坷长苦___。(《古诗十九首·今日良宴会》汉)→___苦日多乐日少，水宿沙行如海___。(《水夫谣》唐·王建)→___雀夜各归，中原杳茫___。(《成都府》唐·杜甫)→___茫九派流中国，沉沉一线穿南___。(《菩萨蛮·黄鹤楼》现代·毛泽东)→___国风光，千里冰封，万里雪___。(《沁园春·雪》现代·毛泽东)→___蓬求季主，身世问如___？(《腊日》宋·张耒)→___劳问宽窄，宽窄在心___。(《小宅》唐·白居易)→___有重臣承霈泽，外无轻虏犯旌___。(《送史兵曹判官赴楼烦》唐·卢纶)→___亭浊酒典衣沽，蟹舍老翁折简呼。(《夜从父老饮酒村店作》宋·陆游)

◆ 答案：马→列→疆→歇→翠→入→媚→合。辛→鸟→茫→北→飘→何→中→旗。

# 第19章

# 成语取精华

中国诗词文化光华四溢，异彩纷呈，脍炙人口的名篇名句很多，同时也深深影响了我国的民族语言。形式简洁、意思精辟的成语有许多就出自中国文化的艺术奇葩——诗词之中。古诗词的语言虽寥寥数语、短短几句，但字字都是经过了诗人的推敲、锤炼，不仅有着深邃幽杳的意境，还有着凝练优美的语言。这些有的保留了原来的诗意，有的产生了新的语意，有的感情色彩以及应用范围发生了变化。诗词和成语都是传统文化中的瑰宝，我们的先辈从那些优美的诗词当中汲取精华，丰富了成语宝库。有很多我们平时信手拈来的成语，都来自朗朗上口的古诗词。通过成语学古诗，也是一种学习方法，更是一种情怀，即热爱古诗词的情怀。

## 1 彼采萧兮，一日不见，如三秋兮！

——《诗经·采葛》

### 【名句解析】

那个采香蒿的姑娘啊，一日没看见她，好像过了三个秋季那么长啊。

诗句直白地表露自己思念的情绪，然而却能拨动无数读者的心弦，并将这一情感浓缩为成语“一日三秋”，使其审美价值永不消退。

现今引用“一日不见，如三秋兮”这两句诗，仍然代表着十分思念的本义，而将其浓缩为成语“一日三秋”，比喻分别时间虽短，却觉得很长，形容对人思念殷切。

### 【单句接龙】

一日不见→见此争无一句___（《题峡中石上》唐·白居易）→___成泣鬼___（《寄李十二白二十韵》唐·杜甫）→___龟虽___（《龟虽寿》汉·曹操）→___无金石___（《驱车上东门》汉）→___众芳之所___（《离骚》战国·屈原）→___道如安___（《东归》唐·白居易）→___闲始自___（《送杨氏女》唐·韦应物）→___去慎莫___（《孔雀东南飞》汉乐府）→___连戏蝶时时舞（《江畔独步寻花》唐·杜甫）

### 【联句接龙】

彼采萧兮，一日不见，如三秋兮！→兮水北南胥济运，古人相土有良___。（《过汶河》清·弘历）→___糊烟树鸟边静，突兀云山天外___。（《登齐云亭》宋·宋祁）→___日绮窗前，寒梅著花___？（《杂诗》唐·王维）→___离海底千山黑，才到天中万国___。（《咏月诗》宋·赵匡胤）→___朝相对泪滂沱，米粮丝税将奈___？（《陌上桑》元·王冕）→___处佳人玉笛吹，春风已过落梅___。（《闻笛》宋·郭祥正）→___雨及芒种，四野皆插___。（《时雨》宋·陆游）→___水平畴蛙阁阁，菜花满棱蝶飞___。（《春日田园杂兴》宋·方子静）→___花雪片落梅残，兴发歌楼酒量宽。（《四时诗·冬》宋·徐瑾）

◆ 答案：诗→神→寿→固→在→居→遣→留。模→来→未→明→何→时→秧→飞。

## 2 有匪君子，如切如磋，如琢如磨。

——《诗经·淇奥》

### 【名句解析】

君子的自我修养就像加工骨器，切了还要磋；就像加工玉器，琢了还得磨！

在切磋、琢磨中，君子原本平面化的人物“立”了起来，既有鲜明的个性又有时代特征，既可敬又可亲。

成语“如切如磋，如琢如磨”就是出自这句诗，本义是形容人的道德品质、形象气度之美好，如象牙美玉，后来人们便用来比喻学问之精进，需要切磋琢磨。

### 【单句接龙】

有匪君子→子在川上____（《水调歌头·游泳》现代·毛泽东）→____父母____（《诗经·巧言》）→____放白鹿青崖____（《梦游天姥吟留别》唐·李白）→____关莺语花底____（《琵琶行》唐·白居易）→____滑泥行青嶂____（《宿魏城驿用罗江东韵怀李仲明》宋·李流谦）→____远莫致倚惆____（《四愁诗》汉·张衡）→____望千秋一洒____（《咏怀古迹》唐·杜甫）→____飞顿作倾盆____（《蝶恋花·答李淑一》现代·毛泽东）→____中山果落（《秋夜独坐》唐·王维）

### 【联句接龙】

有匪君子，如切如磋，如琢如磨。→磨牙吮血，杀人如____。（《蜀道难》唐·李白）→____姑垂两鬓，一半已成____。（《短歌行》唐·李白）→____风初高鹰隼击，天河下洗烟尘____。（《秋雨叹》宋·陆游）→____明时节雨纷纷，路上行人欲断____。（《清明》唐·杜牧）→____气散何之，枯形寄空____。（《拟挽歌辞》晋·陶渊明）→____叶萧萧，乡路迢____。（《采桑子·九日》清·纳兰性德）→____迢天汉西南落，喔喔邻鸡一再____。（《秋夜将晓出篱门迎凉有感》宋·陆游）→____筝金粟柱，素手玉房____。（《听筝》唐·李端）→____时雪压无寻处，昨夜月明依旧开。（《次韵雪后书事》宋·朱熹）

◆ 答案：曰→且→间→滑→路→怅→泪→雨。麻→霜→清→魂→木→迢→鸣→前。

## 3 他山之石，可以攻玉。

——《诗经·小雅·鹤鸣》

### 【名句解析】

别的山上的石头，能够用来雕琢成玉器。

我国第一部诗歌总集《诗经》中记录的这句包含深刻哲理的诗句，仅用八个字，就形象地说明了一个道理，即参照外部事物及方法，以帮助自己成功。

这句诗已经成为一个成语，原比喻别国的贤才可为本国效力，后比喻能帮助自己改正缺点的人或意见。

### 【单句接龙】

他山之石→石榴未拆梅犹____（《樱桃》唐·张祜）→____娃撑小____（《池上》唐·白居易）→____子喜野____（《夏日闲居作四声诗寄袭美·平上声》唐·陆龟蒙）→____如山色雨余____（《次韵前人取别》宋·陈著）→____鲜白日____（《入庐山仰望瀑布水》唐·张九龄）→____洁明星____（《早朝》唐·王维）→____会构欢____（《孟津诗》三国·魏·曹丕）→____亲终一____（《悼颐中朝散兄》宋·张扩）→____间行乐亦如此（《梦游天姥吟留别》唐·李白）

### 【联句接龙】

他山之石，可以攻玉。→玉户帘中卷不去，捣衣砧上拂还____。（《春江花月夜》唐·张若虚）→____谒大官兼问政，扁舟却入九疑____。（《欸乃曲》唐·元结）→____林深处寿高木，薇蕨清风生瑞____。（《赞前人第四子良汉周岁》宋·陈著）→____盖不来云杳杳，仙舟何处水潺____？（《洛阳长句》唐·杜牧）→____溪桂水湍，漱石多奇____。（《思平泉树石杂咏一十首·叠石》唐·李德裕）→____似明月泛云河，体如轻风动流____。（《白纻曲》南朝·宋·刘铄）→____漂菰米沉云黑，露冷莲房坠粉____。（《秋兴》唐·杜甫）→____尘何冥冥，白日沦西____。（《离愤》明·李梦阳）→____客谈瀛洲，烟涛微茫信难求。（《梦游天姥吟留别》唐·李白）

◆ 答案：小→艇→语→鲜→皎→高→娱→世。来→山→芝→潺→状→波→红→海。

## 4 风雨如晦，鸡鸣不已。

——《诗经·风雨》

### 【名句解析】

风雨交加，天色暗得像在黑夜一样，只有早晨的鸡还在不停地啼叫。

“风雨如晦”的自然之景也可理解为险恶的人生处境或动荡的社会环境。后世许多士人君子，常以虽处“风雨如晦”之境，仍要“鸡鸣不已”自励。

这句诗已经成为一个成语，比喻在黑暗的社会里不乏有识之士。

### 【单句接龙】

风雨如晦→晦赏念前____（《月晦忆去年与亲友曲水游宴》唐·韦应物）→____暮得荆____（《咏荆轲》晋·陶渊明）→____可去成____（《孔雀东南飞》汉乐府）→____娶不在____（《示内》宋·陈著）→____有蜻蜓立上____（《小池》宋·杨万里）→____上倭堕____（《陌上桑》汉乐府）→____影杂云____（《七夕宴重咏牛女各为五

韵诗》南朝·陈·陈叔宝）→____吾道夫先____（《离骚》战国·屈原）→____远莫致倚踟蹰（《四愁诗》汉·张衡）

## 【联句接龙】

风雨如晦，鸡鸣不已。→已是悬崖百丈冰，犹有花枝____。（《卜算子·咏梅》现代·毛泽东）→____也不争春，只把春来____。（《卜算子·咏梅》现代·毛泽东）→____到山中去，归来每日____。（《寻陆鸿渐不遇》唐·皎然）→____月朦胧，雨过残花落地____。（《采桑子》五代·南唐·冯延巳）→____烛自怜无好计，夜寒空替人垂____。（《蝶恋花》宋·晏几道）→____尽恨转深，千里同此____。（《寄远》唐·李白）→____似双丝网，中有千千____。（《千秋岁》宋·张先）→____交在相知，骨肉何必____！（《箜篌谣》汉乐府）→____交既许来，子姝亦可从。（《人日城南登高》唐·韩愈）

◆ 答案：岁→卿→婚→早→头→鬓→来→路。俏→报→斜→红→泪→心→结→亲。

# 5 吴牛喘月时，拖船一何苦。

——唐·李白《丁督护歌》

## 【名句解析】

在炎热的盛夏，连牛见到月亮也以为是太阳而畏惧喘息，而纤夫们却得冒着酷暑烈日拖船上行，这景象是何等悲苦！

这两句表现作者对在烈日下拖船的纤夫的深刻同情。

“吴牛喘月”已成为形容盛夏酷暑的成语，现在仍被使用着。

## 【单句接龙】

吴牛喘月时→时往岁载____（《猛虎行》晋·陆机）→____霞生远____（《入若耶溪》南朝·梁·王籍）→____贴晴天____（《孙器之奉使淮浙至江为书见寄以诗谢之》宋·司马光）→____狭容一____（《初入峡有感》唐·白居易）→____花深处睡秋____（《秋事》唐·吴融）→____分折杨____（《莺》唐·李峤）→____我衣与____（《秋日不可见》宋·王安石）→____衣佩云____（《咏怀》三国·魏·阮籍）→____骄凌上都（《后出塞》唐·杜甫）

## 【联句接龙】

吴牛喘月时，拖船一何苦。→苦吟莫向朱门里，满耳笙歌不听____。（《蛩》唐·郭震）→____不见沙场征战苦，至今犹忆李将____！（《燕歌行》唐·高适）→

____书十二卷，卷卷有爷____。（《木兰诗》北朝民歌）→____秩后千品，诗文齐六____。（《题张十八所居》唐·韩愈）→____年不展缘身病，今日开看生蠹____。（《开元九诗书卷》唐·白居易）→____在于渚，或潜在____。（《诗经·小雅·鹤鸣》）→____明节本高，曾不为吏____。（《送永叔归乾德》宋·梅尧臣）→____指细寻思，争如共刘伶一____。（《剔银灯·与欧阳公席上分题》宋·范仲淹）→____帽尽从吹落去，飕飕，幸有黄花插满头。（《南乡子·追和东坡重九》宋·王之道）

◆ 答案：阴→岫→阔→苇→声→吹→裳→气。君→军→名→经→鱼→渊→屈→醉。

# 6 春风得意马蹄疾，一日看尽长安花。

——唐·孟郊《登科后》

## 【名句解析】

我愉快地骑着马儿奔驰在春风里，一天的时间就把长安城的美景全看完了。

诗人得意扬扬，心花怒放，便迎着春风策马奔驰于鲜花烂漫的长安道上。人逢喜事精神爽，诗人情与景会，意到笔成，不仅活灵活现地描绘了自己高中之后的得意之态，还酣畅淋漓地抒发了得意之情，明朗畅达而又别有情韵。

原指读书人考中后的得意心情，现在一般形容事情办成功，达到目的后那种得意扬扬的情态。成语“春风得意”“走马观花”均出自这句诗。

## 【单句接龙】

春风得意马蹄疾→疾风高冈____（《自京赴奉先县咏怀五百字》唐·杜甫）→____石响惊____（《八声甘州》宋·辛弃疾）→____虚半月____（《秋日即目》唐·李世民）→____势月初____（《秋思》唐·白居易）→____愿如同梁上____（《长命女》五代·南唐·冯延巳）→____子分泥蜂酿____（《谒金门》宋·晏几道）→____蜂为主各磨____（《济源寒食》唐·孟郊）→____璋辞凤____（《从军行》唐·杨炯）→____下历三朝（《送朴充侍御归海东》唐·张乔）

## 【联句接龙】

春风得意马蹄疾，一日看尽长安花。→花丛便不入，犹自未甘____。（《赠同座》唐·白居易）→____犹豫而狐疑兮，欲自适而不____。（《离骚》战国·屈原）→____惜欢娱地，都非少壮____。（《可惜》唐·杜甫）→____哉不我与，去乎若云____。（《重赠卢谌》晋·刘琨）→____云今可驾，沧海自成____。（《出境游山》唐·王勃）→____罍胸次尝苦隘，谁谓一隅天地____？（《平绿轩》宋·王用亨）→____心应是酒，遣兴莫过____。(《可惜》唐·杜甫）→____酒深情殊未适，肴蔬薄具亦频____。(《雪坡以雨阻山行有诗因亦次韵》宋·施枢）→____阑人静月侵廊，独自行来行去，好思量。(《虞美人》宋·苏轼）

◆ 答案：裂→弦→弓→三→燕→蜜→牙→阙。心→可→时→浮→尘→宽→诗→更。

## 7 翻手为云覆手雨，纷纷轻薄何须数？

——唐·杜甫《贫交行》

### 【名句解析】

有些人交友，翻手覆手之间，一会儿像云的趋合，一会儿像雨的纷落，变化多端，这种贿赂之交、势利之交、酒肉之交是多么地让人轻蔑愤慨、不屑一顾！

这两句诗写出了封建社会交友的势利之态，凉薄之情。人们之间的交往，在翻手覆手之间，忽而成为彩云，忽而化为骤雨，反复无常，变化迅速。富贵时会浓云聚焦，苟合在一处；贫贱时便似雨珠飘散，各自分离。真是写尽了世态炎凉。诗人对此极为轻蔑，不屑评说。

成语“翻云覆雨”出自这句诗，常用于比喻反复无常或惯于玩弄手段。后人也常用“翻手为云，覆手为雨”来比喻反复无常或玩弄手段，它表现出的是一种谋略，也是一种权术。

### 【单句接龙】

翻手为云覆手雨→雨洗山光涨蔚____(《谨和老人明朝中春》宋·洪咨夔）→____桥何处觅云____(《南歌子·寓意》宋·苏轼）→____英白____(《诗经·白华》)→____飞风____(《贺新郎·甚矣吾衰矣》宋·辛弃疾）→____舞落日争光____(《南陵别儿童入京》唐·李白）→____山应是不轻____(《和友人喜相遇》唐·李咸用）→____酒过此____(《遣春》唐·元稹）→____乏黄金枉图____(《王昭君》唐·李白）→____人心逐世人情（《金陵图》唐·韦庄）

### 【联句接龙】

翻手为云覆手雨，纷纷轻薄何须数？→数风流人物，还看今____。(《沁园春·雪》现代·毛泽东）→____辞白帝彩云间，千里江陵一日____。(《早发白帝城》唐·李白）→____我山家本来面，数拳春笋荐孤____。(《假中闭户终日偶得绝句》宋·陆游）→____残玉瀣行穿竹，卷罢黄庭卧看____。(《鹧鸪天》宋·陆游）→____当日午回峰影，草带泥痕过鹿____。(《山行》唐·项斯）→____童挑燕笋，幼妇采鸡____。(《访野人家》宋·陆游）→____柘影斜春社散，家家扶得醉人____。（《社日》唐·王驾）→____山深浅去，须尽丘壑____。（《送崔九》唐·裴迪）→____人在南州，为尔歌北门。（《春遇南使贻赵知音》唐·岑参）

◆ 答案：蓝→英→云→起→辉→沽→生→画。朝→还→斟→山→群→桑→归→美。

## 8 花近高楼伤客心，万方多难此登临。

——唐·杜甫《登楼》

### 【名句解析】

在万方多难中，我登楼望去，庭园花木与高楼如此接近；面对这样美好的情景，想起故乡，不觉伤心难过。

"万方多难"，是全诗写景抒情的出发点。在这样一个万方多难的时候，流离他乡的诗人愁思满腹，登上此楼，虽然繁花触目，诗人却为国家的灾难重重而忧愁，伤感，更加黯然心伤。花伤客心，以乐景写哀情，和诗人的"感时花溅泪"（《春望》）一样，同是反衬手法。

常用于形容国家和人民饱受灾难时的感喟之语。成语"万方多难"便出自这句诗。

### 【单句接龙】

花近高楼伤客心→心潮逐浪____（《菩萨蛮·黄鹤楼》现代·毛泽东）→____秋禾黍____（《田西边》唐·刘驾）→____占春风称第____（《和许簿牡丹》宋·薛季宣）→____朝选在君王____（《长恨歌》唐·白居易）→____身东望涕沾____（《四愁诗》汉·张衡）→____林江左____（《读李杜诗集因题卷后》唐·白居易）→____暖桑麻光似____（《浣溪沙》宋·苏轼）→____处痕轻灌木____（《水墨松石》唐·方干）→____荣消得几何功（《安乐窝中自贻》宋·邵雍）

### 【联句接龙】

花近高楼伤客心，万方多难此登临。→临歧无限意，相视却忘____。（《发华州留别张侍御》唐·刘禹锡）→____入黄花川，每逐青溪____。（《青溪》唐·王维）→____月通禅寂，鱼龙听梵____。（《送僧归日本》唐·钱起）→____疏饮露后，唱绝断弦____。（《赋新题得寒树晚蝉疏诗》南朝·陈·张正见）→____国自今应更重，本朝前日可嗟____。（《闻富并州入相》宋·王令）→____解罗裳，独上兰____。（《一剪梅》宋·李清照）→____行何太热，岸上莽尘____。（《舟中苦热》宋·严羽）→____上并禽池上暝，云破月来花弄____。（《天仙子》宋·张先）→____落明湖青黛光，

金阙前开二峰长，银河倒挂三石梁。(《庐山谣寄卢侍御虚舟》唐·李白)

◆ 答案：高→多→一→侧→翰→日→泼→枯。言→水→声→中→轻→舟→沙→影。

## 9 洛阳亲友如相问，一片冰心在玉壶。

——唐·王昌龄《芙蓉楼送辛渐》

### 【名句解析】

如果在洛阳的亲戚朋友问到我的情况，请你转告他们，我这颗光明的心，就像放在了玉制的壶里的冰块那样，晶莹透明、清澈无瑕。

诗人以"冰心玉壶"自喻，晶莹如冰的心藏于内，高洁如玉壶之形现于外，表明自己光明磊落，清廉自守，表里如一。

现在人们常引用"一片冰心在玉壶"表示志趣高洁。成语"冰心玉壶"便出自这句诗。

### 【单句接龙】

洛阳亲友如相问→问院落凄____(《宴山亭·北行见杏花》宋·赵佶)→____风入我____(《善哉行》汉·曹操)→____迩人遐毒我____(《凤求凰》汉·司马相如)→____断春江欲尽____(《漫兴》唐·杜甫)→____上蓝田____(《羽林郎》汉·辛延年)→____炉香暖频添____(《虞美人》唐·毛文锡)→____香时自续炉____(《独坐不得眠读旧书》宋·叶梦得)→____寒岳树____(《送友人下第东游》唐·司马扎)→____角吹残锁印归(《送婺州许录事》唐·方干)

### 【联句接龙】

洛阳亲友如相问，一片冰心在玉壶。→壶关远，雁书____。(《长相思》南朝·陈·萧淳)→____代有佳人，幽居在空____。(《佳人》唐·杜甫)→____雨春光晓，山川黛色____。(《咏廿四气诗·谷雨春光晓》唐·元稹)→____青河边草，绵绵思远____。(《饮马长城窟行》汉乐府)→____旁过者问行人，行人但云点行____。(《兵车行》唐·杜甫)→____年游岳洞，灵迹记无____。(《赤城李丹士》宋·王镃)→____池欲住，试入旧巢相并，还相雕梁藻____。(《双双燕·咏燕》宋·史达祖)→____上发新花，谁言不经____？(《咏杂花诗》南朝·梁·何逊)→____不成干画未销，霏霏拂拂又迢迢。(《秋色》唐·吴融)

◆ 答案：凉→室→肠→头→玉→炷→烟→暝。绝→谷→青→道→频→差→井→染。

## 10 瀚海阑干百丈冰，愁云惨淡万里凝。

——唐·岑参《白雪歌送武判官归京》

### 【名句解析】

大沙漠上纵横交错着百丈厚的坚冰，愁云暗淡无光，在万里长空凝聚着。

诗人用浪漫夸张的手法气势磅礴地勾勒出瑰奇壮丽的大漠雪景，又为“武判官归京”安排了一个典型的送别环境，烘托出诗人的离愁别绪。

常用于描绘雪中天地的整体形象，渲染离别气氛。成语“愁云惨淡”便出自这句诗。

### 【单句接龙】

瀚海阑干百丈冰→冰霜正惨___（《赠从弟》汉·刘祯）→___凄恻恻梦不___（《秋雨叹》宋·陆游）→___由勤俭破由___（《咏史》唐·李商隐）→___者狼藉俭者___（《草茫茫·惩厚葬也》唐·白居易）→___危须仗出群___（《诸将》唐·杜甫）→___不材间过此___（《鹧鸪天·博山寺作》宋·辛弃疾）→___长明妃尚有___（《咏怀古迹》唐·杜甫）→___酒无灰味却___（《古杭道中》宋·赵时韶）→___是俗人心（《自叹》唐·白居易）

### 【联句接龙】

瀚海阑干百丈冰，愁云惨淡万里凝。→凝冰结重涧，积雪被长___。（《苦寒行》晋·陆机）→___岭附梁山，汀洲随汉___。（《兴元府园亭杂咏·四照亭》宋·文同）→___陌轻寒，社公雨足东风___。（《点绛唇》宋·寇准）→___脸娇娥纤复秾，轻罗金缕花葱___。（《田使君美人舞如莲花北鋋歌》唐·岑参）→___葱一树玉生香，半露晴梢出短___。（《清源分司林檎花》明·于谦）→___里秋千墙外道，墙外行人，墙里佳人___。（《蝶恋花·春景》宋·苏轼）→___渐不闻声渐悄，多情却被无情___。（《蝶恋花·春景》宋·苏轼）→___人风味阿谁知？请君问取南楼___。（《踏莎行》宋·吕本中）→___转乌啼，画堂宫徵生离恨。（《点绛唇》宋·苏轼）

◆ 答案：凄→成→奢→安→材→生→村→真。峦→水→慢→茏→墙→笑→恼→月。

# 11 月落乌啼霜满天，江枫渔火对愁眠。

——唐·张继《枫桥夜泊》

## 【名句解析】

在月落时，伴着几声乌鸦的啼叫，抬头仰望天空就好像一层薄薄的秋霜朦朦胧胧，再去看江村桥和枫桥，渔火点点，只剩我独自对愁而眠。

“月落”“乌啼”“霜满天”是三种有密切关联的景象。上弦月升起得早，到“月落”时大约天将晓，树上的栖鸟也在黎明时分发出啼鸣，秋天夜晚的“霜”透着浸肌砭骨的寒意，从四面八方围向诗人夜泊的小船，使他感到身外茫茫夜空中正弥漫着满天霜华。

后人常用这两句诗描绘凄清的秋夜羁旅图。成语“月落乌啼”便出自这句诗。

## 【单句接龙】

月落乌啼霜满天→天涯流落俱可____（《寓居定惠院之东杂花满山有海棠一株土人不知贵也》宋·苏轼）→____君怜我梦相____（《酬乐天频梦微之》唐·元稹）→____道欲来相问____（《寄李儋元锡》唐·韦应物）→____予不____（《诗经·墓门》）→____我损文____（《答连生见寄兼简同邑胡希元》宋·宋祁）→____皴皮似____（《有木》唐·白居易）→____顶鹤初____（《听郑羽人弹琴》五代·南唐·李中）→____破霓裳羽衣____（《长恨歌》唐·白居易）→____终收拨当心画（《琵琶行》唐·白居易）

## 【联句接龙】

月落乌啼霜满天，江枫渔火对愁眠。→眠沙卧水自成群，曲岸残阳极浦____。（《题鹅》唐·李商隐）→____液满，琼杯____。（《满江红·中秋寄远》宋·辛弃疾）→____处莓苔湿，暗中萝薜____。（《幽人居》唐·储光羲）→____映菰蒲三十里，晴分功利几千____。（《吴兴新堤》唐·朱庆馀）→____家楼上簇神仙，争看鹤冲____。（《喜迁莺》唐·韦庄）→____下居常，害多于____。（《多多吟》宋·邵雍）→____剑不在掌，结友何须____。（《野田黄雀行》三国·魏·曹植）→____病欣依有道邦，南塘宴起想秋____。（《水斋》唐·李商隐）→____水流春去欲尽，江潭落月复西斜。（《春江花月夜》唐·张若虚）

◆ 答案：念→闻→讯→顾→鳞→松→惊→曲。云→滑→深→家→天→利→多→江。

# 12 曾经沧海难为水，除却巫山不是云。

——唐・元稹《离思》

## 【名句解析】

经历过无比深广的沧海的人，别处的水再难以吸引他；除了云蒸霞蔚的巫山之云，别处的云都黯然失色。

诗人巧妙地化用“朝云”的典故，把它比作心爱的女子，充分地表达了对那个女子的真挚感情。诗人表明，除此女子，纵有倾城国色、绝代佳人，也不能打动他的心，取得他的欢心和爱慕。只有那个女子，才能使他倾心相爱。写得感情炽热，又含蓄蕴藉。

后人引用这两句诗多喻指对爱情的忠诚，说明非伊莫属、爱不另与。“曾经沧海难为水”可以简缩为成语“曾经沧海”，比喻曾经经历过很大的场面，眼界开阔，见多识广，对比较平常的事物不放在眼里。

## 【单句接龙】

曾经沧海难为水→水精之盘行素___（《丽人行》唐・杜甫）→___鳞居大___（《陶者》宋・梅尧臣）→___倾欲以一绳___（《读史》宋・刘克庄）→___叶萋___（《诗经・葛覃》）→___萋总是无情___（《春草》唐・唐彦谦）→___外忘机即是___（《赠碧蜍》宋・毛珝）→___鸟已相___（《村居书事》唐・韦庄）→___旧赏新___（《风入松》宋・吴文英）→___看稚子浴清江（《进艇》唐・杜甫）

## 【联句接龙】

曾经沧海难为水，除却巫山不是云。→云鬓花颜金步摇，芙蓉帐暖度春___。（《长恨歌》唐・白居易）→___分独坐到天明，又策羸骖信脚___。（《长安闲作》唐・李涉）→___来北凉岁月深，感君贵义轻黄___。（《忆旧游寄谯郡元参军》唐・李白）→___沙水拍云崖暖，大渡桥横铁索___。（《七律・长征》现代・毛泽东）→___蝉凄切，对长亭晚，骤雨初___。（《雨霖铃》宋・柳永）→___马独来寻故事，逢人唯说岘山___。（《过襄阳上于司空頔》唐・李涉）→___因藓蚀无完字，址为藤迷失旧___。（《三仙祠》宋・杨佐）→___陌经三岁，闾阎对五___。（《早行》唐・杨炯）→___近红蕖曲水滨，全家罗袜起秋尘。（《寄成都高苗二从事》唐・李商隐）

◆ 答案：鳞→厦→维→萋→物→鸥→依→晴。宵→行→金→寒→歇→碑→阡→家。

## 13 空腹有诗衣有结，湿薪如桂米如珠。

——宋·苏轼《浣溪沙》

### 【名句解析】

腹中除了诗之外并无食物，衣衫破烂不堪，柴米的价格都昂贵得惊人。

这里形容日用品价格昂贵，自己生活贫苦的情形。比喻和夸张手法的运用，加强了诗句的形象性。

可用来描写作家、诗人艰苦的物质生活。后一句可简缩为成语“米珠薪桂”，专门用来形容日常生活用品价格昂贵。

### 【单句接龙】

空腹有诗衣有结→结我红罗____（《羽林郎》汉·辛延年）→____开临舞____（《十咏·脚下履》南朝·梁·沈约）→____上挥____（《庆东原·次马致远先辈韵》元·张可久）→____发常重泰山____（《水调歌头·壬子被召端仁相饯席上作》宋·辛弃疾）→____沤元泛____（《卧病累日羸甚偶复小健戏作》宋·陆游）→____彼柏____（《诗经·柏舟》）→____人怨遥心在____（《有所思》宋·李新）→____殿风来珠翠____（《西宫秋怨》唐·王昌龄）→____车为驻轮（《观猎骑》唐·司空曙）

### 【联句接龙】

空腹有诗衣有结，湿薪如桂米如珠。→珠履早曾从相府，玳簪今又别官____。（《酬湘幕徐员外见寄》唐·齐己）→____上芳樽今日酒，箧中黄卷古人____。（《别宜春赴举》唐·卢肇）→____幌神仙箓，画屏山海____。（《与王昌龄宴王道士房》唐·孟浩然）→____南未可料，变化有鲲____。（《泊岳阳楼下》唐·杜甫）→____北海，凤朝阳，又携书剑路茫____。（《鹧鸪天·送廓之秋试》宋·辛弃疾）→____茫大碛吁可嗟，暮春积雪草未____。（《塞上曲》宋·陆游）→____新才绽日，茸短未含____。（《生春》唐·元稹）→____声从臾，云意商量，连朝滕六迟____。（《声声慢·催雪》宋·王沂孙）→____是崆峒来，恐触天柱折。（《自京赴奉先县咏怀五百字》唐·杜甫）

◆ 答案：裾→席→毫→轻→泛→舟→水→香。筵→书→图→鹏→茫→芽→风→疑。

# 14 物是人非事事休，欲语泪先流。

——宋·李清照《武陵春·春晚》

## 【名句解析】

风物依旧是原样，但人已经不同，一切事情都完了，想要诉说苦衷，眼泪早已先落下。

诗人的一切悲苦，由来皆因物是人非。而这种变化是广泛的、重大的、剧烈的，无尽的痛苦、悲哀全在其中。即使有心诉说自己的遭遇和心情，也是言未出而泪先流，这比“声泪俱下”的描写更深入了一层。诗人的悲哀是不可触摸的，不但不能说，而且不能想，一想到就会泪如雨下。

这就是成语“物是人非”的出处，多用于表达事过境迁，怀念故人，感慨万千。

## 【单句接龙】

物是人非事事休→休问梁园旧宾____（《寄令狐郎中》唐·李商隐）→____从龙阙____（《题金吾郭将军石伏茅堂》唐·卢纶）→____今鱼鳖不敢____（《周侯祠》宋·释印）→____子春衫已试____（《绝句》宋·吴涛）→____车欲问____（《使至塞上》唐·王维）→____城一片离____（《凄凉犯》宋·姜夔）→____居易永____（《登池上楼》南朝·宋·谢灵运）→____旱逢甘____（《喜》宋·汪洙）→____晴烟晚（《清平乐》五代·南唐·冯延巳）

## 【联句接龙】

物是人非事事休，欲语泪先流。→流落生还真一芥，周章危立近三____。（《次韵曾子开从驾》宋·苏轼）→____烟渐含夜，楼月深苍____。（《失题》唐·王昌龄）→____茫不可晓，使我长叹____。（《夜行观星》宋·苏轼）→____然投耒叹，事事与心____。（《晚出》宋·刘克庄）→____此乡山别，长谣去国____。（《遂州南江别乡曲故人》唐·陈子昂）→____郁郁之无快兮，居戚戚而不可____。（《九章·悲回风》战国·屈原）→____落三秋叶，能开二月____。（《风》唐·李峤）→____开堪折直须折，莫待无花空折____。（《金缕衣》唐·杜秋娘）→____枝相覆盖，叶叶相交通。（《孔雀东南飞》汉乐府）

◆ 答案：客→至→游→单→边→索→久→雨。槐→茫→喟→违→愁→解→花→枝。

## 15 山重水复疑无路，柳暗花明又一村。

——宋·陆游《游山西村》

### 【名句解析】

山峦重重叠叠，清碧的山泉在曲折的溪流中汩汩穿行，仿佛已经无路可走了，倏然看见柳色浓绿，花色明丽，又一个村庄出现在眼前。

诗句写出了路疑无而实有、景似绝而复出的境界，蕴含着生活的哲理。它不仅反映了诗人对前途所抱的希望，也道出了世间事物消长变化的哲理，体现了宋诗特有的理趣。

用于形容在遭遇挫折、面临困境时，在扑朔迷离之际，眼前出现新的天地，告诫人们要对前途充满希望，寄寓只要锲而不舍就会产生新希望、出现新境界的生活哲理。成语“山重水复”便出自这句诗，但“柳暗花明”并非出自于此。

### 【单句接龙】

山重水复疑无路→路远莫致倚逍____（《四愁诗》汉·张衡）→____知不是____（《梅花》宋·王安石）→____岭无人____（《从军行》唐·卢纶）→____与孤云____（《赠丘员外》唐·韦应物）→____芳侵古____（《赋得古原草送别》唐·白居易）→____本同骚____（《访自牧上人不遇》唐·齐己）→____志莫相____（《八声甘州·寄参寥子》宋·苏轼）→____此乡山____（《遂州南江别乡曲故人》唐·陈子昂）→____路云初起（《送兄》唐·无名氏）

### 【联句接龙】

山重水复疑无路，柳暗花明又一村。→村居孤寂知何憾，两耳犹胜听市____。（《枕上口占》宋·陆游）→____声劝醉应须醉，一岁唯残半日____。（《三月晦日晚闻鸟声》唐·白居易）→____阴垂野草青青，时有幽花一树____。（《淮中晚泊犊头》宋·苏舜钦）→____妃初出汉宫时，泪湿春风鬓脚____。（《明妃曲》宋·王安石）→____玉佩，交带，袅纤____。（《诉衷情》唐·韦庄）→____间抛组绶，缨上拂尘____。（《罢府归旧居》唐·白居易）→____尘稍去眼，云景日萧____。（《送邵兴宗之丹阳》宋·刘攽）→____叶临嵇竹，轻鳞入郑____。（《赋得白云临酒诗》南朝·陈·张正见）→____笛为谁怨？溪云如我闲。（《野望》宋·陆游）

◆ 答案：遥→雪→迹→远→道→雅→违→别。声→春→明→垂→腰→埃→疏→船。

# 第20章 三百六十行

所谓“三百六十行”，是指各行各业，也就是社会的工种。自《诗经》开始，记录现实、反映现实的现实主义诗歌长盛不衰，绵延近三千年。这些诗词扎根生活，用“以诗写史”的笔法，反映了各行各业劳动人民的悲惨命运，斥责社会现实的不公，饱含诗人深刻的同情之心，无情地鞭挞了统治者。作为华夏传统文化瑰宝的诗词，不仅有着极高的文学艺术成就，而且还有着很强的思想性和政治性，尤其是诗人们在诗词中所表现出的仁政爱民、体恤黎民百姓的民生情怀，更是难能可贵。

## 1 四海无闲田，农夫犹饿死。

——唐·李绅《悯农》

### 【名句解析】

到处都没有一片空闲的田地，农民还是饿死了。

诗人采用强烈对比的手法，反映了封建社会中极端不合理的社会现实，产生触目惊心的艺术效果。

常用于表现旧社会残酷的阶级剥削和尖锐的阶级对立。

### 【单句接龙】

四海无闲田→田夫笑向____（《夏雨》唐·王驾）→____生几____（《短歌行》汉·曹操）→____为怀忧心烦____（《四愁诗》汉·张衡）→____谦得其____（《君子行》汉乐府）→____曲自临____（《采莲曲》南朝·梁·刘孝威）→____飧市远无兼____（《客至》唐·杜甫）→____作咸而若____（《有酒十章》唐·元稹）→____朝选在君王____（《长恨歌》唐·白居易）→____身南望涕沾襟（《四愁诗》汉·张衡）

### 【联句接龙】

四海无闲田，农夫犹饿死。→死为星辰终不灭，致君尧舜焉肯____。（《可叹》唐·杜甫）→____蠹不胜刀锯力，匠人虽巧欲何____？（《题木居士》唐·韩愈）→____山储药难医拙，齐斗堆金不换____。（《忽得京书有感》宋·陆游）→____愁昼夜阴如一，夜不见星朝蔽____。（《偶书》宋·张耒）→____烘花气通玄牝（pìn），雨洗山光涨蔚____。（《谨和老人明朝中春》宋·洪咨夔）→____水远从千涧落，玉山高并两峰____。（《九日蓝田崔氏庄》唐·杜甫）→____禽与衰草，处处伴愁____。（《贼平后送人北归》唐·司空曙）→____色改平常，精神自损____。（《咏怀》三国·魏·阮籍）→____息半浮沉，今夜相思几许？（《如梦令》清·纳兰性德）

◆ 答案：人→何→劳→柄→盘→味→一→侧。朽→如→穷→日→蓝→寒→颜→消。

## 2 满面尘灰烟火色，两鬓苍苍十指黑。

——唐·白居易《卖炭翁》

### 【名句解析】

满面灰尘，脸上呈现出被烟火燎烤的颜色，两鬓斑白，十指乌黑。

这两句描绘出卖炭翁烟熏火燎、鬓斑指黑、形容枯槁的外貌形象，反映了他的困苦生活。“满面尘灰”可见其所干的活既脏又累；“两鬓苍苍”，可知其已年老力衰，紧扣题目中的“翁”字；“烟火色”“十指黑”则显示其职业特征，紧扣“卖炭”二字。两句十四字，对卖炭老人的外貌作了毕肖的勾勒，绝非一般老年人的形象。

作者选取这样一个代表性的形象，不仅能引起读者强烈的同情心，更是对掠夺者无耻行径的一个极有力的鞭笞。

## 【单句接龙】

满面尘灰烟火色→色同心复___（《夏歌》南朝·梁·萧衍）→___尔缉荷___（《酬陶六辞秩归旧居见柬》唐·钱起）→___裳慈母___（《寄沈亨老》宋·许景衡）→___缕难穿泪脸___（《绣妇叹》唐·白居易）→___箔银屏迤逦___（《长恨歌》唐·白居易）→___箱验取石榴___（《如意娘》唐·武则天）→___裾旋旋手迢___（《舞腰》唐·元稹）→___迢牵牛___（《古诗十九首·迢迢牵牛星》汉）→___河欲转千帆舞（《渔家傲》宋·李清照）

## 【联句接龙】

满面尘灰烟火色，两鬓苍苍十指黑。→黑发不知勤学早，白首方悔读书___。（《劝学诗》唐·颜真卿）→___日催花，淡云阁雨，轻寒轻___。（《水龙吟·春恨》宋·陈亮）→___客貂鼠裘，悲管逐清___。（《自京赴奉先县咏怀五百字》唐·杜甫）→___彼玉瓒，黄流在___。（《诗经·旱麓》）→___原干戈古亦闻，岂有逆胡传子___？（《关山月》宋·陆游）→___弘阁闹无闲客，傅说舟忙不借___。（《宿裴相公兴化池亭》唐·白居易）→___间自有，赤城居士，龙蟠凤___。（《水龙吟》宋·苏轼）→___头红日近，回首白云___。（《咏华山》宋·寇准）→___翠黛，卷征衣，马嘶霜叶飞。（《更漏子》唐·牛峤）

◆ 答案：同→衣→线→珠→开→裙→迢→星。迟→暖→瑟→中→孙→人→举→低。

# 3 可怜身上衣正单，心忧炭贱愿天寒。

——唐·白居易《卖炭翁》

## 【名句解析】

可怜卖炭翁在大雪天还穿着单衣，可他心里还怕炭价贱而希望天再冷些。

这是通过卖炭老人矛盾的心理，表现他贫穷艰辛的生活处境，显得意味深长。身上衣服单薄，理应希望天气暖和一些；然而为生计所迫，又忧虑天暖和了炭价下跌，故而希望天气再寒冷些。这样一种矛盾的心理，是只有像卖炭翁这样的贫苦劳动人民才有的。诗人如此深刻地体贴卖炭老人的生活处境和内心世界，并如此真实地将它表现出来，又用“可怜”二字表达出自己的深切同情，这是难能可贵的。这种以极凝练的笔墨成功地展示人物矛盾的内心世界的写作经验，值得借鉴。

可用来表现旧社会饥寒交迫的劳动人民的反常心理。

## 【单句接龙】

可怜身上衣正单→单衫杏子____（《西洲曲》南朝·无名氏）→____虾青鲫紫芹____（《沧浪峡》唐·许浑）→____叶欺门____（《使院中新栽柏树子呈李十五栖筠》唐·岑参）→____拂旌旗露未____（《和贾舍人早朝》唐·岑参）→____戈未定欲何____（《干戈》宋·王中）→____子之____（《诗经·白华》）→____送于____（《诗经·燕燕》）→____幕蔽琼____（《塞下曲》唐·卢纶）→____开雪满琴（《题金吾郭将军石伏茅堂》唐·卢纶）

## 【联句接龙】

可怜身上衣正单，心忧炭贱愿天寒。→寒露惊秋晚，朝看菊渐____。（《咏廿四气诗·寒露九月节》唐·元稹）→____花沉暮蝶，苍柳啸孤____。（《小圃雨霁》宋·宋庠）→____鸣高树间，野鸟号东____。（《杂诗》晋·傅玄）→____帘六七十，绿碧青丝____。（《孔雀东南飞》汉乐府）→____不直，规不____。（《咏马鞭》唐·高适）→____月出山头，七贤林下____。（《秋夜同畅当宿潭上西亭》唐·卢纶）→____丝落花春尽，绿叶青阴夏____。（《幽居即事》宋·赵蕃）→____往不逢人，长歌楚天____。（《溪居》唐·柳宗元）→____玉小家女，来嫁汝南王。（《采莲曲》南朝·梁·萧绎）

◆ 答案：红→脆→柳→干→之→远→野→筵。黄→蝉→箱→绳→圆→游→来→碧。

# 4 水浊不可饮，壶浆半成土。

——唐·李白《丁督护歌》

## 【名句解析】

虽然整天生活在水边，然而口渴时却无清水可饮，就连装在壶中的水也掺杂着一半泥土。

描写了拖船纤夫冒着盛夏酷暑辛勤劳作的情形。天气炎热，口渴欲饮，而装在壶里的河水却一半是土，这混浊的泥浆怎么能饮用呢？通过这一细节描写，生动表现了纤夫生活条件的恶劣。

常用于表现口渴而苦于无清水可饮的情形。

## 【单句接龙】

水浊不可饮→饮福父老____（《社鼓》宋·陆游）→____醺醺尚寻芳____（《锦缠道》宋·宋祁）→____凸觥心泛滟____（《羊栏浦夜陪宴会》唐·杜牧）→____满蛤同____（《月》宋·姜特立）→____如棋____（《咏方圆动静示李泌》唐·张说）→____今京国____（《送王时敏之京》元·边定）→____年相____（《少年游·润州作》宋·苏轼）→____尽东风过楚____（《旅怀》唐·崔涂）→____头枯树下山魈（《送人贬信州判官》唐·白居易）

## 【联句接龙】

水浊不可饮，壶浆半成土。→土坟数尺何处葬，吴公台下多悲____。（《隋堤柳·悯亡国也》唐·白居易）→____土安所习，由来有固____。（《杂诗》晋·张协）→____知粹美始终一，更看清光表里____。（《人玉吟》宋·邵雍）→____个别离难，不似相逢____。（《生查子》宋·晏几道）→____水好山看不足，马蹄催趁月明____。（《池州翠微亭》宋·岳飞）→____山深浅去，须尽丘壑____。（《送崔九》唐·裴迪）→____人一何丽，颜若芙蓉____。（《美女篇》晋·傅玄）→____有重开日，人无再少____。（《续侄溥赏酴醾劝酒》宋·陈著）→____年，如社燕，飘流瀚海，来寄修椽。（《满庭芳·夏日溧水无想山作》宋·周邦彦）

◆ 答案：醉→酒→光→圆→子→去→送→城。风→然→真→好→归→美→花→年。

# 5 为人性僻耽佳句，语不惊人死不休。

——唐·杜甫《江上值水如海势聊短述》

## 【名句解析】

我做人性格孤僻，醉心于写诗，要写出好的句子来；如果写出来的句子不能使人惊叹，我到死也不会罢休。

这两句表明诗人在诗歌创作中十分重视语言的选择和锤炼。诗人对诗歌语言的刻意求工，对文学创作的严肃认真态度，是他成为伟大诗人的重要条件之一。

常用于形容为写出美文佳作、呕心沥血的艰辛与执着。

## 【单句接龙】

为人性僻耽佳句→句搜明月梨花____（《忆孟浩然》唐·唐彦谦）→____史忧民望最____（《雪中》宋·晏殊）→____溪横古____（《山斋独坐赠薛内史》隋·杨素）→____坚不怕风吹____（《北风吹》明·于谦）→____摇风景____（《玩新庭树因咏所怀》

唐·白居易）→____谯听尽短长____（《不寐》宋·陆游）→____被头边药气____（《晚秋病中》唐·王建）→____风未解池亭____（《鹧鸪天·酬孝峙》清·钱继章）→____云泼墨送惊雷（《题画卷》宋·范成大）

## 【联句接龙】

为人性僻耽佳句，语不惊人死不休。→休信儿童轻薄语，嗤他赵老送灯____。（《赴戍登程口占示家人》清·林则徐）→____榭竞生烟，独有清凉____。（《和僧长吉湖居五题·筠亭》宋·范仲淹）→____气由来排灌夫，专权判不容萧____。（《长安古意》唐·卢照邻）→____见时难别亦难，东风无力百花____。（《无题》唐·李商隐）→____蛩露草，怨蝶寒花，转眼西风，又成陈____。（《秋霁》宋·周密）→____不趋时分不侯，功名身外最悠____。（《携仙箓》唐·司空图）→____然据石坐，亦复出门____。（《冬晴》宋·陆游）→____游不可极，留恨此山____。（《汉江宴别》唐·宋之问）→____为静其波，鸟亦罢其鸣。（《听董大弹胡笳声兼寄语弄房给事》唐·李颀）

◆ 答案：内→深→树→动→丽→更→熏→暑。台→意→相→残→迹→悠→嬉→川。

# 6　观者如山色沮丧，天地为之久低昂。

——唐·杜甫《观公孙大娘弟子舞剑器行》

## 【名句解析】

围观的人多得像山一样，高超的舞技使大家惊心动魄面容失色，在眼花缭乱中仿佛天地也在久久地起伏低昂。

这两句诗用侧面描写的手法，写公孙大娘剑器舞的出神入化。作者没有从正面进行描绘，而是通过观者之多以及他们的反映——面容失色、眼花缭乱来突出其舞姿的急速刚劲，精妙绝伦。

赞扬美妙的舞姿时可化用这两句诗。

## 【单句接龙】

观者如山色沮丧→丧乱既____（《诗经·常棣》）→____地一声____（《喜迁莺》唐·韦庄）→____神抱桴____（《苦热》宋·韩琦）→____名何用更题____（《白菊》唐·司空图）→____成八阵____（《八阵图》唐·杜甫）→____南未可____（《泊岳阳楼下》唐·杜甫）→____得吟鸾夜夜____（《忆王孙·番阳彭氏小楼作》宋·姜夔）→____眉敛尽无人____（《蝶恋花》宋·欧阳修）→____林情依（《归鸟》晋·陶渊明）

## 【联句接龙】

观者如山色沮丧，天地为之久低昂。→昂昂林边鹤，何事不天____？（《书所见》宋·孔平仲）→____鸟没何处？青山空向____。（《饯别王十一南游》唐·刘长卿）→____悄悄，漏迢迢，琐窗虚度可怜____。（《鹧鸪天》宋·李吕）→____清月复圆，共集侍臣____。（《秋暮与诸文士集宿姚端公所居》唐·无可）→____开灞岸临清浅，路去蓝关入翠____。（《送曾德迈归宁宜春》唐·曹邺）→____意何曾有一毫？空携笔砚奉龙____。（《谢书》唐·李商隐）→____玉无人识，佩兰空自____。（《悼颐中朝散兄》宋·张扩）→____与泽其杂糅兮，唯昭质其犹未____。（《离骚》战国·屈原）→____月当再圆，人别星陨天。（《朗月行》唐·张渐）

◆答案：平→雷→逃→名→图→料→愁→见。飞→人→宵→筵→微→韬→芳→亏。

# 7 可怜夜半虚前席，不问苍生问鬼神。

——唐·李商隐《贾生》

## 【名句解析】

可惜的是，虽然谈到三更半夜竟是白白地向前移席，因为皇帝问的并不是天下百姓，而是鬼神。

诗人选取汉文帝宣室召见贾谊，夜半倾谈的情节，写文帝不能识贤、任贤；“不问苍生问鬼神”却揭露了晚唐皇帝服药求仙，荒于政事，不能任贤，不顾民生的昏庸特性。诗寓慨于讽，讽刺效果颇好。

诗句使人们认识到：封建统治者不能真正重视人才，不能发挥人才对社会发展的作用。

## 【单句接龙】

可怜夜半虚前席→席上相看浑未____（《鸿门宴》唐·王毂）→____悦心自____（《晨诣超师院读禅经》唐·柳宗元）→____下蹑丝____（《孔雀东南飞》汉乐府）→____行不及屠沽____（《行路难》唐·贯休）→____品细看真第____（《寄郭德顺》宋·刘过）→____片孤城万仞____（《登鹳雀楼》唐·王之涣）→____色空蒙雨亦____（《饮湖上初晴后雨》宋·苏轼）→____文共欣____（《移居》晋·陶渊明）→____赐百千强（《木兰诗》北朝民歌）

## 【联句接龙】

可怜夜半虚前席，不问苍生问鬼神。→神龟虽寿，犹有竟____。（《龟虽寿》汉·曹操）→____与道人语，或听诗客____。(《玩新庭树因咏所怀》唐・白居易）→____咏流千古，声名动四____。(《读李杜诗集因题卷后》唐・白居易）→____齐是何人，独守西山____。(《少年子》唐・李白）→____虎不食子，饥鹰不雌____。(《饿虎不食子》宋・王令）→____之不得，寤寐思____。(《诗经・关雎》）→____之一千日，肢体生异____。(《悲哉行》唐・陈陶）→____烘贮雾含云鼻，茶荡吞江纳汉____。(《南峰寺劝农》宋・曾丰）→____雪宜新浴，淡黄衫子裁春縠，异香芬馥。(《麦秀两岐》唐・和凝）

◆ 答案：悟→足→履→人→一→山→奇→赏。时→吟→夷→饿→求→服→香→胸。

## 8 烟浪溅篷寒不睡，更将枯蚌点渔灯。

——唐・皮日休《钓侣二章》

### 【名句解析】

暮霭中水浪拍击着船头，浪花溅湿了船篷，寒气袭人，使人不能入睡；于是又把干枯的蚌壳拿来点上渔灯，在小舟中熬过这耿耿寒夜。

写清苦的渔人生活，很有渔家特色和水乡风味。

表现渔民生活时可以化用。

### 【单句接龙】

烟浪溅篷寒不睡→睡到日头____(《满庭芳・失鸡》明・王磐）→____浪灌朱____(《临汉亭》宋・文同）→____语情不____(《诗三百》唐・寒山）→____悲此路____(《送从叔赴南海幕》唐・马戴）→____手又三____(《好事近》宋・仲并）→____近苦思____(《舟中苦热》宋・严羽）→____园几向梦中____(《对残春》唐・刘沧）→____津欲有____(《早寒江上有怀》唐・孟浩然）→____君能有几多愁（《虞美人》五代・南唐・李煜）

### 【联句接龙】

烟浪溅篷寒不睡，更将枯蚌点渔灯。→灯尽欲眠时，影也把人抛____。(《如梦令》宋・李清照）→____进小楼成一统，管他冬夏与春____。(《自嘲》近现代・鲁迅）→____来转觉此身衰，晨起临阶盥漱____。(《新秋早起有怀元少尹》唐・白居易）→____闻候火入，非复塞尘____。(《送郑推官赴邠州》宋・司马光）→____波不在黤（yǎn）黮（dàn）间，小人心里藏崩____。(《行路难》唐・齐己）→____上急流声若箭，城头残月势如____。(《金城北楼》唐・高适）→____犯控弦招武旅，剑当抽匣问狂____。(《忆过润州》唐・李绅）→____子何为者？栖栖一代____。(《经邹

鲁祭孔子而叹之》唐·李隆基）→____诚一以合，外物不能侵。（《哭崔常侍晦叔》唐·白居易）

◆ 答案：高→鸟→堪→分→秋→家→迷→问。躲→秋→时→惊→湍→弓→夫→中。

## 9 苦恨年年压金线，为他人作嫁衣裳。

——唐·秦韬玉《贫女》

### 【名句解析】

最令人恼恨的是，年复一年地用金线刺绣，全都是替别人缝制出嫁的衣裳。

这两句诗是描写贫穷女子的悲苦：总是为他人作嫁衣裳，而不是为自己。作者是以贫女自喻，流露出怀才不遇、寄人篱下的情怀，沈德潜说它"语语为贫士写照"。

这两句诗含有浓厚的生活哲理，流传更广，并被压缩成"为人作嫁"的成语，用以比喻徒然为别人忙碌，或在别人手下混生活。

### 【单句接龙】

苦恨年年压金线→线缕难穿泪脸____（《绣妇叹》唐·白居易）→____中有隐____（《客从》唐·杜甫）→____体不类隶与____（《石鼓歌》唐·韩愈）→____蚪散边荷叶____（《春晚》宋·徐玑）→____洞无论隔山____（《桃源行》唐·王维）→____落鱼梁____（《与诸子登岘山》唐·孟浩然）→____浅金____（《好女儿》宋·欧阳修）→____昏饮官____（《发山阳》宋·孔平仲）→____酣进庶羞（《后出塞》唐·杜甫）

### 【联句接龙】

苦恨年年压金线，为他人作嫁衣裳。→裳衣佩云气，言语究灵____。（《咏怀》三国·魏·阮籍）→____爽朗，骨清坚，壶天日月旧因____。（《鹧鸪天》宋·李纲）→____情慰漂荡，抱疾屡迁____。（《偶题》唐·杜甫）→____根在庭，媚我公____。（《优钵罗花歌》唐·岑参）→____扃洞里千秋燕，厨盖岩根数斗____。（《江南道中怀茅山广文南阳博士》唐·皮日休）→____急鱼依藻，花繁鸟近____。（《春日山中忆崔峒吉中孚》唐·卢纶）→____间乐事有多般，算此乐、人间第____。（《鹊桥仙·寿臞山母》宋·刘辰翁）→____愿郎君千岁，二愿妾身常健，三愿如同梁上____。（《长命女》五代·南唐·冯延巳）→____燕于飞，差池其羽。（《诗经·燕燕》）

◆ 答案：珠→字→蝌→出→水→浅→黄→酒。神→缘→移→堂→泉→人→一→燕。

# 10 林园手种唯吾事，桃李成阴归别人。

——唐·耿沣《代园中老人》

## 【名句解析】

园中果树都是我亲手栽培的，然而待桃李成荫之后，却要归别人所有。

这句诗以园中老人自述的口吻，倾诉其“佣赁难堪”的生活情形（“佣赁”就是被人雇佣的意思）。因为是被人雇佣，所以满园桃李虽经自己一人之手栽种，到头来却全部归属他人。这种情形与唐代诗人秦韬玉《贫女》“苦恨年年压金线，为他人作嫁衣裳”语意相仿。

可用来表现不劳而获，劳而不获的社会现象。也可引申其意，比如表现自己亲手培养的人才却被别人使用。

## 【单句接龙】

林园手种唯吾事→事事便相____（《武功县中作》唐·姚合）→____中小儿坏纪____（《忆昔》唐·杜甫）→____纪四____（《诗经·棫朴》）→____春转摇____（《湖中寄王侍御》唐·丘为）→____子行不____（《古诗十九首·青青河畔草》汉）→____思羡鹏____（《清明日得家书》宋·李纲）→____途虽喜关河____（《讲德陈情上淮南李仆射》唐·许棠）→____随残照西风____（《踏莎行·甲午重九牛山作》宋·刘克庄）→____国三年恨（《离新郑》宋·吕本中）

## 【联句接龙】

林园手种唯吾事，桃李成阴归别人。→人而无礼，胡不遄（chuán）____？（《诗经·相鼠》）→____去元知万事空，但悲不见九州____。（《示儿》宋·陆游）→____行十二年，不知木兰是女____。（《木兰诗》北朝民歌）→____如洛阳花，妾似武昌____。（《寄阮郎诗》隋·张碧兰）→____外画楼独上，凭栏手捻花____。（《画堂春》宋·秦观）→____上三分落，园中二寸____。（《惜落花》唐·白居易）→____虑鬓毛随世白，不知腰带几时____？（《夜读》明·唐寅）→____金杆拨春风手，弹看飞鸿劝胡____。（《明妃曲》宋·王安石）→____阑不必看茱萸，俯仰人间今古。（《西江月·重九》宋·苏轼）

◆ 答案：关→纲→方→荡→归→程→尽→去。死→同→郎→柳→枝→深→黄→酒。

## 11 苗疏税多不得食，输入官仓化为土。

——唐·张籍《野老歌》

### 【名句解析】

由于遭到天灾，地里禾苗稀疏，而赋税又极其繁重，秋天所收获的有限的一点粮食，全都要用以交纳租税，送到官仓之中，任其霉烂，化为尘土，而自己却衣食无着。

诗句以平易晓畅的语言，采用强烈对比的方式，表现租税繁重、民不聊生的情形。“苗疏”与“税多”的对比，“不得食”与“化为土”的对比，都加强了表达效果，越发深刻地揭示出赋税之繁重和劳动人民生活处境之艰辛。

常用于表现旧社会农民极端贫困的生活境况。

### 【单句接龙】

苗疏税多不得食→食不下咽当奈___（《次韵江子我病起》宋·朱翌）→___因妒月___（《蛙》宋·赵希迈）→___眸皓齿今何___（《哀江头》唐·杜甫）→___武丁孙___（《诗经·玄鸟》）→___规声___（《水龙吟·春恨》宋·陈亮）→___桥垂露滴梧___（《月夜舟中》宋·戴复古）→___尾烧焦岂望___（《除忠州寄谢崔相公》唐·白居易）→___匣雪花___（《送郛修之洪州觐兄弟》唐·皎然）→___舟镜湖上（《送贺秘监归会稽诗》唐·梁涉）

### 【联句接龙】

苗疏税多不得食，输入官仓化为土。→土盎常余菜，山庖不绝___。（《书幸》宋·陆游）→___霞万里阔，宇宙一身___。（《上桂州李大夫》唐·戎昱）→___帆远影碧空尽，唯见长江天际___。（《黄鹤楼送孟浩然之广陵》唐·李白）→___光容易把人抛，红了樱桃，绿了芭___。（《一剪梅·舟过吴江》宋·蒋捷）→___花铺净地，桂子落空___。（《送关小师还金陵》唐·皎然）→___边松在鹤巢空，白鹿闲行旧径___。（《伤桃源薛道士》唐·刘禹锡）→___路因循我所长，古来才命两相___。（《有感》唐·李商隐）→___寐夜吟苦，爱闲身达___。（《途中逢进士许巢》唐·方干）→___日江山丽，春风花草香。（《绝句》唐·杜甫）

◆ 答案：何→明→在→子→断→桐→琴→轻。烟→孤→流→蕉→坛→中→妨→迟。

# 12 到头禾黍属他人，不知何处抛妻子。

——唐·张碧《农父》

## 【名句解析】

自己一年到头辛劳耕作，结果田里所收粮食全都用以交纳租税，致使一家人无法维持基本的生活，连自身尚且难以活命，妻子儿女更不知要抛到哪里去了。

这两句诗揭露了古代封建时期对于普通农民的剥削现象，表现了作者对民间疾苦的深切同情。

常用于反映旧社会劳动人民遭受残酷盘剥，生活极端贫困的情形。

## 【单句接龙】

到头禾黍属他人→人生几____（《短歌行》汉·曹操）→____以报之英琼____（《四愁诗》汉·张衡）→____瑟有离____（《酬令狐相公首夏闲居书怀见寄》唐·刘禹锡）→____高重门____（《酬坊州王司马与阎正字对雪见赠》唐·李白）→____身东望涕沾____（《四愁诗》汉·张衡）→____林江左____（《读李杜诗集因题卷后》唐·白居易）→____暮牛羊古城____（《行路难》唐·顾况）→____木本无____（《江上寄山阴崔少府国辅》唐·孟浩然）→____态由来画不成（《明妃曲》宋·王安石）

## 【联句接龙】

到头禾黍属他人，不知何处抛妻子。→子规夜半犹啼血，不信东风唤不____。（《送春》宋·王令）→____头遥念荡中群，把酒欣论坐上____。（《木蕴之即席和文字韵诗酬以二绝》宋·王十朋）→____成破体书在纸，清晨再拜铺丹____。（《韩碑》唐·李商隐）→____下一回樵服谒，溪干几度锦笺____。（《别吴帅恕斋》宋·林希逸）→____我青铜镜，结我红罗____。（《羽林郎》汉·辛延年）→____开临舞席，袖拂绕歌____。（《十咏·脚下履》南朝·梁·沈约）→____前扑枣任西邻，无食无儿一妇____。（《又呈吴郎》唐·杜甫）→____言人有愿，愿至天必____。（《长相思》唐·白居易）→____败在纵者，无令鸷鸟忧。（《长歌行》晋·傅玄）

◆ 答案：何→瑶→声→侧→翰→日→草→意。回→文→墀→贻→裾→堂→人→成。

## 13 陶尽门前土，屋上无片瓦。

——宋·梅尧臣《陶者》

### 【名句解析】

制瓦工人用光了门前的泥土去制作瓦器，可是自己的屋顶上却连一片瓦都没有。诗句反映了劳动者无权享有自己劳动果实的不平等的社会现象。常用于批判剥削者坐享其成的不合理现象。

### 【单句接龙】

陶尽门前土→土国城____（《诗经·击鼓》）→____水东去____（《送王昌龄》唐·李颀）→____近山河____（《望秦川》唐·李颀）→____理了可____（《与高适薛据登慈恩寺浮图》唐·岑参）→____理归真便入____（《七言》唐·吕岩）→____人解致返魂____（《杨夫人挽章》宋·李纲）→____风引上大罗____（《汉文帝母薄太后庙赋诗》唐·牛僧孺）→____下谁人不识____（《别董大》唐·高适）→____不闻建隆圣人之玉音（《题曹兄耕绿轩》宋·方岳）

### 【联句接龙】

陶尽门前土，屋上无片瓦。→瓦尊迎海客，铜鼓赛江____。（《送客南归有怀》唐·许浑）→____之听之，终和且____。（《诗经·伐木》）→____昼整衣冠，思见客与____。（《咏怀》三国·魏·阮籍）→____客者谁子，倏忽若飞____。（《咏怀》三国·魏·阮籍）→____土莫寻行止处，烟波长在梦魂____。（《睡起》唐·韩偓）→____之以云雾，飞鸟不可____。（《寄微之》唐·白居易）→____人语天姥，云霞明灭或可____。（《梦游天姥吟留别》唐·李白）→____物忽有感，无心住草____。（《题任孙岂潜家平远图》宋·戴复古）→____上吹金管，庭前试舞衣。（《宴郑伯玙宅》唐·张谓）

◆ 答案：漕→远→净→悟→无→香→天→君。神→平→宾→尘→间→越→睹→堂。

## 14 谁道田家乐？春税秋未足。

——宋·梅尧臣《田家语》

### 【名句解析】

谁说农家的生活快乐？春天的赋税到秋天还没有交足。

从陶渊明开始，诗坛上产生了不少反映农家乐的田园诗，作者在这里通过“谁道田家乐”这一有力的反问将它们一笔否定，接着以“春税秋未足”这一严酷的事实证明自己的看法。宋代实行两税法，春税之后继之以秋税，前者六月交纳，后者十一月交纳。春税尚未交足，秋税接踵而至，何况这一年的赋税是在水灾、蝗灾之后征收的，更弄得民不聊生。两句诗语言质朴而概括，反问句式的运用，赋予这首诗以一种控诉、抗争的基调。

常用来形容农民赋税沉重，生活困苦。

## 【单句接龙】

**谁道田家乐→乐极词难____（《春江花月夜》明·唐寅）→____侯立身何坦____（《送陈章甫》唐·李颀）→____胸生曾____（《望岳》唐·杜甫）→____片晴犹____（《飞练瀑》唐·刘禹锡）→____岭雪霜____（《春晚喜悟禅师自琉璃上方见过》唐·无可）→____道如安____（《东归》唐·白居易）→____然田舍____（《闲坐》唐·白居易）→____之乐者山林____（《水月园送王侍郎》宋·方岳）→____傍桑阴学种瓜（《夏日田园杂兴》宋·范成大）**

## 【联句接龙】

谁道田家乐？春税秋未足。→足蒸暑土气，背灼炎天____。（《观刈麦》唐·白居易）→____阴流转忽已晚，颜色凋残不如____。（《秋晚》唐·白居易）→____夜江边春水生，蒙冲巨舰一毛____。（《观书有感》宋·朱熹）→____拢慢捻抹复挑，初为霓裳后六____。（《琵琶行》唐·白居易）→____弦写意，意密弦声____。（《清平乐》宋·晏几道）→____花若入樽中去，清气应归笔底____。（《雪中寄薛郎中》唐·方干）→____如春梦几多时？去似朝云无觅____。（《花非花》唐·白居易）→____处闻蝉响，须知五月____。（《咏廿四气诗·夏至五月中》唐·元稹）→____庭地白树栖鸦，冷露无声湿桂花。（《十五夜望月寄杜郎中》唐·王建）

◆ 答案：陈→荡→云→下→在→居→翁→也。光→昨→轻→幺→碎→来→处→中。

# 15 里胥扣我门，日夕苦煎促。

——宋·梅尧臣《田家语》

## 【名句解析】

乡中小吏来敲我家的门，白天和夜晚苦苦催逼煎熬。

诗人感慨万分，深深为朝廷不能恤民、官府只知迎合上司而感到不平，又因为自己也是朝廷官员，对此无能为力而感到内疚。

可用来描写旧社会农民被剥削的情形。

## 【单句接龙】

里胥扣我门→门外斜阳____（《蝶恋花》宋·张先）→____巾露透发根____（《睡起已亭午终日凉甚有赋》宋·陆游）→____引篝先____（《和韩侍郎苦雨》唐·白居易）→____毫即为____（《杂感十首以野旷沙岸净天高秋月明为韵》宋·陆游）→____树前头万木____（《酬乐天扬州初逢席上见赠》唐·刘禹锡）→____旱天地____（《喜雨》唐·杜甫）→____霭雾中悲世____（《宿石瓮寺》唐·卢纶）→____天自岭胜金____（《石城山》隋·史万岁）→____禹俨而祗敬兮（《离骚》战国·屈原）

## 【联句接龙】

里胥扣我门，日夕苦煎促。→促轸乘明月，抽弦对白____。（《山夜调琴》唐·王绩）→____向岭头闲不彻，水流溪里太忙____。（《晚眺》唐·罗隐）→____憎帐额绣孤鸾，好取门帘帖双____。（《长安古意》唐·卢照邻）→____燕于飞，颉（xié）之颃（háng）____。（《诗经·燕燕》）→____子于归，远送于____。（《诗经·燕燕》）→____风吹其心，摇摇为谁____？（《墨萱图》元·王冕）→____言贵珠玉，落笔回风____。（《赠刘都使》唐·李白）→____蹄蹴踏长楸间，马官厮养森成____。（《韦讽录事宅观曹将军画马图》唐·杜甫）→____郡讴歌惜，三朝出入荣。（《奉济驿重送严公四韵》唐·杜甫）

◆ 答案：岸→凉→秋→病→春→昏→界→汤。云→生→燕→之→南→吐→霜→列。

# 16 采菱辛苦废犁锄，血指流丹鬼质枯。

——宋·范成大《夏日田园杂兴》

## 【名句解析】

由于繁重的租税，农民失去了土地，不得不“废犁锄”而到湖面上辛苦地种菱、采菱，那尖硬的菱角刺得人手指流血，繁重的劳动使人枯瘦如鬼，失去人形。

范成大在《采菱户》诗中也有“采菱辛苦似天刑，刺手朱殷鬼质青”的话，字字血泪，揭露深刻。

常用于形容劳动人民生活困苦，身体和精神都受到了摧残。

## 【单句接龙】

采菱辛苦废犁锄→锄禾日当____（《悯农》唐·李绅）→____桥钟鼓赏清____（《借朱约山韵就贺挂冠》宋·文天祥）→____危可仗真豪____（《可叹》唐·杜甫）→____含金气翎如____（《白鹰》元·张翥）→____落何霏____（《苦寒行》汉·曹操）→____

霏千里____（《雨雪曲》南朝·陈·陈叔宝）→____院虎溪____（《山竹枝》唐·元稹）→____西佳____（《扬州慢》宋·姜夔）→____处松阴满（《宿翠微寺》唐·马戴）

## 【联句接龙】

采菱辛苦废犁锄，血指流丹鬼质枯。→枯槁彰清镜，孱愚友道____。（《酬姚少府》唐·贾岛）→____卷多情似故人，晨昏忧乐每相____。（《观书》明·于谦）→____征决策幸澶渊，南北欢盟有本____。（《谒寇忠愍祠堂》宋·李纲）→____尝春陵六国时，开心写意君所____。（《扶风豪士歌》唐·李白）→____有前期在，难分此夜____。（《别卢秦卿》唐·司空曙）→____堂舞神仙，烟雾散玉____。（《自京赴奉先县咏怀五百字》唐·杜甫）→____本洁来还洁去，强于污淖陷渠____。（《葬花吟》清·曹雪芹）→____壑皆平，乾坤如画，更吐冰轮____。（《念奴娇·催雪》宋·朱淑真）→____性不可污，为饮涤尘烦。（《喜园中茶生》唐·韦应物）

◆ 答案：午→时→俊→雪→霏→深→竹→处。书→亲→原→知→中→质→沟→洁。

# 17　无力买田聊种水，近来湖面亦收租。

——宋·范成大《夏日田园杂兴》

## 【名句解析】

农民买不起土地，只得靠种植湖中的菱角谋生，可是近来官府对湖面也收租了。

繁苛的赋税无孔不入，劳动人民无法逃脱它。这两句诗与唐代杜荀鹤《山中寡妇》中"任是深山更深处，也应无计避征徭"两句的立意和手法相近。

可用来表现旧社会赋税的繁苛。

## 【单句接龙】

无力买田聊种水→水深桥梁____（《苦寒行》汉·曹操）→____知此事要躬____（《冬夜读书示子聿》宋·陆游）→____舟绿水____（《次北固山下》唐·王湾）→____林夏雨____（《夏日集裴录事北亭避暑》唐·皎然）→____马傍春____（《奔亡道中》唐·李白）→____木当更____（《孟冬蒲津关河亭作》唐·吕温）→____丰美酒斗十____（《少年行》唐·王维）→____里黄云白日____（《别董大》唐·高适）→____黄飞雪已填门（《柳轩雪夜》宋·毛滂）

## 【联句接龙】

无力买田聊种水，近来湖面亦收租。→租船满载候开仓，粒粒如珠白似____。（《四时田园杂兴》宋·范成大）→____叶无风自落，秋云不雨空____。（《送万巨》

唐·卢纶）→____阴溪曲绿交加，小雨翻萍上浅____。（《春日》宋·晁冲之）→____路归来，金貂蝉翼____。（《齐天乐·庆湖北漕知鄂州李楼峰》宋·文天祥）→____娃撑小艇，偷采白莲____。（《池上》唐·白居易）→____山转海不作难，倾情倒意无所____。（《忆旧游寄谯郡元参军》唐·李白）→____吾不及古人兮，吾谁与玩此芳____？（《九章·思美人》战国·屈原）→____长莺飞二月天，拂堤杨柳醉春____。（《村居》清·高鼎）→____霞万里阔，宇宙一身孤。（《上桂州李大夫》唐·戎昱）

◆ 答案：绝→行→前→歇→草→新→千→曛。霜→阴→沙→小→回→惜→草→烟。

## 18 行遍天涯等断蓬，作诗博得一生穷。

——宋·陆游《贫甚戏作绝句》

### 【名句解析】

一生四处辗转流徙，简直同被风吹断的蓬草一样；虽然经常作诗，换来的只是穷困潦倒而已。

以“断蓬”比喻漂流四方的生涯，确切而生动。

可用来形容虽有壮志和才华，却无由施展的知识分子。

### 【单句接龙】

行遍天涯等断蓬→蓬莱宫中日月____（《长恨歌》唐·白居易）→____笛吹清____（《善哉行》汉·曹操）→____暴志匪____（《和单君范古意·猎》宋·陈著）→____山何处____（《过香积寺》唐·王维）→____山风雨起苍____（《七律·人民解放军占领南京》现代·毛泽东）→____金白璧买歌____（《忆旧游寄谯郡元参军》唐·李白）→____隔荷花共人____（《西湖四景》宋·程安仁）→____言安足____（《有妄吟》宋·邵雍）→____谁剪取鳞鳞碧（《过滹沱河》元·陈孚）

### 【联句接龙】

行遍天涯等断蓬，作诗博得一生穷。→穷通在何日，光景如跳____。（《游子吟》唐·陈陶）→____药作奇验，俶（chù）装仍小____。（《卧病累日羸甚偶复小健戏作》宋·陆游）→____醉楚山别，阴云暮凄____。（《留别》唐·王昌龄）→____凉春夜雨，点滴故人____。（《寄友伯杲》宋·侯畐）→____非木石岂无感？吞声踯躅不敢____。（《拟行路难》南朝·宋·鲍照）→____迟更速皆应手，将往复旋如有____。（《听董大弹胡笳声兼寄语弄房给事》唐·李颀）→____极处，却无语，玉钗____。（《相见欢》

五代·南唐·冯延巳）→____阳独倚西楼，遥山恰对帘____。(《清平乐·红笺小字》宋·晏殊）→____寒玉，凤鞋儿小，翠眉儿蹙。(《忆秦娥·正月初六日夜月》宋·朱淑真）

◆ 答案：长→气→深→钟→黄→笑→语→凭。九→留→凄→心→言→情→斜→钩。

## 19 却将万字平戎策，换得东家种树书。

——宋·辛弃疾《鹧鸪天·有客慨然谈功名，因追念少年时事，戏作》

### 【名句解析】

倒不如将那洋洋万言的抗金方策，去换一本邻家种树的书来得有用啊。

平戎策，指作者南归后向朝廷提出的《美芹十论》《九议》等在政治上、军事上都很有价值的抗金意见书。上万字的《平戎策》毫无用处，倒不如向邻人换来种树的书，还有一些生产上的实用价值，可见，这是一种什么样的政治现实？词句以最鲜明、最典型、最生动的形象，突出了作者的理想与现实的尖锐矛盾，突出了他一生的政治悲剧。

常用来形容报国无门、壮志难酬的遭遇。

### 【单句接龙】

却将万字平戎策→策勋归去犹遗____(《挽京口使君丰郎中》宋·刘宰）→____君不举百分____(《寄蔡彦规兼谢惠酥梨》宋·张耒）→____且从____(《一剪梅·中秋无月》宋·辛弃疾）→____易湿柴____(《晓起甘蔗洲》宋·巩丰）→____外马嘶郎且____(《谒金门·追和冯延巳》宋·王之道）→____老常如____(《叹老》唐·白居易）→____子悲染____(《咏怀》三国·魏·阮籍）→____丝天棘出莓____(《春暮游小园》宋·王淇）→____角数枝梅（《梅花》宋·王安石）

### 【联句接龙】

却将万字平戎策，换得东家种树书。→书生意气，挥斥方____。(《沁园春·长沙》现代·毛泽东）→____豪压倒元才子，清丽追回李谪____。(《冬日呈郭明远》宋·刘弇）→____人垂两足，桂树何团____。(《古朗月行》唐·李白）→____扇复团扇，奉君清暑____。(《团扇歌》唐·刘禹锡）→____古苔痕涩，坛高松桧____。(《驻紫霞观》唐·方干）→____风起天末，君子意如____？（《天末怀李白》唐·杜甫）→____因北归去，淮上对秋____。(《淮上喜会梁川故人》唐·韦应物）→____色遥连秦树晚，砧声近报汉宫____。(《同题仙游观》唐·韩翃）→____风何冽冽，白露为朝霜。(《杂诗》晋·左思）

◆ 答案：憾→杯→容→门→至→墨→丝→墙。遒→仙→团→殿→凉→何→山→秋。

## 20 诗是无形画，画是有形诗。

——宋·张舜民《跋百之诗画》

### 【名句解析】

一首好的诗就是一幅无形的绘画，而一幅精妙的绘画就是一首有形的好诗。

这两句诗说明了“诗画本一律，异体而同貌”的道理。

可引用论述诗画一理，突出融会贯通的重要性。

### 【单句接龙】

诗是无形画→画是有形____（《跋百之诗画》宋·张舜民）→____界千年靡靡____（《读陆放翁集》近代·梁启超）→____月共谁____（《哭崔常侍晦叔》唐·白居易）→____玩夜忘____（《春山夜月》唐·于良史）→____梦绕家____（《水调歌头·题剑阁》宋·崔与之）→____高日易____（《和李逢同年水阁闲望》宋·寇准）→____雪北风何处____（《江南》唐·李群玉）→____露低莲____（《感石榴二十韵》唐·元稹）→____上残霞酒半消（《鹧鸪天·寄情》宋·李吕）

### 【联句接龙】

诗是无形画，画是有形诗。→诗界千年靡靡风，兵魂销尽国魂____。（《读陆放翁集》近代·梁启超）→____钩意钓，岂在鲂____。（《观棋并引》宋·苏轼）→____庭闻处才三百，蚓窍吟来忽五____。（《抄戊辰十月近稿》宋·刘克庄）→____山鸟飞绝，万径人踪____。（《江雪》唐·柳宗元）→____烛怜光满，披衣觉露____。（《望月怀远》唐·张九龄）→____味悠长有兄弟，不知山外更何____。（《梅山弟池边醉吟》宋·陈著）→____而无止，不死何____？（《诗经·相鼠》）→____我于著乎而，充耳以素乎而，尚之以琼华乎____。（《诗经·著》）→____我两不遂，三十鬓添霜。（《解秋》唐·元稹）

◆ 答案：诗→风→赏→归→山→斜→宿→脸。空→鲤→千→灭→滋→人→俟→而。

## 21 多少六朝兴废事，尽入渔樵闲话。

——宋·张昇《离亭燕·一带江山如画》

### 【名句解析】

六朝时多少兴衰盛亡的故事，如今都成了渔夫樵子茶余饭后的闲谈。

诗人情从景生，金陵的陈迹涌上心头："多少六朝兴废事"，这里在历史上短短的三百多年里经历了六个朝代的兴盛和衰亡，它们是怎样兴盛起来的？又是怎样的衰亡的？这许许多多的往事，却是"尽入渔樵闲话"，透露出词人心里的隐忧。

常用于表达历史事件和人物任人评说之意。

## 【单句接龙】

多少六朝兴废事→事过悉成____（《话旧》唐·韦应物）→____山新雨____（《山居秋暝》唐·王维）→____生乞汝残风____（《偈》唐·司空图）→____中随道____（《大梵山寺院奉呈趣上人赵中丞》唐·卢纶）→____人竟不____（《野寺后池寄友》唐·张籍）→____今银袍双袖____（《赠左元规》宋·杨万里）→____衣巷口夕阳____（《乌衣巷》唐·刘禹锡）→____月远堕余____（《夜飞鹊·道宫别情》宋·周邦彦）→____山应是不轻沽（《和友人喜相遇》唐·李咸用）

## 【联句接龙】

多少六朝兴废事，尽入渔樵闲话。→话旧还惆怅，天南望柳____。(《赠别约师》唐·刘禹锡）→____临万户动，月傍九霄____。(《春宿左省》唐·杜甫）→____情只有春庭月，犹为离人照落____。(《寄人》唐·张泌）→____丛便不入，犹自未甘____。(《赠同座》唐·白居易）→____存黄篆兼丹诀，家忆青山与白____。(《失意书怀呈知己》唐·马戴）→____台阁道连窈冥，中有不死丹丘____。(《西岳云台歌送丹丘子》唐·李白）→____还对童稚，似欲忘饥____。(《北征》唐·杜甫）→____饮颍水流，饿喘吴门____。(《代牛言》唐·刘叉）→____色满轩白，琴声宜夜阑。(《杂咏八首上礼部李侍郎·幽琴》唐·刘长卿）

◆ 答案：空→后→月→友→至→乌→斜→辉。星→多→花→心→云→生→渴→月。

# 22 得鱼不自饱，辛苦为谁忙？

——清·戴熙《题画》

## 【名句解析】

渔民打到了鱼，也不能填饱自己的肚子，辛辛苦苦为谁而忙呢？

这是一首题画诗，原画已不可见。诗的前两句是："早起到陂塘，归来每夕阳。"显然，画面上不可能展现渔民从早到晚的生活状况，作者是从现实中汲取素材，饱含着对渔民的同情来写这首诗的。许多作者笔下的渔夫生活是悠闲自在并充满乐趣的，这些作者往往以高人隐士的眼光来看待渔人的生活。戴熙能关注到渔民生活的艰辛及"得鱼不自饱"的困苦处境，从而为他们发出了"辛苦为谁忙"的不平之鸣，难能可贵。

这首诗是封建社会渔民生活的真实写照。

### 【单句接龙】

得鱼不自饱→饱食安眠消日____（《快活》唐·白居易）→____皎惊乌栖不____（《蝶恋花·早行》宋·周邦彦）→____有丰年无后____（《喜晴再用前韵》宋·王十朋）→____变儒生不合____（《董仲舒》唐·罗隐）→____道欲来相问____（《寄李儋元锡》唐·韦应物）→____予不____（《诗经·墓门》）→____惟蝼蚁____（《自京赴奉先县咏怀五百字》唐·杜甫）→____流俱已____（《致仕后述怀》宋·陆游）→____日望云心不系（《幽栖》唐·元稹）

### 【联句接龙】

得鱼不自饱，辛苦为谁忙？→忙时向闲处，不觉有闲____。（《登天台寺》唐·杜荀鹤）→____悄悄，梦依依，离人殊未____。（《更漏子》五代·南唐·冯延巳）→____山深浅去，须尽丘壑____。（《送崔九》唐·裴迪）→____人舞如莲花旋，世人有眼应未____。（《田使君美人舞如莲花北鋋歌》唐·岑参）→____客入来，袜刬金钗____。（《点绛唇》宋·李清照）→____滴三秋雨，寒生六月____。（《题喷玉泉》唐·白居易）→____吹鼍鼓山河动，电闪旌旗日月____。（《送毛伯温》明·朱厚熜）→____冈凤不来，幽人此沉____。（《和僧长吉湖居五题·筠亭》宋·范仲淹）→____乡路稳宜频到，此外不堪行。（《乌夜啼》五代·南唐·李煜）

◆ 答案：月→定→灾→闻→讯→顾→辈→尽。情→归→美→见→溜→风→高→醉。

## 23 字字看来皆是血，十年辛苦不寻常。

——清·曹雪芹《题〈红楼梦〉诗》

### 【名句解析】

每个字看来都是鲜血凝成，十年的辛苦真不平常。

《红楼梦》中的人物之间充满了悲欢离合和复杂的感情纠葛。它之所以感人，不仅得益于作者缜密的构思，高超的描写技巧，更因为作者是带着深厚的感情从事创作的。正因为他在每个人物身上都倾注了自己的感情，所以才呕心沥血，“披阅十载，增删五次”，创作出不朽的杰作。作者在这里用“不寻常”三字来概括其中的甘苦，值得我们每个人认真体会。

这两句诗可供评论曹雪芹历尽艰辛创作《红楼梦》时引用，也可用来说明其他作家从事创作的辛苦。

## 【单句接龙】

字字看来皆是血→血污游魂归不____（《哀江头》唐·杜甫）→____相能开____（《蜀先主庙》唐·刘禹锡）→____用忧钱____（《送度支留后若侍御之歙州，便赴信州省觐》唐·刘长卿）→____雨春光____（《咏廿四气诗·谷雨三月中》唐·元稹）→____看红湿____（《春夜喜雨》唐·杜甫）→____处闻啼____（《春晓》唐·孟浩然）→____宿池边____（《题李凝幽居》唐·贾岛）→____势还同水势____（《吴兴新堤》唐·朱庆馀）→____月沉沉藏海雾（《春江花月夜》唐·张若虚）

## 【联句接龙】

字字看来皆是血，十年辛苦不寻常。→常存抱柱信，岂上望夫____。（《长干行》唐·李白）→____榭好、莺燕____。（《西平乐》宋·柳永）→____昔有故悲，论今无新____。（《代门有车马客行》南朝·宋·鲍照）→____得生还兮逢圣君，嗟别稚子兮会无____。（《胡笳十八拍》汉·蔡文姬）→____风欲寄语，地远声不____。（《寄微之》唐·白居易）→____夜西风撼破扉，萧条孤馆一灯____。（《在北题壁》宋·赵佶）→____意何曾有一毫，空携笔砚奉龙____。（《谢书》唐·李商隐）→____玉无人识，佩兰空自____。（《悼颐中朝散兄》宋·张扩）→____与泽其杂糅兮，唯昭质其犹未亏。（《离骚》战国·屈原）

◆ 答案：得→国→谷→晓→处→鸟→树→斜。台→语→喜→因→彻→微→韬→芳。